垂直起飞

匪迦 著

春风文艺出版社
·沈阳·

图书在版编目（CIP）数据

垂直起飞/匪迦著. --沈阳：春风文艺出版社，
2025.5.--ISBN 978-7-5313-6795-6

Ⅰ.I247.5

中国国家版本馆CIP数据核字第20248UY525号

春风文艺出版社出版发行
沈阳市和平区十一纬路25号　邮编：110003
辽宁新华印务有限公司印刷

责任编辑：韩　喆	责任校对：陈　杰
封面设计：丁末末	幅面尺寸：165mm×230mm
字　　数：440千字	印　　张：28.5
版　　次：2025年5月第1版	印　　次：2025年5月第1次
书　　号：ISBN 978-7-5313-6795-6	
定　　价：59.00元	

版权专有　侵权必究　举报电话：024-23284292
如有质量问题，请拨打电话：024-23284384

目　录

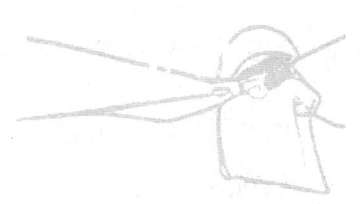

第1章	大雪终于落下	001
第2章	L5级自动驾驶？开什么玩笑？	022
第3章	无人走过的路	044
第4章	招兵买马	066
第5章	把汽车顶上装个螺旋桨	079
第6章	面子重要还是里子重要	089
第7章	适航，适航	113
第8章	裂痕与扩张	137
第9章	运气也可以守恒吗	158
第10章	坎坷之途	180
第11章	没有什么能阻止我们起飞	201
第12章	无眠的机库	217

第13章	改变，彻底转型	242
第14章	未卜的前途	259
第15章	峰回路转	283
第16章	幻灭与新生	306
第17章	全部激发	335
第18章	寒冬之下	364
第19章	展望低空	390
第20章	垂直起飞	419

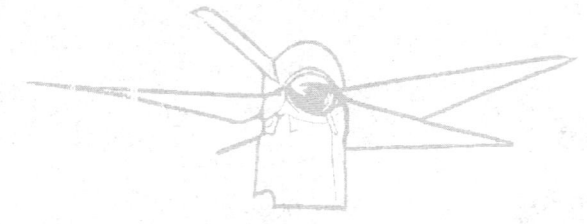

第1章
大雪终于落下

对于孙秦来说，没有鲜花红酒和烛光晚餐的情人节是完全可以接受的。

但是，如果没有钱，那就无法忍受了。

他此刻的心情如同周遭的气温，跌至冰点。因为他的确没有钱。

不但没有钱，而且已经欠了一屁股债。

恰好今年的情人节又是大年初三。他不但没有过情人节的心情，连过年本身也觉得索然无味。

如果不是因为这样，他原本应当很享受这次返乡之旅的。

孙秦的老家位于湖南中部偏西的雪峰山麓之下，是一个山清水秀、三面环山的小镇。说是小镇，其实跟山沟里的乡村也没什么大的区别。

长久以来，家乡都几乎与世隔绝，直到几十年前通了铁路，大山里的宁静才被打破。

慢慢地，公路网也铺了过来，曾经的世外桃源已经开始吃力地追赶着外面的广阔世界。

父母两年前把宅基地上住了十几年的砖木房全部翻新，盖了一座三层楼的水泥小叠楼，室内装了崭新的空调，其中二楼专门留给他和他的小家庭。

他已经两年没回家，今年过年是他第一次享受这顶级民宿般的待遇。

现在，他关掉自己房间的灯，独自坐在窗前，听着外面噼里啪啦的鞭炮声和孩童们的欢呼尖叫，看着或明或暗的半边夜空。

夜色像一幅黛色画板，任由冲入半空的各色烟花在其上留下短暂而绚烂的图案。

烟花绽放的光影之中，若隐若现出一张俊朗的脸庞，笔挺的鼻梁，朱红的嘴唇，刚毅的轮廓，双眼如星般闪耀，然而，眉头却紧锁着。

虚掩的房门被推开，一丝走廊里的灯光顺着门缝溜了进来，斜着倚靠在他的手肘之上，同时爬上他的眉梢。

一阵嘈杂声也从门外传来。

一个与他年纪相仿的女人走了进来。她留着一头干练的齐肩短发，有着善良而清澈的眼神。

还未听见她说话，便能推测出她的语气也必定是温柔的。

"别皱眉了，都要留下川字印了……"

女人一眼便发现了孙秦脸上的关键表情，便朝着他快步走过去，伸出左手，轻轻地搭在他的额头处，试着用大拇指和食指将他锁住的眉心撑开。

孙秦转过头看了她一眼，顺势握住光滑的手腕，把她的手掌包裹在自己的双手之间。

"怎么可能不愁？我天天都盯着账户看，钱还是没能打过来。为了给公司垫资，我的个人信用贷款把额度全部贷完了，也向身边的朋友们借了一圈钱，就别说钱什么时候能还了，光人情债，就压得我喘不过气。"

女人先是一愣，随即抿嘴一笑："今天是大年初三，人家投资人也要过年的呀，怎么可能今天打款？你就放宽心，先好好过个年——楼下他们可热闹了，还在说你跑哪儿去了呢……年后他们肯定会打过来的，你不是说年前跟他们创始合伙人吃饭时对方都已经承诺了吗？"

"去年12月初签SPA[①]的时候，他们还说2020年年内肯定完成交割呢。"

"没事，车到山前必有路，现在急也没有用，大过年的，稍微让自己放松放松，等开工时再想办法如何？"

女人抬起头，眼里含笑地看着自己的丈夫。

孙秦与她对视了几秒钟，感受到她眼神里的鼓励，便把刚到嘴边的一些话咽了回去。

---

① 股权收购协议。编者注。

他还没有准备好对妻子说出那些话。

他转而摇了摇头，苦笑道："我哪有什么过年的奢侈呀，我借的债又不会因为过年而不收利息。"

妻子还想继续安慰他几句，听见孙秦的手机响了起来，便欲言又止。

孙秦瞥了一眼来电显示，深吸一口气，接通电话。

"秦哥，投资人把钱打过来了吗？"话筒里传来一个急切的声音，其中蕴含的焦虑远超音量本身的大小。

孙秦的语气却平静得没有一丝波澜："还没有，不过别担心，我前两天给投资人拜年的时候，他们承诺了，这几天就打过来。"

"哦……那就好，那就好，不过，银行也要到初七才上班，希望都还来得及，哈哈哈……有什么需要我做的，尽管吩咐！"

"辛苦了，不用挂念，先好好过年吧。"

手机挂断。

女人笑着问："是小赵吗？"

"不是她还能有谁？"

"小姑娘很尽职呀，这样的好会计也不是很容易找的……不过，你的表现还不错，自己都要急得自燃了，却没让她听出来。"

"向她传递焦虑有什么用？她是投资人的妈，还是女儿？这几年创业，我最大的感悟之一就是：所谓的老板，就是什么苦和难都打碎了往肚子里咽。哪怕内心已经支离破碎了，对外却依然一副云淡风轻的完整模样。"

女人往前走了半步，偎依着他，说道："那我岂不是最惨的？虽然不是老板，却要承受老板的一切。"

"连老板人都是你的，难道你不该承受这一切吗？"孙秦一把将妻子搂入怀中。

他使劲地嗅了嗅她头发里残留的洗发水味道，那是一种淡淡的清香，并不张扬，却很沁人心脾，就如这个人一样。

罗园园是他的大学同学，两人毕业之后便确定关系，在上海扎根下来，然后顺理成章地走入婚姻殿堂，按部就班地迎来共同的儿子。

很长一段时间，孙秦都有些恍惚：这个温婉可人、知书达理的本地女孩到底看中了自己这个"乡毋宁"哪一点。

"因为你帅呀，你的颜值将将好长在我的审美点上好伐啦。"

他曾经问过这个问题，得到的却是这句半真半假的回答。

五年前，当他决定辞职创业的那一刻起，罗园园就不得不挑起了更重的家庭负担。

辞职前，他的收入虽然并不算很高，但也算是稳定，辞职之后，他的收入锐减，更要命的是，他将自己从风平浪静的湖面抛入了惊涛骇浪的大海。

而在狂风暴雨之下，海面浪涛的高潮总是短暂，低谷却是常态。罗园园便成为他们这艘家庭航船的压舱石。

脑海中闪过这些年的画面，想到眼下的窘迫，又想到自己在心底酝酿了好几天、刚才差点脱口而出的那个想法，孙秦更觉得自己对不起妻子，将她抱得更紧了。

他倒不是怕她跑掉，而是似乎只有这样，才能将自己内心深处的感激传递给她。

这是一种比语言更甚百倍的表态。除此之外，他此时什么也做不了。

又一阵烟花在窗外散开，这次的烟花格外豪华而持久，把二楼这间房间也映得透亮。孙秦希望这个时刻能够久一点，再久一点。

又一阵急促的手机铃声响起。孙秦再次低头找寻自己的手机。

只见来电显示上闪现着一个名字：刘动。

孙秦刚刚舒展开的眉头猛地皱得更紧了。

只犹豫了两秒钟，他还是将手机拾起，接通来电。

罗园园看到电话是刘动打来的，便蹑手蹑脚地走出房间，然后回身轻轻关上房门。

窗外的烟花已经完全散尽，房间内又被黑暗笼罩。

"刘博士，新年好哇，给你拜年！"孙秦的语气十分热情。

电话那头的声音同样充满感情，仿佛两人是多年未见的老友："孙总，新年好！"

只不过，刘动的音色听上去比孙秦更尖厉一点，给人一种很聪明的感觉。孙秦眼前出现了一个身材高大、微微发胖的身形，留着朴实的平头，腮帮子上有一些不至于惹人反感的赘肉，眼神里却始终散发出人畜无害的光芒，让他一直无法真正读懂。

"在哪儿过年呢？记得你是东北人，对吧？"孙秦继续拉家常。

"对，对，我在沈阳老家，这会儿陪家里几个小屁孩在外头放烟花，把我给冻得直打哆嗦，可他们又不放我进屋去，所以就想着给你老兄打个电话拜年……"

"那我太荣幸了！我比你稍微好一点，虽然在老家乡下待着，比不上你们沈阳大城市，但至少是在室内，还有空调，哈哈哈，不好意思。"

"你老家是哪儿的？"

"湖南。"

"噢噢噢，对了！我想起来了！瞧我这记性！"

两人又聊了几句之后，孙秦打算结束这次谈话："那我们就先聊到这儿？你现在可是在冰天雪地里，别冻着，我们年后见！"

"孙总……"刘动似乎生怕他挂掉电话，连忙说道："行，那我就最后一句话，咱们那个项目款，是不是得尽快给结一下？我们给你们不但提供了全套飞控试验设备，还派人去上海扎扎实实地干了半个月，设备加服务加差旅费一共快100万了，当时合同签的是去年年底结清尾款，可到现在我们一分钱都没收到，之前每次跟你们的人催款，他们都说再等等，再缓缓……我知道现在是过年，也不好意思给你打这个电话催款，但我也被供应商跟在屁股后面要钱哪，就在刚才，一个沈阳本地的老板给我打电话说要登门给我拜年，把我给吓的……"

孙秦听得有些哭笑不得，也不知道他这话有几分真，几分假。

他知道刘动说话自带两分天生的喜剧感。但也不至于怕被供应商追着催款，宁愿冒着被冻坏了的风险在冰天雪地里躲着吧？那万一人家在你家门口守一晚上呢？

关键是，你干吗要把家庭住址透露给供应商啊？

不过，见躲不过这件事，孙秦倒也不急了，他稳了稳情绪，耐心地回复道："刘博士，刘总，我要是账上有钱，年前肯定给你结掉了。我们合作这么几年，你又不是不知道我的人品。这次是真被卡住了，投资人的钱一直没到，我也催他们催了很多遍，但人家也没办法，说是有些手续没走完，结果一拖就拖到过年了，所有人都不上班……算了，我也不多说了，反正，你信我的，我们只要收到投资交割款，哪怕是半夜11点收到，也11点01分就给你汇过去！你那几十万毫无压力！"

"拉倒吧你！"刘动笑着回答，"净给我说这些有的没的，真要今晚11点到，你11点01分就能付出来？再说了，你就算真付出来了，银行可没这么高的效率，我也未必能收到……"

刚开始听到刘动的笑，孙秦不确定自己的这个合作伙伴是生气的冷笑，还是愿意放自己一马的嘲笑，直到听完他的话，孙秦才确定是后者。

于是，他也就坡下驴："好吧，被你抓住把柄了，那这样，保证你第二天上午11点前到账，这下可以了吧？"

"行吧，行吧……反正你记住就好，要是年后我没收到钱，可得去上海找你，机票还得你给我出！"

"没问题！酒店我也给你报销，如果还需要别的服务，我都奉上。"

"提起这个，我就不冷了呀！你能提供什么别的服务？我倒想听听看，虽然我是个洁身自好的人。"

"你想什么呢？我是甲方，你是乙方，甲方给你报销酒店和机票就已经够了，你还想要什么服务？赶紧回去，别冻坏了，到时候有命赚钱，没命花钱！"

"我呸！"

两人的对话在互相的调侃当中结束。

挂掉电话，孙秦再次长舒一口气。刚才看到刘动的电话，他就猜到，自己这个核心供应商一定是来催款的。

他也知道，刘动对自己很重要。可是，有什么办法呢？他要是真有钱，还能不给吗？

当然能。

刘动不是自己拖欠款项的唯一一家供应商，只不过，其他供应商都没这小子脸皮那么厚，大年初三的还打电话催款罢了。

但是，他已经盘算好了，目前公司账户里最后一笔钱，只能用于年后开工第三天给员工发工资。

这个团队是他过去五年呕心沥血组建和打磨出来的，这些人跟着自己享受过荣誉和高光，但更多的时候，是吃苦和啃干粮。

无法同路的人，都以各种方式在中途走掉了，留下来的都是最精干的队伍。他不想拖欠他们的工资。

哪怕能多让他们撑一个月，给他们多一个月的时间寻找后路——如果公司真的不行了的话，他也愿意去做。

再往后，如果投资款还不到，每一天他都相当于在裸奔。毕竟，除了自己心底那个如同恶魔般蠢蠢欲动般的念头之外，他已经穷尽了所有的手段。

但是，他要怎样对妻子说出口呢？

孙秦用左手在眼眶边揉动着，右手微微背在身后，迈着双腿，在房间里缓缓地踱来踱去，大脑却转得飞快。

不知道走了几圈，他再次来到窗前，望向窗外。

楼下的开阔地里，豪华贵重的烟花似乎已经放完了，但各家的孩童们依然在玩耍着，嬉戏着，挥舞着仙女棒，往地上摔下一个又一个的响炮。

孩子们都裹得严严实实，嘴里呼出白色的热气。

室外的温度此刻应该已经达到了零度，甚至以下，但这几天老天却颇为吝啬，并没有给他们下一场期待已久的瑞雪，只是稀稀落落地飘了几粒雪花，仿佛很敷衍地往人间撒了一把盐。

再往远处望去，依稀可见小镇尽头的山峦轮廓，自打自己记事的时候，它们便这样地矗立着，任凭外界如何更迭，始终不变。

无论是外出读大学，还是在上海工作之后，每次回到家乡，看到它们，孙秦就觉得自己的心底无比平静。

五年前，在做出创业决定的时候，他也曾回到这里，朝着家乡的群山，发心许愿。

上海没有家乡的起伏地势，也没有他刻印在心底的大山。但是，这里另有一番绝妙之处。

正因为地势平坦，似乎一切沟通和交流传递，一切资金和信息流转，在这里都更加顺畅高效。

这里西朝大块的内陆腹地，东临东海和整个太平洋，自从开埠以来就一直是经济枢纽和创业热土。

孙秦研究生毕业那一年，恰好是上海世博会。城市，让生活更美好。

由于专业对口，他与一大批人得以进入刚刚组建不久的中商飞机上海研究院，在那里参与A型号的研发，一干就是6年，直到该型号顺利获得适航证，交付给航空公司正式运营。

虽然因为飞机本身的特征和型号性质，A型号远没有同期开展的C型号那样广受瞩目，但对于孙秦来说，却也是几十年难得一遇的机缘。

毕竟，在A型号之前，国内还没有一款同等量级的民用飞机拿到过适航证。

开完A型号的全体庆功大会的那天，孙秦脚步轻快地跟随着人流，从大礼堂走回办公室。

突然间，他的肩膀被人轻轻拍了拍，他回头一看，是一个面带神秘笑容的女孩。他很快便认了出来，这是许俏，部门办公室的同事。

与名字不同，她长得并不俏丽，当然，也不算难看，在诸多女同事之中并没有太多存在感。

但是，她有一点让人记忆深刻。据说，她的消息很灵通。

"什么事？"孙秦问道。

许俏眨了眨眼，凑到他身前，低声地说："听说王凯要提副部长，已经通过院办会讨论，就要发文了，你知道吗？"

孙秦一愣，这句话让他有些猝不及防。

看到孙秦错愕的表情，许俏更加得意："看来你还不知道哇，我就是跟你说一声，信不信由你。我只是觉得，你们俩都是室主任，又都是'85后'，之前我们都觉得A型号取证，'论功行赏'的时候，你会被领导先考虑呢……"说完，她又挤了挤眼，假装没事人似的，快步离开。

孙秦抑制住内心的波动，继续往前走着，时不时还面带笑容与认识的同事打打招呼，聊上两句。

不过，他很快便调整好自己的情绪。还在单位呢，有情绪又有什么用？但是，他始终止不住要想。

"许俏为何要跟我说这件事呢？她平时的确消息挺灵通，但我跟她没有那么熟哇……或者说，她就是一个喜欢搬弄是非的人？如果是这样，我可不能受到她的影响！"

可是，他却做不到心如止水。

A型号经过十几年的研制，终于完成适航取证，而自己又作为骨干全程参与了最后这六年关键的工作。

平心而论，自己无论从年龄，还是从表现，都算是同侪中的佼佼者，也获得过公司级别的荣誉，如果公司真的利用这个阶段性成果的机会提拔干部，调整团队，自己理应成为重点考虑对象。

一边胡思乱想着，一边干完手头的工作。午饭时间很快就到了。

孙秦和同事们一边继续讨论着会上的几个议题，一边走向食堂。

研究院的食堂经过好几轮的供应商选择，前阵子刚确定了一家新的供应商，无论是食材，还是饭菜的成色，都比之前提高了一个档次。

考虑到来自天南海北的员工，食堂还特意设置了"陕西面档""桂林米粉""川渝风味"和"东北人家"等几个特色区域。

这让他和同事们面对"吃什么"这个永恒的问题时，每次都不免踟蹰一番。

几人经过观察，最终还是乖乖地去了普通饭菜窗口，毕竟排队的人最少。

各自将自己挑选的菜碟放在餐盘上，刷卡付钱，找了一张四人桌坐下。没扒几口饭，对面的李翔便开口说道："听说了吗？过阵子总部和院里都会有一轮人员调整，你这个室主任要是升了副部长，别忘了兄弟们哪。"

李翔年龄与孙秦相仿，但可能是用脑过度的关系，刚刚而立之年，头发便开始稀疏，再加上他那双深度近视的小黑眼睛和青春期在脸上留下的或深或浅的痘印，显得老成很多。

另外两人也都附和："是呀，头儿，你年纪正好，在 A 型号上的表现有目共睹，去年还得了'优秀飞机设计师'奖项，这次得好好抓住机会呀。"

他们的声音并不小，但很快就淹没在偌大食堂的嘈杂声中。

孙秦咽下一口牛肉，笑着止住他们："都是大家一起的功劳，至于后续安排，看领导的决定呗，你们在这里瞎起什么劲儿。"

"你这话就不对啦。"李翔不依不饶，"你是我们的领导，你往上走，我们也才有机会嘛，嘿嘿……"

孙秦点头："明白，如果真有机会，我当然会多为各位争取。"

他不免又想到许俏上午偷偷跟自己说的话。

看起来，一切都还在进展当中，最后的结论并没有出来，许俏传递的信息本身是对的，结果却未必正确。她应该挺享受这种散布焦虑的感觉。

如果自己去向领导争取争取，表达表达意愿，应该说，还是有希望补位副部长的。

他所在的总体部，是整个研究院里最重要的部门之一，负责飞机的总体设计。如果按照标准的民用飞机研制流程，飞机的顶层需求需要他们部门来确立，然后再往下分解到各个系统，比如航电、动力、飞控、燃油、液压等。

总体部部长是今年刚过40岁、年富力强的周大维。周大维下面设有三个副部长，每个副部长分管不同的专业方向，比如系统集成、需求工程、仿真等。

副部长刘涛今年已经过了50岁，是老一辈航空人，经验丰富，全程参研了A型号，也为A型号的最终成功适航取证做出了巨大贡献。但考虑到他年纪不小，整个单位也有干部年轻化的需要，早在型号取证前，领导就已经表示，刘涛会在取证后退居二线，不再担任中层干部。因此，谁来接替刘涛，便是大家接下来关心的话题。

副部长以下，总体部有将近10个研究室，孙秦担任室主任的系统室是规模最大、举足轻重的研究室，他刚刚过了30岁，年龄上也正是干事的时候，所以很多人都认为，他很有可能这次顶上去。

当然，其他几个研究室的室主任也都不是等闲之辈，需求室的室主任王凯与他同岁，一样呼声很高。

对于孙秦来说，他当然是希望进步的，只不过，无论是他从小受到的教育，还是出于自己的性格，他都认为：桃李不言，下自成蹊。

只要把本职工作做好，为组织做出突出贡献，领导自然能看到，也自然会给自己成长空间。其他的，顺其自然就好。

"高尚是高尚者的通行证，卑鄙是卑鄙者的墓志铭。"这是他很喜欢的一句诗。

但现在看来，似乎，自己的升迁，并不仅仅影响自己，团队也期待跟着自己一起发展呢！

心情复杂地跟三人吃完午餐，正起身准备收拾餐盘，孙秦突然发现不远处一个中年女人正看向自己，还冲自己微微点了点头。

孙秦认出了她，A型号总设计师厉玮。

厉玮曾经干过多年军机型号，还亲自驾驶过飞机，拥有飞行执照，后来被调过来，先是作为整个型号的副总设计师，分管动力系统，前两年接替退休的前任总设计师，正式负责整个型号。

她今年还不到50岁，做事雷厉风行，眼里不容沙子，命令从不说第二遍。

在A型号的工作当中，孙秦没少得到她的指点。当然，也少不了挨骂。

他示意李翔他们先走，自己则端着餐盘，走到厉玮桌子旁边。整张桌子就只有她一个人。

"厉总好。"孙秦毕恭毕敬地打招呼。

"小孙，不急的话，坐一会儿。"

"好的，我不急。"孙秦连忙轻轻地将餐盘放在桌上，然后坐下。

也顾不上李翔几人远远地给他使眼色，仿佛在说："跟领导好好聊聊哦！"

厉玮喝了一口汤，不紧不慢地说："有一阵没见你了，在忙什么？"

"A型号的证后工作，您上次不是开了会吗？我们正在按照您的要求分解工作呢。"

"嗯……"厉玮满意地点了点头，"小孙哪，A型号的取证虽然值得庆贺，但是，你要清楚，我们都要清楚，这只是一个过程当中的里程碑，还远不是终点。虽然从法规上，民航局允许我们交付给航空公司载客了，但是站在飞机设计师的角度，我们都知道，飞机还有很多改进空间，你们总体的担子不轻啊！"

"我明白，厉总。"

"明白就好……所以，不要以为A型号取证了，就没事干了，我知道C型号目前正处于首飞前的攻关阶段，他们也在到处找人干活，很多我们型号上的同志就想着去干C型号，这在我看来，属于虎头蛇尾，得不偿失。当然，如果是公司的通盘安排，我百分百服从，但那是另外一码事。"

孙秦听到这几句话，心中一凛。厉总这是在提醒我呢！

他连忙表态："厉总，一个飞机型号的完善需要花很多工夫，的确不能浅尝辄止。"

"是的，年轻人希望发展，希望成长是好事，但是，A型号也一样有很多新的挑战和锻炼机会，证后工作不会比证前轻松。"

好在厉玮吃饭快，没聊几句，她就迅速解决了午餐，擦了擦嘴，站起身来:"小孙,我下午还要去总部开会,就不多聊了,我们下回见。"

孙秦立刻回答道:"嗯,厉总再见!"

从食堂出来后,孙秦没有立刻回办公室,而是在院里溜达了两圈,思考着刚才厉玮的话。

"局面有些复杂呀……看起来,一边是升迁的可能,另一边是两个型号争夺资源……我下一步要如何走呢?"

从食堂通往办公室的路上,恰好路过单位的图书馆。

孙秦看了看时间,此刻距离下午的第一个会议还有整整两个小时,而会议地点就在图书馆旁边那幢办公楼。他略一思索,微微转了个方向,走进图书馆。

图书馆大厅里有一面巨大的LED屏幕,用于播放各种A型号和C型号的飞行模拟视频、研制和试验过程中的画面,以及一些新闻报道与领导讲话。

此时播放的恰好是A型号飞机的模拟飞行。

屏幕上,一架披着公司名称和LOGO[①]涂装的A型号飞机姿态优雅地从上海虹桥机场起飞,越过苍茫大地,往南方飞去。

白云掩映当中,他能依稀辨识出江南的密布水网,岭南的山峦起伏,以及最终目的地附近的蔚蓝大海。自豪的情绪油然而生:"这是我参与研制的飞机呀!"

一架载客的飞机,让人一日千里,几个小时之内体验完全不同的气候与地貌。正是因为有了它,曾经让人类摸不着边际的这颗蓝星才变成了前所未有的地球村。

然而,造这样一架飞机,所耗费的人力物力财力,以及时间,也不是普通工业产品所能比拟的。

经历过A型号的适航取证过程,孙秦深刻地认识到,造飞机的成本远远不止将飞机生产出来所需要付出的努力,还包括如何向民航局这样的政府监管机构证明飞机的研制过程符合规章,符合流程。

不但要把事情做成,还要证明自己,把事情做对。后者往往更难,更耗费精力。

[①] 标识。编者注。

有没有可能将这整个流程都简化，用更加轻量、低成本和短周期的方式，把飞机造出来呢？

孙秦已经不是第一次思考这个问题了，但不知为何，当他在图书馆里看到这段视频，这个问题又无法抑制地从记忆深海中涌上水面。

在屏幕前驻足片刻之后，他来到一楼的期刊专区。每次来图书馆，他都会来这里。

这里放置着研究院订阅的国内外各种相关的行业期刊，是很好地了解全球行业发展动态的渠道。

当然，还有一个原因，那就是他懒，不愿意爬楼去二楼读书。

他来到最新一期的《国际航空》面前。这本英文杂志在航空领域十分权威，享有全球盛誉。

不出一秒钟，封面和头条文章便吸引了他的注意力——"空中出租车启航，科幻电影中的场景还要多久成真？"

醒目的粗体文字之下，是一张颇具科技感的合成图。图里显然是类似于上海或香港那样的现代化大都市，高楼大厦之中，一架轻巧的飞行器在空中穿梭。整个形态更像一部装有小型旋翼的汽车，但没有底下的四个轮子。

他如获至宝地抓起这份杂志，快步找到一个附近的座位坐下，瞪大了眼睛读起来。

不知不觉间，一个半小时过去了，而他也读完了这篇整整10页的深度报道。

从纸面上抬起头来，孙秦的双眼虽然有些发红，却充满了激动。

"一个新的时代要来临了！以后的城市交通，尤其是像上海、香港那样超大型城市的城市交通，一定会从现在的二维走向三维！而实现这一环的关键，就是这种新型的飞行器！"

报道当中叫作eVTOL①的事物，他并不是初次听说。

事实上，早在几年前，他就已经在单位图书馆的杂志和刊物当中和一些媒体上读过一些零零散散的报道，网上也时不时会有一些文章。

但这篇报告，无论从广度，还是深度，都远高于他此前所接触过的材

---

① 电子垂直起降飞行器。编者注。

料，将eVTOL的来龙去脉说得十分通透。

而触发这篇报告产生的正是eVTOL的先驱者，于2009年成立的美国BiyoTaxi公司，在前阵子它刚刚完成了A轮融资。

对于任何新兴事物，资本市场永远都是最敏感的。而能够获得A轮融资，也说明eVTOL已经初步得到了资本市场的认可。

尽管它还没有一个统一的中文译名，低空航空器、低空飞行器、飞行汽车、垂直起降飞机……叫什么的都有。

除去美国之外，欧洲也已经有了一些eVTOL的初创企业，只不过，大多数还处于更早期的探索阶段。

反观国内，大家的精力更多地聚焦在大型民用飞机研制追赶国际先进水平之上，关于eVTOL的研究虽然已经有人在开展，却尚无真正的商业化企业出现。

我能不能成为第一个吃螃蟹的人呢？

如果去干这件事，是不是就不用为到底能不能当上副部长，要不要离开A型号去C型号，会不会得罪人之类事情烦恼了呢？

想到这一点，孙秦既兴奋，又时刻提醒自己不能冲动。他决定再思考和调研一段时间。而且，这件事，光自己一个人想是不够的。

一个人的思维定式和看问题的角度过于单一。

孙秦决定找人一起商量商量。他想到了李翔。

这个团队成员跟自己年纪相仿，同一批加入研究院，又一起在A型号上同甘共苦，属于自己十分信赖的同事。

尽管自己是个室主任，李翔从来都是直呼自己名字，仿佛没有任何不妥。而孙秦也并不在意。

最重要的是，李翔总能给人一种十分难得的松弛感。

好容易熬到下午的会开完，已经过了下班的点，到了晚饭时分，他叫上李翔："晚上一起去旁边烤个串？"

"好哇，我也正想问问你中午跟厉总聊得怎么样呢。"李翔爽快地答应。

两人点了几十串各式种类的串，一人一瓶啤酒，很快便聊得兴起。

李翔一口撸掉一串牛板筋，咬牙切齿地嚼着，还不忘发问："中午跟厉总聊什么呢？我猜，是不是她不让你离开A型号？"

"还真被你猜中了,不过,我原本也没打算离开。"

"哦?"李翔挑了挑眉毛,"明眼人都能看出来,C型号才是未来呀,毕竟还没首飞呢,你想,未来还有很多出彩的机会。退一万步,哪怕你想去争取那个副部长的位置,也最好蹭点C型号的热度,我听说王凯已经在接触他们了。"

"A型号不也还有证后不少事情和机会吗?"

"那不过是厉总留人的话术,你不会也信了吧?C型号可是国家级项目,A型号生不逢时呀。"

"其实,对于我来说,这些都没那么重要……干A型号干了6年,算是经历了它的后半段,感觉已经圆满了,我总觉得,自己还算年轻,如果去干C型号,虽然能够学到一些新东西,但从根本上来看,还是在重复昨天的经验。"孙秦抿了一口啤酒说道。音量不大,却十分坚定。

李翔放下手中的羊肉串,诧异地看着自己的室主任:"哪怕C型号受到的关注更高?哪怕如果真的提拔你当副部长?"

"是的,没错。"

"你小子不会想离开研究院吧?嘿嘿……最近有这想法的人可不少哇!听说我们出去可抢手了。"

孙秦笑着盯着李翔:"似乎你比我想象的还要聪明。"

"为什么呀?你可别冲动!冲动是魔鬼!"

冲动是魔鬼!

与李翔在那个烧烤摊谈话5年后的大年初三和情人节,孙秦望着窗外的远山,心中再次默念这句话。

其实,又何止冲动呢?眼下我这种焦虑的情绪又何尝不是魔鬼?大过年的,我为何要让自己陷入这种情绪当中?

如果为了让5年前这个梦想延续下去,迟早要走到那一步,为什么不早一点去跟她说呢?

楼下,空地里的孩童这次点燃一盒孔雀开屏,伴随着扇形的烟火在地面朝天绽放,他们欢呼雀跃。"咯咯"的欢笑声透过窗户也清晰地传入孙秦的耳朵。

他舒展眉头,心暖了起来。

深吸了一口气，孙秦转过身，打开房门，任由外面的喧闹声将这间房间填满，快步走下楼去。

一楼十分热闹，电视里播放着喜气洋洋的晚会，大厅里一共十来个人，分为两拨人，一拨人在喝茶嗑瓜子，同时吃着凉拌酸萝卜、生姜和各色糖果，有人还搬来了炭火，直接在上面烤糍粑。那股焦香的味道顺着楼道与正在下楼的孙秦不期而遇，径直钻进他的鼻腔。

孙秦吞了一口口水，小时候的记忆被唤醒。

糍粑烤好之后，无论是蘸家里自制的腐乳，还是白糖，味道都是极好的。

家里亲戚的小孩们，辈分上属于他的晚辈，大多在10岁上下，正被罗园园带着一起打掼蛋。

"你来啦？那你带乔乔玩一会儿，我去刷会儿手机。"罗园园冲他吐了吐舌头，不由分说把他拉到儿子身边。

周边的亲戚也都看到他："秦伢子下来啦？来来来，大过年的，跟我们一起玩玩，放松放松嘛！"

孙秦笑着，接受了邀请。

儿子孙乔见父亲来了，喜出望外，一把搂住孙秦的胳膊，撒娇道："爸爸，快来帮我，我抓牌抓不稳，他们都偷看我的牌！"

孙秦忍俊不禁，摸了摸儿子的头，假装很严肃地说道："好的，老爸我会保护好你的。"

很快，他便全身心沉入牌局，将刚才的烦心事暂时忘却。打了几轮，时间渐晚，陆陆续续有人起身告别。

孙秦的父母麻利地招呼着客人的离去，一边嘱咐道："等下可能要下大雪咯，你们回城里去路上开车注意安全……"

孙乔听到这话，突然扭头问孙秦："爸爸，你做的那个飞机要是出来了，是不是就可以让二爷爷他们坐着回去，不需要开山路了？"

孙秦原本想认真地解释：在大雪这种恶劣天气下，eVTOL也多半是不能起飞的。

但他不想打击儿子那充满憧憬的目光，便轻声回答："是的，有了爸爸的飞机，翻山越岭都不用愁。"

"真厉害！我希望可以有一天坐着它上学！"孙乔将头紧紧地靠在孙秦身上，仿佛已经坐上了他想象中的那架飞机。

孙秦只觉得一阵暖流从头顶注入，瞬间灌注到全身。

"对呀！这难道不是我当时创业的初衷吗？为了更便捷的交通！否则，我好端端地在原单位继续做一个有前途的飞机设计师，服务好A型号、C型号和以后更多的型号，岂不是更稳健？"

他使劲搂了搂儿子，站起身，扭头往楼上跑去。过程中还不忘冲着大门口正往外走的客人们喊两句："新年好！明天再过来呀！"

重新回到二楼的房间，他给妻子发了一条微信："别刷手机了，上楼吧，有点事情聊聊。"

当罗园园上楼的时候，孙秦已经将二楼房间的电灯打开。他安静地坐在窗边，屏息静听，酝酿着自己的情绪。

当他看到罗园园进来时，使劲闭了闭嘴唇，用尽全身力气，缓缓地向她抛出更早时就开始产生的那个想法。

他尽量控制住自己的语气，可简短的几句话，里面充满了沉甸甸的信息。当他真的将这些话说出来的时候，感到它们带着自己避之不及的恶臭。

仿佛牙缝中残存良久的肉屑，直接用舌头抵出来，咽下去，不会觉得有什么问题，但一旦用牙线或牙签剔出来，离开口腔，暴露在空气之下，就会散发出一股难闻的味道。

听完孙秦的话，明亮的灯光下，罗园园的脸色却有些阴沉。她咬着嘴唇，半晌没有回答。

刚才在楼下收到孙秦微信的时候，她就已经有一点不祥的预感。明明可以直接在楼下吼一嗓子，一起上楼的，为什么要发微信呢？只不过，事情的严重还是超出了她的想象。

当年选择与孙秦结婚，她其实是顶着不少家庭压力的。"乡毋宁"和"凤凰男"是孙秦身上撕之不去的标签。然而，她是一个十分有主见的人。父母见拗不过她，也最终选择了祝福。

好在两人这么多年感情一直都很好，还生了一个聪明健康的儿子，她父母便也不再纠结。更何况，相当长一段时间内，孙秦的飞机设计师和高科技创业公司创始人的身份也让他们感到十分自豪。

5年前，孙秦刚开始创业时，罗园园其实已经做好了最坏的准备，但是，看着孙秦跌跌撞撞、有惊无险、逢凶化吉地走完5年，前不久更是完成了第二轮融资的投资协议签署，她认为，丈夫的事业应该就要开始起飞了。

没想到，因为投资款没及时到位，一切竟可能戛然而止！

更令她想不到的是，为了避免事业突然坠落，他竟提出要将家里唯一一套住房拿去银行抵押贷款！

不知道过了多久，罗园园才从牙缝里挤出来一句："除了把我们自己的房子抵押掉，已经没有别的办法了吗？"

孙秦紧张地盯着妻子，在听到罗园园回复之前，他一直很担心自己这个建议会让她生气地摔门而去。现在，罗园园只是简单而艰难地反问，他反而感到更加愧疚。

"我已经想不到更好的办法了……我已经将自己的个人信用贷额度全部用尽，身边能借钱的朋友也都找过了。"

"那……如果我去申请个人信用贷呢？我也去找我身边的朋友们借钱呢？"

孙秦一愣，胸口仿佛被一记闷棍狠狠扫过。

他握住罗园园的双手："园园，我从来没想过这个方案，你不用这样的。而且，如果融资款不到，公司的burn rate①是很高的，光靠个人信用贷和借钱，虽然比杯水车薪好一点，但也不堪大用，撑不过一整个月。这也是为什么我想到了房产抵押，这样一来，至少可以借大几百万，只有这样量级的钱才能帮公司渡过难关。"

罗园园苦笑："那如果真把房产抵押了，万一投资人始终不打款，借的钱也花光了，我们无法还钱给银行，到时候谁帮助我和乔乔渡过难关呢？我们要流浪街头吗？我们的房子还是学区房，没有了它，乔乔上初中时怎么办？你也知道，如果要把他的户口迁到我爸妈那儿去，会有怎样的后果。"

孙秦明白罗园园指的是什么。他们刚结婚的时候，罗园园的父母就第一时间表态：希望小两口靠自己的能力买房，而且绝对不能把孩子的户口迁到他们家。

---

① 即资金消耗率，烧钱率。编者注。

这在当时给了孙秦巨大的压力，好在两人也算争气，在房价起飞前买到了自己的房。没两个月，上海的房价就像坐火箭一样往上蹿，蹿到他们短期内完全无法企及的高度。

孙秦沉默了好一会儿，突然，他脑海中蹦出一个念头。这个念头，在过去这些年，他从未有过。光是想，他就觉得是个十分荒唐的念头。但现在，他并没有半点犹豫就说了出来。

"园园，我们离婚吧。"

听到从孙秦嘴里蹦出的最后五个字，罗园园诧异地瞪大了眼睛，脸色变得惨白。

她不敢相信地看着眼前这个男人。一瞬间，发现他竟然如此陌生。她的嘴唇微微颤动着，发出的声音也是如此。

"你宁愿跟我离婚，也不愿我去帮你借个人信用贷？难道真的只有抵押房产这一个途径了吗？如果我不同意，你真这么决绝？我们这么多年的感情，还抵不过这个决定？"

事实上，孙秦在一瞬间说出离婚之后，心中一阵后悔。他深知，这句话对罗园园的伤害和打击有多大。

夫妻两人关系再好，有些话也是有忌讳的，比如"离婚"这样的话，哪怕是开玩笑，也尽量不说。好的婚姻是一片肥沃的土地，即便如此，也不要种下一颗恶的种子。

然而，他建议的本意，并非罗园园所理解的那样。听完她连续几个问句，孙秦知道，妻子会错意了。

他用双手温柔地扶住罗园园的肩膀。感受到从手掌心传递过来的颤抖，他的心都要碎了。

"园园，你听我说……我刚才提出离婚的想法，并非因为你不同意抵押房产，也不是因为我宁愿选择离婚，也不愿意让你去贷个人信用贷，而是……万一公司真的走到山穷水尽，我连所借的债务都还不上的时候，我不想连累你和乔乔。如果有这样一个最坏结果出现，我宁愿与你们切割得越早越好。"

稍微顿了顿，孙秦深情地看着罗园园的眼睛，接着说道："我真的很感谢你能够毫不思索提出用你的个人信用去帮我贷款，或许，你也在内心深处思考，要不要找你的朋友们借钱。但是，我不希望你这样做。原因没有别的，还是我刚才所说，金额太小，得不偿失。公司每个月要烧的钱以数百万计，要想撑到投资款进来，只能靠抵押房产了。"

罗园园心中一热，但那丝感动很快又被焦虑所完全取代。

"难道不能去向银行贷款吗？你们公司发展了5年，既有一些营业收入，又有固定资产。"

孙秦苦笑着说："年前我们已经沟通过了，但是银行……怎么说呢？只会锦上添花，不愿雪中送炭。我们状态还好的时候，他们三天两头找我们说给我们贷款、授信，我们也的确拿了授信，但前阵子到期再次谈延续的时候，却没有通过他们的审核，因为什么？因为我们已经接近弹尽粮绝了。"

说罢，他转头望着窗外。雪势比刚才稍微大了一些。

罗园园没有立刻回答。她暂时也没有更多的主意。

不过，一番解释下来，她的情绪倒是稍微平静下来一些。

总的来说，她是一个情绪稳定的人。

而与孙秦多年以来建立起来的互信更有助于她保持情绪稳定。

孙秦接着说："园园，相信我。在我自己去借个人贷，找所有身边的人借钱之前，我们已经穷尽了公司层面的努力了，包括你说的银行贷款，也包括向各个客户追取回款，就像刘动找我那样。但是，银行贷款遥遥无期，客户能回款的都已经回了，有些好客户还愿意提前支付一点，没法回款的客户，我们也不能拿枪拿刀架在人家脖子上。"

罗园园看着孙秦，眼里都是怜惜。她这才注意到，自己的丈夫尽管刚刚35岁，乌发当中已然生出几根白丝。

她伸手抚着孙秦的脸颊："难道真的突然就到了山穷水尽的地步了吗？"

"从公司层面的努力之上，我们已经想不到别的办法，除去银行和客户回款，我们还找了老股东，也就是上一轮投资过我们的机构，但是今年的风口是软件，他们的'子弹'都拿去投资软件了，也没有什么余钱。当然，他们也在帮我们想办法，毕竟，谁都不希望被投企业垮掉，只不过，如果将希望放在他们身上，那我也太幼稚了。"

孙秦叹了一口气，仿佛在跟罗园园解释，又仿佛在对自己说："现金流就是企业的血液和生命线。没有现金流，企业发展得再好，都会突然垮掉。

合同金额、发票金额都是虚的，只有现金，才是王道。而公司维持经营所需要的现金流是很大的，光靠个人贷和借款根本不够。"

罗园园点了点头："所以，就好比公司现在需要2000cc血才能救命，而哪怕我真的去借个人贷，也只能贡献100cc，除了抵押房产，没有别的渠道弄来这2000cc血了。"

"是的，亲爱的，否则，我无论如何也不可能提出这个想法。我怎么可能不知道我们唯一的房产对于我们，对于你和乔乔，意味着什么？但是，创业5年到现在，突然就死掉，我真的不甘心！"

罗园园又问道："可是，如果我非不同意抵押房产，而你又坚持要跟我离婚，即便我同意离婚，离婚之后，你拿什么去找来几百万的钱呢？如何去完成那2000cc的输血量？"

孙秦咬了咬牙，眼里满是倔强："我不知道，但是，至少不会连累到你们了。"

罗园园感到一阵寒意从身体里穿过。"他不会铤而走险吧……"她皱着眉头，心乱如麻。

两人没有再说话，房间里陷入沉默。

而窗外的雪变得越来越大，大块大块的雪花铺天盖地地掉落下来，仿佛之前一直在天穹上堆积，终于将其压垮一般。

时间已到深夜，楼下玩耍的孩童们早已不在，外面变得十分安静，甚至在屋里都能听见"扑簌""扑簌"的声音。那是雪花落下的声音。

第2章
L5级自动驾驶？开什么玩笑？

孙秦不会想到，自己将在5年之后的大年初三晚上，在那个风雪交加的夜晚，与罗园园面临着事关身家的抉择。

但是，当他下定决心辞职创业的时候，就已经做好了最坏的打算。人无远虑，必有近忧。

与李翔推心置腹地在烧烤摊畅谈一晚上之后，两人又断断续续聊过几次，但李翔一直没有给孙秦一个明确的信号。

3个月之后，孙秦又找到了他。

"考虑得如何了？"

"你是认真的吗？确定不是几瓶啤酒下肚之后说的酒话？"

"几瓶啤酒就能让我说酒话了？"

李翔咧着嘴笑道："其实，我很佩服你的魄力。你已经拖家带口了，而且在院里又有很好的发展前景，都愿意出去闯一闯，我这孤家寡人，有什么好纠结的？更何况，你离开后，室主任的位置也不可能留给我呀。"

孙秦说："你小子知道就好，我就算走了，也轮不到你。不过，你千万别怀疑是自己的能力问题，只不过，在现有条件下，能力不是唯一的决定因素。"

"这个我自然懂。"

"所以你的决定是什么？"

"跟着你一起干哪。"

"爽气!"

"你不问问我为什么愿意跟你一起搞点事情吗?"

"你刚才不是已经说过了吗?"

李翔难得正色答道:"那些都只是补充原因,你有老婆孩子,又正处于可能被提拔为副部长的关键当口,都愿意辞职创业,说明你的决心是真的,而且也多半得到了家里人的支持,这也很重要。但是,光有这个决心没用,你要是说下定决心创业去贩毒,你觉得我会跟你吗?不把你举报给公安局就不错了。"

孙秦饶有兴致:"哦?那主要原因是什么?"

"这几个月我每天都抽空了解你说的那个创业方向。叫 eVTOL 也好,无人机也罢,甚至是飞行汽车,我们连那个东西叫什么都还没有一个完全统一的称呼,这说明什么?说明我们要干的这件事正是一件创新的事情啊!想想都觉得很刺激,不是吗?"

孙秦赞许地点了点头:"看不出来呀,每天工作这么忙,也没见你上班时间划水,竟然还有空去搞可行性分析。"

"当然了,虽然我一人吃饱,全家不饿,但也不能让自己出去喝西北风吧。我也是充分相信,无论是城市内部交通,还是城市间短途通勤,地面的二维交通方式始终有个极限——不可能永无止境地造高速、高架和挖地道,但广阔的空中,尤其是低空,应该是任鸟飞的呀!不管是干 A 型号,还是 C 型号,都像是在造大客车,而创业干这个新型飞行器,相当于造小轿车。这对于我们来说,没有技术壁垒,以前所学的专业、所攒起来的经验也不会浪费。"

"好,看起来你的确是准备得很充分了,真是像一只鸭子。"

听到这话,李翔似笑非笑:"鸭子?哪种鸭子?"

孙秦没好气地说:"就是正常的鸭子,浮在水面上看上去姿态优雅,波澜不惊,两条小短腿在水面下不知道划得多努力呢!"

"我就当你这是表扬了……那现在你知道我的意向了,你打算什么时候去提辞职?"

听到这个问题,孙秦愣住了。

在与李翔摊牌之前，他没想到对方竟然已经做了如此多的功课，而且也下定了决心。他原以为还需要再等一阵子呢！

看起来，箭在弦上，不得不发了。

见孙秦没有立刻回答，李翔挥了挥手："没事，反正我的态度已经确定了，我也不是一个翻烧饼的人。你什么时候准备好，就去提辞职吧。不过，我提醒一下你，除了周部长和人力资源之外，你最好跟厉总也打声招呼。"

"嗯，这个我自然清楚。"获得李翔的确切答案之后，孙秦心中笃定了许多。

一个人创业终究还是太孤单了。这几个月当中，他一边在等待着李翔的态度，另一边也在做大量的功课，了解eVTOL这个赛道，了解创业应该注意哪些事项，有哪些应当避免去踩的坑，诸如此类。

他说李翔是鸭子，他自己又何尝不是呢？当然，最重要的还是获得罗园园的认可。

两人已经结婚多年，都在稳定的体制内单位工作，正处于生活稳中有升、按部就班的阶段。

让他感到意外而又欣慰的是，妻子对于自己创业的想法并未阻拦，甚至都没有表现出太大的焦虑。

"我理解你，当你跟我说这件事的时候，事实上你心中已经拿定主意了，跟我说，也只是寻求一下我的支持罢了——但是话说回来，即便我不支持，你恐怕也不会作罢，顶多再过几个月，又会提出来，直到我同意为止。与其这样，何必呢？更何况，越早创业，哪怕失败，也越早失败，东山再起也总归还有机会。"

说到这里，罗园园又补充了一句："你正好三十出头，精力和经验都挺平衡，也不是一个闲得住的人，在研究院按部就班地发展，万一出个差错，错过了晋升的时间窗口，这辈子就只能走专业路线了，还不如出去闯闯呢。家里有我一个人在体制内也就够了。"

正当孙秦要冲过去抱着妻子亲一口的时候，又听到一句。

"不过，你最多只能拿30万元去创业，我们这些年也没多少积蓄，好在乔乔肯定读公立幼儿园和公立小学，教育成本倒是十分可控。"

30万……

他知道妻子已经尽力，但是，这点钱对于造飞机来说，简直就是把一根绣花针扔进大水缸，激不起一点风浪。

很快，就要去社会上找钱了。

不过，这不是他眼下最关注的。首先得获得领导的批准，顺利辞职才行。说到底，自己要离开，只是因为有一个更加高远的目标和梦想去搏一搏，并非对现行体制或者工作环境有什么意见。

相反，无论是厉玮，还是周大维，还是这些年在A型号上结识的并肩作战的战友，都对他不错，也让他从一个初出茅庐的毛头小子成长为一名较为资深的飞机设计师。

他需要非常小心地准备好与他们的辞职谈话，毕竟，离开了还是可以做朋友的。而且，航空这个行业原本就很小，抬头不见低头见，说不定哪一天，命运又重新交会了呢？

与周大维和人力资源的沟通，比孙秦预想当中要顺利。

人力资源全程面无表情，公事公办地介绍了离职流程，然后强调了两遍："要跟直属领导沟通好，确保工作交接时不要掉地上。"

周大维则只是在象征性地挽留而发现没有效果之后，扶了扶眼镜，平静地跟他确认："副部长的位置有空缺，组织上也没最后定人选，你确定放弃这个难得的机会吗？"

孙秦多少感到一些失落："原来我并没有自己想象中的重要……"

不过，他很快回过神来。辞职这件事，一旦说出口，就没有回收的余地了。他必须立刻去找厉玮，否则，过不了一两天，可能大家都知道他要离开。如果不是自己亲口告诉她，她肯定会大发雷霆。

想到这里，孙秦眼前不禁浮现出厉玮严厉的神情。他不由自主地抖了抖身子，快步朝着厉玮位于研究院主楼五楼的办公室走去。

厉玮在研究院和总部两地办公，如果没有提前跟她的秘书预约，很难见到她。

早上孙秦在研究院的内部会议上得知，她一整天都会待在办公室。这是难得的时机。

他不停地在心中默念说辞，同时双手插兜，低着头，忍不住在电梯轿厢里走来走去。电梯门打开，他探头看了看走廊。不知为何，总有种做贼心虚的感觉，生怕碰上熟人，好不容易准备好的说辞和气场便破功了。好在这会儿走廊里走动的人不多，直到孙秦走到20米开外的厉玮办公室区域时，都没有看到一张熟面孔。

厉玮的秘书一般坐在她办公室前面的工位区域，此时恰好也不在座位上。或许恰好离开办事，又或者只是去洗手间了。

孙秦心中窃喜，两三步迈到门口，从微微虚掩着的门缝当中往里一看，只见厉玮正聚精会神地面对着电脑屏幕。他鼓起勇气，深吸一口气，轻轻敲了敲门。

厉玮将视线从电脑屏幕上转移过来，见是孙秦，便点头示意他进来。孙秦闪进门，顺手将它轻轻关上，然后轻轻地走到厉玮办公桌前。

"坐吧。"厉玮招呼道。

孙秦这才坐下。

"小孙，有事吗？"厉玮的话总是十分简短。

但是，孙秦觉得她的目光一如既往地犀利，仿佛可以将自己的所有心事都穿透似的。

"厉总，我的确有件事想向您汇报一下。"孙秦觉得自己的喉咙有些发涩。

"那就说吧。"厉玮的神情变得更加严肃，看上去仿佛一块铁板。

从孙秦的表情和肢体动作判断，他这次来找自己，不会有什么好事。她已经做好了孙秦提出离开A型号去C型号的诉求的准备。过去这几个月，这样的情形已经不是第一次在她的项目团队当中发生。

不过，当她听到孙秦的话之后，还是不免微微张了张嘴。什么情况？这小子干得好好的，竟然要辞职？

"我明白了。现在A型号证后的事情很多，所以我没有太多的时间跟你聊，也感谢你特意告诉我这个情况——按照正常流程，你不必非么么做，自从A型号取证，走了不少人，不是每个人都像你那样，还特意跟我说一声。所以我还是想问问，你为什么要出去创业？都想好了吗？家里人都支持吗？失败的后果能承受吗？"厉玮的语速很快，一连问出好几个问题。

好在孙秦早有准备，也基本上都回答上来了。这些问题，哪怕厉玮不问，他自己也非得想得十分透彻才行。

听完孙秦的回答，厉玮摇了摇头："这些答案都不重要，我问你，你现在已经找到启动客户了吗？找到启动项目了吗？有没有人给你投钱？你的团队搭建和办公场地有着落了吗？你的公司名称想好了吗？"

不愧是开过战斗机的，问问题真是如同机关炮扫射。

孙秦心中暗自感慨，他已经招架不住了。这些问题比刚才那几个更深入灵魂。而偏偏他的答案都是"否"。

在厉玮问出这些问题前，他真的还没仔细考虑过这些事。哪怕与李翔断断续续商量了好几个月，两人也都谈到过这些事儿。

可是，在听到这些问题的一瞬间，孙秦就理解了厉玮为什么要这么问。

既然是创业，当然要确保万无一失才能投身进去，毕竟这是一件失败风险极高的事情！

他觉得自己脑门上渗出了细细的汗珠。一时间竟然不知如何回答。

厉玮这才放缓了语速："看来，你都没考虑过这些问题。你还是太年轻了，以为出去搞的是餐饮、电商和直播吗？你是设计飞机的，安全性难道不是需要优先考虑的吗？设计余度留得够不够？怎么到你自己创业，就这么不专业了呢？听上去，你要搞的是eVTOL、无人机这种低空飞行的飞行器，这都是才刚刚起步的玩意儿，前途虽然可能很好，但什么时候才能兑现？如果还需要20年，你为什么不在研究院再干10年，再攒一到两个型号经验之后再出去？而且，你考虑过技术难度和适航挑战吗？别看它们跟我们现在搞的都是飞机，但无论从顶层需求，还是运营场景，都有天大的区别，我就说一个，它们都是电动的吧？我们的呢？哪个不是烧航油的？电动汽车和燃油汽车的基本逻辑差异有多大，你知道吗？那如果平移到飞机上呢？"

这些话，与其说是批评，不如说是一个严厉长辈难得的温情肺腑之言。每个字都扎进孙秦心里。他觉得胸口有些发紧。

的确，尽管本质上都是航空器，或者飞机，但eVTOL却需要在尺寸更小、重量更轻的约束条件之下，依然实现飞机的所有功能。

也就是说，它是一种高复杂度和技术密集型产品，是包括总体设计、气动设计、复合材料、飞行控制、航空电子、电池动力和分布式电推进等关键技术的综合集成。

它麻雀虽小，却五脏俱全，全机系统与传统飞机类似，包含了动力系统、飞控系统、导航系统、通信系统及整机结构等。而正因为它整体的尺寸和重量等约束更高,因此需要考虑气动结构一体化、能源综合管理、集成优化设计、安全可靠性、结构轻量化等多重技术的创新,开展多学科分析耦合与优化设计研发,在飞行控制、电池技术、气动布局、自动感知、卫星通信与导航、复合材料、智能软件、算法算力、自动化技术、降噪技术等方面取得突破,以实现总体结构、推进动力、飞行性能、数据传输、智能驾驶、安全冗余等的优化组合。

而与传统飞机一样,eVTOL因为要载人,在正式推向市场之前需要通过民航局的适航取证,但纵观全球,eVTOL要如何适航取证都还是空白,无论是政府和监管方,还是工业界,都没有先例可循。

"技术与适航,都是挑战哪……"

这些想法正在孙秦脑海中翻滚时,厉玮又补充了一个问题:"你是不是辞职报告都已经打了?"孙秦这才回到眼前的话题:"是的,我也已经跟周部长聊过了。"

厉玮摇了摇头,轻叹一口气:"你别让自己后悔。"

"嗯,谢谢厉总指点,您刚才说的每一句话,每一个字,我都牢记在心。"

"这种漂亮话就少说了!你牢记也好,忘记也罢,之后的路都是你自己闯,吃肉挨打也都是你自己的造化。反正,还是那句话,别让自己后悔。"厉玮说完这句话,将眼神从孙秦身上移回到电脑旁。

孙秦知道,这是她特有的送客方式。这并不代表她心有芥蒂,而是她多年以来养成的习惯。时间宝贵,无须虚礼。

过去这些年,自己早已适应。只不过,他知道,今天一别,下回再见到厉玮就不知道是什么时候了。

他毕恭毕敬地站起身,冲着厉玮微微鞠了一躬。

"厉总,感谢您过去几年的教诲和指导,我真的受益匪浅。以后如果您不嫌弃,我一定会回来看您。不管您信不信,这都是我的真心话。"说完,他转身朝着办公室门口走去。

只听得身后又传来厉玮的声音:"我们那个年代,是绝对服从组织分配的。当年,让我开飞机,我就开飞机,让我干民机,我就干民机,干完一个型号，什么想法都没有，接着干下一个型号。现在，你们不一样了，你们有自己的想法和冲劲，这是好事。"

孙秦停下脚步，心中充满感激。

当孙秦把书面辞职报告正式提交给周大维那一刻，他离开中商飞机上海研究院就进入了倒计时。

命运的齿轮一旦转动起来，就不会再停下。

为了实现A型号证后工作良好的交接，他答应周大维，在研究院再待一个月，确保工作平稳过渡。

但是，这一个月对他来说，变得无比动态。

尽管他是一个颇具责任心和专业精神的人，却依然发现自己难以像以往那样，将百分百的专注放在最后的交接工作上。很多时候，他会进入一种神游四海的状态，脑海中不受控制地蹦出各种奇奇怪怪的想法。

"我应该先做什么？"

过去这6年，他的工作一直在一种相对确定性的轨道上运行着。

飞机设计说复杂也复杂，说简单也简单。复杂的是，它可能是世界上最繁杂的系统，尤其作为总体设计，需要综合考虑各方面因素。而说它简单，是因为，整个飞机的设计过程是需要遵循一定的行业规章和流程开展的，这就意味着，每个设计师的自由发挥空间并非无穷无尽，很多时候，需要考虑各种限制条件。

这些限制条件或者说需要考虑的因素，好似大峡谷景点之上布设的玻璃栈桥的栏杆，可以确保游人的安全，而且给出了大致的前进方向。

但现在，当孙秦面临创业这样一件自己心驰神往已久的事物时，却发现：它似乎没有一个具体的形态，也无现成的事例可循。

好在李翔也已经再度确认他的意向，并且在孙秦提交辞呈后的半个月，也正式提出辞职。两个臭皮匠凑在一起，总归比一颗脑袋好使。

曾经触发过孙秦灵感的研究院图书馆，成为两人临时的创业筹备地点。又是一个午饭后，两人从食堂来到图书馆，找了一个相对安静的角落，再度商量起来。

孙秦掏出手机，打开记事本，对着里面自己列出的一些事项，轻声说道："还有半个月，我就正式离开了，在你完全出来之前，我可以先把一些事务性的工作先干起来。"说罢，他将手机屏幕放在李翔面前。

李翔定睛一看，只见上面写着好几件事：

  注册公司
  启动资金
  选定办公地点
  确定产品方向和技术路线
  寻找启动客户
  招募团队
  …………

李翔笑着说："你这考虑得很周全哪。"

孙秦摇了摇头，苦笑道："我突然发现，这些事情应该在辞职之前就想好的……"

李翔拍了拍他的肩膀："没事，谁都有第一次。第一次嘛，生涩一点也很正常。"

孙秦白了他一眼："这话听起来怎么感觉怪怪的。"

李翔"嘿嘿"一声。

"我们就这样分工吧，前三件事情，我因为出去更早，我来负责，后面三件需要更多的思考，你来管。"

"启动资金也全部你来负责？难道你家里有矿？"

"想什么呢？我这叫规划启动资金，到时候你也跑不了的，不掏钱怎么行？"

"嘿嘿，我光杆司令一个，还是稍微有点积蓄的，而且也不需要获得谁的批准，反倒是你，不得跟老婆申请啊？"

"批示已经拿到，否则我怎么敢迈出第一步？"

"嫂子还是很深明大义的，佩服。"

"所以我们必须干好，不然我老婆孩子就要流落街头了。"

"不会吧？你难道打算卖房子？"

"你不要咒我好不好。"

两人又聊了几句，把初步的计划商定下来，便离开图书馆，各自忙碌去了。

下班回到家，孙秦跟正在做晚饭的罗园园聊了两句后，便把自己关在房间："吃饭时叫我，吃完饭之后收拾桌子和洗碗我来呀。"

他坐在写字台前，从抽屉里找到四张空白的A4纸，平摊在桌面上，又拿起一支圆珠笔，在上面写写画画。

名不正则言不顺。创业的主体是企业，所以首先需要注册一家公司。

公司的名字就有讲究了。毕竟就跟孩子的名字一样，起好之后不到万不得已是不能变更的，会伴随一辈子。

如果是两个字的名称，就很完美。中国人的习惯总归是叫两个字更加顺口。很多企业，要么名称就是两个字，要么常用的简称也是两个字。实在不行，三个字也能接受。四个字就是极限了。

第一步是写下各种心仪的名字，然后才是第二步：查重。

好的名字，自己喜欢，别人也喜欢，很有可能早就被人捷足先登抢注了。

孙秦聚精会神地思索着，一会儿咬着下嘴唇，一会儿挠挠头，眉头也时不时皱起来。当年给儿子起名字都没那么困难。

不知不觉间，他已经在纸上写下了十来个名字。很快，他就删掉了其中的一半。

太通用，看不出与航空和飞行的关系。毕竟，他要干的是未来的低空航空器，最好能在名称中也体现这一点。

当罗园园叫他吃晚饭的时候，四张白纸上才写完不到一张。他无可奈何地摇摇头，起身打开房门，走到餐桌边。

"想出什么好名字了吗？"罗园园问道。今天她将儿子送到父母家去了，两人正好可以专心地聊聊正事。

"还没有，太难了。"

"这个要看灵感的，光靠冥思苦想恐怕还是不够。"罗园园安慰道，"没准明天早上你起床的时候，一睁眼就想到一个绝妙的名字呢？"

"可遇而不可求。"

"嗯，那就放松一下，先吃晚饭吧。"

"好的,等我们想到更多的备选名字,老婆大人帮我查重啊。你不带任何感情色彩。我怕有些名字我自己看重了,但是发现被别人注册后,无法接受现实,还抱有侥幸心理地拿去注册。"

"好的,那我就负责当反方。"

孙秦笑了笑,端起饭碗吃饭。罗园园的手艺还是很不错的。

填饱肚子之后,他自觉地站起身,熟练地将剩饭剩菜归集到一个碗内,然后把它们叠起来,端进厨房。

听着厨房里传来的水声,罗园园冲着孙秦的背影说道:"你现在创业就相当于'扫天下',洗碗便是'扫一屋',创业之后,可不能忘记干家务活呀。"

"这个自觉性我还是有的……"孙秦头也不回,大声回答,"只不过,我这创业还没起步呢,光前期这些杂七杂八的事情就够让人操心啦!"

…………

尽管已经接近10月,广州街头的炎热仍未完全散去。湛蓝的天空中只有几片懒洋洋的云彩,水汽被阳光辐射的高温持续地蒸发着,如同魂魄不断流逝的人,无精打采。

苍穹之下,珠江从西向东绕过高耸的"小蛮腰"广州塔,一路往东南方向流去。往下游流过几十里,冲积出越来越开阔的地带。

就在珠江即将离开广州地界的岸边,有一片非常气派的厂房。厂房正门口牌子上醒目地刻着四个大字:羊城汽车。

从空中俯瞰,厂区里的一角,密密麻麻地摆满了刚刚从生产线上下来、即将被拉走的新车。它们在阳光下闪烁着不安的光芒,不知道自己将被送往何处。

室外炎热如夏,研发大楼里在空调的强力作用下却无比凉快,甚至让人感到一丝寒意。

袁之梁低着头,忍不住打了一个喷嚏。他身处三楼一间没有窗户的小型会议室当中,此时对面坐着一个中年男人。

中年男人长得脸阔口直,浓眉大眼,稀疏的头发有些微卷,胡子刮得不甚干净,下巴和腮帮子露出顽强的胡楂儿。

中年男人看着眼前这个眉清目秀的下属，心中却轻轻地叹了一口气："十几年前，我也是这样的青葱模样啊……"

不过，他很快定了定神，问道："为什么要在刚才的大会上大放厥词？公司战略决定与千参公司合作，研究L5级自动驾驶技术，有什么问题吗？你好歹也是一个汽车电子工程师，难道不认为汽车的未来就是实现L5级自动驾驶，让人可以彻底解放出来吗？"

袁之梁听到这些话，眼神再度一亮，抬起头来，坚定地看着自己的直属上司。

"陈博士，我就问你一个问题，千参公司忽悠胡总，说2025年能实现L5级自动驾驶，你真的相信吗？"

陈子任没料到袁之梁会反问自己，一愣，不过马上反应过来："胡总自然有他的判断，他是中国第一批搞自动驾驶的专家，能够接触到的信息和技术都远超我们。他认为千参公司的技术路线可行，并且已经做了决策，我们当然需要尽力去支持他实现。再说了，现在到2025年还有10年，10年难道还干不成L5级自动驾驶吗？我们现在都能实现L2级了。即便到时候没法全面铺开L5级自动驾驶，在一些场景相对简单的特定路段上实现，肯定是不成问题的吧？"

袁之梁冷笑一声："如果将L5级自动驾驶的实现定义为在特定路段上实现，那今天就能实现。我们在厂区里开辟一条30米的路，方圆50米不准进入，再把我们试验室里那些激光雷达等各种传感器装上，然后配置一些车机软件，做好系统联调，绝对可以不需要司机，我们的车就能自动驾驶完成这30米的路段。可是，这有意义吗？"

陈子任把脸一沉："小袁，平时你有自己的主见，我也就睁一只眼闭一只眼了，可是今天是什么场合？胡总正在向公司高管汇报千参公司的合作设计评审情况，一切准备工作都做好了，你这一嗓子下去，领导们又让胡总和我们再论一论。我费了老大劲才让胡总确信，我们团队不是有意拆他的台！"

袁之梁挑了挑眉毛："所以，本质上无关L5自动驾驶的技术可行性咯？而是关于胡总和你陈博士的面子？"

"你小子……"陈子任瞪大了眼睛，说话的语气变得更加严厉，"如果你意识不到自己的问题，或者意识到了也不愿意去改，那我有的是办法让你改!"

袁之梁毫不畏惧:"有什么办法?作为一名专业技术人员,我看到公司要为一项虚无缥缈的技术前景而花费巨资,投入巨大的人力物力财力,却面临着颗粒无收的风险,难道没有义务站出来发表我的意见吗?难道领导的面子比真相更重要?亏你还是个博士,一点学术操守都没有!"

陈子任握紧拳头:"我刚才已经说了,你是活在你自己的世界里!L5级自动驾驶的未来到底有没有前途,难道胡总不比你看得更长远?难道我不比你更了解?你自认为自己是对的,却一点大局观都没有!有意见不知道下来再提吗?你的意见就一定是正确的吗?我是为了自己的面子折损生气吗?我是为我的团队有你这样偏执而不知轻重的成员感到生气!"

"那好,我就把我的观点重申一遍:L5级自动驾驶在汽车领域的实现遥遥无期!甚至我在有生之年能否看到都是个问题!"说罢,袁之梁站起身来,罔顾陈子任满眼的愤怒,走出会议室。

不过,他还保持着一丝理智,并未把门重重地摔上,而是用恰到好处的力气将其合上。

刚迈出会议室大门,他就吓了一跳。只见门外正凑着好几个人。

他们原本竖着耳朵,瞪着眼睛,正聚精会神地听着会议室里的动静。但显然,没有料到袁之梁会突然离开,尽管已经尽力去做动作和表情管理,依然没能逃脱袁之梁的眼神。

"喂!你们几个,在这里干什么?"袁之梁又好气又好笑。自己又不是第一次跟陈子任吵架了,这帮人怎么这么八卦!

几个人你看看我,我看看你,一时没有言语。终于,其中一个女孩打破了尴尬局面,说道:"我们几个就是在这里恰好碰到,聊聊天罢了。没想到你们在会议室里这么火爆呢,声音都传出来了,打扰了我们的聊天。现在你反而倒打一耙,诬陷我们偷听?"她的声音十分清脆悦耳,语气中还带有一些肆无忌惮。

袁之梁只觉得心弦被不自觉地拨动了一下,忍不住朝着女孩看去。

当袁之梁将目光锁定在女孩身上时,顿时再次感到,她不光是声音,包括相貌身材,也是超群的。

那是与他同一个团队的黄馨。江西女孩,比自己小两岁,也比自己晚两年加入羊城汽车自动驾驶业务事业部自动驾驶技术团队。

两人的直属领导都是陈子任。平日里，袁之梁与黄馨工作上有不少交集。

相比去琢磨那些男女之事，他更喜欢沉浸在自动驾驶技术的世界里。所以，活该他一直单身。

不过，刚才黄馨那百灵鸟般的声音，以及此刻她的神态身姿，都让他觉得心跳加速，双颊也不自觉地有些发热。

他试图反驳刚才她的恶人先告状，但声音却有些吞吞吐吐："我怎么……倒打一耙了？你们聊天在哪儿聊不好，偏偏要在会议室门口？这不是故意偷听，又是什么？"

黄馨眉头一挑，双手叉腰，板着脸说道："这样吧，你跟我们分享分享在里面跟陈老大吵什么，我就既往不咎。"

"…………"

其他几人实在憋不住，都笑了出来。

黄馨也瞬间破功："哎呀呀！我果然还是没法装作很严肃的样子！"

她往前跨了一步，距离袁之梁只有一米之遥，做出一副楚楚可怜的表情，问道："好不好嘛？你们到底在吵什么？"

袁之梁脸一红，有些手足无措。

这时，旁边另外一名中年男子把他往前一推："走走走，我们去角落那间会议室听小袁说说。"

于是，他便不由自主地被几人裹挟过去。黄馨则轻快地在前面带路，时不时还得意地回过头来瞧一眼袁之梁。

进了角落会议室，袁之梁两手一摊："各位，其实真没什么事。"

刚才推他的中年男子起哄道："怎么可能？刚才的大会我们都参加了，你在那种场合下让胡总下不来台，让陈老大满脸黑线，还说没什么事？"

"邓哥……"袁之梁扫了他一眼，"我真的是觉得公司这个技术方向是错的，或者说，还没到这个时候，却投入这么大的精力和资金，太浪费了。千参公司的名声也并不好，他们除了当年起家的那点业务，还干成过什么其他事情吗？"

中年男子还没来得及回应，黄馨便抢过话头："那你也够勇的，当着大家的面直接给领导和领导的领导扇耳光啊！"话虽这样说，她的表情和语气与其说是责备，不如说是赞许。

袁之梁挠了挠头："所以……真不骗大家，我们没有吵什么，就是这件事。只不过，我依然坚持我的观点。"

另一个同事问道："你就没有说一点软话？万一陈子任一时上头，把你开除了怎么办？"

"不，他不会的。他没有正当理由。"

"你倒是挺自信的。"黄馨又笑道。她盯着袁之梁的眼神里闪过一丝让人难以察觉的神情。

袁之梁摇了摇头："这跟自信没有关系，我们羊城汽车好歹也是正规公司，领导怎么可能因为下属跟他吵个架就把人开掉的？再说了，陈博士也不是那样的人。"

大家见没有更多好戏可看，便有些悻悻地离开会议室。

袁之梁也准备离开，却发现黄馨没有挪动脚步，而是看着自己。

他一愣，问道："还有事吗？"

黄馨眨了眨眼睛："你一直在说你的观点是2025年不可能实现L5级自动驾驶，在我看来，我不同意你这个观点。"

袁之梁有些意外。

虽然跟黄馨在平日工作里没少打交道，但他没有做好与她当面争执的准备。我们没那么熟吧。

他懒得回复，转身便要出门。黄馨一个箭步抢在他之前堵在了门口。

一股淡淡的清香钻进袁之梁的鼻孔。还怪好闻的……

"你想干什么？在这个会议室里跟我把L5级自动驾驶谈个水落石出吗？公司领导都没想清楚的事情，哪有这么容易谈清楚？再说，你支持L5级自动驾驶有什么用，你又不是公司领导。"

黄馨倒也不生气，只是白了他一眼："那你反对L5级自动驾驶也没什么用啊，难道你是公司领导？"

"但是我还是要说出来呀。"

"那我也想说出来，我支持L5级自动驾驶，支持胡总的决定。"

"胡总有你一个支持不多，少你一个支持也不少。"

黄馨撇了撇嘴："你就这么看不起我吗？"

"不是看不起你，而是我们的争论没有意义。我就算说服了你，又有什么用？而你要是说服了我呢……你是不可能说服我的。"

"……………"

黄馨一副气呼呼的表情，胸口也剧烈起伏着，她有些哀怨地盯着袁之梁，就是不说话。

袁之梁觉得有些局促不安，手脚都不知道往哪儿放。他很想夺门而出，但是黄馨却偏偏堵在门前。他实在没法下狠心去将她推开。

正在思索下一步要怎么办的时候，黄馨仿佛气消了，呼吸平缓了许多，笑容也重新回到她那张青春的脸上。

她问道："这样吧，你告诉我，你反对L5级自动驾驶，那你的观点是什么？"

"反对一件事情，不能算作观点吗？"

"算，但是还不够。上学的时候，老师就教过我们，一个词语的反义词不能简单地在它前面加上否定词，比如：强的反义词是弱，而不是'不强'。"

"你说得似乎有那么一点道理……"袁之梁忍不住乐了，"那好，我的观点是：L5级自动驾驶在飞机或航空领域的实现肯定要早于汽车领域。也就是说，公司应该把资源先放在L3和L4之上，而不是过早地去做太多L5级研究。什么时候我们看到新闻，说飞机已经实现了完全的自动驾驶，什么时候就是汽车可以开始考虑L5的时候。"

黄馨身体往前一倾，眼里满是兴趣："为什么呢？"

"因为汽车面临的场景太复杂了，你不知道什么时候就有行人乱穿马路，有助动车和自行车跟你抢车道，路边会不会突然蹿出一条小狗……在这样的情况下，想实现完全自主驾驶，哪这么容易？相比之下，飞机所面临的场景就简单很多，在天空中总归没有行人、自行车和小狗吧。摩天大楼的位置又是固定的，比较容易建模。现在的飞机其实在巡航阶段已经实现自动驾驶了。所以，我更看好飞机能更早实现完全的自主驾驶，至于汽车，等我死的时候能出来就不错了。"

黄馨抑制住自己的情绪，眨了眨眼说道："我没有被你说服。"

袁之梁摊了摊手："那就算了，那我出去了。"

"你……"黄馨没有料到眼前这个男人竟然一点胜负欲都没有。

她想了想,说道:"这样吧,我们打个赌,看谁先被谁说服。"

"我没兴趣。"

"……那我就不让你出去。"黄馨张开双臂,挡在门口。

袁之梁无奈地点了点头:"好吧,那就打个赌。不过,赌注是什么?"

黄馨眼里闪过一丝狡黠的光。

之后的几天,袁之梁都很难集中精神干活。

在那个没有其他人在的会议室里,黄馨说出了她希望的赌注。

"天知地知你知我知哦……"她还补充了一句。

回忆起赌注的内容,和她那俏皮而又妩媚的表情,袁之梁的心怦怦直跳。"她竟然会提出这样的赌注,到底安的什么心?"

可是,离开会议室之后,黄馨又像个没事人一样,依然是那个活泼的、如同百灵鸟一般的团队气氛组成员。

正在胡思乱想着,一个身影出现在他的工位前。光影变化打断了他的思绪。

他抬头一看,只见一个微微谢顶的中年男人站在他面前。陈子任。

"陈博士……"袁之梁连忙起身打招呼。

尽管两人几天前刚刚发生过激烈的争吵,但就如袁之梁所猜测的那样,陈子任在离开那间吵过架的会议室之后,并没有把自己怎么样。仿佛一切都被留在了那间会议室里,然后自动消逝分解掉了。

"坐,不用站起来。"陈子任微微点头示意。

袁之梁也没客气,一屁股坐了下去,然后仰着头,看着陈子任。

"明天跟我去测试场,我们的自动驾驶技术需要给胡总演示一下……"

陈子任刚说完,又不忘补上一句:"只是我们内部的一个汇报,跟千参公司合作那件事情没有关系。"

袁之梁一愣,立刻领悟到陈子任的意思。

"他多半是怕我不肯去吧!我有这么小心眼吗?更何况,你是我领导,我也不可能不去呀!除非我真的决定不干了……"

"有没有问题?"陈子任追问。

"没问题。不过,只有我一个人去吗?"

"怎么可能？老邓，黄馨，你们几个都得去。"

"明白了。"

"好，具体时间定下来之后，我会发消息给你们。"陈子任转过身便离开了。

整个过程直入主题，也看不出他有什么积怨，袁之梁倒是挺佩服自己这个博士领导。

"如果是我，是否能够做到他这样？被下属怼脸却在事后云淡风轻，似乎一切都没发生过，这就是专业态度？"袁之梁一边思考着，一边起身去茶水间。

茶水间位于同一层的角落，拥有着两面落地窗，视野和采光都很好。

此时这里没有其他人，袁之梁甚至能够注意到阳光下空气中飘荡着的一些细微的浮尘。

他熟练地找到饮水机，把水杯放在其下，然后按下出水按键。

"你也在这里呀……"

一个悦耳而清脆的声音从他身后传来。语气中带着欣喜。袁之梁不用回头，便知道声音的主人是谁，所以他才迫不及待地扭过头去。

黄馨正笑着看他，手里也端着一个粉红色的马克杯。

还没等袁之梁说话，她便又问道："领导也找你明天去测试场了吧？"

袁之梁连忙回答："哦哦，是的。"

"太好啦！我也一样。一起去见证一下我们自己的成果吧！"

"你听上去对于自动驾驶很激动？"

"当然了，我们就是干这个专业的，难道你不激动？"

"所以……你才跟我打那个赌？"

"那当然，我肯定不会输的。"黄馨眨了眨眼。

"那……也用不着打如此凶险的赌吧？万一呢？"

"不会发生万一的。"黄馨吐了吐舌头。

袁之梁实在是无法猜透这个女孩的心思。他点了点头，先行离开。

黄馨望着他的背影，撇了撇嘴。

第二天的自动测试试验进展得十分顺利，胡林似乎也没有受前些天袁之梁的表现影响，看到他，依然热情地打招呼。

所有演示都结束，回到办公楼的一楼大厅，胡林和随行人员把陈子任和他的团队召集在一起。

"大家辛苦了！我看你们这L4级自动驾驶技术的研究进展很让人欣慰呀！陈博士，你们这个团队很有战斗力！"

陈子任笑着回答："这都是您和公司领导指的方向。现在，业界很多企业都在集中精力攻关自动驾驶，我们羊城汽车也不能落后。"

"嗯……"胡林满意地点了点头，"今天不够解渴的是，我们还只演示到L4级，如果能够更加大胆一点，往L5级去凑一凑，未来跟千参公司的合作我们也能更有主动性。"

陈子任连忙表态："明白，我们一定不能给公司丢脸。"

在随从的簇拥下，胡林正准备转身离去，只听到身后传来一个年轻的声音，似曾相识。而传入耳中的内容更是将他拉回几天前。

"胡总，今天的顺利演示其实并没有太值得骄傲的，我们设置了太多限制条件，而且还是在我们自己的测试场里跑，根本没有上路。如果我们觉得自己已经搞定了L4级自动驾驶，可以开始上L5了，就好像在珠江里扔一个封闭的鱼缸，里面装满海水，养了几条海鱼，然后就宣称海鱼可以在珠江里存活了一样！"

胡林的脸色瞬间一沉，但还是在转过头去的瞬间恢复了和蔼之色。他的视线锁定在袁之梁身上，也因此确认，这个人就是前几天砸场子的那个愣头青。

陈子任惊呆在原地，脸色惨白，他很想当面呵斥袁之梁，但喉咙却像是被什么堵住了，半天发不出声音。

黄馨也瞪大了双眼，不可思议地看着身边的袁之梁。

整个大厅的空气都凝固了。

胡林往前慢慢走了两步，盯着袁之梁，问道："小袁哪，听上去你对于自动驾驶的前途似乎很悲观，可以问问为什么吗？"他的表情虽然依旧和颜悦色，但说话的语气十分严厉。

袁之梁迎着他的目光，挺了挺胸膛："胡总，我并非对自动驾驶的前途感到悲观，而是认为，我们需要对汽车自动驾驶的实现节奏和时间点有更加现实的认识，不能去做'亩产万斤'那样违背客观规律的事情。"

"全世界这么多专家都在研究自动驾驶，你却觉得，他们都在干'亩产万斤'的事情？"

"他们干不干，我不关心。但我认为羊城汽车应当在这个浮躁的大潮中保持冷静，我是羊城汽车的员工，我有义务提出自己的顾虑。"

"有主人翁意识是好的，但是也要注意场合！"

胡林把脸一沉，将视线扫了扫眼前的人，最后停留在陈子任身上。他一言不发，只是将目光在陈子任停留了两秒钟，便转过头，快步走出一楼大厅。

随行人员快步跟上去。大厅里响起不规则的脚步声。

陈子任只觉得双腿发软，等他反应过来，要去送领导的时候，胡林已经上了门口等待着的专车。他茫然地望着远去的尾灯，苦涩地摇了摇头。一阵风吹过，陈子任才稍微清醒一点。

他咬咬牙，连忙回身走进一楼大厅。他的团队依然在那儿，也包括袁之梁。

他狠狠地盯着袁之梁，快步走上前去。

"你小子是脑子进水了，还是脑袋里缺根弦？没看到今天胡总原本心情很不错吗？他也没有追究你上次的事情，你为什么非要又跳出来哪壶不开提哪壶？你跳出来也就罢了，为什么又选一个我在场的时候？你是对我有什么意见吗？"陈子任的脸涨得通红，眼里简直要喷出火来。

其他人都大气不敢出，他们第一次看到陈子任如此失态。

就连平时很擅长活跃气氛的黄馨，此时也紧闭双唇，只敢扑闪扑闪地眨眼睛。她从心底为袁之梁捏一把汗。

袁之梁眼里没有任何惧色，一动不动地站在原地，挺着胸膛，反问道："陈博士，你觉得我们公司跟瑞兹德相比，谁更厉害？或者说，谁在自动驾驶领域里的技术储备更厚？"

陈子任一愣。

瑞兹德是一家美国的新能源汽车公司，在自动驾驶技术领域，走在全球前列。也正因为如此，他们家的车有很高的品牌溢价，平均车价可以达到羊城汽车的三倍。

可以说羊城汽车上下，几乎没有人不羡慕瑞兹德的。

被袁之梁如此一问，陈子任的火气一下子泄了一半。他毕竟是个博士，一碰到技术问题，就会不由自主地聚焦其上。

黄馨松了一口气，她刚才很担心陈子任会跟袁之梁打起来。两个人都是那种需要顺毛捋的人，真的针尖对麦芒干起来，后果很严重。

没想到袁之梁这个问题如同太极拳一般，四两拨千斤。她不由得对着袁之梁的侧脸看呆了。

"你这个问题纯属不怀好意！"陈子任只是略微一思考，便不难得出答案，"我们跟瑞兹德能比吗？他们没有历史包袱，从第一天开始就干新能源汽车，他们的车没有离合器，没有发动机，只有三电系统，这个基础天生就更加适应与自动驾驶技术的结合！"

说到这里，陈子任刚被引走的火气又从丹田里蹿了上来："你不要以为今天我会放过你，想分散我注意力是吧？没门！我告诉你，今天你要是不把问题给我交代清楚，不深刻反省自己的错误，明天你就别来上班了！"

黄馨没想到陈子任这么快就反应过来，捂住张大的嘴巴。

袁之梁并没有被吓到，而是平静地说："我根本没去考虑分散你注意力这种无聊的事情，我只是想提醒你，瑞兹德拥有这么领先的自动驾驶技术，为什么前两天还在高速上出了事故？"

现场所有的人都立刻明白了袁之梁的逻辑。

的确，就在两天前，一辆瑞兹德汽车在北方一条跨省的高速公路上正打开着自动驾驶模式，面对前面缓缓行驶的货车，却丝毫没有减速，径直撞了上去，导致司机当场死亡。

尽管事故根本原因还在调查当中，但几乎所有人都认为，瑞兹德一直高调宣传的"自动驾驶模式"难辞其咎。

见陈子任皱着眉头，没有立刻回复，袁之梁接着说："瑞兹德所谓的自动驾驶模式实际上连L3级自动驾驶功能都没能做到，便已经出了人命，我们到底有何德何能，认为我们居然已经突破了L4级？更何况，人家可是真真切切地在路上用了，我们呢？就在自己厂区的测试场上跑两圈，就觉得可以去探索L5了？"

袁之梁的这番话，让陈子任无言以对。内心深处，他不得不承认，袁之梁说得有一定道理。单纯从技术演进的逻辑上，无论从L2到L3，还是从L4

到L5，肯定需要经过非常完善的过程控制、验证和确认才行。

但是，这个世界并非仅仅由技术组成，还有很多别的因素，而无论是胡林，还是他本人，往往不得不考虑这些因素。

哪怕看上去做的仅仅是一个技术决策。

他不能奢望，袁之梁作为一名优秀的自动驾驶技术工程师能够明了这些，但是，这小子不能总拆台吧！还在几天之内拆了两次！

再坚固的舞台也经不起这样折腾啊！

想到这里，陈子任并没有直接回答袁之梁的问题，而是叹了一口气。

"这里是我们整个办公区的一楼大厅，人来人往的，我们就不在这里讨论了，大家各自回去干活吧……至于你，袁之梁，今晚好好闭门思过，好好想想，到底还要不要在我的组干下去，要不要在羊城汽车干下去……明天上午来找我吧！"撂下这句话，他快步绕过团队，头也不回地往电梯口走去。

剩下几人面面相觑，然后都统一盯着袁之梁：你小子下一步想怎么办？

第 3 章
无人走过的路

孙秦低头看着手里那张皱皱巴巴的纸片，愁眉不展。

上面列出了二十多个名字，全部都被红笔划掉了，一个都不剩。已经是离职出来第三天，可是他却连公司注册都还未完成。

他所中意的名字，要么重名，要么带有禁止使用的关键词，结果都是一样：注册失败。

柜台后的办事人员似乎对这样的情形已经见怪不怪了，提醒道："后面还有人排队，如果你没有新的名字，要么先让让？我们核名的效率还是挺高的，只要你想到了更好的，随时取个号过来，当天就能办。"

孙秦抬起头，不甘心地问道："有没有什么技巧哇？"

办事人员轻轻地摇了摇头："我们也都是在系统里比对，如果能过，我不可能拦着……如果实在没办法，比较简单的方式就是增加字数。"

孙秦叹了一口气，起身离开。

增加字数……这个他当然知道。可是，公司的名字就跟人名一样，要叫一辈子的。

真要搞到四个字，就太长了，而且很容易没有记忆点。

可是，他所能想到的两个字和三个字的名字都被工商系统的查重功能无情地筛出。

孙秦情绪低沉地走出办事大厅，感到胸口闷得慌。豪情壮志"仰天大笑出门去"，结果一出门就淋上一盆凉水。

正当他有些迷茫，不知往哪儿走的时候，只觉得眼前迫近一个黑影。他下意识地往后退了半步，定睛一看，一个与他年龄相仿的女人快步冲他走来。

女人中等身材，圆圆的脸蛋，披着半长的头发，虽然未笑，眼神里却已满是笑意。

"帅哥，要帮忙吗？"女人没等孙秦反应过来，便进一步凑上前来，轻轻问道。她咧开嘴，露出一对虎牙，十分显眼。

孙秦愣住了："帮忙？帮什么忙？"他警觉地看着这个女人，双手不自觉地护在身前。光天化日之下，这可是行政办事大厅门口，并非火车站或汽车站这种人流混杂之处哇！

虎牙女完全没有去理会孙秦的肢体动作，继续压低声音说道："一看你就是工商核名没有通过，要不要考虑找代理办？"

孙秦这才明白她的目的。不过，他感到啼笑皆非，难道我刚才在柜台痛不欲生的表情被她看到了？但是，眼下似乎也没有更好的办法。

他脱口而出："找代理，找什么代理？"

"就是我呀……"虎牙女再次往前走了半步，把胸脯挺了挺，距离孙秦只有半米远，"我能帮你搞定整个工商注册的事情。"

孙秦都能闻到女人身上传来的淡淡香水味，微微往后靠了靠，问道："你怎么搞定？"

"细节你就不用管了，我来给你代理，你只需要按照我说的准备材料，保你快速下证。"

"准备材料？材料我自己都准备好了，至于核名，他们是用系统审核的，如果我核名通不过，你去办难道就能通过？"

虎牙女神秘地眨了眨眼，然后左右看了看，见不远处的保安并没有关注自己这个方向，继续小声说道："帅哥，信则灵。你要是自己没有办法，不如花点小钱，找我，肯定包你省心。"

说罢，她伸手递给孙秦一张名片，然后转身离去，临走前还冲着孙秦回眸一笑："记得找我哟。"

望着她的背影，孙秦只是稍微思索了一下，便快步跟上去："等一等！"

虎牙女仿佛正等着这一刻，马上转身回来，咧着嘴看着他："想通了？"

"除了工商注册之外，税务登记办不办？"孙秦直接问。

"你要是选我，就送你税务登记。"

"那银行基本户开户呢？"

"帅哥，开户得你本人或者你们公司的法人去呀！这个光靠我又办不了的咯。"

"我是说，帮我找好合适的银行，预约手续都办好。"

"那是一点问题都没有。"

"好，多少钱？"孙秦咬咬牙，已经做了决定。

他刚才快速算了算，从辞职到今天已经三天，光浪费的时间就不知道值多少钱了。还不如找个代理，快速解决问题。

"看你这么爽快，1000吧，工商注册、税务登记和银行开户，如果你选了我，后续你们肯定还要代理记账的，我们都能做，而且给你打折。"

敢情是一条龙服务！

孙秦皱了皱眉："太贵了，材料我都准备好，你就去递一递和跟进，这钱也太好赚了吧？"

虎牙女倒也不纠结，立刻回答："行吧，认识你也算是缘分，帅哥你也是个爽快人，给你打个八折，800，不能再低了。"

"不行，500。"

"要死了，你要喝我的血呀！"虎牙女娇笑道。

"干不干？"

"600，600最低了。"

孙秦盯着她的眼睛，片刻后回答："好！"

虎牙女立刻笑得连双眼都弯了："好的，那我们签个合同，你给我转个账，我们把要求对一下。"

"就在这里？"

"你跟我来。"虎牙女快步往行政办事大厅对面的停车场走去。

孙秦也跟上去，但跟她保持着一定距离。

只见女人熟练地走到停车场中的一辆银色牛头牌SUV旁边，打开车门，从副驾驶座位上拿出两份白纸黑字的合同。然后又掏出一支笔，迅速地在上面写了几笔。然后把合同递给孙秦。

"帅哥，合同都是标准格式的，我们已经盖好章了，你看看，要是没问题，就签个字吧！"

孙秦一看，的确条款都是印刷体打印好的，只有价格那里歪歪斜斜地写了个"600"。笔迹都还没干。

"这效率……"孙秦不由得有些佩服这个女人。

只是，对于时常参与动辄上百页的飞机设计相关合同讨论的他来说，这份合同过于简陋了。孙秦快速扫完，然后接过女人递过来的笔。

"到这里签！"虎牙女冲车子的前盖努了努嘴。

孙秦便跨了两步，趴在那儿，完成了创业以来第一笔合同的签署。

"好啦！"虎牙女从他手中拿过一份合同，将另一份留在孙秦手里，然后麻利地往后走去，将后座门拉开："我们在这里把需求对一对吧！不过，你得先转账给我，微信还是支付宝？"

孙秦抿嘴笑了笑。

虎牙女这一系列的流程，看起来实践过无数遍了。

他也走到车后座边，掏出手机。

"支付宝吧。"

600元的交易在瞬间发生。

不过，付款之后，他并没有立刻坐进后座，尽管虎牙女钻进去之后，已经主动挪到了另一侧，将车门打开这一侧的座位让给了孙秦。

"喂！你打算站在外面跟我说话吗？"虎牙女探过头来，满脸不在乎地招呼他，"我都不怕你非礼我，你怕什么？"

孙秦有些脸红。说的也是，这偌大的停车场没几个人，自己一旦坐进去，车门一关，真要对女人有什么不轨的举动，那还真是叫天天不应。

她都不怕，我怕什么？想到这里，他咬咬牙，一屁股坐了进去。但他并没有反手把门关死，只是虚掩着。

虎牙女一笑："对嘛，这样聊起来就方便多了！"她从副驾驶的包里拿出一台笔记本电脑，熟练地打开屏幕，输入密码，再点开桌面上名为企业注册的目录。

孙秦突然觉得她副驾驶那个包简直是机器猫的口袋。

"帅哥，你看，工商注册呢，需要提交这些材料，你说你都准备好了，那我们加个微信，回头你发给我……"虎牙女非常流利地向孙秦介绍各种手续的办理流程和材料，仿佛这些流程都是她设计的。

尽管孙秦在网上已经做了足够的功课，也大致清楚这些流程，但从虎牙女嘴里说出来，显得格外流畅易懂。

"似乎的确不需要我操什么心呢，只要无脑准备她要的材料就行了……果然是术业有专攻啊。"孙秦感慨。

设计飞机，这人肯定比自己差个十万八千里，但论及公司开业这些事情，她可是真正的行家。

两人加完微信，孙秦问道："这些材料我倒都准备得挺全的，不过，核名你打算怎么办？毕竟核名是第一步。"

"核名？你把名称清单给我就好，剩下的我去解决。"

"可是我手上的清单里已经全部被筛掉了。"

"那就去想一些新的，回头发给我。"

"不是你帮我想吗？我还以为这件事情你也包了呢。"

听到这话，虎牙女露出一副不可思议的表情："帅哥，你想什么呢？你见过谁家让接生婆给小孩起名字的？"

孙秦也立刻反应过来，摸了摸自己的脑袋。是呀，怎么可能把起名字这件事情交给别人呢！

可是，刚才如果不是因为她承诺自己可以让核名变得更容易，自己又怎么会这么快决定选择让她做中介呢！孙秦觉得自己似乎被绕进去了。

虎牙女仿佛看出了他的心思，笑道："你不用担心我骗你，我的意思是，如果你再次想出一些名字，先发给我，我自然有办法。"

"那好吧！"孙秦抿了抿嘴。

反正钱都付了，还能怎样？难道在这汽车后座上强迫人家把600块钱退回来吗？万一被她反手一告，自己付了600块钱，有转账记录为证，又跟她有些肢体冲突，她要是在警察面前再把自己的衣服给脱掉一半，就真的什么都说不清楚了。

于是，他推开车门，回头说道："那我尽快给你提供一些选项过来。"

"好的，帅哥拜拜，合作愉快哟，不送！"

回到家里，已经接近太阳落山，孙秦回味着刚才发生的一切，摇了摇头。如果还在单位里工作，还在设计飞机，怕是一辈子都遇不上这样的事情吧？

感慨之后，他把饭煮上，菜洗好，然后回到写字台前，继续伏案憋名字。当年给儿子起名字都没那么费劲，至少上户口不查重。

说来也巧，当之前那几十个选项被拒掉之后，他反而放空了。很多执念不再横亘在他命名的道路上，整个思绪都变得更加通畅。

罗园园下班回来之前，他就已经写下了十个名字。而其中，"驰飞客"最让他满意。

"驰飞"的含义不言而喻，"飞驰"肯定是注册不上了，倒过来应该还有一点胜算。而后面加个"客"字，就代表他想研制的eVTOL，或低空飞行器，今后是一定要载客的，而不仅仅是用于货运。而且，整个名字只有三个字，虽然比两个字要差一点，至少不是四个字。

他不想再内耗了。想到这里，他把清单迅速给"虎牙女"发过去。

"收到！我明天一早就去。"她秒回。

"这效率……"孙秦突然觉得自己这600块没准儿花得挺值，否则，明天还得再去跑一趟行政服务大厅。

这个晚上过得似乎特别漫长，好容易熬到第二天清早，孙秦送完儿子去学校，再次回到家里时，罗园园已经上班去了。

他看着墙上的挂钟，才八点一刻。而行政服务大厅是九点上班。他忍不住又给虎牙女发了个微信："待会儿拜托了。"

"放心吧帅哥！"

孙秦盯着这条瞬间回复过来的消息，怀疑她是不是24小时盯在手机上。

时间一分一秒地过去，孙秦焦急地等待着，这种心情甚至让他回忆起当年在产房前的感受。

终于，微信语音响起，虎牙女直接打过来的。

孙秦深呼吸一口气，接通语音："搞定了？"他装作若无其事地问道。

"差不多了……"虎牙女答道，"不过，还有一个细节需要跟你确认一下。"她的语气听上去也云淡风轻。但孙秦内心却掀起惊涛骇浪。他有一种不祥的预感。

"什么细节?"

"'驰飞客'这个名字是可以核名通过的,只不过需要一点公关费,你愿意出吗?"

"公关费?"

"对,其实不算多的,3万块钱。"

可以通过……公关费……孙秦在脑海中反复念叨着这两个词。然后他彻底明白了,嘴角露出一丝苦笑。

"自由的感觉真好!"李翔张开双臂,使劲靠在椅背上,让自己整个人都伸展开来。使劲嘬了一口左手中的烟屁股,再抬起头,冲着天空中狠狠地吐了一口烟。

那烟随风变淡,然后彻底消失。孙秦盯着那消逝的烟雾发呆。

"你怎么这么丧啊?"李翔端起啤酒杯,冲着孙秦碰过去,"今天是我离职的大好日子,现在跟你一样都跳进黄浦江裸泳了,不能给爷一个笑脸吗?"

孙秦白了他一眼:"当年在研究院的时候,虽然直呼我的名字,但至少还把我当个小领导,现在就自称起'爷'来了。"

"嘿嘿,自称而已,又没逼认。你好歹是驰飞客的法人,还跟我计较这个?"

"别提这个名字,提到它我就恼火!"

"这是社会教我们做人呢。你以为我们还在研究院里,各种杂事都不用想,只管搞飞机设计就行,如果不想追求进步,躺平都没人管?"

"嗯,我也算是初步受教了。"

"你要这样想,花3万块钱买个名字,然后可以用一辈子,万一发展壮大了,品牌价值又何止3万?3个亿怕都不止。"

孙秦这才展开表情,跟李翔碰了碰杯,然后仰头喝了一大口啤酒。

冰凉的感觉顺着喉咙一直灌进肚子里。畅快,清爽。他感觉身处的这个小餐馆都变得宽敞许多。

他们此刻坐在这家不起眼的餐馆门外,正好靠近张家浜河。

凭栏临风,对酒当歌,倒是挺快意。

当然，唱歌是不可能的，但没有什么能够束缚住两人的思路。

他们一边吃着喝着，一边聊着，不知不觉就夜幕降临。河边的灯自动亮了起来，照亮着他们的脸，上面满是兴奋，眼里全是光芒。

"让我们回到现实吧。"孙秦用力把手里烤鸡翅的一半咬了下来，然后在舌头的辅助下，卷进嘴里，"我出来之前，我们约定了六件事，我三件，你三件。现在，我已经把三分之二的任务完成，公司完成了注册，办公地点也选定了。在我们讨论启动资金之前，先看看你那边的进展呗。"

"嗯，启动资金没那么着急，现在不需要实缴资本。"

"哟，你还懂得挺多嘛。"

"那必须的，你以为我跟你出来创业是闹着玩的吗？我家里又没有矿。"

孙秦微微一笑，再次举杯，李翔也爽快地与他相碰。

喝完一大口啤酒之后，李翔略微一思考，说道："产品方向和启动客户其实是相关的，我们不可能凭空创造一个市场需求出来，更何况是造飞机这件事——不要把低空航空器不当飞机。"

"你这是正确的废话。不过，我同意，eVTOL肯定本质上还是飞机，而不是汽车或者什么其他的工业品种。"

"低空航空器属于新鲜事物，而且造价不菲，所以我们的启动客户肯定不可能是个人，一定是企业。"

"你怎么知道没有大款或富豪愿意尝鲜呢？"

"那也不至于用生命去冒险吧？这航空器飞行高度就几百米一千米的，万一出了事，一点反应时间都没有。"

"你这是什么逻辑？企业买了这飞机之后，难道不也要用来载人？"

"不，企业在采购的时候，会极端理性，而且有决策链条和流程，我们的飞机如果安全性不够，稳定性不行，他们是不会埋单的。而个人就会冲动很多，尤其是你说的大款，往往只图新鲜，不管质量。"

"你是说，企业客户会帮我们把关质量？靠客户倒逼我们自己？"

"是的，只要是飞机，就一定要适航，虽然现在局方没有对应的规章，但我相信，他们迟早会推出来的，监管本来就会落后于新事物的出现。有适航的约束，又有客户的监督，我们的产品才能打磨好。"

孙秦点了点头，承认李翔想得十分透彻。

两人都陷入了沉思。虽然，他们短暂地就这个方向达成了共识，但也仅仅是第一步罢了。具体做怎样的产品，瞄准怎样的企业用户，他们都还没有太明确的主意。

尽管潜意识当中，他们知道，哪些企业会选择这种新型的航空器去运营，可是，没有亲自去验证，谁也没有把握。

"要不，还是先聊聊组建团队的事情吧？"孙秦建议道。

不管干什么产品，去拓展怎样的客户，总归不能只靠他们两个人。

"这个问题我也想过，我觉得，无论从成本，还是从时机考虑，暂时我们都没有必要招人。"

"你是说，我们俩先扛下所有？"

"肯定的呀，养人很费钱的。"

"这个我当然同意，但是，我们得有个规划呀，比如，未来三到六个月，我们要招几个人，招什么方向的，这个总归得考虑起来。我们又不是大企业，只是街边的小公司，去找人，人家还未必愿意呢，我们看得上的人，可能得跟踪个半年一年……"

李翔立刻明白孙秦的意思，他点头："我同意，刚才我没想这么远，我自罚一杯。"说罢，他又"咕咚"喝了一大口。

"你这是自己想喝吧……"

李翔擦了擦嘴："如果是这样，那我觉得得找一个商务方面比较强的人，跟我们互补，我们说到底，都是干技术出身。三个人也容易形成更稳定的决策结构。否则，我们俩如果总是意见一致，方向对了也就罢了，方向一旦错了，那公司就完蛋了。而换个角度，如果我们总是发生分歧，公司也很难往前走。"

"虽然我同意你的观点，但是，我毕竟是法人，即便发生分歧，最终还是我说了算。"

"…………"

孙秦笑着看着李翔："不服气吗？"

"服气，五体投地地服气。"

"那就行了，来吧，我们干掉，今天算是我们事业正式启动了，有你加入，真好。"

李翔咧嘴一笑，端起酒杯，迎上前去。

夜晚的灯光里，两人的眼神无比坚定。

从浦东往西过了江，没再走多远，孙秦便到了龙华寺。

他聚精会神地握着方向盘，双眼时不时地瞟向后视镜，熟练地沿着寺门口那狭窄的小路左绕右绕，来到一座不起眼的小院门口。

"浦西的路，真是又窄又弯！"每次到浦西来，都难免发出这样的感慨。

今天运气不错，小院里还有空余的车位。他停好车，锁上车门，站在原地深呼吸了一口，这才迈着大步朝院子里的主楼走去。

院子里这几栋楼都有些年头了，但又不像衡山路、复兴路那一片的洋楼旧屋那般历史悠久被当成文物保护。因此，前些年华东审定中心在上海成立的时候，为了选一个交通方便、闹中取静之地，便入驻这里办公。

在A型号适航取证最后那几年，孙秦没少跟着各级领导来这里汇报工作。只不过，这次他过来，出于完全不同的目的。

来到主楼入口处，只见门口的桌边坐着一位年轻的保安，面孔有些陌生。

于是，他故作轻松地走过去，问道："董师傅今天不在呀？"

保安冷淡地抬起头来，瞥了他一眼："你找谁？"

"我常来的，跟董师傅很熟，你是不是新来的？"

"你找谁？预约了吗？"年轻保安依旧没有接茬儿，仿佛一个被预先设置了指令的复读机。

孙秦觉得有些面子上挂不住，但又不好意思继续拉关系，只能回答："我找巩老师。"

"哪个巩老师？"

"巩清丽。"

"预约了吗？"

"预约了，她说她在。"

"那你登记一下，让她下来接一下你。"

"我知道她在哪间办公室。"

"还是需要她下来接你。"保安不为所动。

孙秦撇了撇嘴，只能乖乖地弯下身去，在桌上的登记簿上写下自己的名字。

登记的时候,他看到前两天的来访记录,好几个熟悉的名字。

心中不禁无比感慨。"我曾经也是其中的一员……"

到了填写手机号的栏目,他随意地填进几个数字。

刚准备直起腰来,只听得保安问道:"你手机号码怎么只有十位数?这不对吧。"

孙秦脸一红。他只顾着把这个流程走完,却忘了做合理性检查。于是,他连忙在那串胡编的数字之后又添了一个8。

然后,他放下笔,走进大堂。

"给她打电话,让她下来接你!"保安在后面喊道。

孙秦无奈,只能拨通了手机里那个号码。

没过多久,不远处的楼梯上走下一个女人。她年纪与孙秦相仿,面容清秀,留着朴素的短发,中等身高,上身穿着深蓝色的女式工作西装,下身则是一条浅灰色休闲裤,脚踏一双白色运动鞋。脚步轻快,面色轻松。

当她走近自己的时候,孙秦才发现,巩清丽的脸色着实有些苍白,看来最近又没休息好。他不禁想起A型号取证前他们没日没夜的加班时光。

"孙大主任,你还亲自来一趟啊?昨天我们刚跟厅总开完电话会,你今天是奉旨办事吗?"经过几年的合作,她与孙秦已经十分熟悉。

"此处不是讲话之所,我们去你办公室聊吧。"孙秦模仿着说书人的语气回答。

巩清丽忍不住笑道:"电话里你就很神秘,现在还在卖关子呢?好,那我们上楼。"

两人并肩往前走。

走到楼梯的一半之处时,孙秦小声问道:"董师傅怎么今天不在?你们这个新保安好严哪,还非得你下来亲自接我。"

"董师傅正式退休啦……新来的小张还是挺靠谱的,也很有责任心。"

"嗯,严格一点好,毕竟你们都很金贵,中国的民机安全都靠你们把关呢。"

"你少来!你们把飞机设计得好一点,适航符合性更好地体现在设计过程中,就是最让我们省心的。"

两个人都笑了。

到了巩清丽办公室,里面本来还坐着几位审查员,此刻恰好都不在。

"他们都出去开会了。"巩清丽说道。

孙秦心中暗自叫好。

"还是喝咖啡?不过,我们这里只有速溶的。"巩清丽一边招呼孙秦坐下,一边去办公室一角的边桌上倒水。

边桌十分简陋,旁边放置着一台颜色发暗的饮水机,桌上杂乱地摆放着几罐茶叶和几袋速溶咖啡。

"都行,客随主便。"

"你说你,一个湖南山里出来的,却非要喝咖啡这洋玩意儿,我一个上海人都不喝。"巩清丽一边给孙秦泡咖啡,一边笑道。

"你这属于成见,凭什么山里的娃就只能喝山泉水?"

"山泉水多好哇,我们想喝都喝不到的呀。"

两人又随便聊了几句,巩清丽将咖啡递给孙秦,自己则端着刚泡好的茶坐在自己办公桌后面,收敛了刚才的笑意,问道:"说吧,今天来找我什么事?"

孙秦抿了一口咖啡,心里略一思索,回答道:"我辞职了,想着与其你从别人嘴里听到这个消息,不如我亲自告诉你。"说完,又补充了一句,"毕竟我们关系那么好。"

巩清丽差点把嘴里一口茶吐出来,瞪大双眼,脸上全是不可思议的表情:"辞职了?什么时候?"

看起来,她的确还未曾听说这件事。孙秦松了一口气。

"三周不到吧。"

"为什么?你在研究院这么有前途!难怪我前阵子没见你,他们也没告诉我。看上去,他们还在消化你离开的损失呢!"

孙秦摇了摇头:"别这么说,我没那么重要,他们没告诉你,纯粹可能是因为……他们太忙了,没顾上。"

巩清丽盯着孙秦,嘴角动了动,没有说话。

孙秦接着用一副满不在乎的表情说道:"我辞职了,自己创业。"

巩清丽刚管理好的表情又遭受了一次冲击。

"创业？你自己开公司了？具体干些什么？"

"eVTOL，听说过吗？"

"电子垂直起降飞行器？"

"很专业的回答，不愧是资深审查老师。"

"你真是作的吧？干什么不好，非要干这个？"

听到巩清丽这句话，孙秦暗自庆幸，还好刚才没有抛出自己那个想法。

"你想什么呢？还敢打'局方'的主意？"

他心中自嘲。

自从李翔正式离职，孙秦感到整个人都轻松了不少。虽然罗园园在家里十分支持他的创业，但她毕竟不是事业上的合作伙伴。

而有一个人工作上随时商量，再难的事情，总归会被除以二。原来千斤的重担，现在变成了五百斤，虽然依然很重，却还是好很多。

两人很快就达成共识，需要赶紧组建一支核心团队，两个人扛下所有，还是太累。所以，李翔去主攻商务领域的合伙人，孙秦则第一时间想到了巩清丽。

eVTOL作为新兴事物，其本质还是航空器，或者说，属于飞机的一种。

既然在天上飞，以后又要坐人，那安全性和适航的要求没有任何妥协的余地。

而且，由于它的飞行高度相比传统民航飞机的一万米要低很多，只有一千米甚至几百米，真出了飞行事故，反应时间极短，而且很容易砸中地面的花花草草。

适航是它绕不过去的挑战。没有适航证，没有人敢买，更没有人敢坐。所以，他们需要团队当中有一个懂适航的专家坐镇。

而巩清丽在整个华东审定中心当中属于相对年轻、思想也更加开放的审查员，在A型号上与孙秦的合作也非常顺畅。可以说，他们结下了深厚的战斗友谊。

孙秦原以为，凭借这样的关系，加上如果从待遇上给得高一些——反正他和李翔都有这个胸襟，而且启动期他们多少有一点资金，巩清丽未必不愿意出来加入他们一起干。毕竟，华东审定中心的待遇其实并不高。

但是，所有的美好期待，在这一刻都变成了幻想。

巩清丽不可能离开！

她是体制内的人，为什么要出来跟他冒各种风险呢？创业面对的可能不是泼天的富贵，而往往是连绵的灾殃。

"你真是作的吧？干什么不好，非要干这个？"孙秦并非初入社会之人，当他听到巩清丽的这个问题，看到她脸上那不像是装出来的惊诧神情时，他就知道，自己无法邀请她加入。

至少现在没有任何胜算。不过，他很快调整了自己的心态。

"我已经不再是堂堂研究院的室主任了，我只是一个街边游荡的人，说得好听叫创业者，说得不好听，就是个准无业游民……"孙秦喝了一口咖啡。口感没有刚才那么烫了。

迎着巩清丽疑惑而询问的目光，他笑了笑："我还真不是瞎折腾，其实，正式出来之前，我已经构思了好几个月了。"

"那你具体准备做怎样的产品？构型是什么样的？走什么路径适航？"巩清丽一连串抛出三个问题。有些类似当初的厉玮，但是，作为局方的审查员，相比技术难度与挑战，她更加关注适航。

孙秦耸了耸肩："说实话，这三个问题我一个答案都没有。"

"那你还敢说自己不是作的？搞这东西要花多少钱你心里有数吗？你是继承了一笔巨额遗产还是家里有矿？"

"大概有点数吧，搞民航飞机，几千亿是很正常的投入，但这种低空航空器，应该不至于那么夸张，我觉得应该能控制在几亿到几十亿的水平。"

巩清丽扑哧一笑："也就几个到几十个小目标对吧？"

"嘿嘿，要花多少钱，这不跟适航路径相关吗？民航飞机那几千亿里，跟适航相关的投入难道还少吗？证明做对一件事，可是比把这件事做对本身要难得多。"

"你知道就好。"

"所以，我这不找你来了吗？咨询专家意见。"

"这才是你今天过来的真实目的吧？打着要当面告知我离职消息的幌子……"

"你不要这么说嘛。"孙秦做出一副心事被拆穿的模样。

这是到目前为止，他最好的就坡下驴，心里却万是分遗憾。"我最初的目的并不是这个呀……"

巩清丽高兴起来,她觉得自己拆穿了孙秦的小把戏,很大方地说道:"正好我也有点时间,看在你过去没少支持我工作的分儿上,我们就聊聊。不过,eVTOL这东西属于新兴产物,我也未必能给你很确切的回答。"

孙秦双眼放光,身子前倾:"能够亲耳聆听你的指教,已经无比幸运了。要是一般人请你去讲课,还得交钱不是?"

"你少来!"巩清丽顿了顿,正色说道,"其实,我们总部这两年也已经在讨论eVTOL的事情了,虽然它还不在领导最操心的那几件事情当中,但的的确确进入了他们的关注范围。只不过,我们的情况你也知道,人手太有限了,没有资源专门来干eVTOL的适航规章研究,更何况,适航和航空器本身就是一体两面,如果没有航空器,适航也就无从依靠。我们总不能凭空造规章出来。"

"嗯。"孙秦点了点头,"这个我懂。在A型号成功之前,你们也没有这类民航飞机的适航审定经验,一边摸索,一边试探,双向奔赴,最后,互相成就。"

巩清丽听完这话,一脸崇拜模样地看着孙秦:"你可以呀,总结得很到位,出来创业真是太可惜了!"

"别打岔,继续说。虽然现在不光全国,全球范围内都还没有eVTOL进入适航审定阶段,甚至据我所知,连适航申请都还没有提,但你们也不可能每次都被动地被产业牵着鼻子走吧?对于监管方来说,如果能够提前做一些引导和预研,当产业真正成规模的时候,也不会太被动嘛。"

巩清丽没有立刻回答,又恢复了严肃的神情,盯着桌上的茶杯发呆,似乎在思考什么。

孙秦倒也不急,而是继续缓缓地把自己的想法和盘托出。巩清丽微微皱了皱眉,也一边思考,一边反馈。两人不知不觉就聊了一上午。

一阵手机铃声打破了两人的思绪。

这是打给巩清丽的。她看了一眼来电,迅速接了起来,表情恭敬地听着电话那头的声音,时不时回应道:"好的……没问题……那……我马上动身!"

挂断电话后,她一脸歉意:"不好意思呀,领导让我赶紧去他们审定现场支持,本来还想留你在这里吃个午饭,边吃边聊呢。"

孙秦立刻起身:"没问关系,我们再联系,审定的工作要紧,你赶紧去吧!我也先撤了!"

"抱歉抱歉!下回我请客!"

"我们这关系,没事的,我们保持联系!"说完,他便迈步往办公室的门口走去。

巩清丽并没挽留,而是盯着孙秦的背影,微微地站在原地,仿佛还在思考着什么。

深秋,江南水乡小镇又热闹起来。

小桥流水的静谧感被汹涌而至的人流打破。

尽管已经作为一个成熟景区接待大量游客多年,乌镇依然感到一丝压力。

第三届国际网络高峰论坛如期而至。

来自互联网领域中外各大企业的企业家和从业人员会聚在此,沟通与探讨互联网与人工智能的关联。他们的到来,更是吸引了众多的相关人员,光各大媒体记者和自媒体就去了好几百人。

此时正是凉爽的午后,上午的重量级嘉宾主题演讲已经结束,参会的人们各自奔赴感兴趣的分会场。

但无论去哪个分会场,都要路过子夜路。这条以茅盾小说命名的道路是乌镇的一条标志性道路,它因文学而获名,也因互联网而更加广泛地传播。

子夜路原本就不宽,现在更是被人流所占据,拥挤不堪。然而,大多数的人并没有走动,而是站在原地,有的还踮着脚。几乎所有人都望向同一个方向。

沿着他们的目光延伸,人流逐渐稀疏,狭窄的子夜路上腾出一段十分开阔空旷的路面出来。道路两旁店铺的老板和老板娘们,也暂时停止了叫卖和吆喝,跟店里的游客一样,好奇地望向道路的另一边。

所有人都在等待着什么。

很快,另一边的尽头出现了一辆白色涂装的紧凑型轿车。它慢悠悠地往人群聚集处驶过来。没有明显的发动机引擎声音,显然这是一辆电动车。与一般汽车不同，它的车顶、两侧和前盖上都装配了一些仪器，仿佛一个正在做心电图的病人。

而当它靠近人群的时候，终于有人发出了惊呼："没有司机开车！这是无人驾驶！"

这句话像洒进油锅的一滴水，立刻带来一阵喧哗。

"真的呀！确实没有司机！"

"这车好像是山脊牌的，他们已经搞定自动驾驶了吗？国产车什么时候这么先进了？"

"后座上好像还坐着人！那是试验用的假人吗？"

…………

汽车稳稳当当地停在人流会聚的起点处，后门打开，从车里钻出一个梳着偏分头发、身着西装套装、脚穿牛津皮鞋的中年男人。

他站稳之后，潇洒地把门关上，气定神闲地看向众人。很笃定地说："你们当中一定有认识我的人。"

果然，很快就有人喊道："这是千参公司的王总！"

"对！他就是王有光！"

王有光面带笑容地与人群挥手致意。他有着这个级别企业家中少有的俊朗面庞。而他自己，也深知这一点。

很快，从人缝中就挤过来几个年轻人，一个还扛着摄像机。

跑在最前面的是一位面容姣好的姑娘。她留着顺直的长发，脸上画着淡妆。顾不上还有些微微喘气，她凑到王有光身前，熟练地问道："王总，我们是东都电视台的，能简单采访您几个问题吗？"

王有光低头看了看手表，仿佛在确认这个环节的时间安排。随后，他微笑着点了点头："可以。"

女记者立刻把脸往后一转，精准得如同配备了瞄准镜一般，恰好正面对准不远处的摄像机。

她抬起手来，将话筒放在自己胸前，脸上挂着美丽而职业的笑容，对着镜头说道："各位观众，我正在乌镇子夜路。现在恰好是国际网络高峰论坛期间，这座江南小镇热闹非凡。我们在这里见证着互联网和智能技术带给我们生活的变革，而此刻在我身后的，就是一个鲜活的例子——无人驾驶汽车！这究竟是怎样一回事呢？让我们采访采访千参公司总裁王有光先生……"说着，她转过头去，将话筒向王有光递了过去。

王有光对于这样的场面显然已经十分熟悉，他冲着镜头一笑，然后转脸对着女记者，开始了这段看上去像是偶遇，实则为计划之中的访谈。

"……我们与国产汽车品牌山脊汽车合作，完成了这次自动驾驶演示……

"……山脊汽车提供了他们的电动车，我们则提供了传感器平台和'车载大脑'两部分，实现了L4级别的自动驾驶，也就是在特定区域内完全没有人工干预的汽车驾驶……如果将这个范围扩大到任意范围，就是L5级自动驾驶……

"……安全肯定是我们考虑的最高优先级，所以我们使用了4个昂贵的激光雷达，毫米波雷达和高动态相机，并且通过惯性导航和卫星导航的组合导航方式来实现定位感知……

"……我们的64线激光雷达，可以提供360度无死角的环境感知。更重要的是我们在其中内置建模的功能，可以通过它们捕获的数据对障碍物进行实时识别，对周边的环境变化进行跟踪和定位……"

王有光对于自己公司的技术和产品介绍得十分详细。

听完他的侃侃而谈之后，女记者问道："王总，我们常说的L5级自动驾驶相当于真正的无人驾驶，您觉得以千参公司目前的能力，什么时候可以实现？"

王有光自信地回答："雪莱有句诗说：冬天来了，春天还会远吗？我想说，L4来了，L5还会远吗？我们认为，最晚最晚，到2025年，千参公司就能实现L5级自动驾驶的成熟方案，欢迎广大汽车厂商与我们合作，共同创造这个美好的未来。"

"很美好的愿景！说得我也满心期待了！那么，您最后想对观众朋友说点什么呢？"

"这次在乌镇，我们与山脊汽车一起，投放了十几台自动驾驶汽车，欢迎大家如我刚才一样，体验一下没有司机、拥有自己完整隐私空间的乘车感受。"

…………

袁之梁是在1000公里以外的广州看到这个报道的。

当然,由于千参公司的高调亮相,自动驾驶这件事被媒体全方位、多角度地覆盖,袁之梁与同事们一整套看下来,几乎能把千参公司那套话术倒背如流。

"搞技术,他们行不行我不敢说,搞营销,那真是可以的……"他心里不得不佩服。

这时,他瞥见陈子任的身影从不远处过来,连忙关掉了正在播放的乌镇报道视频,正襟危坐,并且微微皱着眉头,一副沉浸式工作和思考的模样。

"小袁,到我办公室来一下。"陈子任并没有走过来,只是隔着几米招呼道。

不过,袁之梁还是有些不情愿。"他又叫我去干什么?"

两个月前,袁之梁差点被开除。

连续几天之内,他不但挑战公司与千参公司合作搞L5级自动驾驶,还在公开场合对领导表达自己的观点,让公司业务分管副总经理胡林和他的直属领导陈子任下不来台。

在接到陈子任的严厉警告后,他终究还是服了软,去认了错。之后一段时间,他们相安无事。

不过,袁之梁却从未停止过对于自动驾驶这件事情在汽车上能够得到长远发展的怀疑。他始终相信:类似于L5级的自动驾驶,只会在飞机上先实现。

这几个月,他利用业余时间做了很多研究,越研究越兴奋。

因为他发现,出现了一种叫作"电子垂直起降飞行器"的新型航空器,飞行高度很低,不需要机场跑道,可以垂直起降,最重要的是,与传统飞机不同,这种航空器使用的是电动推力。也就是说,它的动力系统本质上与新能源汽车,或者电动汽车,没有什么不同。

"这不就是把新能源汽车搬到天上了吗?如果是这样,就可以在它身上先实现自动驾驶了呀!"这个想法让他无比激动,甚至有几天在茶水间看到黄馨都没那么心动了。

他小心地在内心呵护着这个想法,希望等它再长大、成熟一点之后,再看看下一步自己应当怎么办。

所以，在工作当中，他也没有之前那样上心，领导让干什么，就干什么，再也没有怼过陈子任。

他也抱有一丝期待：我不烦你，你也少烦我。但这不过是他自己的一厢情愿而已，陈子任压根不知道。

而且，作为领导，陈子任不可能不找袁之梁，更何况抛却个性不谈，袁之梁也的确是个技术骨干。他不知道，自己每找一次袁之梁，都是在将这个下属的忍耐弹簧往外拉一分。

袁之梁低头走进他的办公室。

"把门关上。"陈子任说。

袁之梁照做，偷眼看了看陈子任。只见他板着个脸，面沉似水。"看起来没什么好事……"

果然，甫一坐定，陈子任便问："知道我为什么找你来吗？"

以这种问句开头的谈话，往往不会是愉快的。

"不知道。"袁之梁没好气地回答。

"千参在乌镇搞的自动驾驶演示，你看到了吧？"

"看到了。"

看到袁之梁依然是一副无所谓的表情，陈子任只觉得怒火中烧。

"在乌镇跟千参一起演示的，原本应该是我们！"他的嘴唇颤抖着，脸都在抽搐。

这句话是半个小时前，胡林在办公室训他的时候说的。他现在原封不动地流转给袁之梁。就如同增值税一样。

袁之梁已经没有进项发票可以抵扣，只能承担着所有的税负。

他任凭陈子任发完火，过了半晌，才回答道："即便是我们又如何？你没看到铺天盖地的报道都只提千参吗？有几个人知道山脊汽车是汽车的提供商了？"

"那是山脊汽车不善于宣传，而且人家的体量我们羊城汽车能比吗？如果我们开动马力宣传呢？是不是效果就好很多？"

"好吧，所以，我能做什么？"

"我希望你深刻意识到，当时你那个不成熟的举动，给公司带来了多大的损失！"

"两个月前我已经道过歉了。"

"你这是什么态度？"陈子任觉得自己的气依旧淤积在胸口。

"陈博士，领导，我不可能为一件没有发生的事情承担责任，你觉得，公司因为错过了跟千参公司这次在乌镇的演示机会而损失了很多，我却觉得，公司也因此暂缓了对于L5级自动驾驶的无脑投入而收益了不少。那按照我的逻辑，公司是不是应该还给我分红呢？"

"你……"陈子任已经说不出话来。

一大早他就被胡林劈头盖脸地骂了一顿，正准备在袁之梁这里发泄一下，却没想到这个下属已经油盐不进。想到这里，他心底那个被压抑了两个月的念头再度浮了上来。

"如果你还是这个态度，没有深刻认识到自己的问题，那么，这里不是你应该待的地方，你可以另谋高就。"陈子任咬牙切齿地说出这句话。

袁之梁一听，心里的那根忍耐弹簧也被瞬间拉断："陈博士，你这是最后通牒了？"

"是的。"

"明白了。"袁之梁站起身来，转身就往外走去。

"你去哪儿？"

"我去写辞职信，不劳烦你们罗织各种证明我不胜任的证据了。"

"你是认真的？"陈子任愣住了。

两个月前，他以为袁之梁就会辞职，没想到他选择了道歉。这次，他认为袁之梁会再次服软。袁之梁没有。

袁之梁回过头来，盯着陈子任说道："陈博士，感谢你过去这些年的关照，只不过，我个人的意见对于公司来说无足轻重。我需要去做一点让自己的决定能够实现的事情了。"

"什么？你已经找好下家了？所以今天我恰好给你递了个枕头？"

"我并没有，我打算去干点自己的事情。"

"干什么事情？"

"eVTOL，听说过吗？"

"那是什么？"

"电子垂直起降飞行器。相比汽车，我更相信L5级自动驾驶在它之上率先实现。"

"你这是异想天开！它有汽车成熟吗？"

"它相当于平移到空中的新能源汽车。"

"你如果能搞成，我跟你姓！"

袁之梁听到这句话，嘴角不自觉地动了动，然后摇了摇头。他再次转身，头也不回。

第 4 章
招兵买马

袁之梁心情复杂地走进电梯,按下9这个数字。伴随着电梯稳稳当当地向上移动,他心里一半轻松,一半纠结。

一周前,他正式向陈子任提出了离职申请。两人的关系,和他与羊城汽车的缘分,已经到了了结的时候。

扣动离职的扳机之后,他一天都不想多待,陈子任似乎也有同样的想法,因此,两人都没有遵守公司制度里"离职要提前三十天通知"的规定,而是迅速交接完工作,袁之梁便在年底即将到来的时候,离开了珠江边那片场地。

虽然曾在身后的厂区工作了多年,当他真要离开的时候,其实并没有太多遗憾。唯一有些牵挂的,便是黄馨。

自从几个月前开始与公司领导发生冲突,他才更加注意到身边这个多年的同事。他也才发现,原来她长得还挺漂亮,性格也很活泼。

想到以后不能跟她每天见面了,心中还有点小小的失落。袁之梁没来由地感到双颊发烫。

然而,此时在电梯里,他还无暇去回味自己刚刚萌生没多久的情愫。他有更加紧急的事情要应对。

怎样跟父母交代。两人都还不知道他已经提出离职。他无奈地抓了抓头发。

这时候,"叮"的一声,9楼到了。

袁之梁有些犹豫,并没有迈动步伐,但最终还是在电梯门自动关上之前,一大步跨了出去。

一进家门,就闻到一阵让他唾液腺加快分泌的肉香。

"妈又在炖黄豆猪脚汤了……"吞了吞口水,他悄悄地穿过客厅,试图不让正在厨房里专心做菜的母亲发现。

"回来了?怎么跟小偷一样?也不打声招呼?"一个中气十足的声音从客厅沙发处传过来。

他扭头一看,立刻笑嘻嘻地说:"爸,你今天怎么在家?"

父亲反问道:"我怎么不能在家?平时你们总说我只顾生意不顾家,现在难得回来吃顿饭,不应该欢迎吗?"

袁之梁心中大叫不好,但表情却还是赔笑道:"欢迎欢迎,热烈欢迎……那我先去撒泡尿?"

"去吧。"

在洗手间里待了好一会儿,袁之梁又用凉水洗了把脸,这才出来,然后有些手足无措地来到客厅,陪父亲在沙发坐下。

正当他想找点话题跟父亲聊的时候,厨房门打开了,一股更加浓郁的香味瞬间冲了出来,占据了整个房间。

袁之梁的母亲见儿子也回来了,高兴地招呼道:"太好了,那我们就可以开饭了!"

"妈,你做的菜真是太香了!爸估计就是为了这个才这么早回来吃饭的吧?"袁之梁很捧场。

母亲笑得眼睛都眯成了一条缝:"赶紧洗手去!"

很快,母亲便把餐桌布置好,将装着黄豆猪脚汤的砂锅端上来,稳稳地放在正中央。无可置疑的C位。

坐下之后,三人开始边吃边聊。

袁之梁好几次话都到了嘴边,最终还是伴随着猪脚给咽了回去。眼见着晚餐已经到了尾声,他觉得,再不说,就没机会说了。

于是,他咳了咳,然后将筷子轻轻地平放在碗上,小声说道:"爸,妈,我辞职了。"

两人都没听清楚，继续聊着天，但父亲先反应过来，将嘴里的菜率先咽下，问道："你说什么？"

"我从羊城汽车辞职了。"

父亲的脸色立刻从刚才的和缓状态变得无比紧绷，眼神也犀利地朝他射过来。

他很熟悉父亲，当父亲脸上出现这些表情时，就意味着他认真了。他有些不敢与父亲对视，心虚地低下头。

"你是说，你从羊城汽车辞职了？"

他只听见父亲一字一句地重复着自己刚才的话，他只能点了点头。

"啪！"

只听见父亲一巴掌拍在餐桌上，母亲也被吓得惊叫一声。

袁之梁抬起头来，正迎上一张愤怒的脸。父亲整个人都在发抖。

"你小子辞职这么大的事情，都不跟我们商量一下？你以为羊城汽车是很容易进去的吗？当年要不是你爷爷刚死，我们家烧香拜佛很虔诚，你能运气好进去？"

尽管心情很紧张，袁之梁依然听得一头雾水："当年明明是靠我自己五轮面试进去的，跟爷爷的死有什么关系……"

父亲的气显然并没有撒完："你都30岁了，做事情能不能成熟一点？你知道全广州有多少人想进羊城汽车上班吗？你倒好，好不容易成为骨干了，却轻松地跳出来，你以为以后还能进去吗？"

又说了好大一通，父亲的愤怒才消散一些，他有些沮丧地靠在椅子上，双眼不再盯着袁之梁，而是望着天花板。

母亲这时也才说话："你呀……"她重重地叹了一口气。

整个房间的气氛都压抑到了极点，原本香气四溢的菜肴此刻闻起来都不香了。

袁之梁咬咬牙，说道："你们也说了，我都30岁了，30岁了，难道换个工作还要请示你们？还要你们帮我做主吗？"

"不是要给你做主，我们的人生阅历比你丰富，至少可以给你点意见。"父亲重新回过神来，看着袁之梁，语气已经平缓了不少。

他毕竟是大风大浪闯过来的人。作为改革开放后第一批从贵州到广东发展的生意人，他几乎把握住了每次市场浪潮，前些年更是因为旧城改造拆迁，实现了财富的大幅积累。

虽然手上的生意还算红火，他心里却始终有个心结。因为文化程度不高，他希望儿子可以考个好学校，然后进入体制内的稳定单位，不用像自己那样，受太多的苦。

今天以前，他以为自己的愿望100%都实现了。但现在，瞬间只剩下一半。

见父亲恢复了一些理智，袁之梁也耐心地解释："爸，我知道你的想法，总是希望我进一个稳定的国企待着，哪怕收入少一点也没关系。但是，我工作的意义和心情也很重要，如果不开心，如果自己的意见得不到重视，又何必受这个窝囊气呢？"

接着，他把自己与胡林和陈子任的意见分歧仔细说了说。也趁着这个时机，一股脑儿地倒苦水，缓冲缓冲父亲的情绪。他知道父亲的脾气，属于火来得急，去得也快。

听袁之梁说完，父亲思考了半响，回答道："我听不懂，但是很受震撼。"

"…………"

"反正，路是你自己选的，既然都做出了决定，而且已经离开了，我们再怎么说怕是也没用了吧。"

"嘿嘿，是的。"

这时候，一直没开腔的母亲说话了："你也知道自己已经30岁了，那为什么还不给我们带个妹子回来？让你去相亲，你也不愿意。"眼里既有抱怨，又有怜惜。

袁之梁笑了："妈，离职这件事是我做得不对，先斩后奏了，那关于找女朋友的事情呢，我发誓，一定向你们汇报。"说完这句话，他脑海中又出现了那个倩影。

一场小型的争论在发酵之前便被解决。

袁之梁勤快地帮助母亲收拾碗筷，然后给她既捏肩又捶背的，直到她笑着将他推出厨房："跟你爸好好聊聊去吧，看你以后怎么办！"

父亲已经泡了一杯茶，此刻坐在沙发上，一言不发地喝着，眉头依然没有舒展。

显然，这件事还没完。

袁之梁乖巧地坐在父亲身边，说道："爸，不用担心，我现在专业上很厉害，不愁找不到工作——其实，我在羊城汽车期间，就时不时有猎头给我打电话挖我。更何况，我已经有自己的想法了。"

"猎头挖你没什么值得骄傲的，你正是因为在羊城汽车，才有被挖的价值。现在你出来了，如果过几个月还找不到新工作，你看看还有谁理你？"父亲不以为然。

不过，他很快反应过来，问道："你说你有自己的想法？那是什么？"

"我想创业。"

"什么？"父亲瞪大双眼，不敢相信自己的耳朵，"你要把我吃过的苦再吃一遍？"

"如果想按照自己的想法做事情，想做自己认为正确的事情，难道还有别的方式吗？你虽然吃了很多苦，但是，我们家今天能够有这样还算不错的基础，不也是因为你这几十年奋斗出来的？如果你当年招了工，进了一个企业或者单位，守着一份死工资，今天我们能有这么大的房子住？能过上还算宽裕的日子？"

"你这话就有问题，我当时要是能够招工，还来广州闯荡干什么？再说了，我们能住这大房子，主要是感谢拆迁，跟我做生意关系不大。"

虽然父亲说这两句话时一本正经，袁之梁却感觉他在凡尔赛。

的确，这套大房子是拆迁补偿的一部分，但是，这些年家里的条件的确比他小时候好了很多，他不相信，跟父亲自己做生意没有关系。

"你呀，还是太年轻，虽然说做生意——用你的话，创业，可以从某种程度上掌握自己的命运，但是，那是把自己丢到海里，然后再去学游泳的举动，存活率比安稳地坐在船上要低多了，尽管在船上，你自己无法掌舵，无法控制航向，或者再用你的话，无法做自己认为正确的事情……"

父亲抿了一口茶："要不然，当年怎么把公务员辞职做生意称为'下海'呢？你今天的行为，就是下海。"

"随便你怎么叫吧，对，我就是想下海。"

"下海是捞鱼呢，还是捕虾，还是要去龙宫取金箍棒？"父亲终于恢复到了袁之梁熟悉的那种松弛节奏。

他也更加放松:"我想去搞飞机。"

"你怎么不说去放卫星呢?"

"真是搞飞机,不过,不是那种民航客机,是一种新型的飞机,电子垂直起降飞行器,英文名叫eVTOL,就是可以垂直起飞和降落,不需要跑道,电动推进,只在低空飞行的飞机。"

"什么东西?"父亲听得一头雾水,"你如果用一句简短的话都没法让我明白你在干什么,我劝你还是别干了。赶紧去更新简历,或者联系之前找过你的猎头,找份工作更现实。"

袁之梁有些窘,但又不得不承认,父亲说得有道理。他思考了片刻,重新组织了语言。

"搞低空航空器。"

"类似于小沙无人机那种?"

"差不多吧,但是比那种要大。"

"有多大?"

"可以坐人。小沙无人机只能当玩具拍拍照。"

"可以坐人?那可不是闹着玩的!你能造出来?万一摔了,可是要出人命的!"

"当然要确保安全性啊。"

"那既然能坐人,是不是还可以用来装东西、装货?"

"当然可以呀,都能坐人了。"

父亲听到这里,眼前一亮:"如果你这个东西造出来了,遇到紧急的需求,我厂里的那些货可以不通过货车,直接放在你那个飞机上,第一时间交到客户手里去?"

"应该对于距离还是有限制的,你要是从广州送到上海,估计飞不了那么远,但是,送到中山、顺德这些地方,甚至深圳、珠海,一点问题都没有。"

"那好哇!珠三角的高速经常堵车……"

袁之梁没想到,父亲的兴致竟然被调动了起来,茶杯里的茶已经喝到了底都忘了添水。

他连忙抢过父亲的茶杯，到餐厅续上开水，又端回客厅递给父亲。

父亲又一连串问了很多问题，袁之梁也一一回答。

"我又有点糊涂了，你一开始说，你搞的这个是飞机，现在又说，它就像是新能源汽车被平移到了天上。那它到底是飞机，还是汽车？"父亲的双眼再次充满疑惑。

袁之梁解释道："本质上，它肯定还是飞机，毕竟在天上飞嘛。但是，从技术实现的角度，我认为它跟新能源汽车更接近，而不是我们平时坐的民航客机。"

父亲转了转眼珠子，没有回答。貌似听明白了。

等他吹了吹茶杯里快要漫出来的开水后，又抬起头来问道："好吧，那你既然要下海，总归需要本钱，你打算投多少钱？自己又有多少？"

袁之梁没料到这个问题来得如此之快。事实上，他原本今晚打算好好盘一盘。

参加工作这些年，收入虽然不算很多，但平时住在家里，基本不用花自己的钱，又一直单身，没什么别的花销，所以前前后后攒起来，也有小一百万了。他觉得，作为创业启动，应该是够的。

不过，当他把这个数说出来之后，父亲笑了。

"你对下海需要花多少钱一无所知。更何况，你还要造飞机，这点钱怕是塞牙缝都不够。算了吧，你就只管去想专业的事情，启动资金我来负责，至少可以帮你撑一撑，再往后，得靠你自己去找钱！"

广州安罗泰智能科技有限公司。袁之梁满意地盯着这13个字。它们此刻正安静地躺在一张颇有质感的证件上。

袁之梁小心地将这份营业执照正本拿起来，左手右手各执一边，仔细地端在半空中端详，像是第一次从银行里取出大额钞票，还不放心，想要再次确认它的真伪一般。

他激动地给黄馨发了一条微信，并且拍了一张营业执照的照片过去。

"祝贺你！"黄馨很快就回复了。

"有空来我们公司坐坐。"

"好的，毕竟，我们还有赌约呢，我肯定能赢。"

袁之梁脸一红。他连忙左顾右盼，并没有其他人。

他此刻正身处自己公司的新办公室。说是新办公室，其实是父亲一处空置的办公室，200平方米不到，位于城北一幢不起眼的写字楼里。

环境虽然一般，但好在交通方便，而且楼下烟火气很足。他觉得招人应该不会很难。

拿到营业执照，接下来他的任务就是把办公室重新装修一遍。原来的装饰太过时，一点都不像一家造eVTOL的高科技企业。

袁之梁在空荡荡的房间里四处查看着。

"这里应该放一个冰箱……那边的墙上挂个钟……再找一些飞行器的图片裱起来挂墙上……"

在羊城汽车的时候，他从没干过这种事情。但是，他却觉得无比兴奋。至少，装修风格和色彩，他是完全能够做主的。

当然，不仅这些，还有招怎样的人，走怎样的技术路线，以及到底要造怎样的飞机。

两个月很快便过去了，这期间，他除了盯着装修和发布招聘启事以及面试之外，绝大多数时间都用来进行产品顶层设计。他查找了很多与eVTOL相关的资料，然而，总觉得有隔靴搔痒之感。

待在电脑前寻找资料数十个小时之后，他突然领悟到一个残酷的事实：eVTOL本质上属于飞机，与它有关的很多资料都在航空相关的文献和期刊当中，而这些资料很多并不对外开放，至少从互联网公开渠道访问是受限的。

就如同他在羊城汽车的时候，可以通过公司的渠道接触到很多汽车行业的深度信息一样，这些信息在外部的公开渠道无法触达。

要想获得这些资料，只能付费订阅一些专业数据库，但是，有些时候，光靠钱解决不了问题。每个行业都有自己内部的小圈子，要想获得相关信息，需要先融入小圈子。

而他袁之梁，此前属于汽车小圈子，航空圈对他来说，就如同一万米高空的民航客机一样，高不可攀。他绞尽脑汁，都找不到身处这个封闭圈子的朋友或同学。

他意识到，自己把问题想简单了。

eVTOL虽然不像传统民航客机那么复杂，但依然是一个完整的系统，不是仅仅懂自动驾驶技术就够用的。

"只能靠招人了！"

要招人，得先招一个招人的人。他决定首先招一个HRD，也就是人力资源负责人。速度第一，他毫不犹豫就联系了几家猎头。

在得知他的安罗泰只是一家初创公司的时候，有一半猎头都礼貌地拒绝了：

"我们只服务成熟企业。"

"我们只做Executive级别，也就是高管招募的业务。"

…………

他在羊城汽车的时候，曾经因为招人的关系，跟着公司HR与这些猎头中的两家一起核对和沟通过岗位描述。

那时候，他们对他无比客气，几乎什么要求都能答应。现在看来，他们看重的是羊城汽车，而不是他袁之梁。

袁之梁无比深刻地体会到这一点。

不过，他只用了几秒钟，便接受了这样的落差。

反正他的启动资金很充足，他不相信，靠钱找不到现阶段好用的HRD。

他认为，在公司的早期和前期，最重要的还是核心业务部门的人员，比如干产品的、搞技术的、做业务的，他需要靠更加全面的激励机制和更谨慎的选择机制，确保这些人是彼此信任、心往一处使的。

至于支持职能部门的人，只要待遇足够，就能找到不错的，只要人本性不坏，翻不起多大的风浪，就不会对公司造成太大的损害。

当公司规模大了，大到开始有他不认识的员工的时候，才有必要去找更有经验的人力资源、财务、法务等职位，那个时候，光靠钱恐怕也不行了，需要更加全面的机制。同时，也需要更加仔细地筛选。

当然，这些认知，有不少也是受了父亲的影响。既然有成功路径可以效仿和学习，为什么不呢？虽然做的不是同一件事。

但本质上，用父亲的话说，就是下海。

下渤海和下南海，应该还是有很多共通之处的，虽然这两片海的海情相差甚远。

面试了十几个人之后，他在办公室见到了贺瑾。

这是一个端庄温润的女人，此前的线上面试，他就感觉她属于那种与人交流的时候能够让对方感到安稳和踏实的类型。

亲眼看下来，的确如此。光凭这一点，袁之梁便有心选她。

做HR的人，很容易因为自己掌握着企业的人事和薪资数据，又颇受老板倚重而狐假虎威，或者很多时候不得不扮演黑脸角色。无论是哪种情况，都容易让心性发生潜移默化的改变，从而不自觉地变得颐指气使，或者脾气不佳。

袁之梁在羊城汽车的时候，最头疼的事情之一就是跟HR打交道，但时不时受陈子任指派招人，又免不了要去干这件事。

而贺瑾比他还要长几岁，干了10年的人力资源，还依然能够保持着让人如沐春风的气质，颇为难得。

透过窗户，冬日暖阳照在贺瑾的脸上。她面带微笑，看着眼前这个比自己年轻，长相清秀，有可能成为自己老板的男人。

办公室里只有他们两个人。刚走进来的时候，她略微一愣。

线上面试的时候，袁之梁告诉她："我们才刚成立，还没什么人。"

她以为，他是客气。没想到，他说的是实情。

"不过，这样才有意思呀……"

袁之梁盯着贺瑾，开门见山地说道："谢谢你花时间过来一趟。就像你看到的，我们才刚刚起步，如果你加入我们，就是我们的第二号员工。"

贺瑾笑道："不，我是第一号员工，您是老板。"眼睛弯弯的，很温柔。

袁之梁也笑了笑，轻轻摇了摇头："随便你怎么说吧。另外，不用那么客气，我们都是'80后'，不需要用尊称，直接叫我名字，或者'阿梁'都行。"

"那怎么行？至少，在我加入安罗泰之前，您是袁总。"

袁之梁不想在这个问题上与她纠缠太久，于是换了一个话题："今天邀请你过来，是因为我觉得我们线上聊得还挺好，所以有必要线下见个面，一是让我们感受一下彼此，二是更重要的，让你看看我们的办公环境……

"……我们是初创，如果你拿我们与你之前的企业相比，那肯定是很简陋的，但是，第一，我们这个办公室的地理位置还是很好的，交通方便，楼下生活也便利；第二，我们的待遇肯定对标市场，而且很有竞争力……

"……最重要的一点，我们这里有无限可能，你将从0到1将我们的团队招募进来，建设好，这种成就感是很多地方不可能有的。"

贺瑾安静地听袁之梁说完，点点头："这个请袁总放心，我既然愿意过来，对于初创团队所面临挑战的心理准备已经十分充分了，但是，我还有一个问题。"

"尽管问。"

"线上面试的时候，您提到，咱们这里是做新型低空航空器的，可是，在这么一间200平方米的办公室里，怎么造飞机呢？"

她的语气依旧十分温和，但在袁之梁听来，其实是在非常隐晦地质疑：你们不会是皮包或者骗子公司吧？号称要造飞机，怎么连个生产线都没有？

袁之梁很感谢她这个问题。这是一个十分典型的问题。哪怕不是贺瑾，以后的应聘者肯定都会问出来。

甚至，有些人只是会在心底打鼓，却不好意思问，最后因为这个原因而选择不加入。如果因为这样而错过好的人才，就太可惜了。

袁之梁思考了片刻，回答道："这个问题很好。我们目前刚刚成立没多久，所以，产品还在构思阶段，还没到设计阶段呢，更不用提再往后的生产制造了。对于这个阶段，我们现在这片办公室就已经够用了，我还在同步看更大的场地，为之后的生产做准备。上次也介绍过，我是羊城汽车出来的，在汽车行业有些资源，场地不是问题。"

贺瑾依旧不紧不慢："嗯，我也就是问问，相信您是有规划的。"

"是的……"袁之梁决定把询问的主动权抢回来，问道，"那你说说，为什么愿意加入我们？或者说，愿意花时间过来跟我交流？你的简历其实可以去支持你找份更加稳定的工作，用不着来创业公司找刺激。"他并没有用"更好的工作"这个措辞，因为，这样会显得自己对自己的事业不自信。

贺瑾抿嘴一笑："线上面试的时候，其实我也说过，我是被斯维特斯公司裁员。他们从年初开始就在收缩在华业务，整个华南团队裁掉了50%的人，人少了，自然就不需要原来那么多HR。"贺瑾语气十分平淡，仿佛在说一件与她自己不相干的事情。

斯维特斯是一家欧洲能源和工业领域的跨国集团，在全球五大洲都有业务分布，在中国也布局多年，与羊城汽车还有过一些合作。

袁之梁点了点头，示意她继续。

"斯维特斯给的赔偿金还比较丰厚,所以,我也不急着找新工作,于是在家里待了几个星期。我老公在一家公司做高管,收入还不错,他本来想让我不出来上班了,就在家带孩子,但是我不愿意……"

"不甘于在家相夫教子?"袁之梁笑着问道。

"也不完全是那样。我其实是一个很随遇而安的人,但有时候又挺有主见。我今年才34岁,小孩已经上小学,还比较自觉,其实不需要我全职照顾,我对他也没有特别高的期望,身体健康、心理正常即可。如果是10年后,让我在家待着,干点闲杂的事情,好好支持他的事业,我是OK的,但现在,我还是想出来。"

"那也不需要加入一家创业公司呀。以你的简历和背景,HRD的工作或许需要一点运气,但一般人力资源经理的岗位应该还是很好找的吧!"

"我其实很喜欢玩养成系游戏,喜欢将一个东西从0到1培养起来。有些女人结婚后不想要小孩,宁愿养宠物,我不一样,我很喜欢小孩,我喜欢将他从一个婴儿培养起来,看着他在我的呵护下长进、变化,从只能被我单向教导变成可以很好地与我互动,哪怕是吵架,我都很开心。"

贺瑾的目光里此刻充满了母性的光辉。她并没有直接回答袁之梁的问题,但仿佛又已经给出了答案。

袁之梁一瞬间觉得自己变成了一个襁褓中的婴儿。

他啼笑皆非地问道:"所以,加入一家初创企业,对你而言,也是养成系的游戏?"

"我只是打个比方。"贺瑾此时的表情倒是十分严肃,"我可从来没有对创业不敬。相反,我很佩服创业的人,也佩服您的勇气。而且,如果自己能够在早期加入这样一家创业企业,也是人生难得的际遇。"

袁之梁已经在心底决定:就是她了。

不过,他还有一个问题:"除了这些之外,没有别的原因了吗?"

"不,您创业的这个方向,我觉得很独特,也很有想象空间。这一点也很重要。"

袁之梁要的就是这个答案,这是他在线上第一次面试时没有问及的。

如果只是被创业团队吸引,想体验养成的感觉,她的选择依然会很多,哪怕去加盟一家初创的宠物医院呢!

"为什么这么说呢?"他接着问道。

"我老公告诉我的。"

"……………"

"他们公司是一家做得很大的咨询公司,非常关注宏观经济和各大行业的前沿动态,尤其是高科技行业的发展。他认为,您这个方向是很有前途的,还给我好好介绍了一番,所以我就下定了决心,如果您不嫌弃,我想加入。"

袁之梁有些意外。自从创业以来,他很少听到身边的人对于他这个方向有很深刻或清晰的观点。

于是,他追问道:"他是怎么说的?"

"他说了很多,我也没完全记住,只记住了一句。"

"什么?"

"如果他们能撑过十年,肯定就起飞了,在那之前,他们要是黄了,你就随时回家。"

贺瑾话里的"他们",显然指的就是安罗泰。不过,贺瑾把这句话也毫无保留地说出来,倒是说明她是个坦诚的人。

袁之梁这时候伸出手:"欢迎加入,安罗泰的第一位员工。"

第 5 章
把汽车顶上装个螺旋桨

贺瑾加入没过多久时间，安罗泰的办公室就变得热闹起来。

她火力全开，通过各种渠道帮助袁之梁招募核心的产品与技术人员。

不知道是因为贺瑾的亲和力，还是他们恰好卡在年底这个跳槽的高峰期，抑或单纯是因为袁之梁的运气，到了2017年年初，他连续招来三个经验丰富的技术专家。

三人都有名牌大学的学历背景，张顺景和杨天是硕士研究生。每个人都在各自领域耕耘了10年以上，三人年龄也都比袁之梁要大个两三岁。

张顺景是广西人，读的自动控制专业，研究生毕业后就进入一家大型的直升机研制央企，一直干到型号副总设计师，有着丰富的直升机设计经验，后因为错过了提拔窗口，待遇和前景一直都上不去，单位又要搬迁，便跟随着老婆一起来广州发展。

杨天来自江苏，计算机专业一直读到硕士研究生，毕业后进入通信行业，乘着移动通信技术从3G到4G发展的东风，深耕通信技术，也因此在广州扎下根来，成家立业。

三人中最年轻的叶晨虽然只有本科学历，但因为学的数学专业，毕业后又一直在一家知名外企的广州研发中心做算法工作，人最聪明，学习能力和领悟能力极强。

能够吸引这三人加盟，袁之梁是有些意外的。

"你有这么强又稀缺的专业背景,为什么会选择加入我们?"他问张顺景。

"我是搞直升机的,你要搞的eVTOL肯定需要螺旋桨提供升力和推力,本质上看,和直升机一样,都属于旋翼航空器。"

"那你为什么不继续干直升机呢?"

"直升机没有太大的前途,尤其是在民用领域,市场太小了。而且,我已经做到了副总师,这辈子又做不了总师,不如换个赛道。"

"那你放心,我们就是把你作为CTO①引进的,技术你说了算。"

"请你绝对放心,你这个创业的方向我很看好,我肯定会好好设计出一款最好的产品。"

"如果在那之前,我们倒闭了呢?"

"有我在,这个概率很小。更何况,就算倒闭,我还有老婆养。"

袁之梁觉得自己受到了一万点暴击。"有老婆很了不起吗?我以后也会有的!"他暗自发誓。

而杨天表达得就更直率:"通信行业已经到了发展瓶颈期,香农极限摆在那里,再往后做,质变的突破越来越难,5G很快就会风生水起,但5G之后呢?我希望换个发展方向,航空肯定是一个蓝海。而且,我也研究了,通信系统的很多理念以及架构演进,跟航空电子很像。"

"但是我们是初创企业,会有很多风险,你准备好了吗?"

"要做一件全新的事情,又能发挥出最大的自由度,当然要来创业企业,你要是不创业,我还不来呢。"

叶晨虽然年龄比袁之梁还要长一岁,但整个人看上去要青涩很多,简直像是刚从大学校园里出来的。

面对袁之梁的问题,他有些腼腆,一开始只是简单地回答:"我就是想做点有意思的事情。"

在袁之梁的追问之下,最后脸一红:"我是觉得……贺瑾长得很像我姐姐……很亲切。"

"亲姐姐?"

---

① 首席技术官,编者注

"是的，对我非常好。"

"就这？你是哪里人？"

袁之梁默默地看了一眼会议室外正专注工作的贺瑾，觉得两人长得并不像。

"福建，闽南的。"

"那你放心，我们广东人不吃福建人。"

袁之梁满意地看着办公室从一个人扩张到两个人，再到五个人。

很快，他就把自己的想法跟新来的三人充分说明，并且将三人快速分工，张顺景担任CTO，带着杨天和叶晨一起，把安罗泰的首个产品设计搞出来。

四个人在会议室里摩拳擦掌，都很兴奋。

"阿梁，老板，今天我们讨论之后，我好好规划一下，过两天就可以向你汇报一次。"

"这个航空器的顶层系统设计就交给我吧，航电也就那么回事。"

张顺景和杨天很快就拍胸脯道。

从入职第一天开始，袁之梁就交代他们："叫我阿梁就好了，不要叫什么'袁总'的。"

贺瑾一开始有些别扭，但很快适应。张顺景和杨天倒是迅速进入角色。只剩下叶晨没有说话，而是眉头微蹙，盯着自己的电脑，不知道在想些什么。

袁之梁经过面试已经了解到叶晨是个闷罐子，于是对张顺景说道："你打算让叶晨干点什么？"

"当然是自动驾驶算法啦！刚才你这么重视这个方向，而且也有很深的积累，叶晨又是做算法出身，不让他做，岂不是浪费？"

袁之梁转头问叶晨："可以吗？"

叶晨依旧没有说话，只是乖巧地点了点头。过了两秒钟，他脸一红，憋出一句话："我看不懂。"

袁之梁问："看什么看不懂？"

"自动驾驶算法。"

"你才刚来，以前又不是干这个的，看得懂就怪了！要是看得懂，我这些年岂不是白干了？"

张顺景也拍了拍叶晨的肩膀："没事的，这是个新兴事物，很多东西都要学，只要能学、肯学，就没有问题。"

"嗯……"叶晨不再说话。

袁之梁刚准备进入下一个话题，只听得张顺景又补充了一句："阿梁，自动驾驶估计得靠你指导叶晨了，其实……我也不懂。"

袁之梁刚才那股热血顿时冷了一半。

不过，他很快镇定下来。eVTOL这件事本来就是新鲜事物，哪能找来现成能用的人呢？能够找到张顺景就已经烧高香了。毕竟，他自己也不怎么懂飞机总体设计。

几个臭皮匠，诸葛亮不敢说，凑个徐元直吧。

不知不觉，几人的讨论便往深了去。

叶晨还是很少说话，但是，他却一直很专注。一开始，袁之梁还要找他确定是否明白，但每次他都表示接收得很好。久而久之，他就不再询问。讨论的节奏于是进一步提速。终于到了产品整体构型的讨论。

张顺景还没有开口，袁之梁便问道："老张，你以前是搞飞机的，从技术成熟度的角度，如果不标新立异，而是尽量复用现有技术，我们的产品是不是可以简单理解为：把汽车顶上装个螺旋桨？"

袁之梁话音刚落，整个会议室鸦雀无声。

过了几秒钟，都没有人说话。

袁之梁有些纳闷："你们都被叶晨传染了？"

在听到袁之梁这个主意的一瞬间，张顺景双眼圆睁，仿佛听到十分惊世骇俗的事情似的，但是他很快控制住了自己的表情。脸色也瞬间从半红半白恢复正常。

他迅速扫了一眼杨天和叶晨的脸色，然后迎着袁之梁询问的眼神，回答道："阿梁，你为什么会有那样的想法？"

袁之梁一愣。他原以为，三人当中应该是张顺景最能理解自己的意图，没想到却是他最早跳出来提问。不过，有回应总归是好事。

他回道："纯粹从一个技术实现的成本考虑，这样是最简单的，不是吗？"

"随便在街上找一辆车，在车顶装上螺旋桨，就可以飞起来了？"

"是的。"

"我无意冒犯，但是，这种想法太荒谬了。"

张顺景说完这句话，突然笑眯眯地看着袁之梁："以你的胸怀，应该能接受我这样说吧？"

袁之梁只觉得血液往上涌，拳头也握紧了。不过，他也很快控制住了自己的情绪，压住心底的不快，深呼吸之后，回答道："不用给我戴高帽，我们是创业团队，人人平等，百无禁忌。"

张顺景鼓了鼓掌，点点头："好的。今天我们会议室一共四个人，我当仁不让，可以说对于飞机我是最了解的，没异议吧？"

"没有。"三人都说道。就连叶晨也开了口。

"好，那我就跟大家快速说说，为什么阿梁的这个主意是荒谬的。"

袁之梁点头示意他继续。

张顺景站起身，走到会议室的白板面前，拿起一支黑色的白板笔，聚精会神地画起来。过了一会儿，他满意地转过头问其他三人："你们看我画的是什么？"

袁之梁和杨天眼里充满了疑惑。

倒是叶晨憋了几秒钟，冒出一句："小鸡啄米图？"

张顺景擦了擦额头渗出的汗珠，吼道："这是一架直升机呀！"

袁之梁眯了眯眼："怎么看怎么不像直升飞机。"

"阿梁，纠正你一下，不能叫'直升飞机'哦，只能叫'直升机'。"

"为什么？"

"飞机从它的机翼类型来分类，分为固定翼飞机和旋翼飞机，其中，直升机是旋翼飞机的一种。"

"那为什么不能叫'直升飞机'呢？"

"因为这样会显得不专业。我们是搞新型航空器的初创企业，这是很有技术含量和很酷的事情，最怕出去被别人说不专业。"

袁之梁没有再说话。短短的十来分钟之内，他已经经历了非常大的心理波动。

他原以为，基于自己对汽车的理解，对自动驾驶的理解，对于搞eV-

TOL，或者低空航空器，哪怕存在一些知识盲区，那些盲区也多半没有多大，可张顺景的出现，让他感受到，什么叫隔行如隔山。

在张顺景的眼里，自己似乎连一些基本的航空知识都不具备……

好吧，的确如此。不过，他招张顺景过来当CTO，不就是为了互补吗？否则，他自己上不就行了？袁之梁迅速化解了自己情绪当中的不舒适，脸色恢复正常。

他看着杨天和叶晨说道："虽然我们看不出老张画的是直升飞机……不，直升机，但还是听他继续讲下去，如何？"

两人均点点头。两人一个是搞通信的，一个是搞算法的，对于航空，对于直升机，同样是门外汉。

张顺景仔细盯着袁之梁的情绪和表情变化，心中暗自给他点了个赞："这家伙还是可以的……作为当老板的，必须要能够容忍手下的人比他强，至少，在某个领域比他强，而且不能太要面子，尤其是在内部讨论的时候。"

加入安罗泰，张顺景最大的动力还是这里可以给他一个充分施展自己技术和设想的舞台，毕竟，他们要设计和制造一架全新的飞机。

当然，袁之梁给的薪酬待遇也算慷慨，而且还有股权期权的选项。

不过，张顺景也留了一个心眼，如果袁之梁作为创始人眼界和心胸不行，他就趁早离开，反正多年直升机副总师的经验足以让他在广州找到一份好工作。

他开始深入浅出地给袁之梁、杨天和叶晨介绍直升机的一些基本原理，以及这些原理与安罗泰要设计的eVTOL有怎样的关系。

袁之梁聚精会神地听着。

"虽然画图水平依旧拉胯，讲解能力还是相当可以的，虽然我还是没怎么听懂，一定是我自己的问题……"

为了不要一次性输入太多内容，张顺景这时候停顿下来，问道："到目前为止，你们有什么问题吗？"

杨天问道："为什么要给我们讲直升机原理？"

袁之梁也问："听上去，跟你刚才认为我那个主意荒谬并没有什么关系呀？"

张顺景解释道："因为我们要做的eVTOL和直升机一样，都是垂直起降，也就是说，它不像我们平时坐的民航客机，需要一条很长的跑道，或一座很大的机场，而是在一片空地或者屋顶就能起飞和降落。"

袁之梁的表情也十分认真："对呀，这一点我明白，可是，我之前那个思路，在汽车顶上装螺旋桨，不也可以实现垂直起降吗？不也是利用了直升机的旋翼原理？"

"对呀，阿梁的这个方案听上去挺好的，平时可以当成汽车在道路上行驶，需要的时候，打开螺旋桨就飞起来了，空陆两栖，飞行汽车，而且感觉东西都是现成的，只需要考虑如何拼装就可以了。"杨天也补充道。

张顺景有些无奈地看着眼前这几个人。他突然觉得叶晨老不说话也挺可爱的。你不说话，别人就不知道你有多蠢。只是，自己终究还是错付了吗……

想到这里，他连续抛出几个问题："你们以为，我们造个东西只要能悬在半空中就行了吗？难道不要在空中往前推进？按照阿梁那个思路，水平方向的动力从哪儿来呢？靠汽车发动机或者电机？你们知道什么叫气动性能、结构强度和飞行控制吗？还有，你们听说过'适航'这个概念吗？"

"你都是怎么去做航空公司销售的？"孙秦问道。

他认真地盯着眼前这个比自己要长几岁的男人。

男人叫江大春，长得珠圆玉润，面相忠厚老实，给人第一眼的印象就是稳重。

所以，孙秦很好奇，这样一个人，是怎么成为航空业知名系统供应商韦霍公司中国区的金牌销售的。

他辞职创业之前，在A型号上与韦霍公司打过不少交道，A型号有不少重要的机载系统都是韦霍公司提供的。在他印象中，那帮人专业是真专业，但一个个看上去就给人一种占不到半点便宜的精明感，尽管待人接物温和有礼，要起钱来却一点都不含糊。为了几行代码的工程更改就敢要上百万美元的研发费。

他很好奇，江大春是怎样做业务的。

难道，航空系统和他曾经待过的中商飞机不一样？前者是运营商，后者是制造商，所以销售的逻辑不同？面对航空公司，韦霍公司没有如同面对中商飞机一样，有那么高的议价权？

江大春憨厚地笑道："孙总，其实，我们的销售主要是靠韦霍公司的产品好，质量过硬，可靠性高，以及我们在国内的售后服务网络比较完善，航司选择我们，省心，放心。"

孙秦不动声色地思考着："这人半句不提自己的能力和功劳，把销售做得好归因于产品质量和售后服务，到底是价值观太正了，还是城府太深了？"

他想了想，继续问道："那价格呢？你们产品的价格是不是也是一个因素？"

江大春摇了摇头："不，我们的价格不便宜，但是，客户愿意为好产品和好服务买单。"

"李翔告诉我，你可是韦霍公司中国区面对航空公司的金牌销售，可是到现在为止，你都没提自己到底发挥了什么作用。"

"因为不值一提。韦霍公司的名头在行业内几乎无人不知，无人不晓，品牌价值和产品口碑摆在那里，对于航空公司来说，不选韦霍，就只有斯科特，总归要选一家，所以，哪怕我什么都不做，赢单概率就已经是50%上下了。"

孙秦一笑："你倒是挺谦虚的，不过，你说的也是实情，你们的确算是寡头垄断了，无论是航空公司，还是中商飞机，哪怕是欧美的那两家飞机巨头，也没太多别的选择。"

"就是这样，所以，我真心觉得所谓的金牌销售没什么大不了的。"

"那好，既然韦霍公司有十足的市场统治力，产品也不愁卖，你又干得很好，为什么想出来加入我们呢？相比韦霍公司，我们只是一家名不见经传的初创公司罢了，而且，产品都还没有影子呢。"孙秦切入正题。

毕竟，这是一场面试。

"像韦霍公司这种外企，待久了就是那么回事。他们的核心研发并不在中国，中国区就只有我们这些销售和客服团队，而且，产品怎么卖，报多少钱，能给多少折扣，很大程度上还要受总部制约，那帮人天高皇帝远，根本不了解市场状况，却喜欢瞎指挥。"

"嗯，继续说。"

"韦霍公司自己也有支持未来城市交通的产品线，内部叫AAM，也就是

Advanced Air Mobility，先进的空中交通，其实跟你们想做的eVTOL就是一回事，只不过，老外喜欢造概念，造新词。不过，目前产品都还在初步研究阶段，因为全世界都还没有成熟的AAM主机厂。所以，我看到你们干这件事，觉得挺好，我也认为，这会是未来的发展方向。"

"为什么这么认为？仅仅是因为韦霍公司也开辟了对应的产品线？"

"这只是一方面，这样的大企业其实是很有条件做创新的事情的，他们有非常好的资源和行业影响力，也有足够的前瞻性——当然，受制于大企业的体制和新旧业务的冲突，他们的创新往往会是起个大早，赶个晚集。"

"还有呢？"

"还有我对市场的感觉。去年9月份我去了趟杭州，那时候正好在举办G20峰会。当时，我远远望着G20峰会在萧山区的主会场，就想，如果有AAM，也就是eVTOL，那帮人从萧山过钱塘江去西湖该多快呀。从地面走的话，哪怕搞交通管制，也得走好一阵。"

"可是，在没有产品的情况下，你要怎么去卖呢？"

"飞机不都是还在设计图纸上的时候就卖出去了吗？我觉得这很正常。而且，在韦霍，我业绩做得再好，别人也会认为是品牌和产品的加持，换个人一样可以做到。我是1980年的，今年已经快37了，我需要证明自己的能力。"说完这句话，江大春紧闭嘴唇，仿佛下定了决心。

而孙秦在他眼中的确看到了光芒。"这就是我们要找的人……"

不过，他还是继续追问道："你之前面对的都是航空公司，但他们显然是不可能购买eVTOL的，你之前的客户资源如果用不上了怎么办？"

江大春没有丝毫犹豫，回答道："虽然我在韦霍公司最近的这份工作是面对航空公司BFE选型的销售，但在我干这份工作之前，做了好几年的通航领域销售，面对的都是通用飞机运营商，我认为，这些运营商才是最有可能首先吃螃蟹，购买eVTOL的。"

说到这里，他语气平淡地补充了一句："我的简历当中也写到了这段经历。"

孙秦觉得双颊微微发热。"他这是点我读简历不仔细呀……看来，这家伙没有他看上去那么老实。"

不过，他认为江大春的判断没有问题。

通用飞机运营商主要运营的是直升机和通用飞机，用于服务各种行业应用场景，比如陆地跟近海石油平台的通勤和物资运输、电力系统巡线、农业播种和农药喷洒等。

这些由传统直升机和通用飞机所干的事情，完全可以由eVTOL进行补充。尤其是eVTOL真在正实现载人之前，去完成这些作业任务是不错的起点。

想到这里，他笑了笑，站起身来，朝着江大春伸出右手："欢迎加入我们，不过，大春，你跟别人不一样。"

江大春脸色闪过一丝尴尬。他似乎想到了某部电影的台词。

孙秦也立刻意识到自己这句话里的歧义，连忙接着说道："我的意思是，我们邀请你作为创始合伙人加入，而不仅仅是一名普通的员工。"

第6章
面子重要还是里子重要

驰飞客的"铁三角"终于组建完毕，正如孙秦和李翔所期待的那样。

江大春开始去寻找启动客户，他们俩正好可以专注在产品设计本身。

两人每天都一大早便来到狭窄的办公室里，面对面坐着，利用办公桌旁的那面白板，写写画画。

虽然此前在A型号上都有过多年的飞机设计经验，但当他们真的要进入一款崭新型号的顶层设计之时，才发现事情没有自己所预想的那么简单。

孙秦又一次擦掉白板上的字样，叹了一口气："当年我们刚开始干A型号的时候，只觉得那些航程、座级、最大起飞重量等指标看起来都挺稀松平常，没想到，今天让我们自己来设计这些指标，竟然如此困难。"

李翔也点头称是："说到底，我们还是踩在巨人的肩膀上开始做A型号的，但现在不同了，我们做的eVTOL本身就是个新事物，我们只能靠自己了，看看我们能不能快速长成巨人。"

两人陷入了沉默。

孙秦试图在办公室里走两步，稍微动一动，好寻找一点灵感，却发现这间办公室实在太狭小了，总共20平方米不到，与其说是踱步，不如说是原地转身。不过，就这样也不错，他很快有了一个新的主意。

"其实，我们现在这样闭门造车有些做无用功，倒不如等大春从客户那边带来一些市场需求，我们再有针对性地设计？"

李翔摇摇头，也站起身来道："没用的，eVTOL是个新鲜事物，我们未来的客户此刻都说不清楚他们到底想要什么，还是得由我们来牵引。就好比19世纪末，你去问别人，从纽约到费城，如何更快地抵达，大概率他们会回答：需要一辆更快的马车。然而，很快汽车就兴起了，马车被淘汰。"

孙秦眼前一亮："你这个比方打得好，更何况，汽车替换马车，属于同类替换，而我们要做的eVTOL，或者低空航空器，就是马车本身。在马车发明之前，人们并不知道，到底需要几个车轮，而发明之后，很快便有了两轮马车和四轮马车。"

"是的，看起来，我们还是免不了要动脑筋哪……"

"真是伤脑筋……"

放弃了从外部寻求帮助之后，两人再度把注意力集中起来，视线也重新回到白板之上。

"不如我们自己先替客户做个判断吧，你认为，我们的产品如果要载人，首先会服务于城市之间的通勤，还是城市之内？"孙秦问道。

"你是说，从虹桥机场飞到苏州？还是从虹桥机场飞到临港？"

"差不多吧。"

"我觉得是前者。城市间的通勤需求可能更大，而且，飞行航路通过市中心人口密集区和高层建筑密集区的可能性更小，从航线申请的角度，获得批准可能也更容易。"

"我也这么想。"

"那好，那我们就干脆拿这种城市间的通勤作为起点吧，我们第一个产品就针对这个市场如何？"

孙秦咬咬牙，眉头一皱，然后点了点头："好，干就是了！"

他在白板上画出一条直线，在线上写下：200公里。然后在直线的两端分别写上"城市A"和"城市B"。

孙秦眼前一亮，突然觉得，有了这样一个场景基础，很多决定都变得更容易了。

李翔也拿起一支笔，在直线下方接着补充：

航程：200公里

动力系统：电机驱动

最大升限：1000米

最大噪声……

一口气写下十几条顶层设计指标。

然后，他抬头看着孙秦，笑着问道："好了，我们已经完成了顶层设计，好像也没有刚才想象的那么难嘛。"

孙秦答道："话不要说得太满，难题还没出现呢，比如：我们采用怎样的构型？"

李翔一愣，点了点头。

所谓飞机的构型，简单来说，就是飞机的外形和主要部件（比如发动机、机翼、起落架等）的数量及相对位置。

经过上百年的发展，民航客机的构型已经非常稳定，机身主干加上机翼。机翼都是固定翼，又分为主机翼和尾翼，尾翼则分为水平尾翼和垂直尾翼。水平尾翼又称为升降舵，用来控制飞机的俯仰，也就是机头朝上还是朝下。垂直尾翼又称为方向舵，用来控制飞机的偏航，也就是航向往左还是往右。

发动机要么吊挂在主机翼下方，要么横挂在机尾。

曾经有过一架飞机需要四台发动机的情形，但随着发动机技术的进步和国际航油价格上涨，几乎所有的机型都只需要两台发动机。

几乎所有的民航客机，也包括孙秦和李翔两人参与过的A型号，其构型都在这些选项之内。但是，他们要做的eVTOL，构型的选择就多种多样了。

由于采用的是旋转翼，也就是旋翼，就意味着所使用的螺旋桨数量，以及每个螺旋桨的放置位置都可以有很多选择。

放在不同的位置，所带来的气动性能、飞行性能和经济性千差万别。自然整体技术实现成本和运营成本也各有不同。

这都是需要考虑的。而这一点相比那些顶层指标，才是更高的挑战。

孙秦思考了好一阵时间，在白板上写下"单旋翼""多旋翼"和"倾转旋翼"三个词。

片刻之后，他将"单旋翼"划掉。

"嗯，肯定不可能是单旋翼。"李翔在旁边说道。

"多旋翼和倾转旋翼，我们选哪个？"

李翔皱了皱眉，心中也没有答案。

两人都呆呆地盯着这七个字。

无论是孙秦，还是李翔，如果一直在中商飞机的研究院里工作，可能一辈子都接触不到旋翼飞机。但现在，他们不得不在各种复杂的构型当中做出抉择。

虽然在离职之前的几个月时间里，他们都花了一些时间去研究，但毕竟没有做过，接触过，纸上得来终觉浅。

亲自参加过 A 型号的两人深知，了解一款飞机的设计原理，和真正将它设计出来，相差十万八千里。

他们又在狭窄的办公室里待了一整天，到了窗外的园区已经完全寂静，到了路灯都开始打盹儿，他们依然没有结束的意思。

李翔伸了一个懒腰，来到窗边，将窗户推开一条可以通过拳头的缝，问道："不介意吧？我真是忍了一整天了。"

孙秦撇了撇嘴："你随意，说得好像请示了就会听我的一样。"

"嘿嘿……"

李翔熟练地从兜里掏出烟盒和打火机，点上一支烟，深深地吸了一口，然后冲着窗外吐出烟雾。

"这样下去不是个办法呀，我们始终是在纸上谈兵……"孙秦冲着李翔的侧身说道，"要不我们去找找懂行的问问？"

李翔将手伸出窗外，弹了弹烟灰，笑着回答："懂行的？放眼中国，比我们还懂飞机设计的能有多少人？不算军用飞机，他们完全是不同的体系，也不需要适航，只看民机，几乎能找到的懂行的都在研究院里了吧？"

"可是，哪怕是做过 A 型号和 C 型号两个型号的资深设计师，也没有干过旋翼呀。这两个型号都是固定翼。"

李翔没有说话，继续吸了一口烟。他缓缓地吐出烟雾，双眼望着窗外，陷入了沉思。

突然，他将烟屁股直接摁灭在窗台上的烟灰缸里，眼里闪着光，转过头来对着孙秦说道："我想到了两个人，就看你要不要去找他们了？"

孙秦也激动地站起身来，问道："谁？我认识吗？"

"你当然认识,而且,还非得你去找他们不可。"

孙秦转了转眼珠,立刻反应过来:"你是说厉总?她之前干过军机,好像也接触过直升机。"

"算你聪明。她的确干过直升机,而且,直升机的军民两用特性非常明显,从构型上来看,几乎没有区别,区别更多地在机载系统部分。"

"那太好了!"孙秦握了握拳头,但很快就面露犹豫。

他小声说道:"但是,我中途离开了A型号,实在不知道怎样面对她……"

李翔的眼神闪烁了一下,说道:"被我说中了吧?你是拉不下这个脸面。"

孙秦反驳道:"谁说的?我怎么拉不下脸面了?离职的时候,她语重心长地跟我说了不少呢。"

"那你为什么面露难色?离职的人多了,回去找她你又不会少层皮。"

孙秦抿了抿嘴,似乎还是没有做出决定。

李翔笑了笑,继续说道:"还有一个人,你要是连厉总都拉不下面子去找她,这个人估计你更没戏了。"

孙秦问道:"还有谁?"

"王凯。"

孙秦一愣。这个名字他再熟悉不过了。

应该说,在他面对辞职前的决策天平时,王凯的存在使得他在"辞职"的一端多增加了一个砝码。这块砝码未必成为天平最终失衡的决定性因素,但也是不可或缺的重量。

他曾经与罗园园复盘,如果没有王凯的竞争,如果研究院在做出总体部副部长的人选决定再快一些,他还会不会离职。虽然他认为,自己多半还是会离职,但顾虑肯定也会更多。

看着孙秦的表情,李翔幸灾乐祸:"怎么样?我说了吧,他们都是我们可以找的懂行的人,就看你要不要去找他们了。"

孙秦不甘心,问道:"厉总很好理解,王凯为什么懂行呢?他不是跟我们同一批进来干A型号的吗?"

"你忘了吗?前两年你被派到外场去工作了一年半,那段时间,他也被借调去兄弟单位干了同样时长的直升机型号哇。他们家有那条线的背景。"

孙秦拍了拍脑袋:"你看我这记性!是的,确实有这回事!在这小屋子里憋了一天,脑袋都短路了,还要被迫吸你的二手烟!"

"你别岔开话题,我就问你,你去不去嘛?对了,他已经被提拔为副部长了。"李翔又点燃一根烟,在烟雾中似笑非笑地盯着孙秦。

他跟孙秦认识多年,深知孙秦的脾气。什么都好,技术也很扎实,就是有点清高,有时候拉不下面子。

作为一家创业企业的创始人,这样可不行。创业就是要把自己的身段放到尘埃里去,用最接地气的方式去干最有挑战性的事情。

而且,他也知道,这件事情还真得孙秦亲自出马不可,自己无法代劳。不光是因为孙秦曾经好歹算个室主任,更因为,他作为驰飞客的法人和第一责任人,亲自出马才能代表重视程度。

尤其是面对厉玮和王凯那样体制内的干部,要给足别人面子,自己的,没那么重要。

孙秦将双手插在裤兜里,微微低着头,皱着眉思考了好一会儿。他知道此刻李翔正在看着自己,在等待自己的答案。过了半晌,他终于抬起头来,用坚定的目光迎上前去。

"没问题,我去找他们,明天我就跟他们联系。"说出这句话之后,他似乎觉得浑身也轻快了许多。那些曾经的顾虑和内耗,随着这句话脱口而出,也被他甩出身体。

只要对业务有利,能够让我们找到更好更合适的构型去设计产品,面子算什么?

面子值几个钱?

再次回到研究院,刚进门孙秦便感受到了区别。

当他还是这家单位一员的时候,可以畅通无阻地开车进入院区,门口的保安会非常标准地冲他敬礼,而保安身边那根长长的道闸也会非常智能地抬起,让他几乎不用减速,便能径直而入。

不得不说这种感觉是很舒服的。

而现在,他不得不将车停到保安岗亭旁边的临时停车场,用自己的身份证和行驶证为抵押去替换入院证件,然后才能开车进入。

孙秦缓缓地开车在宽敞的院区内寻找停车位,同时在打量着自己离开之后这段时间院里的变化。

他发现，最大的变化在于：各种景观和绿植修整得更精致了，车位也紧张了不少。他绕了老大一圈，才找到一个空的停车位。

停下车，他迈着坚定的步子，往那幢熟悉的办公楼走去。

由于厉玮工作十分繁忙，也经常三天两头奔波于不同的办公场地，孙秦好不容易才通过其秘书约好了她今天的时间，所以，他不敢怠慢，脚步越走越快。

道路两边种着樟树，一阵风吹来，树叶发出"哗哗"的声音，仿佛是在欢迎他回来。他毕业刚刚加入研究院的时候，这些树木还只是小树苗，现在已经长成，有着粗壮的树干和茂密的树叶。

孙秦觉得心情无比地好。

到了厉玮办公室门口，孙秦与她的秘书寒暄了两句，深吸了一口气，轻轻敲门进入。

刚一走进去，他便闻到一股浓浓的中药味，眉头不自觉一皱。往前一看，厉玮依然如同过去无数次那样，端坐在电脑之后，双眼紧盯着屏幕。

"厉总好，好久不见，今天过来打扰您了。"孙秦毕恭毕敬地说道。

"我刚喝了点中药，办公室里估计还有很重的味道，你就随便坐吧。"厉玮并未直接打招呼，而是看了孙秦一眼，解释道。

但就这句话，让孙秦刚才有些紧绷的神经松弛下来。至少，从厉玮的语气来判断，她并不讨厌他这次来访，也愿意跟他聊聊。

于是，孙秦稍微组织了一下语言，说道："厉总，您平时都很忙，今天我过来，是有问题想请教。"

"说吧。"

厉玮这次将目光从屏幕上移出，放在对面的孙秦脸上。依旧不苟言笑。

"好的，谢谢厉总。我们目前正在做eVTOL的顶层构型设计，面对很多种不同的旋翼构型，看得眼花缭乱，我们又都只干过固定翼飞机型号，对于旋翼不了解。您以前干过直升机，所以想请您帮我们解解惑，到底哪种构型更好？"

厉玮问道："就这个？"

"是的……"孙秦心里一阵紧张。

不会被厉总给看扁了吧？

"你不觉得，要回答你这个问题，还有不少前提条件吗？没有那些前提条件，神仙都不知道怎么办。"

"哦哦……我刚才忘记说了！"孙秦一拍脑袋，连忙把自己和李翔所规划的航程、最大升限、目标载客数量等顶层指标也告诉了厉玮。

厉玮仔细地听完，微微点了点头，陷入了思索当中。

很快，她便问道："为什么你们不考虑单桨？也就是单旋翼？"

"单旋翼？就像直升机那样？"

"是的。"

"我们觉得太贵，而且据我们所知，单旋翼的生产制造商都是欧美的，也不便于供应商管理，我们还是希望能够尽可能地利用咱们国内的产业链。多旋翼相当于分布式的单旋翼，每个旋翼都要小很多，设计制造难度和成本整体来看就降低了……"

说到这里，孙秦又补充了一句："当然，我也不知道对不对，所以请您指导指导。"

厉玮这才第一次露出一丝笑容。

"看来你们还是做了一些功课的，没有等着我来喂。"

孙秦见状，也立刻把握住这个时机："是的，您这么忙，我们怎么可能拿一些初级问题来叨扰呢？"

"那好，我问你，你们为什么只考虑了多旋翼和倾转旋翼这两种构型大类？"

"其实，我们用的是排除法，觉得固定翼肯定不可能，单旋翼又太贵，且供应链管理是个问题，除了这两种构型之外，就只剩下多旋翼和倾转旋翼了。"

厉玮盯着孙秦的眼睛，问道："有没有可能，把固定翼和旋翼做一个结合呢？这样的构型我之前听说过，好像叫作'复合翼'。"

复合翼！

孙秦眼前一亮。

厉玮接着点拨道："很显然，多旋翼实现的技术难度相对小，单机成本可能较低，但是航程短，速度有限，能耗高，全生命周期运营成本未必占优势；倾转旋翼航程长，能耗相对更低，可以实现高速飞行，虽然单机成本更高，但全生命周期运营成本更低……不过，它的问题在于：技术难度较大。"

孙秦听呆了。今天没有白来！

他和李翔讨论了整整一天都没理出来的点，被厉玮三言两语就条理明晰地说了出来。

并不是他们俩不清楚或者不理解厉玮所说的这些内容，而是，他们没有如此结构化地去做分析。

正在他内心深处激动和庆幸的情绪涌动时，厉玮又说道："刚才我还没说完。由于这两种构型的技术实现难度不同，所以，初期研发费的投入也会有所区别，倾转旋翼所需要的投入肯定会更高。"

孙秦认真地琢磨着厉玮所说的每一个字，大脑飞速运转着。

他感到脑海里一个个孤岛此刻被一座座大桥，不，一条条eVTOL的航线给连接起来了。

"厉总！我明白了，您说的复合翼概念，可以说是多旋翼和倾转旋翼的一个平衡方案，借助固定翼的存在，来更好地发挥旋翼的作用，且抵消旋翼的弱点！"

厉玮满意地点点头。

她看着眼前这个满眼放光的青年，心中一阵感慨："是个好苗子，可惜离开我们了……"

她听孙秦又问道："厉总，非常感谢您的提点，在我离开前，还有一个不情之请。"

她有点意外，问道："什么？"

"我想请您担任我们公司的首席科学家，您对我们知根知底，又是我们多年的领导，而且有丰富的行业经验和专业知识，所以，我们很诚恳地邀请您……"

厉玮打断了孙秦："你是要挖我？"

"不不不……"孙秦连忙摆手，"只是请您挂个名，有空的时候指导指导我们工作就好。当然，我们有对应的津贴……"

"行了，我知道了。你不用再往下说，这是不可能的。"厉玮毫不犹豫地拒绝了这个请求。

孙秦有些尴尬。不过，他很快就理解了，厉玮的性格一直就是如此。绝不是因为对自己有什么成见。

果然，厉玮说道："小孙，我希望你们能够干好、干成，中途有什么问题，随时找我就好。但是，首席科学家这种虚名，包括什么津贴，我都不要。"

孙秦连忙起身，冲着厉玮点头道："谢谢厉总！我们一定干好！"

"好吧，没别的事情，你就回去吧，我也很快有个会。"厉玮又将双眼移回至电脑屏幕。

离开厉玮办公室前，孙秦突然想到了什么，回头说道："厉总，您要多多保重身体。"

从厉玮办公室出来之后，孙秦的心久久不能平静。

一是获得了"复合翼"这个构型的建议，二是厉玮的那种勤奋、专业和淡泊的精神，让他再次深受感染，深感钦佩。

他也因此又一次从心底涌起一丝愧疚。

"如果当初没有离职出来，是不是可以继续给厉总很好的支持呢？很明显，她的工作太辛苦了，还得一边吃中药，一边工作。"复杂的情绪在他心中发酵着，翻滚着。

不知不觉，他已经来到了自己更加熟悉的区域：总体部的办公区。

他在这里开启职业生涯，也在这里经历了A型号的酸甜苦辣。已经不记得，自己在这片区域加过多少天班，开过多少次会，又有多少个深夜，披星戴月地从这片区域离开。

此时已经接近中午，办公区没有什么人，大部队都去食堂吃饭了。开放办公区的工位上，电脑都进入了屏幕保护状态，屏幕保护的风格是统一的，都是A型号和C型号各种美照的轮播。

不过也好，孙秦省却了不少打招呼的工夫，可以直接去王凯办公室找他。

相比重见厉玮的紧张，孙秦对于来找王凯，则是另外一种心情。这人曾经是自己的同事、战友和竞争对手。不过，他已经做好了充分的心理准备。毕竟，此时的他，与王凯已经没有任何利益冲突了。

利益冲突与友情往往是一个天平的两端，一端变轻了，甚至消失，另一端自然以压倒性的优势让天平倾斜过来。

来到王凯办公室前，只见大门虚掩着。孙秦透过门缝往里望去，王凯正坐在里面，聚精会神地翻阅手上的一份材料。

王凯与他同龄，戴着眼镜，一副文质彬彬的模样，相比厉玮的压迫感，王凯更让人感到平心静气。孙秦想了想，还是敲了敲门。

王凯抬头一看，立刻面露笑容，起身相迎，一边大步朝着门口走来，一边说道："直接进来吧！不用那么见外！"

孙秦便也不再客气，直接推门而入。

两人在办公室中央遇上。

王凯热情地伸出右手："欢迎欢迎啊，你小子还知道回来找我！"

孙秦也笑着回应："恭喜王部，今天我就厚着脸皮回来骚扰哇！"

两只手紧紧握在一起。

"来，坐，我给你泡点茶！"王凯招呼孙秦坐在他办公桌对面的沙发上，自己则转过身去泡茶。

"嘿嘿，有咖啡吗？我记得咱们这里有些速溶的。"

王凯扭头冲他挤了挤眼："你小子倒挺矫情，行，我给你冲杯咖啡。"

"多谢王部！"

孙秦觉得当年与王凯并肩作战的熟悉感觉又回来了。那是一种很放松和温暖的状态。

他靠在沙发上，四处打量着这间副部长办公室，若有所思。

转眼间，王凯一手端着自己的茶杯，一手端着盛着咖啡的一次性杯子，来到孙秦面前坐下，将咖啡递给他。

"我们先聊几句，喝点东西，待会儿我请你去食堂吃个午饭，不要推辞呀。"

王凯热情得让孙秦无法拒绝。他点了点头："那就恭敬不如从命了。"说罢，抿了一小口。

王凯也喝了一口茶，问道："你整个人看起来精气神很足嘛，看来创业搞得风生水起呀。"

孙秦摇了摇头："哪来的风，哪来的水，都还在最早期呢，什么都还没有！"

"我反正是挺佩服你的,我可没这个魄力。"

"在院里干得好好的,还有C型号干,出去干吗?我是自己折腾,哈哈哈。"孙秦笑道。

王凯也笑道:"折腾好,反正正是当打之年,后续有什么需要兄弟我帮忙的,尽管提吧。"

"我肯定不会客气的,这次来找你,也是想咨询咨询你这个专家呢。"

"咨询不敢,我们交流交流,我也挺感兴趣,想了解一下外面发生了什么。"

两人又天南海北地聊了几句,孙秦切入正题,把他和李翔面临的eVTOL构型选择困境说了说。

"你干过一年多直升机,肯定比我们更懂行,所以今天我就过来请教请教。"他最后说道。

王凯放下茶杯,笑道:"我也就是懂个皮毛,就随便说说我的看法呀,供你们参考。"

"愿闻其详。"

"首先,我认为eVTOL会在未来取代直升机,尤其是在民用市场上。所以,你这个创业方向,还是挺有搞头的。"

"说点干货。"

"因为直升机有几个先天劣势:第一,噪声太大,这就意味着如果要在城市上空或城市间形成常规通勤,肯定会扰民;第二,由于是单旋翼构型,它所有的动力都要靠传动实现,能耗很高。所以,直升机一是吵,二是贵,基本上没可能支持城市内和城市间通勤,只能去执行一些特种任务。"

"这个我们也知道,你继续说点专业的。"

王凯瞪了孙秦一眼。

孙秦嬉皮笑脸地说:"我好歹也是搞飞机总体的,这些基础知识还是具备的嘛,今天请王部长针对旋翼构型给我们一些指导。"

"我这叫铺垫,懂吗?铺垫……再说了,我又不按照小时数收你咨询费,你还怕我多说了?"

"我这不是怕耽误你宝贵的时间吗?"

"你少来!听不听我说?"

"听，听……"

"那就闭嘴……好了，正因为直升机的这些缺点，使得eVTOL这样的新型航空器有了市场，因为它们是电驱的，而且采用分布式的方式放置电机和旋翼，使得原本需要一台很复杂、性能很高的发动机和一套很厉害的单旋翼所能完成的工作分散给了多台电机与多套旋翼共同完成。"

"没想到你还研究得挺深，要不要考虑加入我们？"

王凯连忙喝了一口茶，这才问道："你到底是来问问题，还是来当说客的？"

"当然是前者，但是，你对这件事情的理解这么深，让我忍不住抛出橄榄枝。"

"省省吧，我不会离开研究院的。"

"嘿嘿，我知道，但是我还是要表达一下我的仰慕之情。"

孙秦觉得自己心中与王凯的芥蒂完全消释了。

或者说，这种所谓的芥蒂原本压根就没有存在过，很多情绪只是源自他自己的臆想和精神内耗罢了。

"滚！你再打岔，我就真不说了，待会儿带你去食堂，你自己充值刷卡。"

"好好好，我不再打岔了……"

"这还差不多……所以，在分布式电机和旋翼的大前提下，才有所谓的多旋翼和倾转旋翼的构型权衡。在我看来，它们本质上都是多旋翼。"

"你要这么说，倒也没错，无论是哪种构型，多旋翼都是其中必不可少的因素，只不过，倾转旋翼可以实现旋翼的倾转罢了。"

这时候，王凯眼光一闪，非常坚决地说道："如果我是你，肯定选倾转旋翼。"

"为什么？"孙秦一愣。你小子前面铺垫了这么多，最后就轻描淡写一句结论打发我呀！

"因为多旋翼飞不远哪！航程说到底由电机和电池的能力决定，eVTOL这种东西，垂直起降，相当于正面硬刚地球重力，不像传统民航，依靠流体力学等原理，可以借助空气升力起飞，有点四两拨千斤的意思。要直接硬碰硬地对抗地球重力，对于能源消耗是很大的，目前的电池能量密度能撑多久?"

孙秦点了点头:"的确,多旋翼需要在起飞、降落和巡航阶段都充分对抗地球重力,而倾转旋翼在巡航阶段可以更多地利用空气升力。"

"就是这样,所以,多旋翼的eVTOL估计能飞上个三五十公里就不错了,从张江勉强飞到临港,都未必能飞到苏州,使用场景是不是就很有限?虽然我没问你们想设计一款怎样的eVTOL,肯定不会不考虑城市间通勤吧?至少在长三角,城市间通勤就很有市场,比如从浦东去崇明和南通,从金山到杭州湾新区,从苏州到虹桥机场,等等。"

"嗯……如果是倾转旋翼,就没有问题了。我们目前的规划确实考虑了城市间的通勤。"

"那不就行了?"

"但是,倾转旋翼的技术实现难度更大呀。"

"那倒是,不过,你们既然创业,当然要挑战难度哇。你难,别人也难。一旦你们突破了,别人想超越你们,门槛是不是也更高?"

孙秦眼前一亮。

的确如此。说到底,创业就是在干一件没有人干过的事情。而一旦自己干成,或者说,哪怕自己还没完全干成,只要进入了良好的发展轨道,一定会有更多的人加入这个赛道,同场竞技。

作为先行者,如果将门槛或者壁垒设置得更高,当然是好的。不过,他喝下一口咖啡之后,觉得还没有说透,便继续道:"你说的是有道理,不过,技术实现难度大就意味着前期的研发投入更高,我们都是搞研发的,有时候,技术难度可能只增加10%甚至20%,但投入成本可能就需要翻番。"

"你搞的是飞机,虽然eVTOL的价格要比直升机低很多,但毕竟也是飞机,要对它有基本的尊重,难道你打算自己筹钱干吗?肯定要融资呀!"

"我没那么傻,当然知道要融资,只不过,即便是融资,花钱也得精打细算不是?"

"这个就看你怎么去包装故事了,嘿嘿,可以向我们学习呀,我们每次上一个型号前,不都得找国家要钱吗?这个可行性分析做得可仔细了,你多少也知道。"

"……你这叫凡尔赛。"

"羡慕吗？羡慕就回来呗，我相信领导们会很欢迎的。"王凯似笑非笑。

孙秦轻笑一声："我现在就是泼出去的水，不敢想这件事啦。关于倾转旋翼，还有一个问题，如果过个几年，当电池能量密度提高到新的水平，甚至氢能源电池等更加先进的技术成熟时，倾转旋翼的优势会不会被消解掉？"

"从航程的角度，可能会如此，但是，从航速的角度，多旋翼始终是没法跟倾转旋翼相比的。虽然两者都能飞100公里远，但一个要40分钟，另一个只要20分钟，你选哪个？"

"那倒也是……"孙秦暂时没有其他问题了。

"好吧，我觉得都聊得差不多了，正好也到饭点了，走，带你去重温一下食堂。"王凯端起茶杯，起身放回到自己的办公桌上。

孙秦也站了起来，将杯中剩余的咖啡一饮而尽，然后将一次性杯子扔进沙发旁边的垃圾桶。

两人并肩走出王凯办公室的时候，孙秦又问了一句："你觉得……复合翼这种构型怎么样？"

王凯一愣，眼睛眨了眨，停下脚步思考。

"你是说，靠旋翼实现垂直起降，靠固定翼进行巡航？"

"差不多吧。"

"这是个很好的想法呀！"

王凯使劲拍了拍孙秦的肩膀。

"其实，这不是我的原创，我也是突然想到，曾经在某个地方看到过。"

他没有说出自己找过厉玮。

王凯与他一样，都曾经在A型号上深得厉玮的指导，但王凯在A型号取证后，很快就转去了C型号。

"可以的，这个构型应该挺有搞头……不过，有些细节还需要考虑考虑，比如说，采用这种复合翼构型的飞机，自重可能会大于倾转旋翼，这就意味着，在垂直起降阶段，所耗的能源会更多。但是，反过来说，到了巡航阶段，复合翼的能耗或许就相对更低一些，而且，不需要经历旋翼倾转这个过渡，这个过渡是最大的技术挑战。"他一边说着，一边用手做着示范。

他把左手的五指紧闭，将整个手掌垂直于地面，平行于自己身体，从自己腰间往上伸展，当手掌与他的脸平齐时，将手腕一转，将手掌转过90度，掌心朝下。这样一来，整个手掌就从刚才垂直于地面变成了平行于地面。然后，他又将手掌从左肩平移至右肩处。

孙秦看着王凯这般演示，笑着说道："你这个旋翼倾转的演示很直观啊，今晚回去我跟我儿子也这样演示一下。"刚说完，他突然意识到，似乎自己在进行一个不太合适的比喻。而自己是吃亏的那一方。

王凯也敏锐地把握到了这一点，不怀好意地说："没事，爸请你去食堂吃好吃的！"

飞机平稳地降落在白云机场，经过一段滑行后，稳稳地停在候机楼边。发动机停止了运转，客舱内轻柔的音乐响起，人们纷纷起身。江大春也站起身来，背好背包。

这样的节奏他太熟悉了，熟悉得像是回家一样。

过去数年，他的生活便是由机场、航站楼、酒店和客户所在地几点之间编织而成。而这一次，他要去编织新的故事。

随着人流，他走出白云机场，正准备去打出租车，转念想了想，改变了方向。从机场过去也就两公里左右的距离，打车还要排队，而且还要花钱，干脆走过去吧。

他很清楚，自己已经不再是韦霍公司的金牌销售，而是一家创业企业的合伙人。很长一段时间之内，不会再有出差时的五星级酒店住，也没有跨洋航线的公务舱。

能省就省吧。

尽管是初春，上海的天气依然料峭，广州却已经开始温暖起来。沿着马路往机场工作区走去，道路两旁都是绿意盎然。

飞速驶过的汽车将即将出发飞往世界各地的人们送入他身后这片庞大的航站楼，而刚刚落地的来客和归家者则以它为起点，汇入这座城市的各个角落。

路过机场禁区的出入口，门口停泊着几家航空公司的专用客车，一群群刚刚结束飞行任务的飞行员和空乘们已经换上了便装，带着一丝疲惫，将行李放置在车身下面的行李仓内，然后缓缓走上车。

几个显然是憋了很久的"烟枪"在路边匆匆吸上几口烟，然后扔掉烟蒂，也匆匆回到车上。

这样的场面，江大春过去这些年，见过无数次。他们在飞机上一个个制服笔挺，妆容精致，此刻也已经与普通人一模一样。江大春从这些客车旁默默地走过，再往前行一段时间，就几乎见不到几个行人。

狭窄的人行道旁边，是四通八达的公路。

他穿过一段地下通道，通道的上方是停机坪，供不同航站楼之间的飞机滑行，所以搭建起来的通路桥两侧，布满了铁丝网。铁丝网前还竖着警示牌，表示此处是飞行禁区，严禁通行。

走过这段冷清的通道，再往右拐，便是一大片建筑群。广州几乎所有的航空公司和飞机运营商都在那片区域办公，江大春也曾经几乎每个月都会去那里。

时间过得真快……不过，这片大楼倒是没怎么变。他走进这片工作区，空气里全是熟悉的味道。轻车熟路地穿行其间，他来到一幢小楼楼下。然后，在微信上招呼道："我到你们楼下了。"

没过多久，一个长相可爱、身材微胖的姑娘从电梯走出来，见到江大春，笑着打招呼："江总，好久不见啦，我们庞总在办公室等您呢。"

"是呀，小叶，好久不见，你一点都没变，好像比上回见面的时候更瘦了呢。"

姑娘有些不好意思，摆摆手："哪有，我现在可发愁了，太胖，怎么减都减不下来。"

江大春的话对于她来说，无疑是安慰剂，但是，这样的话从江大春的嘴里说出，似乎比其他人更有效果。毕竟，江大春长着一张人畜无害的憨厚面庞，而且眼里满是真诚。

跟随着姑娘到了五楼，江大春很快在办公室见到了庞雷。

这位南华通用航空公司的总经理才是一个真正意义上的胖子。他整张脸的宽度可以与脸长相匹敌，两腮的肉在地球引力的召唤下，恨不得脱离脸颊而跳下去。粗壮的身材已经呈梨形，肚子上那圈轮胎即便穿着黑色的宽松外套也无处可藏。

一关上门，江大春就捶了捶庞雷的前胸："庞总，这么久没见，你还是一点都没变。"后面那句刚才用来恭维小叶的话，就连他也没能好意思说出口。

庞雷脸上笑开了花:"江总,每次你来找我,就肯定有大事情。"

"必须的,没有大事,怎么敢来打扰庞总,毕竟你日理万机。"

"来来来,坐着说话。"庞雷一边给江大春拉过一把椅子,一边坐在自己那张宽大舒服的黑色老板椅上。一屁股下去,整张椅子都晃了晃,发出低微而痛苦的呻吟。

庞雷喘了一口粗气,问道:"来一根?"

"没事,你随便,我们都认识这么多年了,我什么时候介意过吸你的二手烟?"

"少跟我装了!"庞雷说罢,直接抛给江大春一根烟。

江大春熟练地接住,无奈地摇摇头:"好不容易戒了三个月的烟,一见到你庞兄,就破功了。"说完,他冲着庞雷手上的打火机凑了过去。

庞雷一边给他点烟,一边说道:"你现在怎么这么虚伪了?"

给江大春点完烟之后,他也给自己点上。顿时,不大的办公室里烟雾缭绕。

庞雷眯着眼睛,看着江大春:"江总,说说吧,电话里你说你离开韦霍公司自己单干了,我倒很好奇,怎样的事业能够吸引你从韦霍公司出来?你在韦霍公司可是金牌销售,年入百万,工作自由,出入各种高档场所如入无人之境,我都羡慕得不行呢。"

"也不是单干啦,是加入了一家创业企业当合伙人,算是分管一块事情吧。"江大春轻描淡写地说道。

"那肯定是有天大的机会,否则,你这个机会成本可不低。老哥我比你虚长几岁,知道这个年纪做出这样的改变,不是一件容易的事情。"

江大春并没有直接回答这个问题,而是吐了一口烟,盯着庞雷的眼睛。

"你不要这样看着我,你那张脸再配上这眼神,弄得我仿佛在被提审似的。"庞雷抗议。

江大春一笑:"我做出这个决定,很大一个原因,是因为有庞总你的支持呀。"

庞雷一愣,转而笑着骂道:"放屁!你这是来找我要业务的吧?这么多年,哪次最后的落脚点不是这个?我还不懂你吗?"

江大春也微笑："不是，我是邀请老兄你一起干一件事情。"

"什么事情？"

"要不要一起吃螃蟹？"

听罢这句话，庞雷一愣。

"吃螃蟹？今天你到我这儿来，晚上我肯定少不了好好招待招待你，你想吃海鲜？不过，你这次过来，不会真的只是想跟我吃顿饭，叙叙旧吧？"

江大春笑道："不是吃晚饭，是我现在做的事情。"

"你少绕弯子了，到底想干什么，说吧！"

江大春见火候差不多，便收敛起脸上的笑容，认真地说道："我现在在搞eVTOL，就是电动垂直起降飞行器。"

庞雷听罢，一愣，两颊的肉也因此而多晃动了两下。

"庞总听说过这个东西吗？"江大春问。

庞雷皱了皱眉："听倒是听说过，但没听说过国内有谁在搞哇。你刚才说加入一个团队做合伙人，这个团队是一家外国公司？你作为他们的国内销售负责人？"

"不是的，这家公司就在上海，是中商飞机的人出来搞的。"

庞雷瞪大了双眼，尽管如此，那双眼睛依然在庞大的脸蛋衬托下，显得十分微不足道。

"上海的？国内也有人干这个了？"

"是的。"

"但我听说难度不小哇，虽然只是低空飞行，但需要用全新的电推进，可以说整个逻辑跟传统的飞机都不一样。"

"庞总是懂行的。正因为如此，才有机会呀。你们南华通航运营了那么多年，用的全部都是进口飞机，对吧？"

"是的，国内也没有飞机给我用啊。"

"那是通用飞机和直升机，这些领域，国外比国内领先几十年上百年，不管是发动机，还是动力系统，还是机载系统，我们哪能一朝一夕就赶上？"

"所以你认为，eVTOL是国内航空产业一个弯道超车的机会？"

"是的。这个赛道是全新的，国外虽然也已经有了一些eVTOL企业，而且比我们要早，但没早几年，大体上双方在同一条起跑线上。更何况，eVTOL

所使用的电机和电池，本质上与现在国家大力发展的新能源汽车很像。"

"你是说，如果搞eVTOL，完全可以充分利用国内的新能源汽车产业链，最大限度地减少对于国外供应商的依赖？"

"就是这样。"

"你可以呀！在韦霍公司工作这么多年，还是有一颗中国心嘛！今晚我要多敬你两杯。"

"自己想喝就直说，不用打着敬酒的幌子。"江大春把已经几乎燃烧到过滤嘴的烟摁灭在桌上的烟灰缸里，继续说道，"我判断，eVTOL这件事，不搞成便罢，真搞成了，市场前景不可限量。"

庞雷也将烟掐灭，摇了摇头："老弟，不是我打击你，我没那么乐观。"

"哦？"

"我是搞通航运营的，10年前开始，无论是政府，还是媒体，都在喊通用航空的春天要来啦，说美国有上万个通航机场，中国只有几百个，差距是巨大的，潜力也是无限的，可是这10年下来，通航市场有起来吗？并没有，还是那点有限的行业应用。多亏我们有石油平台、电网等大客户，否则，我们也早就死了，哪能撑到今天！"

"嗯……我明白了，你是说空域没有开放。"

"对呀！空域还在军方手里管着呢，看上去天高任鸟飞，但其实航路都要申请，而且是有限的，一点不比地面的交通道路资源宽裕。"

江大春将桌上的打火机拿了过来，看着庞雷："再来一根？"

庞雷立刻从烟盒里掏出两根，分给江大春一根。

江大春将两人的烟先后点上之后，说道："你刚才说的都对，但是，忽略了一个细节。"

"什么细节？"

"通航的春天没有到来，的确是因为空域管制，但是eVTOL不一样，因为它的飞行高度要远低于通航飞机，对不对？"

庞雷眯了眯眼睛，没有说话。

"eVTOL的飞行高度，到1000米就顶天了，可能大多数情况下都在几百米高，空军估计管不了那么低的高度，相比空军，可能城市管理者更关注这样的飞行高度。"

庞雷陷入了思考。

过了半晌，他才从烟雾中抬起头来："听上去，你这个判断确实有一定道理呀……"

"是呀！"江大春趁热打铁，"你想想看，一架eVTOL的飞行高度如果只有300到500米，那空军会在乎吗？恐怕广州塔的运营方才是最在乎的吧？"

"嗯，还有广州市市委书记和市长。"

"我就是这个意思，从监管的层面，主要责任方转为市政了，而不再是军方，所以，相比通航来说，eVTOL的市场更加民用化。"

庞雷咧嘴笑道："那我就明白了，你小子今天过来，是想让我们南华通航吃螃蟹，买你们的eVTOL运营。"

"庞兄高明。"

江大春拱了拱手，"可以呀，你们的eVTOL多少钱一架？什么时候出来？"

庞雷将了江大春一军。他知道，江大春手上肯定啥也没有。

果然，江大春没说话，只是抽了一口烟。

"嘿嘿，老弟，虽然买飞机都是在图纸阶段，但是，你们现在怕是连图纸还没有吧？"

"图纸好说，庞总，我们正在做，"江大春面不改色，"至于价格，肯定在七位数，绝对比你现在机队里的任何一个型号都便宜。"

"七位数？九百万还是一百万？"

"不会九百万那么贵，也不可能像一百万那么便宜。"

庞雷笑呵呵地看着江大春，眼珠转了转，说道："那好，我就陪你吃顿螃蟹。"

"多谢庞兄支持。"江大春倒没有显得很激动，甚至连笑容都没有露出来。他知道事情没那么简单。

果然，庞雷接着说："不过呢，目前我们还没法签订合同，凭借多年的关系，你要是信任老哥我，就相信我的口头承诺，如何？"

"这很公平，毕竟，你连东西都没见着呢，就敢下这个承诺。"江大春知道，这次广州之行的最低目标已经实现了。

"好了，今天晚上我请你吃海鲜，你要点多少螃蟹，就有多少螃蟹。"

"多谢庞兄，螃蟹就不吃了，我怕痛风。我们喝点粥吧，养养生。"

"我们得赶紧发展，从这里搬出去。"孙秦看着脚下这巴掌大的办公室，皱着眉头发誓道。

在江大春加盟之前，他和李翔在这里将将够用，现在增加了一个人，三个大男人挤在这屋子里，的确显得有些拥挤。

现在是初春倒还好，万一到了夏天，三个大男人的汗臭味混合起来不知道有多酸爽。尤其是他还得面对两杆烟枪。

"没事，我风尘仆仆地从广州回来，家都还没回，就直接来办公室，正因为这里地方小，所以显得很热闹。"江大春说。

李翔在旁边说道："销售的嘴，骗人的鬼。"

"我还没说完，这样一来，待会儿我回家时，就会感到进了1000平方米的豪宅，无比空旷，呼吸都更加自由，从而更加珍惜在家的日子。"

孙秦耸了耸肩："我们加油干吧，早日搬到1000平方米的豪宅去！我昨天回院里跟厉总和王凯都深入聊了聊，带回不少信息。大春刚从广州回来，估计也有很多进展要跟我们分享吧？"

"是的。"

"那我们就赶紧聊聊，看看下一步怎么做。"

"听上去，这两天就我比较闲哪，那我现在就给大家做好服务吧……"李翔连忙端起他们两人的杯子去公共区域倒水。

三人又闲聊了几句，便进入正题。

孙秦先发话："长话短说，结合李翔和我的积累，以及厉玮和王凯的建议，我们需要在倾转旋翼和复合翼这两种构型当中做出选择，成为我们第一款产品的构型。"

李翔和江大春还在期待孙秦接着说，没想到孙秦已经结束了。

"下面呢？"

"下面没有了。"

"过程就没必要详述了，你们都是行业老兵，不难理解其原因吧？"

"说是那么说……不过也是，多旋翼其实一开始我们自己也相对更加拿不定主意一些，厉总和王凯相当于帮我们做了决定，不过这个复合翼倒是挺有意思，就是固定翼与旋翼的结合对吧？"李翔问。

"是的。"

江大春一声不吭。

"大春，你觉得呢？"李翔问道。

"我不太懂，我只知道卖，对于飞机设计本身是个门外汉。"

孙秦见状，接着说："既然是这样，我们之间不来虚的。大春，我们再结合你从广州带来的信息，看看能否确定这两个构型当中选哪个。"

江大春这才打开话匣子："我这次收获还是挺多的。首先，南华通航的老总是我多年的朋友，已经口头上答应成为我们启动客户了……"

"太好了！"孙秦和李翔都大呼一声。两人纷纷伸出手掌，与江大春击掌相庆。

"那今晚我们得好好庆祝庆祝哇！"李翔建议。

"等大春说完，看看我们今天能否做出决定再说吧。"孙秦倒还是比较冷静。

"嗯……"江大春接着说道，"我还拜访了几家珠三角的通航运营商，他们都还是持观望态度，希望等我们的飞机出来之后，再根据情况看看是否要跟我们合作。"

"这倒是个更加合理的情况，那个南华通航有点过于冲动了。"

李翔笑着看着孙秦："有客户了，你还嫌人家冲动？"

"我是怕上头快，下头也快嘛，毕竟只是口头承诺。"

"这个你放心，凭借我跟他多年的交情，这个口头承诺他迟早会兑现的，只是看何时兑现。"江大春十分自信。

"那就好，还有更多的信息吗？"孙秦问。

"总体来看，他们对于eVTOL的接受度还是有的，而且都认为在珠三角应该挺有用武之地，因为那一带地形复杂，珠江水系把地面分割得支离破碎，不像华北或者长江中下游有大块的平地。"

"所以，使用的场景主要是跨城飞行？"

"是的，比如，从深圳到珠海，从清远到中山等。"

孙秦和李翔对视了一眼。

仿佛在说："我们当时设定的使用场景还是挺准确的嘛！"

孙秦接着点评道："听上去，复合翼更加合理呀。"

"为什么呢？"江大春眼里都是问号。

"因为感觉需求很迫切，而复合翼的技术难度相比倾转旋翼应该还是要小一点的，所以应该能更快出产品。"李翔替孙秦回答道。

"好，就复合翼！"孙秦斩钉截铁地说道。

他们在这个问题上已经犹豫了好长一段时间，必须要下定决心往前走了。哪怕错了，也能够早点纠正过来。

创业，比拼的不就是速度吗？

当这个方向定下来之后，孙秦觉得仿佛卸下了千斤重担，感到浑身轻快了许多。

"说到底，复合翼还是厉总的建议呢……"他感慨道，"可惜她现在似乎身体不太好。"

"怎么回事？"李翔瞪大了眼睛。

"我去她办公室的时候，她刚喝完中药没多久，办公室里一股中药味。"

"我们得关心关心厉总，下回去了解一下她具体是什么病情，看看我们能送点什么。"

"是呀，我还按照我们的计划，邀请她成为我们首席科学家，但她没答应。"

"不愧是厉总啊……可惜了，要是她真能同意，那我们就起飞了。"

"嗯，她是个好领导……"

两人又借着这个话题回忆起在研究院奋战A型号的一些往事。真是激情燃烧的岁月，彼时彼刻正如此时此刻。

江大春在一旁有些无聊，毕竟，他以前没跟主机厂打过交道。不过，他也被两人的那股劲头感染了。

"看起来，选择加入他们，是个正确的选择……"

第 7 章
适航，适航

张顺景有些无可奈何。

在一群没有干过航空的人当中，他的很多观点得不到共鸣。

甚至谈及共鸣都有些奢侈，能够理解他所说的一些名词就已经很不错了。

比如说"适航"这个在航空领域非常普及的概念，却很难让行业外的人明白。

从首次跟袁之梁探讨公司产品的形态开始，一直到今天，半个月都过去了，他依然没有说服自己的老板放弃直接在汽车顶上装个螺旋桨的念头。

然而，团队搭建还在进行中，工作也不能停下来。

每新加入一名员工，他就会对其做非常耐心的培训，然后，每隔一段时间，他还会将所有人召集起来，将这些内容重温一遍。也包括袁之梁、杨天和叶晨。

依旧收效不大。

趁着今天办公室没几个人，张顺景来到贺瑾工位旁边，叹了一口气："广州就招不到有航空背景的人才吗？"

贺瑾两手一摊，语气柔和："是呀，很难找。航空公司的倒是有一些，但是又不是我们要的人。"

"是的，航空公司是飞机运营方，并不负责研制飞机，而我们要找有飞机研制经验的，这样的人，只能来自飞机主机厂或者他们的供应商。"

"还是按照现在这个思路，继续招一些相关工业领域搞研发的人进来，年轻一点的，学习能力强的，自己慢慢带吧。"

"有没有奖励机制，能激励一下年轻人更快成长，否则我一个人好累呀。"

"好哇，我想想看，倒是可以采用积分制、考核制等方式……不过，要奖励的话，还得有预算才行，我回头跟阿梁说一声。"

"好，我也跟他打声招呼，现在最重要的事情就是让大家对于造飞机这件事的认知对齐，不能让客户和合作方认为我们只是一堆搞汽车、通信和计算机的，不懂飞机。"

"其实……最重要的还是说服阿梁吧？"贺瑾冲他眨了眨眼，"一些观念的改变只能从顶层开始，从上至下推进才有效果，不是吗？"

张顺景笑而不语，只是回应给她一个心照不宣的眼神。

没错，可是怎么才能说服袁之梁更开放地接受自己的建议呢？真伤脑筋……

张顺景回到自己座位上，看到屏幕上的即时办公软件弹出来几条信息。

都是来自袁之梁的。

"老张，我刚从羊城汽车研究院出来，我跟这里的几个专家进行了交流，他们认为我那个思路是可行的，我马上就回办公室，等我们见面再详聊。"

张顺景苦笑着自言自语："汽车研究院的人当然跟你的观点相似啦，可是，eVTOL这东西本质上是飞机呀！"

想到这里，他站起身，冲着杨天几个人喊道："我前两天给大家发来的材料，大家要仔细吃透，过两天我们再交流交流，看看你们有什么心得。"

杨天举手道："顶层的设计没定下来，我们天天读这些东西有什么用啊？"

张顺景白了他一眼："如果今天顶层设计定下来了，你能干什么？你对航电、对飞控的了解已经很充分了吗？"

"感觉跟我之前接触过的通信设备和架构没有什么太大的区别嘛……"

"不要总是往你以往的经验上套！隔行如隔山，你之前在通信行业干得再好，到了航空，也得从零开始。"

杨天耸了耸肩，没有继续与张顺景争辩，而是低下头，把视线移回他的电脑屏幕。

叶晨没有说话，只是偷偷地瞄着贺瑾。贺瑾对于这样的状况已经见怪不怪了。她甚至认为，如果一个创业团队没有时不时发生的争辩，反而是不正常的。

袁之梁是午饭后回到办公室的。

他进来的时候，除了张顺景和贺瑾之外，其他几人要么趴在桌上，要么半躺在椅背上小憩。虽然公司规定下午1点上班，但几乎所有人都会在午饭后稍事休息，直到1点30分才陆陆续续进入工作状态，然后一直干到晚上九十点钟。

贺瑾虽然也有些犯困，但今天稍微做了一个发型，不想因为午休给弄乱，只能用咖啡硬撑着。

张顺景则盯着手机发呆。他习惯在手机的记事本里记录各种心得体会和实时的想法与灵感。

在收到袁之梁的消息之后，他一直在思考，到底要如何才能说服阿梁呢……

他深知，如果不能让袁之梁心悦诚服地接受自己的观点，安罗泰的产品始终会不伦不类，变成一个四不像。瞥见袁之梁的身影，他冲着他挥了挥手，并没有打招呼，怕影响到其他人休息。

袁之梁也默契地冲他点了点头，然后指着会议室。张顺景起身，轻手轻脚地走了过去。

关上会议室的门，他这才稍微放声问道："去羊城汽车研究院收获很大？"

袁之梁满脸兴奋，点头道："是的，你不是一直认为，我那个想法行不通吗？我特意去请教了以前认识的几个老专家，他们都认为是可行的。在汽车顶上装螺旋桨，不但可以让汽车垂直飞起来，还能够水平飞行。"

"你知道汽车的重量有多重吗？"

"几吨重而已，平均看起来，5吨？"

"而已？以目前动力电池的能量密度，要想把几吨重的汽车给抬到半空中，还要实现水平飞行，能够飞多远？能飞10公里吗？"

"我们要用发展的眼光看问题呀，电池的能量密度会增加的，还会有续航能力更强的电池技术出现。汽车上装螺旋桨，平时，汽车可以在公路上行驶，需要的时候，就可以飞起来，这样不好吗？"

"可是，eVTOL从其本质上看，是飞机，而不是汽车呀，为什么需要在公路上行驶？"

"不，我认为eVTOL既是飞机，也是汽车。"

袁之梁刚才那溢于言表的满面春风已经消散，现在，他的表情十分坚定。

张顺景觉得自己没有任何说服他的胜算。不过，也就是在这一刻，他倒也释然了。

"反正你是老板，如果你非这么固执，那就让市场直接教训你吧！"

其实，不管做什么决定，正确也好，错误也罢，最关键的在于要迅速定下来，然后往前走。这样，哪怕是一条错误的路线，也能够尽早掉头。这样也好过在分岔路口左顾右盼，踯躅不前。

张顺景说服自己心平气和地接受了袁之梁的决定：安罗泰要造一款飞行汽车，而不是eVTOL这样的低空航空器。而且，要成为国内首家推出产品的厂商。

下午1点30分刚过，袁之梁便召集全员大会宣布了这个决定。不在办公室的人则在线上拨入，一起见证。

"各位，老张与我已经达成了一致，我们安罗泰的第一款产品将不是传统的eVTOL，或者说低空航空器，而是一款飞行汽车……"袁之梁慷慨激昂地说了一大通。

他的话让现场所有的人都瞬间从午睡后的蒙眬状态中清醒。他们齐刷刷地看向张顺景。所有人都知道，张顺景从第一天开始，就反对这个主意。看起来，袁之梁还是胜利了。

张顺景默默地坐在一边，脸上倒是露出一副十分轻松的模样，仿佛整件事情与他毫无关联。

杨天冲他挤了挤眼睛："老张，你不补充两句？"

张顺景摆了摆手："我支持阿梁的决定。接下来，我们研发团队就按照这个顶层设计思路往下分解工作。"

叶晨冷不丁问道："那……自动驾驶算法基本上就按照汽车的方式了？不需要考虑更多因素？"

袁之梁满怀信心："没问题，叶晨，有不懂的就问我！别的我不敢说，自动驾驶我还是略知一二。"

张顺景说道："好，那我们就开干吧，待会儿大家留一下，我把工作讲讲。"

会后，袁之梁先离开了会议室，只见贺瑾坐在工位上远远地冲着他笑。

他走上前去，问道："笑什么？"

"笑你们终于开始做产品了，我的压力稍微小一点，要不然，老张一天到晚让我给他招有航空背景的人。"

"他干了一辈子直升机，脑子都固化了，不能够跳出之前的思想边界想问题，传统航空干什么都慢，你看C型号到今年都8年了，还没首飞呢。换作汽车行业，都上市了两三款车型了。我们肯定不能用这种老思路去干新产品。"

贺瑾漫不经心地答道："阿梁，你这么说他的时候，你自己是不是也有类似的情况呢？"

袁之梁一愣。贺瑾这句话虽然波澜不惊，但却给了他很大的冲击。

"我一直认为张顺景是个死脑筋，只知道什么直升机，什么适航，我自己又何尝不是呢？我还不是一天到晚拿着汽车行业的那些东西说事？"

他没有作声。贺瑾也没有继续跟他说话，而是笑了笑，低头去做自己的事情。袁之梁默默地坐回自己的座位，还没把椅子坐热，手机便响了起来。

他一边接电话，一边往外走："何叔……什么？你到我们楼下了？那怎么好意思？你别上来，我下去找你！"

挂掉电话，他加快脚步，冲向电梯间。连续两部电梯里都挤满了人，直到第三趟他才得以进去。

挤在沙丁鱼一般的轿厢里，好容易到了一楼，袁之梁立刻四处寻找着那个熟悉的身影。

只见一楼入口处，一个身材微胖的老年男子也在人群中东张西望。他稀疏的头发凌乱地搭在光亮的脑门上面，穿着一件皱巴巴的灰色风衣，风衣下面是一件醒目的白色背心，上面还写着两个字："武魂"。

同样皱巴巴的黑色裤腿下，是一双拖鞋。他的个子虽然不高，在人群中却十分显眼。

袁之梁一边暗自流汗，一边快步走到男子跟前，低声招呼道："何叔，你怎么亲自过来了？这些资料找个快递送过来就好……"

何叔本名何家辉，是他父亲公司的老财务，已经处于半退休状态。

袁之梁创业的时候，为了节约成本，也因为暂时没有必要招全职财务，便接受了父亲的建议，由何家辉来帮他打理公司的总账，至于出纳工作，还是由袁之梁自己完成，反正收付款工作还不算太多。

每个月，袁之梁都会把各种出入账的票据、银行对账单和回单等单据快递给何家辉，何家辉处理完账务之后，再把整理好的账簿等材料快递回给袁之梁。

所以，袁之梁今天见何家辉亲自过来，还感到一丝惊讶。

何家辉见到袁之梁，便摇头晃脑地说道："阿梁啊，你跟你老豆当年简直一个样……对于财务的重视程度不够，差远了！所以呀，我今天必须要亲自过来一趟，给你好好讲讲。"

"那……我们上楼说？"

袁之梁可不想站在大堂的入口处这样人来人往的地方跟何家辉聊公司财务的事情，虽然公司也没多少钱。

有时候，保密的目的并非隐藏自己有多少好东西，而是为了掩饰自己到底有多差。

何家辉一动不动："不了，我懒得上去，我们就在这里说吧。"

"可是，何叔，这里人这么多，又吵，说话都得扯着嗓子喊。"

"那我们就去旁边的角落里。"

袁之梁无奈答应。

何家辉便快步走到一楼大堂的一个角落，步伐轻快，完全看不出来是穿着拖鞋。

袁之梁也紧跟过去。

等两人再次站定，他急忙问道："何叔，是不是我们财务出什么问题了？应该不至于呀，上个月月底我看账上还有几百万，可以烧好一阵呢，毕竟我们现在总共才五六个人。"

何家辉抬了抬眉头，不急不慢地说道："你呀，要用发展的眼光看问题，虽然看上去账上还有几百万元，但是，你们是不是还要再招人哪？后续你要不要采购设备、软件和零部件？毕竟你是要造飞机的，有的是花钱的地方，几百万元哪够看的？"

"那你的意思是？"

"虽然你自己投了一百万元，但是，更多的钱都是你老豆给你投的，我当然要对他负责。我要保证你对于财务风险有足够提前的预警和应对。"

"我现在知道了，可是，我要如何应对呢？"

"得去找钱了，几百万对于造飞机来说，太不禁花。"何家辉淡然地说，仿佛在谈论出门左拐去摊位上买一碗肠粉。

袁之梁做梦也没想到，安罗泰的融资竟然需要启动如此之早。

他一直认为，至少自己得将产品的原理样机或者雏形造出来之后，有一个东西去呈现给投资人时，才能开启融资之旅。

而何家辉此刻告诉他：不要再等，现在就是最好的时机。

他更没想到的是，自己开始这样的探讨竟然始于办公楼一楼大堂的这个角落。

他原以为，至少需要准备好很多材料，然后正襟危坐地在会议室里做出这样一个庄严而重要的决定。显然，何家辉的到来，让他有点猝不及防。

不过，这位经验丰富的财务是父亲非常看重的人，也的确在他创业以来让他在财务上完全不用操心。何家辉的话，他得听。

袁之梁摸了摸后脑勺，说道："何叔，你又不愿意上楼详聊，难道我们在这里讨论融资细节吗？假如我真的马上开启融资的话？"

何家辉摇了摇头："你以为融资是去菜场买菜那么简单？我今天过来，只是告诉你，可以开始考虑融资的事情了，除此之外，我没有别的计划，根本不需要上楼。"

"可是，如果只是告诉我这一点，你完全不需要过来嘛，把资料快递给我，再打个电话说一声。"

"我不亲自过来，你怎么会重视呢？挂掉电话你就忘了啦。"

他不得不承认，何家辉还是很懂自己的。

"何叔，你说得是，感谢你特意来一趟，我会好好考虑考虑，看看如何开启融资。不过，我确实不懂，后续还不免要请多指教。"

"这个好说，你老豆交代的事情，我必须要办好。"说罢，何家辉仿佛是一刻钟也不想待了，转过身便往大堂门口走去。

袁之梁紧跟在他身后，陪着他走出写字楼。外面的阳光很好，街道上人来人往，一点午后的慵懒氛围都没有。

"何叔，难得你来一趟，我请你去对面那家冰室喝一杯？正好我再请教请教融资的事情。"袁之梁试探地问道。

就在刚才那么短短几秒钟，他已经下定决心，当面见到何家辉也不容易，现在人家送上门来，必须要充分利用这个机会。反正上午他刚刚已经做出决定，他们安罗泰要做国内首款飞行汽车，既是飞机，也是汽车，两栖交通工具。

想到这里，他就兴奋。

他也明白，这个目标需要远胜于现在自己银行账户里的钱才能烧出来。

何家辉斜眼瞥了瞥袁之梁，一副傲娇的模样，并没有马上回答。

他背对着袁之梁，露出一丝不易察觉的微笑，然后又扭过头看着袁之梁："也好，我穿着拖鞋，也需要稍微休息休息。"

"太好了！"袁之梁连忙扶着何家辉，穿梭过助动车流，来到对面的这家冰室。

他们运气不错，恰好还剩下一张空桌。

"两杯冰奶茶，不要糖……"袁之梁话音未落，何家辉便打断："我要加糖。"

服务员确认道："一杯加糖，一杯无糖？"

"是的。"

袁之梁点头，然后问何家辉："何叔，没想到你还喜欢吃糖呢。"

"我都这把年纪了，还能吃几年糖？能吃的时候多吃点。"

没过多久，奶茶便上来了。

袁之梁喝了一口，感到一股清凉直入骨髓。

他问道："何叔，假如说，我马上就开始融资，需要做些什么？"

何家辉笑道："你小子这么功利？就请我喝一杯奶茶，我都还没开喝，你就迫不及待地问问题了？"

"嘿嘿……"袁之梁不好意思地笑道,"这不是怕耽误何叔的宝贵时间嘛。"

何家辉用吸管嘬了两口奶茶,不紧不慢地说:"我其实也不是融资的行家,不过呢,这点三脚猫经验告诉你肯定是够用的。"

"嗯嗯,请讲。"

"首先,你要准备好商业计划书,也就是俗称的BP。"

"BP里面要包含哪些内容呢?"

何家辉仿佛看外星人一样看着袁之梁。

"你小子连BP要写点什么都不知道,就敢出来创业?还敢直接造飞机?你可比你老豆要莽撞多了!"

"我造的不是飞机,是飞行汽车。"

"反正你老豆告诉我是造飞机。"

袁之梁心想,估计父亲觉得告诉别人说自己儿子造飞机,比造汽车听上去更酷吧!

"既然你什么都不懂,那就更要提前准备融资了。打磨BP是个很耗时耗力的过程,你需要用短短十几页材料告诉投资人几个关键信息:第一,你做的事情有创新性;第二,有壁垒,技术壁垒或者其他形态的壁垒;第三,有足够大的市场空间和上限;第四,天时地利人和都具备……总而言之,就是告诉他们一个完整的故事,故事的逻辑便是:投资我吧,你能赚到钱。"

袁之梁皱了皱眉:"就是吹牛?"

"不是吹牛,是讲故事。它们是不一样的。"

"好吧……BP做好了之后呢?还需要干什么?"

"就是找投资人路演了,说得更直白一点,就是把你的BP去给投资人做介绍,说服,或者打动他们,让他们愿意为你投资。"

"这倒很好理解,可是,到哪儿去找投资人呢?有没有什么网站或者平台?"

"我认识几家,到时候可以介绍给你……"

"太感谢何叔啦!"袁之梁兴奋地打断了何家辉。

"……我还没说完呢。见投资人就是一个玄学,有可能你见了这几家,就敲定了意向,也有可能,见了几十家都没能撮合成功。所以,只见几家肯定是不行的。如果是这样，我就帮不了了，毕竟，我也只认识几家而已。"

"那怎么办呢？"

"专门有一类企业，叫财务顾问，或者FA，是中介方，给像你们那样的新企业和投资人牵线搭桥的，可以跟FA合作，这样一来，就能见很多投资人了。只不过，最终如果融资成功，需要支付给FA中介费。"

袁之梁又喝了一口奶茶，眼珠一转，便理解了这个商业模式。应该，就跟房产中介类似吧……

"我们首款产品的型号就叫A1。"面对张顺景关于产品命名的问题，袁之梁回答道，"含义很简单，就是我们安罗泰的第一款产品。"

张顺景点了点头："好的，我们设计团队从今天起都用这个代号。"

"必须的！"袁之梁感到一阵振奋。

直到现在，当他完成给产品命名的时候，才意识到自己在玩真的了。

"中国第一款飞行汽车：安罗泰A1。"他反复在心中摩挲与品味着这句话。

自从获得何家辉的指点，决定开始融资以来，他也加大了对于张顺景和研发团队的压力。

尽管按照何家辉的观点，第一轮融资，不需要真实的产品面世，可他依然不习惯就靠着几页BP便去见投资人。

总归要一点实质性的进展吧？否则岂不是空手套白狼？哪怕只是最顶层的系统架构图呢？当然，他自己也得撸起袖子亲自下场。

经过这段时间的培训和介绍，他发现叶晨对于自动驾驶算法的感觉慢慢起来了。

不得不说，贺瑾的筛人水平还是不错的。早期这几个人都挺不错。

"当然，贺瑾可是我挑选的……"想到这里，他完成了一轮自恋的自我肯定。

正沉浸在一种踌躇满志和忐忑不安的矛盾情绪当中时，袁之梁听见办公室门口有些动静。

他抬头一看，只见杨天非常谦卑地从门口走进来，一边走，一边冲着身后招呼道："您这边请……"

顺着杨天的视线，袁之梁看到了一个中等身材的短发女人，面容清秀，气质不俗。

这是一张陌生的面孔。他迅速在大脑里搜索，却查无此人。

这时，张顺景也从会议室里冲了出来，远远地便冲着那个女人打招呼道："巩代表，巩老师，您能过来，我真是太高兴了！"

打过招呼，他又冲着袁之梁喊道："阿梁，这位是华东审定中心的巩清丽，她可是资深审查员，审查过中商飞机的A型号。"

袁之梁这才记起，张顺景前阵子提过，要邀请适航专家来公司给大家做适航培训。

他原以为，张顺景会邀请有飞机型号背景的人，没想到竟然直接请来了局方的专家。他不由得对张顺景又高看了一眼，同时，对适航这件事情又增添了一丝敬畏。

袁之梁连忙起身，走到巩清丽面前说道："欢迎巩代表，您是我们期盼已久的贵宾哪。我们是创业团队，环境有些杂乱，还请多包涵。"

"这位袁之梁，是我们的创始人，之前在羊城汽车，有丰富的自动驾驶背景，又理解新能源汽车产业链。"张顺景介绍道。

巩清丽微微一笑："袁总，感谢您和张总的邀请。我恰好最近这两周在附近参加一个系列培训，有一点时间，张总跟我提到适航培训的事，我就过来了，正好也跟大家分享分享。"

张顺景继续说道："巩代表跟我算是老朋友了，我们此前在一些行业论坛和活动上碰过面，她绝对是适航专家。今天能给我们讲课，还是以这种开小灶的方式，绝对是个千载难逢的机会。"

巩清丽挥了挥手："不要这么夸张好不好？哪里千载难逢了？你张总一声令下，我不就过来了吗？而且袁总也是年轻有为，能够有勇气干eVTOL，我是很佩服的。"

几人又寒暄了几句，袁之梁和张顺景便陪同着巩清丽进入会议室，然后把公司所有人都召集过来。连贺瑾都加入了。

"你也学习学习，以后招人可以问些更专业的问题。"袁之梁说。

"好哇。"贺瑾起身，然后阻止了准备去给巩清丽倒茶的杨天。

"你去听课吧，我来倒茶。"

杨天感激地看了她一眼，便回头走进会议室。

巩清丽并没有嫌现场的人少，而是从随身的电脑包里拿出自己的工作电脑，熟练地连上HDMI数据线。会议室的投屏电视机上显示出她即将分享的《适航基础》材料。材料的风格很简朴，如同她本人一样。

随着巩清丽开始介绍，大家很快都把注意力都投入到她的讲解当中。眼睛也不敢眨一下，生怕错过了什么。

毕竟，对于现场的所有人，除了张顺景，适航都是一个非常遥远的概念，此前没有人接触过。

尽管张顺景曾经也分享过适航知识，但是无论是杨天，还是叶晨，甚至是袁之梁自己，内心深处都多多少少有些质疑。"你虽然干过直升机型号，但是过去经验就一定是对的吗？普适性有多少呢？你说的适航就是真正的适航吗？谁知道自己真正的水平有多高呢？"

所以，张顺景干脆直接请来局方的专家。

"这下你们没话说了吧！"他看着其他人的表情，心中暗爽。

袁之梁越往下听，就越感到一股没来由的心慌。巩清丽所分享的内容，从本质上跟张顺景此前关于适航的介绍很像，甚至张顺景的表达方式反而更容易理解一些。

毕竟，张顺景曾经作为被审查方接受过适航审查，所以更容易站在这个角度去思考问题。而他们安罗泰的产品日后要推向市场，也得接受局方的审查，成为被审查方。

审定基础……

适航规章……

表明符合性……

CCAR25部，23部……

看着这些术语名词，袁之梁已是一头雾水。

在张顺景此前的知识普及之下，自己虽然已经认识了它们。但是和它们还不熟，不知道它们到底居住何处，家门朝哪个方向，有何性格特点。

他的脑海中浮现出自己心心念念的那架A1。A1的顶部螺旋桨正在飞速旋转着，将下部的汽车吊至半空，然后朝着东方水平飞去。

突然，螺旋桨停止了旋转，整台A1顿时失去了平衡，径直栽入地面。

汽车下方的四个轮胎没有起到任何缓冲作用，便直接没入爆炸的火光当中，不复出现。

袁之梁出了一身冷汗。他紧张地环视会议室，发现大家都仍然在聚精会神地听讲，无人注意到他的这点心情变故。

"当初，正是认为我自己不够懂eVTOL，担心自己是井底之蛙，我才招来了张顺景……现在，我关于A1的决定，是不是让自己这个努力变成无用功了呢？"

而贺瑾此前提醒他的那句话也不由分说地从脑海中跳出来——"阿梁，你这么说他的时候，你自己是不是也有类似的情况呢？"

袁之梁再也听不进巩清丽的讲课，而是陷入了沉思。

巩清丽抬起左手，轻轻地捋了捋头发，轻呼一口气。脖子上已经渗出细密的汗珠。

她刚刚结束这场适航分享。

虽然参加的人员不多，只有五六个人，但她觉得比平时她做的几十人上百人的培训都累。这些人完全是适航零基础，什么都不懂……

如果不是张顺景的盛情邀请，加上单位领导刚给她安排的新任务，她肯定不会过来，毕竟平时的工作已经够忙碌了。

但是，既然来了，就要善始善终。

想到这里，她抬起头，看着眼前的几位同龄人，问道："大家还有什么问题吗？"

杨天和叶晨等几人互相看了看，没有说话。刚才在巩清丽讲座的过程当中，他们已经迫不及待地打断过她很多次了。因为，如果不及时提问澄清，再往下就听不懂。

而在叶晨眼里，这个培训跟他的关系不大。

适航更多管理的是过程，而不是技术本身，对于他这个自动驾驶算法其实相关度不高。

更何况，在他眼中，巩清丽没有他的贺瑾姐姐有魅力。他偷偷瞄了一眼坐在不远处的贺瑾。贺瑾浑然不觉。

巩清丽扫视了一圈，最后视线停留在张顺景身上。仿佛在说："这里就你一个老熟人，帮我讲几句收个尾吧。"

张顺景自然清楚巩清丽的意思，站起身来，清了清嗓子，说道："让我们再次感谢巩代表的精彩分享。刚才大家问了很多傻问题，但是，她都很耐心地进行了解答，非常感谢！"说罢，带头鼓起掌来。

所有人都热烈鼓掌，也包括袁之梁。

巩清丽有些不好意思，欠身点了点头，等到掌声停止后，说道："再次感谢张总邀请，也很荣幸见到袁总和各位，大家都干劲十足，不愧是创业团队，我也深受感染。"

袁之梁起身走到巩清丽身前，然后转过身，面朝大家："真的非常感谢巩代表花了宝贵时间来给我们扫盲。我们对于适航完全不了解，却要干飞行汽车，这次的扫盲正是时候，让我们再次用掌声感谢她！"他又带头鼓了一次掌。

巩清丽这次也站了起来，回应道："大家不用这么客气，其实，我这次过来，通过与大家的交流，也对咱们创业方向这个新兴的行业有了更进一步了解。事实上，我也恰好被领导派了一个任务，来调研调研eVTOL这个行业的情况，所以，也要感谢大家的时间。"

袁之梁转过头问道："哦？巩代表也在调研我们这个行业？"

"是的，我们站在监管方的角度，肯定要对产业的发展保持敏感。eVTOL这个东西，不管你叫它低空航空器、低空飞行器也好，还是飞行汽车也罢，本质上都是一个巡航高度更低的飞机，而我们传统的适航规章和条例并没有专门针对这一类飞机的要求。所以，对我们来说，也需要与时俱进地根据这个新兴产业的特点对适航规章做出必要调整。"

听完这句，张顺景表情没有变化，心中却乐开了花。"就是等你这句呢！"

袁之梁则眉头微微一皱。刚才听讲时的那种无形的压力再次涌上心头。

"本质上是飞机……"他略一思索，问道，"巩代表，我问个外行话啊，这个飞行汽车，有没有可能既是汽车，也是飞机？"

巩清丽一愣，立刻领悟过来。刚才在培训的时候，她已经跟现场的人沟通过安罗泰A1的构型，得知了他们汽车顶上装螺旋桨的思路。

从历史经验来判断，她认为这样的构型几乎没有可适航性，但是，她并没有把话说死，也觉得没有必要打击他们的信心，毕竟，适航管控的是过程的符合性，确保结果的完整性，至于飞机本身的构型和技术路线，并非她的专业，尽管不同的构型和技术路线，适航路径和难度肯定也是不同的。

她小心地组织着回答："袁总说的既是汽车，也是飞机，我理解应该是在不同的阶段所扮演的不同角色，对吗？"

"是的，有点像两栖动物，在陆地上行驶的时候，就是汽车，有车轮，在空中飞行的时候，又变成了飞机，有螺旋桨。"

"如果是这样，显然也是需要适航的，而且，在我们眼中，它就是飞机，并不是汽车。或者说，哪怕它在陆地上行驶的时候，我们也会用飞机的视角去看待它，因为传统飞机本身也要滑行的。"

袁之梁抿了抿嘴："明白了……"

巩清丽又补充道："其实，咱们目前干的这件事是一个新兴行业，除了A1的构型，我相信还会有更多的构型出现，如何用一套适航规章去审定这些不同的构型，对于我们也是挑战，我目前所理解的，也只是个皮毛而已。后续肯定免不了还要跟产业界，也包括咱们安罗泰，持续沟通和交流。"

"巩代表客气了……我们全力支持局方工作，后续有什么需要我们做的，尽管联系。"

袁之梁就此结束了这场培训。他和张顺景两人一左一右陪同巩清丽走出会议室，并一路送她到电梯口。

等待电梯的时候，巩清丽说道："两位待会儿请留步，不用送我下去了。"

张顺景笑道："好哇，那我就不跟你客气了。"

巩清丽点点头，又对两人说道："目前看起来，国内做eVTOL的企业并不多，但我们认为未来几年肯定会有更多的企业出现，安罗泰算是抢占了一个先机，希望你们可以保持住。另外，上海也有一家起步不久的初创企业，叫驰飞客，创始人跟我也挺熟的，是中商飞机的背景，回头我可以介绍你们认识认识。"

"太好了，求之不得！"袁之梁连忙点头。他在心中，已经构思出一个新的计划。

午饭刚过，胃里的食物还在紧锣密鼓地消化过程当中。

袁之梁一边打盹儿，一边扫了一眼地铁里的站名信息。

距离终点站白云机场北还有十几站。

他换了一个站立姿势，在人群中小心地腾挪着，让自己调整到一个更舒服的位置，把身旁的行李箱放置在自己控制范围之内。

广州地铁3号线贯穿南北，乘载着大半整个城市的上班族，在袁之梁的印象中，车厢几乎没有空闲的时候。

自从创业以来，他就没有打过车。无论是出差，还是去拜访，都是采用公共交通，尤其是地铁。只是稍微受点累，时间反而更可控。

当然，主要还是为了省钱。

不过，在漫长的两个小时地铁行程中，他不止一次憧憬着自己的A1面世之后的场景："从公司楼顶直接飞到机场，估计也就20分钟吧……"

那个时候，就不去考虑费用的问题了。

前阵子，巩清丽兑现了她的诺言，将驰飞客的创始人孙秦介绍给了袁之梁认识。

两人通过微信和电话交流之后，觉得还是不过瘾，于是，袁之梁提出，去趟上海拜访孙秦。

孙秦欣然答应。

跟袁之梁刚确定这趟安排，孙秦便兴奋地转过头去对着李翔说道："我们不再孤单了。"

李翔不解，问道："什么情况？"

"广州有家eVTOL初创企业的创始人，要来上海拜访我们。"

"哦？"李翔眉头一挑，"广州也有搞航空的人吗？"

"他说他是羊城汽车背景。"

"呵呵……搞汽车的想搞飞机呀？真是不知天高地厚。"

"不要小看人家，他们请了张顺景做CTO，而且，eVTOL这东西，本来就是个混搭产品，全部靠电推进，感觉产业链跟新能源汽车的可能有不少重合，跟他们交流交流总归没错。"

"老张被他们挖去了呀……我没小看他们，只不过，他们没干过适航，不知道水有多深。说实话，我们自己也不敢说我们知道，eVTOL虽然重量和尺寸跟A型号差远了，但复杂度一点都不低。"

"他正是巩清丽介绍过来的，前阵子他们邀请她在广州搞了专门的适航培训。所以，人家也是知道自己短板的。"

"这东西光靠培训没啥用，你说，我们要不是因为干过一个飞机型号，光靠学习那些理论，能摸得着北吗？"

"所以他主动联系我，希望过来交流交流。"

"来吧，来吧，不过，我们这办公室恐怕是有点寒碜哪。"

"这样挺好，一方面展示我们创业的决心，另一方面，也正好让他放松一点警惕。"

"懂，人的心态，总归希望看到别人比自己差。"

两人又讨论了具体的注意细节，便各自忙碌各自的事。

对于孙秦来说，袁之梁是他创业以来所接触的第一个正儿八经的友商。他是真心实意觉得这是好事。

因为他始终相信一句话："如果一件事情全世界只有你一个人干，那一定是你出了问题。"同理，如果一个业务全世界只有他一个人干，就说明这个业务一定不是好业务。

所以，当巩清丽告知他广州有家造飞机的安罗泰，创始人跟他们年龄相仿，希望认识认识的时候，孙秦毫不犹豫便答应了。

当袁之梁经过长途跋涉，终于风尘仆仆地拖着行李箱出现在孙秦所在的园区门口时，他感到有些失望。

"就……这样的地方？"

这片园区距离最近的地铁站足有近两公里远，整个外墙显得十分灰暗，像是一张多日不洗、蓬头垢面的脸。

在这一片高大上的办公楼和各色园区当中，显得像是未被拆迁过的旧时代建筑群。他沿着指示牌，在园区里走了好几圈，总算来到驰飞客所在楼栋面前。

袁之梁擦了擦汗，稍微在门口驻足片刻，又重新拉起行李箱，走进大厅。

说是大厅，其实就是一块巴掌大的楼栋入口罢了，没有保安，没有接待，左手是两部看上去有些摇摇欲坠的电梯，右手边则是同时作为消防通道的楼梯。袁之梁犹豫了片刻，觉得还是徒手拎着箱子上楼梯更稳妥。

可是，当他来到驰飞客办公室门口时，又一次呆住了。

"这家驰飞客，不会是个皮包公司吧？"

他扫视着眼前半开着的门，这扇门与平常民房里的木质门并没有什么两样。要不是门上挂着一块仿佛从20世纪穿越回来的牌匾，上面写着"驰飞客"的字号，他压根就不会注意到。

从门外看进去，就能将整间办公室尽收眼底。

办公室里放着一张中等大小的办公桌，面对面坐着两个年纪与他相仿的男子。

可能连30平方米都不到吧。不，20平方米……

他们，就在这样的地方造飞机？

袁之梁有些犹豫，他不确定自己要不要敲门进去。

这时候，正对着门的男子恰好抬起头来，一眼便看到了门外的袁之梁。他连忙起身，微笑着迎上前来："是袁总对吧？欢迎欢迎！请进！"

袁之梁见他比自己略微高半个头，长得十分俊朗，从声音来判断，应当是孙秦无疑。

于是，他往前迈了一步，将门轻轻推开，伸出右手："孙总？"

"是的，我是孙秦！"

两人的手握在一起。

孙秦有些不好意思地说道："我们这里办公环境比较艰苦，还请多多包涵。你大老远从广州跑过来，先把行李放我们这里，在办公室里简单聊几句，我们请你吃饭，给你接风，到吃饭的地方我们再好好聊！"说着，主动上前把袁之梁的行李拖了进来。

袁之梁还准备客气两句，却被孙秦直接一手给拉进房间。办公室顿时显得更局促了。

孙秦没有坐下，而是直接指着李翔说道："这位是李翔，我的联合创始人。"

袁之梁连忙打招呼："李总，幸会！"

"袁总，欢迎！很高兴看到同路人，我们待会儿好好交流交流。"说罢，李翔递过一根烟。

"不好意思，我不抽。"袁之梁笑着摆摆手。

李翔也笑了笑，把烟收了回来，然后放到自己嘴里，正准备掏出打火机，只见孙秦瞪了自己一眼，便悻悻地将它揣回裤兜。

到了晚饭时分，整个园区都忙碌了起来。

各幢大楼里拥出一群一群的人，而身穿各色显眼工作服的快递人员则逆流而上，急匆匆地钻进大楼。

两股相向而行的人流有一个共同点，都很年轻。

孙秦、李翔和袁之梁三人也被裹挟在流出的人群中，推至园区出口处。当他们能够站稳，并且从容地确定接下来的行走方向时，已经身处马路边上。

李翔只是略微环视了一眼，便找到了方向："走，我们沿路走到底再右拐就是餐厅了。"

孙秦也冲着袁之梁做出一个"请"的手势："你难得来一趟，我们今天请你吃顿上海菜——虽然我们俩都不是上海人。巩清丽巩代表倒是上海人，但她最近恰好又在外地开会，不在上海。原本我们也邀请了她的。"

"是吗？"袁之梁有些失望，"那太可惜了，她算是我们的牵线人呢。不过，他们审查员都那么忙的吗？"

"是呀，人少，任务多，而且还不能马虎，毕竟人命关天。"孙秦感慨地说。

袁之梁突然问道："那……她结婚了吗？"

孙秦摸了摸脑袋："这个我还真不知道，虽然跟她认识很多年……"他又扭过头去问李翔："你知道吗？"

李翔头摇得像拨浪鼓："我怎么可能知道？"

袁之梁若有所思地说："我也还没结婚……"突然，他似乎意识到自己这句话可能带来的误会，连忙解释道，"我只是感慨一下呀，没有别的意思。"

"嗯，我们懂。"孙秦和李翔都点头道。

李翔又接了一句："袁总，看来我们俩都是单身狗，不像我们孙总，小孩都会打酱油了。"

"羡慕哇……"袁之梁的表情不像是装的。

"是呀，可以专心创业，人生大事都解决了。"李翔说。

三人一边聊着，一边来到餐馆门口。李翔报了订位信息，他们便跟着服务员到了一间小包房。恰好可以容纳四个人。还有景观位，可以透过落地窗看到餐馆后面那片袖珍的竹林。

袁之梁心里悬着的石头放下了。

从孙秦和李翔的诚意来看,这两人应该算是做实事的,否则,为了骗自己还要赔一顿饭钱吗?

这个餐厅看上去不算便宜呀。

孙秦点好菜之后,问道:"喝点啤酒?"

袁之梁一愣,然后回答:"客随主便。"

李翔则问道:"可以抽烟不?"还觍着个脸。

孙秦虽然有些无语,但袁之梁倒是不介意,笑着说:"请随意。"

"多谢,那我就不好意思了,憋了好久……"李翔立刻点上一根。

随着酒菜上来,孙秦开场,几人很快就边吃边聊起来。

虽然是第一次见面,但毕竟都是同一个方向的创业者,又是30岁左右的同龄人,正是满腔激情要干事的年纪。几杯啤酒下肚,所有的冰都瞬间破掉。

"袁总,你在羊城汽车干得好好的,为什么会出来创业?而且,为什么要跨度那么大地来搞飞机?"孙秦问道。

这个问题他之前在电话里跟袁之梁初次交流时就想问,但总想着当面问效果会更好,便一直憋着。今天总算有机会了。

袁之梁喝了一大口啤酒,咬咬牙说道:"你们听说过L5级自动驾驶吗?"

孙秦和李翔异口同声:"听说过呀。"

"你们认为,哪一年这个东西可以在汽车上实现?"

孙秦转了转眼珠:"现在是2017年……我估计……怎么着也还需要15年吧?"

李翔摇了摇头:"15年?我看20年都未必!"

袁之梁主动举杯与两人碰了碰,笑道:"看看,你们这些搞飞机出身的,都知道L5级自动驾驶没那么快,可我们公司领导却偏偏认为,2025年就能实现。"

"2025?"孙秦瞪大了眼睛,"我觉得2025年能实现普遍的L3级就不错了。"

"你们还挺懂的嘛!"袁之梁有些诧异。

李翔说:"嘿嘿,我们虽然一直在搞飞机,但是对于汽车还是挺关注的。

一方面，汽车和飞机在很多方面都挺像，另一方面，谁家或早或晚不考虑买车的事情啊，飞机作为个人消费品的门槛可比汽车高多了，所以，懂汽车的人自然比懂飞机的人多。"

袁之梁听到这话，觉得脑袋被狠狠地撞击了一下。的确，搞飞机的人理解汽车的难度，低于搞汽车的人理解飞机的难度。

"那么，我对A1这种飞行汽车构型的坚持，会不会真的错了？"想到这里，他自己又干了一杯。

"今天袁总有点口渴，来，再满上……"李翔见状，立刻凑过来给他倒酒。

袁之梁道了声感谢，然后说道："所以呀，我认为2025年实现L5级自动驾驶就是做梦，希望公司把资源放在更加切实的目标上，不要搞无谓的投资和宣传。"

"嗯，地主家也没有余粮。羊城汽车虽大，可钱也不是风刮来的。"孙秦点头，"不过，我还是挺佩服你的，直接就上eVTOL，难度可是不小，就连我们这些搞飞机出身的，都还有不少问题没有想通。"

袁之梁立刻抓住这个时机，问道："哦？那跟我讲讲呗，我是无知者无畏，哈哈哈。"

"没问题！"孙秦便开始绘声绘色地介绍他和李翔创业的初心，以及他们对于eVTOL的理解，尤其是适航。

袁之梁听得眼睛都直了，他不失时机地抛出各种问题，而孙秦和李翔也毫不犹豫地给出反馈。

他从孙秦和李翔嘴里所听到的，大多数并没有超出此前通过各种渠道所了解到的。但是，从同为创业者的口中说出，其分量感受完全不同。

袁之梁觉得浑身冒汗，脑门发热，便一口又一口地往嘴里灌冰啤酒。

午夜的上海，喧闹已经归于寂静。

位于闵行深处的这片企业园区更是安静得一点声息都没有。偶尔有几声流浪猫的哀叫在夜空中回响。

突然，一阵喧闹声将这沉寂刺破，如同在平静的湖面上扔下一块巨石。

三个年轻男子勾肩搭背地从一处园区走了出来。其中一个还拖着看上去挺笨重的黑色行李箱。喧闹声、行李箱的滚轮与地面的摩擦声，交杂在一起。

孙秦的脸已经泛红，他钩着袁之梁的脖子，摇头晃脑地说："袁总，这次实在太仓促了，没想到这餐厅打烊这么早，我们还得回办公室一趟给你取行李……总感觉我们还没聊尽兴，可是你非要明天回广州，我们只能下次再聚……"

袁之梁一手扶着行李箱，一手拍拍孙秦的肩头，同时看着孙秦和李翔两人："的确，这次喝得有点多，后来我都不记得自己说了些什么……下回孙总到广州来，我请你们吃粤式点心和早茶，不喝酒了，多聊聊天……"

三人又共勉和道别了几句，便各自打车离开。

去往酒店的路上，袁之梁一反刚才的聒噪，静静地靠在后座上，双眼望着窗外的夜空和路灯。

司机一开始闻到他一身酒味，很担心他在车上吐出来，时不时从后视镜往后瞧，还好声好气地提醒他："要是感到不舒服，车上有垃圾袋。"

不过，慢慢地就见他看上去很正常地坐在后面，一声不吭，既不打电话吹牛，也不跟自己搭讪说胡话，仿佛没有喝酒一般，司机便放下心来，专心开车。

袁之梁此刻大脑其实已经基本上失去了运转能力，脑海中只剩下自己与孙秦的一个对话片段：

"你们对于试验、生产和制造是怎么考虑的？无意冒犯，但是现在你们这办公室太小了。"

"前期的设计又不需要场地的咯，有我们几个人的脑子就够了，基本上在纸上、白板上和电脑里用CAD软件，都不占地方。至于以后的试验，以后再说嘛，肯定要去找机场，尤其是流量没那么大的通用机场合作的。至于生产和制造，真到了那个阶段，偌大的中国，你还担心找不到生产线？"

通用机场合作！

这件事情是他此前从未考虑过的，在今晚之前，他一直认为，试验去找他们羊城汽车或者汽车行业的一些朋友，弄到试车场进行就好，反正试车场的上空也往往是很空旷的。

可是，如果按照孙秦他们，或者到目前为止他所遇到的所有民航和航空界的人的说法，eVTOL的本质是飞机，是不是去真正的机场做试验会更专业对口呢？

仅仅对这一个片段的回顾，就消耗了袁之梁仅剩的理智。

当出租车终于到达酒店大堂门口时，他已经几乎只残留下意识的条件反射。

付钱，下车，关门，取行李。

然后，他"哇"的一声，吐在酒店门口那片干净的浅灰色地板上。

相比孙秦，李翔住得更近。所以，当孙秦还在回家路上时，他已经下了车。

小区里已经没剩下几盏灯亮着。他沿着小区门口的马路来回走了两圈。顺便散散烟。

跟着孙秦创业以来，这次是他喝酒喝得最多的一次。

平日里的应酬，很多时候有江大春在，承担了主要的火力输出并吸收了大量的进攻。但这次恰好大春在出差。

而且，孙秦觉得也没有必要把所有人都拉过来跟袁之梁认识，保留一点神秘感也没什么不好。

在酒精和尼古丁的双重作用下，他觉得此刻的脚步异常轻盈。思路也非常活跃。

袁之梁在席间提到的新能源汽车产业链，给了他很多启发。

在传统航空业，供应链是一个较为封闭的圈子，很多时候，作为飞机主机厂或者系统提供商，能够选择的设备级供应商非常有限，很多时候不免受到供应商的掣肘，虽是甲方，却没有一点甲方的样子，常常需要求着乙方干活。

如果在eVTOL这个新兴事物当中，引入外部产业链，无疑将大幅扩大供应商的可选范围，这样他们主机厂的话语权也无疑会更大。

他立刻掏出手机，给孙秦发了几条语音微信，把自己对于供应链的想法告诉他。

也正好看看孙秦有没有在回家路上睡着。如果睡着了，下回就可以嘲笑嘲笑他了。嘿嘿……

让李翔失望的是，孙秦不但没有睡着，神智还挺清醒。

这次大半夜回家，已经提前向罗园园报备。所以，他倒不急，反而一路上嘱咐司机开得慢一点，稳一点。他可不想吐在他车上。

今晚上是他和李翔两个人对袁之梁一个人，所以，他并没有喝太多，或者，酒精摄入量还没有达到他的阈值。

他对袁之梁的第一印象不错。

是个直爽、有冲劲的人，甚至有点莽撞。

反正，如果换作是他孙秦，在一家头部汽车整车厂干了很多年自动驾驶，哪怕理念与领导再不符，也不可能出来创业搞飞机的。

跨度太大，肯定会扯淡。

但是，袁之梁却有着十分笃定的信念，认为他们这些搞航空出身的被很多固有思想限制住了，不敢更大胆地创新。

他总是拿新能源汽车对比传统汽车来说明这一点。

孙秦并非完全不认可袁之梁的观点，但是，他始终认为，袁之梁忽视了，或者说还远未真正认识到适航的强制性和重要性。

有意思的是，无论是他，还是袁之梁，一整晚都没有触碰一个核心议题。哪怕是酒过三巡，大家都喝得飘飘然之后。

这个议题就是，驰飞客和安罗泰针对他们的首款产品，到底使用怎样的构型。

"说明我们喝得还不够到位……"孙秦抿嘴一笑。

产品构型在这个阶段，算是他们各自最核心的机密了。再怎样惺惺相惜，希望一起将eVTOL这个新兴市场做大，说到底，两家公司还是竞争对手。

未来的某一天，两人或许需要去敲响同一家客户的大门。

不过，孙秦并不担心。他不认为袁之梁的构型——无论是怎样的，都不能够与他的复合翼相提并论。

可是，如果自己并未将产品构型这个可能是最有价值的信息告知袁之梁，袁之梁这次来上海的目的到底是什么呢？

仅仅是为了跟自己见个面，取取经？然后喝顿大酒？

孙秦觉得自己还是没有想通。

他这个时候才感觉到，自己的大脑正在被酒精侵蚀着，没法再往快了转。

于是，他干脆将头靠在椅背上，闭上了双眼。来自李翔的几条微信，他一直都没听。

第8章
裂痕与扩张

飞机降落广州白云机场的时候，袁之梁整张脸都惨白得可怕。空乘反复问了他三次需不需要帮助，都被他挥手拒绝。

昨晚在酒店门口吐了一地，然后好容易折腾回房间，又因为自己散发出的酒后恶臭，一夜没睡好。

到了清早，依然残酒未消。上海飞往广州的航路偏偏今天又不太稳定，一路颠簸过去，他觉得自己坐的不是民航客机，而是手扶拖拉机。

站在机场到达口思想斗争了十分钟，他终究还是选择去排队打车。他担心自己如果再在地铁里折腾两个小时，会不会晕倒。

一回到办公室，所有人都很诧异地看着他。

印象中，他们的这位年轻老板是个挺清爽和爱干净的人，怎么浑身酒味地回来了。

贺瑾关切地问道："你还好吗？要不要给你泡点蜂蜜水？"说罢，就要起身往办公室角落的冰箱走去。

"不用了，马上要午饭，我待会儿吃碗云吞面，喝点热汤就好……"袁之梁摆了摆手。

贺瑾倒也不客气，便笑了笑："还是要注意身体，创业本身就已经很困难了。"

袁之梁点头称谢，然后放好行李箱，把张顺景几人召集进了会议室。他花了半个小时,把这次上海之行的情况与他们进行了分享。

张顺景在过程中不住地点头:"孙秦和李翔我都认识,我们航空圈太小了,他们算是中商飞机的年轻骨干设计师,应该说如果不出来,也是有挺好发展前途的,他们都出来干这事,说明很有搞头。"

"嗯,他们帮我扩大了眼界,我在很多方面都越来越理解你之前的很多观点了。"

张顺景连忙问道:"那你们讨论采用哪种产品构型没有?"

袁之梁摇了摇头:"并没有。我曾经想往这个方向引导,但他们似乎没有接茬儿。"

"也对……在这个阶段,产品构型算是核心机密吧。"张顺景嘴上说理解,心中却暗道可惜。

他清楚,如果袁之梁真的向那两人提到目前他们安罗泰A1那种所谓的"飞行汽车"构型,肯定会被鄙视。

当然,孙秦他们也未必会鄙视他,反而可能站在竞争对手的角度,鼓励袁之梁就这么干,然后等着看笑话呢!

袁之梁仿佛读出了张顺景的心理活动,说道:"老张,我知道你在想什么,说实话,随着我自己对于飞机和适航的了解,我对于目前A1的构型到底是否能成也产生了一些跟最开始的时候不一样的想法……不过,我们既然是在创新,就应该勇于试错。在我看来,我们现阶段的故事已经成形,不可能再换主角。"

这话一出,张顺景不再言语。而是表态道:"没问题,我们是一个团队,你是掌舵的,我们就跟着你走。"

袁之梁又跟团队交流了几句,便回到自己办公桌,戴上耳机,陷入沉浸式的思考当中。

这次去上海的目标算是达到了。酒后的糟糕体验算是为了达到这个目标所付出的代价吧。

目前看起来,孙秦他们并未比自己进展更快,相反,他们办公室如此之小,团队规模还没自己大。而且,从他们口中也了解到,目前全国范围,甚至全世界范围内,也还没有超过设计阶段的eVTOL企业。也就是说,安罗泰依然处于整个产业的第一方阵当中,并未掉队。

这一点很重要，无论对于以后的成功，还是眼下即将开始的融资。

其次，通过与孙秦和李翔的交流，他对于整个市场前景有了更加清晰和全面的认识。巩清丽当初引荐他们认识的时候，就曾友好地提醒过他，"孙总是航空业出来的，对于整个市场有很全面的分析，他能接触到不少资源和信息，可能你之前没法接触到。"

所以，在上海这小半天时间，他特意抛出了很多准备好的问题。这些问题对于孙秦和李翔来看，属于航空业的一些通识，但对他袁之梁来说，却是宝贵的信息。

这些内容，对于他准备BP当中的市场分析部分，至关重要。

尽管他也可以去寻找各种资料，甚至也的确让张顺景去做了这类事，但其效率怎么能够跟行业专家直接交流相提并论呢？

在了解市场的过程中，他又问及了不少技术问题，尤其是与空气动力学、总体设计等领域相关的。他和孙秦虽然没有问及彼此的产品构型，却在进行技术探讨的过程中把市面上常见的构型都交流了一遍。

这些信息，就连张顺景都没能了解得那么全面。

由于隔行如隔山，再加之酒精的作用，在谈及这些技术问题和挑战时，袁之梁未能完全理解孙秦偶尔颇具顾虑的表情，或者说，并未真正听进去。他认为，单纯从技术上看，eVTOL也好，或者他心目中的"飞行汽车"也罢，并没有哪一项超过了他所干过好几年的汽车。

当然，几年后，他为这样的轻慢付出了代价，但在此刻，袁之梁的上海之行收获还是不小的。

有了带回来的这些信息，就可以放入BP，使其显得更加高大上。

投资人是肯定看不懂的。而BP当中必须要有这样的内容。

可以说，从上海回来，袁之梁做出一份融资BP的素材已基本上具备。接下来，就是将这些"食材"进行搭配和调制，做出一盘诱人的佳肴。

袁之梁满意地将这些素材逐条敲击入电脑，又反复读了几遍，这才给何家辉发了条消息。

"何叔，我估计很快就能将BP做好，你上回提到的投资人，能否开始给我引荐引荐？"

"你希望哪天开始见人？"回复很快到来。简短而直接。

"下周吧。"

"见投资人路演BP可不是件简单的事情，需要一段时间全身心投入。"

"没问题，未来几周，这是我最重要的事情。"

确定复合翼的构型之后，孙秦和李翔的心也定了下来。他们将驰飞客的首款产品型号命名为：FP100。

含义也十分简单直接：FP就是First Plane——首款飞机。而至于100，谁不想考100分呢？

起初，两人在白板上写写画画，机翼的形状，旋翼的数量和摆放位置，起落架的结构……但很快，他们就发现得将确定后的设计固化在数字图纸上，也就是直接通过电脑里的CAD①软件进行设计。

于是，白板上留下的痕迹从此前的整体思路更多变成了随机而起的灵感。甚至放上三五天后，他们自己都得使劲回忆，才能重新搭建来龙去脉。

所以前阵子袁之梁来办公室的时候，他们压根就没有将白板擦干净，看上去反而更有创业的样子。

李翔在完成早期与孙秦的联合设计之后，开始将工作重心放在更多更杂的事务之上，比如进行供应链的规划，而江大春在确定了第一家口头承诺的启动客户之后，天南海北地到处跑，争取拿下更多的意向。

孙秦则继续聚焦于飞机设计本身，这也是他擅长并且喜欢做的事情。

日子过得挺快，转眼到了初夏，电脑里原本有些单薄的FP100设计图也逐渐丰满起来。

接近中午的时候，阳光温柔地从窗户外斜射进来，李翔刚刚打完几个合作电话，正悠闲地在窗口抽烟，享受片刻的安宁。

烟雾飘出窗外，在空中自由地分裂、稀释，直到消失。

又完成了几项设计调整后，盯着屏幕上那五颜六色的三维CAD图纸，孙秦竟然不自觉地眼眶有些湿润。

恰好李翔正在窗口边往外吐了一口烟，回过头来，看见孙秦那默然的神情，一愣："你这是哭了？"

---

① 计算机辅助设计。编者注。

孙秦骂了一句："你才哭了！什么眼神？"说着，把电脑屏幕挪向李翔的方向，"你瞧瞧看，有没有一点小激动？"

李翔凑了过来，也看到了雏形的FP100，这是他见过的最具科技感的飞机设计图。

从机身弧度，到舷窗玻璃的形状，都设计得非常入眼。更别提飘逸的固定翼和对称分布在机身两侧的几组旋翼。起落架看上去则很轻的样子，一点也不会成为整机重量的拖累。机身侧面还印刻着"驰飞客"和"FP100"的字样。

一架飞机如果设计得有美感，好看，性能也大概率不会差。这是所有飞机设计师所笃信的。

他张大了嘴，半天没合拢："我去！我去！这也太牛了！我怎么眼睛里也有些不对劲？肯定是刚才抽烟抽的，烟雾散不出去……"

李翔在窗台和办公桌之间的狭小空间里反复走动着，像是一台刚刚上满发条的绿皮青蛙，直到手指被刚刚放任燃烧的烟蒂烫到。

"哎呀！"他连忙将烟蒂摁灭在烟灰缸里。

孙秦这才皱了皱眉："我再跟你这小子共事一年半载，抽二手烟都要抽成肺癌了。"

"我也觉得很过意不去，要不，我们换个大点的办公场地吧？"李翔赶紧说道。

他觉得现在是个好机会。此前，他不止一次地建议孙秦搬到一个更大的办公地点去。

"办公室也是门面，我们又是号称搞eVTOL这种高科技的，现在这里怎么配得上我们的身份呢？再说了，在这里办公，以后怎么招人？江大春绝对是个特例。"

"现在还是飞机设计阶段，有我们两人就够了，大春又老在外面跑，办公室还是够用的。上海房租多贵呀，我们那点启动资金，当然要省着花。"

每次孙秦都反对。

如果说上次袁之梁过来的神情和肢体语言表现，让他看出孙秦有些动摇，这次，趁着FP100的设计初稿出来，他正在高兴劲上，李翔决定再推动一次。

果然，孙秦听罢，没有如同以往一样立刻反对，而是皱了皱眉，陷入思考。

李翔趁热打铁："我们现在图纸出来了，接下来就是要进一步往下分解到子系统层面，甚至直接分解到设备，那样的话，就得要招人干活……"

还没等他说完，孙秦就打断了他："我明白，招人干活，我们这里一是坐不下，二是人家不会来，办公环境太差。"

"就是这个意思。毕竟我们和大春算是主心骨、股东、合伙人，都是有吃苦觉悟的，但我们要招的人可不管这些。如果我们跟成熟公司开一样的待遇，他们凭什么选择我们？图我们头发稀？图我们办公室小？"

孙秦怼了他一句："头发稀？那是你，我头发可浓密了。"说罢，还甩了甩头。

李翔心中已经确定，孙秦这次会接受自己的建议。

果然，孙秦点了点头："嗯，那你有空到附近看看场地吧，我们选个大点的地方。"

"就是！我保证到了新场地之后，再也不在办公室里抽烟，一定滚出去，滚得远远的。"

"不过，面积也不用太大……"孙秦又补充道，"毕竟，我们的FP100最终是要去机场试验的，与其租个很大的办公场地，不如直接跟通用机场合作，这也是我们上次给袁之梁的建议，没有道理我们自己不去干。"

"这我当然明白！"李翔正准备再点一根烟，突然觉得不应该耽误时机，连忙稍微收拾收拾，说道，"我现在就去看吧，事不宜迟！"

"好的，正好也让我清静清静，把门打开，散散味道。"

李翔有些不好意思地挠了挠头，将门轻轻敲开，然后一溜烟跑了出去。

孙秦将视线再度移回电脑屏幕。看着他们过去这几个月心血的结晶，他眼前再度模糊起来。

朦胧中，电脑屏幕上的那份FP100的3D图纸立了起来，然后，每个旋翼都在转动，电机发出清脆的运行声音。

很快，FP100从屏幕里飞了出来，垂直地向着天花板上升而去。

在李翔回办公室之前，孙秦便在微信当中得知了一个好消息。

C型号刚刚在浦东机场上空完成了首次试验飞行，C型号首飞成功！

他忍不住看了看日历，盯着今天的日期，半天没挪开视线。真是个黄道吉日呀！

虽然在他数年的飞机设计师生涯当中，他没有参与过一天C型号的研制，但是，A型号与C型号毕竟是姊妹关系，而且，相比A型号，C型号更是那个万千宠爱集于一身的小妹妹。

小妹妹初露锋芒，作为姐姐，自然开心。

在微信上连续给好些前同事和领导发去祝贺微信后，孙秦觉得胸口充满着热血和激情。

他走到窗边，望着天边正在往下落的夕阳和在它照耀下镶着金色光晕的蓝天，感到天空无比美丽，无比宽阔。

天高任鸟飞的时代要到来了！

不，不一定非要天高，低空也一样！

相比C型号，FP100今天只是一个小小的婴儿，或许连婴儿都算不上，可能只是一颗受精卵，但是，他丝毫不怀疑，假以时日，这个后辈能够与C型号翱翔在同一片天空下。

他要扩大团队，他要将FP100的设计往前推进，要迅速决策哪些自己干，哪些外协给供应商，要跟局方紧密沟通，了解最新的规章，要……

正当他脑海中的想法不受控制地往外冒时，李翔风风火火地从外面冲了进来。

"C型号首飞了！"

孙秦的思路被硬生生地打断，没好气地看了他一眼："我知道了。"

"今天是什么好日子？晚上我们去喝酒庆祝一下！"

"今天不行，我已经答应老婆，今晚要陪她过。我已经连续很多天没回家吃饭了，不像你，单身就是自由哇……"

李翔并不觉得孙秦这是在羡慕自己。

他的兴致一下子减弱不少，悻悻地说："好吧，那我找别人去喝酒……对了，我出去看了大半天的场地，光房产中介的微信就加了三个，不得不说，最近办公场地的租赁市场很火爆，我感觉自己都不怎么受待见。"

"找不到合适的？"

"合适的很多，就是都太贵。"

这不就是不合适嘛！

"租金基本上都比我们现在的价格要翻番……"李翔继续说道，"实在是下不了狠心哪。"

孙秦没有再说话。

的确，如果光租金单价就翻番了，物业费肯定也会更贵，更何况面积变大了，这就意味着每年的房租成本至少得涨个两三倍，现在一个月只要几千块，一旦变成一个月两万，成本压力便来了。

毕竟他们现在一分钱收入都没有。刚才的万丈雄心此刻瞬间被现实给当头一棒。

还是李翔主意比较多一点，突然眼前一亮，说道："要不我们去找找园区，或者政府？看看他们有没有什么补贴政策？不是一直说要鼓励大家创新创业吗？"

孙秦也一愣："听上去倒是个好主意，我们搞的应该算是创新吧？"

"必须算哪！一听就很有科技含量好吗？"李翔踌躇满志，"就这样，你还是继续专注在FP100的设计上，争取从顶层给分解分解，为我接下来找供应商打个基础。我这两天再跑跑政策。"

"好的，那就等你好消息。"孙秦再次把自己沉浸到飞机设计当中去。

连他自己也不知道过了几天，又是一个下午，李翔满头大汗地走了进来。他二话不说，先到饮水机接了一大杯水，"咕咚咕咚"往下灌。

直到把这杯水完全喝干，他才擦了擦嘴巴，恨恨地说道："算了，我们压根就入不了人家的眼！"

孙秦一愣，停下手上的工作，把设计图纸存了档，然后问道："什么情况？"

"我他妈的这几天都是在白跑，去了几个园区，还在园区的介绍下去了区政府招商部门，满以为我们中商飞机的背景，以及干的这个方向可以得到认可和支持，可你知道吗？我们连入门的基础都没达到！"

孙秦大致猜到了个大概，但还是想确认："什么入门的基础？"

"比如说，我们是不是博士学位？是不是海归？如果都不是，那对不起，企业有没有院士背书？有没有发明专利？如果都没有，那是不是高新技术企业？"李翔一口气说了一大堆。

全都是各种含金量十足的名词,很多孙秦以前听说过,更多的,他也是第一次听说。他刚才就推测,估计是驰飞客才刚刚起步,还没有任何足以证明自己的资质或者成绩,政府凭什么给支持呢?

现在看来,实际标准比自己想象的还要严苛。

博士?海归?除去这两个身份的人,创业便低人一等吗?为什么非要如此一刀切呢?

正思考着,李翔接着骂道:"简直就是鸡生蛋蛋生鸡,初创企业为什么需要支持?不就是因为一开始比较弱小,对于成本非常敏感吗?如果真的具备那些被支持的条件了,要么就是已经有了比较成熟的商业模型,要么就是有资源可以兑现,谁还在乎你那点补贴?"

孙秦倒很快转过弯来,安慰道:"这其实就跟银行贷款一个道理,企业需要钱的时候,比如说我们现在,要去银行贷款,他们是绝对不可能放贷的,而当他们追在企业屁股后面求贷款的时候,往往是企业不缺钱的时候。"

都是锦上添花,没有雪中送炭。

不过,孙秦十分理解。

换作他自己,真的面对这两个选项的时候,会不会如同自己此刻所确定的,一定选择后者?

他会将钱借给一穷二白、可能没有偿付能力的人,还是家境殷实、多半能连本带息还清的人?

李翔又骂骂咧咧了几句,倒也平复了心情,便如同很多次一样,跨了几步到窗前,点燃一根香烟。

孙秦默默地盯着他的背影,说道:"办公室还是要换的,否则,会制约我们的发展。但是,总成本也不应该提高,所以,我们去一个更加偏僻的地方吧。"

李翔惊异地转过头来,表情仿佛在说:"你觉得我们现在这鸟不拉屎的地方还不够偏吗?"

不过,孙秦的表情十分坚决。

江大春愤愤不平地闯进办公室,面对着一脸沉郁的孙秦和李翔。

一周以前,驰飞客的办公室从闵行进一步西迁至松江,办公场地扩大到

150平方米，房租单价则下降了一半，还可以容纳更多的人，整个办公条件，无论是办公室这个小环境，还是所在的园区大环境，都提升了不少。

李翔也有了专门的吸烟点，不用再在办公室的窗边凑合。

办公场地距离地铁线比原来要近了不少，步行距离不到两公里。

尽管距离市区更远，但招人也会更容易一些。

而且，办公室的装修已经完成，是上家租客留下的，孙秦一看，觉得整体还凑合，只需要更换LOGO可，几乎没有额外的装修成本。

最重要的是，这间办公室的业主急于出手，因此给出特价，整体房租又给孙秦打了一个六折。这样，整体算下来，总成本并未上涨太多。

所以，他迅速做出决定，跟业主签约，拎包入住。

当时，两人做出这个决策的时候，想的是江大春一般都在外面跑，很少在办公室待着，再加上业主表示特价有效期只剩下最后一天，为了抢占这个便宜，孙秦也没有来得及再通过电话征求江大春的意见。

两人都认为，江大春应当不会有意见。

可没想到，当江大春发现上班距离比原来要远了一倍多，早上开车过来时又堵了近两个小时，便崩溃了。

"你们俩选这个地方也不跟我商量商量，我从浦东大老远开车过来真是太远了……"他一脸无辜地抱怨，显得这抱怨分量更重。

孙秦和李翔面面相觑。

还是李翔先开腔，毕竟江大春当初是他找来的。

"大春，主要是想着你不需要坐班嘛，加上当时如果我们当场不做决定，这个特价就飞走了，过了这村没这店。这个园区档次比我们之前那里还是要高出不少的，办公环境也提升很多，我们马上要进入更详细的飞机设计，也需要招人了。"

"我不是反对招人和改善办公环境，我是觉得，这也算是一件大事，我们目前总共就三个人，你们俩都不跟我说一声，以后公司大了，你们还会把我当合伙人吗？另外，我之前在家办公，也是为了让你们俩坐得舒服点，之前那儿坐三个人就显得有点挤了……你们以为我是不喜欢到办公室办公吗？我原来在韦霍公司的时候，还有一间属于自己的宽敞办公室，加入你们之后，这个要求我已经不提了，但是，有事情总归要跟我商量商量吧？"江大春一口气说了很多。

李翔无言以对。

的确，他和孙秦即便在中商飞机的时候，都没有属于他们自己的专用办公室。孙秦虽然是室主任，也只是工位比一般设计师要稍微大一点而已。只有副部长及以上的干部才有独立办公室。

而江大春刚来的时候，的确提到过自己当年在韦霍公司的优厚待遇。只不过，加入创业团队，那些身外之物都得舍弃。

李翔只能掏出一根烟，赔着笑递给江大春。此刻再说什么都没用，如果江大春愿意接受自己的说法，就应当接过这根烟。

江大春虽然依然板着个脸，手上动作并不含糊，把李翔递过来的烟接了过去。不过，整个过程中，他都没有看李翔。

他盯着孙秦，想听听孙秦的看法。

孙秦刚才一直在仔细观察江大春的表情和肢体动作。

见这个人第一面的时候，从面相上来看，他觉得江大春是个踏实简单的人，同时，他又觉得有些矛盾。一个真正踏实而简单的人，怎么可能做到韦霍公司的金牌销售呢？

现在看来，他的确有点看不透江大春。在那人畜无害的外表之下，江大春将自己的真实内心隐藏得很好。

不过，在这个时候，他必须百分百支持李翔，没有第二个选择。

孙秦微微一笑："大春，李翔刚才说得十分清楚了，我们也是不想大老远地打扰你去见客户，时间紧急，房东给我们极限施压，所以我们就签了。下回我们肯定要跟你商量。不过，话说回来，我们仨以后总有意见不一致的地方，如果采用少数服从多数的原则，其实，这次更换办公室的决定也没毛病，你说是吧？"

江大春眼里闪过一丝转瞬即逝的光芒。但他的表情却没有什么动静，已经回复到那副松弛而正派的模样。

他挥了挥手："算了，走，我们抽烟。"

说罢，他拍了拍李翔的肩膀。李翔求之不得，便立刻掏出打火机，两人往室外专门的吸烟点走去。

孙秦看着他们的背影，眉头皱了起来。

"才三个人，就因为这点鸡毛蒜皮的事情产生芥蒂了，以后人多了怎么办？"

他突然意识到，价值观一致对于一个团队来说，尤其是创业团队早期，实在太重要了。

他自信若是换作自己或者是李翔，面对这个决定，肯定会首先问及成本上的增减，而不是在乎自己的通勤时长。

辞职创业出来之前，罗园园就曾经跟他说过，创业公司最好不要去找那些成熟大企业做管理岗位出来的人，这些人往往已经过惯了好日子，眼高手低，吃不了苦，扛不动事。

江大春虽然在韦霍公司的时候，从事的不算是管理岗位工作，但他作为销售，肯定是没受到过什么管束，而且待遇相当不错。

这也是为什么孙秦在面试江大春时，特别问及他对于加入创业团队之后落差的态度。当时，江大春可以说是交出了完美的答卷。

而且江大春很快就从广州带来一家意向启动客户，即便那时候FP100的设计图都还没有出来。

孙秦曾经对他无比信任和期待。现在，随着相处的加深，蜜月期的光环正在渐渐退去。

"到底还是日久见人心哪……"孙秦暗自做了一个决定。

虽然有过一些不愉快的诘问，江大春还是很快接受了新办公室。

他调整情绪的速度非常之快。跟李翔抽完那顿烟再次回到办公室的时候，已经满面春风，仿佛刚才的争论全然没有发生过。

孙秦看在眼中，心底不由得有些佩服江大春，也因此更加确认了自己刚才的决定。

"得赶紧把团队建立起来，让大家把注意力聚焦到事情上去，而不是人和人之间的关系。"

想到这里，他招呼李翔："过完烟瘾了？我们把岗位说明对一对吧，对完后就可以去招聘平台上发布了。"

"没问题，这可是头等大事！"

李翔搓了搓手，又把口袋里剩余的半包烟扔到江大春面前："想来一口的时候尽管拿，别客气！"说完，便与孙秦一前一后钻进会议室。

他们终于有会议室了！

等待李翔关上门，孙秦压低了声音说道："在我们讨论人员扩张之前，我先快速跟你说件事。"

李翔一愣，也轻声回答："你说吧。"

"你怎么看刚才江大春的表现？他是你推荐来的，你对他的了解肯定比我要深。"

"说实话，有点意外。我也没想到他会计较这个。"

"我也一样。面试的时候，他给我的感觉是，他的三观跟我们非常一致。但早上这件事情出来后，我没有那么确定了。"

李翔摸了摸稀疏的头发，双眼微微往上看去，仿佛在回忆什么："我跟他的确认识有好几年了，当初也是一个本科同学的关系认识，他在韦霍公司做售前支持，老跟我提起江大春，后来我跟江就认识了，也一起喝过几次酒。他给我的感觉一直很靠谱，而且整个人没什么心机或者城府，很多时候自己宁愿吃亏，把便宜留给别人。"

孙秦盯着李翔，没有说话。

人畜无害的憨厚模样与金牌销售这样的业绩；宁愿吃亏而把便宜留给别人的口碑与今早他如此计较的表现。

江大春真是一个矛盾体。

他摇了摇头："嗯，算了，总之，日久见人心，我们都互相提醒，一方面之后要更加尊重他的意见；另一方面，还是要多多观察。他现在掌握着我们所有的业务渠道和客户储备，我们俩都没精力去搞那些事，如果他跟我们一条心，那便是天大的好事，反之，对我们来说，就是巨大的风险。"

李翔也点了点头："我也会再去跟我同学聊聊，听听他的意见，虽然他曾经对江大春推崇备至，但我不问他观点，想办法尽可能地从他那儿了解江大春的一些事迹，再做出自己的判断。"

"好主意！"

两人结束了这个短暂的话题后，便进入正题。

他们需要扩大飞机设计团队，将FP100的顶层设计进一步往下分解，同步还要迭代出缩比验证机。

所谓缩比验证机，就是按照真实飞机一定比例缩小后的模型，可以以更快的速度、更低的难度去提前验证真实飞机的许多关键技术和运行参数。

面对eVTOL这样的新兴事物，必须采用更加敏捷的研发方式，而不能拘泥于传统航空工程的双V模型和一板一眼的瀑布式开发①，这样的话，周期拉得太长。

为了实现这些目的，光他们两个人是肯定不够用的。

他们需要招人，招优秀的飞机设计师。

孙秦稍微盘了盘，如果再招三个骨干设计师，以目前账上的钱，应该还能支撑一年半载。前提是他和李翔以及江大春得把裤带勒得更紧一点。

同时，会有启动客户愿意提前给一点研发费。

关于这一点，江大春曾经提过，说深圳有家企业有这样的意愿。

果然还是珠三角的企业更加具有冒险性啊！不愧是当年改革开放的前沿阵地。

这样，凭着首家客户研发费的底气，他们可以如法炮制，逐步增加缩比验证机的置信度，将比例从1∶4或者1∶3，提高到1∶2，直到做出1∶1的原型样机。

在这过程中，如果还会有几家客户愿意提供一定的研发费支持，他们就能活得更久，直到需要融资的时刻。

孙秦并不想过早融资。他不喜欢自己的决策受到外部干扰，更有些反感商业计划书那些虚头巴脑的东西。

有了好产品，何愁没人要？

当他又一次将自己的这个思维链条展示在白板上时，李翔很捧场地点了点头，说道："都挺好，只是，我们按照怎样的方式去招这三个人？你刚才说的，让我有种我们在商量中了500万元大奖后怎么花的错觉，但是，我们现在并没有中500万元。"

孙秦瞬间回到现实。

最多只能招三个人，那要如何分配这三个人的工作，就变得十分重要。

要么，和他们曾经的中商飞机一样，按照产品结构来分，比如，一个人负责电机和动力，一个人负责飞控和航电，一个人负责其他所有，包括气

---

① 是一种产品或项目开发流程，其过程通过设计一系列阶段顺序实现。编者注。

动、起落架、结构等。

要么，按照产品研制的功能领域来分，一个人负责需求，一个人负责构型，还有一个人负责项目管理。

按照孙秦的风格，他一点都不想做取舍，他全部都想要。只不过，现实不允许。

看着白板上自己写下的各种组合可能性，孙秦眉头紧锁。

李翔则用大拇指和食指使劲捏着下巴，仿佛那儿有一个开关，一摁下去，答案便蹦了出来似的。

他突然想到一个主意，虽然暂时没有直接解决眼前的问题，却提供了新的思路："不如我们看看，哪种方式招人更好招吧？我们只是一家名不见经传的初创企业，要招的也不是随便在街边拉过来就能干活的力工，从招聘难度的角度来选择，会不会就更好做决策？"

孙秦眼前一亮，但只亮了几秒钟，便又黯淡下去。

无论哪种方式，都不好招人。

有过飞机设计经验的人，无论是干过一件具体事情的——比如飞控系统设计，还是干过一个职能领域的——比如需求定义与分解，在人才市场上都极度稀缺。

然而，事情就是这样，当你发现看上去很明显的所有道路都被封堵住的时候，往往就是一条意想不到的新路出现之时。

天无绝人之路。

"看来，创业的过程，就是不断突破自己既有底线的过程……"走出会议室，孙秦自嘲地对着李翔说道。

他刻意压低了声音，但还是被坐在不远处的江大春听见了。

江大春眨了眨眼睛，一本正经地问道："原来你还有底线哪？"

孙秦瞪了他一眼："你这话听上去怎么像是骂人呢？"

两人之间的气场此刻显得有些微妙，似乎都在用一种互怼的方式来修复刚才产生的那丝裂痕。

李翔非常敏锐地感受到了这一点，连忙补充了一句："说明我们都是有底线思维的人，这是好事。"

孙秦接着说道："大春干了这么多年销售，你说他有底线，我是不信的。"

江大春一脸无辜："当初面试的时候，我不是说过了吗？我们的销售主要依靠的是公司品牌和过硬的产品。"

三人都笑了起来。

李翔这才冲着江大春说道："关于招飞机设计师，我们刚才有个新的想法，正好跟你也商量商量。"

孙秦也说："我们从善如流，立刻跟你说了呀，你可别置身事外。"

江大春笑着回答："我怎么感觉不是什么好事呢？"

孙秦说："好事肯定是好事，但是，都需要我们突破底线。"

江大春一愣："招人还能有什么突破底线的事？"

孙秦说："如果让你从韦霍公司去挖人呢？"

江大春不动声色："韦霍公司在国内几乎就没有研发团队，哪来的飞机设计师？"

"我只是打个比方，未必是韦霍公司，可以是行业内的任何公司，你在行业内这么多年，总归有些人脉关系嘛。"

"我懂了，这对我来说没有任何心理压力。"

孙秦苦笑道："我和李翔一想到得回老东家挖人，就觉得有些心里过意不去，不过，除了这一招，似乎没有更好的办法了。通过招聘市场去找我们要的人，效率太低。"

"为什么？你们跟原单位签订了竞业协议吗？"

"没有。只是无论是 A 型号的证后工作，还是 C 型号的取证工作，他们也正是要用人的时候。我们要去挖前领导的墙脚，总归心有愧疚。"

江大春"哼"了一声："别弄得好像你们已经挖到人了一样，等挖到之后再说这样的话不迟，人家还未必愿意来呢。我们这里是个很好的去处吗？"

这句话倒是点醒了孙秦和李翔。两人如释重负。

对呀，等谈定了之后再愧疚也不迟嘛！

江大春又补充道："老话说得好，淫字论迹不论心，论心千古无完人。"

动用各自的老关系，从老东家、老合作方去挖人这个思路确定下来之后，三人便重新回到会议室，在白板上写下了一串名字。

每个人依次认领。

"我们人盯人。"孙秦说。

李翔抗议:"为什么你们俩都分配到了女的,只有我全是男人?"

孙秦还未来得及回话,江大春便抢答道:"因为我们更帅呀。"

李翔只是沉默了两秒钟,立刻抗议:"谁说的!当初大春你可是我找来的,而孙秦原本要去找巩清丽加盟,结果人家压根就不理他。"

这回轮到孙秦无话可说了。

的确,孙秦前阵子再次找到巩清丽,直接向她表达了希望她作为适航专家,以合伙人身份加入的邀请,也被巩清丽婉拒。

不过,孙秦倒也十分理解巩清丽的这个决定。换作是他,也未必会冒着巨大的风险,从体制内跳出来,加入一家前途未卜的初创公司。

但江大春很快找到了李翔的逻辑漏洞,继续捍卫自己刚才的观点:"孙秦没有搞定巩清丽,只能说明他面对女人也未必管用,但我又不是女的,你说服了我加入,并不能证明你就比孙秦更厉害。"

李翔只能打个哈哈:"反正我们各显神通吧,最后靠结果说话。"

"没错,就是这样,管他男女,能够邀请来就是好的……"

说到这里,孙秦突然愣了一下,意识到他们似乎漏掉了一个职能:适航[①]。

他用双手扶住自己的头,自言自语:"我们竟然没有考虑适航这个职能!之前总指着巩清丽,现在她已经明确不来,这个坑得填上啊。"

可还没等剩余两人反应过来,他又摇了摇头:"不行,三个人头已经无法塞进更多的职能了。"

说罢,他看着两人,又道:"关于适航,我和李翔就先管着吧,我们好歹也是经历过一个型号取证的。"

李翔点点头:"只能这样了,能我们自己扛的,全部先自己扛。"

三人离开了会议室。

李翔跟江大春又结伴去抽烟,孙秦则坐回办公桌前,盯着分配给自己的那几个名字,若有所思。

[①] 适航性(Airworthiness)一词的简称,指民用航空器"适于(在空中)飞行"品质属性的专用词。编者注。

广州，珠江新城一幢高档写字楼16层的一间会议室里，一个面容清秀的年轻人刚刚结束了一场接近两个小时的路演。

他控制住自己内心激动而紧张的情绪，轻轻攥了攥拳头。

坐在他对面的是一个与他年龄相仿的年轻男子，随意地穿着一件黑色圆领T恤，头发毫无章法地盘踞在头顶，戴着黑框眼镜，镜片后的一双小眼睛发出精明的目光。

脸上一副玩世不恭的表情，仿佛一切尽在掌握。

"袁总，说得挺好，你们这东西说实话，我也是第一次见。我们基金从今年开始才专门开辟了一条新科技的赛道，恰好是我负责，之前主要是以消费、互联网和医药方向为主。何家辉何总跟我们老板王总是好朋友，他推荐的项目，我必须得认真对待，这个你放心。"

袁之梁听罢，觉得眼前这个男人似乎说了很多，又似乎什么都没说。

他试探性地问道："那……刘总，对于我们公司和我们的情况，您还有什么问题吗？"

刘桐摆了摆手："不用了，刚才我已经很冒昧地提过很多白痴问题，暂时没有更多想问的。"

"那接下来呢？"

"哦，接下来呀，我们内部会讨论讨论，我也会给王总报一报，毕竟他是何总的朋友嘛。我只是个投资经理，最终是否选择投咱们，还需要上我们投决会讨论。"

"投决会？"袁之梁第一次听到这个名词，直接就问了出来。

"就是投资决策会，包括王总在内的几个合伙人决策讨论。"

"明白了，那我就等您这边消息。"

"没问题。"刘桐起身送客，"我正好过10分钟还有另一个会，就不送了。"

"您忙，您忙……"

袁之梁都不知道自己是怎样从16楼下来的。

走出有着微微香气的大堂，站在这幢高档写字楼楼下，他觉得刚才几个小时发生的事情，仿佛是猪八戒吃人参果一样，说不上来什么感觉。

他不知道自己的第一次路演到底是吉是凶，于是想给何家辉打个电话咨询咨询。

刚掏出手机,他就发现微信里一个未读信息。看着发消息的头像,他的心突然怦怦直跳。

"阿梁,有一阵没联系了,最近好吗?公司最近出了一些事情,好想跟你八卦一下呀,哈哈哈……另外,不要忘记我们之间的赌约哦。"

这是来自黄馨的消息。

袁之梁翻来覆去把信息看了好几遍。她要跟我八卦一下公司发生的事情?她这是邀请我见面吗?

突然,他只听见身后有人大声喝道:"闪开!不要站在那里挡道!"

回头一看,只见大楼的保安满脸怒气地冲他走过来。他这才发现,自己正好站在了大楼门口的停车位上,而一辆黑色的高档轿车正停在他身后,打着转向灯,显然是要停进来。司机并没有鸣笛,因为他知道保安会忠实地履行职责。

袁之梁连忙跳到一旁,一边走,一边四处张望,直到找到角落的吸烟点旁边。

要不要直接约她出来?就像她说的,的确好几个月不见了。他眼前浮现出一张青春的面庞。

"太好了!那我们一起吃个饭,我听你好好八卦八卦。"正准备发出这句话,他又有些犹豫。会不会过于直白?还用了感叹号,会不会显得我太兴高采烈了?

当他正准备去修改文字时,一个电话进来了,打断了他所有的思绪。

袁之梁看到来电人,无奈地接了起来:"老张,什么事?"

电话那头的张顺景显然不知道袁之梁此刻正在推敲一条微信消息,有些心烦意乱,还试图跟他猜谜:"阿梁,你还记得前阵子我跟你说的那个设计师吗?"

"不记得了,有话直说,我正忙着。"

"……好吧,就是中商飞机的那个飞机设计师,叫李琦玉。他是广东人,我跟他认识,前阵子联系他,希望把他招到我们公司来,这样他也能回老家发展。"

"又要招人了?"

"不是新开的岗位,是上次巩清丽来我们这里培训之后,你不是说,要招一个飞机设计背景的工程师吗?还是那个岗位。"

"哦哦,想起来了,找了这么久都没找到,还得去上海挖呀?"袁之梁最近在忙于融资的各种准备,对于公司的最新情况,更新不够及时。

"没办法,广州,甚至整个广东,都没有太多传统航空工业企业,想找现成的飞机设计师,只能去外地。中商飞机是目前国内少数两家有过适航取证经验的主机厂,不从那儿找人,从哪儿找?"

"没问题,尽管挖吧,钱不是事!"袁之梁咬咬牙。

尽管他才刚刚见过第一个投资人,融资是否成功,连八字一撇都没有。

"好,我就是要你这句话!因为,现在有人跟我们竞争。"

袁之梁一听,好奇心上来了。

"谁?"

"就是你前阵子去上海见过的驰飞客。"

听到这三个字,袁之梁马上回忆起在上海那个宿醉的夜晚。真是不堪回首……

他微微调整调整情绪,问道:"他们也要挖这个李琦玉?"

"是的。李琦玉告诉我,他们的创始人,叫……"

"孙秦。"

"对!孙秦。说孙秦在亲自挖他。"

"你跟他更熟,还是孙秦跟他更熟?"

"当然是孙秦哪!他们好歹以前算是同事。而且,孙秦离职出来之前,还是个小小的领导,是室主任,李琦玉只是个普通的高级设计师而已。"

"那我们为什么不去找更厉害的人?要挖就挖大的,干吗找一个普通的设计师?"

张顺景一时不知道如何回答。

相比羊城汽车的充分市场化,中商飞机的工作机会还是更像体制内一些,很多早期加入的员工甚至有事业编制,更不要提比较资深的领导或者专业人员了。

就连孙秦那样的室主任,愿意出来创业的都少之又少。

这一点,袁之梁没有经历过,自然不清楚。

张顺景决定断掉袁之梁的念想，回答道："因为厉害的人还需要为国家的C型号做贡献呢，不可能出来。而且，对于eVTOL的场景来说，很多方面需要创新，我们找年轻的、有潜力的飞机设计师是最合适的。当然，在一分钟之前，我还出于成本考虑，只敢去找年轻设计师，现在，既然你说钱不是问题，或许，我可以考虑扩大一下范围……"

"算了，年轻设计师就挺好，我们是创业团队，需要年轻人。当然，我们也不老。"

果然，袁之梁如此表态。

"那好，我心里有数了。我去尽全力把李琦玉挖过来，如果需要你亲自出马跟他聊，我会跟你说。毕竟，创始人亲自出马，分量肯定不一样，人家孙秦也是亲自出马。"

"好，那就这样。"袁之梁没有如同以往等上两秒，而是直接挂断。

他连忙低头切换屏幕，却见微信里又多出两条消息。全部是来自黄馨的。

"好哇！什么时候？不要说有时间请我吃饭这样的话，我要一个具体的时间地点。"

袁之梁只觉得脑袋一嗡，急忙往上看。才发现自己刚才无意中触碰了发送键，将那条直白而热烈的消息发了出去，也自然获得了直白而热烈的回应。

短暂的自责和恼怒之后，他的心被一股畅快和甜蜜所占据。

第9章
运气也可以守恒吗

"谢谢领导!"李琦玉一鞠躬,然后迅速从办公室里跑出来。他生怕领导反悔,不再批他的假。

今天晚上原本要加班做一个设计评审,他也是参与人之一,但是已经约好了与孙秦的晚饭,他得早点下班。

晚饭地点在打浦桥附近,交通便利,距离两人的住处也较为相近。

开车过去的路上,李琦玉将广播调至合适的音量,既不会让他感到无聊,又不会影响他的思考。

一周以前的深夜,当他拖着疲惫的身子从办公楼里走出来,往停车场找自己车时,接到了孙秦的电话。

孙秦在电话里抛出的想法让他瞬间清醒。

他原以为,孙秦只是想跟他八卦一下单位的近况,没想到,这竟然是一份工作邀请。

孙秦辞职创业的事情,早就传遍了整个研究院,甚至连总部的部分领导都有所耳闻。

虽然大家对于他的这个举动并没有埋怨之意,但不理解的人依然居多。

大多数的人都认为孙秦很可惜。

不过,李琦玉倒不这么认为。

他比孙秦还要早几个月加入中商飞机,在飞控系统部工作,一开始在A

型号上干了几年，前两年，C型号的飞控系统攻关需要人，便把他调动过去。

在A型号上，他与孙秦打过不少交道。

整体来说，他对孙秦的印象不错，属于业务能力出众，待人接物也算舒服的同龄人，没有什么硬伤和槽点。

参与A型号与C型号两个机型后，李琦玉便意识到，不同的飞机型号之间，工作的性质和面临的挑战其实是十分类似的。如果想寻找新的挑战，扩大自己的眼界，而不是为了在某一个领域方向上做精做深，成为资深飞机设计师的话，留在研究院，留在单位的意义就没有那么大。

当接到孙秦电话，聊了两句之后，他内心深处的某些想法开始悸动。他觉得，自己或许与孙秦是同一类人。

当时，他十分爽快地答应孙秦，自己会好好考虑考虑，同时和老婆商量商量，然后尽快给答复。

可之后接连好几天，他都加班到深夜才回家，老婆都已经睡了，压根没有机会坐下来好好交流。

要不是老婆在总部一个相对比较清闲的部门工作，对他这样的加班强度习以为常，两人的感情或许都会受到影响。

结果，没几天后，他又接到了张顺景的电话，对方也表达了和孙秦一样的意向。

李琦玉感到自己彻底打开了一扇大门。

他没想到，目前国内已经诞生不止一家的eVTOL创业公司，而安罗泰在广州这件事，对他也有着足够的吸引力。

毕竟，他是广东人。老婆则来自闽北小城，选择上海还是广州倒没有太大区别。

然而，相比张顺景，他和孙秦的关系肯定更加密切，并且是孙秦先对自己提出邀约的，他不可能一口回绝。

周末与老婆认真商量后，他决定与孙秦见一面，好好聊聊。他要听听孙秦的星辰大海，也想了解驰飞客如何解决面包问题。

半个小时的车程在不住的思绪翻滚中很快结束，李琦玉在地下停车场迅速找到一个车位，停好车，乘着直达电梯来到商场顶楼。

当他一阵小跑到达餐厅门口时，孙秦已经坐在里面，选了一张靠角落的四人桌，点好了菜肴茶水，虚位以待。

见李琦玉走过来，孙秦起身笑道："琦玉，好久不见！你看上去有些憔悴呀。"

李琦玉也不好意思地笑道："抱歉，迟到了。"

"没事，我也刚到而已。"

"最近C型号太忙了，几乎天天加班。"

"C型号不是刚刚首飞吗？还不让你们喘口气？"

"首飞又不是终点，最重要的是适航取证啊！当初为了首飞，很多工作都做得匆忙，现在得好好捋一捋。"

两人又聊了好一会儿，叙叙旧，八卦八卦研究院的事情。

孙秦感到十分亲切，时间仿佛从未流逝过一般。

饭菜和酒水都上来后，李琦玉摆了摆手："今天我……"

孙秦打断了他："没事，我也开了车，我们都叫代驾。"

李琦玉便没再推辞。

孙秦倒上两杯啤酒，冲着李琦玉敬过去："来，恭喜C型号首飞！"

"谢谢！"李琦玉欣然接受。

这确实是一件值得庆贺的事情。

"关于我上周那个建议，你考虑得怎么样了？跟老婆商量了没有？"孙秦没有等多久，便直入正题。

李琦玉喝了一口酒，抿了抿嘴，回答道："孙总，有件事我得先跟你说一声。"

"哦？什么事？"

"广州有家eVTOL企业也在挖我，你知道的，我是广东人。"

孙秦双眼一睁，立刻明白了，问道："广州？你是说安罗泰？袁之梁？"

李琦玉诧异地问道："这件事你都知道了？"

孙秦笑道："不，我不知道。只不过，我恰好知道这家广州的公司，跟他们创始人见过面而已，没想到，真是他们。"

"是的，我也不瞒你，他们就在你找我之后没几天，也通过一个老朋友给我打电话，邀请我回去广州。"

"老朋友？"

"估计你也认识，张顺景。"

"嗨！这个圈子实在是太小了，我当然认识！我也知道，他现在在袁之梁那儿做CTO。"

"嗯，那我就没必要再多说啦，一切尽在你孙总掌握中。"李琦玉打趣。

孙秦不为所动，径直问道："那……你的决定呢？我不知道安罗泰给你开了什么条件，但是，我想说，如果要干eVTOL，上海肯定比广州更合适，广州有什么航空工业基础吗？在上海，从运营方到产业链各个环节的配套，几乎都能找到。"

李琦玉举起酒杯："孙总，我们认识这么久，我就不绕弯子。如果我真从研究院出来，首先，肯定不是只为了钱，而是因为我看好eVTOL这个方向。我想听听，你对于驰飞客未来的规划是什么。"

孙秦欣然点头，举杯与他相碰："你要是这么问，我就有的说了。琦玉，当你问出这个问题的时候，我就知道，我们是同一类人，应该在一起干点事情，而这个问题的答案其实没那么重要了。如果不是因为看好eVTOL的发展前景，我不可能放弃室主任的位置出来，这你也知道。对于驰飞客的未来，我的目标很简单：成为中国乃至世界一流的eVTOL主制造商。当然，这不是一件容易的事情，可能我们的后半辈子都得耗在里面。"

李琦玉仔细地盯着孙秦的双眼："不怕耗在里面，就怕半途而废。"

"不会的，我们搞飞机的，只有两种状态，要么飞机趴地上，要么就飞起来，不可能有中间状态。"

"好，那我再问点实际的。"

孙秦眼前一亮："尽管问，我知无不言。"

他心中清楚，李琦玉的加入已经是大概率事件。

3个月之内，孙秦规划的三个设计师岗位空缺便填补上了两个。

李琦玉经过慎重考虑，离职加入，成为驰飞客首席系统工程师。他也正式拒绝了袁之梁。

而江大春也从韦霍公司挖来一个前同事郭任。

郭任虽然在韦霍公司并未担任飞机设计或者工程相关工作，但早年一直在做电机系统和产品研发,加入韦霍公司后负责做其中国区售后的技术支持,也能够一定程度上接触到韦霍公司的发动机和动力系统的技术。

驰飞客已经发展到了5个人。孙秦感到很开心,请所有人吃了一顿大餐。说是大餐,也不过是自助烧烤罢了。当然,还有管够的啤酒。

"琦玉,FP100和以后型号的系统就交给你了,什么飞控、航电、通导,都给我管起来!郭任,电机系统就交给你了,没有你,我们的飞机是飞不起来的。"

让孙秦最开心的,除去研发设计队伍逐渐建立起来之外,便是在与袁之梁的人才争夺战当中拔得头筹。

做任何事情,说到底还是人才的竞争。创业尤其如此。如果没有人才,是不可能实现创新的。

有了李琦玉和郭任的加入,孙秦终于可以将FP100的设计工作往下分解,或者说,分解之后,有人可以接着做了。

压力来到了李翔这边,他得去确定供应商了。

毕竟FP100不仅仅是一个数字模型,它最终还是需要以硬件,以实实在在的物品方式呈现。

无论是缩比验证机,还是全尺寸样机,还是最终的产品,都不是靠驰飞客一家就能做出来的。

只不过,与A型号或者C型号那样的民航客机相比,FP100的供应链相对要简单不少,但依然足以让李翔头疼了。

因为,驰飞客并不是中商飞机。

久在航空业,李翔深知,与很多其他行业不同,所谓的甲方在这个行业,相比乙方,往往是弱势的那一方。

尤其是主机厂作为甲方,在面对提供核心系统和产品的乙方时,由于传统航空业的竞争格局高度封闭,并没有太多的选择,往往不是这家,便是那家。

乙方之间很容易形成默契的价格与技术方案同盟,让甲方面对他们时别无他法,甚至有时候愿意出钱都还得看乙方脸色。

不用说中商飞机这样起步比较晚的主机厂商,就连欧美那两家行业巨擘,依然很多时候受制于同样为跨国企业的乙方,比如韦霍公司。

而驰飞客目前还是名不见经传的初创公司。

所以,李翔首选的是传统航空业之外的供应商。即便如此,他也觉得,只要自己的造访建议不被潜在供应商拒绝,便已经赢了。

他首先接触的,是电池供应商。

eVTOL本质就是电动飞机。既然是电驱动,电池就非常重要。

传统飞机靠燃油系统来支持发动机的持续运转,就像燃油车。而eVTOL更像新能源汽车,依靠动力电池或者燃料电池提供的动力来运行。

目前市面上比较成熟、得到更普遍应用的动力电池便是锂金属电池。供应商的选择也相对更多。

李翔通过各种渠道,分别联系了5家分布在全国各地的企业。

有3家直接拒绝了他的拜访。当然,采用的说辞比较婉转。

"不好意思,李总,我们的技术还不够成熟,估计没法支持飞机这样高要求的场景。"

"最近我们产能不足,恐怕没法支持更多客户,要不您过半年时间再联系我们,看看那个时候我们是不是可以支持?"

…………

李翔有些沮丧,看着办公室里埋头搞设计的孙秦他们,羡慕十足:"还是搞技术好,主动权完全掌握在自己手上。"

孙秦抬起头:"那有什么用?我们又不是只搞课题研究。在电脑里用CAD软件把飞机设计得再完美,再先进,如果不能变成真正的产品卖出去,又有什么意义呢?这不还是得靠你嘛。"

"靠我?我也没法变出戏法来,还得靠供应商和合作伙伴。"

"我就是这个意思。"

"我们要不要商量一下,能不能尽可能把任务放在自己内部做,实现内部闭环?以我们目前的体量和影响力,去找传统航空业的供应商,估计没人愿意搭理我们,去找其他行业的供应商,他们忙手上的单子都忙不过来。"

孙秦停下正在进行的画图设计动作,手从鼠标上移开,站起身来。

他看了看还在专注盯着电脑屏幕的李琦玉和郭任两人,冲李翔说道:"我们仨,再加上你,一共四人,你觉得我们能够实现什么任务的内部闭环?我们是在做航模吗?"

李翔摊了摊手:"我理解。困难是一回事,但客观现实是另外一回事。当两者发生矛盾的时候,我们要么改变客观现实,要么改变自己。在我看来,克服我们自己内部面临的困难,比改变外部合作方的态度和行为要相对更加简单。"

孙秦皱了皱眉,陷入了沉思。

自从李翔开启了"工作尽量内部闭环,而不是寻找供应商外协"的讨论之后,孙秦感到肩上的压力一下子大了起来。这意味着,他们得招更多的人。

先不说这样的人好不好找,单单从成本上,就肯定让他无法承受。

他此前的发展思路将不再成立,外部融资需要比原计划更早发生才行。

在与李翔和江大春反复讨论几次之后,孙秦做出了一个决定:"要让资本起到放大器的作用,不能再小农思想了!"

既然下定决心,孙秦一天都没耽误,他通过王凯认识了几位与中商飞机上海研究院有过合作的投资顾问FA,也就是再通过这些FA,逐步与投资人建立连接。

他的整个工作重心几乎已经全部扑到融资这件事当中。

罗园园打趣道:"之前看你在电脑里总是画飞机,现在变成一天到晚在搞PPT,我是应该开心呢,还是应该小心?"

孙秦问:"为何应该小心?"

"怕你不好好干实业,专门去骗钱了呀。"

每次想到这段对话,孙秦都无奈地笑。他觉得妻子太高看自己了。

骗钱难道不需要天赋的吗?巨骗干的那些事,难道是一般人能胜任的?

飞机设计的重任落在李琦玉和郭任两人身上。

李翔则依然在不停地联系潜在合作伙伴和供应商。

无论最终有多少工作在驰飞客内部闭环,始终还是要找外援的,一家企业不可能不跟任何外部合作方协作,就能把一架eVTOL搞出来。这既不经济,也不实际。

所以,他只能觍着脸皮继续找。

江大春对他说:"这就跟和姑娘搭讪一样,你如果只搭讪10个,可能一个都不理你,但你要是搭讪100个呢?总归有几个愿意跟你说两句话吧?"

说完，那双无辜的眼睛还眨巴两下。

至于江大春自己，所做的事情和李翔也没有本质区别，只不过，他面对的是潜在客户。

也是需要不停地"搭讪"才能有所回应的。

毕竟，像南华通航和庞雷那样的客户，属于可遇而不可求。

不过，李翔觉得自己相比江大春，处境还是稍微好一点，至少，他还可以跟孙秦、李琦玉和郭任商量，而江大春只能孤军奋战。

深夜里，驰飞客一间宽敞的办公室里依然亮着灯。

日光灯的效果很好，将室内照得恍如白昼。

李翔在白板上绘出一幅框图，冲着刚刚打完呵欠的三人说道："来吧，从寻找供应商的角度来看，我应当按照什么顺序去找？毕竟，我也没法三头六臂，前阵子像个无头苍蝇似的东跑一家，西跑一家，效果并不理想。我认为我们需要一个整体策略。"

孙秦使劲搓了搓脸蛋，让自己稍微清醒一点。他使劲睁开眼睛，往左右看了看，只见李琦玉和郭任都盯着白板，一言不发。

他没有立刻说话，而是问道："你们怎么看？"

李琦玉摊了摊手："如果我们这个讨论的目的是为了缩小外协范围，那我建议先不要考虑机载系统的外协，毕竟，有我在，好歹先充个数。"

郭任也附和："同意。动力系统的话，我也先撑一撑。"

孙秦满意地点了点头，两人的想法跟自己是一致的。

李翔将整个供应链分为了四大类：机体结构、动力系统、机载系统和能源系统。虽然未必是一种十分精确和严谨的分类，但基本上没大毛病。

机体结构是他们无论如何都没法做的。

说白了，这就是eVTOL的壳子，都是需要专业的材料、锻造和制造功力的。即便他们当年在中商飞机，无论是A型号，还是C型号，都是找的供应商提供机体结构，比如机翼、机身等。

更何况，eVTOL为了控制重量，肯定需要大量使用复合材料。

机体系统肯定得找专业的人干。能源系统也一样，其核心就是电池，他们肯定干不了。

不过，李琦玉认为这个系统找外协是很容易的。

他迫不及待地说道:"李翔,你就先找电池供应商吧,国内正在大力支持新能源汽车的发展,肯定有很多电池供应商,只要我们把动力系统设计好,电池不就是直接拿来用吗?"

李翔还没来得及跟他分享自己接触电池供应商时遇到的各种惨痛经历,郭任就不屑一顾地说道:"不懂就别乱说,汽车电池能直接装飞机上吗?"

李琦玉被这么一挤对,有些上火:"为什么不行?你小时候玩玩具汽车和飞机,不都可以用5号电池或2号电池吗?对于动力要求足一点的,顶多上蓄电池。但,两者有什么区别呢?"

郭任乐了:"你要这么说我就不困了!术业有专攻,我承认,搞机载系统,搞飞控,我不如你,但是,电池这东西,我可比你懂。"

李琦玉不服气:"那你说说呀。"

"现实场景里的汽车和飞机,跟玩具汽车和飞机,差别大得可不只是一点点。首先,飞机需要的电池能量密度肯定要比汽车要求的高,因为飞机电池必须要轻,因为无论是提供推力,还是克服重力,都得靠电池,这一点,汽车的环境就要友好多了。"

李琦玉想了想,承认郭任说得有道理,但碍于面子,板着脸继续问道:"就这?"

"当然不是。还有更重要的一点,飞机电池的可靠性要求肯定比汽车要高出数量级。我就问你,万一电池出问题,在地面上,汽车可以随时制动刹车,飞机呢?你让飞行员在空中踩刹车?"

李翔忍不住笑了。

李琦玉脸涨得通红。他是搞机载系统的,立刻明白郭任话里的揶揄之意。他意识到,自己的确输了。

"而如果飞机在无人驾驶模式下,电池出了问题,还得继续提供动力,支持飞机安全着陆,或者安全完成后续操控,这都需要能量,而且往往需要更多能量。"郭任显然不想点到为止,想一口气让李琦玉彻底拜服。

"重量轻,高能量密度,高可靠性。光这三点,你就告诉我,现在的新能源汽车电池是否能满足?更不要说eVTOL的电池更换或充电不可能像汽车那么方便,所以,还需要具备高瞬间充放电倍率和长使用寿命等特征。"

这时,李翔打断了郭任:"好了,差不多得了。我觉得琦玉已经认输了。"说罢，笑着看了看李琦玉。

李琦玉撇了撇嘴："承认输也没什么丢人的，这次我是客场作战。"

郭任嘿嘿一笑："那是，下回讨论机载系统我肯定不是你的对手。不过，我压根都不会自取其辱。"

孙秦挥了挥手："你就别再刺激琦玉了，当心他揍你。"又看着李翔道，"看起来，机体和电池肯定是要优先考虑找外包的。"

李翔在框图里标记出这两个系统，点头道："是的。"

"而且，感觉先去找机体结构供应商更靠谱，因为，电池供应商一方面都很忙，新能源汽车市场都做不过来，顾不上我们；另一方面，他们的电池从技术水平上恐怕还难以满足我们的要求。"孙秦继续阐述。

"我也是这样想的。"李翔说。

"那万一再过三五年，他们的电池还是满足不了我们的要求怎么办？"李琦玉不甘心地问道。他还是想刷一点存在感。

"关于这个……"李翔说道，"我是这么想的。我们先做缩比验证机，尺寸和重量都比真机要低不少，对于电池的要求就没那么高了。"

人少，做决定便快。

那个深夜，李琦玉再也没有发言。而几人也就此敲定了寻找供应商的优先级。

先确定机体结构供应商，因为，无论是以后造真机，还是早期的缩比验证机，都需要飞机壳子。

至于电池供应商，可以根据实际需要去寻找。

在缩比验证机阶段，一方面，飞机本身的重量要比真机轻不少；另一方面，只要能离地飞起来十来米就够了，不需要真的飞到几百上千米的高度。现有的新能源汽车电池应该能满足需求。

李翔最后一个离开办公室。他先是在吸烟区，面对着漆黑的夜空，抽了两根烟，在一片寂静当中沉淀沉淀思路，才缓缓走回办公室，关灯，锁门。

第二天，他便联系了几家潜在供应商。

他发现这步棋走对了。

因为，这些供应商绝大多数都曾经是中商飞机产业链企业，或多或少参与过A型号和C型号，因此，对于支持飞机制造有情怀、有经验，再加上李翔的中商飞机背景,天然就加了不少分。

"尽管过来聊聊吧,我们不嫌量少。"电话里,飞诣纤维的项目经理朱清十分爽朗。

李翔不敢怠慢,立刻买了最近的一趟高铁,离开上海。

坐在窗边,他看着窗外飞速倒退的植被与建筑,内心有些忐忑。驰飞客只是一家小得不能再小的初创公司,而飞诣纤维已经是年产值上百亿的大型企业,如此悬殊的实力和体量对比,对于驰飞客来说,意味着什么呢?

高铁运行得十分平稳,速度很快就提高到300公里/小时,并且一直保持着。

"我们的FP100未来如果能够达到高铁一般的体验,那就没问题了……"

很快,高铁即将离开浙江,进入江西境内。地貌也变得更加高低起伏。又过了几个小时,南昌到了。

李翔麻利地收拾好行李,排在下车队伍的前面,车厢门一打开,便一个箭步跨了出去。

他快步在站台上穿行,然后按照路牌指示找到了出口通道,冲了下去。在人流堆积到出口闸机之前,他便已经顺利出站。

轻舟已过万重山!

按照朱清给的地址,他叫了一辆车。只是,选择的是最低的那个档次。

果然,打车平台给他派的车看上去仿佛是20世纪80年代穿越来的:颜色暗沉,外观破旧,连车门把手上都沾着不明不白的肮脏东西。

李翔小心翼翼地用两根指头打开车门,又格外小心地关上。他生怕用力过猛,把车给震散架了。车里混杂着烟味、香水味和汗臭味。

"上回去供应商处考察的时候,人家是直接派车到高铁站出站口接我们的……"李翔在车上回忆着自己还在A型号上工作时,跟着领导一起拜访供应商时的情形。

人没变,只是平台变了。

李翔苦笑了两秒钟,很快便恢复了平静,趁着去飞诣纤维路上这点时间,迅速梳理着沟通策略。

当他把要点基本梳理清楚时,车身一抖,到了。

出现在李翔眼前的,是一片一眼望不到头的园区。园区门口是一排自动金属闸门，闸门旁则是厚重的白墙。白墙上刻着"飞诣纤维"四个遒劲有力的红色大字。

站在这里，李翔觉得自己十分渺小。

"以前我们到供应商处，车子都是能直接开进去的，或者有人已经等候在门口迎接了……"李翔再次感受到了巨大的反差。

他摇了摇头，甩掉心中这种没有任何裨益的念头，径直向金属闸门旁边的接待室走去。

接待室内已经有几个人在那儿，或站着，或坐着，但都百无聊赖地玩着手机，等待着园区里的人出来接他们进去。李翔很自然就加入其中。

快速登记后，他便安静地等待着。

下车的时候，他已经给朱清发了微信，现在只需要等她派人出来接自己。

没过几分钟，一个身材高挑、烫着鬈发、身着深蓝色制服的中年女人从园区内快步走来。

两人目光一对，似乎都意识到对方便是自己要找的人。

女人大方地伸出手："李翔李总是吧？我是朱清。"

李翔一愣："朱总，您还亲自出来接我呀？我还以为您会派个人呢。"他不记得自己此前与朱清见过面，还是飞诣纤维的熟人引荐才联系上的。

而熟人告诉他："朱清是我们的资深项目经理，管着好些项目呢。"

朱清甩了甩头发，随意地回应道："叫啥朱总啊？叫我朱清就好，我们单位的小年轻们都叫我朱姐或者清姐。"

李翔这才得以近距离观察眼前这个女人。

刚才远远看去，他觉得朱清年龄应该与自己相仿，现在看来，应当比自己大不少。

她的额头和眼角都已经出现了难以掩盖的细纹。

但整个人的气质却丝毫不显老态。

于是，他也连忙说道："哦……那您也不必叫我李总了，叫我李翔就好。"

"行！就李翔！"朱清一点也不纠结，笑着说道，"我们曾经在中商飞机的供应商大会上见过一面的，我觉得您有些面善。"

李翔一愣："您曾经参与过我们的项目？"

潜意识中，他依然认为自己与中商飞机有关。

朱清拍了拍他的肩膀："别站在这里说话了，我们进去吧，边走边聊。"

李翔冲着保安说了一声"谢谢"，然后跟着朱清走进园区。

这时他才能看到刚才被围墙挡住的，更加广阔的一面。

虽说此前在 A 型号上去过一些供应商处，但他是第一次到飞诣纤维来，惊异于这里的规模之大。

视线正前方，是一幢庞大的综合体建筑，一共五层楼高，质感十足，棱角分明，带着浓浓的工业风格，就连墙体上的窗户形状都是一模一样的。有一种秩序井然的庄严感。

建筑前面，竖着三根旗杆，正中间最长的那根旗杆顶上，正迎风飘扬着一面五星红旗。

左右两侧的旗杆略短一些，挂着的旗帜上分别绘制着飞诣纤维的字号和 LOGO。

旗杆前面，是一大片广场，广场中央放置着一处椭圆形的花坛。花坛里的花被低矮的绿草一衬托，显得格外美艳。

在这幢建筑的两旁不远处，散布着几幢规模更小一些的小楼，都只有三层楼高，如众星拱月一般地护卫着它。

"您是第一次来我们这儿吧？"朱清注意到了李翔的神情，问道。

"是的，算是见世面了。"李翔不好意思地点了点头。

"您太谦虚了，中商飞机的飞机总装厂我是去过的，那规模，那气魄，比我们这里不知道要大多少！"

李翔连忙说道："你们这儿也很壮观啊……看来，您的确参加过我们的项目？"

"是呀，我到今天还在支持 C 型号呢。"

"那 A 型号您参与过吗？我在 A 型号上干了很多年。"

"很遗憾，我没有。不过，我曾经在中商飞机的供应商大会上见过您。我确信这一点，我的记性可是很好的，见过的人基本上都能过目不忘。"朱清十分自信。

李翔便不再否认，笑道："您记性真好，可惜我记不清楚了，只能说咱们航空圈真是太小了。"

"您贵人多忘事，哪能记得我们小小的机体供应商呢？"朱清打趣道。

"哪里哪里,我这次来可是求咱们合作的。"李翔也开着玩笑。

两人边走着,朱清边介绍飞诣纤维的发展历程和整体情况。

李翔听着,心里比刚才要更加笃定。听上去,飞诣纤维虽然起家时做的是金属材料和钢材等业务,但随着国家大力发展高端装备制造业,这些年开始进军航空、航天、船舶等行业,提供从复合材料、碳纤维等先进材料到基于这些材料的结构件等整套解决方案。

这类行业都有个特点,就是高复杂度、小批量。

比如,无论是飞机还是轮船,一年到头也生产不了多少,产量相比汽车或者消费电子,连个零头都不到。但每一个成品的复杂度都很高,零部件数量是百万级起步。这就意味着,他们的供应商不能以看待汽车、消费电子那样的逻辑去看待飞机和轮船的市场。

所以,如果寻找只服务过汽车或消费电子那样的供应商,大概率对方不会看得上FP100这点量,更何况肯定还要做大量的定制。

尽管eVTOL的产量肯定会远超传统的民航飞机,但跟汽车和手机还是没法比。

而飞诣纤维既然服务了中商飞机,对于这类业务的特点肯定已经十分适应并且形成了一套对应的商业模式。

唯一不确定的就是,他们的思维是否足够开放,是否愿意相信eVTOL的前景。

当李翔对飞诣纤维的情况了解得七七八八时,朱清已经带领他走进了那幢最大的建筑物,也就是主楼,进入到一间会议室。

会议室里面的装饰风格十分简洁,但该有的设备——投屏电视、HDMI数据线等,一样不缺。

桌上还摆放着非常有特色的带杯盖白色茶杯。

李翔笑道:"这么正式呀?"

朱清说:"您是客户哇。"

"那我真是受宠若惊。"

"您先坐一会儿,我再叫两个年轻人过来学习学习。你们做的那个eV-TOL挺有意思,我们都开开眼界。"说罢,朱清便往走廊里走去。

李翔倒也不再拘谨,放下背包,选了个位置坐下,将电脑拿出来,调出

FP100的设计图和相关的资料。

其实，无论是甲方，还是乙方，在寻找合作时，本质上需要做的事情都是一样的，都需要说服对方，与自己合作是有价值的。

甲方需要说服乙方，跟自己合作能够赚到钱，并且能够持续赚到钱。哪怕一开始亏钱，也能在之后赚回来，从而实现整个生命周期的盈利。

乙方则需要说服甲方，跟自己合作所支付的价钱物有所值，甚至物超所值。

尽管他认为飞诣纤维的合作基础很不错，朱清的态度也一直很客气，依然认为自己不能掉以轻心，所以待会儿的产品和市场介绍非常关键。

没过多久，朱清领着两个年轻小伙走了进来："李翔，这两位都是我团队的成员，我叫他们过来学习学习。"

李翔连忙站起身来："欢迎欢迎，请多指教。"

两个小伙子的态度恭敬，连连点头致意。

几人坐定之后，会议室外走进一名服务员，给李翔面前的茶杯添开水。

"你把水壶放旁边吧，待会儿我自己来……"李翔连忙说道。

他不习惯自己聚精会神干一件事情的时候，旁边有人打扰。即便是抽烟，他也喜欢一个人抽。很多时候，跟别人抽社交烟是迫不得已。

朱清给了服务员一个眼神。服务员便低头迅速退了出去。

李翔道谢之后，熟练地把电脑通过HDMI数据线连接到投屏电视上。

朱清三人看到FP100的设计图那一刻，眼神都亮了起来。

之后的两个小时，李翔非常细致地向几个人介绍了驰飞客，介绍了FP100，尤其强调了eVTOL市场的光明前景。

他越说越兴奋，结尾的时候，直接问道："想象一下，以后从咱们这个厂区到南昌机场，直接坐上FP100，是不是比在地面上堵上两个小时要舒服得多？"

朱清笑道："我以为您今天过来是想让我们提供材料和机壳，是来采购的，没想到，您是来卖飞机的。"

几个人都笑了起来。

李翔双手一摊："有何不可呢？我中有你，你中有我嘛。"

接着，他诚恳地说道："咱们都是航空圈的人，我也实话实说，到今天为止,我们所有的设想都还只是在纸面上,在电脑的CAD图纸里,连缩比验证机都还没开始做,选择跟我们合作,肯定是有风险的。但是,另一方面,如果在这么早的时候就愿意支持我们,我相信,未来当我们做大之后,咱们飞诣纤维也会有一条全新的产品线,而且,到时候,eVTOL企业可不止我们一家,甚至不止十家。这个市场,可比民航飞机市场要大多了。"

朱清看了看身旁的两个小伙子,问道:"你们看呢?"

两人都有些害羞,有一个率先说道:"我觉得……挺好的。"

"就这?"朱清问。

"嗯。我是觉得,做这个项目应该会挺有意思。"

朱清这才笑道:"虽然我还要请示一下领导,但是,李翔,驰飞客的合作我们愿意跟进下去,一开始没量也没关系,小批量就小批量,我们也不是第一次做小批量了。"

李翔感到一股力量直接涌上心头。

看着对面妩媚而又有些俏皮的姑娘,袁之梁觉得自己简直是在做梦。

上次见完刘桐之后的那个时刻,他头脑一发热,再加上一个误操作,就把黄馨约了出来。

黄馨也非常爽快地答应了。

这下他没了退路,只能让贺瑾订了一个珠江边的餐厅。

他原本不想惊动贺瑾,无奈自己对于应该去哪儿请女孩吃饭毫无概念。

好在贺瑾非常热心地照办,还特意保证:"放心吧,我不跟其他人说。"说完,冲他眨了眨眼。

袁之梁觉得自己需要给她买一杯奶茶表示感谢。不过,眼下,还是好好享受与黄馨的独处时光吧。

"阿梁,好久不见,你看上去更加清瘦了。"黄馨眼里满是光芒。

袁之梁看着她,直感到心跳加速,双目眩晕。

"你也……更……"他本想回应一句"你也更好看了",可话到嘴边,却怎么都说不出口。

"想说我更漂亮了就直说嘛,哈哈哈。"倒是黄馨直接把话给接了过去,"我知道你是这个意思。"双眼里盈满了笑意。

袁之梁有些不好意思，摸了摸后脑勺，说道："嘿嘿，你懂的。"

不过，被黄鑫这样一调侃，他觉得自己似乎放开了许多，整个人也更加松弛下来。

在询问黄馨的口味喜好之后，他便轻车熟路地点了几个菜。虽然贺瑾预订的这家餐厅他是第一次来，但毕竟是粤菜馆。对于家乡菜，他还是很在行的。

两人一边喝着餐前茶，一边聊着。

"说吧，公司有什么八卦？"袁之梁问道。

"八卦？"

"你微信里不是说了吗？要跟我八卦一下。"袁之梁一愣。

黄馨狡黠地笑道："要是我不说有八卦，你是不是就不约我了？"

"那倒也不是……"袁之梁脸颊一红。

"那不就行啦……"黄馨转了转眼珠，"不过呢，的确有些事情。你都离开这么久了，怎么可能没发生什么事呢？"

袁之梁说道："那就说来听听。"

"胡总最终还是跟千参公司签订了合作协议，公司要 all in 了。"

袁之梁叹了一口气："还是决定搞 L5 级自动驾驶了？"

"是的。"

"好吧……"

"你也不用这样一副如丧考妣的样子，别以为你自己有多重要。其实吧，我觉得当时不管你是否反对，对这个结果都不会有什么影响。"

袁之梁点点头："话虽这么说，可我就是觉得，不能睁眼看着公司跳这个大坑。不过，至少我已经仁至义尽，也无愧于心了。"

"就是。你怎么知道领导们没有更顶层的考虑呢？你只看到第三层，或许人家站在第十层。"

黄馨喝了一口茶，说道："不说这些了，还有更有意思的呢。"

"哦？什么？"

"关于你的前老板的。"

"陈博士？"

"是的。"

"公司已经all in L5级自动驾驶,他不是也得偿所愿了吗?应该更加受到重用了吧?"

"的确如此。不过,他似乎对你有些意难平呢。"黄馨笑道。

"我?我有什么让他意难平的?"

"因为你竟然软硬不吃。他后来还放出话,说你的思路不可能成功。"

"这个我知道,我离开的时候,他就一副要跟我打赌的意思。"

"哦?赌什么?"

问完这句,黄馨突然意识到,自己与袁之梁也有一个赌约,顿时感到浑身发热,这句话的尾音都不自觉地降了下去。

袁之梁并未发现黄馨的这点小异常,而是回忆道:"他说如果我先搞成飞机上的L5级自动驾驶,他跟我姓。"

"哈哈哈……"黄馨立刻用大笑来掩饰刚才的一点失态,"袁子任,这个名字也不错,听上去比陈子任似乎更顺口呢。"

袁之梁却几乎同时想到了自己与黄馨的赌约,直接问道:"话说,我们之间的赌局,你还认吗?"

黄馨一愣,以为自己的心事被看穿了,满脸通红,小声反问:"那……你还赌吗?"

袁之梁豪气地回答:"你赌,我就赌,谁怕谁呀!"

黄馨又好气又好笑,回答道:"如果公司倾全公司之力,又加上千参公司的技术,只怕我肯定能赌赢呢。"

"难道你不想赌赢?"袁之梁反问道。

然而,这个问题一出口,他就觉得,这似乎将他心底的某些微妙而热烈的情绪不经意地泄露了出来。他紧张地盯着黄馨,心脏怦怦直跳。

这丝泄露的情绪如同氢气一般,如果对方此时冒出一点火星,恐怕就会发生剧烈的爆炸。

然而,黄馨却并没有做出任何直接的反应。而是满脸通红地将头埋了下去,不敢直视他的眼睛。

袁之梁只觉得自己体内有一种强烈的冲动在游走,让他觉得呼吸急促。这股劲头从身体的各个方位一齐向头部涌来,马上就要在嘴巴张开处聚集。

他感到自己控制不住,想脱口而出说些什么。

正在这个时候，放在桌上的手机不合时宜地响了起来。

一股无声的失望情绪在空气当中蔓延。

黄馨这时也抬起头来，脸上的红晕正在消散。

袁之梁无奈地盯着来电显示，等待了两秒钟，还是决定接通电话。

何家辉打过来的，他不能不接。

他略带歉意地对黄馨轻声说道："不好意思呀，一个紧急电话……"

黄馨点了点头："没事，你赶紧接吧。"

袁之梁起身，接通了电话。

"喂，何叔……"他一边说话，一边走向餐厅的另一侧角落。他不想当着黄馨的面聊工作。

"阿梁啊，事态紧急，我就不跟你客气啦！"电话里的何家辉语气有些急促。

袁之梁心中一紧，连忙回答："没问题的，何叔，任何时候都可以找我。"

"那好，我这边有一个坏消息和一个好消息，你要先听哪一个？"

这老顽童！不是说事态紧急吗？

袁之梁只能回答："那先告诉我坏消息吧。"

"好，之前你见过的几家投资人这两天都陆续给了我反馈，他们不考虑继续跟你谈了。"

袁之梁怔住了。

上回见刘桐是他第一次见投资人，那次他自己的感觉并不是很好，但很快便被与黄馨见面的预期给冲淡。之后的几天，他接连见了三波投资人，都是何家辉介绍而来。

经过刘桐那儿第一次的试练，他自认为无论是BP的准备，还是临场发挥，都已经进步了不少。而现场与这几拨儿人沟通的时候，他感到也挺顺畅，还以为多少会有戏。

没想到，竟然是这样的结果！

这帮搞投资的，难道一个个都是这样口蜜腹剑吗？当着面聊的时候，一个个都显得很感兴趣的样子，恨不得下一秒钟就要投资了，一转头便翻脸不认人？

还有，如果看不上我，直接给我发个消息不就行了？我也没有那么玻璃心。为什么还要通过何叔来通知我？

是怕我反应强烈？担心我情绪激动？

哼！谁怕谁啊？你们不投，有的是人要投！

见袁之梁没有反应，何家辉继续说道："你也不用灰心。之前我就跟你说过，融资这件事情，也是要讲缘分的，就跟找对象差不多。有时候你见第一个投资人，就谈成了，有时候，要见很多个，才能找到合适的。"

袁之梁并没有因为这些话感到更加好受，而是直接问道："他们有说为什么不投我了吗？"

"我问了这个问题，不过，他们说得都比较含蓄。"

"含蓄没关系呀。"

"我理解，他们可能看不懂你的业务，看不透你未来的市场前景，所以保守考虑，就放弃了。"

袁之梁这才冷笑一声："好吧，听上去，不是我的问题。我不可能为了让他们看懂，而改变我的创业方向，去搞O2O，或者电商直播什么的。"

"没错，所以我刚才说，你不要灰心。不同的投资人风格也不同，有些投资人比较保守，有些则比较激进。对于激进的投资人来说，宁愿投错，也不愿错过。"

"宁愿投错，也不愿错过……"袁之梁念叨着这句话，不住地点头，"看起来，我得期待这样的投资人早日出现。"

何家辉连忙说道："是的，这便是我说的好消息了！其中有一家投资人已经决定进一步跟你接触，他们的合伙人想亲自跟你见一面。"

袁之梁一愣，然后小声抱怨道："何叔，你这个过山车真是够让人心惊胆战的呀……有这好消息，为什么不早点说？"

"不是你要先听坏消息的吗？"

"⋯⋯⋯⋯"

"就是那家SIN基金，他们的合伙人冯婕，冯总要我约你。"

"哦！"袁之梁立刻反应过来，"我想起来了。"

SIN基金是他见过的第二家投资人。当时，他还问那个投资经理："你们基金的名词为什么要叫'原罪'？"

"我们的名称并非叫'sin'这个单词，而是三个词语的首字母组合。S代表Science，科学；I代表Industry，工业；N则代表New Technology，新技术。所以，我们是专门投资科技和工业赛道的投资人。"

所以，袁之梁对他们印象还挺深刻。现在回忆起来，或许正因为如此，SIN基金才愿意与自己往下聊。

"是的！SIN基金是一家很有特色的投资公司，他们规模不算大，却专门做细分方向的精品项目。而且，他们的募资比较灵活，LP①来自人民币和美元，完全可以根据被投企业的业务发展战略进行配置。有些企业只专注于国内市场，那么可以只拿人民币，而有些企业未来要出海，甚至已经出海，那么拿美元会更好。"

"那太好了，何叔。"

"别光顾着开心哪，冯总想约你明天见面聊，你有空吗？"何家辉又补充了一句，"合伙人一般都是很忙的，如果你明天没空，再约时间的话，就不知道到什么时候去了。所以，如果你明天不是有非做不可的事情，我建议你还是跟她见一面。"

"没问题！"袁之梁坚定地点点头，仿佛何家辉能看见似的，"我明天都行，看她时间。"

"那好，那你等我消息。"何家辉也没有废话，便挂了电话。

袁之梁一个人站在餐厅一角，发呆了几分钟。他在消化刚才何家辉带来的信息。

他到目前为止，他一共见了四拨儿投资人，除去第二家SIN基金之外，其他三家都已经婉拒了他。今晚务必好好准备准备。

他突然想到，黄馨还在等着自己吃晚饭呢！

袁之梁连忙转过头，小跑回餐桌，只见黄馨有些无聊地坐在那儿拨弄着手机，而餐桌上的菜已经上齐了。

"不好意思，不好意思……"袁之梁连忙坐下。

黄馨倒没有表现出任何不悦，笑道："没事，你回来得正好，我们开始吧。"

---

① 有限合伙人。编者注。

"嗯，好。"袁之梁一边吃菜，一边平复自己的心情。

菜肴是美味可口的，对面坐着的佳人也是赏心悦目，随着夜幕降临，整个餐厅的氛围也逐渐温馨起来，甚至有些暧昧。

只不过，他觉得自己很难回到刚才接何家辉电话之前的悸动和颤抖了。他感觉，黄馨也一样。

"今天晚上算是浪费了……"

第10章
坎坷之途

袁之梁一晚上都没有睡好。早上6点还不到,便已醒了过来。

他重重地叹了一口气,看着手机屏幕上显示出的时间,又默默地望向关闭着的窗帘。

何家辉在昨晚接近10点的时候,才给他消息,告知与SIN基金的合伙人冯婕见面的时间是今天上午9点。地点是SIN基金广州总部,也位于珠江新城。

他又辗转了几次,发现自己怎么也睡不着了,便干脆起床,一把拉开窗帘。

窗外并未光亮起来,依然可见坚持了一晚上似带疲惫的路灯在工作。

袁之梁揉了揉眼睛,搓了搓脸蛋,走到自己的书桌旁,打开桌上的台灯,那里摆放着他的笔记本电脑。

昨晚回家后,他又将BP做了一些更新,才上床入睡。

他再次进入电脑,盯着一直处于打开状态的BP。现在时间还太早,他不想出自己房间,担心会弄出点动静,吵醒父母。干脆再改一遍BP材料吧。

PPT这东西,只要想改,永远都会有可以让你修改的地方。

不知不觉间,袁之梁又花了一个小时,将这份材料改到更令人满意的高度,这才存档,合上电脑,起身洗漱。

当他抵达位于27层的SIN基金前台的时候,已经是早上8:55分。

袁之梁松了一口气，对着前台那个打扮入时的小姑娘说道："我找冯婕，冯总。"

"预约了吗？"小姑娘眼皮都没抬。

"预约了，我是安罗泰的袁之梁。"

"噢……袁总您好，请跟我来。"小姑娘立刻换了一副面孔，热情地起身，示意袁之梁跟着自己。

袁之梁内心十分诧异："我有这么大名头吗？能够让她如此前倨后恭？"他没有在这个问题上纠结太久，而是深吸一口气，跟着小姑娘扭动的身姿，往SIN基金的办公区深处走去。

一直走到走廊尽头的角落，小姑娘在一间办公室门口停下脚步。

"请进吧，冯总在等您。"说完，小姑娘冲他嫣然一笑，转身离去。

袁之梁看见办公室的大门口与自己视线平齐的位置放着一个名牌：冯婕 合伙人。中文下面是其对应的英文翻译。

名牌的质感很好，连同这扇超宽的厚重大门，让袁之梁判断，后面的办公室一定超级豪华。他敲了敲门。

"请进！"里面传来一个干净利落的女声。

中气十足，但似乎不带什么感情色彩。袁之梁完全无法通过音色判断她的年龄。

他推门而入，发现自己还得稍微使点劲，才能将门推开。

门后的世界，依然超出他的想象。

这是一间位于角落的办公室，四面当中有两面全是落地窗，明亮的阳光畅通无阻地照射进来。整个广州最核心和繁华的地方尽收眼底。

广州塔近在咫尺，小蛮腰仿佛是为了这里的观众而存在。

地面铺设着柔软的猩红色地毯，正中间摆放着一套组合沙发和茶几。

沙发呈米黄色，一看便是材质很好的真皮，而茶几则是极简风格，应是出自世界大师的设计。

剩下有落地窗的两面墙，一面挂着一幅巨大的油画，是他不太了解的印象派风格，另一面则被一组书柜所占据，上面摆满了书籍、证书和各种饰品。

袁之梁曾经去过父亲的办公室，也去过羊城汽车胡总的办公室，他一直以为,有那样的一间办公室,便已经是人生巅峰,没想到,与这间相比,连半山腰都算不上。

那张黑色的办公桌后正坐着一个女人。她戴着一副眼镜,留着精致的短发,两只大眼睛十分美丽,整张脸都很精致。

袁之梁只能看见她穿着休闲西装的上半身,感觉她身材十分娇小,尤其是坐在这样一间宽敞的办公室里,更被衬托得小巧。

"袁总好。"

女人一发声,袁之梁便觉得自己刚才在门外的推测得到了验证。声音充满能量,足以撑起这整间办公室。

"冯总早,我听何叔说您想与我见面聊聊?"

冯婕从椅子上站起身来,微笑着朝着袁之梁走来,在距离他一米开外的地方站定,伸出右手:"是的,幸会。如果您有一点时间,我们不妨在沙发上坐着聊聊。"

袁之梁也伸手与她相握。

柔软而温暖。不过,她的身材和个子的确够袖珍的。

很难想象,这样一个娇小的女人竟然是SIN基金的合伙人。

何家辉此前曾向他介绍过,一级市场的这些投资基金,虽然看上去有不少女员工,而且不乏许多高学历、高颜值的美女,但她们大多在公共关系、政府关系、投后支持和基金运营等岗位,真正负责投资的投资经理,尤其是在合伙人层面,女人的数量是极少的。

而所有的投资决策,都是在合伙人层面的投资决策委员会,也就是投决会上做出的。

也就是说,真正做出投资决策的人,主要还是男性群体。而冯婕便是一群黑西装当中的一点粉红。

短短几分钟之内,袁之梁已经感受到了冯婕的气场,的确与此前所见过的所有投资经理都不同。

他跟着冯婕来到沙发处坐下。冯婕轻轻地抿了一口咖啡:"袁总,那我们开始吧。"

袁之梁看了看四周,问道:"您这里有投影吗?需要把我们的BP投出来吗?"

冯婕一笑:"不用了,袁总,您的BP,团队已经给我读过。"

听完冯婕这句轻描淡写的话,袁之梁脑袋"嗡"的一声。"这么说,今天一大早我那个把小时的工作就白费啦?"

不过,他也很快调整好自己的心态。毕竟,顾客只要吃白煮蛋,你也不可能非要给她煎个荷包蛋。更何况,这里并没有煎锅。

袁之梁便问道:"冯总想通过什么方式聊呢?需要我再快速把我们的情况做个介绍吗?还是说,针对我们的BP,您就直接提问题?"

冯婕说道:"我10点还有个会,我们只有一个小时的时间,您肯定也很忙,我们就直入主题,我根据您的BP提问吧。"

"没问题。"

袁之梁心想:"这样倒是最好,否则,还得用非常精练的语句将公司情况概括出来。"他承认这并非他的强项。也因此他一直很羡慕那些可以顺畅完成"电梯演讲"的人。

冯婕略一思索,说道:"我就按照您BP结构的顺序,从前往后问吧!"

"都可以。"

"安罗泰这个核心团队,以您和张顺景为主,感觉您统管全面,张顺景是CTO,不过,他却不是自然人股东,您觉得他会有足够高的动机跟您合作吗?"一上来就是狠问题。

但是,袁之梁不记得自己的BP里存在这样的细节。

"您是怎么知道这一点的?"袁之梁反问。

冯婕笑道:"我们有很多工具,可以轻松查到企业的各种工商登记信息。"

袁之梁反应过来,多半是用的那些专业查询服务软件。

他很快想到了一个合理的答案:"他加入团队的时候,我跟他交流过,他其实是一个技术型专家,对于自然人持股还是作为员工持股平台的LP间接持股,并没有喜好。甚至他认为后者更清爽,因为他只想好好做事,不想承担太多乱七八糟的责任。"

冯婕没有继续纠缠,转而问道:"您和张顺景都是搞技术出身,而且一个汽车背景,一个直升机背景,倒是非常互补,但是,你们核心团队当中似乎没有运营负责人?"

袁之梁一愣："运营负责人？我们有一个挺资深的，她目前管理着我们所有的人事和内部事务。"

冯婕摇了摇头："我理解，那是HRD，并且兼任行政工作。我说的运营，指的是销售、BD、客户服务、供应链管理等，你们造飞机难道不需要考虑这些吗？"

袁之梁感到嗓子眼有点发紧。他不得不承认，冯婕很敏锐。目前他的团队当中，的确缺少这样一个人。

而这些职能，很多时候分散在他自己、张顺景和贺瑾三人之间。

他也只能解释道："我们目前还是需要控制成本，因为产品还没出来，所以尽可能地将职能由几位核心人员共同完成。"

冯婕点了点头："我充分理解，不过，袁总，我建议您还是尽早考虑这一点为好。"

"谢谢冯总提醒。"

冯婕稍作停顿，喝了一口咖啡，继续问道："您如何看待未来5年的市场？"

袁之梁如实回答："说实话，我认为5年之内，市场的规模不会太大，但是，5年之后，肯定会进入迅速增长期，然后实现指数级的增长。"

冯婕眉毛一挑："5年之内的市场规模都不会太大？那我们为什么要投呢？"

"恕我直言，冯总，我们做的这件事情不是普通的互联网创新，也不是O2O，我们造的是一款全新的交通工具，而且目前在世界上还没有哪个国家已经实现它的运营，如果我告诉您，3年之内就能达到很大的市场，您会不会又说我在恬不知耻地吹水呢？"

冯婕一笑："袁总，我喜欢您的实诚，事实上，我们是一家有耐心和信奉长期主义的基金，我们的LP也有不少对于投资回报周期要求没那么苛刻，所以，您的答案我充分理解。"

袁之梁心中暗想："好哇……给我下套……还好我比较老实……"

内心还在翻滚着，他便又听到了冯婕的问题："目前国内也有几家跟安罗泰相似的初创企业，而在全球范围内，尤其是欧美，更是早几年便已经出现先驱者，您觉得跟他们相比，安罗泰的竞争优势体现在哪些地方？"

袁之梁稍微松了一口气。这个问题是他最熟悉的，甚至在他决定辞职创业之前便已经反复思考过很多遍。

袁之梁脱口而出："先不说与欧美先行者的对比，毕竟，我们在早期一定是瞄准国内市场。相比于国内同行，我认为我们最大的优势在于，对于新鲜事物的开放性和创新。eVTOL这样一个学名，在国内被翻译成不同的名字，我最喜欢的便是'飞行汽车'，因为它虽然本质上依然是飞机，但却有很多与汽车，尤其是新能源汽车相似的特性，尤其是电驱动和自动驾驶这两点。而这些都是我擅长的，同时，我们又有来自传统航空业的专家张顺景加入，我相信，我们这个组合已经要超过大多数同行。因为他们往往都是来自航空业，过于单一，而传统航空业的产品，开发周期长，全生命周期成本高，如果他们存在这样的惯性，是无法生产出足够有竞争力的产品的。"

"如果他们寻找到来自汽车行业的合作伙伴呢？就如同你找到张顺景张总一样？"冯婕不动声色地问。

"那还是要取决于哪种思路占据上风，汽车思维和飞机思维，总归要以一种思维为主线，我认为，应当以汽车思维为主。因为飞行汽车虽然是一架飞机，却更加像汽车。"

冯婕没有立刻回应，眼中闪过一丝迷惑。她认真地想了想，问道："为什么说它更加像汽车？难道不用适航吗？"

袁之梁愣住了。

他没想到冯婕竟然知道适航！这是他此前所接触过的投资人当中无人提及的概念。而对于他自己，也还在逐步建立对它的理解当中。他真要对眼前这个女人刮目相看了。

袁之梁小心地回答："当然需要适航，不过，传统的适航条例都是适用于传统飞机的，其中哪怕最小的也是通用飞机，很多特性与飞行汽车的差异依然很大。我相信，局方会根据飞行汽车的特点颁布出更加轻量的适航规章，面对这样全新的规章，我们和那些航空业出身的企业，其实是站在同一条起跑线上。"

冯婕端起咖啡杯，双眼盯着杯中剩余的半杯咖啡，未看向袁之梁，同时抛出一个新的问题："您认为不管适航规章做出怎样的调整，安罗泰目前这款A1的构型，都好适航吗？"

袁之梁嘴硬："我认为完全没问题。再说了，创新本来就包含了试错的部分。"

冯婕抬起双眼，并未与袁之梁争论，转而问道："您听说过一家叫作驰飞客的初创企业吗？"

袁之梁愣住了。

驰飞客？孙秦？怎么又是他们？

上回想挖李琦玉就没挖成，怎么现在跑SIN基金来，又听到他们的名字？

既生瑜，何生亮？袁之梁有点头大。

不过，他也清楚，当着投资人的面去说其他人的坏话肯定是要给自己减分的。于是，他小心翼翼地回答："我知道，还跟他们的创始人见过面呢。"

冯婕眼里闪过一丝亮光，问道："那您怎么评价你们两家公司的优劣对比呢？"

果然，该来的还是会来。袁之梁清楚，这个问题的答案很重要。

他微微斟酌一番，回答道："我觉得，这样的对比其实是没有必要的。eVTOL的市场前景很广阔，我甚至认为，我们与驰飞客在很长一段时间内，都不会产生任何竞争。我们聚焦于珠三角，他们聚焦在长三角，光这两个市场，其实就已经很广阔了。"

冯婕嘴角一翘："虽然面对市场，您这个判断是对的，但如果面对投资人呢？比如说，我们SIN基金子弹有限，只能投一家企业的话，您觉得我们应该投哪一家？"

袁之梁听罢，心头一紧。真是层层压迫呀！他强作镇定地端起咖啡杯，喝了一口，眼角的余光看向冯婕，内心快速思考着。

上回在上海与孙秦喝酒的时候，他得知，驰飞客并不急于马上融资，因为他们对于自身的技术能力和客户拓展能力都挺自信。

如果这个局面没有发生变化的话，冯婕多半是在诓自己。

"我可不能往套里钻！"定了定神之后，袁之梁笑着回复："显然是投我们。"

"为什么呢？给我一个理由。"

"我可以给您三个理由。第一，eVTOL的未来属于自动驾驶，而我们团队对于自动驾驶技术的积累是很深厚的；第二，珠三角的上游产业链非常齐备，尤其是受益于消费电子的发展，会有很丰富的供应商可供选择，成本上我们更优；最后，我们产品迭代快，肯定能更早推向市场。"

如果让袁之梁在短短几秒钟想到这些，是不可能的，但好在他从上海回广州之后，就一直在思考自己的优势。

倒不是为了刻意地去跟驰飞客比较，而是他深知，未来还会有一批航空背景的创业者出现。

驰飞客恰好是一个典型。

听完袁之梁的话，冯婕笑道："您总结得很好。但是，我不得不说，我们也在同步看驰飞客，只不过，我们的投资经理还没有与他们的创始团队碰头，所以，您更有先机。"

袁之梁连忙趁热打铁："您的时间也很宝贵，要不就定下来算了？还看什么驰飞客？"话刚一出口，他便觉得有些不妥。

自己似乎有点操之过急。

果然，冯婕并未马上回答，而是看了看时间："多谢您的理解，的确，我们只有不到一刻钟了，我在10点有一个Hard stop[①]，我也认同您的观点，如果在估值上您这边稍微放宽一些，我们就可以快速达成一致，我也用不着费劲去看驰飞客了。"

袁之梁有些后悔。她这明摆着是用时间压力来压低安罗泰的估值！

在与SIN基金的投资经理交流时，袁之梁提出自己的首轮投后估值应当达到3亿到5亿，如果按5个亿算，出让15%的股权，就相当于融资7500万。

而冯婕没准希望投后估值是3个亿，甚至更低，这样，她如果还投资7500万元，就能拿到至少25%的股权，或者，依然受让15%的股权，却只需要出资4500万元。

见袁之梁有些犹豫，冯婕追加了一句："如果今天我们没法达成一致，我可能要两个月之后才有空了。后天我就要飞美国，然后与我们几个核心合伙人一起，在美国待一段时间，与美元的LP深度交流。"

继续施压。

[①] 硬停止，即某件事必须结束的时间。编者注。

袁之梁觉得自己的额头渗出了细细的汗珠，浑身燥热。

不过，他依旧不愿意在这种强压下妥协。他是个吃软不吃硬的人。

"这样吧……冯总，我也能看出，您的确很有诚意。不过，估值这件事，十分重要，我需要与我的合伙人和核心骨干们商量商量。而且，如果只是确定估值本身，而暂时不涉及之后的条款，也未必需要我们面对面，通过线上方式，花上半个小时可能就够了……"

袁之梁越往下说，越觉得这个缓兵之计是个正确的决定。最后，他又补充了一句："当然，前提还是我们双方都有足够的诚意。"

见自己的极限施压并未奏效，冯婕倒也不恼，摊了摊手："没问题，袁总，如此重要的决定当然需要与团队商量。我们留一个联系方式，任何时候，您准备好的时候，跟我联系即可。"说罢，将手机里的微信二维码调了出来，向袁之梁递过去。

袁之梁连忙也掏出手机扫码。两人互相加了好友。

这时候，门口响起敲门声。

那个前台小姑娘再次探进一个头："冯总，您需要去开下一个会议了，最好能提前几分钟过去。"

冯婕挥挥手，示意她先离开。

然后，她才站起身，说道："袁总，那我们今天就聊到这里，很高兴认识您，我们随时联系。"

"我也一样。"

袁之梁也迅速起身，与冯婕道别，离开了她那间豪华的办公室。

孙秦曾经觉得，航空圈是个很小的圈子，兜兜转转那么些人，但凡在行业里干过5年以上，都或多或少听说过或者能很快联系上。

当他开始将几乎所有的精力投入到融资当中时，发现投资圈也是如此。

没见几个投资人，便可以从他们的只言片语当中获知一个信息：他们彼此认识，而且会时不时通气。

所以，他很快便放弃了利用信息差获得一些潜在收益的幻想。还是老老实实讲一整套逻辑自洽的故事吧，这样反而更加省心省事。

但这样就带来一个他非常难以接受的后果：这些投资人的出价都不高。

虽然几乎每家都对他和李翔等人的背景感到十分信服，也被他们的愿景所打动，但基于对中长期发展的不确定，以及这仅仅是第一轮融资，出价都很吝啬。投后估值就没有超过3个亿的。

更让他感到不舒服的是，他的BP在这些投资人之间流传，还会被部分不太地道的投资人分享给其他企业，尤其是他潜在的竞争对手。

比如安罗泰。

当他被SIN基金的投资经理——一个自我介绍叫Ken的年轻男子暗示，自己可以从他手中获得安罗泰的BP时，他敏锐地反应到：自己既然可以拿到别人的BP，就说明自己的BP也不再是秘密。

当你凝视深渊，深渊也在凝视你。

孙秦不想被深渊凝视。所以，他拒绝了Ken的好意。

Ken有些惊诧："孙总，您难道不想了解一下竞争对手的情况吗？我敢保证，正因为我们非常看好驰飞客，才会做这样的事情，我们并不常这样做，你知道，世界是灰色的。"

孙秦冷笑一声："我不需要看他们的BP，我认识他们的创始人，也知道他们的底细，而且，我不认为他们算是我们的竞争对手。面对一片蓝海，我反倒希望，扬帆出海的船只越多越好。"

"我很佩服您的格局，不过，我们与安罗泰的进展比您这边要快，如果您确实希望与我们开展合作，倒不妨更了解一下安罗泰，然后看看是否有机会后来居上。"

孙秦盯着Ken那张有些玩世不恭的脸，问道："你是什么教育背景？"

"WBS。"Ken吐出三个字母。

孙秦一愣："工作分解结构？这是什么学校？"

在他过去的职业生涯当中，常常与WBS打交道。这是Work Breakdown Structure的缩写，即工作分解结构。在航空项目当中，是对工作逐级分解和细化，编制项目计划的必经动作。

但是，他无法将这个术语与学校关联起来。难道现在的学校开设WBS专业了？专业细分得如此细致了吗？

Ken一脸得意地说道："Warwick Business School，华威商学院，听说过吗？"

"没有。"孙秦并不介意自己显得孤陋寡闻。

Ken有些尴尬，他原以为，自己的母校作为世界排名靠前的商学院，应该尽人皆知呢，至少，在他们金融圈是如此。

"这是一所英国的商学院，属于华威大学，在全球都排名前列。"

孙秦说："不好意思，英国的学校我只听说过牛津和剑桥。"

Ken再次无言以对，连忙咳嗽了一声，转而问道："孙总为什么想了解我的教育背景呢？"

孙秦冷冷地说："因为我想看看，到底是哪所学校教出来的人，如此没有底线。"

Ken呆住了。他虽然参加工作才没几年，但进入的是SIN基金这家头部基金公司，又刚刚从投资助理升任为投资经理，之前负责或参投的几个互联网项目都顺利完成后续几轮融资，估值已经涨了数倍，有一家甚至已经准备赴美国纳斯达克上市，可以说是成绩斐然。

而他见过的企业，没有一百家，也有大几十家，从来没有哪个企业的负责人对自己这么不客气。大多数的创业者都对他恭恭敬敬，哪怕有些人的年纪比他大很多。

他没想到，孙秦这个看上去比自己大不了几岁的家伙，竟然如此伤人！

Ken的脸一阵青一阵红，半晌没说出话。

孙秦咬了咬牙："不好意思，Ken，我觉得，无论是投资还是融资，买还是卖，缘分还是很重要的。我觉得，我们与SIN基金似乎有些理念不太合呢。"

他这是逐客令，只不过，还是稍微给Ken留了一点脸面。

Ken毕竟是个聪明人，见孙秦这样说，倒也不再纠结，而是就坡下驴："孙总，那我就先告辞了。之后如果有需要，随时联系。我也祝贵司生意兴隆，大展宏图。"

"谢谢你的好意。我再次提醒一次，如果你们继续把安罗泰的BP到处散布，我会直接告诉他们的袁总。"孙秦微微一笑，站起身来。

送走Ken之后，李翔刚从外面抽烟回来，看着孙秦那板着的脸，问道："谈崩了？"

孙秦从未如同此刻那样觉得李翔身上残留的香烟气息竟然十分好闻。

Ken给他带来的厌恶似乎都让他产生了通感，变成一股恶臭般的味道。相比之下，香烟味真不算太难闻。

"这小子真不地道，竟然要把安罗泰的BP给我看。"

李翔也一愣："那岂不是意味着我们的BP现在也被安罗泰给看到了？不对！可能不止安罗泰！"

"你反应倒挺快……不过，看就看吧，反正袁之梁上回来的时候，我们也聊得挺透，除了产品构型没具体说，其他什么都说开了。"

"嗯，他搞汽车出身的，要想凭借一个BP就打败我们，倒也没那么容易。"

"我倒不觉得他是竞争对手。我们其实都是一个新兴行业的先驱者，或者说，炮灰。炮灰之间，应该互相取暖。"

"你倒是很有觉悟。"

"本来就是，如果不是前几年瑞兹德公司开放大量新能源汽车的专利，全球的新能源汽车市场能发展这么快吗？人家创始人说得好：我们的竞争对手是油车，而不是其他新能源汽车。"

"这就是格局……"

两人聊了几句，孙秦刚才那股恶心与厌恶交织的心情总算得到一些平复，但依然忍不住嘟囔了一句："这帮搞投资的，怎么都这个德行？一副趾高气扬的样子，好像可以睥睨天下一般。"

"别呀，我们这不还要融资吗？还得跟他们打交道。再说了，刚才那哥们儿没准也只是个特例，害群之马而已。"

"但愿如此吧。"孙秦又紧皱眉头，陷入了沉思。

被Ken恶心到了之后，孙秦有几天都没去见投资人。

FA催促了他好几次，他才不情愿地继续。

"去吧，去吧，你可是我们的创始人，融不到资，我们后续的生存怎么办？活下去都成问题了，还在乎这点小事？"李翔给他打气。

或许是受到了Ken的影响，在之后与投资人的接触当中，孙秦一直都有些心存芥蒂，跟投资人的交流也或多或少地有些情绪。他知道这样不对，但却很难控制。

凭什么我要被这帮对于业务、对于适航、对于航空技术一窍不通的货色居高临下地评价？

凭什么任何事业到了他们嘴里全部变成市场份额、投资回报和回收周期等枯燥的数字？

凭什么他们一个个都名校毕业却缺乏对人基本的理解和尊重？

有钱就了不起吗？钱又不是你们的，都是LP的！

狐假虎威罢了！

这些情绪就如同掉落在他家里卫生间瓷砖地面上的细沙，虽然被抹去，却不免有一部分漏网之鱼渗入瓷砖的缝隙当中。

久而久之，这些残留的细沙便将瓷砖的相接处磨损，使其成为藏污纳垢之处。

这样的负面情绪很难被他完全隐藏，而这些投资人个个都是人精，大家便陪着他玩儿罢了。

毕竟，如果与孙秦看不对眼，顶多做出不投的决策，这样的决策甚至不需要上投决会，也不会损失什么。

而他们也是有KPI的，需要跑一定数量的潜在被投企业，驰飞客正好可以为其添砖加瓦。

几周之后，孙秦身心俱疲。融资却没有实质性进展。

回到家的时候，已经是晚上10点，他瘫软在沙发上。

罗园园从儿子房间里走出来，轻声问道："累了吧？"

孙秦苦笑："累倒还好，就是光累，却没有任何成效，这才耗神。"

"嗯，身累不如心累。"

罗园园去卫生间洗了洗手，擦干，然后缓缓走到孙秦旁边，挨着他坐下，看着他那张有些苍白而疲惫的脸，眼里满是怜惜。

她知道，创业不是一件简单的事情，甚至可以说是这个世界上最有挑战性的事之一。

而丈夫自从去年义无反顾地投入以来，她还是第一次看到他如此沮丧。

平日里，她不怎么管他，因为也插不上手，帮不上忙。但今天，她觉得自己应该做点什么。

想到这里，她伸出手，轻轻地抚摸着孙秦的脸颊，先是一只手，然后干脆用两只手捧住他的脸，同时用大拇指扶住他的嘴角，微微往上提。

"不要愁眉苦脸的嘛，笑一笑……"她近距离地看着他的双眼，眼里充满温情。

孙秦感受到罗园园那熟悉的气息，面对着她那双美丽的眼睛，面颊上更是传来柔软和温热。

他觉得内心刚才那躁动的疲惫感被抚平了许多。他微微一笑，将罗园园搂了过来。两人无言相拥。

孙秦使劲嗅着罗园园的发香，闻着她脖颈处的味道，整个人都放松了许多。

过了半晌，他才放开罗园园，将她的身体摆正，两人并排坐着，却面对着彼此。

罗园园这才问道："说说呗，看看你碰到什么事了？我能帮上什么忙吗？"

孙秦摇摇头："就是一些小事情而已……你平时工作也挺忙，还要管儿子，不用为我操心。"

罗园园一笑："你都这副样子了，还嘴硬啊？我们都认识多少年了？要真没事，你会这样？"

孙秦也笑道："什么都瞒不过你……其实真没什么，就是最近融资不顺利，一直没能找到合拍的投资人，而我们的钱只能再支撑几个月了。"

"你前阵子天天像雕琢工艺品一样地改BP，竟然还没打动投资人哪？"罗园园继续笑着问。

"就是被一个投资人恶心到了，之后就感觉有些兴趣索然，但又不得不上阵，所以总觉得自己内心深处还是有些抗拒，没法百分百投入地去融资。"

于是，孙秦干脆把Ken的事情跟罗园园快速讲述了一遍。

听罢，罗园园眉毛微微一动，认真地回答："老公，这就是你的问题了。像他那样的害群之马，在哪个公司，哪个行业都有，你也不能一棒子就把这帮投资人都打死。再说了，跟投资人置气，不管他们是否感受得到，其实伤害的还是你们自己呀。毕竟，是你们需要钱。"

孙秦皱了皱眉，双眼望向天花板，整个人都往后倒，将双手放在脑勺后面枕着，靠在沙发上。

他眨了眨眼睛，慢慢说道："是呀……现在是我们需要钱，我们面临生死存亡的问题,而不是这帮投资人……"

"对呀!就不说我们自己投了30万元,李翔,还有江大春,他们也都投了钱进去吧,我倒不是很可惜这30万元,毕竟,如果当时继续放在股市里,可能也亏光了。只不过,如果你们的事业就因为这点原因而折戟沉沙,那就太可惜了。"

孙秦没有说话。他其实已经完成了思想转变所需要的最后一道心理建设。

他也有信心,如果明天见一拨儿新的投资人,他会摆正心态。

只不过,在这样一个时刻,自己完全放松,又面对着知根知底、彼此信任的妻子,他想再做一会儿内心深处的自己。他很想大声冲着那帮人吼一句:"老子不融了!"

"其实……还有一个选项,不过我不知道你们会不会考虑。"罗园园打破了沉默,说道。

"什么选项?我们家银行里突然多出了数千万元的巨款?"孙秦问道。

他既然已经调整好了心态,自然也能开玩笑了。

罗园园摇头:"即便这是真的,我也反对拿出来投入企业。别人创业都是融别人的钱,哪有既投钱,又投人的?"

"好,好,老婆,我这不已经决定了吗?明天开始,继续全身心去融资,该跪舔就跪舔,该示弱就示弱,只要能骗来钱,让事业活下去最重要。"

罗园园"扑哧"一笑:"谁让你去骗钱了?你们做的这个方向本身就很有想象空间哪,值得烧钱支持。"

"嗯,还是要向贾跃亭学习……他前阵子说啥来着?'让我们一起,为梦想窒息'……你听听,多么有蛊惑力!"

"好了,你别满嘴跑火车,我刚才说的选项其实就是,你们要不要个人的钱?"罗园园将主题拉回来。

"个人的钱?"孙秦一愣。

"对的。你现在见的投资人,都是机构,也就是说,钱都是机构的,而不是跟你沟通的那个投资经理的。同时,每个投资人都会有一整套成熟的投资决策流程,在达成投资意向之后,还会对你们进行尽职调查,签订规范的投融资协议等。"

"老婆你可以呀，了解得这么透彻！"孙秦赞道。

"肯定呀，你既然要融资，我当然也得学习和了解，再说了，这些东西又不难理解，掌握起来也不费力。"

"所以，你说的'个人的钱'就是指自然人的钱，而不是机构的？"

"对的。这样的钱你要吗？"

"只要有人愿意给，我有什么不要的？关键是，我们所需要的可不是一笔小钱，这次我们打算融好几千万呢，哪个人有那么多闲钱哪？"

罗园园一笑："如果改变一下思路呢？你们虽然需要几千万，但假如目前你又找不到合适的投资人给这几千万，同时，公司现金流又要断了，有没有可能，分两步走？先从个人手里拿一点钱，帮你们再撑一段时间，与此同时，继续找机构投资人，这样一来，你们也能更从容，心态上会好很多。"

孙秦恍然大悟，他不得不承认，罗园园说得有道理。

自己虽然已经彻底放下包袱，但未必就能很快遇上合适的投资人。他至少得确保公司活到大笔钱进来那一天，不能死在黎明前。

"那……这样的人在哪儿呢？"

"我家有个叔叔，前些年做股票赚了很大一笔钱，在前两年股灾前顺利逃顶，算是彻底财富自由了。前阵子，他找到我爸，说放这么多现金在手上有点慌，而且当初股票赚钱也算是借着时代大势，不算自己本事，所以想拿1000万元左右出来，投两三个实业项目，也不为赚钱，就为了回馈社会，主打一个心安。"

孙秦笑道："你原来还有如此有情怀的叔叔，我还以为你家亲戚都是嫌贫爱富的呢。"

"哼！真要是这样，当初我怎么可能嫁给你？"罗园园佯装生气。

当初，她在与孙秦结婚前，父母并未在一开始就开绿灯。他们俩最终成功走到一起，也不算很顺利，不过，那都是过去的事情了。现在两人之间可以毫无思想包袱地用这些陈年往事开玩笑。

"嘿嘿，既然有这样一位金主，怎么你一直没提过？"

"我一开始哪想到他呀？你们肯定是要找正规的机构投资人嘛，他那千八百万的，投点股票还行，造飞机？估计扔进去一个水花都出不来。"

罗园园与孙秦在一起这么长时间，对于一款飞机的研发费量级已经有了非常清晰的认识。

孙秦仔细地思考着。对于罗园园,他是百分百的信任。而罗园园既然提起这个叔叔,就说明她也是非常有把握的。

可以说,只要自己愿意,完全可以从她这个叔叔那里拿点钱过渡一下。不过,风险他还是得说在前头。

想到这里,孙秦提醒道:"如果你叔叔真想支持一下实业,那就不如支持支持我。不过,投资有风险哦。"

"放心吧,他有这个觉悟。"罗园园点点头,"如果你真的要走这条路,我明天就跟爸说一声,联系联系这个叔叔。"

孙秦坚定地点了点头:"嗯,似乎也没有别的选项了。如果能先从他这里拿一点钱,我们就赶紧把缩比验证机做出来,有一个真实的东西去拿给投资人看,在估值谈判上肯定更有筹码。"

"嗯,我相信你。"

"必须要相信我呀!"孙秦再次搂住罗园园的肩膀。

突然,他内心闪过一个念头:"加速前进,一定要比袁之梁那小子更快地把产品搞出来!"

同一片夜幕之下,千里之外的广州。

袁之梁打了一个喷嚏。"我可能是感冒了……"

他觉得浑身无力。刚刚结束与冯婕的电话里,冯婕的语气带着不容置疑的坚定:"袁总,关于估值,我们SIN基金给到的已经是您能找到的最公道的了。你们的A1构型说实话,我不是很看好。"

"冯总,2个亿的投后估值,您觉得它配得上一家飞行汽车企业吗?"

"袁总,我马上要去与美元LP们见面,如果您确定,我们可以立刻签署TS,然后推进交割,并且给您美元,长远来看,这对您的企业出海更加有利。另外,您不要忘了,交割速度对于您的企业来说也很重要。如果您以2个亿的估值锁定我们的投资,或许下个月就能收到钱,然后就能快速迭代产品推向市场……而如果您纠结估值,非要4个亿的投后估值,我不敢说您找不到投资人,但或许还需要大几个月时间,至于交割,就更晚了,您损失的这几个月,以及丧失的市场机会,难道不值钱吗?"

袁之梁并未在这次电话中就估值与冯婕达成意向。

冯婕身处美国，而且正在白天，日程安排很紧，他也不想耽误她太多时间。

不过，他也日渐意识到，自己在融资这件事情上耗费了太多时间。他必须要做个决定了。

冯婕匆匆跳下自己租的那辆全尺寸SUV，熟练地锁好车，将车钥匙和租车材料合并放在一个袋子里，交还给机场里的租车柜台。

"我已经把油箱加满了。"她对着柜台后的墨西哥裔员工说道。

"非常感谢，女士，祝您一路平安。"

几分钟后，冯婕便通过了安检，坐在一张古旧的皮质椅子上。

这个机场里只有一个航站楼，航站楼当中只有6个登机口。她现在就坐在其中一个登机口前。

30分钟后，她将坐上一架支线飞机，从藏在伊利诺伊州深处的这座小镇飞往繁华的芝加哥。

如果不是为了完成自己多年闺密的嘱托，她压根不可能到这样的穷乡僻壤来。

事实上，在美国短短的200多年历史当中，伊利诺伊州的地位并不算低。

历史上这片土地一直是印第安人的聚居地，直到17世纪被法国人发现。之后，它就毫无悬念地进入了欧洲殖民者的视野，并且成为其争斗的目标之一。英国人从法国人手中取得这片土地之后，又输掉了美国独立战争，从此，伊利诺伊正式划归美国。

而伊利诺伊最让人所熟知的，便是林肯的出现。林肯在成为美国总统前，曾当选过伊利诺伊州的州议员。所以，直到今天，伊利诺伊还被称为 Land of Lincoln，也就是"林肯之地"。

但这一切对于冯婕来说没什么意义。她到美国的次数虽然不少，但却主要以东西海岸为主，尤其是加州和纽约。

所以，这次赴美当她的闺密让她顺便到伊利诺伊州的一所大学来替她探望探望自己读博士的儿子时，她一开始是有些犹豫的。但架不住闺密的请求，以及自己从西海岸往东海岸飞，在伊利诺伊这个典型的"中西部"州落个脚，倒也不算太绕路，她便抽出一天时间，专程来到学校。

伊利诺伊大学香槟分校，简称为UIUC。

冯婕不是学理工科出身，但她也听说过这所学校。

UIUC以电子工程等工科专业闻名于世，作为一所公立学校，它与这些专业的顶级院校——如麻省理工、斯坦福和加州理工等相比都不算逊色。

这也是冯婕选择过来的一个原因。

学校位于双子城厄巴纳-香槟，与美国很多大学一样，整座城市可以说是围绕着学校而建，成为名副其实的大学城。整个校园的布局分散而开放，建筑风格也多种多样，融合了古典与现代风格。

冯婕漫步在颇有些年代感的校园小径当中，闻着空气中传来的青草芬芳，看着大片的草地和活力四射的学生们四处穿行，不禁有些怀念起自己的校园时代。

她与闺密的儿子——刘动，约在南校区的标志性建筑物之一——格兰杰工程图书馆东北角的咖啡馆碰面。

当她从侧面走过这幢颇具特色的红墙青瓦建筑群时，很容易就看见隔着并不宽大的马路对面，那间门脸别致的咖啡馆。咖啡馆仿佛镶嵌在它所处的那幢建筑里一样。

门口此时站着一名身材高大的青年。看肤色和神情，可以判断是中国人。

他浑身散发着和闺密很相似的那种天不怕地不怕的气质。

走近一看，脸形与五官也都能看出闺密的影子。"是个帅气的小伙子，就是稍微有点胖。"

冯婕走到他跟前，笑着打招呼："是刘动吗？"

早在她走过来的时候，刘动就已经注意到了这个小个子女人的存在，他也直接回应道："是冯阿姨吗？"

"是我，我是你母亲的好朋友。"

"嗯，我妈跟我说过了。您大老远跑过来，我请您喝个咖啡吧。"说罢，刘动做了一个"请进"的手势。

冯婕微微点了点头，跟着他走进咖啡馆。

进去之后，她才惊讶地发现，这间咖啡馆外头门脸不大，里面却别有洞天，感觉可以容纳上百人！

刘动注意到了冯婕的表情，解释道："这附近没有别的咖啡馆了，所以学校就集中式地开辟这样一块地方，供这间咖啡馆使用。"

然后，他又小声嘟囔了一句："其实……我一切都挺好的，我妈非要让您这么舟车劳顿，真是没必要……"

冯婕笑笑，没有说话。

年轻人，总是容易将长辈的好意视为不必要的累赘，总嫌长辈啰唆，然而，时光匆匆流逝，当一切都来不及的时候，他们往往会怀念曾经的这些累赘和念叨。

两人坐下之后，刘动非要掏钱请冯婕。

冯婕摆了摆手："等你以后赚钱了再说吧。你妈要是知道我来学校，还让你请客，非得说我不可。"

"我有全额奖学金的。"

"那也不行。"

冯婕的态度十分坚决。

不过，她也心中一动："没想到他还是个学霸。"

美国公立学校的全额奖学金是非常难拿的，尤其是对外国留学生来说。

刘动便不再坚持。

在后续的交流当中，冯婕才得知，刘动在UIUC读的是电子工程专业，也正是UIUC的王牌专业之一。

而且，刘动的思维非常活跃，尽管在读博士，研究任务和学业很繁重，却并未僵化下来，脑子里有不少点子。这些点子在他实习期间更是得到了很好的实践——而他所实习的公司，都是美国航空航天业的巨擘。

甚至，在得知自己做的是一级市场投资之后，刘动还饶有兴趣地问了一堆创业相关的问题。

看着刘动那兴奋的表情，感受到他掩盖不住的意气风发，冯婕一边为自己的闺密感到欣慰，另一方面，又在心中轻轻叹了一口气。

她看了看四周，轻声地说："小刘，过两年你毕业的时候，还是考虑考虑回国发展吧。当然，你能否顺利毕业，都还不一定呢。"

刘动整个人的动作都停住了。眼里满是疑惑。

"去年年底，美国选出了一个新总统，对吧？他很可能在任期之内出台对留学生不友好的政策，尤其是你们这种工程和工科专业的留学生。"

"可是，无论美国总统是谁，对华政策都不可能友好的，不是吗？"

"你能有这个觉悟很好，但是，他不一样，我没法说太细，因为太细的我也不清楚，但是，我经常跑美国，而且与美国金融界的很多人都有联系，他们都在向我传递这样的信息，所以我也想提醒你这一点。不要以为学校是个可以两耳不闻窗外事的象牙塔。"

第 11 章
没有什么能阻止我们起飞

刘动一直憧憬着，自己明年博士毕业之后，与来自亚利桑那州的女友凯蒂结婚，然后在一家知名的航空航天或者工业跨国企业找一份科学家的职位，在美国定居发展。合适的时候，他就将父母接过来，如果二老担心水土不服而不愿过来，他也可以利用每年的几次休假，回沈阳老家去探望他们。

毕竟，他的导师就担任好几家企业的顾问，而他在课题当中与这些企业都有过接触，对方对他的表现也十分认可。

他曾经认为，这条道路几乎已经十分确定，他很快就能过上典型的"美国梦"中所描绘的生活，成为一名受人尊敬的工程专家。

但是，冯婕的话让他埋藏在心底的不安全感开始萌发。

来美国这么些年，他深知，自己的祖国并非美国媒体和政客眼中的香饽饽，相反，他们使用一切手段筛选和炮制有关中国的负面新闻与报道。

不过，在商业逻辑的作用下，还算相安无事，虽然他的专业时不时被提起，被认为是敏感专业，很多时候也只是无聊的噪音罢了，他的学校、导师以及参与课题的企业，并没有真正做出让他难受的事。

毕竟，谁能拒绝一个天资聪颖、形象阳光、性格开朗、业务能力过硬，同时又经得起加班熬夜的博士生呢？

然而，去年年底特朗普就任美国总统以来，各种传言的确越来越多。

只不过，刘动一直想不通，如果真要限制中国留学生的专业，甚至对留学生进行迫害，美国到底能得到什么，对美国的好处在哪里。

可是，冯婕在昨天短短的半天之中，便表情严肃地反复强调过好几次，让他千万要及早做好打算，甚至最坏的准备。

刘动有些拿不准了。

不管怎样，他决定从今天开始，更加关注时事，同时做出一些必要的准备，就像冯婕建议的那样。

…………

"各位，我来给你们讲讲，什么叫缩比验证机……"

孙秦清了清嗓子，开始了他的新员工培训。

从罗园园的叔叔那儿获得几百万现金注入之后，孙秦暂停了与机构投资人的接触。

他决心先发力将FP100的1∶2缩比验证机做出来，手上有个实物，再去与投资人接触，获得更高的估值，也增加融资成功的概率。

曾经他考虑过先做1∶4的缩比验证机，再做1∶2的，然后再做全尺寸，但后来觉得，这样步子太慢，恐怕会丧失市场先机。

不过，1∶2的缩比验证机还是有必要的，无论是为了更好地融资，还是为了进一步锁定启动客户的信心。

否则，也太像骗钱的了。而且还是在大部分投资人都不懂的领域骗钱。

这确实不是一个适合骗钱的领域。最好的骗钱领域，是在那些投资人自以为懂的领域。

孙秦与李翔很快便招募了一个人事经理，然后靠着她，一口气又招了5名工程师，分别由李琦玉和郭任带着。

驰飞客的规模一下子就扩大到了11个人。前不久还挺宽敞的办公场地又显得有些捉襟见肘了。毕竟150平方米左右的空间要容纳十来个人。

不过，孙秦觉得这样挺好，正好可以让大家距离近一点，方便沟通和联络感情。

"恰好组成一支足球队。"孙秦十分满意。他认为，这支队伍可以正儿八经地干点事情了。

人事经理杜悦昕来自一家民营企业，比他和李翔年长两岁，做事情十分麻利和接地气。

这正是他们所需要的，因为无论他们两人，还是江大春，都来自大企业，很多思想观念未必立刻适用于一家初创团队。

最典型的一点，在大企业，人事工作，或者人力资源工作，都被分得很细，招聘的管招聘，薪酬的管薪酬，绩效的管绩效，大家各司其职，专业化分工。

但是在驰飞客，他们显然没有这样奢侈的预算，在现阶段，或者说在未来相当长一段时间，他们都不需要，或者说，养不起这么多的岗位。

一个各方面都干过的多面手就非常重要了。

杜悦昕便是这样的多面手，她到岗之后，很快就招来了5名工程师。当然是在孙秦的亲自参与之下。

高科技创业公司的创始人最重要的三大职责无疑是：找人、找业务和融资。

新招的5名工程师都没有航空业背景，而是来自汽车和医疗行业。

所以，孙秦需要给他们做培训，而且必须由他亲自培训，至少针对最基础的课程要如此。

他认为，他们的底子都不错，但是，对于如何设计飞机一无所知，需要经过快速的培训来了解基础知识，然后在李琦玉和郭任的带领下，从一名工程师成长为飞机设计师。

好在他们的求知欲非常旺盛。

在孙秦讲解缩比验证机概念的时候，他们睁大眼睛，竖起耳朵，生怕漏掉了一丝一毫的细节。

"为什么要在造FP100之前设计和制造缩比验证机呢？因为它是一种更加简单、更加容易制造的试验对象，把FP100的真实外形按照合适的系数进行几何缩比，并遵循严格的相似准则关系而制造出来之后，就可以用来开展真实大气环境中的飞行试验，从而预先研究FP100的动态飞行特性……"

"为什么不能直接用真机做这些试验呢？"有人问。

"因为很贵呀，你以为造飞机跟造手机一样简单吗？"还未等孙秦反应过来，便有另外的人帮着回答。

"那为什么不通过充分的电脑仿真呢？通过CAD和CAE软件，在电脑上把所有的场景都模拟到位？"又有人问。

"模拟和仿真的场景再逼真，也无法与现实情况完全一致，所以，基于真机的真实试验是少不了的。而由于直接采用全尺寸的真机做试验，代价过高，周期很长，万一出了问题，更改的成本不菲，所以，我们就在全仿真和全真机的两个极端之间选择了一个平衡，即缩比验证机。"这次，孙秦给出了一个较为全面的答案。

他看着团队新成员们一个个眼里绽放出的光芒，也深受鼓舞。

"未来几个月，心无旁骛地把FP100的缩比验证机搞出来！"

就在孙秦将所有的精力扑在产品上时，李翔也没有闲着。

他与朱清谈好了一个框架协议和合作意向，其中，飞诣纤维将自行出资来支持驰飞客的缩比验证机机体结构件，暂时不主张研发费。作为回报，驰飞客将在FP100量产后将飞诣纤维选为机体结构件的长期唯一供应商和合作伙伴。

对于飞诣纤维来说，支持驰飞客搞缩比验证机的这点钱并不算什么，但朱清有着非常强烈的动力，希望将eVTOL作为其业绩增长的新亮点和新方向，这样的占位所带来的非经济收益，或者说更加长远的经济效益，都是相当可观的。

服务航空业多年，相比很多非行业出来的供应商，他们更有耐心和底气去支持一个全新的方向。

至于电池，多亏郭任的设计，针对缩比验证机，他们不需要电池厂商做任何针对FP100电机系统等的定制，直接从市面上采购现成的成品即可。这样一来，那些电池供应商倒也乐得做驰飞客的生意。

虽然量很小，但无须进行任何定制，边际成本几乎为零，还能增加一个支持eVTOL新兴产业的噱头，无论是用于宣传，还是融资，都是有帮助的。

如果说短期内供应商的问题得到了初步缓解，接下来最重要的事情就是寻找一处适合的机场合作了。

毕竟，1∶2的FP100的缩比验证机也不算小了。要对其进行各类试验，甚至更早的研发和制造本身，都是需要场地的。现在他们那150平方米的办公室肯定是不够的，哪怕扩大10倍，1500平方米也无济于事。

他们需要真正的机场。相比繁忙的民航机场，李翔几乎不需要思考，便锁定了通用机场。

通用机场是专门为通用航空飞行任务而设计的机场。这些机场与传统的民航运输机场有所不同，主要承担除旅客运输和货物运输以外的其他飞行任务，比如：飞行员培训、空中巡线、防林护林、喷洒农药等作业相关功能，以及应急救援、商务包机、空中摄影、景点观光、空中表演等民生相关功能。

这些任务通常需要通用飞机，相比民航客机来说更小、更轻型，或者是直升机来执行，而且没有规律的时刻表，往往是按需安排，所以，繁忙的时候或许每天都有任务，空闲的时候数周都不会有几个架次起降。

因此通用机场的跑道、导航等基础设施等相对更简单，占地面积也较小。

相比民航机场有更加稳定的来自航空公司和旅客的现金收入，通用机场的收入非常不稳定。所以，对于任何的合作方都来者不拒，哪怕是如驰飞客这样的初创企业。

这会是完美的合作伙伴。

半个小时车程，李翔终于到了目的地。

司机师傅提醒后座昏昏欲睡的他道："帅哥，到了。"

李翔抬起沉重的眼皮，揉了揉眼睛，透过车窗向外望去。

窗外是几幢低矮的灰白色小楼，之外，便是一片平整的土地。直到这片土地的尽头，才是城市的建筑物天际线。

隔着一层薄雾，这场景过仿佛是老天在天穹下绘制的素描画。从车里远远看过去，像是另外一个世界。

李翔付了车费，下车后使劲在原地跺了跺脚，晃了晃头，强迫着自己驱散睡意。很快，他便重新精神抖擞。

出租车调了一个头，沿着来时的路返回。因为这里已经是道路的尽头，也是白鹤通用机场的大门口。

李翔低头看了看时间。

"嗯，还早，再等几分钟吧。过会儿再给他发消息。"他在机场大门口来回走了几遍，透过金属栏杆，可以看到停机坪和远方的机库。

此刻，这两处一架飞机都没有。整个机场显得十分萧条。

门口的保安目光警惕地盯着李翔，不知道这个年轻人在门口转来转去到底想干什么。

好几次他想开口询问，李翔却又背过身，朝着远离他的方向走去，或者低头看看手机，在上面操作些什么，完全没有与自己视线交流的机会。

保安放弃了，心道："看看你能玩什么把戏，反正我也有的是时间，就盯着你了。"

又过了10来分钟，李翔还是没有离开的意思，保安正准备起身走近询问，从机场大门后面走出一个矮个子中年男人。

保安一见他，立刻毕恭毕敬地打招呼："王总好！"

中年男人微微冲他点了点头，然后重新把视线转移到李翔身上，远远地喊道："是李翔李总吗？"

李翔这才转过身来，回头一望，笑着回应："我是李翔，您是王总？"

"我是王启祥，欢迎来访。"王启祥迈出几步，迎向李翔，伸出右手。

"感谢王总抽出时间，打扰了！"李翔也连忙上前，两人双手相握。

李翔感到王启祥的右手十分有力，这才近距离观察眼前这个男人。

王启祥看上去比自己要年长十来岁，脸上的皱纹已经依稀可见，但他整个人的气场依旧是向上的。虽然个头比自己要矮将近一个头，精气神却丝毫不逊色。

最有标志性的，是那双小眼睛，眼白几乎都看不见，一眼望去，全是棕黑色。

两人并肩往机场内走去。李翔这才发现自己的视野完全打开。

刚才从外面看进机场，虽然视野并未受到太多遮挡，总有点隔靴搔痒之感。这个通用机场虽然规模不大，但跑道、航站楼、停机坪、机库，一应俱全。

王启祥就带着他往航站楼走去，机场办公区就在航站楼的顶楼。

"我们白鹤机场呢，在长三角算是比较空闲的，这里高铁网密布，民航机场也不少，加上空域没有放开，我们平时的业务并不算繁忙。我听老赵说，你们在做eVTOL，需要机场做一些试验，我觉得，我们还挺符合要求的。硬件条件就不用说了，我们这里麻雀虽小，五脏俱全，就连公务机都能毫无障碍地起降，软件嘛……你们是老赵的朋友，也就是我王启祥的朋友，我们的服务肯定到位。"还没走到办公室，王启祥便迫不及待地把白鹤机场的情况向李翔做了详细介绍。

李翔觉得很舒服。创业以来，在面对各大供应商和合作伙伴的时候，甚至包括飞诣纤维，他都从未感受到这种全方位的温暖。

多亏朋友老赵的引荐，让他可以直接与王启祥建立联系。王启祥是白鹤机场的副总经理，很多事情都能够做主，大大节约了他自己去寻找联系人的时间。

进入王启祥办公室，李翔只见一整面墙都是窗户，透过窗户，就能看见开阔的停机坪和机场跑道。

他惊呼道："王总，您这个办公室简直堪比塔台呀，机场的一切尽收眼底。"

"我们这是近水楼台……"王启祥一边给他泡茶，一边回应道："李总请坐。"

"不了，我就站在窗边，正好可以看看这机场的全貌。"

王启祥端起一杯茶，朝着李翔走过去，边走边说："李总放心，我们机场的设施条件，肯定都是满足要求的。而且，目前恰好还有空闲的机库，你们的样机可以随时拎包入住。"

说着，他将一杯茶递给李翔，用手指着十点钟方向的一处机库。

李翔远远地望过去，只见机库大门敞开着。

里面的确是空的，别说飞机了，甚至连一些基础地面设备都没有。

李翔微微点点头，喝了一口茶，转过头说道："王总，真的非常感谢。白鹤机场的各项条件也非常好，满足我们的需求肯定是绰绰有余，而且距离上海也不远，200公里都不到，我们平时过来也很方便。"

"就是！所以我也觉得咱们能认识是缘分，加上老赵介绍，如果不合作似乎都说不过去了。"王启祥眯着眼笑道。

李翔扫了他一眼，慢慢走回办公室中间放置的沙发处，笑着问道："王总，如果合作的话，咱们这边的条件是怎样的呢？"

王启祥原本就跟着李翔往回走，听到这话，眼睛一睁，笑道："李总，你们是老赵的朋友，就是我王启祥的朋友，也是我们白鹤机场的朋友，按理说，如果你们只是偶尔过来用一用，都不需要付钱，只要请我吃顿烧烤就好。只不过，如果要长租，那还是会有些费用的，毕竟，我们的机库虽然空着，但保不准会有新的需求过来。"

李翔点了点头："这点王总请放心，我们绝对不白用，无论是短期内使用，还是长期合作，该付的钱我们肯定会付。至于请吃烧烤，那就是一句话的事情，而且，光我们俩喝还不够，我还必须把老赵叫上。"

王启祥将茶杯轻轻地放在茶几上，微微想了想："李总是个爽快人，那就这样，我们移步去旁边的会议室，我请我们的商务同事一起，给您详细介绍介绍。"

孙秦打了一个呵欠，看了看电脑显示屏上的时间：晚上10点30分。

他抬头看了看办公室里的其他工位，几乎所有人都还在埋头干活。除了李翔和江大春。

前者正在四处出差，考察各地的通用机场，而后者正在深圳，和一家启动客户推进正式协议的签订。

这家客户曾经在更早的时候表态过，愿意等到驰飞客的缩比验证机出来就支付一点研发费。

现在，缩比验证机虽然还未出来，但设计图的雏形已经有了，主要的合作供应商也已经确定，就差找个地方进行制造和试验。这也正是李翔争分夺秒的原因。

但在投入制造之前，他需要带领着团队进行充分的设计评审。

今晚的加班，便是为了解决最近一次评审后遗留的行动项所致。

孙秦站起身，伸展伸展手臂，活动活动筋骨，正准备去卫生间用凉水洗把脸清醒清醒，就见一条微信出现在电脑屏幕上："抱歉这么晚打扰你了，有时间吗？"

孙秦一看，是巩清丽的消息，不敢怠慢，重新坐回桌前，回复道："你找我，必须有时间哪。"

消息刚发过去还没过3秒钟，他的手机便响了起来。孙秦低头一看，正是巩清丽的电话。连忙再次起身，快步迈进会议室，把门关上，这才接通。

"喂，巩代表这么晚找我，看起来有急事呀？"

"孙总，你说得没错，我是无事不登三宝殿，只是很不好意思，这么晚打扰你休息。"

"休息啥呀？我们都在办公室加班呢！"

"这么巧？我们也是。"巩清丽笑道，"那我的负罪感就要小多了。"

"这是什么话？你有什么事情，尽管吩咐！"

"我们明天一早要给领导做一个汇报，关于eVTOL和无人机的适航取证主题的。前阵子我不是跟你说，我被领导安排了这个任务吗？这段时间我的确做了不少研究，可是，一直都没有跟产业接触，全部是理论研究，纸上谈兵。明早要汇报了，我想怎么着理论也得结合实际吧？不然岂不是空中楼阁？所以想找你聊聊。"

孙秦说："巩代表，你的心可真够大的，明早就要给领导汇报了，今天晚上才想到找我呀？万一我在出差的飞机上呢？"

"领导嘛……时间总是很动态的，计划赶不上变化，原本是下周……"

"好的，你想怎么聊？需要我到你办公室来吗？"

"不用了，电话聊聊就好，大晚上的，哪好意思让你跑过来呀……"

说着，巩清丽便也不再客套，而是将自己的想法向孙秦一五一十说了出来。

孙秦一边听，时而微微点头，时而眉头微蹙。

他并没有中途打断巩清丽，而是在会议室的白板上迅速地记录着一些关键词，以免自己待会儿忘记。直到巩清丽完全讲完，孙秦才开始阐述自己的一些想法和见解。

两人聊了将近20分钟，才各自感到尽兴。

"巩代表，感谢对我的信任！今晚的交流对我们来说很有启发，我们目前正在做缩比验证机，恰好也是非常好的一个阶段，可以毫无历史包袱地规划适航取证路径。"

"哪里哪里，是你们的很多实践进一步验证了我的判断和想法，我才应该道谢才是！"

"能为局方服务，是我们的荣幸。"

"好了，我们就别搞这一套了！eVTOL和无人机的适航，需要我们一起努力，应该说，如果当初你创业的时候，我还没有看得那么明白的话，现在我越来越确信它的前景了！"

"哦?"孙秦笑道,"巩代表看好我们这个事业了?我的邀请可是随时有效的哦,绝对不过期。"

"你就别白费心思了,省着点去把型号干好吧!"

巩清丽笑着回应。

孙秦耸了耸肩。

两人都看不见彼此的表情,却都再次理解了对方的意思。

挂掉与巩清丽的电话,孙秦有些激动。

他打开会议室的门,冲着仍在埋头干活的几位同事喊道:"我宣布一个好消息!局方会非常关注我们的进展,将我们作为他们针对eVTOL和无人机进行适航规章改革的典型案例之一,我们好好干,早点把产品干出来,飞起来!"

李琦玉咧嘴笑道:"能够入局方的法眼,你可以呀!"

"巩清丽,你还有印象吗?之前审过我们A型号的。"

"我认识她,她不认识我,嘿嘿。"

郭任插了一句:"据说是华东审定中心的头号美女嘛。"

听到这句,其他几个人都抬起了头,看向他。

李琦玉说:"连你都听说过她?不过,我可要澄清一下,她的业务能力很强的。"

郭任说:"行业就那么大,我们以前在韦霍的时候,也得跟局方打交道哇,局方就那么几号人,加上她又是女的……再说了,我只说她是美女,又没有否认她的业务能力,谁说美女就不能业务能力强了?莫言还有本书叫《丰乳肥臀》呢,里面那个女主角可是伟大得很……反倒是你,是不是带有成见?"

李琦玉无语。

自从上回与郭任就电池的外协进行过一轮争论并且铩羽而归之后,他与郭任常常在各种问题上互相抬杠。

当然,两人有不同意见是好事情,孙秦倒也乐得看到这样的局面。

不过,大多数情况下,还是需要他或者李翔出来当和事佬。

至于江大春,大部分时候不在现场,即便在,他也乐得坐山观虎斗,从来不加入,直到两人斗至精疲力竭,偃旗息鼓。

于是,孙秦挥挥手:"你们俩别争了,巩代表是很优秀的,我们也不适合在背地里议论人家。"

郭任撇撇嘴："孙秦，孙总，你就是太正经了。大家加班加到现在，昏昏欲睡的，稍微讲点提神的话题，不是更有利于提效嘛！大家说，是不是呀？"

李琦玉白了他一眼。

其他几个人本来都想笑，但因为都是新来的，偷眼看到孙秦的脸色十分严肃，都及时控制住了自己的情绪，或者干脆直接捂住嘴，低下头去。

孙秦看着郭任说道："这跟正经不正经没关系，她是我的朋友，也是一个我佩服的人，更是我们事业长期的合作伙伴，如果背地里议论女人，谁都好，但不能是她。"

郭任嘟囔了一句："哼，道貌岸然……"

然后不再说话，低头去看他的电脑屏幕。

孙秦并没有听到郭任的这句话，但是，他冷冷地盯着郭任，大脑在飞速转动着。

江大春闭上眼睛，深吸了一口烟，然后又将它吐了出来。

烟雾弥漫在空气当中，与原本已经在房间里驻留了好一阵的酒精味混合起来，如同钢筋混凝土一般，久久不散。

在刚才结束没多久的酒局上，他刚刚下肚半斤白酒，但依然保持着清醒的姿态，直到回到自己的酒店房间。他前两天订房的时候，特意选择了吸烟房。

感受着酒精在血管里滚动着，发烫着，江大春点燃香烟，在一片混沌当中，陷入沉思。

不远处的背包里，是一份下午刚刚签好字盖好章的合同。那是他本人，也是驰飞客第一份正式签订的客户采购意向合同。

在今天之前，尽管他已经获得了好几家客户的口头承诺，也包括庞雷的南华通航，但并没有一份落实在纸面上的协议。很多时候，都还是君子之间的默契而已。

而这家深圳的客户本身就是一家民营企业，从一把手到关键的业务骨干，与孙秦和李翔又都是多年的熟人，因此，很早的时候就表态，希望驰飞客的缩比验证机出来时就签订采购意向合同，然后等正式产品适航时转为正式采购合同。

前阵子孙秦亲自到深圳来过一趟，与客户将意向基本明确下来，江大春这次过来，就是跟进一些具体的需求，并完成合同签订。

这样的业务对他来说，十分简单，水到渠成。他自然不辱使命，下午完成签订后，晚上请客户的3位核心人员吃饭庆贺，4个人干了两瓶五粮液，然后又一人喝了一瓶啤酒。

趁着还未喝醉，他并没有安排后续的活动，而是直接回到酒店房间。因为，他还有重要的事情要办。

连续抽了两根烟之后，他拨通了一个电话。

"喂，在深圳呢？"电话那头的人与他已经十分熟悉，无须任何客套的招呼，而是直接随意发问。

"是的，干了半斤五粮液，又喝了一瓶啤酒漱口。"

"不愧是你，这点量对你算不了什么吧？"

"不，我还是更喜欢喝清香型的酒，浓香型有点影响我的发挥，但架不住客户喜欢。另外，毕竟岁月不饶人，我觉得自己比不了前几年了。"

"你就别凡尔赛了。协议已经签了？"

"签了，这简直是轻而易举。"

"嗯，应该对你没什么挑战，就跟那半斤白酒一样……那目的达到了吗？"电话那头的人压低了声音问道。

仿佛他们即将要讨论的，是一件十分隐秘的事。

"不好说，他们一把手跟孙秦和李翔的关系非常深，当然，经过这么几次接触，我觉得他们对我印象也不错。今晚跟他们几个核心骨干喝酒，大家都很看好我们。"江大春也将音量进一步控制住。使得整个人，所有的声音，都被包裹在烟雾当中。

"看好我们是自然的，更重要的，是看好你对吧？"

"对，是看好我。不过，考虑他们与孙秦和李翔的关系，有些话，我也不能说得太直白。"

"嗯，趁着酒劲点到为止就好，而且，很多事情还需要持续发力，也不是一朝一夕的事情。"

"是的。你那边的情况呢?"

"缩比验证机的设计图纸基本上完成了,但评审了好几轮,孙秦一直没让过。不得不说,他们这些经过科班训练的,还是不一样。"

"要求高是好事,高标准严要求磨出来的图纸,对于我们来说,价值也更大。"

"明白。"

"记住,多弄一些资料,尽量保留得完整一些,而且要将来龙去脉都弄清楚,做到知其然,还要知其所以然。"

"你这是怀疑我的水平?"电话里的声音有点不悦。

"不,术业有专攻。我们都认识这么多年,没有必要说奉承你的话。孙秦和李翔都是中商飞机上海研究院的骨干飞机设计师,都是干总体的,经历了A型号后半段的历练,还亲自参与适航取证工作。不说别的,光看这履历,全中国有几个人能匹敌?他们对于飞机总体设计的体会和经验,对于适航的心得,都远胜于你,虽然你在自己的专业方向上比他们强。"

"好,好,我虚心学习就是。"

"当然,我也充分相信你的能力。记住,在驰飞客,你永远不可能成为CTO,因为孙秦他自己就是。但是,如果有朝一日我们真的开辟一片天地,你就是我的CTO。"

"明白!"电话那头的人深受鼓舞。

挂掉电话,江大春在房间里来回走了两圈,仿佛在消化刚才的对话。

然后,他再次点燃一根烟,并慢悠悠地走到窗边,打开窗户。刚才在室内接近凝固状态的烟雾像是听到了召唤一般,迅速顺着窗口逃逸而出。

整个房间的能见度立刻提升,显得轻快了许多。

江大春这时才点开微信,找到一条孙秦更早时间发来的询问微信:"情况怎么样?顺利吗?需要我做什么随时告知。"

江大春嘴角一翘,回复道:"刚才一直在陪客户喝酒,刚回酒店,都很顺利,放心吧。明天我就把签好的协议带回上海。"

"太好了!值得好好庆祝一下!有了你这个协议,加上之前南华通航的口头承诺,如果还有几家意向或者口头承诺,我再去融资,估值可就不止现在这点了。今晚我们在上海也加班到很晚,刚下班不久,大家很辛苦地在搞设计评审。我们争取同步把 1∶2 的缩比验证机也搞出来。同时，局方的专家目前也很认可我们的进展，已经将我们列为他们开展 eVTOL 和无人机适航规章创新的案例之一了。各条战线都在推进！"孙秦的字里行间显出无比的兴奋。

"嗯，加油！"江大春回复了短短几个字之后，想了想，又补充了一条，"我们一起加油！"

与孙秦聊完微信，江大春朝着窗外吐了一口烟，嘲讽地看着黑魆魆的夜空，自言自语："我们都加油吧，看看谁最终能成……"

袁之梁从希望山巅到沮丧低谷，只花了一天时间。

冯婕远在美国给了他 SIN 基金最终估值的同时，也给了他 3 天的考虑时间。

"袁总，我们只有 3 天的时间窗口，如果您无法在 3 天内给我确认，我们的合作就不再往下走了。"

袁之梁却在第四天才给她反馈："冯总，我们接受投后估值，但是，请确定交割在我们签订 SPA 后一个月之内完成。"

他原本希望赌一把，SIN 基金很难找到类似于安罗泰那样的投资标的，再加上当初在冯婕办公室与她相谈甚欢，他认为，大概率，冯婕会获得她想要的价格，同时略微让步一点，满足自己的现金快速到账要求。

然而，他只收到冯婕冷冰冰的四个字回复："有缘再说。"

他再次发送了一条信息过去："您的意思是？"

却再也没有收到回复。抱着最后一丝希望，他拨打了冯婕的电话，却无人接听。

最终，他不得不联系何家辉，请他出面了解到底发生了什么。

何家辉平淡地告诉他："冯婕放弃了这笔投资，你可以不用找她，也不用再找 SIN 基金了。"

袁之梁觉得一盆冷水直接将自己浇透。

他第一次体会到，作为一个投资人，到底有多杀伐果断和不近人情。

然而，没过几天，在他还未从这股功亏一篑的负面情绪中完全恢复之时，他又接到一个电话。

电话里的人自称是冯婕的朋友,属于另外一家投资机构。

"冯总表示,SIN基金虽然不再投你们,但她本人还是觉得你们有搞头,所以想问问我们要不要投。袁总如果有兴趣的话,我们聊一聊?"

"她为什么不投我们?还有,她既然不投,你们却要投,你们傻吗?好东西会让给别人?"袁之梁有些置气。

"冯总在业内是出了名的雷厉风行,她做出的决定,自然有她的道理,不过,这并不意味着,她不投的标的就一定差,过去,她也给我们介绍过项目,有些最终我们还是赚了不少。"

袁之梁的心情从沮丧低谷一下子又被拉升到欢乐的高原。

经过这段时间的折腾,他实在是累了。实在不想花更多的精力放在融资之上,太费心费力。他只想尽快锁定一笔钱,然后开始大踏步往前走。

不能输给孙秦……

因此,他很快便与这家新的基金就各项条款达成一致,其实也就是继承了之前与SIN基金所谈定的条款。还好,没有耽误多少时间和精力。

SPA签订后不久,袁之梁才收到一条冯婕的微信:"袁总,恭喜恭喜!我人还在美国,短期内暂时不回国,此前与您擦肩而过,只能说缘分未到。期待您可以发展得很好,不过,我还是有一点小小的顾虑:你们那款A1产品的构型,还是值得推敲和商榷……"

袁之梁不屑地"哼"了一声,应付着回答:"谢谢冯总关心,祝在美国一切顺利。"

后续的进程还算顺利,过了五周,安罗泰便收到了全部投资款。袁之梁盯着账户上的八位数进账,激动地一跃而起。他向所有人宣布:"各位,钱到了,已经没有什么阻止我们起飞!"

贺瑾带头鼓起了掌。

袁之梁在每一张脸庞上都看到了久违的喜悦。这是一种发自内心的喜悦,而不是每天同事之间打招呼那种职业的、程式化的微笑。

对于一个创业团队,尤其是早期,没有什么比账户里打进一笔巨款更能振奋人心的了。

创业近一年来,袁之梁在这一刻,终于首次体会到了那种否极泰来的兴奋和成就感。这种感觉是他在羊城汽车时无论如何都体验不到的。

哪怕被领导表扬，或者被评为优秀员工，都无法媲美此刻的感觉。

张顺景也站起身，走到袁之梁面前，说道："阿梁，我真是太佩服你了。就凭借着几页PPT，还什么东西都没有，便融到了几千万。"他的语气中并没有一丝反讽。

袁之梁点了点头："嘿嘿，这还不是你的背景也很过硬，投资人都认为我们的组合是完美互补的。"

对于袁之梁来说，通过这次融资的成功来树立自己的威信，也是他在解决企业现金流问题之外，锦上添花的事情。

过去这几个月，虽然表面上张顺景对于他的决定非常尊重，他一直认为，这个来自传统航空业的老兵对于自己的汽车背景其实是有些不以为然的。

张顺景始终认为，eVTOL就应该是飞机，而不是什么飞行汽车。所以，自己坚持的A1构型，从诞生之日起就一直受到张顺景的抵制，虽然在自己的强力坚持下，张顺景还是带领着技术团队照做，但袁之梁猜测，张顺景内心深处并不服气。

他希望这次融资成功，能够让张顺景对自己更加信服一些。这样一来，团队的战斗力也会更强。

无论如何，此刻，两人的手再度有力地握在一起。

"钱到位了，干就完了！"

袁之梁并未让团队的喜悦延续太久，而是见好就收，朗声说道："接下来，贺瑾要忙碌起来了，我们需要招更多的优秀的人加入，同时，需要开始寻找生产和制造的合作伙伴，将我们的图纸变成产品了！"

杨天主动请缨："需要面试的话，我随时可以支持，第一轮面试可以由我来把关，节约阿梁和老张的时间。"

叶晨也偷偷瞄着贺瑾，小声说道："我也可以帮着联系候选人……"

可只有他身边的杨天听到了这句话，于是故意大声说道："贺瑾，你的小迷弟说要帮你联系候选人呢！"

贺瑾嫣然一笑，看向叶晨："是吗？那姐姐先谢谢你。"

叶晨瞬间满脸通红，低着个头，说不出话来。

第12章
无眠的机库

夕阳的余晖洒落在宽广的停机坪和跑道上,为这片灰白的平整地面盖上一层金色的纱衣。航站楼和机库那长长的影子恰好成为这层纱衣上颇具艺术感的淡黑色条纹点缀。

尽管整片机场依然一架飞机都没有,却因为坐落在一角的机库而平添了不少生机。机库里此刻有五六个年轻人正在忙来忙去,不时发出欢声笑语。

李翔原本也是其中之一,但他忙完了自己所能干的事情之后,觉得自己有些多余,便走了出来。

他背靠着机库大门外不远处的墙边,望着披着金色光芒的机场,正准备点燃一根烟时,发现远远地走过来一个人。李翔探出头,仔细辨识,才发现原来是江大春。

他微微一愣,还是停止了点烟的动作,朝着江大春走去。

"什么风把你给吹来了?"机场里的风的确很大,因此,李翔不得不提高音量。

"白鹤机场,很吉利的名字,我当然要来见识见识。"

"你是怎么进来的?他们的安保这么松的吗?"

"你忘了?之前跟他们签租约后,我们给他们提供了员工名单的,都提前登记过。再说了……这个世界上还有我进不去的地方吗?"

"有哇,女厕所。"

两人几乎是边喊话，边朝着对方走去。最终，很默契地停在机库大门另一侧的墙边。李翔这时才顺手递给江大春一根烟。

"来一根？"

"好哇。"

机场里的风挺大，两人费了半天劲才把烟给点燃。

"你手都不洗洗？"江大春盯着李翔那满是污渍的手。

"有得抽就不错了！再说了，我给你递烟的时候并没有捏过滤嘴。"李翔不以为然。

江大春看了看手指间的烟蒂，笑了笑。的确挺干净。

"我们都忙完了，你小子才过来，简直像是领导过来视察工作呀。孙秦都还在里面干活呢。"李翔说。

"这不刚从山东回来吗？我可是飞机一落地上海就赶来了。再说了，能者多劳，孙秦干活怕是因为他还能发挥点作用，而你，已经无事可干了。"

"……最近业务进展还行？"李翔换了话题。

"嗯，挺好的，上次深圳那单签了之后，感觉有点多米诺骨牌效应的意思，光珠三角就有近10家客户明确了口头意向，长三角也有三四家……这不，山东也出来一家，他们在烟台，觉得eVTOL是实现跨渤海湾飞大连和辽东半岛的完美解决方案。"

"听上去确实不错，跨渤海湾是个很典型的应用场景啊……不过，光口头意向不解渴，多搞几单书面协议嘛。"李翔使劲抽了一口烟。

"慢慢来，我们东西都还没出来呢。"江大春平静地回答。

"我们把这里租下来，不就是为了把东西搞出来吗？搞出来之后，你就更好卖。"

"嘿嘿，不怕卖，就怕没得卖。"

"有了东西你才能卖，这也体现不出来韦霍公司首席销售的能力吧？"

"都是靠着公司名气和平台，我不算什么……当然，只要能卖，我肯定能豁出去，管他有没有东西。"

"可以，干脆我们就在这白鹤机场给你开辟一间专用的房间，专门用来接待客户。道具就在这机库里。"李翔眨了眨眼。

"才1∶2的缩比验证机，万一人家客户要1∶1的呢？人家喜欢大的。"

李翔呛了一口烟。

江大春嘿嘿一笑，灭掉烟头，快步走过李翔身边，往机库里走去："来来来，我来帮忙咯！"

孙秦正趴在试验台上和李琦玉联调设备。他们在模拟飞行控制信号激励。

在缩比验证机的机身等机体结构被飞诣纤维制造好运到这间机库之前，他们只能先把很多试验通过仿真或者模拟的方式开展。收集数据，改善设计，最终再与真实飞机的试验结果进行比对。

听到江大春的声音，孙秦抬起头来，下意识地擦了擦脸上的汗。一道斜斜的黑印清晰地跨越半边脸。

"稀客呀……你不是说不来机库吗？"孙秦笑着说道。

"我好歹也是合伙人，当然要有参与感。"江大春走到孙秦面前，笑着与李琦玉等其他几人打招呼。

他的视线扫过郭任，并未做过多停留。郭任正低着头在装配另一个试验台，仿佛完全没有注意到他的到来。

"其实你真不用来的，多在外面跑跑业务，帮我们宣传宣传就挺好。反正即便没东西，你也能卖出去。"孙秦笑道。

"这么信任我呀？"

"那当然，深圳的合同被你拿下了，还有十来家口头意向，我敢说，目前整个国内的eVTOL行业，没有谁比我们的客户拓展做得更好了。"

孙秦倒不是恭维江大春，他也用不着这样做。

虽然两人曾经因为更换办公室的事情有过一些芥蒂，后来也因为一些细节使得孙秦对于江大春到底是个怎样的人有些把握不准，但他由衷地认为，江大春搞销售和跑业务有他的独到之处，正好与自己和李翔互补。

看着孙秦的眼睛，江大春认真回答道："深圳那单，主要还是你铺垫得好，我只是摘果子而已。还有，我是真心想来机库学习学习……虽然我可以进行'无实物销售'，但如果东西真出来了——哪怕只是个1:2的缩比，肯定也能让我如虎添翼不是？"

"主要是……"孙秦回应道，"你来了也帮不上什么忙。我们搞的这些东西，你完全不懂，单纯地当苦力吧，脏活累活我们都已经干完了。即便后续机体从南昌运过来，也有专门的运输公司负责，不需要你出力。所以，我觉得你唯一的价值就是陪李翔抽烟。如果他不来，你也可以不来。"

孙秦已经记不清自己在白鹤机场待了多久。

他只记得，每个周一，他便与团队一起，坐最早一班高铁来到最近的车站，然后打车来到机场，要么，干脆直接开车过来。然后在机场附近一处简陋的酒店，一住就是一整周。

"把研发工作搬到试验现场！"

这是李翔谈定白鹤机场的机库租赁之后，孙秦做出的决定。

反正在办公室也是搞研发设计，不如全部搬到机库去，空间反而更大，而且，等到缩比验证机的机体结构和各类设备抵达之后，还能够无缝进行安装和调试。这一切，都不需要在上海做。

唯一对此有些怨言的，便是罗园园了。

不过，很快，她也接受了这个事实。只是在每天晚上的电话里嘱咐孙秦要注意身体。

又是一天过去，夕阳如约而至。天空被染成了淡淡的橙红色，犹如艺术家的画布，色彩渐变而柔和。

这阵子机场有些业务，每天都有飞机起降。大多数是公务和通用飞机，飞机的尺寸与孙秦所熟悉的A型号和C型号相比，都要袖珍不少，但精致干练，外形美观，一看也是不输大飞机的空中好手。

此刻，有两三架完成了任务的飞机停靠在机库前，享受着日光浴。它们的机身在夕阳的映照下，闪烁着金属特有的光泽，经过一夜沉睡之后，将开展新一天的飞翔。

孙秦每次看到飞机，便觉得心底的激情开关被打开，一股力量涌遍全身，一天下来的疲累似乎消失得无影无踪。

他转过头，走回自己的机库。

经过多日的磨合，这支团队已经形成了很好的默契。干起活来，大家有条不紊，配合得十分娴熟，完成工作之后，无论是电脑，还是各式设备，全部都摆放得整整齐齐。

孙秦并没有刻意去要求这些，但是，在不自觉当中，他的行事方式，便影响了整个团队。

每当这个时候，他便发自内心地感谢自己在 A 型号那些年所接受的专业训练。

当他还在中商飞机上海研究院的时候，经常觉得这里不对，那里又有改进空间，觉得大家效率太低，打乱仗。

可是，当自己出来开创一番事业的时候，却发现那些他曾经瞧不上，或者觉得还不够好的做事风格，已经是行业顶级水平。

毕竟，除了李琦玉和郭任之外，其他工程师都不是来自航空业，他们原所处的行业对于研发过程、做事的严谨程度、规章和流程的符合性，并没有航空要求那么高。

李翔今天不在，没人抽烟，孙秦觉得空气清爽不少。他走到正半躺在行军椅上玩手机的李琦玉身边，问道："飞控的联调都跑通了？"

李琦玉将视线从手机屏幕上移开，看着孙秦："是的，我已经迫不及待地想把这堆东西装上飞机了。可是，飞机在哪儿呢？"说罢，他夸张地看了看空空如也的机库。

郭任在不远处也站起身来，补充道："我这边电机和电池也准备好了，但飞机架子还没有呢。就好像去餐厅吃大餐，结果上了一堆沙拉和甜点，主菜没有。又好像去做按摩，茶水点心都摆好了，按摩椅也铺整完毕，结果，技师小姐还没影儿，你知道我现在的心情吗？"

边说还边朝着孙秦挤眉弄眼。

孙秦瞪了他一眼，没接茬儿。他知道再往下说，郭任嘴里多半吐不出什么好话。郭任也知趣地闭上嘴。

李琦玉建议道："这么关键的时候，李翔偏偏不在，飞诣纤维一直都是他在管的，要是耽误一天，我们的进度也要耽误一天，时间不等人哪！"

孙秦点了点头："我知道，我给他打个电话问问。你们要是饿了，就先去食堂吃饭吧。"说着，他走到机库的角落，拨通了李翔的电话。

"喂……"电话里传来李翔的声音，听上去有些慵懒。

"你刚才是不是在狂打喷嚏？"孙秦问。

"为什么？"

"因为大家都在念叨你。我们这边一切就绪，只欠东风了。"

"你们都好了？"李翔的声音一下子振作起来。

"可不是呢？不过就是一个1：2的缩比验证机，而且只是验证一部分性能和参数，能有多复杂？"

"飞控调好了？前两天不还有些问题吗？"

"有我和李琦玉在，两天还解决不了？"

"那电机电池呢？郭任那小子老是满嘴跑火车，这么快就把他的设计跟现成的电池整合好了？"

"他只是满嘴跑火车，并不影响手上动作呀。"孙秦压低了声音。

"可以呀！给你们点赞！"

"你别光来虚的，飞诣纤维那边的东西什么时候运到？如果今天晚上之前到不了机库，明天我们就得先打道回府了。我们好几个人在这里，多住一天就多一天的酒店钱，还要多给白鹤机场交一天的伙食费。"

"伙食费你就别担心了，我当时跟王总谈的打包价。"

"好吧，那你给我一个准信儿，飞机什么时候到？"

李翔这才苦笑道："不瞒你说，我现在就在南昌呢。这两天一直在盯着他们发货，可是直到现在，我都没能见到朱清。"

孙秦一愣："她不见你？为什么？"

李翔连忙解释："不是她不见我，是她这几天恰好有个紧急任务。他们这段时间都特别忙，一方面，C型号出了一些小问题，他们需要及时解决，另一方面，哈尔滨那边也来了一个新的任务。你想啊，我们算老几，能跟这些任务比吗？再说了，他们现阶段都不收我们的钱，我也不好意思老催人家。"

"那倒也是……果然，免费的才是最贵的……"孙秦喃喃自语道。

结束了与李翔的电话之后，他对所有人说："我们今天收工，大家吃过晚饭，就回上海吧。我们在上海待命，什么时候飞机到场，我们再过来！"

"好的！"所有人都回答道。

只不过，每个人的表情各不相同。

李琦玉满脸遗憾，但更多的人还是感到如释重负。

孙秦都看在眼里，在心中默念："果然，人与人不一样的，对大多数人来说，创业的工作强度和压力，还是太重了呀，让大家休息休息，也不是什么坏事……"

他目送着大家一个个离开，然后走出机库，望向即将没入地平线的夕阳，问道："东风何时吹来呢？"

四天之后的大清早，孙秦还在送儿子上学的路上，便接到李翔的电话。

"他们发货了，今天半夜出发的，从南昌到白鹤机场，估计傍晚就能到！"李翔的声音异常兴奋。

孙秦精神一振。他从未觉得李翔这个被年复一年的香烟侵蚀的嗓门如此动听。

"还有一个消息，你要不要听？"李翔贱贱地问。

"少废话！我在开车送儿子上学呢。"

"哦，那为了你的安全着想，等见面时我再说？"

"没事，我开着蓝牙。"孙秦刻意装作毫不在乎，但心里却在吼叫："你倒是赶紧说呀！"

"安罗泰完成了天使轮融资，融了几千万。安罗泰你还记得吗？就是那个广州的公司，他们创始人叫袁之梁，还来上海跟我们喝过一顿酒的。"

孙秦觉得李翔的嗓子又恢复了他所熟悉的浑浊。

安罗泰融到钱了？那个半吊子的安罗泰？搞汽车的人干飞机，竟然能融到钱？

孙秦觉得五味杂陈。

但从后视镜瞥见后座的儿子，他连忙稳住心神，把牢方向盘。

"你没事吧？"李翔见孙秦没有回话，问道。

"没事……我只是觉得很荒诞，我们这样科班出身的团队都没那么顺利，要不是碰到我老婆他叔叔，我们都死掉了，他一个汽车人搞飞机，竟然先融到钱？"

"哈哈哈，汽车人？好形象的比喻！那我们算什么？霸天虎？那活该我们融不到钱哪，我们是反派！"

孙乔这时在后座问道："爸爸，你是反派吗？"

孙秦连忙应付了儿子几句，然后对着中控台吼道："我们今天就赶往白鹤机场，所有人，包括你和江大春，我们要在那里迎接飞机，然后开始组装，一定要第一时间把缩比验证机搞出来！"

223

说完，还没等李翔反应过来，他便挂断了电话。

又安慰了儿子几句，将他送到学校之后，孙秦连忙告诉罗园园："儿子已送到学校，晚上我不回家吃饭了，要赶往白鹤机场。"

又是一个夕阳西下的景象。孙秦已经在白鹤机场见过了无数个夕阳。

驰飞客的所有人员，除了杜悦昕之外，悉数到场。

他们在机库门口站成一排，清一色的男人，望着机场入口的方向，干巴巴地等待着那辆货车。

停机坪里被斜射的阳光拉出十来个黑色的人影。

如果不知道他们此刻的目的，还以为正在拍摄机场的宣传片。

李翔已经跟王启祥提前打好招呼，一旦有赣牌的货车抵达，第一时间安排卸货和转运到机库。

他自己也快步走到机场入口处，一边给保安散了几根烟，一边等着。

机场的位置原本就很偏僻，唯一一条通往市区的公路又不算繁忙，此刻正是傍晚时分，李翔百无聊赖地望着眼前这条空旷的公路，脑海中蹦出四个字：望穿秋水。

终于，他的手机响起，一个江西的号码。他连忙接通。

电话里是一个大嗓门："李翔吗？我是送货的，你们那个白鹤机场是不是只有一条路可以到哇？"

"是的，是的！我们都在门口等着呢！"

"好，5分钟。"

李翔觉得这5分钟无比漫长。

终于，他远远地看到了公路转弯处露出一辆大型货车的车头，然后是整个车身。发动机的轰鸣声也传了过来。黄色的车牌上的确是"赣"字开头。

李翔激动地往前一跃，来到马路中央，冲着货车挥手，大声喊道："师傅，这里！"立刻又掏出手机，给孙秦发了一条语音："随时待命，货到了！"

在机场工作人员的帮助下，装载着FP100缩比验证机机体结构的木箱被从货车上卸下，然后放上机场的运输车，朝着机库驶去。

李翔完成签收之后，冲着机场帮忙的几位一一道谢，然后也一路小跑回机库。

当他好容易跑到机库门口，大口喘气的时候，孙秦走过来，拍了拍他的肩膀："辛苦啦。等你稍微缓缓，我们再开箱，你必须亲自见证这个时刻。"

李翔抬起头，这才发现，木箱已经端端正正地被摆放在机库前宽敞的停机坪上。

刚才放在货车车厢里，显得它还挺大，可现在看过去，却无比袖珍。

毕竟只是1:2的缩比，更何况，eVTOL本身的尺寸哪怕与一般的通用飞机相比，都要更小一些。

然后，此刻所有人都围绕着它，看着浅黄色的木板在夕阳的笼罩下泛着金光，眼神仿佛在期待一件稀世珍宝的出现。

"动手吧！"

孙秦一声令下，所有人都围上前来，将木板小心翼翼地卸下，由于刚才机场工作人员已经帮他们把用来加固的钉子全部拆除，此刻他们只需要稍微用力，便完成了开箱任务。

江大春在一旁掏出手机录制着视频。

"这么历史性的时刻，必须要视频见证啊，回头我去弄个vlog。"

孙秦冲他笑道："还是你会玩。"

"必须的，宣传很重要。"

伴随着木板纷纷被放置在地面，FP100的缩比机身也第一次如此真切地出现在众人面前。

尽管所有人都在图纸上见过无数次，但第一眼看到它的时候，依然不由自主地发出赞叹之声。

"太好看了！"

"此刻我的语文全部还给了语文老师，我只知道，太牛了！"

机身浑身呈深褐色涂装，在阳光下泛出极带质感的光芒。

驾驶舱的两侧还用白色字体书写着"FP100"，无论是固定翼，还是起落架，看上去都无比坚固和结实。而电机部分由于还未装上去，所以感觉还缺少一些东西，但已经不影响大家观赏它的全貌。

所有人都一拥而上，用手抚摸着这架飞机，有人甚至凑近后，用鼻子闻了起来。

孙秦此刻反倒比较克制，站在原地，目光温柔地看着自己的设计心血，眼睛有些湿润。

他扭头对同样站在原地观赏的李翔说："没想到他们竟然还涂了漆，我以为只会发来一个深绿色的原始蒙皮版本呢。"

"不然怎么会耽误几天？朱清还真是挺给力的。"李翔笑道。他也觉得眼里笼罩了一层薄雾。

这层薄雾被阳光一照，仿佛带上一层滤镜，看过去，这架飞机美得无以复加。

江大春则拍完开箱视频后，又从各个角度拍照和拍摄小视频，忙得不亦乐乎。

等待所有人都平复了心情后，孙秦说道："好吧，看起来今晚我们要过一个不眠之夜了。趁着太阳落山之前，我们先把飞机检查一遍，然后拖入机库，我们把系统装好，尤其是电机电池。争取明天就可以进行系统联调。"

郭任笑道："孙秦，你也太急了吧，刚见面就要入洞房？"

"都已经深度了解大几个月了，此刻不入洞房，更待何时？"孙秦也笑着回答。

"走！入洞房！"江大春喊道。

所有人便一起过去，将飞机抬了起来，扛进机库。远远看过去，还真像在抬花轿。

夕阳很快落山，停机坪和跑道变得更加安静，连风力也小了许多，偶尔一阵微风吹过，吹动停机坪旁的矮草，发出窸窸窣窣的声音。

机库里则灯火通明，十分热闹。原本空旷的中间地带此刻被这架缩比验证机占据，尽管相比机库本身，依然显得有些袖珍，却比之前要好太多了。

在孙秦的带领下，每个人都忙碌而仔细地检查着机身的每一个环节，并调试着所有机械件、铆钉、螺钉、连接器，一个都不放过。

眼神里充满了专注与认真。

飞机当然不可能一个晚上就完成组装，事实上，只能夜以继日，然后日以继夜。

那架被他们如同抬花轿一样抬进机库的FP100缩比验证机飞机壳子，活了过来。

当它被抬进机库的时候，只是一个空空如也的金属架子，而现在，已经装上了机载系统、螺旋桨、电机、电池、舱门和各类线缆。

尤其是螺旋桨和电机装上去之后，就如画龙点睛一般。复合翼的构型完美地呈现出来。机体中部和尾部，往左右两边延伸而去的是对称的两对机翼。都是固定翼。

而在它们之上，亦左右对称地排布着一共10台电机，每台电机上都连接着螺旋桨，用于提供垂直或者水平的推力。

"不容易呀……"孙秦擦了擦额头的汗珠。

尽管已经进入冬天，机库里也没有空调。但他和其他人一样，一直没有停歇地在活动着。

所有的组装都在此刻完毕。

他绕着飞机一连走了好几圈，像是在欣赏一件艺术品。

江大春一如既往地从各个角度拍照，还拍摄了好几段小视频。

李琦玉大声吼叫了几声，嘴里哈出一串白气。

李翔则抹了抹眼睛，将身上的外套裹紧，走出机库。

不久后，机库外被风吹进一阵香烟的气息。

孙秦平复了一下情绪，说道："大家都辛苦了！今天已经很晚，而且天气也挺冷，我们现在暂时感受不到是因为刚才一直在活动，现在闲下来，很容易着凉，大家都回酒店休息，别冻感冒，身体是革命的本钱！明天一早过来再过来集合，开始试验！"

江大春插话道："这么冷的天，我们又完成了缩比验证机的组装，也算是完成了一个小目标，要不出去喝一杯，庆祝庆祝，再回酒店？"

"好主意呀！"郭任第一个响应。

孙秦则问道："这附近哪里有喝酒的地方？"

"打个车到城里去喝嘛。"江大春说。

这时，李翔从机库外走了进来，说道："喝酒不带上我吗？走，孙秦，我们一起！"

孙秦这才点了点头。

不过，李琦玉等其他人都摇摇头："算了，我们回去睡觉。"

"那好，我们四个人去，我来叫车！"江大春掏出手机，开始研究起来。

"好，不过也别喝得太晚，明早还要干活呢。"孙秦提醒。

"放心吧，有数，我们互相监督！"

于是，团队分为两拨儿，一拨人回酒店睡觉，孙秦、李翔、江大春和郭任四人则挤上一辆出租车，摇摇晃晃地朝着市区驶去。

江大春找到一家烧烤店，门面看着还算干净，由于天冷，此刻门口的摊位上一个人都没有，室内的十来桌也只是稀稀拉拉坐着几个人。

4人选了一个角落坐下，江大春点了几十串肉串和板筋，又要了一瓶口子窖。

"4个人一瓶，一人二两半，刚刚好，怎么样？"江大春道。

"完美。"李翔说。

热腾腾的烤串上来，江大春主动将4人的酒杯都斟满，然后举起酒杯："来，小小庆祝一下！"

酒杯碰撞之间，孙秦问道："大春，你今天倒是兴致很高嘛，我本来是想，等我们的缩比验证机飞起来之后，再好好庆祝一下。"

"每一个进展都值得庆祝嘛……不要那么死板。"

"我觉得你就是找个由头喝酒吧？哪怕今晚我们没有完成组装任务，你估计也会想个理由出来，销售的嘴……"李翔说。

郭任也在一边揶揄道："我跟大春认识很多年，觉得李翔说得靠谱，多半是这个原因，所以，孙秦你就别想太多了。"

孙秦这才笑道："想喝酒就直说嘛，还搞得一副很有仪式感的样子，难道你直说我就不陪你喝酒了吗？一副正人君子的模样，内心戏那么多。"

江大春一愣，然后也笑道："好好好，这次是我的错，我再自罚一口！"说着，又喝了一大口。

郭任仔细看了看孙秦的眼神，并未发现什么异样，这才抓过一串羊肉，一撸到底。

几口酒下肚，孙秦只觉得浑身热乎起来。

他放下手中的竹签，抹了抹嘴，说道："如果顺利的话，我们明天开始各项试验。如果试验顺利，我们就可以正式启动第一轮融资，到时候，大春，你的订单也很重要。我相信，有真实的产品，又有落实在纸面的订单，我们再去融资，议价权肯定会大不相同。"

江大春点了点头："这个你放心，已经有一份书面协议，剩下的口头意向加起来也有十来家，到时候我再说服几家落实到纸面上，支持你去融资。"

"最早的那家南华通航，为何一直没有落实下来？"孙秦不动声色地问。他对于这一点，一直都有些疑惑。

按理说，在这么早的阶段便确定意向的客户，从关系上来说，肯定是到位的。既然关系到位了，签署一份意向采购合同，应该不是什么难事。毕竟不是正式的采购合同。

再说了，FP100如果产品没出来，或者没拿到适航证，他也不好意思真找客户收钱，更不可能拿着采购合同去起诉客户说人家不按照合同办事。

李翔也补充道："就是呀，当初你一来，就给我们带了这个好消息，但这双靴子的剩下那只一直都没落地。"

江大春一愣，然后笑道："嗐……那个庞雷庞胖子虽然跟我是多年的老朋友，但其实挺精的，属于不见兔子不撒鹰的类型。不过，你放心，等我们缩比验证机试飞成功后，我会再去推动推动。"

"好！预祝成功！"孙秦举杯。

第二天，气温虽然进一步往下跌了几度，但天气却出奇地好。

天空中一丝云彩都没有，瓦蓝瓦蓝的，冬日的阳光毫无阻碍地和煦洒落。

一架小巧的飞机此刻正静静地停在机库当中。

机库门完全敞开着，外面的光亮可以充分地闯进来，把这架飞机团团包围。

虽然是按照真实尺寸1∶2缩小的，但每一个细节都生动地还原了飞机的本貌，充满了创新和科技感。

"今天的环境条件真不错。"孙秦满意地点了点头。

昨晚的二两半白酒恰到好处，他沉沉地睡了一个好觉。今天感到精神百倍，神清气爽。

李琦玉问道："我们的准备工作都完成了，看看试验怎么开展呢？我和郭任手上倒是有一个之前写好的试验大纲和计划，也发给你们了，不知道你们看完后，有没有什么建议。如果没有的话，我们就开始干活？"说完，他看着孙秦，等待着这架飞机的总设计师和驰飞客的创始人下令。

孙秦突然感到重任在肩。

他略微思索了一下，说道："你们的试验大纲和计划我都看过了，挺好，毕竟都是搞过飞机的。不过,我觉得,传统的飞机系统因为更加复杂,所以试验流程也很复杂,FP100是新型飞机,系统复杂度跟我们之前干过的A型号也好,C型号也罢,还是不能相提并论,所以,我在想,要不要把我们的试验大纲和计划更加简化。"

说完,他看向李翔:"你觉得呢?你好歹也曾经是个飞机设计师,虽然跟了我之后现在不务正业,都不怎么参与我们的技术工作了。"

李翔瞪了他一眼:"你以为我想放弃技术吗?这还不是因为没人干我手上这摊子事情,我是为了组织牺牲。"

其他人都笑了起来。

李翔这才正色说道:"我赞同简化试验大纲和计划,我们是创业团队,而且产品复杂度也没那么高,更何况这也只是个缩比验证机。再说了,我们也没有'电鸟''铜鸟'和'铁鸟'哇。"

孙秦点头:"好!那我们就这么办:把试验室试验和机上地面试验合并,做完后再做飞行试验。"

在A型号或者C型号那样的民航客机型号上,飞机的试验是非常重要的环节。一架飞机从研制出来到最终交付和适航,必须要经历一系列的试验。

一般来说,试验分为试验室试验、机上地面试验和飞行试验三大阶段,逐层逐系统地对飞机的每项关键性能指标进行反复验证和确认。

除了飞行试验之外,前两个阶段的试验都在地面进行,为了支持它们,飞机制造商往往需要搭建一系列的试验设备,用来测试飞机上的关键系统,比如航电、电力、液压和飞控系统等,对应的试验台也因此被俗称为"电鸟""铜鸟"和"铁鸟"。

显然,对于FP100这款eVTOL,这些都可以简化或者省略掉。

"了解了,我们合并地面上的试验,争取快速做完,尽快进入飞行试验阶段!"李琦玉回答。

然后,他扭头对其他人说道:"大家明白了吗?"

"明白了!"

在这个时候,江大春和郭任两人发现,自己似乎插不上话。"没搞过就是没搞过,搞得深和搞得浅也是有差异的,他们的确很专业……"

地面试验开始前,李琦玉带着大家对缩比验证机进行了最后一次全面的检查。

他们细致地检查了机身的每一个接缝、线缆的每一处连接和机械装置的每一个部件，尤其将重点放在电机和螺旋桨之上，确保所有系统都处于最佳状态，以应对即将到来的试验挑战。

同时，他们还按照试验大纲和计划当中的规定，在飞机内外安装了各种传感器和测试设备，以收集试验过程中的关键数据。

一切准备就绪，试验开始了。

新年的钟声敲响，元旦过后，经过短暂的休整，孙秦再度拉着团队来到白鹤机场。

FP100的1∶2缩比验证机各项地面试验已经全部完成，是时候开始起飞了。

相比地面上的试验，飞行试验的难度和风险都要高很多。

只有飞行试验才能以最贴近实际的运营场景让飞机接受试练，也才能真正地检验其各项性能。

好在，面对eVTOL，孙秦不需要如同传统飞机一样，邀请专门的试飞员坐进飞机驾驶舱去驾驶飞机进行飞行试验。因为eVTOL本身便支持自动驾驶。

而在现阶段，他们只需要通过远程遥控，类似于玩遥控飞机那样的方式，由自己的工程师站在地面操纵即可。

李琦玉便是这样一把好手。

他还在中商飞机上海研究院的时候，便利用业余时间去考取了无人机驾照，能够进行非常专业的操纵。

又是一个万里无云的好天气。

这次，FP100被稳稳地摆放在机库门口那片开阔的停机坪上。它像一只蓄势待发的雄鹰，收敛着翅膀，瞪大着眼睛，随时准备腾空而起。深褐色的金属机身在阳光照耀下反射出充满力量感的光芒，机身上的白色型号标记FP100格外醒目。

孙秦不自觉地攥紧了拳头，眼神一直锁定在机翼的螺旋桨之上。

江大春则调整好了角度，开始进行拍摄。

李琦玉双手紧握操纵器，专注地盯着飞机。他曾经操纵过不下5款无人机，也不乏大尺寸的中型无人机，还曾经见证它们飞到上百米的高空，但没有哪一次，如同今天那样紧张。

他用眼神看了看孙秦。

孙秦也回望了他一眼，然后下令："起飞！"

李琦玉立刻按下操纵器上的按钮。接收到信号之后，飞机的电机开始发动，发出低沉的鸣叫，如同雄鹰展翅前的呼啸。

在电机的带动下，螺旋桨飞速转动起来，越来越快，直到看不清叶片的形状。

孙秦屏住了呼吸。

只见飞机开始微微摇晃着，机身下的起落架开始离开地面。机身慢慢地向上垂直起飞，起落架与地面的距离也越来越大。

1厘米，1分米，1米……向上的速度越来越快。

当飞机飞至3米高的时候，孙秦喊道："降落！"

李琦玉一愣，迟疑了半秒，还是照做了。

当飞机稳稳当当地重新回到地面时，李翔兴奋地吹了声口哨。

孙秦也长舒一口气，然后高举双拳，挥舞在半空中。

"我们成功啦！"郭任都忍不住喊了出来。

孙秦激动地与每个人击掌拥抱，大家很快抱在一起，在这大冬天里感受彼此的温度。

只有李琦玉身体依然有些僵硬，表情也略微有些不自然，带着壮志未酬的遗憾。

庆祝之后，孙秦拍了拍他的肩膀："是不是觉得飞得还不过瘾？"

"当然，我可是专业飞手，只飞到3米高就降落，感觉还没开始，就结束了。"

"我当然理解你的心情。但是，你之前飞的都是成熟产品，人家在交付到你手上之前，已经经历了不知道多少个小时的飞行试验了，而我们的产品呢？这才刚刚开始呢。还有一堆性能需要验证，在那之前，不能太激进。否则，万一摔了怎么办？大家过去几个月的辛苦就全部白费了。"

李琦玉点了点头："你这么说，我是接受的……只不过，心里还是有些不甘。"

"没问题呀，我们接下来稳扎稳打，一个试验一个试验地去攻克，随着我们的产品越来越成熟，总有让你过瘾的时候。"

说到这里，孙秦转过头，提高了音量，向大家喊道："各位！今天我们的飞行试验迈出了一小步。我们只是完成了一次垂直起降而已，并没有做悬停，也没有做平移，更别说各项性能的验证了，所以，接下来这段时间，我们还有很多事情要做。不过，至少在今天，我们可以好好庆祝一下。我宣布，咱们今天下午放假，晚上一起吃顿大餐！"

李翔又吹了一声口哨，然后看着江大春："今晚我们放开喝！"

"来吧，谁怕谁呀！"说完，江大春满意地将手机里的视频保存好，然后熟练地将它移到一个专门的文件夹下。

之后的几年，每当孙秦回到白鹤机场的时候，印象当中都是机库门口的夕阳落日和冬日暖阳。

他在机库等过一年四季，第一款产品，也就是FP100的1：2缩比验证机真正腾空而起，垂直起飞的时刻，以及为了这个时刻的每一个冲刺瞬间，是让他记忆最深刻的。

就如同第一个孩子的诞生。

他一直记得，自己是如何在产房中，握着罗园园的手，陪她迎接儿子的第一声啼哭。

在稳扎稳打的思路指导下，在李琦玉专业的操控当中，FP100的缩比验证机一一完成了多项飞行试验，不但能够悬停在几米的高度之上保持稳定，还能水平向各个方向平行移动，并且实现了垂直起飞和降落全过程的流畅运行。

孙秦激动地将照片和视频发给了巩清丽。

"向巩代表汇报一下，我们的缩比验证机已经完成了飞行试验，下一步就是全尺寸样机了。"

很快，他便收到了巩清丽的回复："恭喜恭喜！！！看来把你们作为典型案例是选对了，我还是挺有眼光的嘛。"

从感叹号的数量，孙秦便能够感受到她的喜悦。

"等我们整理整理相关数据，找时间去向你们汇报一下。"孙秦趁热打铁。

他深知，目前这个阶段，他完全不需要考虑适航取证的问题，因为还在验证关键技术。

但一旦到了全尺寸样机阶段，再往后走，适航就是必经之路。

而根据他此前在 A 型号上的经验，适航计划和适航基础往往在设计早期就需要明确。

所以，他需要与局方建立更紧密的联系。

"哪里哪里？欢迎孙总带队随时过来，我们好好学习学习，我也向各大领导都汇报一下你们的喜讯，让他们更加重视起来，下回也听听你们的经验。"巩清丽显然已经在规划下一步了。

这也是孙秦十分佩服她的一点，这位局方的审查代表永远都是那么思路清楚，雷厉风行。

"她要是能加入我们，该有多好……"他不免心中泛出一丝遗憾。

不过，他转念又想："或许，她不加入我们，而是一直在局方扮演一个对于我们非常知根知底的专家和沟通者，也不失为一件好事呢。"

完成缩比验证机的全部试验之后，孙秦带队返回上海。临行前，他特意向王启祥道别，表达对于白鹤机场的感谢。

"王总，如果没有您和白鹤机场，我们的飞机不会那么顺利地完成缩比验证机和各项试验。这里是我们的福地，我们还会回来的。"

"孙总，也感谢您和李总对我们的支持，欢迎回来！"

这并非客套话，孙秦知道，等到他们要将全尺寸样机付诸实践的时候，还是需要回到机库，将曾经在缩比验证机上走过的路重新走一遍，而且整个过程会更加复杂。

不过，在那之前，他们可以先回到上海办公室，潜心设计全尺寸样机一段时间。

与此同时，还需要去与各大供应商和合伙伙伴进一步确定合作内容。

毕竟，支持缩比验证机的设备、部件和系统，与全尺寸样机是完全不同的。一切也都要从头设计。

上海办公室里又充满了久违的人气。

杜悦昕笑着对孙秦说:"要不是你们时不时在群里分享一些进展,我还以为老板卷款跑路了,留下我一个可怜的人坚守办公室,应对随时上门来讨债的债主。"

孙秦还未来得及回答,李翔凑了过来:"卷款跑路?那也得有款可卷哪。"

说着,他一把拉过孙秦,带着他快步走进一旁的会议室。

李翔把门轻轻关上,还特意拉了拉门,确认已经关牢之后,这才转过身去,面对着孙秦。

他满脸严肃,一点都不像是装出来的。

孙秦心里"咯噔"一下。他很少见李翔这样的表情。

看来有大事了。

果然,李翔从牙缝里吐出几个字:"钱快花完了。"

孙秦一愣:"钱快花完了?"

"是的,你这阵子一直关注在缩比验证机的事情上,当一个称职的CTO,这都没问题,可是,你忽略了作为CEO的责任……所以,只能我这个COO来提醒你了。"

驰飞客从成立到现在,还未聘任专职财务。

平时的记账和会计工作他们是外包给专门的代理方在做,而出纳,或者说收付款等工作,则是由孙秦和李翔两人同时负责。

只不过,孙秦的确很久没有关注银行账户余额了。他没想到钱花得那么快。

"当初不是有大几百万吗?"

"对呀,可是你算算,我们十来个人每个月的工资有多少?房租、水电、物业费等行政费用呢?还有支付给供应商和合作伙伴的钱,虽然飞诣纤维暂时没管我们要钱,但其他家可没那么好,那些电机和电池都不便宜。而且,现在我们马上要干全尺寸样机,这些外协费用不说翻个番,也会大幅上涨的。"

"好吧,那你觉得,按照我们目前的burn rate,还能支撑多久?"

"顶多5个月。当然,这是在只支付员工工资的前提下,不算房租水电以及供应商和合作伙伴的外协费,如果把这些都算上,我估计3个月就不错了。"

孙秦沉默了。

过去几个月，他一直沉浸在缩比验证机的平稳进展之中，又被客户侧一个接一个的好消息所鼓舞，忽视了企业的立身之本——现金流。

无论产品研发如何突飞猛进，客户侧进展如何可喜，甚至签下一单又一单，但只要没有现金进账，一切都是浮云。

就如同一个人，无论大脑多么灵光，肌肉多么发达，一旦失血过多，就会马上死亡。他已经感受到了死亡的恐惧。

"看来，我需要立刻调整优先级，将所有精力放在融资上来。"

"嗯，我估计，你老婆她叔叔不太可能再出几百万了吧？"

"绝对不可能了……而且，即便他愿意，我也绝无可能再去找他。这才过几个月呢……"

"那只能回过头去找投资人，这段时间，我也抽空帮你兼顾兼顾技术吧，好歹我也是有底子的。"

"嗯，研发工作也不能丢下，没办法，必须得兼顾。"

孙秦又自言自语道："我要卷土重来了。"

"卷土重来？为啥用这个词？感觉这是个贬义词。"

"没什么不好意思的，之前的融资算是铩羽而归了嘛，这次当然算卷土重来。"

"好，那我祝你东山再起。"

创业团队的决策往往是很快的。

在驰飞客，大的决定基本上都是孙秦和李翔两人来做。当然，考虑到江大春的情绪，他们也往往会告知他。

不过，自从搬迁办公室的事情上出现一些小矛盾之后，他们仨倒再也没有出现什么大的分歧。

所以，当江大春收到孙秦的电话时，回答道："听上去没有更好的办法了，只能融资。我只恨自己不是大款。"

"不需要你是大款，你最近多帮我落实几个书面采购意向协议就好。"

很快，孙秦便将自己这个决定通知了全公司，并且将原本自己的工作做了一些分配，李翔和杜悦昕等人都各自分到了一些。

"从现在起，我在未来几个月的第一优先级就是去融资，在这个过程中，可能不常在办公室，大家保持充分沟通吧！"

驰飞客完成FP100型号1：2缩比验证机试验的消息，很快便传到了袁之梁耳中。

他微微一笑："他们竟然这么谨慎？还搞缩比验证？本身一架eVTOL也没多大呀。"

他的A1直接做的全尺寸，此刻，已经基本完工了。

那次从上海见完孙秦之后，他最大的收获之一便是了解到需要租用机场来开展试验，而不是试车场。因此，在融资到位后，他马不停蹄地在珠三角寻找合作的通航机场。

好在珠三角的通航机场数量不少，选择众多，加上整体通航的发展态势一直都比较平淡，几乎所有的机场都急迫地希望可以跟安罗泰建立合作。

袁之梁最终选定了广州东南方向的珠江机场。

他在那儿租用了一整个机库，已经将汽车和汽车顶上的单旋翼分别运了过去。团队只需要将两者结合起来即可。

没有什么缩比一说，直接就来真的。能一步到位，为什么要走两步？

不过，袁之梁还是感受到了一些紧迫感。他再次来到珠江机场。

张顺景带着杨天、叶晨等人已经在这里待了好些天，刚刚将A1的产品完全组装好。

见袁之梁进来，张顺景从车底钻出来，拍了拍身上的灰，问道："阿梁，你来得正是时候，我们的A1已经完成组装了，明天开始应该可以开始做各项地面试验，自动驾驶这块，还需要你指导指导，叶晨也有些拿不准。"

袁之梁点了点头，并没有立刻回话，而是扫视了一眼机库。

A1正静静地停泊在机库正中央，围绕着它的，是各种工具和设备。

由于刚刚组装完毕，它们还未归位，凌乱地摆放着。

袁之梁这才问道："地面试验？这台车是现成的，已经经过了路试，还要做什么地面试验？不能直接把螺旋桨打开飞起来做飞行试验吗？"

张顺景一时不知应该如何回答自己的老板。

从第一天起，他就反对A1这个构型，觉得它不伦不类，但没办法，袁之梁死活不改初衷，便也只能硬着头皮往下干。

但是，到了试验阶段，地面上什么都不做就直接飞起来？他可从未听说过这样干飞机的。

见张顺景面露难色，袁之梁缓和了自己的态度，说道："没关系，老张，我尊重你的想法，如果你觉得有必要在地面上做一些试验，就按你的思路去做。我刚才也是有点急，希望我们的东西能尽快出来。现在已经2018年了，不再是我们刚刚起步时的2016年，国内已经有一些创业者开始往这个赛道发展，而上海的驰飞客刚刚把1∶2的缩比验证机飞起来，我们还是要有一些紧迫感。"

听到"缩比验证机"5个字，张顺景在内心深处叹息了一声："这才是正确的思路哇⋯⋯"

不过，袁之梁已经认可先做地面试验了，A1产品也木已成舟，还能要求更多吗？

尽管在直升机型号上有着丰富的试验室试验和机上地面试验的经验，张顺景面对着眼前的A1，愣是想不清楚，到底这架飞行汽车的地面试验需要做什么。

当时跟袁之梁提及需要去做地面试验，完全是出于一个曾经的直升机副总师的本能。

然而，当他面临眼前这台汽车上面吊装着单旋翼螺旋桨的新事物时，有些无从下手。

"要不？我们测试一下起飞信号与螺旋桨的耦合关系？"叶晨小声建议道。

张顺景看了看叶晨，觉得他说得挺有道理。

按照这个思路去想，倒的确有一些试验可以去做。

于是，他把叶晨叫到跟前："那你稍微规划一下吧，说实话，面对这样一个产品，我也是外行。"

"嗯。"叶晨点了点头。他同时环视四周，感到一丝遗憾。贺瑾不在，自己的高光时刻失去了意义⋯⋯

没花几天时间，A1的地面试验便已经完成，真正的飞行试验时刻到来了。

袁之梁十分兴奋，他跟叶晨说道："我们先用自动驾驶，让A1开出机库，到了外面开阔的停机坪，再起飞。"

杨天插话道："为什么不能坐进去，把车开到外面呢？"

袁之梁瞪了他一眼："那样的话，怎么测试自动驾驶呢？"

"可是，真实场景下，也没法实现自动驾驶呀？你不是一直认为，汽车的完全自动驾驶比飞机更晚实现吗？为何自己骗自己？"

张顺景忍不住笑道："好啦，从这里到机库外面，也就是十来米的距离，不管是开车也好，自动驾驶也罢，有什么区别吗？阿梁想见识见识自动驾驶，就照做呗。再说了，小叶的自动驾驶算法也正好可以有机会小试牛刀，我们拍段视频，发给贺瑾看看，让她为她的迷弟而骄傲嘛。"

叶晨的脸又红了。

没有任何悬念，A1自动行驶到了机库外头，稳稳地停在停机坪上。

无论是袁之梁，还是张顺景，此刻的心都跳到了嗓子眼。

接下来才是见证奇迹的时刻。不，见证历史的时刻。

只见张顺景手持操控器，说道："我之前没有考过无人机的驾驶执照，不过，这两天通过网上的视频临时抱了抱佛脚。"

袁之梁鼓励道："干吧！大不了损失一辆车，我们有钱。"

有钱是没错，但也不能承受损失一辆汽车吧……好歹也是十几万元的成本。

不过，箭在弦上，不按不行，张顺景咬咬牙，按下了按钮。

只见A1的汽车顶上的单旋翼开始转动起来，转速越来越快，驱动的电机也发出"嘶嘶"的鸣叫声。

虽然这声音近距离地传入他的耳中，依然与噪声无异，但相比他曾经做过的直升机型号，音量已经衰减了许多。

他甚至怀疑：这么小的动静，能把这台几吨重的车带起来吗？

不过，他的怀疑是多余的。

只见汽车的轮胎开始往下沉，这就意味着整个车身正在垂直向上运动。继而，轮胎离开地面，伴随着车身一起，往天空中上升。

整个A1保持着一个较为稳定的态势，在与重力的抗争中取得了暂时性的胜利，整体离开地面，往天空飞去。

袁之梁屏住呼吸。

他紧张地盯着螺旋桨的状态，生怕它突然转速变慢，又或者与汽车的连接处发生松动。

好在这些情况都没有发生。

整个A1稳稳地上升到了3米左右的高度，让所有人都开始仰视它的存在。

袁之梁挥了挥手臂："别老是悬停，平移一下试试？"

张顺景同步操纵起来。只见A1开始往前缓缓飞去。尽管依然有些摇晃，但整体还算平稳。

袁之梁喊道："往左右平移试试！"

张顺景依旧照做。

A1再次成功完成了这短短几米的任务。

"好，降落！"

张顺景一愣："不测试在空中的自动驾驶了吗？"

"我没那么贪婪，先实现平稳降落再说！"袁之梁说。

张顺景心中竖了一个大拇指。"看来你还没丧失理性……"

于是，在张顺景稳稳的操控下，A1缓缓降落。

四个轮胎几乎同一时间沾地。整个车身先往下沉，然后才弹回正常的位置。螺旋桨则缓缓地停止了旋转。A1又重新安静地停泊在停机坪。

袁之梁十分兴奋，跳着向A1奔过去，先是绕着它转了一整圈，然后这里摸摸，那里瞧瞧，眼里满是喜爱。

张顺景长舒了一口气：总算顺利完成了……

这时，他感到一阵风袭来，往两旁一看，只见杨天和叶晨一左一右地扑了过来，将自己抱住。

"抱我干什么？去抱阿梁啊！"

"不，你的操控也很厉害，让我仔细瞧瞧你这双黄金手。"杨天夸张地抓起张顺景的两只手掌，瞪大眼睛近距离凑过去。

张顺景笑着甩了甩手："你恶不恶心？我怎么觉得你把我的手当成猪蹄了？"

叶晨乖巧地看着张顺景："晚上庆祝的时候，我要敬你的双手一杯酒。"

袁之梁这时候也走了过来，与张顺景击了击掌："老张，辛苦了，不容易呀。"

张顺景推开几乎要挂在自己身上的杨天和叶晨，说道："说实话，A1目前这个构型，都没有发挥出我能力的一半，太简单了。"

"简单的才是好的，不是吗?"

"我同意。接下来你有什么计划?"

"要去拜访拜访前期接触过的一些客户，开始签单。当然，在那之前，我们今晚好好庆祝庆祝，一醉方休!"

第13章
改变，彻底转型

　　袁之梁与杨天有些紧张，又有些期待地看着会议桌对面那个身材高大，不，肥胖的男人。

　　他们刚刚完成了A1产品的PPT介绍，还配上了最近在珠江机场首次试飞成功的视频与照片。

　　这是他们第一次如此正儿八经地进行客户路演活动。由于A1产品还未真正面世，仅仅是刚开始飞行试验而已，袁之梁没有招募专职的销售人员，他认为这个阶段，以自己为主，带上几个设计师便够了。

　　对于初创团队来说，创始人去亲自跑客户是天经地义的事情。

　　整个介绍过程中，对面的这个中年男人和他左右两边坐着的一对年轻男女都没有说话，也没有发问。

　　袁之梁让杨天主讲，自己则时不时观察对方的肢体语言和神态。

　　从那对年轻男女的脸上，他看到他们的眼神里充满新奇。但让潜在客户感到新奇，到底是不是好事，袁之梁拿不准。

　　而坐在中央的中年男人的表情却让他难以判断。

　　这个男人身形略胖，但眼睛却不大，难以窥见眼神里的内容。而且，他的表情管理得很好，看不出喜怒哀乐。

　　按理说，这样优秀的自我管理能力，不应该纵容自己的身材发展得如此失控。

袁之梁见对面的人并未马上开口，便问道："庞总，各位，请问你们有什么问题吗？南华通航是有着标杆意义的企业，也以敢为天下先在业内颇有口碑，我们都在广州，不知道有没有机会合作。"

庞雷这才调整调整坐姿，先是抿了抿嘴，然后转了转眼珠子，半天没有说话。

突然，他从口袋里掏出一包烟，问道："可以吗？"

袁之梁一愣，连忙回答："您请便。"

他没有料到，堂堂南华通航的总经理庞雷竟然如此不拘小节。

在羊城汽车的时候，他曾经在几次内部会议上遇到过领导抽烟，但绝大多数情况下，尤其是对外部的会议，这种情况一般不会发生。

不过，今天他们在客户的场地，对方两个小年轻都不吭声，难道自己还能阻止不成？

庞雷已经将香烟点燃，深深地吸了一口，然后吐出来。烟雾瞬间便充满了整个会议室。

袁之梁忍住了咳嗽的冲动。

庞雷这才慢条斯理地问道："你们这是什么玩意儿？飞机不像飞机，汽车不像汽车，告诉我，它的运营场景在哪儿？我们运营了几十年的飞机，各种型号都玩过，我实在想不出来答案。"

袁之梁一愣，感到脸上有些发热。

他没想到，庞雷竟然如此单刀直入。

杨天的脸色也变得煞白。

不过，袁之梁并没有被这个下马威给吓倒，他迅速组织语言，微微一笑："庞总，运营场景其实挺多的。用户可以驾驶着它到一些开阔地带，比如旅游景点、草原、戈壁等，然后起飞，开展空中观光和飞行体验活动；另外，贵公司也可以组织一批车队，专门用来实现城市间通勤，城市之内可以走地面，出城后直接起飞，这样一来，从深圳到珠海的通勤时间可以大幅降低……"

"走地面？"袁之梁还未说完，庞雷便打断了他，"你们这一看就是改装车，交警会让你们上路？本来飞起来就要提申请，现在在地上开还要提一次申请，而且申请的主管单位还不同，这些行政成本你们考虑过没有？"

这时，他身边的年轻男女都忍不住笑出声来。这笑声不大，侮辱性却极强。

袁之梁觉得这并非笑声，而是在自己脸上反复扇过的巴掌。他感到脸上青一道，紫一道。

杨天的好胜心被庞雷给激了起来，辩解道："庞总，我觉得我们应该以发展的眼光看问题。以前是没有飞行汽车这个东西，所以自然会被交警认为是改装车，可一旦我们的产品进入量产，开始广泛交付了，我相信，交警部门会与时俱进地推动一些豁免的。"

"以发展的眼光看问题……"庞雷眯了眯眼，"我告诉你，对于交警来说，最大的诉求是什么？是提高交通效率吗？不是，是要确保交通安全，确保交通秩序，OK？你们这车，螺旋桨如此锋利，正好对准人的胸口以及往上的高度，无论是脑袋还是脖子，都是性命攸关的地方，万一不小心失控了，岂不是把公路两旁变成斩首现场？"

"我们没有必要在闹市区运营的，这也不是我们的本意……"袁之梁也反应过来，接过杨天的话茬儿，"我们主要服务的还是城市间通勤和个人去人迹罕至区域的飞行体验。"

"那为什么要脱了裤子放屁？不能直接起飞呢？非要先在路上开一段？图什么？"

袁之梁觉得一股火气涌了上来。

A1是他的孩子，他的心血，他不允许别人如此诋毁和看轻它，哪怕是客户也不行！

他提高了音量说道："庞总，我觉得，合作是看双方的匹配度和诚意，如果贵公司觉得我们的产品不适合你们的运营方向，我们完全可以不合作，没有必要说这么多难听的话。"

"嘿嘿……"庞雷第一次笑了出来，"你这个小子，还挺不禁讲……"

然后，他瞬间变脸，整张脸沉了下来："那我告诉你，做企业也好，做产品也罢，不是在家里玩过家家，一定要关注市场，关注客户的真实需求，否则，你们靠什么活下去？如果我没有猜错，你们现在跟很多类似的公司一样，都是靠融资活着吧？你以为投资人会一直傻下去？"

见袁之梁和杨天都没有言语，庞雷又吞吐了一口烟，然后说道："在你们离开之前,我再提醒你们下,要考虑清楚,自己的产品服务的是像我们这样B端客户,还是像你刚才说的,要体验飞行的那些有钱人和飞行爱好者,也就是C端客户。服务我们这两类客户的逻辑是截然不同的。你们想搞出一款产品,两头都占,不是说做不到,而是没有那么容易的事!"

很多创业公司在融到一笔资金之后,便会考虑将办公环境进行一些升级,要么搬到交通更方便的地方,要么将整个环境进行一些改造,从而能够吸引更多优秀的人才加盟。

安罗泰也不例外。

在贺瑾的张罗下,他们在A1完成首次飞行试验之前,便从此前烟火气十足的办公楼搬到了更加靠近市中心的这栋写字楼。

办公条件更好了,也更贵了。

毕竟,此前的办公室出自袁之梁父亲的赞助。

一分价格一分货,新的办公场地无论是空间面积还是档次,都提高了不少。

公司占据了一层楼的整整一个角落,总面积接近600平方米。走进大门,首先映入眼帘的是一道照壁般的LOGO墙,完美地挡住了整个办公区域,只留出右侧通道,通往办公区。

墙上刻有安罗泰的公司名称和A1的巨幅高清照片,右侧通道的一边从上到下挂满了公司这两年获得的各类资质和知识产权。

落地窗之外的几面墙上,点缀着员工的照片、公司发展历程中重大事件的照片以及几句超燃的口号,记录着公司成长的点点滴滴,也透露出家的温馨感。

每张办公桌上都摆放着宽屏显示屏与笔记本电脑,对应的每个工位都配备了人体工学椅和可调节高度的桌板。

最重要的是位于阳光晒不到的角落,开辟出一个简易的试验室,摆放着各类测试设备,设计师们可以在办公室完成很多试验,而无须每次都奔赴珠江机场的机库。

可以说,自从搬家之后,每次袁之梁进入这间新办公室,都感到浑身充满力量。

然而，这次，他和杨天却无精打采地走了进来。两人的情绪也如同被狂风吹散的蒲公英一般，撒满了整个办公区。

张顺景最先注意到两人的异样。

他知道两人今天上午去拜访南华通航，而此刻看到两人的表情和动作，大致猜出了结果。肯定不理想。

不过，他还是问道："情况怎么样？"

袁之梁麻木地看了他一眼，没有说话，只是自顾自地走进那间小会议室。

杨天也抿了抿嘴，微微叹了口气，走向自己的办公桌，把背包往桌上一扔，然后一屁股坐在椅子上，双手背过头顶，眉头紧皱，嘴巴噘起老高。

坐在旁边的叶晨小声问道："咋啦？怎么一副斗败了的公鸡模样？"

杨天没好气地回复道："我现在懒得说话。待会儿听阿梁说吧。"

叶晨知趣地闭上了嘴。

而张顺景则已经跟着袁之梁走进会议室。

他轻轻地把门关上，问道："不理想？"

袁之梁重重地叹了一口气："是的。"

张顺景内心深处其实是喜悦的。倒不是因为他没有主人翁精神，而是从第一天开始，他就不看好A1的产品构型，可是，他也知道袁之梁的脾气。

似乎除了在市场和客户那里碰一鼻子灰之外，没有别的方式可能让他回心转意。

张顺景表现得十分惋惜："南华通航不需要我们的产品？还是什么其他原因？"

袁之梁沉沉地靠在椅背上，抬头望着天花板，仿佛在自言自语："他们觉得我们的A1就是个笑话……可是，不接受也就罢了，为什么要说这么难听的话呢？"

张顺景内心狂喜："看起来，情况比我想象的还要惨哪……"

客户的反对声音越大，就越能逼袁之梁尽快放弃固执己见。毕竟创业团队船小好掉头。

但表面上，他却义愤填膺："这么过分吗？南华通航好歹也是一家大企业，怎么这么没素质！"

"别提了……他们那个叫庞雷的总经理，简直就是个混混！长得脑满肠肥，还在会议室里抽烟……我不光受气，连二手烟都抽饱了！"

张顺景强忍着自己的笑意，继续骂道："算了！不玩也罢！没事，客户那么多，我们换一家就好。"

袁之梁这才仔细盯着张顺景的眼神，问道："你真认为，换一家客户，就能接受我们的A1？"

张顺景继续着自己的表演："不试试怎么知道呢？不能因为一家客户的否认就觉得我们的产品本身有问题嘛！"

"可是，当初你不也认为A1的构型有问题吗？"

"当初是当初，但你作为创始人，认定的方向，我们当然全力支持。"

张顺景心里直呼侥幸："还好我反应够快……"

袁之梁这才将视线从张顺景脸上移开，微微地摇了摇头："不，冷静下来想想，那家伙其实话糙理不糙，虽然说了一些很难听的话，但他话里的意思，我其实还是听进去了。尤其是最后他关于B端和C端客户的提醒。"

张顺景真诚地盯着袁之梁："你真的这么想？"

"嗯，荔枝的外壳都是很糙的，而且丑陋不堪，但是剥掉之后，里面的果肉可还是让人受用的。"

张顺景没有再说话。会议室里陷入一片安静之中。

这间只能容纳三四个人开会的会议室里，此刻除了两人的呼吸声外，没有别的声音。

张顺景原本想再火上浇油一把，利用这个契机，让袁之梁彻底领悟过来。

但他发现，似乎保持现状，让袁之梁自己完成内心的发酵和蜕变，似乎更好。于是，他一副目光呆滞的模样，陪着袁之梁沉默。

袁之梁的内心十分挣扎。

刚才说出那番话，意味着，在潜意识层面，他已经认同了庞雷的观点。

可是，认同一个观点，和将它真正吞下肚子里去，消化掉，并且通过循环系统进入全身，进入大脑，成为自己真正的思想，并且指导后续的行动，依然有一段距离。

袁之梁此刻正在这个过程中艰难地爬行着。

从上学开始，到任职羊城汽车，然后到创办安罗泰，他其实并没有真正经历过信仰崩溃的时刻。

即便在羊城汽车的最后日子里，与直属上级在L5级自动驾驶问题上产生了巨大的分歧，他依然没有改变自己的观点，而且，直到今天，也没有改变。

事实上，他的观点即便是错的，也不会现在就得到证实，毕竟，距离2025年还有7年之久。

然而，对于A1构型的坚持，却实实在在地在南华通航被否决。

庞雷那肥胖的身躯像极了一堵墙，挡住了他的去路。而且，看上去似乎这堵墙的两侧没有活路。除了180度掉头，他没有别的选择。

可是，掉头意味着什么？自己的面子事小。

过去数月的投入、各种宣传所付出的努力，全部变成沉没成本。而团队也需要进行调整和重建，以适应一个新的方向。

更不要说自己面对投资人要如何解释了。

虽然投资人不至于撤资，但如此大的一个变化，会不会让投资人觉得自己能力不够？以至于进行下一轮融资的时候，难度指数级地增加呢？

毕竟投资人之间也是互通有无的。这次如果不是冯婕的介绍，他也不可能这么快地融到钱。

如果坚持现状，按照张顺景的建议，再去试试别的客户呢？

可能出现情况只有两种：一是南华通航是个特例，其他客户都能够接受；二是南华通航代表了绝大多数的客户，A1没有出路。

前者的概率微乎其微。他尽力让自己客观地去思考和判断，得出了这样的结论。

不知为何，此刻袁之梁的脑海中竟然蹦出了《陈涉世家》里的那句话：今亡亦死，举大计亦死，等死，死国可乎？

不，革别人的命很难，革自己的命更难。

袁之梁重重地呼吸着，将10根指头深深地插入自己的头发，紧紧抓住自己的头皮，使劲揉搓着。他的表情也变得无比痛苦。

张顺景静静地看着他，内心却再度雀跃起来。

"加油！加油！继续下去！"

会议室里的空气逐渐变得不安分起来，宁静之下，一股气息在涌动着。

终于，袁之梁抬起了头，眼光无比坚定，如同脉冲信号一般一字一句地吐出几个字："我们要改变。"

张顺景看着他，并未说话，而是用眼神询问着。

"是的，我们要改变，放弃A1构型，重新思考我们的产品形态，重新梳理我们应当服务个人客户，还是企业客户。"

张顺景眉毛一挑，这才说话："阿梁，这可不是一个小决定，之前我们干的几乎所有的事情，都要推倒重来。"

"正确的决定，永远不晚，如果再过半年，还是要推倒重来，不如今天就这样干。我们不能再浪费半年。"袁之梁的语气也充满了决绝。

张顺景心里乐开了花。

他控制住自己的情绪道："没问题，如以前一样，我支持你的决定。"

袁之梁从椅子上站起来，稍微活动了一下，笑着说："你不支持也不行，毕竟，我是创始人。"

张顺景觉得他已经恢复到了正常模样，不，已经完成了一次蜕变。

"你会更强的……安罗泰也会更强的……"

袁之梁打开会议室的门，满脸轻松地走了出去。

张顺景依旧站在会议室里，陷入沉思。

如果袁之梁真的决定重新设计产品构型，他必须要确保这次不能再出偏差了。想到这里，他提起白板笔，在白板上写画起来。

在进行A1的设计过程中，没有一天张顺景没憧憬过新的构型，随着市面上参与这个新兴行业的玩家越来越多，他也获得了很多输入。

现在，是时候将它们从自己的脑海深处找出来，沉淀下来。让它们重见天日。

不知道过了多久，张顺景还在专注地思考时，突然感到后面有动静，他回过头一看，只见办公室门口冒出两个脑袋。

杨天和叶晨正偷偷地躲在后面，瞧着白板上偷看。

"你们怎么跟做贼似的？"张顺景问道。

两人这才大大方方走了进来。

杨天说道："刚才阿梁已经跟我们宣布了他的决定。作为南华通航羞辱的亲历者，我举双手赞成。你知道吗？那个胖子的语气和表情，看我们仿佛是看傻子似的，如果你在现场，没准儿会跟他打起来，毕竟，这个型号也是你的心血。"

"我才不会跟他打起来，我会跟他击掌相庆……"

内心虽然这么想，张顺景还是耸了耸肩："为难你了，我们用下一款产品征服他们吧。"

叶晨怯生生地问道："我们下一款产品应该设计成什么样呢？"

张顺景调侃道："一定设计成你的自动驾驶算法不会被浪费的款式，我们所有的投入都可以浪费，但是你的不行。"

叶晨脸一红，说道："我也没那么重要，还是要按照产品的真实需求来。"

杨天补充道："不，你很重要，要是让你伤心了，你姐会找我们麻烦的，万一下个月工资不发了，我们找谁说理去？"

…………

江大春深吸了一口气，又使劲眨了眨眼，这才走进办公室。

孙秦远远看见了他，便十分默契地起身，向会议室走去。两人一前一后走进会议室，江大春反身将门关上。

"怎么样？跑这么一圈，合同或者协议上有什么突破吗？"孙秦关切地问道，"虽然我现在基本上所有时间都在为跟投资人打交道做准备，但如果需要我去见客户来锁定业务，随时告诉我。"

江大春面露难色："嗯……不是很乐观，这帮客户还是在打太极。口头上说得都挺好，但一旦谈到合同，尤其是希望合同里带金额，就有些为难。"

"明白了！可是，如果只是签署合作备忘录或者框架协议，不带任何意向金额，约束性又不够，对于融资的帮助和意义不大……"孙秦低下头，仿佛在自言自语。

他已经在进行BP的最后打磨，并且已经跟FA演练过两轮。

大家都觉得，什么都好，就是差点业务数据。

虽然说，这只是第一轮，也就是俗称的"天使轮"融资，未必需要真正的业务数据，但如果有，总归对于估值和与投资人谈判的底气更有助力。

而到目前为止，只有深圳那家客户真正签订了带金额的采购意向合同。

其实，这样的合同约束性也不足，当中有较为明确的条款来说明，采购金额都只是"意向"，并非"确认"。

所谓"意向"，就是可以随时取消掉而不需要负法律责任的。但即便如此，如果绝大多数客户都还不愿意签订的话，还是挺伤脑筋。

毕竟，他们的产品是飞行器，是飞机，如果客户真要看到FP100的产品面世，或者1：1的原理样机完成试飞，才愿意签合同的话，驰飞客在那之前已经不存在了。

孙秦再次抬起头，看着江大春："要不……带我把这些客户都跑一遍吧？看看是不是会扭转一些局面？"

"我觉得用处不大，因为我其实跟他们的主要负责人也都比较熟，也提过让你们碰个面聊聊，他们并没有表现出十分大的热情。"

"怎么会呢？我们跟他们无冤无仇，不至于拒绝见面吧？"

"当然不是拒绝见面，而是说，意义不大。当然，如果你非要坚持，我可以安排，没问题的。只不过，我怕耽误你宝贵的时间，毕竟这些客户分散在好些地方，如果要约他们的人，又不一定马上有空。等你也跑一圈下来，可能几个月都过去了。"

孙秦觉得江大春说的也有道理，并未再往深了去想，而是用手托着下巴，陷入了沉思。

这时候，江大春仿佛想到了什么似的，说道："对了！有件事我差点忘了，跟一家客户有关，他们有些条件，说如果我们满足的话，他们愿意签70架FP100的意向采购协议。"

70架！那可是亿元级别的生意呀！

孙秦两眼放光："这么好的事情，你怎么不早说！"

江大春双手一摊，无辜地说："他们的条件有些苛刻，我觉得很难答应，所以，原本打算晾他们一段时间，如果他们不让步，我们就不做了。"

"说来听听！另外，这是家什么背景的企业？叫什么名字？"

"好吧……叫朗逸科技集团，是一家私募股权控股的运营服务公司，成立才没几年，但在城际大巴运营上已经做得风生水起，目前正想实现天地一体化立体交通，想运营一些飞机，与地面业务互补。恰好我找到他们，他们对FP100的产品定位和构型都很满意，认为很符合他们进行城际运营的需要，所以才说希望先签个70架的意向。"

"嗯……那应该决策相对比较灵活。"

"对，肯定比国企或者外企灵活，但他们也有严谨的流程，还是挺正规的一家公司。"

"我之前没听说过。"

"是的，我之前也没有。毕竟我们都是在航空业，他们一直在搞汽车运营。"

"好吧，反正有需求就是好事，谁说搞汽车的不能来搞飞机呢？安罗泰不也发展得挺好吗？那他们的条件是什么？"

江大春听到这个问题，表情严肃地回答："很过分，你听了不要生气。"

孙秦的好奇心被完全调动起来了，问道："你倒是说呀，别老卖关子！"

"好的。他们的条件其实很简单，就是希望我们在签合同之前提供FP100的所有需求和设计文档。"

"什么？"孙秦双眼一瞪，脱口而出，"还有这么不知天高地厚的条件！他们一个搞交通运输的，要我们的需求和设计资料干什么？难道他们也想自己搞飞机？"

江大春双手一摊："你看……这可是你让我说的，是不是很过分？我也没想通他们要这些东西干什么。"

"那就算了，没得谈！"

"嗯，我原本也是这么想的，所以都没告诉你，觉得你肯定不会答应。但刚才既然你如此看重带金额的合同，我才又想来了说说。"说罢，江大春抿了抿嘴，表示遗憾。

孙秦咬了咬牙，心里矛盾又犹豫。

他目前正好面临着融资的关键时刻，而FA告诉他，如果没有采购意向，或者采购意向过少，对于估值十分不利，并且很可能要花很长时间才能融到钱。

而对于驰飞客来说，最耗不起的就是时间。因为他们没有一分钱收入，却每天都在花钱。

如同一个正在缓慢失血的人，如果没有输血，就只能眼睁睁看着自己生命进入倒计时。

这时候如果真能够签订一份价值上亿元的采购意向，何愁融资不成？

见孙秦没有说话，江大春试探地问道："我突然想到一个主意，不知道行不行……"

"说吧，你今天怎么回事？老是扭扭捏捏的！"

在孙秦的追问下，江大春说道："我们就满足他们这个条件，向他们提供FP100的需求和设计，但是在采购意向合同当中，对于这些知识产权归属和保密等关键条款进行严格的约定。这样一来，至少从法律上，我们受到很充分的保护。而说实话，基于我对他们的了解，他们压根就没有研发能力，即便拿到我们的数据，也无用武之地。他们之所以找我们要，还是因为一个习惯使然——他们目前运营的车辆全是凯乐的，据说凯乐也提供了汽车的设计资料。"

"凯乐汽车？就是那个国产新能源厂商？"

"对的。电动汽车厂商好像开放度确实比传统车企要高。而且，他们朗逸运营凯乐汽车这些年，也没见他们自己设计一款车型出来。我觉得，他们应该没那么傻，毕竟，无论是研制汽车，还是研制飞机，所需要的都不是一笔小钱。"

孙秦眉头紧锁。

江大春则继续说道："另外，我们的FP100设计，根据我的理解，目前其实还远未定型，以后还有很多更改，把目前这样一种不成熟的设计交给他们，而且在交付前甚至再做些裁剪——我估计他们也看不出来，这样一来，他们拿到的，就是一套没什么太大用处的东西。事实上，他们估计也不会真看，这只是为了满足他们的心理安全感和公司习惯罢了。"

孙秦微微点了点头："嗯……如果照你这么说，其实，对于我们的风险应该可控，但却能够带来我们一份急需的合同，来支持我们生存下去……"

不过，他又补充道："先别急着给他们回复，虽然你提了一个很好的思路，但我们还是需要充分地内部碰撞碰撞，让李翔也参与进来。如果我们仨经过这几天的反复权衡，都认为这件事可以做，我们就做！"

"好的。"

"还有，即便我们下定了决心，对方也未必最终真愿意。毕竟，我们还要求他们在合同里塞一堆保密和知识产权归属条款呢。"

"关于这个，我是这么想的。如果他们没有异议，反而说明他们很坦荡，我们就可以更加放心地提供资料了。而相反，如果他们非常抗拒，那我们再回过头来讨论，到底要不要走出这一步。"

"嗯，我同意你的看法。"

千里之外。广州。

深夜，安罗泰的办公室里，只剩下开放办公区一片依然开着灯。

袁之梁摩挲着额头，然后将右手掌紧紧贴在那儿，撑住自己的头。

他右手手肘则支撑在身前的办公桌上，顶住全身的重量，左手在键盘上漫无目的地移动着。双眼盯着屏幕上那份数十页的PPT。

这是张顺景和团队经过好些天的调研和分析之后形成的。

他原本跟张顺景说："这次你们先充分论一论，我不给出我的任何想法，以免影响你们。你们论证的结论也不用搞得很正式，拿Word写就行了，别花时间去做PPT，搞得像面对投资人似的。总之，怎么快怎么来，我们是内部交流，形式不重要。结论弄好之后先发给我看看，消化消化，然后我们再讨论，高效开会，迅速敲定。"

但张顺景回答："我不擅长在Word文档上写长篇大论，还是用PPT吧，这样我只需要写关键词，然后把很多在白板上画的权衡图和设计直接拍照，粘贴进去就好。"

于是，便有了袁之梁眼前这份见过的最简陋的PPT。

PPT的模板是之前为了融资，他特意找人帮忙设计的，十分具有科技感，再配上精心准备的图表和文字之后，便成为精美的商业计划书。真是好马配好鞍。

但现在，看着那随意的字体颜色和不协调的字体类型，以及到处粘贴的照片，袁之梁感觉就像是去一个高档小区看样板房，本应是精装，却看到了毛坯，关键是，还毛坯得不彻底，水泥墙上挂满了各种粗制滥造，却被开发商认为是十分有品位的画。

不过，想到这一切都出自自己的要求，他也就释然了。

只是，要把那照片里五花八门的线条和潦草的字迹看清楚，不是一件容易的事情。

每读完几页,他就觉得双眼发晕,只得稍微靠在桌上休息一会儿。

"如果这样做,为他们每个人节约了一天时间,只是让我稍微多花一个晚上去读,整体来看,效率还是高的……"

袁之梁就保持这样一种读几页,休息两分钟的节奏,总算把整份材料读完。

在读到最后一页之前,他越读越感到不对劲,只在心中骂道:"这个老张,难道不会金字塔原理吗?结论先行多好?"

不过,最后一页才出现的结论,验证了他在过程当中的判断和预感。

"果然,他们建议不搞eVTOL了……"袁之梁叹了一口气,将头埋进双手之间,陷入了沉思。

在这几十页材料当中,张顺景从构型选择与权衡、市场前景、竞争态势和人才队伍建设等多个维度全面进行了分析。

袁之梁感到很满意,却又有些自责。

"这才是真正的CTO啊,不单单从技术本身去思考问题,而是综合考虑各个方面,不愧是做过直升机型号副总师的……如果,当初设计A1之前,我没有那么固执,而是听一听他的话,会不会情况不一样呢……"

经过几十页的论证,张顺景认为,安罗泰A1型号的失败,对于团队是一种打击,因此,在设计这款新产品的时候,需要考虑到对团队士气的影响。换言之,这次是背水一战,只许胜,不许败。

所以,新产品的构型不能过于复杂,技术难度不宜偏高。

而从客户群体的选择来看,也必须聚焦企业端,也就是B端,放弃B端和C端都能满足这种不切实际的念想。

还需要考虑市场的情况,时间已经进入2018年,整个eVTOL行业已经不再是两年前那样几乎无人关注,现在有不少企业都已经开始进入这个领域,很多'新玩家'还背靠大型企业,起点很高。

如果再研发一款全新的eVTOL,对于资金和时间的要求必将更高。

最重要的,还是人才队伍建设。

张顺景认为,目前安罗泰这个团队的能力,可能无法胜任eVTOL产品的研制,真正干过飞机型号的人太少,大多数人虽然都曾在各自领域有过光辉业绩,也有很积极的态度和优秀的学习能力,但毕竟隔行如隔山。

"我们应该转型去做中大型工业无人机,服务于各大工业领域。相比eVTOL,无人机的技术难度更低,也没有适航要求,因为不需要坐人。目前,无人机这个赛道虽然也非常受关注,但主要玩家还聚集在小型甚至微型无人机,中大型无人机的市场前景非常广阔。

"如果我们在无人机领域取得了成功,可以将eVTOL作为我们的下一步发展方向,因为,我们在无人机研发过程当中的积累,都不会白费。"这是张顺景在材料最后一页写下的结论。

贺瑾推开会议室的门,然后姿态优雅地端进几杯咖啡与茶,眼中带笑地对会场里的人说道:"慢慢聊,喝完需要添加的话,随时叫我。"

说完,她轻轻地退出房间,在满是浓厚男人气息的这片封闭空间里留下一缕淡淡的清香。离开前她若无其事地扫了一眼坐在角落里的叶晨。

两人视线相碰,贺瑾的表情毫无波澜,叶晨则立刻脸红起来。叶晨顿时移开视线,往左右看去,见无人关注自己,心里松了一口气。

袁之梁喝了一口茶,看了看众人,说道:"老张,大家都辛苦了,你们的新产品论证材料我昨天晚上已经仔细读完,你们的工作做得很细。我先说结论:我支持你们的建议,我们马上转变方向,去搞工业中大型无人机产品。"

话语虽短,但所有人都感到为之一振。

大家都知道,袁之梁在南华通航碰了一鼻子灰之后,对于A1这款产品的构型已经放弃了执念,但他是否能够在短期内从这次打击中恢复过来,并且做出一个全新的决策,包括张顺景在内,大家都没有足够的信心。

现在看起来,袁之梁恢复得非常快。

张顺景问道:"还需要我们把材料给你快速过一遍吗?"他担心袁之梁并没有完全理解自己和团队的意思。

袁之梁摆了摆手:"不用了,我们快速决策。而且,你们的材料我看得很认真,每个细节都去做了验证,没必要再耽误大家时间了。这就是开会前把准备工作做足的好处。"

"那……我们去干活了?"

张顺景心想:"待会儿出去见到贺瑾,估计要被她埋怨了——'你们这么快就结束了?早知道我就不给你们准备茶水和咖啡啦!'"

"不,还有两个问题,我们需要讨论一下。"袁之梁说。

"哦?"张顺景心中一紧。他生怕自己的老板又冒出什么天马行空的念头。

"第一,这种无人机产品的目标客户是谁,你们想好了吗?或者,我问得再直白一点,启动客户找谁?"

经过上次被庞雷劈头盖脸地说教之后,袁之梁也更加认清一个事实。

自己怎么看待自己的产品不重要,客户如何看待才重要。

所以,这次再做新产品决策时,必须要把启动客户想清楚再行动。而材料当中虽然泛泛地分析了目标市场,却并未明确到具体客户。这在袁之梁看来,还是不够的。

就好比去外地出差,不能泛泛地说"我要去内蒙古""我要去陕西""我要去湖北"这样的话,因为这对买火车或者飞机票没有帮助,必须要精确到城市,甚至具体的火车站和机场,才能真正买到票。

张顺景赞许地看着袁之梁,点了点头:"好问题。虽然我们没往材料里面写,心里还是有数的。应该说,主要靠我的历史经验和关系,可以找到一些行业应用的运营商,让他们采购我们的无人机。我此前在干直升机的时候,与这样的企业也合作过。"

"好,那启动客户就靠你了。当然,你可以先牵个线,后续我们去跑没问题。毕竟,你还是要把更多精力放在产品研发上。"袁之梁得到了自己想要的答案。

"明白。那第二个问题是什么?"

"如果是造无人机,我们是一步到位上自动驾驶,还是分两步走,同时也研制无人机地面站?"

张顺景听到这个问题,不禁内心对袁之梁竖起大拇指。"这家伙学习和成长得挺快呀……跟着他干看来是不错的……"

他认为,几个月之前,袁之梁是决计提不出这样问题的。倒不是因为理解这件事很难,真正的障碍是压根不想去理解。

再弱小,再落后,只要愿意学习,愿意成长,总归有一天能够变强,变先进，只剩下时间问题。

而再厉害，再强大，只要故步自封，总认为老子天下第一，拒绝学习和了解新事物，迟早也会被历史潮流抛下。

张顺景实诚地回答道："自动驾驶并非我的专业领域，我就先班门弄斧吧……我觉得，还是跟使用场景有关。如果我们的客户拿我们的产品做固定线路的应用，那完全可以直接上自动驾驶，无人机的自动驾驶实现起来比汽车容易多了，我相信有你和叶晨在，一点问题都没有。"

"不要拍马屁，如果客户不拿我们的产品用于固定线路的应用，而是相反呢？"

"那我认为，地面站或者控制台肯定还是需要的，不仅如此，还需要操作员在地面进行操控。但是，无论我们是否研制地面站或者控制台，我觉得，这对无人机本身的基本构型没有影响，只不过，自动驾驶的版本和地面操纵的版本可以作为基本构型的两个衍生型。"

"嗯，跟我的理解差不多。"

这时候，叶晨扑闪着眼睛问道："那就是说，我们达成一致了？"

袁之梁看了他一眼，笑道："是的。"

"太好了！"

第14章
未卜的前途

从朗逸科技集团那豪华气派的总部大楼里走出来，孙秦觉得自己像是做梦一般。

他问身旁并排走着的江大春："你说，他们如果只是一家以立体交通为目标的运营商，为什么公司名字里要带'科技'两个字？"

江大春耸了耸肩："谁知道呢？这两年很多共享单车或者打车公司的名字不也带'科技'两字吗？或许这样显得公司科技含量更高？"

"说实话，我对于他们愿意接受我们对于意向采购合同的各种条款修改，还是挺意外的。一般来说，甲方不会如此好说话，更何况他们这样一家大企业。"

"他们的股东都是私募基金，所以，规模虽大，管理还是比较人性化的。"

"嗯……"孙秦一边说话，一边思考着。

与李翔一起商量后，三人都认为，可以采用组合方式去满足这家客户的要求。

一方面，将知识产权和保密条款补足，为此，孙秦还专门聘请了相关资深律师，拿到了建议的文本；另一方面，把FP100的需求和设计资料进行必要的裁剪，既把关键信息拿掉，又不至于看上去很残缺。

于是，江大春约了对方的负责人，两人今天上午一起来朗逸科技集团现场拜访。

孙秦原本准备好了费上一番口舌的心理准备，可没想到朗逸的副总经理和飞行运营业务负责人很好说话，对于合同增加条款的建议，照单全收，并且现场就表示：只要法务那边对于驰飞客提供的修改条款没有异议，他们可以更新条款，然后再签订意向采购合同。

当然，孙秦没有告诉他们，自己即将交付的FP100需求和设计资料是经过剪裁的。

一周的时间还未到，江大春便收到了朗逸科技集团发来的更新版合同条款。他立刻转发给了孙秦和李翔。

3人凑在一起，仔细地审读着这份价值上亿元的合同。

尽管只是采购意向而已。

Word版本的合同被对方律师修订了不少内容，一眼望去，全是用于标记修订痕迹的红线。

"这个叫redline版本……"江大春解释道，"基本上就是一个过程文件，充分体现了合同的修订记录。我们原来在韦霍公司的时候，经常采用这种方式。别看似乎被改得面目全非，但很多时候，对方律师为了体现工作量，会做一些无关紧要的变动，我们只要紧盯关键条款就好。"他怕孙秦和李翔从体制内出来，没见过这种方式，被吓到。

没想到两人异口同声地说："知道。我们以前跟国外供应商打过交道。"

三人先是一起快速看了一遍，然后花了大半天各自异步审议，到了晚上，又重新聚在一起，进行了终审。没有发现什么原则性问题。

最核心的知识产权和数据保密诉求已经被完整地体现在合同当中。而其他对方律师修改的细节，他们都接受了。

谈判嘛，总归要给别人留点面子，既要取，又要舍。如果我欲取之物偏偏你又舍得，那就是双赢的合作。

于是，江大春半夜将他们的意见放在邮件中回复了过去。

又过了两天，大清早，他收到了邮件和消息：

"没问题了，你们准备一份clean version，可以直接签字盖章了，一式四份，到时候一起寄给我们。"

所谓的clean version，直译是"清洁版"，事实上就是已经达成一致意见的终稿了。

江大春立刻弹跳起来,在办公室里喊道:"我们可以签合同啦!"

"太好了!"

"大春厉害!大春牛!"

办公室里洋溢着喜悦。

孙秦笑着对大家说道:"可惜今天李翔不在,但也不用等他了,中午我请大家喝咖啡。"

"好哇好哇!双喜临门!"

江大春则趁机问道:"那……我们是不是也要开始裁剪FP100的设计资料了?"

孙秦说:"是的,你提醒得对,估计他们肯定得收到之后才肯签字盖章,光我们完成这个流程没用。"

"那……要不让郭任来干这事儿?我感觉琦玉挺忙的。"江大春一副轻描淡写的表情。

目光没有去看向两人当中的任何一个。

孙秦则直接叫住了李琦玉:"琦玉,这两天忙吗?"

"忙,哪天不忙?"

"忙也没办法,你是搞整体的,对于机载系统更熟悉,FP100设计资料剪裁的事情,恐怕还是得你来做。"

李琦玉面露难色,但他看到孙秦那不容辩驳的眼神时,立刻抿了抿嘴,使劲点头说道:"那好,我抽空把这事儿干了。"

"嗯,记住,一定要把关键信息隐掉。"

"明白!"

孙秦这才扭头对江大春说:"就让琦玉干吧,能者多劳。当然,也不是说郭任不行,而是他更加专注于电机和电池,对于其他领域了解有限,我担心剪裁尺度把握不好,万一出现漏网之鱼就不好了。"

江大春点头:"当然,你定就好。"说完,余光迅速地往郭任方向扫了一眼。

这时候,郭任站了起来:"没问题,我都服从安排。如果琦玉忙不过来,我也可以支持他的,我们都是一个团队。"

孙秦也看了看郭任："是的，琦玉如果顾不过来，肯定需要你的协助。"

把工作都安排好之后，孙秦便开始一个一个地统计，午饭后每个人想喝什么。

一边等待大家在微信群里给他输入，他一边走到办公室的落地窗边，望向窗外。他尽力让自己的心情平静下来，但思潮却翻滚不止。

"马上就重启融资，正在需要一个大的意向采购合同的时候，它就适时出现了，而且还是基本以我们所希望的方式签订，这一切有些too good to be true，美好得不够真实……"

再次面对投资人的时候，孙秦的心态要平稳了许多。

无论是BP的编制，还是路演的准备，他发现自己要比第一次更有心得，也更加从容。

"果然第一次还是缺乏经验哪……"

再加上两份意向采购合同的加持，总金额接近2个亿，这一次的沟通要比上次顺利不少。

他才谈了不到5个投资人，便已经与一家叫倍池投资的上海本地投资人进入了TS[①]阶段。

企业获得投资人的TS之后，多半都能够顺利地完成与投资人的投资协议的签署。

在收到倍池投资签字的TS的时候，孙秦长舒了一口气。

"张总，感谢倍池的信任，接下来，我们建个微信群，后续尽快完成尽调和投资协议吧。"电话里，他向倍池资本的投资经理张先建议。

"孙总，没问题，我们既然决定投你们，后续的工作肯定会能快则快，争取尽快交割。"张先十分爽快。

孙秦觉得张先是自己到目前为止所接触到的最让他感到舒服的投资人。

在公司宣布了好消息之后，他难得按时回了一趟家，给罗园园烧了一桌菜。

---

① TS即Term Sheet，可以被认为是投资人的初步认可，类似于公司招聘时给求职者发放的Offer。编者注。

罗园园下班进门时，闻见满屋的菜香，看着餐桌上那几盘诱人的家常菜，不禁吞了吞口水。

小炒肉、榨菜香干、上汤娃娃菜，还有一条清蒸鲈鱼。

她放下手里的包，来到正在厨房里收拾灶台的孙秦身后，一把从后面抱住了他，双手环绕在他的腰上。

"今天是什么日子呀？怎么突然回来给我烧饭了？我还以为田螺姑娘走进现实了呢。"

"我这五大三粗的样子，是田螺姑娘吗？田螺莽夫差不多。"孙秦笑着回应。

他手上此刻沾满了油，没法去抚摸或者拥抱自己的妻子，只能悬在半空中。

"早知道你今天回来做饭，我就让爸妈把儿子送回来啦，他有多久没尝过你做的菜啦……"罗园园觉得挺遗憾。

"没事，儿子不在，咱们正好过二人世界，还可以稍微喝点。"

罗园园的好奇心更加旺盛，盯着孙秦追问："还要喝点？看来不是一般的喜事呀。"

孙秦一边往手掌里挤了几滴洗手液，使劲揉搓着双手，一边回答："我们第一轮正式融资的第一个TS总算拿到了，这算不算好事？"

"太好了！"罗园园靠在孙秦背上跳了起来。她由衷地为丈夫感到高兴。

毕竟，自己叔叔的钱只能救个急，不能成为主力。

她从孙秦腰间抽回双手，走到与孙秦肩并肩的位置，帮着他一起收拾起灶台来。她知道孙秦的习惯，烧完饭菜后，总是喜欢先把灶台清理干净再享用美食。

据他自己的说法，这是趁热打铁，否则等吃完后再打扫，油污都冷却沉淀了，更难清理干净。

两个人的效率自然要快很多，他们三下五除二便完成了灶台的清理，将手洗得干干净净，坐回到餐桌边。

孙秦顺手从冰箱里拿出两罐啤酒，递给罗园园一罐。

"好吧，今天我就陪你喝一杯。"

她平时并不喝酒，尤其是在公务场合中，一直滴酒不沾，无论外面的人怎么劝。但是在家里,她有时候会陪孙秦稍微喝一点啤酒,应应景。

"啪"的一声,两人都打开易拉罐,各自倒入透明的玻璃杯。杯中呈现出好看的深黄色,最上层微微弥漫着一层乳白色的泡沫。

"干杯!感谢老婆一直以来的支持!"孙秦举杯。

"恭喜孙总,拿到第一个TS!"罗园园眨了眨眼。

两人碰杯之后,各自喝了一口,便开始大快朵颐。

"也算是缘分到了吧,这次这个倍池资本我就感到挺投缘,整个过程的沟通都挺顺利,尤其是他们那个跟我接口的投资经理,叫张先,比我还年轻两岁,但待人接物非常到位,而且学习能力和反应能力极强。"

"我觉得吧……"罗园园笑道,"投资人其实都大同小异,他们当然有很多臭毛病,但无疑每个人的履历都是很过硬的,也都是人中龙凤。之所以你这次觉得他们好打交道了,是因为你的心态发生了变化。"

孙秦一愣,抿了一口酒,说道:"哦?那你说说,我的心态发生了怎样的变化?"

"很明显呀,上次你对投资人的态度是什么呢?既期待合作,又抵触轻视,十分矛盾,所以容易受他们一些行为的影响,而放大你这种矛盾心态当中负面的那一半,不免也让你自己的动作变形。"

"不愧是我们家罗小姐,分析得很有道理。"

"要死了,都中年妇女了,还罗小姐。"

"这是一种爱称,跟年龄没关系。再说了,你这么青春靓丽,谁敢说你是中年妇女我跟谁急!"

罗园园假装要打孙秦:"少来这套!只不过刚拿了TS而已,路还远着呢。什么时候公司上市了,再跟我满嘴跑火车吧。"

孙秦顿时感到一股排山倒海的压力往肩膀处挤压过来。

"上市……我都没想这么远呢,还是稳扎稳打,嘿嘿。"他只能用笑声驱赶这种压力。

罗园园也笑道:"不要有压力哦,我毕竟不是投资人。不过,我可比投资人操心多了。"

"那是,那是,还要多谢罗小姐担起家庭重担。"孙秦举杯敬酒。

就在两人吃喝正酣的时候,孙秦的手机急促地响了起来。

他原本不想去理会，毕竟难得有时间可以跟罗园园过一过二人世界。

而他也一般很少在这个点接到正经的工作电话，毕竟目前他们业务还不算繁忙。大概率是骚扰电话。

可罗园园眼尖，远远便扫见来电显示上是一个名字，而并非一串电话号码：李琦玉。

"李琦玉的电话，他好像是你们那个骨干设计师吧？你要不还是接起来吧。"

孙秦这才放下筷子。

李琦玉很少直接给他打电话，两人虽然交流很密切，但基本上都在办公室里解决问题，而工作时间以外有关产品设计的各种讨论，他也往往会选择留言的方式。

毕竟，站在产品设计的角度，没有什么事情是非得电话立刻沟通或者非得晚上讨论不可的，往往在微信里聊几句，双方各自思考沉淀一下，再经过一晚上的休息，养精蓄锐，第二天白天更容易做出高质量的决定。

孙秦有种不太好的预感。

孙秦抹了抹嘴，站起身，从桌上抓起手机，往卧室里走去。

他不想影响罗园园享用晚餐。因为第六感告诉他，李琦玉多半不会带来什么好消息。

果然，他刚刚把卧室门关上，划通电话，就听见听筒里传来李琦玉焦急的声音："郭任辞职了！"

短短五个字，却像惊雷一般，在孙秦脑海上空炸开，将他的思绪炸得波浪滔天。

就在这一瞬间，他的回忆之海被剧烈搅动，将很多已经沉寂在深处的念头卷了出来，抛到半空中，彼此碰撞着，形成一场淋漓的暴雨，将他从头到脚浇到无比清醒。

他眼前立刻浮现的，竟然是那张人畜无害的脸。

不过，他并没有马上把自己的想法——或者仅仅是猜测，与李琦玉分享，而是尽量控制住自己的情绪，问道："什么时候的事？因为什么原因？"

如果按照之前的安排，郭任应该是直接向他孙秦汇报的。但随着他开始聚焦在融资之上，前阵子做了临时性的调整，让郭任暂时先向李琦玉汇报，这样一来,很多决策就不需要到他这儿,可以将对FP100全尺寸样机研制工作的影响降至最低。

他不能让自己成为决策的瓶颈,毕竟现阶段,孙秦相信李琦玉不会犯什么大的设计错误。更何况,万一他拿不准,肯定会找自己的。

"就在刚才,半个小时之前,不过现在他已经离开了,所以我赶紧给你打电话。我们刚刚一起加班完毕,把需要给朗逸科技集团的FP100的需求和设计资料剪裁好……"

"然后他就立刻提辞职了?"孙秦打断了他。

"是的……他说他原本更早的时候就想走,但没想到临时被分配了这个任务,而且看起来对公司又很重要,毕竟影响我们的融资,所以就推迟了几天,直到把这件事情干完。"

李琦玉又感叹道:"没想到他还挺有职业精神的。"

听到这句话,孙秦的眉头猛地一皱。

有地方不对劲!

他隐约之间感觉到李琦玉这个说法与他的记忆似乎有出入。虽然想不起来两者的差异点到底是什么,他就是觉得有问题。不过,他并没有向李琦玉提出自己的疑问。在他完全把事情捋清楚之前,不宜扩大影响。

"那么,他辞职的原因呢?你问了吗?"孙秦知道这个问题问了多半也等于白问。

一般情况下,没有人会真正将辞职原因告诉前东家。

有人曾总结过,辞职无非两个原因:一个是心累,老板或者同事三观不合,气场不对;另一个则是钱没给到位。

但真正面对前东家时,大多数的人不会这样直截了当地表达自己的辞职动机。

最后,往往就变成一些不痛不痒的借口:

"家住得太远,每天通勤要两个小时,一开始我以为自己能坚持,现在发现实在坚持不下去了……量变引起了质变。"

"父母/老婆生病了,小孩需要人照顾,我先离开休息一段时间,照顾照顾家里,然后再出来找工作,到时候如果你们还需要我,我们再续前缘。"

与其说孙秦好奇郭任的离职原因,不如说,他关注李琦玉是否问了这个问题。毕竟，团队还是要扩张的，李琦玉如果未来能成为一个合格的管理者，这些细节都需要考虑到。说不说是别人的事，问不问是自己的事。

"问了，他说得还挺诚恳的，说以前一个领导创业了，召他过去入伙。他还说那个老领导曾经对他有知遇之恩，所以没法拒绝。"

"老领导……"孙秦重复着念叨着三个字，然后问道，"你知道郭任是江大春介绍来的对吧？"

"我知道，所以我刚才也已经跟大春联系了，希望他可以劝劝郭任留下来。"

"哦？大春怎么说？"

"他说他尽全力。"

孙秦眼里闪过一丝寒光。

"你要不要也去跟郭任聊聊？包括李翔，如果你们仨都出马，没准儿真能留住他。我反正已经好话说尽了，但没什么效果……"李琦玉建议道。

"你觉得他不可或缺？"

"倒也没那么夸张……只不过，我们现在进度压力很紧，他又是个熟手，而且总体来看，是从航空业的公司出来的，虽然他之前在韦霍公司干的并非正儿八经的飞机设计，只是电机业务，但没吃过猪肉，好歹也看过猪跑。他如果真流失了，我们一时半会儿还真找不到这样一个人。"

"好的，我知道了。我会跟李翔也聊聊，我们都想想办法。你这边还是做好两手准备，记住，如果他去意已决，那也就天要下雨，不用儿女情长，从今晚开始，你就要注意控制他对于我们核心数据的访问权限了。"

"明白！"

挂掉电话，孙秦并没有立刻走出卧室，而是一屁股坐在床边的装饰地毯上，靠着窗沿，仔细思考。

在黑暗中，他让自己在思绪的迷宫当中不断穿行，而逐渐地，通往出口的路线开始变得清晰。

"显然，郭任对琦玉说的都是鬼话！裁剪FP100的需求和设计资料给朗逸这个任务，根本不是'分配'给他的，而是他自己毛遂自荐领取的……"

孙秦回忆着那天发生的事情。

他直接将这项工作安排给了李琦玉，而后者因为工作忙碌，在稍作推托之后，才承担下来。

就在那个时候，是郭任自己跳出来表态说可以支持，然后李琦玉也顺便接受了他的好意。

李琦玉忙得天昏地暗的，已经忘却了这些细节。但是孙秦可记得很清楚。因为，他在心底始终对郭任和他的介绍人不能完全放心。

不过，在这个敏感的时刻，他不能让自己的直觉左右，担心自己的想法有些过于武断。他决定找人商量一下。

于是，孙秦拨通了另外一个号码。

李翔又在阳台上抽完一根烟。

这是他这一轮缓解尼古丁成瘾症状的第三根烟。

他深呼吸了一口气，让烟雾与自己的呼吸道融为一体。整个人都在那种周期性的满足当中微微战栗。

手机急促地响起。

他浑身都抖动了一下。一看是孙秦的电话，他不敢怠慢，立刻返身走进屋内，迅速接通。

"没在约会吧？"孙秦问。

"哼，都创业了哪还有时间约会？要有人看得上我，在研究院的时候我就脱单了好吗？"

"不要自暴自弃嘛……下回我给你介绍一个肤白貌美的。"

"你这话都说了八百遍了！当初忽悠我出来跟你一起创业的时候就拿出来用过……有啥事？直说吧！"

"好吧，李琦玉刚才给我电话，说郭任辞职了。"

"啊？"李翔这时才完全从刚才那种调侃的情绪中脱离出来。他怀疑自己听错了，"郭任？离职了？"

"是的，辞职了，就在半个小时以前。"

"真伤脑筋哪，虽然他离开没有李琦玉带来的伤害大，也好歹是我们最早的两个骨干设计师之一……李琦玉挽留了吗？"

"挽留了，但说没有用。"

"他是大春介绍来的，不知道大春出马会不会有用。"

"琦玉说已经跟大春说过了，大春也答应帮忙。"

"嗯……如果大春出马也不顶用，只能靠我们俩了。当然，如果大春也不顶用，我们估计也改变不了他的主意，但姿态还是要做足的。"

孙秦见李翔主动提到了江大春，觉得是时候说出自己的想法了。面对李翔，他没有什么可隐藏的。

毕竟，这才是开始就抛开一切跟自己从零开干的兄弟。

"说到底，大春当初是你介绍过来的，对吧？"孙秦问道。

"是呀，怎么了？突然提到他？"李翔双眼圆瞪，突然意识到了为何孙秦要提到江大春。

他试探性地问道："你是怀疑，大春跟郭任的离职有关？"

孙秦笑了笑："你真是冰雪聪明。"

"不敢当，只不过，你的问题太有倾向性。"

"你怎么看？"

李翔右手握住手机，将左手食指放在鼻子前面，那是他习惯用来抽烟的手指。还残留着烟草味道。

他使劲闻了闻，然后思考了一下，回答道："我说不好……毕竟他是我推荐而来的，但其实推荐他之前，我对他的了解并不算深，或者说，推荐他那个时候，我觉得自己已经很了解他了，但相处之后，越来越发现他深不可测。所以，如果从统计学角度来看，我认为，大春有跟郭任勾结的可能，而且概率还不小。"

孙秦笑着骂道："你是当律师的？一句简单的回答就能概括的事情，非得拐弯抹角说这么多？"

"嘿嘿，那好吧，我觉得，你的直觉是很有可能的。"

"好吧，如果真是这样，情况就很棘手了。如果两人真的勾结，对于我们会是很大的损失，我们的客户关系，以及FP100的设计资料，都会轻而易举地落入他们手里，甚至，他们都有可能另起炉灶，再搞一家eVTOL企业跟我们竞争……"

李翔听完，不住地点头："你要这样说，我们之前的很多细节就可以串起来了。为什么南华通航他一直没有跟人家签书面协议，就是因为一旦签了，就变成驰飞客的客户，而不是他江大春的了。虽然意向采购协议也不是什么大不了的合同，但至少能给我们去做市场宣传和融资帮不少忙，他不愿意推进，说明他一直将南华通航作为他个人的客户。这是为他自己留后路呢。"

"在跟你说这些话之前，我在内心反复问自己，我的推测到底是不是有依据的？会不会只是捕风捉影，疑神疑鬼？但是，我像放电影一样回忆我们与他相处的点滴，不得不说，我跟你的感受一样，看不透他。然而，我们去判断一个人，不能听他怎么说，只能看他怎么做。他的行动，很多时候，还是有迹可循：他没有把我们当成他真正的事业搭档，或者说，他一开始没有这样的想法，但逐渐心思活络起来，想自己单干了。"

李翔建议道："如果我们都这样判断，那接下来就是要进行风险管控了。首先，不能打草惊蛇，还是需要推动江大春去说服郭任留下来。"

"是的，毕竟这都是我们的猜测——而且，我真心希望是我们多虑了，只要他一天不主动提出要走，我们不会赶他走，而是还会如同以前一样，对他保持开放，并且尽量把他往回拉。"

听到这话，李翔问道："你玩过《星际争霸2》这个游戏吗？"

孙秦一愣："没有……怎么突然说这个？"

"这个游戏是很经典的即时战略游戏，可以说是世界上难度最高的游戏之一了。游戏里有三个种族：人族、虫族和神族。神族有一个初级兵种，叫作'使徒'，它有一种很特殊的技能，可以释放一个幻象分身，并在一小段时间后瞬间传送到分身的位置，但是，如果你不想传送了，可以随时取消。同时，在分身被释放的时间内，你的本体依然可以自由活动，未必需要与分身的前进方向保持一致，甚至可以往相反的方向行进。"

孙秦听完介绍，眉头微蹙，仔细想了想，明白了李翔的用意。

"你是说，我们现在的策略就如同这个叫'使徒'的兵种，一方面，释放我们的善意给大春，观察他一段时间，如果他的表现证明我们多虑了，我们就立刻'传送'到他身边，与他并肩作战，同时，在善意发送给大春的时候，我们该做的风险应对措施也得同步准备起来，万一善意无效，我们就得随时启动应对措施。"

"你也很冰雪聪明。"

"行吧……那我们讨论讨论，有哪些风险，又应当如何应对。"

"你稍微等等，我去阳台上抽根烟。感觉我们待会儿的讨论会比较烧脑，我提前储备一下。"李翔知道，今晚会是一个不眠之夜。

有的疼痛，只在产生那一瞬间，让人撕心裂肺，此后，便逐步好转和缓解。

而有的疼痛，在一开始的时候，并不会让人感到多难受，但随着时间的推移，却不断地叠加和生长，最终将那种痛感生根一般，深深地扎进心底，连呼吸都会感到扯动。

江大春的离开，给孙秦带来的痛楚，便是后者。

果然如孙秦和李翔所预料，就在郭任最后出现在驰飞客的那天后，江大春也提出了辞呈。

"我想去干点自己的事情，感谢你们俩把我当合伙人看待，我投入的那点钱，不急着拿回来，等你们渡过难关再说。加入创业团队就是投资，那些钱就当我继续投你们的，万一真亏了，也就亏了，至少比炒股票要靠谱一点。"

依旧是那副人畜无害的模样。让人看了都不忍心责怪。

的确，从明面上看，江大春做出这个决定没有任何问题。他兢兢业业地跑客户，获得了十几家客户的口头承诺，也完成了两家客户的书面意向合作协议。

他作为合伙人之一，从工作专注度、勤奋度和真金白银的投入来看，都没的说。

而现在他离开的时候，还主动提出之前投入的几十万元可以先不拿回去，也算是仁至义尽了。因为万一驰飞客这次融资不成功，现金流断裂只是早晚的事情，相当于他那几十万元的投资便打了水漂。

孙秦这才后悔，当初江大春加入的时候，没有与公司签订保竞知协议[①]。

从法理层面，他没有任何可以约束江大春的手段。

而至于道德层面？

这是商业世界，是真正的大海。大海里，什么样的动物都有。创业两年来，孙秦已经见惯了人情冷暖，世态炎凉。

[①] 即《保密协议》《竞业限制协议》《知识产权协议》三个协议的统称。编者注。

用他自己的话来说："我的心变得越来越硬。"

同学之间互相挖彼此公司墙脚的，表面客客气气说要合作背后却互相捅刀子的，承诺开展合作临门一脚又把弱势的合作方一脚踢开的，林林总总，各种情况，孙秦都有所耳闻。

现在，这样的情况降临到他头上了。

人在江湖飘，谁能不挨刀？

两人都尝试着从江大春口中套出他下一步的计划，尤其是李翔，毕竟江大春是他找来的。

但江大春一直都是一副不紧不慢的样子，没有给两人任何有意义的信息。

"先休息一段时间，养养身体，然后再看看吧。"

对于孙秦来说，这无疑是他创业以来最黑暗的时刻。

公司面临现金烧尽的风险却没有一分钱收入，产品的1:1样机还未研发出来，融资前景也凶吉未卜，现在，商务和技术骨干又先后离职。

尽管此时是盛夏时分，他却觉得每天如同被冰霜覆盖，在其他人看来，他的神情一直都冷峻而沉重，双眼也不时失去往日的神采，变得深邃而空洞。眉头，更是常常紧锁。

"你不能把内心的挣扎和痛苦写在脸上。"李翔将他叫到会议室里，"大家都受到大春和郭任离职的打击，所有人都可以愁眉苦脸，但你不能，相反，你还必须得装作若无其事，一切尽在掌握的样子。因为你是创始人。"

在这间会议室里，他们做出过无数个重要的决定。李翔深知，孙秦需要也必须立刻振作起来。

"你要知道，现在你的表情，你的神态，你的动作，都被大家看在眼里，你的一丝一毫的动摇和沮丧，都会被他们的瞳孔放大，然后在心底激起波澜。不是所有人都像我们两个如此笃信这个事业的，但是，他们每个人对于我们来说，都很重要。我们不能承担人员再度流失的后果了！"

"实在不行……你要是真的发现自己无法排解这种郁闷之情，跟我去抽抽烟，或许一切烦恼都没了……"

直到李翔说到这里，孙秦才瞪了他一眼："你别想拉我下水！抽烟我是肯定不会抽的！"

李翔乐了:"敢情我刚才说了这么多,你就只听进去抽烟?"

"谁说的?就不能让我好好想想吗?"

"有什么好想的?做就是了!这些天好几个人找到我,问对于未来你的打算到底是怎样的,我能怎么说?当然是给他们画饼,但是,我画得再好,也架不住你这副扑克脸给他们信心造成的伤害呀!"

孙秦咬咬牙:"你说的这些,我都明白。但是,知道和做到之间,有很大的鸿沟,否则王阳明干吗提出'知行合一'?"

"既然你知道,我现在就是在帮你做到哇,给你做心理建设不是?"

"你想想看,江大春跟我们,应该说还算是并肩作战、共同面对生死的战友吧?虽然他在的时候,我们之间多少有那么一点芥蒂,但我一直认为瑕不掩瑜……回忆起过去的点点滴滴,我们跟他一起经历的欢笑和泪水,我就觉得他的离开很残酷和讽刺……"

孙秦不想再压抑自己的感情。面对李翔,他可以充分地释放出来。

在说出这些话的时候,他觉得自己刚刚恢复一点的情绪又被撕裂,然后被抛入无尽的黑暗。

不过,他并没有流泪,他只是需要一个出口。

而这个出口处到底是否下雨,没有那么重要。

李翔静静地盯着他,没有说话。

不知道过了多久,孙秦的表情才逐渐平静下来,他深深地叹了一口气,然后抬起头,看着李翔,问道:"你觉得,是我们有哪些地方做得不够吗,才导致了他们的离去?"

他的语气已经不再如同刚才那样起伏,而是变得非常平和。这说明他的心态也在逐步稳定下来。

李翔想了想,说道:"我能想到最直接和明显的,就是当初我们换办公室之前,没有跟他商量。尽管这是一件小事,或许,在那件事之前,他已经将自己代入成为合伙人三巨头之一了,但那件事情发生后,他觉得自己始终是我们两人之下的存在,我们并未真正把他当成自己人,于是萌生了另起炉灶的念想,这个念想一旦种下,就只会慢慢发芽。尽管之后我们非常注意,但是裂痕已经发生,破镜难以重圆。"

与孙秦一样,他也反思过,到底自己有哪些地方做得不够到位,才导致江大春心灰意冷的。他也试图找出导致江大春"背叛"的根源。然而，无论他如何努力，都无法找到那个答案。

或许，这个答案永远无法获得。只能说，人心难测，不要考验人性。

听完李翔的话，孙秦点了点头，脸上的表情进一步变得平静与轻松。

"既然如此，我们就往前看吧，似乎也没有必要一直盯着地上打破的镜子自怨自艾。既然无法重圆，那就去买个新的。"

"就是这个道理。"

"说到这里，我感觉你的心似乎比我更大，你好像能够把这种郁闷的心情埋藏得更深哪。"

"毕竟我不是企业的法人嘛。"

"仅仅因为这个原因？"

"还有一个原因，你想知道吗？"

"当然想。"

"因为我抽烟哪，没有什么是一根香烟无法解决的，如果有，那就来两根。"

夏夜已至。

太阳落山后，微风中总算稍微带着些许凉意，悄悄掠过这上海浦东郊区的大街小巷，让人不经意间也感到一丝凉爽。

街边的树木在微风中轻轻摇曳，树叶发出沙沙的声响，仿佛在交流着彼此之间的秘密。

路灯下，树影斑驳，投在宽阔却有些高低起伏的路上，形成一片片深浅不一的阴影。远处偶尔传来几声蛙鸣，打破了夜晚的宁静，增添了几分生机。

街边刚刚建成的产业园区里，一共有十来幢办公楼，窗户里透射出来的灯光还只是星星点点，并未连成片。

其中一扇窗户后面，是一间不到100平方米的房间。两个男人正在里面踱步。

尽管桌椅等设施都已经摆好，他们并没有立刻坐下来。

其中一个长着张十分容易被别人信任的脸。

他在房间里走了几圈，满意地点点头："这里环境不错，装修得也还算舒适，明天早上等清洁工来搞个开荒清洁，我们就可以正式搬过来了。"

"大春，你选的这个地方还是不错的，虽然离市中心远了点，但园区政策好，我们楼下那片场地还空着，如果我们发展得好，以后可以租来当试验室，甚至可以搞一些小批量生产，一楼是可以接各种相关生产设施的。"

"当然，也考虑了我们俩的实际情况，我们反正也都住在浦东。只要不过江，怎么都不算远。"

"嗯，地方偏一点，停车倒是方便，而且收费也不高。我已经恨不得明天一早就过来设计我们自己的飞机构型了。"

"嗯，你就全权决定吧！当初我说如果我们创业，就让你当CTO，现在也算是兑现了我的诺言，就看你了。"

郭任点了点头："多谢江总！要不是你提醒我提前储备一些FP100的项目资料，恐怕我们这次起步也没那么快。"

"叫什么江总？我看大春就挺好。"

"好的，江总。"

"不过……我其实有时候心里还是过意不去，毕竟孙秦他们对我们不差。我们这么干，会不会有些过分？"

江大春眼里闪过一丝寒光，似笑非笑地看着郭任："当初要出来可是我们两人的共同决定，现在我们这边一切就绪，你后悔了？"

"怎么可能呢？"郭任连忙摆手，"我只是谈谈我的想法嘛。"

"你这属于宋襄公，妇人之仁！成不了霸业。"江大春说道，"首先，我们与他们没有签订任何竞业禁止或者竞业限制协议。最重要的是，FP100你也参与了很重要的设计，如果没有你，它不可能这么快出来，更何况电机和电池部分的经验，都是你提供的。如果一定要较真，说你贡献了多少比例，我觉得至少有50%。所以，他们没有任何立场责怪，甚至起诉我们，如果他们真无聊到这么做，也没有任何胜算。"

"50%？你觉得有这么高？还有气动和机载系统这些大头呢！"

"当然，eVTOL的核心就是电推进，没有电推进，它跟传统飞机，尤其是直升机，有什么区别？传统飞机也有气动和机载系统，但传统飞机有电推进吗？有分布式电机驱动吗？"

"好吧……你这么说，我就信了。"

"我们已经做出了这个决定，已经没有别的路可走，只能成功，不能失败。再设计我们自己的产品也好，打市场也罢，什么都不用顾忌。当然，如果以后碰到，大家都会维持表面的客气，没有必要跟他们把关系搞僵。我们可以不是朋友，但最好不要成为敌人。"

郭任点了点头。

江大春推开窗户，任由窗外的热气涌进屋内。

他点燃一根烟，吐了出去。然后回头用眼神问道："来一根？"

"不了。你慢慢抽，我去上个厕所。"郭任很知趣地离开。

他不抽烟，也不想吸二手烟。

江大春抬头望向天空，星星已经开始点缀夜幕。它们闪烁着微弱的光芒，像是细微的碎钻镶嵌在黑色的绸缎上。月亮挂在半空，散发出柔和的银白色光芒，为大地披上了一层朦胧的轻纱。

"果然在上海只有在乡下才能看见星星啊……"他使劲吸了一口气，鼻子里钻进来淡淡的花香。

今天的空气质量特别好，能见度很高，即便在夜里，他也能远远望见浦东市区方向的高楼林立。那里的霓虹灯闪烁。

"不要怪我……从第一天加入你们开始，我就没想过要一直寄人篱下的……市场很大，江湖很宽，相信你们会理解我的。未来，我们肯定还会碰面，到时候，就各自凭本事吧。"

当孙秦发现自己给张先的微信一下午都没有收到回复时，他开始觉得情况有点不妙。

在倍池资本给驰飞客发出TS之前，张先对于微信基本上是一小时之内必回复。哪怕有时候他暂时没空，也会先快速回复一句"收到"，并且告知孙秦，大概什么时候给出具体答复。

显然，情况发生了变故。孙秦感到一丝不安。

根据前人给他的经验，融资这件事，不到完成现金交割，也就是钱打到银行账户里，都不算成功。从TS到现金交割之间，可能发生各种意外：

双方对于正式投资协议（SPA）的条款没谈拢。

被投企业没有通过投资人发起的法务、财务和业务尽职调查。

投资人的LP临时撤资。

投资人临时更换投资方向。

……

只有想不到的，没有发生不了的。

孙秦不敢掉以轻心，现在公司每天都在花钱，却没有一分钱进账，而银行账户里剩余的现金已经不多了。

终于在晚上10点孙秦联系上了张先。而这已经是他拨打的第五个电话。

他原本打算，如果今晚再联系不上，明天一早就去倍池投资办公室找人了。毕竟，倍池资本也在上海。

电话里，张先的声音有些疲惫："孙总，不好意思，今天忙了一整天，实在顾不上回复您的微信和电话。"

"没关系，我们理解。只不过，我想了解一下，咱们的尽职调查什么时候可以开始？我们已经全部准备好了，随时欢迎过来。"

孙秦没有刻意去强调现金交割速度此刻对他和驰飞客的重要性，但是，字里行间无不充满着这个期待。

张先显然也领会到了孙秦的言外之意："孙总放心，我们尽快过来，主要是法务尽调那块我们还需要跟外部合作的律师事务所协调他们的时间，财务和业务尽调相对简单一点，由我们公司内部的团队就能完成。"

"好的，那就拜托张总，方便给个大致的开始时间吗？"

"这个很难说呀……"张先的语气十分谨慎，"主要还是看律师事务所的时间。我们有长期合作的律所，但在他们的业务当中，给驰飞客做尽调只是小得不能再小的业务，根本不在他们的优先级上，所以，我们有时候也没法掌控。"

"那……我们在等他们的时候，能否把SPA的文本也同步准备和讨论起来呢？"

"SPA的文本也得律所来做……这样，孙总，我理解您的心情，几乎所有的创始人在拿到TS之后都会急着想完成SPA签订和交割，我们也是一样的，我们没有必要签TS玩，所以，这一点请您放心，我们一定全力往前推进。"

"非常感谢您的表态。只不过，我还是想强调一下，我们目前已经有了一个多亿人民币的意向订单，而为了完成对客户的承诺，将我们的FP100真正交付，倍池资本的投资非常重要，这不但对于我们，对于你们也一样，你们投资的，是一个新兴赛道里的领头羊企业。"孙秦仍然在争取获得一些更加定量的承诺。

"全力推进""尽力而为""尽一切手段"诸如此类的话，乍一看显得诚意十足，但孙秦在市场中待久了，便知道，它们往往就是个安慰剂而已。

只有定量的承诺，约束力才更强，比如"下周五之前""明天早上10点前"。

张先在电话里沉默了一阵，然后有些试探性地问道："关于'新兴赛道里的领头羊企业'这个说法，孙总能够再讲细一点吗？为什么你们是领头羊？"

孙秦顿时心中"咯噔"一下。

在倍池资本发TS之前的沟通当中，张先已经十分认可自己对于驰飞客的定位。现在，他却仿佛一无所知的样子。

只有两种可能性。

第一，张先失忆了，或者，此刻接电话的不是张先本人。显然，这是不可能的，他们身处现实，而非科幻世界。

所以，只有一个可能性，那就是：张先和倍池资本已经不再认为驰飞客是这样一个新兴行业的领头羊。

要么，他们做了更加细致的调查和分析，找到了驰飞客的短板。

要么，他们遇到了一个比驰飞客更强的团队，至少他们自己如此认为。

后者显然是很糟糕的情况。

因为，投资机构的资金是有限的，不可能分散投两家或者多家。

孙秦不至于自负到认为，全国只有驰飞客一家eVTOL创业公司，事实上，他知道，这个创业方向已经越来越受到关注。

但是，像他和李翔那样，从航空工业里科班出身，并且都干过真正飞机型号的创业者，并没有那么多。

他不认为，事情巧到自己刚与倍池投资签了TS，就冒出来另外一家强有力的竞争者。

孙秦的脑海中再次浮现出江大春和郭任的面孔。

难道是他们？

不过，在一切都弄清楚之前，他必须保持绝对的情绪稳定。于是，他耐心地在电话里将此前与张先说过的那一套理由再次讲了一遍。

"……张总，基本上就是这些原因吧，我们还是非常有信心的。放眼全国，像我们这个团队那样，干过真实飞机型号并且取到适航证的人本来就很少，出来创业干eVTOL的则更少。更何况，我们的产品还未出来，便已经获得一个多亿，不，事实上，是近两个亿的意向采购订单，这也应该是首屈一指的。"

"嗯……"张先不置可否地在电话那头简单回应了一下，而后停顿了片刻，才回复道，"孙总，没问题，放心吧，尽调和SPA的启动工作，我们尽快开始。"

听他的语气，似乎要结束这次电话。孙秦这次并没有再拖延下去，他觉得已经没有意义。两人互道再见。

孙秦陷入了沉思当中。

根据与张先非常有限的交流，孙秦其实挺认可这个投资人。张先最让他感到舒服的一点，就是相比此前他所遇到的那些人，不端着，不居高临下，有话直说，能办，则迅速往前推进，不能办，也及时告知。

这样的沟通，才使得他们的进展非常快。

但今天，他才深刻地意识到，张先与此前自己所遇上的那些投资人，并没有本质上的不同。说白了，当投资人对你有意向时，一切都会很顺畅。

而如果他们存在顾虑时，便会采用各种方式来进行铺垫，让被投企业做好充分的心理准备。这样，在直接或间接获知"没被投资人看上"或"你不值这个价"这一苦果时，可以更容易地咽下去。

这些铺垫的手段，可以是沟通当中时通过自己光鲜的学历和投资经历背景自抬身价，可以是各种角度刁钻的问题，也可以是拖延应付的交流。

不主动，不拒绝，不负责，像极了恋爱游戏中的渣男渣女们。

当他认识到这一点的时候，心情反而平静了。稍微调整了几分钟心情，他拨通了李翔的电话。

"做好准备，倍池投资很可能不投我们了。"孙秦这句简短的话在李翔耳蜗里掀起了风暴。

李翔有些控制不住自己的情绪,骂道:"TS都签了,这么儿戏吗?什么倍池投资?我看是Bitch投资!"

两人又在电话里宣泄了几句,直到孙秦终于完全冷静下来。

他首先止住了李翔:"我们骂娘也好,不爽也罢,都改变不了倍池投资的现状。另外,这只是我今晚跟张先沟通完之后的直觉,真实情况未必有那么遭。不过,从风险应对的角度来看,我们需要往前看,尽快想想采取什么措施。"

听完孙秦这句话,李翔的情绪也迅速回调。

"嗯,的确如此,刚才有点冲动……不过,缺钱的是我们,而不是投资人,他们是不会为我们着想的,我们只能自救了……"

"我们商量商量。"

"稍等,我点根烟。"在尼古丁的帮助下,李翔彻底恢复了理智。

他皱了皱眉:"我觉得你可能需要尽快当面跟他们聊聊,主要目的是两个,第一,更好地验证你的判断,第二,让他们看到我们的诚意。"

孙秦很快便理解了李翔的意思:"通过与他们面谈,能够通过他们的表情、肢体语言和语音语调,更好地判断他们的真实意图,也直接传递我们希望合作的意向。如果情况没有我想象中的那么糟糕,那正好往前推动一下,而如果你的判断得到了验证,也可以彻底死心,马上采取备份方案。"

"嗯,就是这样。不过,我们有备份方案吗?"

跟张先通完电话到现在才半个小时不到,哪有空去构思备份方案……

"也对,让你为难了,哈哈哈。那我们正好讨论一下。"

"你知道就好,先抽两口烟加持一下,然后我们想想,采取怎样的备份方案。"

"投资人这边一直是你接触,说实话,我对这个方向没有太多经验,我能想到的,就是从目的去倒退手段。我们的目的是什么呢?为了拿到钱,活下去。那要怎样才能拿到钱呢?无非一条路是去借贷,另一条路就是融资。而我刚才也说了,融资我不擅长,只能靠你了。"

"好吧,那你先说说你有主意的。"

"关于借贷,我觉得,倒是可以试试去找银行授信贷款,我们现在有近两个亿的意向采购合同,又有了1∶2缩比验证机实物,算是具备了一定贷款的条件吧,如果能够拿到贷款,那就是一个短期内的解决方案,优点是不用稀释我们的股份,缺点就是需要还利息,而且估计没法撑太久,毕竟,我们可供抵押的资产也不多。"

"那……你来牵头这事儿?"

"没问题呀,我提的方案,当然我牵头。如果银行贷款没搞定,我也想想其他的借钱方式吧。不过,还是刚才说的,借钱的问题在于,总归有一个刚性的还款日期,有或多或少的利息,而且金额估计不会太多,只能帮我们暂时渡过难关。"

孙秦表示认可:"没问题,那我们就这样分工。你去考虑和执行借款的事情,我继续专注在融资这个方向上。我也同意,如果想稍微活得久一点,还是得靠股权融资。短期内,我们没有业务收入,而无论是全尺寸样机,还是后续真实产品的研制、试验、生产和适航,都需要大把的钱。"

"除了倍池投资,还有其他投资人对我们感兴趣吗?"

"到目前为止,只有倍池投资给我们发了TS,其他几家虽然还没拒绝我们,但后续也没有特别明确的进展。根据我的经验,这样也基本等于放弃了。"

"别呀,别总是主观猜测,总归还是去确认一下嘛。"李翔提醒道,"虽然你的判断一直都很准确,但到现在这关头,死马当活马医,凡是没有直接拒绝过的,我觉得都可以去确认确认,哪怕拒绝过的,都还可以再去争取争取,万一情况发生变化了呢?倍池投资可以发了TS,然后反悔,也不排除有拒绝过我们的,又回心转意呀。"

听李翔说完这些,孙秦沉默了几秒钟。他认同李翔的观点。

"好吧,那从明天开始,我密集地去联系那些已经接触过的投资人,同时,也让FA再推一些新的。"

"嗯,别忘跟倍池的人还是当面聊聊。"李翔叮嘱道。

"是的。保持联系!"

挂掉电话,孙秦再次给张先编辑了一条微信,希望可以见面聊聊。

"好的,孙总,我明天下午恰好有空,办公室等您。"这次,张先倒是很快就回复了。

第二天上午，孙秦没有去公司上班，而是在家好好沉淀沉淀心情，将与倍池投资沟通的各种情况做了推演，并做好了充分准备。

自己在家随便弄了一点午饭，吃完后，他便直接来到倍池投资位于南京西路的总部。

连成片的高档商场和酒店，打扮入时的潮男美女，南京西路整条街都散发着一股精英范儿。

孙秦没有心情体验或感受这种氛围，一头扎进写字楼，坐上电梯，来到倍池投资的前台。

整个前台区域装修得精致大气，一尘不染，让他感到有些局促。

张先带着职业的笑容接待了他，将他领入自己的办公室。

"孙总请坐，记得您说自己是喝咖啡的，我让人给您磨一杯过来。"

张先特意强调了"磨"字，向孙秦表示，自己这里是有专业咖啡机的。

"谢谢张总。"孙秦知道，短暂的寒暄之后，免不了会是一番艰难的谈话。

第15章
峰回路转

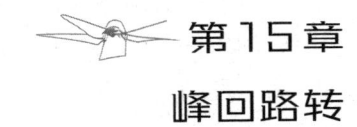

接过张先从行政小姑娘手中拿回来的咖啡，孙秦忍不住先使劲闻了闻。

现磨的咖啡就是香。

他忍不住夸了两句，然后才正色说道："张总，您的时间也很宝贵，我就开门见山……

"今天我过来拜访呢，主要是接着昨晚我们电话里沟通的话题，希望向您表达一个态度，表达我们驰飞客愿意与倍池投资往下走，形成合作关系的态度……

"咱们TS签订得很顺畅，而且在TS当中，您当时提出了一个条款，说我们一旦与倍池投资签订了TS，3个月之内不能与其他投资机构签订TS，本质上，这是一个排他性的条款。为了体现我们的诚意，我当初跟您沟通后，也迅速签了字……

"然而，如果TS签订后，倍池投资就觉得我们已经被锁死了，各项工作都不急着往前推进，反正我们也不能去接洽其他投资人，恐怕不利于我们的合作，也会影响我们已经很不容易建立的信任基础。"

孙秦一口气把自己的想法都说了出来。

来之前，他就已经想好了，大家都别藏着掖着，这样沟通效率最高。如果倍池投资真的改变主意，也别怪他孙秦不客气。说完，他盯着张先的眼睛。

张先显然没有想到，孙秦竟然如此直接。

在昨晚的微信当中，孙秦说得很客气，希望过来"聊聊后续工作的安排"。

但现在看来，孙秦是来下通牒的。出现这样的情况，根据他的经验，只有两种可能。

一种就是有新的投资人在接触驰飞客，而且在估值或者其他条件上开出了更好的条件，驰飞客希望待价而沽。

另一种则是驰飞客的财务状况很不容乐观，已经不能再等下去，必须要尽快完成现金交割，否则就会死掉。

张先根据目前所获知的信息，无法判断驰飞客的真实情况是哪一种，因为，的确有业内的同行向他问及驰飞客的情况。

无论是他，还是他的合伙人，都是希望与驰飞客走下去的，将TS变成SPA，然后注资。

只不过，最近的确出了一些状况。所以，他有些犹豫。

既然孙秦这样直接，张先也觉得自己没必要隐瞒了。

他微微一笑，回答："孙总，我觉得咱们之所以能够这么快签TS，就是因为脾气相投，我很欣赏您这种风格……那我也把话直说了吧。我们不是不想推进TS签订之后的工作，更不是不投你们了，而是我们近期了解到一些情况，所以想再看看……

"……至于您说的TS当中的排他性条款，这不光是我们一家机构，几乎是所有机构的TS当中都存在的标准性条款。所以，您不要认为，我们的TS是不平等条约。事实上，我们的TS已经非常友好了，没有包含连带、回购等常见的内容……

"……而在实操当中，这个排他性条款其实并未被严格地执行，一切都看投资人和被投企业双方谈判地位的博弈，我也只能把话说到这里了。"

听完这番话，尤其最后这几句，孙秦一愣。

张先这明摆着是在暗示他：你们要是有本事，也可以去找其他投资人呀！如果其他投资人给了你们更好条件的TS，你们完全可以不跟我们往下走，我们也不会真去告你们违约。

这既是交底，也是一种隐隐的威胁。

孙秦决定先不去纠结于这句话，而是回到之前那个更加具体的问题上去。

"张总，我也很喜欢您的风格。您刚才说'近期了解到一些情况，所以想再看看'，听上去，这些情况影响了倍池投资对我们的信心，方便透露透露是什么情况吗？如果我们秉着友好合作的态度，又能够做点什么呢？"

张先端起自己那杯咖啡，抿了一小口，并未急着马上回答，而是继续微笑着。

孙秦被他的表情弄得有些莫名其妙，用眼神询问道："你倒是说呀！光在那儿傻笑是怎么回事！"

张先这才不紧不慢地问道："孙总，咱们公司这段时间团队还算稳定吗？"

孙秦脑袋"嗡"的一声。他已经大致猜到原因了，果然跟江大春和郭任有关！

不过，情况似乎也没有他猜测的那么严重。

他曾经以为，自己是被江大春和郭任的公司"截和"了。毕竟，他已经从不同渠道得知，两人离职之后，已经成立了新的公司，准备去做eVTOL。

现在看来，张先和倍池投资只是担心，两人的离开会对驰飞客造成毁灭性或者相当大的冲击，使得此前的估值都有可能需要重构。

就好比，人家是冲着某个球星去买的一支球队，而价格谈定之后，这个球星却转会了，那么，球队还值之前的价格吗？

想到这里，孙秦也笑着回答："张总的消息还挺灵通嘛，我们最近的确有些人员变动，不过，影响不大，各项工作都在稳步推进。"

张先似乎没有被说服："驰飞客的三大合伙人之一，负责销售的江大春，以及核心的电机和电池技术骨干郭任，都离开了驰飞客，您却认为影响不大？要知道，据我们所知，目前咱们那接近两个亿的意向采购合同都是江总拿回来的。"

听到这话，孙秦有些激动："我要纠正您一个说法，我们的采购意向合同之所以能够签订，并非大春一人的功劳，那是属于我们驰飞客全体团队的。如果您真认为，只靠他一个人就能撬动价格上亿的合同，恐怕是您把事情想简单了。无论是在哪个行业，上亿元的合同——哪怕只是意向采购，都不是靠一个人能够轻易搞定的吧？"

张先心中一惊。但他立刻恢复镇定,然后从身旁的桌上拿过手机。

"孙总,不好意思,我临时有个紧急微信要回,我先回复一下,您等我半分钟。"

张先的确是要发送一条微信。

不过,他并非如自己所言,需要回复一条紧急的微信。相反,他急于发出一条微信。

孙秦并不知道真实的情况,不过,也耐心地边喝咖啡,边让张先把微信发完。

"他一定在用缓兵之计……"孙秦的大脑依旧在飞速转动着,为即将到来的谈话做好充分准备。

张先将编辑好的信息再次确认了一遍,这才点击发送键。

然后,他熟练地将手机锁屏,再次把它放回到桌上,抬起头来。

"抱歉哪,有件急事。"张先的眼里恢复了之前的从容不迫。

"没关系,您尽管忙您的。"孙秦一边快速回复,一边注意张先眼里的神情。

他也记得,刚才张先在听到自己那段反驳之后,发送微信之前,眼里明明闪过一丝慌乱。

"看起来,这个微信深有玄机呀……"孙秦不敢掉以轻心。

他今天下午来,虽然做好了一拍两散的心理准备,但还是想尽力把与倍池投资的合作关系维系下去的。毕竟,只有这样,才最符合驰飞客的利益。

但是,他也不想一味退让。以斗争求和平,则和平存。这个道理他是懂的。

所以,刚才他必须要据理力争。

果然,张先轻描淡写地说:"孙总没必要进入意向采购合同的功劳属于谁这样的细节当中去,问题的关键在于:驰飞客的核心团队不稳定,而且流失了很大一部分核心成员,虽然,我们对于驰飞客依然有信心,但由于客观情况发生了重大变化,我们有权重新思考与评估。"

对于这样的反应,孙秦已经有所准备,倒也从容起来,回复道:"我如果没理解错,张总是希望推翻TS当中对驰飞客的估值吗?还是说,在SPA当中,修改更多的TS条款?"

张先没想到孙秦竟然会如此单刀直入。他原本想在更晚的时候才触碰这个话题，因为，他还缺少一点数据支撑。

不过，既然孙秦主动提起，他也不能厌。

"有梅西的巴塞罗那，和没有梅西的巴塞罗那，球队的整体估值能一样吗？"他反问道。

孙秦一听，笑了笑："张总，如果您和倍池投资确实是因为这个原因，希望与我们重新沟通，为什么不早点说呢？为什么不在得知江大春和郭任离职之后第一时间表达你们的这个意向呢？为什么要故意拖着我们？如果不是我主动找您，我都不知道，我们曾经信赖的潜在投资人已经甚至在跟我们签订正式的投资协议之前，就已经在思考如何压我们的价格了。"

说着说着，他的笑容从一开始故意表达出的不屑转变为更加直接的冷笑："说到底，不就是既想当又立吗？认为时间不站在我们这一边，希望拖延我们几个星期，甚至一两个月，让我们完全丧失谈判的腾挪空间和时间，最后只能乖乖地接受你们的压价。因为，如果不接受，我们的现金流就断裂了。"

说到这里，他最后又补充了一句："驰飞客不是巴塞罗那，江大春也不是梅西。如果一定要拿足球队打比方，我们是皇马，我们就是银河战舰，江大春和郭任是C罗也好，本泽马也罢，都不是不可或缺的，贝尔表现那么好，需要淘汰一样淘汰。而这些球星的来来往往，并不影响皇马的估值。"

这番话说完，分量很重。

张先有些哑口无言。

事实上，在面对孙秦之前，他也征求过领导的意见。从倍池投资的投决会层面，合伙人还是希望能够将驰飞客稳住，毕竟，他们前期也投入了不少精力。

万一真的闹掰，这些也都变成沉没成本了。

他们原来的计划是的确如孙秦此刻所说，希望稍微拖一拖时间，利用驰飞客核心团队离职为理由，将估值往下打30%。但是，并不是为了谈崩。

而现在，面对孙秦几个连环发问，他意识到，如果自己回答不妥当，或者缺乏数据支撑自己的观点，孙秦很有可能拂袖而去。尽管张先还没完全确认，孙秦到底是因为找到了更好的投资人，希望待价而沽呢？还是因为公司情况已经十万火急，刻不容缓了。

与孙秦打交道这么久,他能感受到孙秦骨子里的骄傲和清高。

就在这个时候,微信响了。

张先如同看到救命稻草一般,立刻抓过手机,定睛一看。他所等待的回复如期而至。张先快速读完,嘴角向上扬起一个弧度。

看着孙秦依然有些愤愤的眼神,张先将双手放置在胸前,示意对方冷静下来。然后,他才说道:"孙总,您不要感情用事。当然,我理解您刚才抛出那几个问题的心情,不过,在回复它们之前,我想跟您分享一些数据。听完这些数据之后,您的问题就都有答案了。"

孙秦心中闪过一丝不祥的预感,不过,他倒也很好奇,张先的微信里到底有怎样的乾坤,让他可以突然再度立住阵脚。

"张总,那您请便。"

"好!这是我刚才从江大春那儿收到的微信……"张先刻意在"江大春"三个字上加重了语气,"他向我分享了他在驰飞客的时候所做的事情……"

孙秦只觉得一股热血涌上天灵盖。

江大春!你在干什么?!这个时候在我们的投资人面前刷存在感吗?他努力控制住自己的情绪,但即便如此,呼吸也变得有些急促。

"我就不逐字逐句地念他的微信了,如果您不信,待会儿我可以给您亲眼看看……"张先慢条斯理地继续说着,"我总结下来,他的意思就是,他在驰飞客的时候,跑了十几家意向客户,除去已经签订了意向采购协议的两家客户之外,其他十几家他都保持着联系。如果我们假设平均每家客户的采购量是一样的,又假设,他离开驰飞客之后,您和您的团队还能够将他谈下来的意向客户当中的一半继续转化为驰飞客的客户……"张先停顿了几秒钟,似乎是为了给孙秦一点消化时间。

"……即便如此,如果他不离开,驰飞客所能获得的潜在意向订单都会比现在要大很多,而他现在离开了,对于驰飞客的未来订单数量,您认为会不会是一种巨大的打击?说是腰斩都不算夸张吧。您也知道,我们的估值模型,与未来业务的发生额与发生时间关系都很大,金钱是有时间价值的。"

孙秦不想再隐忍自己的情绪,大声反驳道:"张总,江大春已经离开驰飞客团队了,他的话不应当作为你们作为采信的数据来源。不管我们和他谁对谁错,但分开后如果能做朋友,对于双方都是最好的结局,而他却在背刺我们，这样的人品，您能相信他的数据吗？"

张先摇了摇头："孙总，我理解您的情绪，但是，事情的逻辑不是这样的。逻辑就是，只要他提供的数据具备参考性和客观性，我们就会采信。而江大春甚至在微信里提出，可以接受访谈，同时联系那些意向客户，进行交叉验证。刚才我并没有提供这些细节，是因为不想耽误时间，但你既然质疑，我只能说出来了，不信的话，您可以自己来看。"

孙秦不甘心地问道："你们难道一点都不关心他离开的动机和他的人品吗？"

"只要数据本身经得起推敲，我们不关心。我们是投资企业，又不是选择跟人结婚过日子。在我看来，他微信里提出的观点和数据，恰恰具备非常好的可确认性。而如果事实得到验证，就说明，他的离去，对于驰飞客来说，损失的价值比我们此前想象的更大。"

孙秦在这个时刻，总算明白，为什么当初自己三番五次敦促江大春去落实协议，尤其是南华通航这样的标杆企业，江大春都推三阻四了。没有协议，自己就没有机会与客户建立直接或深入的联系，客户要说什么，基本上就是江大春说了算。

"原来很早之前就在布局了……"在这个时刻，孙秦反而释然了。

他觉得自己嗓子眼有些发干，于是喝光了杯子里剩余的咖啡。

看了一眼这个精美的白色陶瓷咖啡杯，杯子已经见底，只残留一丝黑色的液体，孙秦明白，自己的底线也已经被触碰到了。

他站起身，看着张先说道："张总，我很失望，多余的话我不想说了。看上去，你们早在前段时间就开始布局，就是为了今天这个时刻来狠狠地压我们的价格，如果我不早点找你们，你们会继续拖延……"

说到这里，孙秦摊了摊手，用一种不可思议的语气继续说道："你们……何苦呢？拖延我们的时间，你们的时间难道就不会被耽误吗？另外，创业团队出现分道扬镳的情况也不少见，如果因为这一点，你们就觉得我们好欺负，甚至不顾背叛者的人品，而只看眼前的估值和投资回报数据，我今天也把话放在这里，你们也没有前途。"说完，他转身往门外走去。

张先这时候意识到事态的严重性了。

他所做的一切，并不是为了将孙秦和驰飞客往外推。

而是为了将他们以更低的成本收纳进来。

只不过，他低估了孙秦的心气。

他在孙秦身后不甘心地问道："孙总，你们是找到别的投资人了吧？他们开出了怎样的估值？我们都好商量的！"

孙秦回过头，眼里都是厌恶："你知道为什么美国人总怀疑我们会对少数民族搞种族灭绝吗？因为他们自己真的干过这事儿。"说罢，推开房门，大步走了出去。

到了楼下，孙秦才发现，阳光照射得有些刺眼。

此时正是下午阳光正盛的时候，南京西路上车流如织，一派繁忙景象。

孙秦独自一人走在街边，沉浸在自己的世界中，对于外边的热闹毫无感觉。阳光映照着他脸上的疲惫神情，每一辆从他身旁缓慢驶过的车辆都在对他投去同情的目光。

他的脚步沉重而缓慢，仿佛每一步都承载着无尽的重量。心中那股复杂的情绪如同潮水般涌来，让他几乎无法呼吸。

孙秦不知道刚才与张先的对峙，算是成功还是失败。那些曾经信誓旦旦的承诺，写在书面TS当中的承诺，如今都化作了泡影。

但是，他也想不出，除去刚才自己的处理方式之外，还有什么更好的选择。

继续让倍池投资温水煮青蛙，直到自己完全没有腾挪的余地，然后不得不接受一个比现在低很多的估值？

可是，现在当机立断后所节约出来的这点时间，足够让他和李翔实施备份方案吗？

正在思潮翻滚的时候，孙秦的手机通知响了。

他一看，只见张先发过来一段很长的微信语音。

"……如果孙总还有谈判的余地，我希望约您与我们的合伙人再见一面，大家好好商量商量，不要这么武断地做出决定……"除去那些点缀的话，核心内容只有这么一句。

张先希望能再跟他谈一谈。

但是，孙秦已经不知道自己是否能够信任对方。如果这还是缓兵之计，结果不会有任何区别呀。孙秦打算再仔细考虑考虑，暂时不打算回复张先。

车水马龙的路边，喧嚣与嘈杂交织在一起，孙秦耳边却仿佛只有自己的心跳声。他努力让自己在这喧嚣中静下心来，去消化和思考张先刚才抛过来的建议。

可还没过几分钟，手机又响了起来。李翔的电话。

孙秦连忙接了起来："喂，我本来想稍微晚一点的时候再找你，我自己还没完全想清楚。"

"来不及了！我们现在就得聊聊！刚才张先居然给我打了电话，问我是不是跟你的意见一致，不打算跟倍池投资合作了！"

孙秦一愣，连忙观察四周，转进了南京西路旁的一条小弄堂里。

周边的嘈杂声顿时变小了不少，但是，孙秦不得不去面对弄堂里本地爷叔阿姨们警惕的目光。

他尽量让自己显得光明磊落，控制自己的音量，冲着电话另一头说道："张先为什么给你打电话？"

"我怎么知道？我跟他就见过一次面，都没存他的电话，刚才他打过来的时候，要不是那个号码看上去就显得机主很有钱的样子，我都会把他当成骚扰电话直接挂掉。你下午跟他说了什么？听上去他有些焦躁，以为我们不跟他合作了。"

"长话短说吧。我们的推测是正确的，他们的确在使用缓兵之计，希望拖延我们的时间，然后乘机压低我们的估值。但这还不是最让我反感的……"

"什么？还有更恶心的？"

"他竟然当着我的面联系了江大春，而江大春则直接背刺我们，说如果没有他，我们的业务收入会远小于现在的水平，而且兑现的时间也会往后推。这相当于什么？相当于对方正要睡觉，他就给人家递枕头。"

"他妈的！"李翔忍不住骂道，"这也太不地道了！"

"所以，你觉得，我还有必要跟他再谈下去吗？"

"好，我支持你！"李翔也觉得似乎没有再聊下去的必要了，"如果张先再跟我联系，我就像你一样回绝他！"

"其实……我并没有完全回绝他，他刚才也给我发了一条语音微信，说希望再跟我聊聊。如果我们就坡下驴，双方或许还有得谈，只不过，我不能肯定，他们会把我们的估值压到多低，这肯定不能接受，毕竟感觉他们想往下压一两个亿。"

"我反对再跟他们谈,这只是缓兵之计而已。这是我的建议。当然,如果你愿意跟他再聊聊,随你的便。"

"好的,让我再想想。备份方案那边,我们也加速。"

"好,那先挂了。"

挂掉电话,孙秦深吸一口气,却突然发现旁边一个爷叔将头偏了过去,避免与自己视线接触。看上去,应该是刚才偷听自己的电话内容。

可能是听到了"一两个亿",觉得自己要么是骗子,要么很有钱吧。他无奈地抿嘴笑了笑。

李翔的态度已经很明确,这倒给了他更多的支持。只不过,站在公司法人和最终负责人的角度,孙秦必须用一种更加全局的视角去看待这个问题。

今天断然拒绝,的确很解气,也向对方表达了自己的立场,然而,如果没有后手,或者备份方案无法按时到位,公司现金流断裂,导致不得不裁员甚至解散,那更是他无法接受的。

事业的延续才是最终的目标,相比这个,什么都可以妥协。

在这个距离南京西路不远的弄堂里,孙秦突然变得无比清醒:"不能轻易丢下任何一个可能的选项!我现在没有那样的奢侈!"

而他的手机,再次响了起来。

…………

珠江机场里属于安罗泰的机库又恢复了热闹。它曾经空置过一段时间,而现在,袁之梁带着团队再次回到这里。

看着机库里的团队忙碌的景象,袁之梁问身边的张顺景:"老张,地面试验什么时候可以开始?"

张顺景一听,心中暗笑:"不错嘛,学得倒挺快,从善如流哇……上次还认为不需要做地面试验呢……"

他回答道:"不要急嘛,大家刚回来,还得把设备和线缆等一堆东西给安置规整好,才能开始。"

"好的,正式开始的时候,记得叫上我,我要到现场来,好好学习学习。"

"没问题。"

袁之梁又给团队打了打气，便离开了机库，往位于广州市区的办公室而去。

自从上次改变战略方向，首先发展无人机产品以来，袁之梁发现，很多问题似乎都理顺了。至少，张顺景对于产品构型的吐槽少了很多，因为这次的构型由他来确定。

而袁之梁自己也将更多的精力放在客户拓展方向，同时在自动驾驶，如自动飞行算法上给团队一些建议。

他发现，无人机如果按照固定航线飞行的话，自动飞行算法的复杂度比当年在羊城汽车所接触到的，要简单很多。基本上，就是通过机上的导航模块或者传感器接收到的信号进行处理和分析，并且驱动飞控系统。

不仅自动飞行算法有所简化，整个无人机系统因为不载人，相比eV-TOL，都要更加简单。

而且还不需要适航。

所以，没花多久时间，安罗泰的第二款产品——A2便直接完成了全尺寸样机的搭建。

根据张顺景的说法，A2的整个试验过程也会相对简化，经过几天的地面试验后，就可以立刻开展飞行试验。最主要的是测试自动飞行的表现，以及与地面控制台的配合。

毕竟，他对A2的定位是挺有野心的，希望它既可以支持固定航路，又能用于遥控应用。

送走袁之梁，张顺景满眼宠溺地盯着静静地趴在机库里的A2。

由于赶进度，它还没有完成涂装，依然呈现深绿色的蒙皮本色，一副毛坯房的气质。可即便如此，在张顺景眼中，也无比完美。

自家的小孩总是最好看的。

在袁之梁确定专注进军B端市场后，他们将启动客户和早期客户定位为政府的应急救援、公共安全等部门，一方面，这些部门的需求相对比较固定，虽然量上不会井喷，但一直都存在需求，比较适合安罗泰早期稳扎稳打，毕竟珠三角地区每年都有洪涝灾害，也会举办不少大型赛事；另一方面，安罗泰的投资人恰好也有相关资源，对接起来更加方便，至少省却了建立初次信任的成本。

为了支持这个明确的需求，张顺景针对性地设计了A2的构型。

这是一架有着简单构型的复合翼无人机。机身和固定翼相互垂直，形成十字形的主干。机身末端是袖珍的尾翼，后端则装备着一台螺旋桨电机。机身前端下方的光电吊舱十分显眼，承担着重要的外部图像与视频捕获任务。

相比他曾经设计过的直升机和未来迟早还要涉足的载人eVTOL，A2作为无人机，其产品复杂程度和技术难度几乎是呈指数级下降。

不过，张顺景还是充满了期待："这只是个新的起点，我们总有一天会再回到真正的eVTOL产品上的！"

A2的地面试验和飞行试验很快便有惊无险地顺利完成。

袁之梁再次回到珠江机场的机库时，已经可以看着A2在机场上空飞来飞去。而且，已经实现了自动飞行。

"你可以呀！"袁之梁冲着张顺景直竖大拇指。

"对我来说，这不是小菜一碟吗？"张顺景不以为然，反倒是指了指正在一边盯着电脑调参数的叶晨说，"算法主要靠他。"

袁之梁朝着叶晨走了过去。

叶晨正在聚精会神地盯着电脑屏幕，突然感到键盘区域暗了下来，一片黑影笼罩。他疑惑地抬头一看，只见袁之梁笑着站在面前。

"叶晨，干得不错呀，回头我去跟你姐说一声，让她买点好吃的放办公室里，比如冰糖葫芦和白色恋人之类的。"

叶晨的脸瞬间红了，小声地说："我……觉得还可以再改进改进。"

"喂！改进算法和吃你姐的白色恋人又不矛盾！"杨天当然不会放过这种机会，也从旁边冒了出来。

叶晨被两人一前一后地调侃，把头又重新埋了下去，一言不发。

"好了，你们就别调侃他了……"张顺景过来帮叶晨解围，"人家正在专心致志地干正事，你们又把他搞得心猿意马，影响我们产品的性能，责任谁来负？"

说罢，他盯着袁之梁："阿梁，产品呢，我们都帮你给打磨出来了，订单得靠你了呀，我们虽然还有融资，但也不能光烧钱不赚钱哪。"

叶晨偷偷地抬眼瞄了一眼张顺景，眼里尽是感激。

袁之梁笑道："现在压力来到我身上了是吧？没问题。我前阵子在投资人的引荐下，已经拜访过有关部门了……"

杨天插话道："有关部门？这可是地球上最神秘的部门哪，到底是哪些部门？"

袁之梁啼笑皆非，好胜心也被激了起来。

"行，那我就给你们汇报一下，应急、公安、石油电力和国土资源等主管部门，他们可以用我们的A2去开展应急救援、公共安全、电力巡线和国土勘测等工作。够清楚了不？"

杨天夸张地做了一个表情："厉害厉害！阿梁带我们飞！"

袁之梁摆了摆手："得了吧！还早呢！这才刚刚试验成功，还要生产呢。还有，在生产之前，我们的工艺文件之类的流程积累有没有到位？生产合作方找好了没有？到底是全部外包出去，还是我们自己建生产线，这些问题都是接下来要考虑的。"说完，他得意地看了看张顺景，自己把刚才张顺景踢过来的球，又完美地踢了回去。

果然，张顺景耸了耸肩："阿梁，你逼得真够紧的。不过，这就是你干过汽车的好处，我们传统搞航空的，对于生产制造的重视程度始终不如你们搞汽车的。因为航空产品都是小批量，而汽车才是真正的大规模。后续生产的策略，恐怕也需要你的参与。"

袁之梁心想："好吧，球又被踢了回来……不过，这也很正常，生产质量和品质关系到交付客户后的市场口碑，可不能马虎，我当然得亲自管。"

他点了点头，算是接受了张顺景的邀请，又跟团队聊了几句，便离开机库。

因为今晚他有个非常重要的饭局要赴。

几天前，他在微信里约了黄馨出来，表面理由是"很久没见了，碰个头，看看最近有什么新八卦"，真实原因则是，他想将上次吃饭时被何家辉的电话打断的那个谈话继续下去。

继续下去会通往何种方向，会不会出现他憧憬的结果，他不敢打百分百的包票，但是，如果不试试，他已经快要被自己心中的那种莫名的情愫给折磨疯了。

稍微一闲下来，他就会想到黄馨的一颦一笑，脑海中回忆起自己与她的每一次交谈，甚至两年前自己从羊城汽车离职前，在会议室里与她独处时她那佯作嗔怒时的俏皮模样。

尽管特意提前了一点时间从机库出来，袁之梁依然陷入了广州南北向晚高峰的汪洋大海。

一路堵到天河东路，只剩下最后几百米的时候，他干脆提前下车，往不远处那幢极具设计感的商场狂奔而去。

正是下班高峰期，街上全是在做布朗运动的行人、助动车和自行车，以及一步一步往前挪动的汽车。不时可见的豪车也无可奈何地与旁边的入门级轿车共同进退。在这个局面下，真正实现了车车平等。

最靠谱的只有勤劳的双腿。

袁之梁一路左冲右突，躲过迎面而来的行人和突然从两侧杀出的电动车，总算有惊无险地冲到太古汇楼下。他顾不得喘上两口气，立刻直接通过扶梯上了三楼。

纵然如此，当他在服务员带领下来到角落靠窗的座位前时，发现一个美丽的倩影已经端端正正地坐在那儿。

袁之梁觉得自己刚刚被商场空调压下来的汗又重新往外冒。他使劲擦了两把汗，很不好意思地对黄馨说道："对不起，我迟到了！路上太堵了……"

黄馨板着脸："我当初说不要订市中心的这么个地方，你偏不，现在好了，我都等你快一个小时了。"

袁之梁更感到一丝慌乱，有些手足无措，坐也不是，站也不是。

这时，黄馨"扑哧"一声笑了："你看看你那狼狈的样子，赶紧坐下来擦擦汗吧，桌上有湿毛巾。"

袁之梁看着她突然由阴转晴的笑靥，不免呆住了。

"你怎么啦？快坐呀，站在这里挡别人的路做什么？"

听到这话，袁之梁才如梦初醒，赶紧坐下。他这才顾得上用湿毛巾擦汗，一边擦，一边傻笑，还偷偷地朝着黄馨看过去。

显然，今天黄馨精心打扮过，那双明亮的大眼睛周边精细地画了睫毛，脸上也涂了粉，使得原本就白皙的皮肤更显光泽，而原本就很好看的红唇此时更是娇艳欲滴。

"连我都看出来她打扮过了，看来真没少花工夫哇……"袁之梁觉得心底很甜。刚才一路跑来的疲劳感瞬间消失得无影无踪。

"好啦，点菜吧！别往心里去，我也才刚到呢。"黄馨笑道。

袁之梁觉得这声音无比美妙。

好容易等到菜都上齐，两人开吃起来，他对着服务员说："我们基本上都OK了，如果有需要，我会叫你。"

服务员一愣，然后很快领会到了他的意思，立刻欠身离开。

黄馨眼里满是笑意地看着袁之梁，故意问道："你为什么要赶人家走？"

"我……我是觉得，我们都有手有脚有嘴巴的，不需要这么事无巨细的服务。"

"哦？难道不是因为你觉得她打扰我们聊天吗？"

袁之梁觉得心事被看穿了，有点不好意思，挠了挠头："也有这个因素吧……"

"好，那现在她走了，你有什么不愿意让她听到的话，可以说了。"黄馨直直地盯着袁之梁的双眼，看得他心怦怦直跳。

袁之梁咬了咬牙，心想："管他呢！万一待会儿又来个电话，就又半途而废了！"

于是，他问道："还记得我们之前的那个赌注吗？"

黄馨一愣，脸上有点发热。她没料到，袁之梁竟然如此直接。

"嗯……当然记得。"反而轮到她有点吞吞吐吐了。

"我们的新构型，一款叫A2的无人机，已经顺利实现自动飞行了。你可以将他类比为汽车的自动驾驶。而且，整个过程不需要人工参与。怎样？是不是比汽车快多了？再过几个月都2019年了，现在汽车能做到哪一步呢？L3级都还没实现吧？照这个速度，L5级要等到猴年马月去。"

黄馨脑袋"嗡"的一声，她感到一股甜蜜和害羞之情涌了上来。

她清晰地记得，两年多以前，在羊城汽车的那个会议室里，自己与袁之梁的赌注是："如果你赢了，我就做你女朋友！"

到了半夜，袁之梁还躺在床上，翻来覆去睡不着。几个小时前，他结束了30来年的单身生涯。

而这种状态变化带来的溢于言表的喜悦直到他回家，都没能掩盖住。在母亲逼问之后，他依然开心得手舞足蹈。

很多时候，问出一个问题，并不一定需要从别人口中获得答案。对方的反应就足矣。

可是，当袁之梁躺在床上复盘的时候，猛然意识到一件事情："她其实完全可以辩驳的呀！我当时说她打赌打输了的时候，我的论据其实并不严谨！A2实现的自动驾驶，或者自动飞行其实只是固定航路上的，并非真正的'天高任鸟飞'，所以，不能等同于L5级自动驾驶，她完全可以用这一点来反驳我，可是，她为什么这么轻易地就认输了呢？当初她这么坚持她自己的观点，怎么今晚这么快就投降了？"

…………

第二天，袁之梁再次回到机库的时候，呵欠连天。

双眼下的黑眼圈清晰可见。

张顺景和团队已经早早赶到，一见到他，便笑着问道："昨晚你去哪里浪了？"

袁之梁紧张地回答道："我哪里……浪了？"

"精神萎靡，双目无神，黑眼圈比刹车后的轮胎印都深，一看就是经历过整夜的折腾。"

"开什么玩笑？我可是在家睡的觉。"

"嘿嘿，那谁知道呢？"

"我们讨论讨论后续的工作安排吧……"袁之梁不想继续在这个话题上纠缠，否则他就招架不住了。

创业两年以来，他已经可以应付很多复杂的场景，然而，涉及个人问题上，他觉得自己还是单纯得要死。

跟叶晨相比，也就五十步笑百步吧。

张顺景一笑，也便不再穷追猛打。他带着袁之梁进入机库，将大伙儿召集起来，开始开会。

叶晨今天也迟到了，他平时从来不迟到。

当他进入机库时，发现大家都已经正襟危坐，或站着，脸颊一热，连忙道歉："不好意思，我迟到了。"

袁之梁挥了挥手："没事，我们反正也不考勤。放下东西，赶紧过来吧，我们才刚刚开始。"

张顺景调侃了一句:"你们俩今天是怎么了?前脚后脚到,状态都还挺奇怪。"

杨天起哄:"叶晨,你是不是好些天没见到你姐,先去了趟办公室见她才过来的呀?平时你都是最早到的几个人呢。"

"你胡说……"叶晨瞪了他一眼,小声说道。

要是在平时,袁之梁有时候也会加入他们顺带着调侃叶晨两句,因为这个小弟弟实在是太单纯和内向了,但是专业上又非常突出,这样的反差让他显得格外可爱。

但今天,他必须要及时止住这个势头,鬼知道张顺景会不会再把火引到自己身上。他轻轻地咳了两声,说道:"好了,既然我们的工作会议已经开始,就不要偏题了。"

叶晨感激地看了他一眼。

这时,袁之梁的手机响了起来。他低头一看,是一个020开头的座机号码,号码还挺规则,不像是骚扰电话。他示意大家继续,自己则小跑至机库外面,接通电话。

"喂,袁总吗?我们是公安局……"

听到这三个字,袁之梁浑身一紧。

"……前阵子你们过来介绍的那款无人机产品,好像是叫A2对吧?我们想采购5架,有空过来谈谈细节吗?"

由于紧张,中间的信息他都没有听清,但是,最后这句话他听得真真切切。

…………

站在2019年的年头,孙秦已经不记得自己曾经身处的那个南京西路边的小弄堂到底叫什么名字。他甚至怀疑,如果让自己重新在那附近走上一遍,是否还能找到那条弄堂。会不会像《桃花源记》当中一样,"寻向所志,遂迷,不复得路"呢?

的确,在那个狭小阴暗的弄堂里,他的心情经历了激烈的翻滚,根本无暇顾及身边的情形。

他在弄堂里接了好几个微信语音或者电话,而最后那个电话,竟然是

SIN资本的合伙人冯婕打过来的。

而由于更早的时候，他与SIN资本那个叫Ken的海归投资经理有过一些不愉快的交流，孙秦没有想到SIN资本还会联系自己。

"孙总好，我是SIN资本的冯婕。我们此前没有打过照面，甚至，我的投资经理或许都没有跟你们联系过。但是，我们关注驰飞客已经很长时间了。我们曾经看过广州的安罗泰，而他们的创始人袁之梁跟您也是熟人，后来，我把他们的项目转给了朋友。不过，我一直都在关注eVTOL这个赛道，发现你们是科班出身，而且走得还比较稳健，恰好最近也在融资，所以就冒昧地直接联系您了。我的风格就是看准了就效率很高，不拖泥带水。"

电话里这个女人的语气十分干脆，一点也不拖泥带水，孙秦简直不敢相信自己的耳朵，一瞬间有点恍惚。

他迅速看了一眼来电上的陌生号码，想再次确认，是不是过来消遣自己的或者什么诈骗电话。

"冯总好，您这个电话对我来说的确有点突然。方便问问，您是从哪里得知我们公司，以及我本人的手机号码的吗？"

"孙总……驰飞客经过两年的发展，在业内也算是先行者之一了。你们的背景都是中商飞机的，干过真正的飞机型号，就如我刚才所说，我们已经关注你们很久。至于你的手机号，要拿到并不太难。我这个电话其实没有别的意思，就是想问问，我们想投你们，有意向谈谈吗？有的话我们这两天可以见个面聊聊，我正好刚从美国回来；如果没有，也没关系，方便的话，也可以见个面认识一下，交个朋友。"冯婕给人的压迫感非常强，而且直入目标，没有废话。但这也恰恰是孙秦喜欢的，尤其是对比了倍池投资的表现之后。

他点了点头："谢谢冯总关注，我恰好这两天也在上海，我们可以见面聊聊。"

"太好了，孙总，这是我的荣幸。那您说个具体时间和地点吧，我到你们公司来。"

孙秦微微犹豫了一下，还是决定把丑话说在前头："冯总，有件事，我得先跟您说一声。您要是觉得没问题，我们再见面交流，如何？"

"哦？说吧。"

"我们团队前段时间刚经历了一点变故，离开了两个骨干，要说没有影响,我是在骗您,但是,绝对没到伤筋动骨的程度,而且,我甚至觉得这是好事,因为对于创业团队来说,三观一致很重要,早期的思想嫌隙往往会在后期裂变成巨大的差异,严重影响战斗力。"

"呵呵呵……"冯婕清脆的笑声传来,"孙总说的是江大春他们的事情吗?这我都知道。我还知道,他们也搞了一个公司,要干eVTOL。这对我来说,不会影响对驰飞客的判断,因为我们对您和李翔总的背景调查得很清楚,你们才是真正的主心骨。另外,站在投资人的角度,我其实希望更多的企业能够分裂出来,这样你们才不会太孤单,这个市场才能做得更大,只有市场足够大了,所有人也才都有好日子过。谁不喜欢大海呢?"

孙秦被这个女人的话震撼住了。这种格局和胸襟,要比倍池投资高出不知道几个档次。于是,他迅速与冯婕敲定了见面时间。

两天后,他和李翔就在办公室接待了这位个子小小的,却浑身上下蕴含着巨大能量的SIN基金合伙人。

冯婕作为合伙人,本身就有决定权,尽管在整个SIN基金的投资决策委员会上,她也只有一票。但其他人基本上不会质疑她的决定。

所以,驰飞客的天使轮融资——真正意义上的机构融资,便以飞快的速度完成。从TS签订,再到完成尽调,到SPA签订,最后完成现金交割,一共只花了一个半月时间。

资金的到位,让孙秦时常紧皱的眉头终于彻底舒展开来。他也终于可以大踏步地往前走了。

除去尽快把全尺寸的FP100样机做出来,他还需要跟局方进行交流,了解最新的适航动向。于是,他再次来到巩清丽办公室。

这里依旧是两年多以前,甚至更早的模样。办公室布局、装饰风格,甚至桌椅都没有变化。

只有巩清丽,变得更加成熟从容,整个人从内向外散发着稳重的气息。

"巩代表现在越来越有领导范儿了嘛。"孙秦笑道。

"想说我老了就直说。"巩清丽瞪了他一眼。

"不,是更有威仪了。现在你去审企业,往那儿一坐,估计大家心里就开始发颤,尤其是证据准备不充分的。"

"孙秦孙总啊,你果然是融资融到了,说话都轻飘飘了起来。"

"不敢,我今天是来请教的。"

孙秦这才把话题引入正题:"之前我们的FP100有幸被你选中,成为新型航空器适航的案例之一,我们最近要冲刺把全尺寸样机搞出来,搞出来之后,就要开始正式做产品了,也要同步开始准备提交适航申请相关的材料,所以,想问问,有没有什么最新的规章或者指示。"

巩清丽没有立刻回答,而是起身熟练地给孙秦冲了一杯速溶咖啡,又给自己添上茶水。

她一边将咖啡递给孙秦,一边说:"要是大家都有你们这样的意识,我们何愁适航工作不好干?"

"这不是在A型号上被你调教得好嘛。"

"坐吧,我们边喝边聊……"巩清丽走回座位坐下,"我们的确还在论证各种路线,也在充分关注美国FAA[①]和欧洲EASA[②]的最新动向,他们也有几家走得比较靠前的eVTOL初创企业,比如美国的BiyoTaxi。不过,即便如FAA和EASA,也还未推出成熟的适航路径,而且,据我所知,他们两家采取的路线也不是完全相同的。"

"啊?那咱们打算学习谁呢?"

"我们都会充分研究,但很难完全借鉴,还是要根据我们自己的实际情况走一条最适合我们自己的路。"

…………

时间进入2019年后,白鹤机场突然变得热闹起来。每周都有飞机起降,机库前的停机坪也不再显得空旷,总是停着几架过夜的公务飞机。

而在这些样貌传统的飞机当中,有一款显得格外与众不同。它显得更加袖珍,也不同于其他飞机的构型,但一眼看去,仅仅从外形判断,便知道它代表着未来。

那这便是驰飞客的FP100全尺寸样机。

当初还只是1:2缩比的时候,孙秦虽然就已经十分激动,但那种视觉

---

① 美国联邦航空管理局。编者注。
② 欧洲航空安全局。编者注。

冲击和心灵震撼远远不及看到全尺寸的时刻。在他眼里，这个转变不仅仅是尺寸和体积的变化，更重要的，这几乎就是未来产品的形态。

优美的流线型机身，带着质感的色泽，稳固而舒展的固定翼和呈对称状均匀分布的旋翼，组成了一架颇具科技感的飞机。就连机身上的产品型号"FP100"字样都因为变大了而更加显眼。

因此，这是一次飞跃。

尽管在缩比验证机阶段，飞机的气动特性、各种性能等技术指标都得到了充分验证，但是，当尺寸改变之后，所有的试验都需要重新来过，就好像，一个18岁的年轻人是无法穿进他9岁时的衣服一般。

而在这个过程中，各种新的情况和技术挑战都可能发生。

不说李琦玉和团队了，就连孙秦自己，都不知道花了多少时间在机库，在办公室，在各种电脑和设备之前，攻坚，排故，确定解决方案。

过程中有多艰辛，此刻就有多狂喜。团队围绕着它欢呼了好一阵之后，回到机库里各自去摆弄和调试试验设备。孙秦却依然站在FP100的机头侧面，顾不上刺骨的寒风迎面吹过。

他觉得自己的眼窝是温热的。

"整整两年哪……"这个进度比自己创业之初所预想的要慢，但是考虑到整个过程中的波折，他深感一切来之不易。

产品的迭代升级和一个个技术难题的突破固然让他和团队都掉了不少头发，现金流险些断裂才是真正的凶险时刻。

如果不是去年SIN基金的及时注资，驰飞客已经成为历史名词。

突然，他的肩膀被人重重地拍了一下。孙秦回头一看，只见李翔和李琦玉两人站在身后。

"这么冷的天，还不进去？"李翔问道。

"你们不也出来了吗？"孙秦反问。

"我是出来抽烟的，琦玉是出来陪我抽烟。"

"琦玉什么时候抽烟了？"孙秦看了李琦玉一眼。

"我陪他抽烟，不代表我自己要抽哇。"

自从江大春和郭任离开，李琦玉就更多担起了FP100设计的重担。

孙秦也慢慢欣喜地发现，他有热情，有担当，而且学习能力强。于是，越发觉得当初把他吸收过来是个正确的决定。

当初,安罗泰和袁之梁也在挖他,但是他还是选择了自己。所以,前阵子,他跟李翔商量后,将李琦玉吸纳进入核心合伙人序列,并且给了他CTO的头衔。

这样一来,他自己可以更多聚焦于综合管理和跑客户之上,也包括必要的时候对接投资人。李翔则继续负责跟合作伙伴和供应商打交道,还把政府关系和市场营销相关的工作也接管了去。而李琦玉也不负众望,把FP100的全尺寸样机搞了出来。

孙秦看着两人,有些动情地说:"两位,我们走到今天这一步,真的不容易。不过,这只是个开始,未来还长着呢。从原理样机到真实产品,至少还有两关要过,一个是技术突破,另一个是适航。技术要靠我们一起努力,适航则需要局方的指导了。我最近这段时间跟巩清丽交流还挺频繁,也在关注局方的动态。"

李翔吐了一口烟,笑着说:"你把眼眶擦擦吧,风大,吹过你的眼泪会造成液体蒸发现象,而蒸发会吸热,让你感到更冷。"

孙秦瞪了他一眼:"再冷也没你这个冷笑话冷,我在说正事。"

"我懂,技术和适航嘛。本质上跟我们之前干过的飞机型号也没有区别呀。"李翔眨了眨眼。

李琦玉倒是站在孙秦这一边:"本质上虽然如此,但我觉得,未来这段时间的技术突破反而更难。eVTOL的气动特性到底如何,飞控到底怎么搞,我们自研还是找供应商,电池的能量密度和安全性是否满足要求,这些都是新的技术问题,A型号也好,C型号也罢,我们都不曾碰到过。"

孙秦满意地点了点头:"是的,麻雀虽小,五脏俱全。我们还得找地方做风洞试验呢,靠你啦。"说罢,看着李翔。

李翔摊摊手,顺便把刚抽完的烟屁股扔在地上踩了踩:"没问题,你们想要找怎样的风洞,我都能给你们找到。"

"我们想见识一下F35[①]的风洞。"李琦玉冷不丁来了一句。

[①] F-35战斗机,美国一型单座单发战斗机,世界上最大的单发单座舰载战斗机和目前世界上仅有的一种已服役舰载第五代战斗机。

这时，又一阵风猛地刮过来。

三个人全都不自觉地缩了缩脖子。

"好了，我们先进机库吧，虽然没有空调，但至少可以挡风啊。在这里再站上个几分钟，我怕我们都冻感冒了。身体是革命的本钱，我们可一天都不能倒下！"李翔建议道。反正他的烟瘾已经暂时得到了缓解。

孙秦点了点头，再度绕着FP100转了一圈，又用手摸了摸冰冷的机体，然后才走进机库。

就这么几步路，他还时不时回头张望，仿佛要跟自己的产品生离死别似的。他甚至还产生了一个念头，它会冷吗？不过，他并未将其说出口。

其实，机库内的温度并没有比门口的停机坪高多少。毕竟偌大一块场地，巨大的门还敞开着。不过，好在风没法直接刮进来，里面的人又多，产生了不少二氧化碳。

孙秦看着自己团队一张张年轻的面孔，不禁感慨："搞我们这一行的，还是理工男居多呀。"

随着去年资金到位，驰飞客开始自成立以来首次大规模招人，尽管有猎头的帮助，还是把人事行政负责人杜悦昕忙得够呛。她常常笑着抱怨："还好我已经有娃了，否则，照这个工作强度，我怕怀孕了都会忙得流产！"

一开始，孙秦要求必须招有过飞机设计背景的设计师，但很快发现很难实现，因为，相关人员基本上都在类似于中商飞机这样的传统航空企业，都是体制内的单位，经验丰富一点的，已经有了不错的待遇和地位，不愿意出来，而经验稍微浅一点的，他自己又看不上。

于是，他只能放宽要求，改为只要有类似于汽车、医疗设备、高端装备等领域研发经验的即可。

即便如此，也好不容易才凑齐了眼前这支年轻的队伍。

机体结构、系统安全性、软件、硬件、构型管理、需求工程、质量保证……各个专业也都有人顶上。

"真正的战斗要打响了，你们准备好了吗？"孙秦心里默默念道。

第16章
幻灭与新生

在孙秦的见证下,李琦玉带着驰飞客的核心技术人员,在白鹤机场的机库里召开了FP100全尺寸样机下线后的第一次工作会议。

机库外的寒风越刮越猛,天也阴沉沉的,看上去似乎要下雪。FP100在寒风中屹立着,岿然不动。

机库内的一群年轻人也丝毫不受天气影响,热火朝天地讨论着。

相比孙秦的投入参会,李翔显得有些心不在焉,一直在关注着自己的手机。

孙秦注意到这一点,倒也十分理解,只不过心底还是冒出一<u>丝丝</u>遗憾。

"想当初,他也是个很优秀的飞机设计师,却被现实逼得把大部分精力拿去搞业务了……但是,一个企业也不能全部是搞技术的。"

很快他就把关注点重新放到会议本身。

李琦玉准备得十分充分。

很多时候,人的潜力与他所获得的认可和授权是相辅相成的,在被任命为CTO这个头衔之前,李琦玉虽然表现也很不错,但很多时候会不由自主地自我设限,因为他下意识地认为,孙秦才是CTO,顶层决定得孙秦来做。

而自从成为CTO之后,他便放心大胆地打破各种条条框框,只要是可以尝试的、可能对产品有利的技术和设计,他都会去钻研,而且还会给团队安排任务。

如此一来，他成长得飞快。

"……我们下一阶段需要将一些重要的性能进行验证，比如我们的气动、飞控、垂直起降、水平飞行等，在正式投产之前，把所有的技术问题都解决了，让产品的后续研制和生产变成纯纯的工程问题，同时充分考虑适航要求……"

孙秦正仔细听着李琦玉的讲话，突然见李翔不知道何时已经溜出了机库，此时正露出半个身子，倚在门口冲自己招手，似乎在招呼他到门口去。

孙秦一脸疑惑，还是站起身来。为了避免打扰团队开会，他也轻手轻脚地走到机库门口。

一阵风刮过来，他打了个哆嗦，裹紧身上的衣服。

他跟在李翔身后，刚刚走出机库没几步，便问道："什么情况？叫我出来吹冷风？"

"嘿嘿，一个好消息，一个坏消息，你想听哪个？"

李翔一边问，一边掏出一根烟，费了老大劲才点燃。

孙秦瞪了他一眼："随你便，嘴巴长在你自己身上，有话快说！这里怪冷的！"

"那我就先说坏消息吧。"

"说！"孙秦心里微微一抖，盯着李翔。

"我总算弄清楚了，江大春到底对我们做了什么。简单来说吧，他手上有所有的FP100的设计资料。"

孙秦听到"江大春"这三个字，产生了一种本能的不适感，不过，他并不觉得这算什么坏消息。

"有就有，FP100自从他们离职后我们又做了迭代，他自己不懂飞机设计，郭任又只是专注在电机上，如果想靠着剽窃我们的数据就把eVTOL造出来，是他们想多了。"

"我们最新的迭代后来不是交付给朗逸科技集团了吗？我听说他们从朗逸那边拿到了，这样一来，应该说，他们手上就拥有全套FP100的设计资料了。"

"什么？"孙秦不敢相信自己的耳朵，"朗逸这么大一个集团，竟然如此不守规矩？哪能把我们的数据给别人呢？"

李翔耸了耸肩:"再大、再规范的集团,都是由一个个的人组成的,有人就有漏洞啊。"

当初,为了那个意向采购协议,孙秦不得不接受江大春的建议,向朗逸科技集团提供FP100的设计资料,不过,他还是留了一个心眼,在第一批交付前对数据进行了剪裁,只不过,后续的第二次交付,他考虑到只是一些增量数据,数据量也不大,加上李琦玉又很忙,没有时间剪裁,便直接提供了。

孙秦原本想的是,一个千疮百孔的设计图纸之上,哪怕叠加一些完整的数据,也改变不了大局。

没想到,这部分完整的数据竟然落到了江大春手上,他们只要将这些数据与离职前所获得的进行拼接,便可以获得FP100到目前为止的全套数据。至少可以支持他们开发出全尺寸样机。

原来,江大春的伏笔埋得这么深!

孙秦只得承认:"好吧,这的确是个坏消息……不过,从某种意义上说,也是个好消息。"

"啊?为什么?"

"让我们可以彻底扔掉包袱,还能激励我们创新……被抄袭也好,被剽窃也罢,都只是针对过去的设计,我们的未来设计,他们是不可能获取的。"

"你还真会化危机为转机。"

"只能这么想啦!不然我们还能做啥?去法院告他们不成?我们没有太扎实的证据,还会牵扯大量精力,得不偿失。"

"那倒也是……"

"好吧,真正的好消息是什么?"

李翔眨了眨眼:"好消息嘛,我刚才得到王总的消息,他们的价格保持不变。"

"哪个王总?"

"就是这里的王总啊。"

"哦哦……这么说,他们今年给我们的机库租金跟去年保持一致咯?"

"是的。他曾经说过要涨价,说因为现在业务繁忙起来了,有不少客户想租机库,如果我们依然想用,会优先跟我们续约,但是价格要往上调。"

"太好了，看来你没少跟他抽烟哪。"

"光抽烟能行吗？我是动之以情，晓之以理。"

"你跟他动了什么情，我就不关心了，那是你们俩之间的私事……我关心理的部分，可以展开说说。"

"……其实也很好理解，我其实就是给他讲了一个故事。把机库让给一个普通的通航企业，顶多在他们白鹤机场多增加几架传统飞机而已，但让给我们，就是保留了一扇通往未来世界的窗口。"

孙秦乐了："你还真会忽悠。"

李翔反倒认真起来："我是说真的，明显感到，这两年国家对于通用航空的重视程度又起来了，而且这次与之前那次不同，这次更多地把焦点放在eVTOL和无人机这样的方向上。我有预感，我们干的这个事情，春天就要来了。"

对于李翔的判断，孙秦从心底认可。

尽管现在依然是寒风凛冽的冬天，但冬天来了，春天还会远吗？

…………

刘动最后扫视了一眼房间，温馨而整齐。

半闭的窗帘未能阻拦窗外阳光温柔地斜射进来，洒在地毯上。空气里充满了沉甸甸的回忆。

他在这里住了整整三年。

三年前，他曾经以为，这里是他在美国生活的起点，他将在这里完成博士学业，找到一份待遇优厚的工作，然后娶妻生子，置办一幢大屋子，屋前屋后都有庭院，可以种草种菜，也能摆放烧烤架和咖啡桌。阳光灿烂的时候，他可以与家人在庭院里慵懒地坐着，什么也不干，只是聊聊天，发发呆，喝喝咖啡；凄风苦雨的时候，他则将门窗紧闭，让暖气充盈屋内，在温暖的壁炉旁，坐在柔柔的地毯上，喝酒，看书，看电视，儿女绕膝，红袖添香。

这一切对岁月静好的想象已经被无情打碎，这里已成为他在美国生活的终点。

尽管还未参加正式的学位授予仪式——那是在大半年之后的今年秋天，已经拿到博士学位的他已经不想再等。

他要回国。

做出这个决定之后,他与凯蒂进行了非常交心的谈话。

凯蒂虽然万分不舍,却心中无比清楚,自己不可能为了爱情跟着刘动跨越整个太平洋,到一个她完全没去过的陌生国度发展。

更何况,她从大部分渠道所获知的有关这个国度的信息,几乎全部是负面的。如果不是刘动的存在,她自己这辈子都不想跟中国搭上关系。

两人都明白,他们的感情结束了。

他们一起分享了最后几天,这几天,他们采购了足够的食物和用品,一分一秒都没有出门。最后一个吻之后,凯蒂离开了这里。

刘动则将房间收拾干净交还给房东老太太。

老太太不知道刘动离开的真实原因,还感到挺惋惜:"上哪儿去找这样彬彬有礼、干净整洁,又按时交房租不添乱的房客了呢?"

刘动并非毫无准备。

早在冯婕在他心中种下那颗"回国发展"的种子之时,他便开始关注身边的一切,而当自己真正经历过一次不堪回首的屈辱之后,他最终下定了决心。

所以,从那时起,直到他获得博士学位的这段时间,他已经进行了非常充分的思考。

他要回国创业。而且,他要去北京发展。

只有身处祖国首都,他才有足够的安全感。

而且,北京距离沈阳也近,方便他照顾父母。

他好几次打电话咨询冯婕。

自从这个母亲的闺密来学校看过自己一次之后,他便被这个阿姨的眼光和能力所折服。

那次,她好心提醒自己要关注窗外事,对于整个美国社会环境的风潮保持敏感,最好毕业后回国发展。后来发生的事情,验证了她的判断。

所以,在重获自由之后,他时不时会通过微信与冯婕聊上几句。

而冯婕也很愿意提携这个上进的年轻人,常给他一些人生建议。

"你是世界知名工科学校的海归博士,又有着天才般的技术背景,手上也有几份相关专利,如果创业,国内很多地方政府都有很好的落地政策,各类投资基金也很喜欢你的背景。可以说，你只需要确定一个方向即可，不需要有真实的产品，只要有概念，有逻辑自洽的故事，就能够融到资！"

刘动自然是明白的。

他有个师兄就回国创业了，据说发展得还不错。

在具体选择哪个创业方向上，冯婕的建议是："要充分发挥你的专业背景优势，不要浪费这么多年的专业成果。所以，最好跟装备制造等硬科技领域相关。现在没有必要去搞互联网了，什么电商、直播、众筹、共享经济，都被做烂了，一地鸡毛，要啃就啃硬骨头。远的不敢说，至少未来10年，无论是国家政策，还是我们投资基金，都会把更多的资源倾注到高端装备制造业相关的领域。"

于是，刘动开始在这个大方向上思考和调研。很快，他发现了eVTOL。

这个概念让他着迷。

从小他就喜欢读科幻小说，而eVTOL早就是各大科幻小说中的常客，现在，距离它走进真实生活的时刻，似乎不再遥远。

在深度研究了全世界的好些家eVTOL创业企业之后，他发现，对自己来说，直接干eVTOL的话，创业风险极高。

最重要的，他并不懂航空器，或者飞机。在过去的实习经历当中，他清楚地意识到，要造一架完整的飞机出来，其难度有多大。

其次，他注意到了一个"适航"的概念，这个概念对他来说也很陌生。他只能初步判断，这是一个确保飞机设计过程完整性的监管行为，而为了支持这件事，企业需要投入很多钱。

所以，他没法去造飞机。

然而，全世界有那么多企业想造飞机，对于这些企业来说，eVTOL就如同金矿里成色最足的那片黄金片区，每个人都想去挖几块。

他猛地想到，在美国西部加利福尼亚的淘金热当中，最终赚到钱的人不是去淘金的，而是在旁边递铲子和递水的。

"我能不能去服务于这些eVTOL主机企业，给他们递铲子和递水呢？"

他发现，所有的eVTOL都有几大核心系统，包括飞行控制和电机。他不懂电机，但是，他懂飞行控制。

他不但专业对口，而且在通用的飞行控制领域已经做出了一些理论成果，也在实习时非常有限地验证过。

既然每一架eVTOL都有飞行控制系统，为什么不能将自己的技术积累做一些有针对性的裁剪和适配，专门用于服务eVTOL这样的小型飞行器呢？

更何况，在eVTOL主机层面，受益于工业基础的完备和新能源汽车以及相关新能源电池技术的发展，国内的初创企业与欧美的相比，正处于几乎相同的发展节奏上，不存在传统航空领域那样的代差，而是并驾齐驱。

离开祖国这么多年，他也不得不佩服国内的这些eVTOL创业先驱者，竟然在这样一个高科技，而且是面向未来的领域做到了世界领先水平。他不敢想象，他们付出了多少努力才做到这一点。

但是，到了机载系统领域，尤其是飞行控制系统这个领域，国内依然是一片空白。

哪怕在传统航空领域，飞行控制就是重要性、技术难度和挑战最高的机载系统，一架飞机，可以没有其他任何系统，但是，不能没有机体结构、发动机和飞行控制系统。全球顶尖的飞行控制系统提供商也无非韦霍系统等三四家欧美企业而已，国内的差距还很大。

刘动的双眼直发光，因为结论并不难做。

他要创业，去做针对eVTOL的飞行控制系统。

假使一共有100家eVTOL主机，他能够服务其中的三分之一，就是30多家，这30多家当中，只要最终有三家成功了，他也就成功了。

想到这里之后，他兴奋地给冯婕打去了电话，得到了她的积极回应："太好了，你这个方向很有想象力！可能是我在美国待得时间太久，在我出国之前，据我所知，国内还没有一家创业企业在做这件事！如果你去做，就是零的突破！小刘，我就先给你表个态，一旦你启动，就第一时间联系我，我们SIN基金要做你的天使投资人！"

初夏如同一位温婉的少女，悄然降临在北京这片古老的土地上。阳光开始火热起来，但微风依旧带着一丝清凉，轻轻拂过古老的胡同，吹至鳞次栉比的商务楼。

路人们或急匆匆地赶路，或悠闲地在石板路上散步。胡同两旁的槐树，绿叶繁茂，阳光透过叶间的缝隙，洒在地面上，形成斑驳的光影。而在立交桥下，在商务楼的钢筋森林和众多产业园区当中，光影不再是细碎的，而是形成泾渭分明的大片相邻区域。

刘动站在楼下，使劲地呼吸了一口空气，冷不丁鼻孔里钻进一片杨絮。他重重地打了一个喷嚏。

正在揉搓鼻子的时候，他注意到，远远地走过来一个小个子女人。

那是他的长辈，一位投资人。

刘动连忙迎上前去，伸出右手："冯阿姨好！"

冯婕笑容盈盈，也伸出手，轻轻地与他握了握。

"时间过得好快呀！我们上次见面，还是在UIUC校园里，没想到，这次竟然在北京，恍如隔世呀！"冯婕发出招牌的清脆笑声。

刘动也笑道："是呀……多亏冯阿姨指点，要不然，我的事情不可能起步这么快……我本来说去您的酒店看望您，可您非要过来，我们这儿很偏吧？"

"距离我酒店的确有点远，我可在亮马桥住呢。不过，昌平这里适合创业起步阶段，地方政府有扶持，而且房租成本也低，交通倒还不算太不方便。再说了，我都投资了你们，还不能来企业看看吗？"

刘动连忙点头："当然可以，当然可以，欢迎随时过来指导工作！"

冯婕敛起笑容，一边跟着刘动走进大楼，一边关切道："这个园区的条件还行吧？房租优惠什么的都兑现了吗？"

"已经比我想象中要好啦！各项扶持也都兑现了，您放心吧。"

冯婕在做出投资刘动的决定之后，得知他想落地北京，便跟北京的朋友联系，找了这处创业产业园，作为刘动的起点。

她当然可以帮刘动找到更好的地方，只不过，觉得没有必要。创业嘛，起步艰苦点也不错。

再说了，花的钱也是她给的，能省一点是一点。

刘动带着冯婕走进电梯，到了9楼。

一走出电梯，冯婕便看见通道左侧被一面玻璃门挡住，透过玻璃，可以看到不远处的前台和前台后的一整面墙。

墙体是耀眼的紫色，给人以很大的视觉冲击感。

墙上正中央用浅灰色字体写着四个大字：九控系统。下面则是一排英文小字Jiukong Systems。

风格十分简洁。

冯婕一乐:"你们公司名称的英文翻译竟然是用拼音直译吗?你好歹也是留美博士,这么接地气?"

"懒得去琢磨了,起名这玩意儿特别费脑子……而且,'Jiukong'的发音对于外国人也不算复杂。"

刘动站在玻璃门前,一刷脸,玻璃门便自动打开了。

前台空空荡荡,并没有人坐在那儿。

刘动解释道:"我们现在还没有专职前台,行政人事等工作都是一个小姑娘在管着。跟您的基金肯定没法比。"

"创业团队嘛,你要是现在就有个专职前台坐在这儿,我就怀疑你是不是在乱花我的钱了。"冯婕笑道。

刘动带着冯婕在办公区域转了转。

整个办公区域并不大,300平方米不到,要不是园区早期的优惠政策,刘动根本用不了这么大的空间。他才刚刚在北京安顿下来,也只是临时招了几个人,其中有两人还是他同学介绍的。

不过,尽管如此,他还是颇花了点心思把办公室装修了一下。

室内很工业风,而且线条简洁,除了门口墙壁上那抓人眼球的紫色,其他区域均以灰色和浅绿色为主色调。

他没有为自己准备一间独立的办公室,而是全部设置成开放式工位,隔出三间大小不一的房间用来做会议室。

对于这样的装修风格和理念,冯婕颇为赞许。

她见过不少被投企业,一旦拿到钱之后,创始人就开始膨胀,给自己置办很大的办公室,将自己与团队隔绝开来,仿佛上辈子没当过领导似的。

创业不是为了找领导的感觉,创业是为了改变世界。虽然这句话有些唱高调,但是她很认同。

最具公司特色的,是位于办公区一角的飞控试验室。

只有这间房用实心墙壁隔断出来,并且配置着两扇褐黄色的木门。看着能有让试验室里的人完全不受外部办公区的干扰的功能。

刘动有些尴尬地介绍道:"不好意思呀,这间房现在还是空空荡荡的……这里是为了之后我们搭建飞控系统和产品预留的区域。飞控系统，尤其是eVTOL的飞控系统，并不占太多地方，完全可以在这里进行研发和试验……"

一边讲解，他一边告知冯婕，自己在试验室里划分了几个区域，分别用来放置仿真模拟设备、试验台和各类部件。

"……我还在调研和选择各家供应商，争取您下次再有时间过来的时候，这里就已经开始运转起来了。"

冯婕虽然不懂，但看到这间空空如也的房间里在地板上已经用黄色的胶带区分出了不同的区域，也点点头表示认同。

走出试验室，再次穿过整个办公区，刘动将冯婕带进对角处最小的那间会议室。虽然在角落，但因为会议室的隔断用的是玻璃，而非实心墙壁，所以采光还算不错。

坐在会议室里，冯婕眯了眯眼，说道："刘总啊，挺好的，这个环境正是干事情的地方，好好干！"

刘动挠了挠头："冯阿姨，您还是叫我小刘吧！"

"不！"冯婕正色说道，"私下里呢，或者如果什么时候跟你妈妈在一起的时候，我可以这么叫你，但在公共场合，我必须叫你刘总。你也一样，工作场合的时候，还是要显得正式一点。我是为你好，不想让别人认为，你是因为你妈妈的关系，才获得我的投资的。事实上，我也不是因为这层关系投的你，而是，我看好你这个创业方向，也看好你的专业背景。"

刘动听罢，用力回答："明白了，多谢冯总提醒！"

"嗯……"冯婕微微点了点头，"现在你刚刚起步，除去把产品尽快迭代出来之外，还需要时刻关注现金的状态，并且同步寻找客户，千万别等产品做出来之后再去找客户。很多博士出来创业的多少带着一点象牙塔里的书呆子习气，思维是线性的，总觉得东西没出来，不好意思去市场上忽悠人家。事实上，这种想法是不对的，你明白吗？"

刘动面露感激："嗯！我懂的！在美国的时候我参与过一些企业项目，并非完全活在学术世界当中，只可惜……"

他又想到了那段不堪回首的往事，音调也低沉下来。

"那就好，至于那件事情，你就别去回忆了。现在你已经在国内，永远不会再有这样的事情。"冯婕安慰道，"关于客户，其实我已经有一家可以推荐给你了。"

刘动眼前一亮，忙问道："是吗？在国内吗？"

"是的，这家公司总部在上海，叫驰飞客，创始团队来自中商飞机，属于航空科班出身，我们基金也投了。所以，我没有理由不撮合你们之间的合作。"

冯婕在办公室短短地聊了半个小时之后，便起身告辞。

在办公区域，当着刘动的几名员工，冯婕说道："刘总，你们的状态很好，我很满意，好好干，我看好你们！另外，那家上海的客户，别忘跟他们联系。"

刘动恭敬地将她送到园区门口，目送她打上专车，这才回到办公室。

他坐在刚才两人聊天的小会议室里，微微思考了几分钟，便拨通了冯婕给自己留下的电话。

"这是驰飞客的创始人，叫孙秦，跟你年纪差不多，可能比你大一点，都是风华正茂的干事情的年纪。"

伴随着听筒里传来的拨号音，刘动回忆着冯婕的介绍。

"孙秦……名字倒是很普通，可能他爸姓孙，他妈姓秦……"

铃声响了四五声之后，电话接通了，一个稳重的男声传了过来："喂？"

刘动觉得孙秦的声音听上去挺舒服，至少第一感觉，不是轻佻浮夸之人。

于是，他也不自觉地调整自己的口吻："喂，请问是孙总吗？"

"对，我是。您是哪位？"

刘动听出来，孙秦那边背景噪声比较明显，应身处室外或者热闹环境中。

"孙总您好，是冯婕冯总给我您的联系方式……"刘动先把冯婕搬了出来，他是担心孙秦因为环境嘈杂而随便应付两句，"我是刘动，是九控系统的创始人，我们是做eVTOL的飞控系统的。冯总说您这边是做eVTOL整机的，建议我们认识认识，看看有没有合作机会。"

"冯总？"孙秦的声音一下提高了八度，"那太好了！你们是专门做eVTOL飞控的吗？"

"是的，我们也是一家创业企业，专攻这个方向，冯总给了我们投资，也跟我介绍，他们SIN基金也投资了您的企业，所以我觉得挺有缘分，就第一时间联系您了，不知道您现在是否方便聊几句？"刘动觉得自己的小小策略奏效了，便主动提出聊聊正题。

孙秦连忙回答："刘总，很高兴认识您！我没问题，现在有点时间，只不过，我正在一个展会上，背景可能有些吵，如果您听不清楚，随时提醒我。我也找找看有没有安静一点的地方。"

"好的，打扰您了。我们都是冯总的 portfolio 企业①，应该说有很好的合作基础……"刘动再次强调这一点之后，便在电话里把自己和九控系统的情况简要做了介绍，最后说道："待会儿我们聊完后，如果方便，可以加个微信，我把我们的介绍材料也给您发过来，做个参考。"

孙秦这时候已经快步来到展会的场馆区域外面，找到一片树荫处。这里尽管人流依然很大，却因为场面开阔，声音不会像在展馆里面那样被拢住回响。

"刘总，您介绍得非常到位，刚才我在找相对安静一点的地方，路上信号有些断断续续，有些细节我没有完全听清楚，跟您确认一下……"孙秦十分仔细地在电话里与刘动确认几处细节。

刘动也一一耐心作答。

他明显感觉到，孙秦的背景噪声要小了一些，两人沟通起来不再像刚才那样费口舌。

听完刘动的再次介绍之后，孙秦有些激动地握了握拳："刘总，听完您的介绍，我真心觉得很好。不瞒您说，我们目前正在考虑我们的飞控方案，我们的全尺寸样机刚刚出来，正在进行各类关键技术验证，我们也在同步寻找核心系统的解决方案，其中就包括飞控。说实话，我之前都不知道国内有做这件事情的企业，还有些发愁。现在好了，您是美国名牌大学的博士，冯总也投资了你们——她的眼光是很毒的，这就说明她已经帮助我们做了一次尽调，我觉得，我们没有理由不往前推进……"

刘动连忙附和："是的，是的，您是在上海对吧？近期我约您时间，到上海来拜访拜访。我们当面好好聊聊。"

"没问题！"孙秦很爽快地答应了，"待会儿您加我手机号这个微信，然

---

① 即投资标的组合内的企业，或者更加简单地理解为"被投企业"。编者注。

后我把我的联合创始人也介绍给您认识一下,他专门负责我们的外部协作。我相信,他也会很有热情好好向您请教。"

"请教不敢当,我们好好交流!"刘动说到这里,透过玻璃望向窗外,觉得北京初夏的阳光都更加耀眼了几分。

结束与刘动的通话之后,孙秦并未立刻走回展会的场馆,而是在树荫下驻足,平复平复自己的心情。

创业近三年来,无论经历过何种挑战与挫折,哪怕是江大春的出走和天使轮融资前现金流几乎断裂的险境,他都保持着一个信念。

这个信念从他下决心创业时开始,就从未改变。

他坚信,航空不是只有大玩家才有实力去玩的,一定可以用一种轻量化的方式服务于未来的城市立体交通,为更多的人提高出行效率。

为了实现这个信念,他一直很期待更多的新玩家加入自己的行业,开始eVTOL领域的创业,也很欣喜地看到,从今年年初开始,这个趋势越来越明显了。

但是,他所接触到的,全部都是如同自己一样,进行的是eVTOL或者无人机领域主机的研制。这符合创业者的天性。

谁不想让自己的产品未来很显眼地飞翔在天空呢?无论哪个行业,从飞机到汽车,从手机到家电,从消费品到化妆品,永远是最终的产品提供商获得最高的关注度和社会曝光。

然而,尽管eVTOL的尺寸要比传统的飞机小不少,但复杂度其实并没有呈指数级下降,主机厂依然面临多专业的融合挑战,其他企业他不敢说,至少驰飞客是没有能力独立实现整架飞机完全的垂直整合,什么都自己干的。

他必须要寻找产业链上的合作伙伴。

飞行控制系统就是这样一个很专业的机载系统,一方面,它与飞机主机的结合度非常高,任何主机都不可能没有飞控专业的能力;另一方面,它的专业性又非常强,很难有主机同时拥有完整的整机设计和飞控系统专业的全部能力。哪怕李琦玉当年在中商飞机上海研究院是干飞控系统出身的,依然做不到这一点。

所以,今天与刘动打完这通电话,了解到北京已经出现了一家专门做

eVTOL飞控系统的企业，孙秦别提多激动了。

情绪略微稳定一点之后，他才打算移步回场馆。他也才有一点闲情逸致，从场馆的外面来观察它的全貌。

早上过来的时候，挤在匆匆的人流当中，他并没有太过于关注，现在仔细一看，不得不感叹：真是气派！

这是一座宏伟无比的单体建筑，矗立在蓝天白云之下。整体外观设计简洁而大气，线条流畅，充满了现代感。玻璃幕墙在阳光下熠熠生辉，映射出内部的繁忙景象。

展馆正中间靠上的位置正用颇具质感的巨大横幅展示着这次展会的主题：第一届中国国际高端装备制造产业展。主题下面用更小的字体呈现着这次的举办地点：中国成都。

"北京，上海，广州，成都……正好组成一个四边形……"孙秦一边心中默念，一边往展馆走去。

他的身影汇入人流，越靠近展馆入口，越显得渺小。直到整个人都被吞噬进去一般。

展馆内部依然热闹非凡，他再次感到自己仿佛置身一个未来科技世界。

放眼望去，各式高端装备整齐排列，它们来自不同的细分行业，航空、航天、船舶、铁路、特种装备……每一个展品都代表着行业内的最新成就和最近动态。

展馆入口最显眼的区域是各类新式装备的展示区，也是人气最旺的区域，他只见巨大的机械臂在空中挥舞，精准而迅速地完成着各种复杂的动作；高精度的数控机床在高速运转，发出轻微的嗡嗡声；智能机器人穿梭在人群中，为人们提供着各种服务。

不过，这些热闹对孙秦来说没有太大的吸引力，毕竟跟他的业务还是有些差异。他快步而小心翼翼地穿过人流，往航空专区而去，同时掏出手机给李翔打电话，问他在什么地方。

"我也正在找你呢！"李翔很快便接了电话。

"我刚才出展馆了，去接了一个电话，很有收获。你在哪儿？我把情况跟你说一说！"

"我就在机载系统区域，在航空专区的……应该是西南方位吧。"

"好！你在那里等我！"

越往专业展区，人流就相对稀疏，孙秦得以一路小跑，来到李翔身边。

李翔正在与一家来自西安的降落伞企业聊天，见孙秦来了，他便留了对方的名片，然后冲着孙秦问道："我们去哪儿聊？"

孙秦环视四周，发现似乎也没有什么特别合适的地方，便径直走到附近一家发动机公司的大展位后边，那里有一片狭窄的区域，目前没有人。

"我刚才接到一个北京创业企业创始人的电话，他是UIUC的博士，现在回国创业，天使投资也拿了SIN基金的钱。你猜他们是做什么的？"还没站稳，孙秦就迫不及待地问道。

"又一家搞eVTOL的？可以呀，看来我们这个赛道越来越有前途了，美国名校博士都参与进来了！"李翔不假思索地说。

"搞eVTOL没错，但是，他们专门搞eVTOL的飞控！"

"什么？专门搞飞控？"李翔觉得很不可思议，"这么细分的赛道，终于有人搞了吗？"

"是的！他会加我微信，到时候我把你也介绍给他。已经约好了，近期他们会到上海跟我们见面聊。"

"可以的，他很有眼光……我还纳闷呢，这么多搞eVTOL主机的，就没有一家搞eVTOL机载系统的吗？我都迫不及待地要跟他聊聊了！"

"必须的！"

两人又顺便聊了聊别的事情。

这次来成都参加展会，他们主要是想考察考察各大系统的合作伙伴。

李翔认为，eVTOL是新兴事物，合作伙伴的选择一定不能仅限于传统航空工业的那些，要打开思路，充分了解其他高端装备制造业的产业链情况。

除此之外，孙秦还准备在成都拜访几家潜在的客户。

成都位于四川盆地中最平坦的地方，但四周全部是山区，旅游资源非常丰富，eVTOL毫无疑问可以提供非常好的旅游专线，供游客从成都出发，一站式直达景区。这个过程中既可以躲避拥堵的地面交通，还能在路上就俯瞰风景，一举两得。

正讨论规划着，孙秦突然瞥见不远处有一个样貌清秀的年轻男子正往这片狭窄区域走来，一边走，还一边在打电话。显然，他也想找个相对安静点的地方，而这里，无疑是个不错的选择。

孙秦一愣，觉得这人有点眼熟。

袁之梁觉得成都这趟没有白来。

原本张顺景也要跟他一起过来，但A2在交付给广州市公安局之前出了一点小问题，张顺景只能留在广州，和团队连夜排故。

杨天和叶晨等骨干也一个都走不了，袁之梁本想带上贺瑾，但她微笑着婉拒："我一个搞人事行政的，去这种展会做什么？不是浪费钱吗？内行看门道，外行看热闹，我连热闹都看不懂。"

于是，袁之梁只能单刀赴会。

令他感到无比震撼的是，成都的无人机产业竟然如此发达！

从重型无人机，到大中型无人机，再到小微型，各种等级的无人机在成都都能找到供给，它们几乎覆盖了从娱乐、消费到各大行业应用的所有领域。

袁之梁之前认为，无人机的产业链很依赖消费电子产业，因此，珠三角应当有很大的区位优势，他的A2肯定是有很强竞争力的。

现在到了成都，发现山外有山，天外有天。一种紧迫感在他心中潜滋暗长。

这趟回广州之后，需要与张顺景好好聊聊，下一款产品要如何设计，以及现有的产品成本结构有没有可能再优化。否则，竞争很激烈呀……

除此之外，他还时不时要远程关注A2产品的状态。广州市公安局是他们A2产品的启动客户，必须要确保百分百的成功，绝对不能掉链子。

他再次拨通了张顺景的电话，发现自己不知不觉走到了航空专区的机载系统区域。

这里的人流量相比那几个热门区域虽然要小不少，但整个面积也不大，反而显得人员密度很高。

他不想让自己的电话被别人听见，便四处寻找相对空旷的区域，直到看见一家发动机厂商展台后的狭小空地。

袁之梁快步走过去，可即将走到目的地的时候，却发现那里已经站着两个男人。两人也都正盯着自己在看。他正准备转过头去另寻他处，却突然发现这两人有点眼熟。

尤其是那个相比之下模样较俊朗的，之前应该在哪里见过。

由于同时还在与张顺景的电话上，他没法分心去开足所有脑力在记忆库当中搜索。当然，很快他便发现也无须搜索了。

因为，那人直接叫出了自己的名字："袁总？袁之梁？"

袁之梁眼前一亮。

而记忆中，一股宿醉后的恶臭翻滚起来。孙秦和李翔！

他忍不住张了张嘴。

匆匆与张顺景聊了几句后，他走上前去，打量着两人，笑道："不会吧？孙总，李总！这也真是太巧了！"

三人都哈哈大笑起来。

孙秦问道："没打扰你打电话吧？"

袁之梁摆了摆手："没事，已经讲完了。"

李翔笑道："袁总，没想到，我们一个在上海，一个在广州，竟然在成都碰面了，而且还是在这样偌大一个展馆如此不起眼的角落。要是算我们碰面的概率，怕是微乎其微吧。"

"是呀，是呀，自从上海一别，有快两年没见了吧？"

"可不是嘛……"

三人又寒暄了几句，李翔建议道："袁总，如果今晚你没别的安排，我们要不要一起吃个火锅？"

孙秦也补充道："是呀，这样的缘分，必须要好好聚聚！"

袁之梁微微思考了一下。他今晚的确没什么别的安排，虽然广州那边A2的进展他很牵肠挂肚，但似乎跟他吃不吃火锅没有关系。

"我就充分信任团队，信任老张吧……"给自己做好思想建设之后，他点了点头："好哇，我们晚上好好聊聊。"

之前做A型号的时候，孙秦就没少来成都出差，所以三人中对成都最熟悉。

他便自告奋勇地订下一家距离展会不远的本地特色火锅店。

一天展会结束时，三人一起打了一辆车，飞奔而去。

这家火锅店古色古香，规模很大。走进木制的带门槛的大门之后，三人便置身一片偌大的天井当中。天井里摆放着木制的桌椅板凳,已经坐满了人。远离大门的一侧,放着一张木制长桌台,上面堆放着泡菜、花生米、小番茄等零食。当然,也少不了自制的茉莉花茶。

"这里都是等位区,生意太火爆了……"孙秦解释道,"我很多年前来过几次,每次都要先订位,否则要排两个小时的队。我们今天运气不错,我之前订位的时候,说正好有一桌取消了。"

"我们仨今天能在成都碰面,就是天降大运了,火锅店补个漏岂不是信手拈来?"李翔说。

"那……在哪里吃火锅呢?"袁之梁问。刚进门的时候,他看见眼前这天井,还以为这片区域是就餐区。

孙秦用手指了指天井四周,然后又指向二楼:"喏,全都是。每层都还有大小不一的包房。包房我没订到,太晚了。"

袁之梁这才注意到,天井旁粗壮的柱子之间摆放着密密麻麻的绿色植被,透过植被仔细看,便能发现一桌桌的食客。

在服务员的带领下,三人拐了好几个弯,终于来到孙秦预订的桌边。

"虽然不是包房,但这个位置相对清静。"孙秦说。李翔和袁之梁也都点了点头。

"袁总,那我就点菜了呀,记得你是广州人,估计不能吃辣,我先点个鸳鸯锅。"

"大刀腰片、黄喉、毛肚、猪脑……"

孙秦熟练地点着火锅配菜。

李翔和袁之梁都咽了咽口水。

只是,两人的原因不同,李翔是期待,袁之梁则是出于对于未知的恐惧和兴奋。

他是典型的广东人,不过,他并不排斥体验新鲜事物。既然来了,当然要尝尝地道的本地特色。

点菜完毕,又叫了半打冰啤酒,三人总算可以稍微笃定地聊聊天。

孙秦一副东道主的派头,冲着袁之梁问道:"袁总公司发展得如何?既然来展会,应该还是挺不错吧?"

其实,从冯婕口中,他和李翔都已经得知安罗泰放弃了A1构型,转而先发展无人机产品。不过，总归从袁之梁嘴里获得的信息才是第一手的。

袁之梁喝了一口茶，摊了摊手："还是瞎混呗，我们已经暂时放弃搞飞行汽车了，现在在做无人机，所以这次来成都见见世面。没想到成都的无人机产业这么发达，压力好大。"

"哦？不搞eVTOL了？那老张能干吗？"李翔笑着问道。

"也不是不搞，是暂时不搞，我们的积累还是没有你们深厚，而且，我一个搞汽车出身的，对于飞机的理解也很有限，之前在产品构型上犯了一些错误，耽误不少时间，只能曲线救国，先搞点容易的。"袁之梁倒是毫不避讳自己的情况。

他也知道，圈子很小，没有必要文过饰非。再说了，短期内，甚至相当长一段时间之内，安罗泰和驰飞客并非竞争关系。

孙秦内心给袁之梁竖起大拇指。

"坦荡！"

李翔也点了点头，举起茶杯："袁总，我觉得你这个选择是正确的，倒不是说我们看不起无人机呀，但它的难度肯定比eVTOL低，毕竟不用载人。而且，据我所知，无人机产品的迭代是很快的，你们的新产品肯定能够很快问世，我就以茶代酒，先预祝你产品大卖！"

袁之梁抿了抿嘴，刚准备举杯，服务员便把啤酒端了过来。

李翔嚷道："来来来！直接换酒吧！"他熟练地抢过三瓶，一人分了一瓶。

三人直接用瓶碰在一处。

袁之梁喝了一大口之后，抹了抹嘴，也问道："你们的eVTOL搞得怎么样？现在这个赛道的参与者越来越多啦，不过，你们的优势还是挺明显的。"

孙秦也实诚地回答："也走了一些弯路，不过全尺寸样机出来了，现在还在搞各种验证试验。相比无人机，我们推向市场的时间还不知道是什么时候呢！毕竟，我们还要适航。"

袁之梁笑道："是呀，适航，适航，老张从第一天加入我的时候，就跟我说这个词。自从搞了无人机之后，我已经有一段时间没跟它打照面了，感觉轻松多了。"

李翔插了一句："你别看无人机现在不需要走适航，等产业发展得更加成熟，尤其是重型、大型无人机越来越多以后，我估计还是逃不脱的。"

袁之梁瞪了他一眼："你这个乌鸦嘴。"

孙秦也说："这个可能性还真不是没有，我和局方也一直保持着联系，他们目前在规划eVTOL的适航事宜，很有可能未来把一定级别之上的无人机也纳入其中。"

"是那个巩老师吗？"袁之梁问。

"对，对，就是她！我想起来了，我们当初认识就是因为她的引荐呢！"

袁之梁举起酒瓶，冲着天空："对对，来，我们一起敬她。"

几口啤酒下肚，火锅也烧旺了，三人便开始往里面扔各种配菜。"大家随意呀……"孙秦招呼道。

吃过几轮，李翔开启了一个新的话题："袁总，我知道无人机相比eVTOL要简单一些，但你们的产品估计也有外协的吧？不可能什么都自己干？"

袁之梁点了点头："是的，怎么可能什么都自己干？我们的第一款无人机产品叫A2。不要小看它，它的供应商可是遍布全国。比如说，光电吊舱，就是无人机机头下面挂着的那个球……"说到这里，他似乎觉得这句表达有些奇怪，稍微顿了顿，但又想不到别的方法，只能硬着头皮继续说道，"……好吧，就是那个球，我们就是完全找的供应商做。"

李翔回应道："嗯，我知道光电吊舱，它的技术含量不低的。"

"是呀，我现在越来越体会到，一个新兴行业要发展起来，产业链很重要，否则，你手上拿着钱，都不知道找谁做。我原来在羊城汽车搞自动驾驶算法，总觉得一切都是理所应当，国内的汽车产业链太齐全了，尤其是新能源汽车领域，但是，搞了无人机之后发现，我们的航空产业链还是有很大发展空间的。"

"被你给说对了。"孙秦往嘴里喂了一片毛肚，一边嚼，一边补充，"在传统的航空领域，尤其是民用航空，哪怕是已经交付航空公司运营的A型号，和正在冲刺适航取证的C型号，核心的零部件和机载设备，比如发动机、飞控、航电、燃油、液压等都是进口的。这几年中美关系和国际局势都发生了变化，我们也意识到供应链自主可控的重要性了。无人机行业还好，听你的意思，主要供应商都是国内的，eVTOL其实面临与传统航空领域很类似的问题。"

"哦？"袁之梁很好奇，"为什么呢？"

他觉得这是个很好的机会听听孙秦的专业看法，毕竟，安罗泰迟早还是要回到eVTOL赛道的，提前了解了解供应链的风险很有必要。

"eVTOL的系统其实很复杂，而且要走适航，这就意味着，它对供应商的要求是挺高的，同时，它的成本结构又限制着，供应商还不能像传统航空领域一样，提供那么昂贵的产品。在传统航空领域，一整套航电设备卖上百万美金是很正常的事情，但是在eVTOL领域呢？一整架飞机可能都只卖几百万人民币，这样一来，我们就会发现，找不到供应商……"

"哦……"袁之梁似懂非懂地点了点头。

"一些传统航空领域领先的国外供应商的东西自然是好的，但是价格贵不说，未来如果国际局势进一步发生变化，会不会存在不能供货的风险？而国内的供应商普遍缺乏航空产业经验和适航经验——毕竟以前没做过航空型号，我们也不敢选，这不仅仅是价格的问题。"孙秦接着解释。

这下袁之梁才完全明白。他心中暗自庆幸："还好现在转型做无人机了……"

"所以，袁总，你们的路线我觉得挺好，只不过，我们的基因就是搞eVTOL，搞载人的飞机，哪怕再难，我们也要迎难而上。"孙秦语气十分坚定。

这话仿佛是说给袁之梁听，其实又是对他自己说的。

李翔再度举起酒瓶："来，再干一个！祝我们的产品都大卖！"碰完后，他熟练地掏出香烟和打火机，问也没问，就直接点上一支。

孙秦说："你倒是越来越不见外了呀，现在连象征性的问都不问了。"

"嘿嘿，我们仨第一次在上海喝酒那次，袁总不是已经给我特赦了吗？再说了，烟酒不分家嘛！"

离开成都的时候，孙秦的心态十分复杂。

短短几天，他的收获其实是很多的，不但充分考察了产业链，还见了两家当地的旅游运营公司，获得了对方初步的认可，并且还因为冯婕，与刘动的九控系统建立了联系。

不过，和袁之梁重逢之后，他才得知，这个原本他有些瞧不上的"汽车人"竟然已经搞出了第一款面向市面的产品，而且刚刚交付给广州市公安局，未来还有可能推广到广东省公安厅。

而他的FP100呢？还在试验阶段，不知道还要几年才能真正面市。他自以为是科班出身，可没想到，袁之梁不但早于他融到资，还比他早推出产品。虽然产品类别不同，孙秦胸腔里还是燃起了熊熊的好胜心。

他将李翔介绍给了刘动之后，又亲自给刘动打了一个电话，告知他，自己要南下广东去跑客户。如果刘动着急，可以先到上海与李翔见一面，把关系建立起来。

刘动想了想："孙总，不急这十天半月的，等您回上海之后，我再过来拜访，正好我这边也可以把产品材料稍微准备准备。"

"那好，期待到时上海见！"

好在从成都飞回上海的航班没有晚点，下午4点不到就落地了。

孙秦给自己放了一个小假，直接去学校接回儿子，陪他好好玩了玩，又在家把晚饭做好，等着罗园园下班，三口之家吃了一顿久违的晚餐。

第二天一早，他便带着李琦玉飞往广州。他们的目标很明确，希望把南华通航谈下来。

孙秦对江大春一直没能落实一个书面的协议耿耿于怀。

所以，当他刚离开后，孙秦便给庞雷打了电话，向他解释了情况，并且期待南华通航能够继续与驰飞客合作。

电话里，庞雷表态表得十分爽快，说看过FP100的产品介绍，尽管还只有1:2的缩比验证机，但整个设计理念还是很符合逻辑的，构型也比较稳，技术风险相对小，相信他们能够完成最终产品的开发，迅速适航并推向市场。

不过，此后孙秦一直忙于融资等更加紧急的事务，耽搁了趁热打铁的时机，直到这次在成都碰上袁之梁，才痛感自己应该把更多的精力放在开拓客户之上。

好在庞雷恰好有空，也依然较热情地欢迎他们过去。

创始人和CTO两人亲自登门拜访，诚意很足。

这是孙秦第一次见到庞雷本人。此前，尽管听江大春描述，庞雷是一个灵活的胖子，可见到他出现在自己眼前时，孙秦还是被惊到了。

他的身型是胖子无疑，但眼神却无比精明。

庞雷直接在办公室接待了两人。

"孙总，你可真是一表人才呀！之前我们都是电话沟通，今天见了面，我更是相信,驰飞客能够搞成!"庞雷一上来便给孙秦戴了一顶高帽子。

孙秦不太确定他的动机到底是什么,不动声色地回答:"庞总太客气了,我们不想那么远,先一家客户一家客户地服务好,比如咱们南华通航,我们是一定要好好支持的。"

庞雷眯眼一笑:"孙总,我这人纯粹是有点迷信,相信面相,你的面相就很旺。在广州,我们很信这些东西的。"

孙秦也切换了话题,转而介绍李琦玉给庞雷认识:"这位是李琦玉,是我们的CTO,FP100可以说就是他的心血。他也曾在中商飞机上海研究院工作多年,也是我的老同事。"

庞雷笑着把胖手伸了过去:"李总,幸会幸会,你也是年轻有为!"

李琦玉不敢怠慢,连忙伸出右手与庞雷握了握。他平时并不常出来见客户,几乎是下意识地做出了反应。孙秦斜眼偷偷看过去,心中暗自好笑。

出发之前,他就给李琦玉做心理建设:"你现在是CTO了,CTO不光是把产品和技术抓好,还要能出得厅堂,能够去跟客户谈笑风生才行。"

所以,这次带李琦玉来广州,一方面是为了向庞雷展示自己的重视,另一方面,也是为了开始锻炼李琦玉。想到这里,他说道:"琦玉,要不你给庞总快速介绍介绍我们的产品?"

李琦玉正欲张口,庞雷挥了挥手:"算了,算了,孙总,我知道你们都是飞机设计师出身,都很专业,但我们这里是运营飞机的,其实不懂飞机设计,我们只知道,一架飞机安全、可靠、经济性好,能够给我们赚钱,这就够了。你见过出租车公司关心出租车本身是怎样设计的吗?"

孙秦心说:"这个老狐狸……"

但表面上还是笑脸相迎:"庞总太客气了,谁不知道您是资深行业专家,运营了这么多年的各类飞机,无论是高端的公务机,还是平民的小型通用飞机,都如数家珍哪。不过您说得有道理,今天我们过来并不是给您介绍产品的,事实上,我们之前已经有两年的合作基础了,您也曾经口头表过态,愿意采购我们的产品,我觉得……"

庞雷打断了孙秦,似笑非笑:"孙总,没问题,我庞某人不是言而无信之人,之前跟江大春说过的话,肯定会兑现,哪怕他现在不在你们这里了……"

孙秦正准备脱口而出"那太好了",却见庞雷接着说:"不过呢,现在有这么一个情况……江大春是我多年的老朋友——我这么说,你别介意呀,所以,我也还是需要考虑他的感受的。"

孙秦连忙说:"当然不介意,您与他是多年好朋友这件事,我们也都知道。也多亏这层关系,我们才有机会和南华通航建立关系,否则,您这么大的行业领头羊怎么可能看得上我们这小小的初创公司呢?"

"倒也不完全是这个原因……我就实话说了吧,江大春现在自己也在干eVTOL了,不瞒你说,他前阵子刚找过我,希望我给他们背个书。你想啊,他提出这个请求,我不能不考虑吧?"

说完这句话,庞雷仿佛卸下了很大的负担一般,整个人都松弛下来,然后,他用那双小眼在身前扫来扫去,很快锁定了桌角的烟灰缸。

那烟灰缸估计是刚刚被清空过,此刻里面一根烟蒂都没有。庞雷伸过左手,将那烟灰缸摸到自己身前,然后掏出烟来,用目光询问询问孙秦,但在孙秦点头之前,他便点燃了烟。

孙秦微微皱了皱眉,面部所对应的一丝不悦转瞬即逝。李琦玉则弄不清楚眼前的状况,有些茫然。

庞雷直到呼出第一口烟,才正眼看回孙秦和李琦玉,笑呵呵地说:"感谢两位对我烟瘾的宽容,没办法,这么多年了,就是个习惯……江大春跟我呢,也是很多年的老朋友,所以呢,无论如何,我都不能不给他个面子。"

孙秦控制住自己的情绪,不动声色。他还不确定庞雷到底想表达些什么。

让自己此刻知难而退,就坡下驴?主动表达对两人友谊的敬意,然后放弃与南华通航签订意向采购协议?还是以退为进,希望自己再更加主动一点,来争取这个协议?

他决定再观察观察庞雷的表现,不过早做出应对。

烟雾在办公室里缓缓蔓延开来,三人的视线都被朦胧的薄雾给遮蔽。孙秦看不清庞雷的表情,反之亦然。

一时间,没有人说话。

庞雷显然没有料到孙秦竟然如此沉得住气,在又抽了两口之后,主动说道:"不过,孙总,人情归人情,生意归生意。我们南华通航不是慈善机构,也没有实力雄厚到可以不管投资回报就去做决策的地步。他江大春跟我私人关系再好,他毕竟要比你们的产品晚3年,哪怕他做得足够好,这3年也是不可弥补的差距。而对于我们来说,如果我们要占市场之先,你们驰飞客都未必是我的第一选择,那他江大春更不是。"

这些话一出,孙秦感到颇为意外。

他此前跟庞雷打交道不多,对这个男人的印象是大大咧咧,做决策容易冲动,讲哥们儿义气。没想到现在庞雷竟然说出这样一番话。

孙秦也顾不上到底庞雷是否在试探自己,直截了当地回答:"庞总,我很赞同您的观点。公归公,私归私。您与江大春是好朋友,但您跟钱也没有仇,如果有一款型号能让您早赚3年的钱,尤其是比钱更重要的——开市场之先河的行业口碑和地位,我相信,您会做出明智的选择。"

庞雷掐灭了手上的烟,并没有续第二根。他眯着眼睛,看着孙秦:"孙总,这么说来,你们很有信心,要比江大春的产品早3年出来?"

孙秦说:"是的,百分百的信心。"说罢,他看了一眼李琦玉。

"我的CTO也在这里,他从不打诳语。"李琦玉下意识地点了点头。他并未说话,只是用不容置疑的目光来表达自己的信心。

看着眼前两个年轻人的表现,庞雷将双手交叉,放在桌上,身子也微微往前倾,缓缓地说:"如果是这样,我需要一个证明。你们目前的产品到什么状态了?"

孙秦一听,立刻来了精神。庞雷终于开始关注产品本身了!

他立刻回答:"庞总,我们的全尺寸样机已经成功完成下线和首飞,目前正在做各项技术验证试验,等试验完成,我们就可以进入正式的产品工程开发阶段,同时向局方提交适航申请。而我们已经同步在与局方沟通,FP100已经成为局方针对eVTOL这种新兴航空器适航审定规章革新的案例之一,我相信到时候我们的申请能够获得受理。"

孙秦尽量让自己的语言简短,也省略了很多细节,而是突出了自己产品的适航准备。他知道,庞雷是行业老兵,对于一款航空器是否上市的判断标准把握得很精准——是否能够通过适航。

果然,听完这些话,庞雷问道:"你们跟局方这么早就接触了?"

"是的,我们刚开始创业的时候,就已经跟局方接触了,巩清丽老师跟我们有长期的交流，这一点，您也可以向江大春求证，或者直接问巩老师本人。"

庞雷摆摆手："不用了，你们也不至于在这种关键的事情上耍我，巩清丽我也认识的。"

然后，他略微思索了几秒钟，盯着孙秦的眼睛："等局方受理了你们适航申请的时候再来找我，我就兑现我的承诺。"

刚才那根香烟带来的烟雾此刻已经稀释在办公室的空气当中，基本不再影响彼此相望的视线。庞雷看到的是迎面而来的坚定目光。

在广州只待了一个晚上，孙秦便带着李琦玉坐清早第一班飞机赶回上海。

他们并没有与庞雷吃成晚饭，因为庞雷说他已经有了安排，但孙秦不确定这是不是借口。不过，这次广州之行的最低目标还是实现了。

虽然庞雷没有答应签协议，但至少还给了他们希望。毕竟，站在客户的角度，不见兔子不撒鹰是很正常的。而且，庞雷也没有要求FP100面市，只是将局方受理型号的适航申请作为条件而已。这并不算什么苛刻的条件。

一个型号从被局方受理适航申请，到最终完成适航，可能花数年的时间。

飞机一落地，两人便兵分两路，李琦玉连上海市区都没进，就直接坐高铁往白鹤机场而去。

这次在广州与客户的关键人物近距离接触，对他的触动很大，更让他觉得，自己如果不把产品给尽快搞出来，就是公司业务的罪人。

孙秦则直接回到办公室。与杜悦昕等几人打过招呼之后，他来到李翔桌边。

李翔此刻不在，但电脑是打开状态，桌上还摆放着茶水，伸手一摸，还是温的。

这小子估计又抽烟去了。正这么想着，他便听到身后传来了脚步声。

"这么快就从广州回来了？"一个熟悉的声音从身后传来，紧接着，又是一股熟悉的香烟味道。

李翔笑呵呵地走过来，继续问道："让我猜猜，一般来说，这么快就见完客户，结果不会太好，但也不至于太差。"

孙秦没有立刻答复他，而是环视了一眼办公区，压低声音说道："我们去会议室聊吧,别打扰他们。"

李翔点了点头,从桌上抄起一本笔记本,便跟着孙秦走进会议室。

"简单地说,就像你猜的,我们没有锁定合同,不过还是保存了希望,他们给我们设置了条件:如果FP100顺利获得局方受理适航申请,他们就签。"孙秦这才回答李翔刚才的问题。

他不想在公开区域说这件事,一是怕打扰大家工作,更重要的,他还不想让太多人知道这个细节。他要与李翔和李琦玉把各种细节都商量好之后,再向全公司宣布。

李翔笑道:"好哇,我们就背水一战吧。江大春是不是找过他们了?"

"是的,毫无悬念。"

"那他居然还愿给我们一个机会,倒也不容易。"

"你别看庞雷是个胖子,但是他粗中有细。他分得很清楚,江大春的产品要比我们晚出来,即便他们拿走了整套FP100的数据,可以加速——就算比我们晚一年半吧,那也还是要比我们晚。而南华通航是很看重市场地位的,希望成为一家吃螃蟹的人。"

"这倒也符合他们的行业地位,看起来,我们得继续加速,既然要做,就做到市场第一!"

两人快速聊完这件事情之后,李翔突然想到了什么,说道:"你回来得正是时候,我赶紧跟九控系统的刘动联系,问问他今天下午有没有时间,如果有,完全可以过来跟我们见个面聊聊。"

"那个搞飞控的?他不是在北京吗?"孙秦一愣。

"他昨天刚给我发了消息,说他这几天都在上海办事,还说如果你从广州回来了,第一时间跟他说。"

孙秦听了,不禁面露佩服之色:"为了拓展客户,也是挺拼的呀。我觉得他就是为了尽快跟我们见上面,才找了这么个理由,怕我们压力太大。"

"是的,多半所谓的'在上海办事',就是专门为了堵我们,不,堵你。"

"创业团队,尤其是创始人,就是要有这样的业务拓展劲头哇。"

"是的,创始人永远是最大的销售。不过,你也不用总说他好,你自己不也到处跑吗?"

"行啦,我们就不用来这套啦,你赶紧跟他联系吧。"

李翔吐了吐舌头，掏出手机，很快便给刘动发了微信。他都还没将手机揣回口袋里，便感到手机一振，回复到了："太好了！烦请把您办公室的定位发给我，我下午一定过来。如果两位方便，晚上还可以一起吃个便饭。"

李翔将手机屏幕在孙秦面前晃了晃，问道："他还想下午聊完之后跟我们一起吃饭，接茬儿吗？"

孙秦想了想："可以呀，正好向留美博士学习学习海外的先进经验。不过，你跟他说，他来上海，理应我们来请客。"

"好，那我就跟他确定了。"

之后的几个小时，孙秦把思路稍微整理整理，给李琦玉打了一个电话，本来想把李琦玉也叫过来，毕竟他是干飞控出身。但考虑到FP100的进度压力，还是作罢。

反正他和李翔也都是技术背景，虽然没有博士学位，但至少与刘动交流起来不至于说外行话。

午饭后，阳光懒洋洋地洒进办公室。

孙秦连续奔波了好些天，加上胃里的食物又在消化，带走了不少血液，他打了一个呵欠，觉得浑身都很乏。他起身到茶水区域，给自己磨了一杯热气腾腾的黑咖啡。

正端着咖啡走回座位，只见办公室门口站立着一个人，正在与杜悦昕打听着什么，说话声音隐约传过来。

此人身材高大微胖，留着朴实的平头，五官分布得十分均匀和鲜明，只是腮帮子有点赘肉，说话的时候一抖一抖的。

不自觉地，孙秦就将他与电话里刘动的声音相关联起来。那是一个略带东北口音的声音，语调比较尖，至少比自己要尖，似乎与眼前这个身躯不太匹配。

正琢磨着，只见杜悦昕已经带着他朝着自己走了过来，并远远地介绍道："孙总，找你们的，说是来自九控系统，刘总。"

果然是他！

孙秦将咖啡放在身旁的一个无人工位上，主动走上前去，笑着问候："刘总，欢迎欢迎！我们前不久在电话里聊得挺好，今天总算见面了。"

刘动顾不上自己壮硕的身躯，几步小跑，来到孙秦面前，伸出手与他相握。

"孙总，感谢你的时间。我今天就来叨扰。"

"哪里的话！我们很期待向刘总请教飞控的事情呢。来，这边请，要喝点什么？"

"方便的话，就咖啡吧，美式就好，不加糖，不加奶。"

"好的，小杜，那你给刘总准备一杯美式咖啡吧。"孙秦看着不远处的杜悦昕。

"没问题！"

孙秦便带着刘动走进最大的那间会议室。

这间会议室可以容纳二三十号人，里面的设施也较为齐全，是公司召开全体员工大会和用来接待一些重要来访时的专用场地。

刘动半张着嘴巴。这是他回国创业以来，受到规格最高的一次接待。

第17章
全部激发

刘动站在桌边,微微有些拘束,面对十几张椅子,不知道要坐哪一张。

这时,杜悦昕端着咖啡走了进来,直接放在面对大门的桌子中间:"刘总,请坐。"她热情地招呼道。

孙秦也伸手示意他就座。刘动这才走了过去,一屁股坐下。

孙秦在他对面也坐了下来。他于是有机会看着刘动的双眼说话。

刘动有着很典型的单眼皮,两只眼睛并不大,但精神十足,始终散发出人畜无害的光芒。

这眼神让孙秦不自觉地想到了江大春,心中一动:"他不会跟江大春一样吧……"

而刘动也逐渐习惯这间会议室的规格和大小。他心中暗自骂自己:"瞧你那点出息!当年在美国的时候,不也是经常出入一些会议场合的吗?怎么回国创业了反而变得拘谨起来?"

他决定调动调动气氛,笑着说道:"孙总用这么高的规格来接待我,我很惶恐啊。"

"刘总客气了,选这间会议室,纯粹是因为我刚才快速看了看,其他会议室都被占了,我们总不能把人家踢出来。"

孙秦觉得刘动是同龄人,又想让双方以后的交流更加简单直接一点,便没有去顺着刘动的话,编造一个让对方感受到自己"很不一般所以受到了格外优待"的理由来。

刘动对这个回答虽然有点无语，但也很快反应过来，觉得为孙秦这种风格很好。于是直接问道："李翔李总呢？他上午跟我联系的时候，说他也在的。"

"他呀？如果不在办公室，多半是抽烟去了。"孙秦满不在乎地说，"没事，我们先聊着，喝点咖啡，刘总也是咖啡爱好者，我们至少已经有了一个共同点。"

"这其实是第二点了。"刘动说。

孙秦试探着问道："那……第一点是什么？是我们都是创业者吗？"

"是的。"刘动点了点头。

"那不一样，您是留美博士，而且冯总告诉我您是技术天才，我就是个土鳖。"孙秦笑道。

"孙总太谦虚了，你们是创业前辈，我已经做过调研了，国内最早搞eVTOL的就是你们，哪怕在世界范围内，驰飞客也是排得上号的，行业内的杂志已经能够时不时看到你们的消息。"

孙秦听到这话，觉得挺顺耳。的确，他觉得自己当仁不让。3年前，谁会想到出来干这件事呀！而现在，国内光他听说过的初创团队都已经不下5家，更别提刘动这样海归博士创业的了。但他始终觉得这是好事，只有参与的人多了，市场才热闹；市场热闹了，才有发展前景。

正在这时，李翔从会议室外快步走了进来，一边走还一边冲着孙秦抱怨："刘总来了也不叫我一声，我刚回来就被杜悦昕给说了一顿。"说罢，他看向刘动，表情立刻变得和颜悦色："刘总，欢迎欢迎！"

孙秦也不客气地反唇相讥："你抽烟抽得好好的，要是被我中途叫回来，肯定又是另外一番说辞了。"

刘动饶有兴致地看着两人斗嘴，心中暗想："这个团队倒挺接地气，两个创始人之间一点都不见外。"他认为这是好事。

与李翔打过招呼，三人都坐定，又天南地北地侃了几分钟，还是刘动将话题给拉了回来。

"孙总，李总，这次我来上海拜访两位，目的也很明确，好好向两位介绍一下我们九控系统，希望我们能入两位法眼，可以在驰飞客的产品上开展合作。"

孙秦听罢，也不拐弯抹角："挺好的，刘总，那我们就先洗耳恭听，您把公司和产品介绍介绍呗。"

刘动从随身的背包中拿出一台笔记本电脑，熟练地调出好演示材料，然后连上会议室的大屏电视。他的材料全部是中英文双语的，从一开始便显示出海归的与众不同。

孙秦和李翔很快被刘动的介绍吸引过去。

显然，刘动对于这套材料已经十分熟悉，整个介绍过程非常流畅，而且重点突出，细节明确，当他结束的时候，已经过去了一个小时。而孙秦和李翔都没有在中途打断他，一口气看到尾。

刘动讲完，觉得前所未有的酣畅，这时，才端起咖啡杯，把温热的咖啡一饮而尽。

"两位有什么问题吗？我看你们一直没有提问，是我讲得太难懂了？还是对我们产品不感兴趣？"

这时候，刘动才注意到这一点：他是面对潜在客户进行路演，而不是自嗨的表演。于是，他感到一丝不妙。

一般来说，如果听众对自己的材料有兴趣，一定会中途打断提问的。而孙秦和李翔却没有发出过任何中断请求。

面对刘动有些不安而紧张的眼神，孙秦暗自觉得好笑。

事实上，刘动的发挥很好，九控系统的产品也是驰飞客所需要的，只不过，正因为契合度太高，孙秦一直在想，从哪个角度问问题会更好，不至于浪费双方时间。

这其实是幸福的烦恼。

他认为，李翔也处于类似的心理状态之下。于是，他示意李翔先问。

李翔咳了一声，问道："刘总，从你的介绍来看，你们主要是提供两类产品，一类是给我们这样的eVTOL企业的三余度飞控系统，另一类则是面向更加简单的场景，主要是无人机行业的一站式飞控系统，对不？"

"是的，李总抓得很准。"

"那……你们的产品目前是什么状态？"

刘动哑口无言。

他最担心的，就是两人今天问这个问题。因为，他的产品还没出来。所有的一切，都还停留在设计图纸上和介绍的PPT材料当中。

他就是凭借这些，不费吹灰之力获得了SIN基金的投资。

但眼前他所面对的，不是投资人，而是客户。

客户在进行采购决策时，一定首先是看到底采购的对象能够给企业带来什么价值。

刘动思索了一会儿，小心翼翼地回答道："我们的产品还在开发过程当中，还没有成型——这也是为什么，我只能给两位展示设计图纸和理念，而没有实物的原因。但是，飞控系统与主机的关联度非常紧密，如果两位对我们的设计和理念有认同，我们后续需要一起工作，才能将适合驰飞客的飞控系统和产品打磨出来。"

说罢，他盯着李翔的眼睛和表情。

但李翔不置可否，耸了耸肩，看着孙秦。

孙秦接过话来："刘总，充分理解。我们都是初创企业，也都是搞航空的，我们对一款航空产品——无论是主机，还是系统，所面临的挑战有充分的认识，正因为如此，我觉得我们应该互相理解，互相支持……"

听到这里，刘动有点不相信自己的耳朵。

"他们这就同意合作了？"

面对刘动询问的目光，孙秦点了点头："刘总，没错，我们合作吧。"

"太好了！启动用户锁定了！"

一个声音在刘动心中呐喊。

但他却依然装作很淡定的样子："没问题，孙总，我也正有此意。我相信我们一起，能够搞出世界领先的eVTOL来。"

李翔笑道："不吹牛会死呀？先别喊口号，我们后续将工作团队对接起来，大家保持紧密沟通，一步一个脚印往前走。"

然后，他正色补充道："还有一件事情，我要丑话说在前头，这个阶段我们可没有研发费提供，大家得各自承担各自成本。"

无论是对于孙秦、袁之梁，还是刘动，2019年之后的几个月都是他们在企业发展过程中难得的安稳月份。资金都还算充裕，启动客户已经锁定，团队整体还算稳定，产品虽然处于不同的发展阶段，也都有比较明确的目标。

无论是在之前，还是在之后，他们都不太可能重现如此岁月静好的日子。

驰飞客、安罗泰和九控系统如同几株终于破土而出的春笋，开始加速向上生长。

在这几个月当中，他们虽然分别位于上海、广州和北京，但他们所带动的产业链却遍布全国，乃至全世界，以他们为代表的更多的eVTOL和无人机创业企业在庞大而完整的中国工业体系当中茁壮成长起来。

绝大多数的上下游配套产品，都能够在一天之内找到多家合作方，而在产业链密布的长三角、珠三角和成西渝等区域，受益于毛细血管般分布的高速公路和高速铁路网络，沟通效率更是可以用"一日千里"来形容。

伴随着企业和产业的发展，孙秦、袁之梁和刘动们的名字逐渐见诸更加广阔的天空之下。虽然尚未完全破圈，却也成为一些地方级媒体与刊物的报道对象。当时钟转到2019年底的第二届中国国际进口博览会召开之时，几人约好在上海见面，同时去进博会现场观展，了解全球发展动态。

从一年前正式启动第一届开始，进博会已经成为全球瞩目的一场经济盛宴，与历史更加悠久的广交会一北一南，更进一步体现国家对外开放的决心。

孙秦占据地利之便，第一天一大早就赶到了。他跟随着第一拨人进入展馆。

一开始，人流仿佛洒向沙滩的水珠，瞬间便消失在偌大的场馆当中，但很快，源源不断的人拥进来，塞满了展馆的每个角落。

人头攒动，热闹非凡。

孙秦一边走，一边饶有兴致地看到来自世界各地的展商纷纷亮相，展示各自国家的特色产品和先进技术。从高精尖的机械设备，到精致细腻的手工艺品，再到前沿的科技产品，无不体现了其最新发展水平。

展馆内各大展区各具特色。孙秦径直来到装备展区。

他想从最新的高端装备发展潮流当中寻找一些灵感，看看对于他的FP100，以及之后的型号到底能够助力一些什么。与他抱有类似想法的自然还有袁之梁和刘动。

三人尽管相约进博会见，但并未约定具体的地点和安排，却依然在装备展区碰了面。当他们在拥挤的人群中看见彼此时，都会心地笑了。

在孙秦的介绍下，刘动也与袁之梁建立了合作关系，对于他来说，同时支持一家eVTOL企业和一家无人机企业，简直是完美地契合了九控系统的产品线。更何况，驰飞客和安罗泰都是国内最早一批这个赛道的主机厂。

"真是英雄所见略同啊。"孙秦大声说道。

"还是孙总有面子，攒个局，我们就都屁颠屁颠地从北京和广州过来了。"刘动说。

"我可不是看着他的面子，"袁之梁不以为然，"我这次来上海，不一定要见他的。"

孙秦笑道："那……晚上我请客吃饭这事……"

袁之梁立刻举手："自然要算我一个。"

刘动主动表态："你们是客户，按理说应该我来请客。"

孙秦倒也不谦让："那行，我作为地主，就只负责找地方。"

三人边聊边四处张望。放眼望去，这片展区里最显眼的就是各种高精尖的机械设备，从精密的数控机床到庞大的工程设备，从智能机器人到自动化生产线。这些设备体积庞大，造型独特，展示了现代工业的雄伟与力量。

然而，刘动却叹了一口气道："我还以为可以看到不少国外先进的芯片、元器件之类的东西呢，那些才是对我有用的，可惜啦。"

孙秦笑道："你想什么呢？中美贸易战都已经打了一年半了，你还想在这里看到那些东西？不过，应该不影响你们采购呀，你们又没被放进什么实体清单上去。"

"我倒是希望被放上去，那可是硬核实力认证啊。"

袁之梁也说道："看起来，想到这里了解跟我们有关的产业链情况，有些缘木求鱼呀。"

孙秦说："其实吧，我们就是找个由头聚聚，如果要完全专业对口，还得去无人机专业展。不过，袁总啊，你们转型真是够及时的，你看，已经有无人机专业展了，而我们eVTOL呢？还只能跟着无人机展，或者航展去混，都没自己主题的展会。"

"会有的，会有的。"刘动安慰道。

说到这里，刘动凑到两人身前，压低声音说道："说到这里……下个月就年底了,我们今年免费支持了两位不少工作,有些费用是不是要结一下?"

还没等袁之梁反应过来,孙秦微微一笑:"没问题,刘总,正好我们也可以趁着这次碰面,好好把明年的工作规划一下,规划好之后,一切都好说。"

袁之梁听到孙秦这话,立刻将刚准备脱口而出的话咽了回去。

他吞了吞口水,转而问道:"不是说好三人聚聚吗?怎么开始谈上业务了呢?"

刘动立刻回答:"袁总,那……我刚才的诉求没问题吧?只要您一答应,我立刻不再跟您聊业务。"

袁之梁并非一个小气的人,从他内心深处,恨不得马上点头答应。毕竟,刘动和他的团队在过去几个月,没少往广州和珠江机场跑。

而且,袁之梁口头承诺在安罗泰的下一个型号A3上选用九控系统的飞控,基于这个大前提,刘动到今天为止,一分钱都还没找袁之梁收。现在接近年底,过来催款也是很正常的。

不过,何家辉却老提醒他:"阿梁啊,创业当老板呢,也没什么多的诀窍,抠一点就好了啦……什么叫抠一点呢?就是,付给别人的钱,能拖几天是几天,找别人要的钱呢,就必须紧盯着,一刻都不能松懈。你爸这么多年来能死里逃生,坚持不倒,有时候就是因为能够多活两天。"

所以,最后关头,他不置可否地点了点头:"这里太嘈杂啦,找时间我们好好聊聊。"

刘动知道自己的目标没有实现,有些沮丧。

这次孙秦张罗着三个人在上海聚聚,他自然知道,进博会只是个幌子,肯定别的更加重要的事情要聊。

不过,除去追回款之外,他原本也的确想与孙秦和袁之梁聊聊明年的工作规划,提前布局,以及到进博会看看有没有什么让他耳目一新的产业链潜在合作方。

现在看起来,追回款还得再加把劲,但明年的工作规划自己应该是很有戏可以继续被驰飞客和安罗泰选中的。

"可是,如果今年都不付钱,明年还能支持他们吗?另外,刚才我都说了今晚我请客,他们都这么抠门。算了,今晚我不请客了,除非接下来发生改变……"刘动此时百感交集,也无心再参观展会,只想找个地方躺着。

孙秦看出了他的兴趣索然,也大致猜到了刘动的心思,抿嘴一笑,拍了拍刘动的肩膀:"刘总,我们找个地方把刚才的事情好好聊聊呗。"

刘动立刻打起精神,连忙点头:"好哇好哇!"

袁之梁则知趣地说:"那你们先聊,我再去逛逛,晚上吃饭的地点发我就好,我们晚上直接餐厅见。"

孙秦一想,这样也不错。毕竟他要跟刘动聊的,不太合适让袁之梁知道。

虽然驰飞客与安罗泰目前处于不同的赛道,算不上竞争对手,但孙秦心中始终没法放下心来。他始终记得,袁之梁第一次到上海与自己和李翔喝酒时的状态。

那个时候,他只是一个对于飞机一窍不通的愣头青,尚且信誓旦旦要搞载人的eVTOL,现在会甘于只做无人机吗?

孙秦在与刘动穿越人群,往外走去的时候,忍不住扭头看了一眼袁之梁。袁之梁正在专注地看着一台切割机,聚精会神,完全没有注意到孙秦的目光。

虽然孙秦觉得进博会的参观价值对于驰飞客来说并不大,但不得不承认,来参展的都是顶尖企业,也都拿出了最好的东西,对于打开眼界大有裨益。

两人匆匆走过一处展厅,只见展厅的电视上正播放着与进博会同时举办的各大行业论坛的嘉宾发言集锦。

孙秦无意中一瞥,恰好看见电视上出现一个熟悉的英姿飒爽的身影。是厉玮!

他已经有两年没见厉玮了,自从刚开始创业时关于构型的问题请教这位老领导之后,再也没有见过她。

只是在逢年过节的时候给她发一些问候消息,以及给她寄一些补品和保养身体之物,却每次都被原封不动地被寄回来。

孙秦不禁有些感慨,脚步也不再挪动,驻足将厉玮的片段看完。

"这是我辞职出来创业前的老领导,当时她是A型号的总设计师,现在不知道是否还在这个岗位上。她是我见过的最专业、最无私的人。"孙秦还不忘向身边的刘动介绍。

刘动并不能理解孙秦的这种情感,他从未在那样工作环境当中工作过,不过,他对厉玮的气质印象也很深刻。

厉玮的片段结束后,画面上突然又弹出一个熟悉的面孔。

这是个与孙秦年龄相仿的男子,样貌俊朗,也在侃侃而谈。孙秦认出来了,这是杜浦,研究院航电部的。两人之前也没少打照面。

杜浦的画面一过,又换了一个人。这个人孙秦并不认识,但从视频中的字幕提示来判断,他叫谢成章,来自天罡卫星导航系统的研制团队。

"有意思……航空航天都来人了呀……"正想着,眼前的画面再度变化。

这次出现了一个帅气的青年人,看年纪估摸着应是"90后",字幕显示他叫郭兴,是兴能中和公司的创始人,新能源电池领域的新星。

"新能源……"

不知为何,孙秦一直把这几个人的视频都看完,直到再下一个人出现时,他才转过头,看着刘动说道:"我们走吧。"

一路上,他顾不上与刘动说话,脑海中浮现出刚才那几个人的画面。

航天,航空,新能源……

"这的确是国家未来发展的重点方向,而我所做的,就占了其中两项……"孙秦感到一股振奋的力量。

刘动见孙秦终于继续往外走了,松了一口气。他原本担心孙秦半路反悔,所以停下脚步盯着屏幕看,采取缓兵之计。

现在看来,孙秦纯粹只是喜欢看那几段视频而已。又挤过一层又一层的人群,两人终于走出了进博会的展馆。

室外秋天的凉风刮过来,两人都清醒不少。孙秦建议道:"我们在附近找个安静点的咖啡馆?"

孙秦带着刘动往市区方向坐了三站地铁,才找到一处比较清静的咖啡馆。

他知道刘动在咖啡的品位上与自己高度相似,所以在寻找咖啡馆这个方向上毫无压力。只不过,在进博会周边,想找一个相对安静的咖啡馆实在是不容易。

考虑到晚饭地点在更靠近市中心的地方,孙秦带着刘动往市区方向走,倒也不会走冤枉路。他也下定了决心，无论结果如何，晚饭还是应该由他来请。毕竟是地主。

不过，这个决定还没必要跟刘动说。

从地铁站走出来，孙秦轻车熟路地便找到了一家咖啡馆。里面稀稀拉拉地坐着几个人，绝佳的聊天地点。

不知道从什么时候开始，上海就成为全世界咖啡馆和精酿啤酒的中心之一。

据说，上海的咖啡馆数量和精酿啤酒的数量有冠绝全球之时。

对于一个咖啡爱好者来说，孙秦自然是欢迎的。

刘动看着咖啡馆的名牌，问道："这是……你们本地的咖啡馆吗？我在美国从来没见过。"

"那当然，不要以为全世界只有一个星巴克。上海有不少本地的咖啡连锁品牌。"

孙秦一手端着一杯美式走了过来。

他把一杯咖啡递给刘动，说道："刘总，晚饭归晚饭，在那之前，我们可以聊聊业务相关的话题。等到了晚上的餐桌上，还有袁总在，我们就天南海北了。"

"没问题，我完全赞同。"刘动接过咖啡。

两人又各自抿了两口后，刘动先开腔了："孙总，刚才在进博会的时候，你提到我们要把明年的工作好好规划一下，规划好之后，一切都好说，我的理解，也包括今年我们的回款，对不对？"

孙秦笑道："是这样的。从驰飞客角度，我们希望与你们建立长期的战略合作，所以，今年的回款只是其中的一部分，我非常期待，刘总能够从长远的角度来看待我们的合作。"

刘动心中骂道："这话说了等于没说！"

刚回国创业的时候，他曾经与冯婕进行过很深入的交流，冯婕提醒他，国内的企业，尤其是民营企业，回款是比较大的风险。

相比之下，央企和国企都有监督热线，对于逾期回款的行为，政府有一定监督手段，毕竟他们本质上属于国家或者地方政府所有。但是，民营企业却不一样，完全看老板的心情。

刘动在美国浸淫多年，对这些劝告原本无感，但是现在，他开始理解了。他也开始慢慢适应国内的商业环境。

自从在美国经历过那次事件之后，他不但对美国梦产生了幻灭，更萌生出一个十分坚定的认知：形势比人强。一个人再厉害，也无法与大势相违背或者抗衡。

无论喜欢或者不喜欢，过去的情况是怎样，未来的变化，一定是由当下所驱动的。只能去适应，顺势而为。

所以，面对孙秦的话，他虽然心中颇有不悦，脸上却依然表现得舒畅："孙总，你说得没错。我们九控系统既然与驰飞客一样，都是SIN基金的portfolio企业，也都是冯总看重的标的，我相信我们之间的合作是长期的。毕竟，咱们的FP100也还没进入真正的产品开发阶段，仍在进行关键技术验证，我相信，我们的专业飞控能力可以提供足够大的价值。"

孙秦点了点头："那太好了。你能这么想，也很契合我们的思路。我的想法也不妨跟你透个底，我们先聚焦在明年，也就是2020年的合作规划之上，只要能够就明年的规划达成一致，我相信，今年的事情都是历史问题，我们可以很快解决掉。"

听到这句话，刘动觉得心中的希望增添了一份，便说道："没问题，孙总，我们九控系统从第一天开始就是为了服务国内的eVTOL主机企业而生，而驰飞客又是领头羊，我们没有理由不继续支持好，无论是2020年，还是2021年，还是未来的无数年。"

"好！既然是这样，我就把我们明年的计划跟你分享分享……"孙秦等的就是这句话。

他于是准备好的方案和盘托出。这一方案已经和李琦玉进行了充分的沟通。

听孙秦介绍完毕之后，刘动微微皱了皱眉。这是一个非常激进的计划。

驰飞客想在2020年内完成所有的技术验证，并且让适航申请获得局方受理。所以，九控系统作为供应商，也需要提供必要的支持性材料。

这些材料不是简单的文档，需要将设备真实装机，与FP100进行联调和测试，才能够生成。

这意味着，九控系统还需要提供设备和人员，并且派驻他们到白鹤机场，与驰飞客团队并肩作战。

刘动几乎要脱口而出："那费用怎么算呢？"但他很快意识到，与其纠结于未来的费用，不如先落袋为安。

于是，他喝了一口咖啡，语气坚定地表态："没问题，需要我们怎样支持都行，我们充分服务好。"

孙秦挑了挑眉："真的吗？"

"千真万确！"

"那好，回头我们可以签一个合作备忘录。"

"真是够精明的！"刘动心想。但现在，他也没有其他选择，只能同意。

想了想，他又提出："今年的回款，我们要不也解决掉？晚饭我来买单。"

孙秦盯着刘动的双眼，仿佛在确认他的诚意。过了半晌，他才点头道："没问题。"

苏州河，宛如一条暗绿色的丝带，在城市的钢筋森林中蜿蜒穿梭。

与袁之梁和刘动的晚饭还是孙秦掏了钱。

尽管刘动三番五次表示希望买单，但孙秦先下手为强，趁着吃饭中途上洗手间的当口儿，完成了付款。

刘动和袁之梁都是外地来沪的客人，怎么能让客人买单呢？

吃完饭后，在孙秦的提议下，三人来到苏州河畔散步。这里距离进博会的场馆仅仅数站地铁，却属于完全不同的世界。

尽管河岸两边依然生机勃勃，热闹非凡，但相比展馆附近，还是要清静惬意许多。

此时正是秋季，却还未到深秋，晚上的风带有一丝凉意，却没有达到严寒的程度，让三人都感到十分清爽。

河岸两侧，是错落有致的建筑群。一侧是历史悠久的老式里弄，那些斑驳的墙面上，每一块砖、每一片瓦似乎都在诉说着过往的故事。老式的木窗半开，偶尔传来几声吴侬软语，让人仿佛穿越回了那个旗袍与长衫并行的年代。而河的另一侧，则是高耸入云的摩天大楼，玻璃幕墙在阳光下熠熠生辉，展示着这座城市的现代与繁华。

夕阳西下，华灯初上时，河岸两旁变幻成为或明或暗的缎带，平添不少神秘感。

沿河岸漫步，可以感受到一种独特的城市节奏。不远处，几位老人在河边垂钓，他们的脸上洋溢着平静与满足，仿佛整个世界都与他们无关。这种悠闲与都市的喧嚣形成了鲜明的对比，却又神奇地融合在一起，展现了上海这座城市的多元风格。

作为一个外地人，孙秦每次来到苏州河边，都因为看到这条河两岸的风光而感慨上海的包容。

他曾经跟罗园园说："你们上海人老提黄浦江，但在我看来，苏州河才是你们最具备本地化和开放性的存在。"

而罗园园也往往撇撇嘴："我们上海人本来就对苏州河更有感情好伐？黄浦江，那是你们外地人臆想的上海人的精神图腾。"

孙秦陪着袁之梁和刘动走了几百米之后，突然接到罗园园的电话，让他赶紧回家管小孩的作业："这篇作文我实在是没办法辅导了，是科技主题的，你赶紧回来吧。"

孙秦毫不犹豫地答应了。毕竟，他常年不在家，要么在出差，要么在白鹤机场，要么在办公室加班，现在妻子的召唤，自然需要及时响应。与两人道别后，他匆匆往最近的地铁站跑过去。

望着孙秦的背影，袁之梁说："刘总，如果你还有一点时间的话，我想跟你聊聊明年的合作。"

这当然是刘动求之不得的。相比孙秦的明确表态，他还没有从袁之梁这里获得年内回款的承诺，自然希望继续保持热度。

"你到目前为止，都是在支持我们的无人机型号，如果明年我准备上eVTOL，你能支持吗？"袁之梁突然问出这句话。

刘动愣住了。他没想到袁之梁会问这一问题。

他忍不住反问道："袁总，您不是在开玩笑吧？你们做无人机做得好好的，也已经打入了公安、应急、测绘这几个主要的行业，为什么要去另起炉灶呢？"

袁之梁停下脚步，正色说道："因为我从创业第一天开始，就想干eVTOL。只不过，在这个过程中，我遇到了一些挫折，所以不得不先做无人机。但是，无论是我，还是我们团队，都从未忘却过初心：我们要做载人的eVTOL。"

刘动这才瞬间理解了袁之梁为何等孙秦走了之后才抛出这个议题。他也意识到，自己的机会来了。

于是，他假装有些为难："袁总，您看，你们这个转变有点太快，让我有些措手不及……说实话，我们明年的无人机飞控产品都是对标为你们服务而规划的，现在人力成本都投入进去了，您却告诉我，你们要干eVTOL……"

袁之梁这时候才摆了摆手："刘总，放心，今年，也就2019年的费用我们在年底前肯定会结算的，现在距离年底不还有一个多月吗？我们都是初创公司，也请你理解。"

到了这个时候，刘动也知道，不能再拘泥付款的时间节点了。他马上追问："袁总，您的话可算数？年底前把我们今年的所有费用都结清？"

"当然算数，如果你需要我写下来，也一点问题没有。"

刘动几乎要欢呼雀跃起来。来趟上海，参加一个进博会，竟然搞定了两家客户的年内回款！

但是，他还是克制住自己，摆出一副云淡风轻的模样："哦？那请袁总自便，如果您真的签字，给我们电子版就好，也节约一点纸张。"

袁之梁也没有在这个话题上盘桓太久，他关注的，还是刘动到底能不能给他做eVTOL飞控。

"刘总，你还没回答我呢，如果我们明年干eVTOL，能不能为我们提供飞控？"

"当然能，当然能！"刘动忙不迭地点头，"但是，不知道你们的eVTOL构型是怎样的，如果与驰飞客相似，那是一点问题都没有。"他在表态的同时，还是不忘控制一下范围。

毕竟，飞控系统与主机的构型相关性很大，多旋翼，倾转旋翼，复合翼，矢量推进或倾转涵道等，对于飞控系统的要求都各有不同。他自然希望同一套系统可以适配尽可能多的客户，而减少定制化的工作量。

袁之梁读出了他的心思，说道："我们多半也会采用复合翼，这种构型相对技术风险更小。"

刘动立刻回答道："那就没问题，我们全力支持！"

一阵秋风吹来，将刘动的表态吹散在上海的夜空当中。

与袁之梁和刘动匆匆一聚，孙秦在晚上9点30分赶回家里。

罗园园的眉头皱成一团麻花，见孙秦开门进来，抱怨道："赶紧的吧，不然儿子要晚睡了。"

孙乔坐在自己的学习桌前，双手托腮，盯着眼前的那张白色纸张发愁。

孙秦轻轻地拥抱了妻子之后，走到儿子身后，摸了摸他的头发，问道："遇到难题了？"

孙乔噘着小嘴："爸爸，你看，我们这次作文的主题是'我最感兴趣的科技'，我都不知道写什么，妈妈也不清楚，说只有你可以帮忙。"

说罢，他两双大眼睛扑闪扑闪的，抬头看着孙秦。

孙秦哪能抵抗这种眼神。

"我最感兴趣的科技……"孙秦略一思索，立刻就笑道，"老爸出马，那岂不是手到擒来？可以写飞机呀，我就是设计飞机的。"

儿子立刻喜笑颜开："太好啦！妈妈说得对，果然要靠爸爸！"

"不过，飞机上的科技也有很多领域，我想想看，你写什么呢……"

孙秦决定找一个没那么难以理解的技术方向。肯定不能写航电、飞控，或者燃油、液压，这些系统小孩连名词都看不懂，更遑论以其为主题写作文了。

孙秦始终坚持一个观点：作业就应该由小孩自己来做。

哪怕很多时候，由自己代劳会节约很多时间，而且也往往可以交出完美的答卷，但那始终不是儿子自己付出劳动得来的。属于为了短期的完工而舍弃长期的利益，始终得不偿失。

他思考了一会儿，最终说道："就写飞机为什么能飞起来吧！也就是空气动力学。"

孙乔一脸疑惑："空气……动力学？"

"你玩过纸飞机对吧？爸爸记得都带你玩过。"

"是的！"

"纸飞机为什么能飞起来，你知道原理吗？"

"因为它轻！"

"嗯……回答正确，但是不完全，那羽毛更轻，为什么不能像纸飞机那样朝着一个方向稳定地飞呢？"

孙乔嘟着小嘴，眼里满是问号。

"这就是空气动力学的用武之地了。这个概念其实并不难理解，无论是纸飞机，还是真正的飞机，都有机翼，也就是飞机翅膀，对不对？"

"是的！"孙乔使劲点头。

"飞机翅膀起到什么作用呢？就是将空气分割成两股，一股从它的上方流过，另一股从它的下方流过。"

一边说着，孙秦一边将右手手掌放平，并拢五指，掌心朝下，然后放在孙乔眼前，沿着平行于地面的方式缓慢移动。同时，他挥舞着左手，做出扇动空气的样子，然后分别将左手手掌从右手上方和下方滑过。

演示过后，孙乔眼里依然是茫然。于是，孙秦又耐心地做了几遍，直到他看见儿子眼神里闪耀出惊喜。

"我明白啦！"

"真棒，那你说给爸爸听。"

"空气相当于被飞机翅膀切成了上下两半！"

"是的，就是这样。"

"那然后呢？"

"然后，简单地说，就是飞机翅膀下面那部分的空气能够提供向上的升力，帮助飞机克服地球引力，而将它托举起来。"

"为什么呢？"

"嗯……因为一系列流体力学的原理，不过，那就有点复杂了，还涉及一些数学公式，爸爸就不给你介绍了。我相信，有目前的介绍，足够你写好这篇短文啦。"

"好哇好哇，那我就写空气动力学！"孙乔立刻回过头去，伏案写了起来。

孙秦鼓励地摩挲着他柔软的头发，一股温热从手掌传递至心中，他有种奇妙的感觉，这一瞬间，自己已经掌握了全世界。

不知什么时候，罗园园已经轻声走到他的身边，满眼甜蜜地看着此情此景。她也握住孙秦的手，温柔地抚摸着："有你在，真好。"

"辛苦你了……"孙秦一把搂过妻子，颇有些歉疚地轻轻说道。

"没关系，只要我召唤你的时候，你能够出现就好，就像今晚一样。"

"那我必须做到！"孙秦闭上眼睛，紧紧地将罗园园的脸贴在自己的肩头，享受着这份温存。

这时手机再次不合时宜地响了起来。

他不自觉地浑身一震，放开罗园园，迈出几步到客厅里的桌边，一把抓起手机，先将铃声静音，然后才顾得上去看来电显示。

是李琦玉的电话，不得不接。他心中又有些七上八下。

上回李琦玉大晚上的打电话过来，还是郭任离职的时候。这次，不会又有什么幺蛾子吧？

孙秦深吸一口气，接通了电话。

"喂，你没在出差吧？"李琦玉直截了当地问道。

"没呢，就在上海。"

"太好了！明天能到白鹤机场来吗？"

"出了什么事情吗？"孙秦并没有直接回答。

"倒没有什么大事，不过，我对一些仿真试验的结果拿不太准，想让你过来看一下，确认确认。"

"没问题！"听到是有关FP100全尺寸样机仿真试验的相关内容，孙秦二话不说便答应了。

尽管FP100的样机已经出来，而且就放在机库里。但是，在做各项真机参与的飞行试验之前，为了确保一次性通过率，他们从一开始就决定：一定要在电脑上和试验室里充分做好仿真试验。

说白了，仿真试验失败了，顶多重启一遍程序，而真机万一失败，轻则损坏一些部件，重则整架飞机都得摔在地上，很可能摔得四分五裂。这样一来，损失的成本另说，更重要的是将会耽误不少时间。

所以，他们确定了"仿真——真机——改进——仿真——真机"这样的循环式试验原则。

现在，李琦玉告诉他，仿真结果需要确认，他自然不敢怠慢。

挂了电话之后，孙秦走回儿子的房间，还没开口说话，罗园园便问道："是不是又有事情要走？"

孙秦尴尬地笑笑："嘿嘿，你怎么知道？不过，倒也不用今晚走。"

"都在一起多少年了，你那点小表情我还看不出来吗？"罗园园笑道，

"不过，只要不是今晚走就好，今晚你至少得把儿子的作文给辅导好。"

"至少？还有什么别的任务？"孙秦故意问道。

罗园园眼里闪出一丝狡黠的光芒，但脸颊却变红了，小声问道："你说呢？"

大清早还未天亮，孙秦便起床了。

尽管还只是11月初，上海的清晨已经让他感到一丝寒冷。孙秦抖了抖身子，迅速钻进地铁站。

李琦玉早在白鹤机场附近租了个房子，还把自己的车开了过去，周末才回上海。他在高铁站接上孙秦，一起去白鹤机场。

当孙秦坐上李琦玉那辆有些年份的轿车副驾时，忍不住吐槽："你这车多久没洗了？我觉得车里这灰都还是去年的味道。"

李琦玉反唇相讥："我都恨不得住在机库里了，哪有时间去洗车？你这是不识民间疾苦！"

孙秦嘿嘿一笑："不要激动，我陪你住机库。"

"那罗园园岂不是要杀了我？"

戏谑几句之后，李琦玉便开始向孙秦介绍FP100的仿真试验情况。

当两人来到机库时，天光都还没有大亮。

而团队当中有几人比他们更早就赶到了，孙秦不禁有些感动。

"天气变凉了，他们还能这样起早贪黑。大家都这么拼，我们的事情如果干不成，那找谁说理去？我也难辞其咎！"

整个机场，除了他们机库有了些响动，其他区域全部都处于寂静状态，尚未醒来。

尽管还未看到试验的真实情况，经过路上李琦玉的介绍，孙秦心中已经大致有了概念。等大家把试验设施搭建好，通上电，FP100的机上系统也都启动之后，他便跟李琦玉一起，开始查看各项仿真试验数据。

看得出经过多日的工作，团队已经将各项仿真试验安排得井然有序。

FP100周围的地面被细致地划分成不同的试验区域，每个区域都配备了专业的监测设备和操作台。而机体本身此时已经完成机载系统启动，除去电机之外，都处于运行状态。

"各项地面试验和飞行试验的仿真我们都做过多遍了，今天请你过来，主要是帮我们最后复核一遍。有些试验数据我也拿不准是不是对的，毕竟，我们之前都没干过eVTOL，只能根据我们自己以前干A型号和C型号的传统航空产品经验，结合查询各种参考资料来判断。"李琦玉解释道。

孙秦点了点头："我明白，加上我，我们多凑几个臭皮匠，尽量往诸葛亮靠靠。"

"嗯，就是这个意思。"李琦玉也不讳言。

他不认为孙秦在飞机设计经验和水平上比自己有质的差别，但是，毕竟孙秦曾经干过室主任，技术眼界和大局观肯定还是要比自己更有优势。

孙秦问道："那把你们的试验大纲、流程和相关文档拿来，我先看看，然后，我们再对比数据。"

这架飞机的设计他从头开始就深度参与，直到江大春带着郭任离开后，他才将更多精力放在对外融资和客户拓展上面，距离设计细节有些远了。所以，他需要迅速依靠这些文档将这段空档期补齐。

可是，当他看到李琦玉给他发来的散布在电脑里的一堆数据与文档时，眉头一皱："这些数据就这么管哪？感觉一点章法都没有。"

李琦玉有些不好意思："我也知道这样不行，但是……我们一直在赶进度，加上预算有限，也不可能去上我们当年在研究院时候用的那些系统，那些软件好是好，但是太重，而且动辄几百万。"

孙秦点头表示理解："我们得尽快想办法把这些数据有条理地管起来，从需求到测试，现在这样管，可能不影响我们完成仿真试验，甚至完成飞行试验和提交适航申请，但是，到了产品的真实开发阶段，尤其是到适航的时候，恐怕我们就很难向局方证明符合性了，到那个时候再来梳理和补齐过程证据，怕是要伤筋动骨。"

"嗯，我明白，我会好好规划，看看在哪个时机引入系统，既不耽误我们的进度，又对于预算友好，还不影响我们最终产品的适航与面市。"

"这是必须要做的。"给出这样的结论之后，孙秦这才让自己完全跳进那些海量的数据当中。

单系统数据，系统交联，关键技术指标……他一项都不想放过。

时间不知不觉地过去，孙秦在机库里待了整整三天。

除了半夜短暂地回酒店睡一觉，三天当中，他不但亲自审核了各项仿真数据，一些关键的仿真试验，还现场让团队重新做一遍。

第三天结束的时候，他已经觉得自己眼冒金星。

"不行了，我今晚得好好睡一觉……"他一屁股坐在简陋的板凳上，靠着只能支撑他一半腰部的靠背。

李琦玉拍了拍他的肩膀："辛苦辛苦……你也太不容易了。我原来想着，你过来待上一天，把数据帮我复查复查就好，没想到你竟然给我们翻了个底朝天，还好我们的工作做得还比较到位。"

孙秦疲惫地笑道："如果你们的数据更有条理、更结构化地组织好，并且放在一个地方，而不是分散在各个地方，我可以更快地完成这些工作。"

"好好好，我的错，今晚收工后，请你喝酒。"

孙秦伸了伸懒腰："不喝了，我要睡觉。"

"稍微喝一点，微醺状态，最适合补觉。"

离开机库的时候，孙秦对着所有人说道："各位，我觉得，我们的仿真试验可以告一段落了，我们争取尽快实现首飞，然后开始做飞行试验，到时候再根据飞行试验的情况，看看是否需要再回来进一步做新的仿真。总之，我们要披荆斩棘，全速前进，争取在明年年内完成适航申请的提交获批，进入真正的产品开发阶段！"

完成FP100仿真试验数据的复核，离开白鹤机场机库，面对团队说出的那番慷慨激昂的话，孙秦是发自内心的。他真心期待，也坚信自己的团队能够在一年之内完成这个目标。

眼下，他必须尽快锁定南华通航的书面意向采购协议。这个目标越早完成，对自己越有利。

因为，他发现公司账上的钱恐怕支撑不了一年时间了。那意味着，可能又要开始融资了。

而既然要融资，就需要新的进展和故事。毕竟已经不再是天使轮。

如果有更多的意向采购订单，尤其是来自南华通航这种标杆级客户的，再加上本身产品的进展，他还是挺有信心在公司现金流耗尽之前完成第二轮融资。

所以，当他下午接受李琦玉的建议，答应晚上一起喝酒的时候，便直接给李翔发了条微信：

"要是没别的事,晚上到白鹤机场来吃饭,一起聚聚,就我们仨。"

"好,我正好刚回上海,从高铁站直接就过去。"

"太好了,我们等你,老地方。"

孙秦说的老地方,便是他们此前常去的那间小饭馆。

夜幕降临之后,孙秦和李琦玉屁股还没坐热,李翔就气喘吁吁地出现在饭馆门口。他一眼就找到了两人,一边点上烟,一边走过来。

"看你这素质!一进来就抽烟!"孙秦骂道。

"嘿嘿,小地方就这点好,自由自在。"李翔觍着脸笑道。说完,一屁股坐在孙秦身边。

孙秦往里面挪了挪,瞪了他一眼。

李琦玉看着两人,笑笑不说话,只顾着扫码点单。

他已经从车的后备厢里拿出两瓶高度白酒。

"天色开始变凉了,我们喝点白酒暖暖身子。"

点完菜,他熟练地打开一瓶,然后将对面孙秦和李翔的玻璃杯拿了过来,将那散发着酒香的透明液体往杯里倒进去。

孙秦也没阻拦,只是撇了撇嘴:"说得好像如果天气热,你就不喝白酒一样,上次我们在外面顶着热风不也一人喝了好几两吗?"

"嗯,所以后来不得不再补充一点冰啤酒降降温,今天应该不用了。"

酒菜都准备好之后,三人开动。

抿了一口烈酒之后,孙秦的整张脸都缩成一团。他有一阵没喝高度白酒了。

不过,今晚他有重要的事情与两位最核心的合作伙伴商议,就着一点白酒,效果会比较好,而且大家容易把话都说透。

"两位,我们仨之间没有什么不能说的,也不来虚的。今天一起吃个饭,尤其是把李翔临时叫过来,就是为了把几件事情好好商量商量。"

听到这话,李琦玉和李翔都放下刚刚喝了一小口的酒杯,安静地听着。

"我们的产品目前看起来进展还算比较稳,但是还不够快,今天才算正式完成了第一轮仿真试验,虽然我一直在给团队打气,但是我们自己心里要清楚,我们的速度还是得加快,时间不等人。未来几个月面临最大的挑战就是现金流问题。我感觉,到了明年上半年,最晚明年年中,我又要去融资了。"

李琦玉默默地点了点头,没有说话。他现在是CTO,孙秦说产品迭代速度不够快,其实就是在批评他。

不过,他接受这个批评。他又何尝不希望速度更快一点呢?

只不过,团队就那么几杆枪,有过飞机设计经验的少之又少,大部分是其他相关行业招来的,学习曲线的建立需要时间。可要增加资源,或者去招更有能力的人,又面临预算限制的问题。

说白了,所有人都希望"既要、又要、还要",但现实往往是只能做取舍。否则,经济学这门学科都没有存在的必要性了。

而李翔听罢,脸色也颇有些沉重:"如果是这样,恐怕我们的现金流状况比你预想的还要糟糕……我们很快要给几家供应商把今年的款给结了,也包括刘动的九控系统。这部分目前属于应付账款,但是很快会变成现金流流出。"

孙秦问道:"一共多少钱?还能再往后拖吗?当然,九控系统除外,我前不久刚亲口向刘动承诺,年底前会给他结账。"

"差不多300万吧……"李翔嘴巴里冒出这个数字。

孙秦倒吸了一口凉气。

不过,理智地去想,这可是整整一年到现在,他们应该付给多家供应商或协作方的总款项,这个量级相比他以往干过的A型号,已经要少太多了。

那个时候,给一家供应商的一次变更研发费,或许都不止这个数。

李翔继续说道:"我们觉得这笔钱很多,但其实真的不多,今年我们让外协方干的活并不多,很多还是他们免费提供的,比如飞诣纤维。至于九控系统,他们今年主要是提供了一些咨询方面的服务,帮我们设计飞控系统提供支持,加起来也就50万不到的费用,不影响大局。不过,到了明年,我可以预计,我们需要的外协费用可能得翻好几番,你要告诉我,明年,我们要花3000万,我都信。"

李琦玉这时候才惊呼:"这么多?"

"是呀,如果我们很快完成全尺寸样机的飞行试验,验证了各项关键技术的实现方案之后,就进入产品的正式开发进程了,还要提交适航申请,各种供应商需要提供按照真实需求设计的产品过来——这些不可能是免费的,他们要开始'收割'我们了。"

孙秦和李琦玉都陷入了沉默。显然，李翔说得很在理。

只不过，按照这个趋势，现金流的消耗速度会比孙秦之前的粗略推测要更快。

因为，不可能像今年一样，将所有供应商的外协款都拖至年底再付，进入真刀真枪的产品开发阶段之后，供应商往往会占据更多的主动权，因为他们深知：如果他们拖延进度，主机就没有任何办法。

这个时候，你付钱，人家都不一定按照进度供货呢，还想拖延货款？

"好了，我就把真实情况说一下，车到山前必有路嘛……既然要融资，最坏情况肯定要考虑到。"李翔举起杯，"喝酒喝酒！"

三人捧杯，都喝了一大口。

孙秦抹了抹嘴，咬咬牙说道："嗯，这次要多融一点，否则真不够花……等融资到位之后，我们还需要考虑上一套系统，来管理我们的整个研发流程和数据，现在我们的数据管理太没有章法了。"

李翔问道："你是说PLM软件？"

"是的。"

"那东西可不便宜，哪个进口大厂不是几百万起步？"

"国产的没有替代品吗？"

"也不是完全没有，但是，都没法服务我们这个行业，他们更多的还是只能服务传统制造业。"

"好吧……反正我们都放在心上，到时候再看。这虽然不能解决我们的吃饭问题，但如果没有它，我们发展不起来。"

…………

从上海回到广州，袁之梁觉得自己又回到了舒适区。

尽管同样是深秋时节，广州的秋韵与北边截然不同。这里没有让人发抖的萧瑟秋风和令人伤感的满地金黄，依然一片绿意盎然、生机勃勃的景象。

他给自己放了一天短假。全天都没有进办公室，也没有主动去跟团队联系，而是陪着父母吃了早饭和午饭，然后漫无目的地在广州街头闲逛着。

自从在上海得到刘动对eVTOL飞控系统的支持承诺之后，袁之梁觉得未来向他打开了一扇全新的大门。

曾几何时，在A1产品时代，他一度要绝望，认为未来之门已经对他关闭，而转型做A2之后，那扇即将紧闭的大门正在一点一点地打开。

现在，想到自己未来可以在eVTOL和无人机市场双线作战，他感到无比激动。

对于投资人，这是一个新的故事。而安罗泰也需要再次融资了。

只烧钱，不挣钱的话，再多的钱也不禁花。

不过，今天他暂时不去想这些细节，他只想放空自己，然后重新出发。

走在广州的街头巷尾，他觉得家乡既熟悉又陌生。熟悉的是，气候和环境依然是小时候的味道，陌生的则是，整个城市的布局已经发生了不少变化，不断新建成的大楼、园区、地铁线全部都在他的记忆范围以外。

他很快还是将自己融入那片熟悉的氛围当中。走在街边，榕树、樟树、棕榈树等热带植物依旧郁郁葱葱，与蓝天白云相映成趣。偶尔，几片黄叶从树梢轻轻飘落，仿佛在诉说着季节的更迭，却又很快被绿意所掩盖。

当他穿越几条马路，转过几个转角，来到珠江边时，顿时感受到久违的松弛。

江水清澈，波光粼粼，倒映着两岸的高楼大厦和绿树红花。江风轻轻吹过，带着一丝丝凉意，让人感到无比的舒适和惬意。阳光洒在江面上，整个江面都被染成了金黄色，有一种刺眼的美。

不知不觉，他也不知道自己走了多远，走了多久，突然发现，太阳已经下沉到了西方，将更加柔和的金黄色斜斜地洒在街面、房顶、树梢和每个行人的脸上。

"嗯，到了跟她晚餐的时候了，这次我可不能迟到……"

袁之梁晚上约了黄馨一起晚餐，因此，当他得到夕阳的提醒之后，立刻将脑海中松弛了一天的弦绷紧起来。

两人在太古汇确定关系之后，并没有经常腻在一处。袁之梁的父母倒是很欢迎他把黄馨带回家住，但黄馨不同意，依然在与同事合租。她觉得，毕竟还没有结婚。

两人约定，明年选个好日子把这件人生大事给办了。在那之前，还是享受享受这种聚少离多、充满牵挂的恋爱日子吧。

当袁之梁赶到餐馆时，松了一口气，今天黄馨还没到。

他从容地到洗手间洗了把脸，毕竟白天在户外走了大半天，还是有点灰头土脸。然后点上一壶茶，几盘凉菜和热菜，悠然地等待着黄馨的到来。

这次，他没有选择太古汇那样高大上的地方，而是在距离黄馨住处不远的一条小巷子里选了一家本地老字号餐馆。烟火气十足。

等了半个小时，黄馨终于出现在餐馆门口。

袁之梁起身迎接，将她亲热地引到座位上坐下，让原本要带位的服务员一脸尴尬地站在一边。

有一阵不见，袁之梁觉得黄馨越发美丽了。他看得有些双眼发直。

黄馨俏皮地笑道："我脸上有东西吗？"

"不……"袁之梁伸出双手，捧住她的脸，"是太好看了。"

黄馨故作生气："油腔滑调！"

她喝了一口茶，有些按捺不住自己的激动，说道："阿梁，有件事情我必须马上告诉你！我不能等了！"

袁之梁一愣，抽回自己的双手，问道："什么事？"

"羊城汽车也要开始干eVTOL了，今天刚刚内部立项！"黄馨得意地说，"怎么样？这个消息够劲爆吧！"

袁之梁半张着嘴，半响没能闭上。

过了好几秒钟，他才问道："不可能吧！他们竟然要干这个？这是太阳从西边出来了！"

"是呀，我也觉得很意外，不过，如果他们真要干，算是我们的竞争对手吧？而且都在广州，你要当心哦。"

黄馨显然将自己跟袁之梁算作一家了，不但跟着他将安罗泰称之为"我们"，甚至提及自己的就职单位，也用"他们"来代指。

袁之梁听到黄馨如此表述，不禁乐了。他抑制不住的嘴角上扬，然后才又恢复严肃的神色。

"没关系，兵来将挡，水来土掩，以羊城汽车这种机制，想在eVTOL上跟我们竞争，他们在速度上没有任何优势，做个任何决策都得要两个月，两个月以后，市场都变了。"

"嗯！"黄馨点头表示赞同，"效率确实太低了。"

不过，袁之梁虽然嘴上这样说，心里却开始翻滚。

"看起来，我今晚就得跟老张好好聊聊，我们的eVTOL也要提上议程了，速度很重要。驰飞客虽然进展也不错，但毕竟在长三角，那边的业务都做不过来，我们至少得确保在珠三角成为第一梯队，甚至第一家！"

结束与黄馨的约会，袁之梁将她送走后，赶紧给张顺景发了一条语音："老张，在哪儿呢？现在有空见面聊聊吗？"

"我还在办公室加班，你要过来吗？"张顺景很快便回复了他。

"谢天谢地，你没在珠江机场……"袁之梁心中暗想。相比办公室，珠江机场还是有点远的。

他立刻给出确认："好，你在办公室等我，我半小时之内赶到！"

袁之梁赶到办公室的时候，只见灯火通明，包括张顺景在内，还有好几个工程师都没离开，甚至连贺瑾都还在座位上加班。

袁之梁脸一红，他有些过意不去。

自己白天逍遥晃荡了一整天，晚上还跟女朋友约会，自己的团队可一点没歇着。

张顺景此时正狼吞虎咽地扒着盒饭，看到袁之梁回来，也顾不上擦嘴，就站起身来打招呼："等我几分钟啊，就快吃完了！"

"不急，你慢慢吃。"袁之梁冲着他摆了摆手，"吃完再聊不迟。"

张顺景也只是略微放慢了一点速度，但没过两秒钟，又回到了之前的节奏上。

袁之梁正准备跟贺瑾打招呼，却见她眼眶泛红，整个人的精神都有些恍惚，对自己一副视而不见的模样，顿时觉得有些狐疑，他连忙转过身，穿过办公区，再次回到张顺景身旁。

"慢慢吃，别急……"他再度提醒，然后轻声问道，"贺瑾怎么啦？为什么一副失魂落魄的样子？"

张顺景抬眼看了一眼贺瑾，然后才凑到袁之梁耳边悄悄地说："好像是老公出了什么事，要跟她离婚……我也不清楚细节，就在刚才，她接了电话，然后就哭了，我们哄了好一阵才平静一点，你现在可千万别去招惹她。她晚饭都还没吃，我让叶晨下楼给她带点热牛河上来。"

袁之梁双眼一瞪："叶晨呢？还没回来？"

"嗯，刚下去没多久，你没看见他？"

"没有。"

"没事，交给他吧。他姐出了事，他肯定会很上心的……你要跟我说什么事？"张顺景抬头看着袁之梁。

面对一张满眼真诚，却满嘴油腻的脸，袁之梁差点笑出来。

他控制住自己的情绪，说道："我再说一遍，你先专心把饭吃完，别急，然后擦干净嘴巴，我们到小会议室聊。我现在就过去，在那儿等你。你什么时候弄好，什么时候过去。"说罢，袁之梁起身，轻轻地走进小会议室，然后将门掩上。

进入之前，他又快速扫视了一眼贺瑾。这个角度可以更好地看到她的正脸。果然，满脸的泪痕。

认识她这么几年，贺瑾给他的印象都是落落大方、温柔得体的模样，总能让人如沐春风，做事细致又考虑周全，给他和整个安罗泰团队帮了不少忙。

他从未见她如此狼狈过。

袁之梁轻轻地叹了一口气，心道："如果待会儿跟张顺景聊完出去的时候，她还是这个样子，我得去关心关心才行……"

他在小会议室里独自胡思乱想了一阵，既在猜测贺瑾身上到底发生了什么，又在推算羊城汽车搞eVTOL的胜算几何。

正在思维飞起的时候，张顺景推门进来了："我吃好了。"

袁之梁这才从天马行空的状态回到现实，他定了定神，说道："今晚跟你商量一件大事。"

张顺景一愣："大事？好事还是坏事？"

"肯定是好事，尤其是对你来说。"

"那就别卖关子啦。"张顺景有些急。

"想不想干eVTOL？真正的eVTOL！"袁之梁笑着问道。

张顺景不敢相信自己的耳朵，他微微张开嘴，眼里全是疑惑，但疑惑中又带着一丝期待和兴奋。

自从加入安罗泰的第一天起，他就期待自己有朝一日能干这个。

可是，一开始的A1是个四不像，此后为了生存，又不得不先去搞无人机。

难道，曲线救国的时刻已经来临了？

他用颤抖的声音问道："你说的是……真正的eVTOL？不是什么飞行汽车？"

袁之梁眼神坚定："是的！就是你理解的eVTOL，电子垂直起降飞行器，而且是复合翼构型的。"

听到袁之梁口中说出"复合翼"这三个字，张顺景知道，他所期待的事，终于不可思议地发生了。幸福来得如此猝不及防。

"阿梁，你让我怎么回答你呢？一个简单的'是'，还是一个更加有仪式感的'我愿意'？"张顺景问道。

袁之梁笑道："那好，不光你愿意，我也愿意。我们现在就来讨论一下接下来要怎么做吧。"

张顺景依然觉得身处云里雾里，不敢置信地问道："这么快吗？不先向全体员工宣布一下？"

"不用了，等我们都讨论好，甚至把一些更加具体的细节都定下来之后，再宣布不迟。大家的时间都很宝贵，如果要占用所有人的时间，就争取一次性将所有信息传递到位，能够一次性说完的事情，不分两次。"

"好！"张顺景将长袖T恤的袖子撸了起来。

"我之所以有这个想法，基于好几个原因。其中一个是我今晚刚知道的：羊城汽车也要搞eVTOL。所以，我觉得，我们必须要搞了，而且马上搞，一刻都不能等！"

张顺景心中暗笑："原来是这样……果然还是要靠外界倒逼……"

不过，他感到前所未有的有劲头，颇有种武林高手隐姓埋名多年，有朝一日终于重新出山的壮烈感。

"没问题，阿梁，我全力支持这个决定。如果要立刻讨论细节的话，基于'速度优先'的大原则，我能想到的就是两点：第一，我们要充分利用已有的外协方和供应商的已有方案；第二，我们自己的设计也应当尽量利用无人机产品的已有设计。总而言之，尽最大可能地保持通用性。"

袁之梁眼前一亮，他没想到张顺景进入状态如此之快。"看来……他等待这一天已经很久了……"

他决定在这把干柴上再添一把火,说道:"除了通用性之外呢?成本上也不得不考虑,老张,你可是CTO,CTO不能只从技术角度去思考问题。无论如何,我们肯定还要继续融资,为了确保下一轮资金入账之前我们不死掉,你知道应该怎么做。"说完,他盯着张顺景那双发光的眼睛。

在其中,袁之梁也看到了自己。

第18章
寒冬之下

就在袁之梁与张顺景在小会议室里无比激动地讨论安罗泰的第一款真正意义上的eVTOL规划时,距离他们不远处,办公区域对角处的会议室里,却是另外一番景象。

叶晨满脸通红地站在桌边,弯着腰看着此刻正坐在桌边抽泣的贺瑾。

就在几分钟以前,他从楼下风尘仆仆地买了热腾腾的干炒牛河上来,作为给贺瑾的晚餐。这是她的最爱之一。

见到叶晨那充满关切又有些笨拙的样子,贺瑾这才擦了擦眼睛,从自己的工位上站起身,跟着叶晨进了会议室。尽管内心已经十分崩溃与混乱,但她着实有点饿了。

可是,当她将干炒牛河从包装袋里拿出来,放在桌上,准备开盖时,却不知道内心深处的哪根弦被拨动,又突然捧着脸哭起来。

叶晨原本正准备退出去,见到贺瑾此刻的表现,顿时六神无主。短暂的慌乱之后,他决定先关上会议室的门,起码别再扩大影响。

他焦虑地看着贺瑾如同火山爆发般再一次释放着自己的感情,直到那股热烈的喷发逐渐舒缓,直到她的情绪逐步稳定。

贺瑾微微地颤抖着肩头,无声地流着泪,时不时发出一点微弱的叹息声。

叶晨红着脸,呆站立了几分钟之后,咬咬牙,往前走了两步,来到贺瑾身边,突然将她搂进怀里。

贺瑾吓了一跳,她完全没想到叶晨会这么做。她浑身变得僵硬,一把将叶晨推开。

叶晨一个踉跄,差点摔倒。他整张脸已经红透了,像是烧得滚烫的煤球,低着头,一句话也说不出来。

"小叶,不好意思,我不是故意的……"贺瑾解释道。

刚才叶晨这个举动,让她短暂地从悲伤中恢复过来。她心里清楚叶晨为什么会这样做,但是,她必须要保持界限感。

叶晨还是低着头。突然他抬起微微抖动的头来,大声说道:"姐!我喜欢你!我不想看到你那么伤心,不管你遇到了什么事情,我都愿意陪你一起度过!如果是因为没有人要你了,我要你!"

自从3年前来到安罗泰面试,第一眼看到贺瑾的时候开始,他就在心中埋下了这几句话的种子,这些种子在他心底开始生根,然后潜滋暗长,一天天,一月月,从不停歇。

一开始,他对贺瑾产生感情,完全是因为她与自己姐姐气质很相似,让他感到无比亲切,但久而久之,这种情愫脱离了亲情的范畴,往男女之情的方向脱缰而去。

叶晨试图压抑这种情愫,因为贺瑾早已结婚生子,看上去家庭幸福,而且比他大好几岁。他们之间几乎没有任何可能性。

但是,无论他如何去克制自己的感情,试图将对贺瑾的那份纯真却又非分的想法抹除,都无济于事。

相反,那种求而不得的执念,那种百爪挠心的煎熬,在他内向性格的掩盖下,在他体内四处乱撞,完全没有出口。他已经憋得太久。

而今天,看到贺瑾与老公发生了严重的冲突,以至于对方竟要跟她离婚,叶晨认为,自己应该挺身而出,好好安慰安慰她,而且告诉她,自己愿意为她付出一切。

他不想再忍耐下去,不想再让自己始终处于内伤状态。他豁出去了。

听完叶晨爆发出来的告白,贺瑾呆在原地。

她如何不知道叶晨那点小心思?又如何读不懂每次叶晨看她的眼神?只不过,她也的确一直将叶晨当作弟弟看待。

这个单纯内向的男孩就像一张未经污染的白纸，值得一个更好的画师去创作，而不是她自己。她已经被生活磨掉了所有的灵感，早已无心作画。

表面上，她有一个在知名公司做高管的老公，老公对她也很不错，无论是财务上，还是自由度上，都几乎予取予求。几乎所有人，无论是安罗泰的同事，还是她身边的人，都认为她是前世修来了好福气。

老公宠她，孩子乖巧，没有负担，岁月静好。

可是，只有她自己知道，这些年她是怎么过来的。

她原以为，自己与老公达成了彼此心照不宣的默契：我不干涉你的取向，你也不要想离我而去。

是的，他的老公不喜欢女人。

而她直到小孩出生后第二年才发现这一点。那个时候，她还在来到安罗泰之前的那家外企工作，曾动过离婚的念头。

但是，老公当初处于职业生涯的关键阶段，一个美满无瑕的家庭对他来说无比重要。他不能承受在那个时候出现个人问题上的变动。于是，她配合了他。

此后几年，双方相安无事，而她加入安罗泰之后，觉得这个创业团队气氛很好，无论是袁之梁，还是其他人，都给了她极大的信任与施展空间，加上工作也一直处于非常充实的状态，她觉得，自己的人生可以就这样安稳地凑合下去。

没想到，前阵子，老公被一家跨国企业聘任为中国区负责人之后，进入了一个非常宽松的工作氛围，于是图穷匕见，坚持要与她离婚。

她并不是不愿意，只是不甘心。她一时间过不了这个坎儿。

所以，面对叶晨勇敢的表白，贺瑾无法接受，她知道自己已经不可能再经历一次那种炙热，然后如同夜空中的烟火，绚烂之后归于灰烬。

不过，她还是很感激叶晨的直率和对自己的关注。

她尽量让自己的声音听上去不那么颤抖与波动："小叶，我非常感谢你的喜欢和认可，也知道你是个好男孩，只不过，我不像你想象的那么好，也没有时间和精力去接受你的感情。无论我的家庭发生什么变故，我们都是不可能的，你明白吗？"说罢，她充满怜爱地看着叶晨。

叶晨咬着下嘴唇，面部微微抽搐，他觉得整个天都塌了。一句话也说不出来。

这三年来，他幻想过无数次，自己如果向贺瑾表白，对方将会如何反应。

他并没有奢望贺瑾会接受他，那都是一些小说和小电影当中的情节，只不过，对于贺瑾如此决绝的拒绝，他也没有足够的心理准备。

"你……赶紧把牛河吃了吧……不然会饿……"他憋了半天，才从嘴里蹦出这句话。说完，头也不回地冲出了会议室。

袁之梁的好心情只维系了一个晚上。

当他与张顺景从小会议室里出来时，办公区的同事们都已经回家。也包括贺瑾。

不过，满脑子兴奋的袁之梁已经将自己要跟贺瑾聊一聊这件事忘得一干二净。他跟张顺景一样，都如同喝了一斤白酒似的，沉醉在自己的世界里，不可自拔。

他们已经就安罗泰第一款真正意义上的eVTOL的核心顶层需求达成了一致。连型号名称都敲定下来：A101。一言以蔽之，做一款驰飞客FP100的竞品。

只有这样，才能最大限度地复用供应链，也可以实现与自身无人机产品设计的部分通用性。而且，无论是设计，还是适航准备，很多雷驰飞客都替自己蹚过了，可以充分发挥后发优势，快速追赶。

而被他忘掉的那件事，他不找贺瑾，贺瑾主动找了他。只不过是第二天一早。

贺瑾整个人又恢复了平日里常见的那种平淡与温暖。只是双眼有些微肿，眼眶下还有两片明显的黑眼圈。哪怕她涂了厚重的粉去遮瑕，也无济于事。

袁之梁试图淡化贺瑾可能面临的问题，说道："昨天不好意思呀，因为跟老张聊了一晚上，等我们结束的时候，你已经走了。看起来，是不是问题有了些好转？没关系，专心去处理，需要请假的话，尽管提，我这边都没问题……"

"阿梁，我要辞职。"贺瑾还未等袁之梁说完，便打断了他的话，平淡地说。语气里并没有太多感情色彩，仿佛在谈一件与自己毫无干系的事。

袁之梁觉得自己的舌头一下子被架在口中，然后打了个结，半天说不出话来。直到觉得气短，他赶紧使劲咳了两声，才破掉这个僵局。

他忙道："你说什么呢？不至于这么严重吧？"

"阿梁，你是个很好的老板，也是很优秀的人，安罗泰团队都很好，我也相信，你们会有很好的前途。只不过，我已经没有力量陪你们一起走下去了。我现在觉得整个人都被掏空，我需要休息。"

"没关系，你就休息3个月呗，然后再回来上班，我们保留你的劳动关系和社保。"袁之梁想都没想，便出口挽留。

贺瑾是安罗泰的第一号员工，3年多以来，与他并肩作战，帮他解决各种后顾之忧，一个人承担了人事和行政两大块工作，而且几乎成了公司形象代言人和吉祥物的存在。这样的人，无论如何，他都想留住。

更何况，她的离去并非因为跳槽或者对于现状不满。他认为还有挽留余地。

创业3年来，他的团队其实来来往往不少人了。"铁打的营盘流水的兵"用来形容创业团队，非常恰如其分。可以说，他见过了各式各样的应聘者和离职者。

有来到安罗泰面试时才发现这是一家创业公司，在面试中途就假装肚子疼，招呼也不打便直接溜走，再也不回来的。

有面试的时候口口声声说不在乎通勤距离，上班上了3天就以通勤距离太远而离职的。

有上了几天班，突然就人间蒸发，杳无音信的。

还有面试时说喜欢创业团队的环境，喜欢挑战自我，上了几天班之后又说还是更加适应稳定的环境的。

…………

袁之梁一直将自己放在这些人的立场去思考，毕竟他自己也在羊城汽车作为雇员工作过很多年。他可以理解所有这一切，只不过，他作为一个创业团队的带头人，无法接受。

创业团队不是谁都能来，都适合来的。

除去无论在哪儿都需要的勤奋与主观能动性之外，要加入创业团队并且长久待下去，在他看来，有一点很重要，那便是相信。

你得相信，自己所参与的这件事情是足以改变世界的。这种对于目标意义感的认识和认同，对于一个人能否与他一起奋斗到底，至关重要。

而他能够在贺瑾的眼里看到这种火苗。

所以，袁之梁此刻非常焦虑，又无比渴望贺瑾可以给他一次机会。

所以，他甚至主动提出：你可以休息3个月。

贺瑾听罢，闭上眼睛，微微地摇了摇头："阿梁，我要如何解释，你才能相信我呢？我去意已决，而且跟你，跟安罗泰的团队，没有一点关系，这纯粹是我自己的问题，也只能靠我自己去解决。"

"如果我们马上吸纳你为合伙人呢？我们还有一点股权和期权的空间！"袁之梁依然不放弃最后的机会。

贺瑾站起身来："阿梁，感谢你的好意。不过，我还是不能接受。你的时间很宝贵，我就不在这里耽误你了，我会提交一封正式的书面辞职信，也会尽职尽责地在公司继续干满30天，确保各项工作能够得到很好的交接。小沈一直在支持我的工作，我觉得她挺有潜质，我走之后，你们完全可以让她接替我。"

袁之梁不再尝试。与贺瑾认识3年来，他对她的性格还是很了解的，知道她表面上很温和，实际非常有主见。

他叹了一口气："那好吧，既然你都这么说了，看起来，我也没什么可以做的……不过，你虽然说沈洁可以接替你，可在我看来，她距离你还差得很远，毕竟是'90后'，各方面还是需要一点历练。"

贺瑾抿嘴一笑："当你给她成长空间的时候，她就会成长的。"

目送贺瑾离开小会议室，袁之梁坐在椅子上，半天没有起身。他觉得心脏很疼。

然而，还没等他缓过来，门外又走进一个人来。袁之梁定睛一看，正是叶晨。只见叶晨表情紧张，身形也显得有些拘谨。

袁之梁心中"咯噔"一声，有种不祥的预感。加入公司两年多以来，叶晨从未主动找他说过话。

还没等他完全调整过来思绪，叶晨便已经走到他的面前，用蚊子般的声音说道："我要辞职。"

进入2020年，孙秦感受到了无形的压力。

他今年的很多重要工作都建立在广泛的协作和沟通基础之上，但显然，短期内这些工作都将受到不同程度的冲击。与此同时，他又从李翔处得知：羊城汽车和安罗泰都开始研发eVTOL产品。

对于袁之梁终于进入eVTOL赛道，孙秦倒是一点都不意外。此前他就有过这样的判断，只不过是时间早晚的问题。

但是，羊城汽车的入局，让他感到了很大的压力。

创业3年多以来，他对eVTOL的认知也在不断加深，他越发认为，按照传统航空的思路去干eVTOL，基本上就是死路一条。因为流程太重，成本太高。

所以，偶尔听到传统的航空企业设置子公司或者干脆自己下场干eVTOL，他一直都不太担心。然而，汽车厂要是掺和进来，情况就不同了。

在与袁之梁交流，以及这些年的调研当中，他对于汽车企业，尤其是有着新能源汽车基因的汽车企业是如何控制成本这件事，已经有了很深的了解。

他越发感受到进度压力。驰飞客需要继续踩油门，但是整个环境却在刹车。

从大局着想，孙秦自然十分理解，他能够做的也不多，其中一件事，就是提前启动新一轮的融资。

因为在和冯婕沟通过之后，她正是如此建议。

"今年受到客观环境的影响，全球的经济活动都会受到冲击，所有的事情节奏都会变慢，所以，我建议你们早点启动下一轮。"

在天使轮融资当中，冯婕的SIN基金是领投方，还有另外三家基金跟投。这也是对于高科技行业投资的常见方式。

因为这个行业的风险并不低，而且不确定性很高，所有的投资额全部由一家基金完成，万一成功了，受益固然很高，但万一失败了，亏得也不少。而且失败的概率也会更高。

于是，就出现由一家基金领投，好几家跟投的模式。以领投方为主，大家把投资额凑齐，共同进退，分担风险。

同样，在一些重要的决策点上，往往也是领投方拿主意，跟投方也就顾名思义，跟着走。

所以，孙秦只需要与冯婕商量即可。其他的几位投资人，基本上只需要告知。

一般来说，上一轮的领投方不会在下一轮继续领投，往往会找一些比较熟悉的合作基金来领投，然后自己跟投加注。

于是，在孙秦开始准备BP，计划与各路投资人开展路演的时候，冯婕也同步开始四处打探，看看有没有朋友恰好在看这个方向，手上又有钱可以释放。

李琦玉则在白鹤机场旁边安了家，为了节约成本，他不再每次过去都住酒店，而是干脆在机场旁租了一间三居室，这样一来，他就能和另外两个骨干常驻白鹤机场，冲刺FP100的首飞和各类飞行试验了。

李翔则想尽各种办法，在协作方和供应商所在的几座城市之间奔忙，协调供货准备。

驰飞客的三驾马车各司其职，各显神通。

秉持着对降速的预期，孙秦却发现，各条线的进展倒还平稳顺利。

FP100到了5月就完成了各项飞行试验，甚至除去常规的操稳、性能、全机振动和系统集成试验之外，还开展了多项故障试飞科目，比如单桨、多桨失效、链路失效等，充分将各种故障风险考虑在内。

于是，到了6月，他就带着李琦玉和一系列充分梳理的文档、数据和证据，包括FP100整个试飞过程当中的各种照片和视频，拜访了巩清丽。

巩清丽深感开心。毕竟，驰飞客是她从一开始就向领导们极力推荐的典型案例。

经过非常严谨的评审，她又带着领导赴白鹤机场的驰飞客机库进行了现场观测，之后，他们正式受理了FP100型号的适航申请。

孙秦第一时间就把这件事告诉了庞雷。

电话里，庞雷哈哈大笑："孙总，我佩服你们的韧劲！没问题，我们可以签订意向采购合同。我们南华通航意向采购100架FP100！"

"您说什么？100架？"孙秦怀疑自己听错了。

"就是100架！"

"谢谢庞总信任！"

挂掉电话之后，孙秦感到自己的心脏都要从喉咙口跳出来。100架，那就是几个亿的意向订单金额！

有了这份新的合同，到了9月份，孙秦便顺利拿到了三家投资人的TS。

经过与冯婕共同商量，他们最终选择了与SIN基金一直友好合作、互相"抬轿"的成熟基金——因四维基金。

他们的名号是英文InsInvest的音译，含义是工业投资。

当孙秦与因四维基金的合伙人董建军在庆功宴上举杯相庆时，他不会想到，自己将经历创业以来最大的劫难。

不过，那是几个月之后的事了。

现在，在又一个秋天来临之际，他只会十分应景地感慨：秋天是丰收的季节。

要不是冯婕提醒，他如果按原计划晚几个月启动PreA轮融资，或许驰飞客就活不到几个月以后了。

驰飞客之所以能够多活几个月，完全有赖于李翔过去大半年的四处运作。他先是说服了朱清，让飞诣纤维对FP100机体的免费支持延至2021年年初。

原本的计划是FP100正式提交适航申请时，飞诣纤维就要开始收费。因为这意味着产品的正式开发和适航工作的启动，飞诣纤维也需要提供更大工作量的支持，而不仅仅是几个部件。

然后，他又通过几次拜访，让刘动不但派人，还带着设备来到白鹤机场，在下半年支持了FP100的很多联合定义阶段的工作。

而原本刘动压根没有想介入那么深，但架不住李翔软磨硬泡。

到了年底的时候，孙秦、李翔和李琦玉三人再度回首，反而感到，这一年进展挺快，仿佛被按了快进按钮一般。

只不过，他们都清楚地意识到，只要因四维基金的钱一天不进账，他们就可能离失血过多而死更近一步。

上亿金额的意向采购合同，局方受理适航申请的高光时刻和已经可以在白鹤机场的上空飞来飞去的FP100产品，所有的这一切，都将在公司现金耗尽的那一天，成为泡影。

时间终于又来到孙秦辞职创业5年后的2021年，这个春节对他而言，真是年关难过。

从大年初三到之后的每一天，孙秦和罗园园都过得无比焦灼。

湘中老家的大雪下个没完没了，把人们视线所及之处都变成白色，只有远山之间仍然能看到青黛。

天地间出现了一幅颇具意境的水墨山水画，这是他在上海永远不会看到的图景。

如果是以前，孙秦早就招呼着儿子和亲戚朋友在父母老家院子前堆雪人，打雪仗了，并且留下很多美美的照片与视频。

上海很少下这么大的雪，甚至很少下雪，孙乔肯定很喜欢。

可是，现在的他，除去必须的拜年和串门接待之外，大部分时间都坐在屋子里，目光呆滞地望着窗外，一声不吭。

所有的招数几乎都已经用尽。

作为公司的法人代表和最大股东，他有义务去承担这一切，而李翔和李琦玉等合伙人，并不需要承担如此重大的责任。

孙秦曾经找过他们。

两人都表态："我们之前入伙的时候，也都不是白拿股份的，都投入了现金，现在公司有困难，但我们再投钱，也是杯水车薪，更何况我们也没钱。不过，我们接受降薪，哪怕短期内一分钱不拿也行，等公司渡过难关之后，再恢复回来都可以。"

孙秦十分理解他们的立场，也知道，自己不能奢望更多。

至于其他手段，能用的他都用了，就像他跟罗园园和盘托出的那样，没有任何隐藏。

最后，只剩下两个词：抵押房产，离婚。

这两个词常常萦绕在孙秦脑海中，有时候他差点就脱口而出。他只能时刻控制住自己的嘴。

罗园园的心情也很糟糕。她觉得，到了这个地步，似乎已经没有回旋的余地了。

她曾想打电话回去与自己父母商量商量，但考虑大过年的，自己又不在上海，说出这件事情之后，不但没法很好地交流，反而会给二老和亲戚们添堵。

说不定，他们又会借着这个机会将埋藏了十几年的旧账翻出来："侬看看，当初我们就不同意你嫁给他的嘛……"

罗园园不想听到这样的话。很多话，说出来解决不了任何问题，反而会让原本就糟糕的现状雪上加霜。

从大年初三到计划回上海的时间，相隔仅仅短短的两天，但这两天他们度日如年。只不过，内心再煎熬，两人在父母、儿子和亲戚面前还是表现出一副喜气洋洋的样子，仿佛什么都没发生过。

回上海前一天的傍晚，下了整整一天半的大雪停了，露出清朗的夜空。

孙秦裹着厚厚的大衣，来到屋外，踏着地上的残雪一直往前走，穿过两条乡村公路后，来到山间的一大片稻田边。

难得有这么一整块平整的地，人们自然充分利用起来，全部种上了水稻。

田里一片银白，所有的生机都被压在被褥般的积雪之下。田埂上不均匀地分布着几棵树，树叶已经掉光，枝头上挂着的全是白色的雪花。山间的风势忽大忽小，稍微大点时，雪花便被吹落，飘絮般散开，露出光秃秃棕黑色的树枝。

举目所望之处都十分空旷，一个人都没有。

孙秦记得，自己小时候就是在这片土地里野蛮生长，在田埂上与小伙伴们追逐玩耍，去小池塘边追赶各家养的鸡鸭，把它们吓得"嘎嘎"直叫，惊慌而逃，直到被主人们发现，毫不留情地破口大骂，甚至从屋里抄起鸡毛掸子，大家才做鸟兽散。

他记得，有一年暑假，自己一个人落单的时候，过于自信，去招惹邻居家养的两条大黄狗，结果反被穷凶极恶的它们追到池塘边，逼得"扑通"掉了进去，差点淹死，还好被路过的一个长辈发现，把他救了起来。

他还记得，自己是如何从这里一步一步考到县里，考进市里，最后彻底考出大山，到了东海之畔的上海扎根，参与全国瞩目的飞机型号研制，然后又毅然辞职创业……

"难道，我走了这么一大圈，最终还是要回到这里？一切都要从零开始吗？"想到这里，孙秦感到心中十分憋屈。

他觉得自己有些喘不上气来。于是，他张开双臂，使劲地抬起头，张大嘴巴，将冰冷的空气吸进肺里。

他打了一个哆嗦，同时也清醒很多。他忍不住用尽浑身气力，对着田野呼喊起来："啊……"

连绵不绝的声音从他的胸腔里发出，瞬间传遍整片田野，在山间回荡着。他紧闭双眼，大脑中什么都不去思考，只是彻底地释放。

不知道过了多久，当他觉得嗓子有些哑，脸上竟然还掉落了冰凉的泪珠时，才停下自己的嘶吼。孙秦大口喘着粗气，感到自己浑身都失去了气力，但是，整个人都变轻了。心中郁积的情绪经过这样一发泄，似乎排解了许多。尽管客观的问题依然存在，至少自己的心态稍微平缓了一些。

或许是因为刚才这么一吼，散发了不少能量，尽管刚刚吃过晚饭不久，孙秦居然觉得肚子有点饿，自然也感到浑身发冷。他连忙裹紧衣服，快步走回屋。他想回去再吃点东西，甜酒煮糍粑，或者煮蛋都是极好的。

踏进屋子时，看见罗园园正带着孙乔在一楼跟父母一起玩耍。

这时他若嚷着要吃东西，便会打断他们难得的和谐。

孙秦瞬间改变了主意，简单和他们打了打招呼，在罗园园复杂的眼神中，几步走上二楼，进入自己的房间，把门关上。

他决定先去打几个电话。

这场大雪停得算是及时，返沪的高铁完全没有受影响。第二天，与父母道别之后，孙秦和罗园园带着儿子，返回上海。

离开屋子之前，母亲将孙秦偷偷拉到一边，不由分说就往他口袋里塞进一个红包："不要太辛苦了，这次过年回来，我感觉你有心事，虽然不知道是什么，但是，身体最重要，其他什么都是虚的，晓得吗？"

孙秦差点哭出来，他坚决地拒绝了母亲的好意，同时，给了她一个重重的拥抱："妈，放心吧。这钱我不要，你们自己留着用……"

去往高铁站的路上，孙秦还在回味着刚才母亲的神情和那几句贴心的，又或者是扎心的话。

"原来……什么都被妈看出来了……"他的内心五味杂陈。

罗园园也是一肚子心事，两人一路无话。

孙乔倒是个很大条的孩子，有书看，有游戏玩，便沉浸在自己的世界里，完全没有注意到父母之间的微妙关系。

当高铁开过嘉兴南站，向终点站驶去时，孙秦觉得自己心中的那股斗志再度被激发起来。这是他多年以来已经形成的一种状态转变定势。

每次回老家，他都觉得自己进入了一种放松的状态，哪怕老家交通没有那么便利，没有什么地方可去，甚至连喝咖啡的地方都很少，可是，他依旧觉得，那个地方属于自己。

更何况，父母健在，那个山间的屋子，充满了儿时的回忆。

而每次他从老家回到上海，哪怕还没进城，他都能感到浑身的肌肉和神经都紧张起来，仿佛要进入战斗状态。

对他而言，上海更像是战场和前线，而不是后方。尽管他自己的小家已经安在了上海。

他曾经与罗园园讨论过这种心理。罗园园笑着说："这很正常，毕竟，你的老家不在这里。但是，对我们上海人来说，就不太公平了，我们的家乡就是我们的战场，我们如果战败，都无路可退，你们至少还能退守老家。"

虽是玩笑话，但孙秦认为她说得有道理。他很快表态："放心好了，有我在的地方，就是你的家，无论在上海还是湖南。"

回忆到这儿，孙秦偷偷斜眼看了看隔着孙乔坐的妻子。罗园园正闭着眼打盹，但满脸是凝重的神情。孙秦暗自叹了一口气，继续望向窗外。

上海并未下雪，气温虽然与湖南相仿，体感却要冷很多，尤其是那股湿冷的风吹在脸上的时候，像一把冰冷的铁铲直接往脸上拍。

在家安顿好，简单交代几句之后，孙秦匆匆离开，直奔办公室。

昨天晚上，他已经电话通知李翔和李琦玉，今晚在办公室见面开会。两人恰好都在，便毫不犹豫地答应了。

一个春节假期的闲置，使办公室显得十分冷清，而整个写字楼的中央空调系统都未开启，三个人在里面待着，瑟瑟发抖。

"简直太应景了……"孙秦暗想。结合目前公司的状况，这种彻骨冰冷显然要比温暖如春更给人感同身受的刺激。

"两位，昨天电话里说的事情，你们考虑得怎样了？"孙秦单刀直入。

李翔耸耸肩："我没问题，反正一个人，无牵无挂，3个月不拿工资，也饿不死。"

李琦玉面无表情："我也没问题。我老婆十分理解，他们那边很多人创业，遇到的局面比我们更惨烈的都有，所以……"

孙秦感到心中稍微好受了一点。

这两人曾经表过态，但表态和真正执行，还是两码事。很多人拍胸脯拍得"咚咚"响，真要去兑现的时候又左顾右盼。

看起来，李翔和李琦玉都是条汉子。

正想着，他便听到李琦玉又补充了一句："如果后续公司情况一直都没好转，我可以再延长几个月不拿工资，反正我老婆收入还可以。"

李翔打了一个喷嚏，揶揄道："这个时候你就别凡尔赛了，你能说服你老婆给公司垫资垫个几百万吗？"

"不能……我已经尝试过了。"

"那不就行了，在这个意义上，我们都帮不上忙，实在是能力有限，只能自己扎自己刀子。"

孙秦点了点头："两位的心我都领了，你们帮不上忙，我也理解。能够带头表态，接受未来3个月不拿工资，等公司渡过难关，融资到账后再补回来，我已经十分感激了。"

李翔正色说道："你说啥呢？这公司又不是只有你一人的份儿，虽然你是法人代表，但我们也都是合伙人哪，这点觉悟还是有的！只不过，垫资的事情，我们确实帮不上忙。"

孙秦皱了皱眉："没事……我们一样一样来。不瞒两位，过年的时候，我连抵押房产去贷款的选项都跟老婆提了，只不过她暂时还没同意。我们三个人再凑凑，看还有没有别的办法。"

"必须不能让你卖房啊！"李翔大声说，"我们算细一点。"

"不是卖房，是抵押贷款……"

"这不是五十步笑百步吗？"

于是，三人在白板上将各种措施都列了出来，无非就是开源节流。

开源方面，目前看起来，已经穷尽了所有办法，银行贷款、个人信用贷、找客户提前付更多研发费或者定金、借钱等，孙秦都已经尝试。

节流的话，如果三人带头，同时在公司倡导所有人都3个月不拿工资，至少可以确保这个月的现金流不断，银行账户里的钱就还能再撑两个月。毕竟，还是有社保、公积金等金额要支出，不到万不得已，孙秦不想停掉。而且，广大员工估计也不会同意，就算他们接受短期内零薪酬。

至于供应商的货款和外协费用、房租水电等，就继续拖着吧。

三人仔细算过来算过去，李翔和李琦玉发现，哪怕他们也把个人信用贷办了，也不会让公司多活一个月。

基本上，采取短期内不发工资的方式，可以让公司延续生命到3月份。

如果到那个时候，融资款还不打进来，他们就只能停缴社保和公积金，同时再去到处借点钱，再多撑一个月。

也就是说，孙秦还是得每天盯着因四维资本和董建军，让他们尽快打款，同时，要说服罗园园接受房产抵押贷款，这样，在最坏的情况下，驰飞客才能再撑几个月。

而有了房产抵押款之后，他们就有钱可以裁员了。

一旦大规模裁员，一次性支出之后，运营成本也会相应地变少，公司的生命就可以延续相当长一段时间。

但这在孙秦看来，与植物人无异，只是无谓地延续生命，保持不死罢了。甚至生不如死，因为什么都干不了。

因为，事业的关键是人，更何况他们这支磨合了5年的队伍，一旦解散，就再也聚不起来了。之后哪怕拿到融资款，想要重建团队，谈何容易？

盯着白板上的杂乱的文字和数字，孙秦紧皱眉头："你们把它们擦掉，然后回去吧，后天一开工，我们就向全公司宣布这些决定。"

李翔建议："要不今晚和明天我们跟几位主要员工都提前说一下，到时候帮我们控控场，比如杜悦昕和赵莹她们，人事和财务总归要先知情……另外，还有几位骨干。"

孙秦点头："好的，这个提前沟通就交给你们了，你们俩分分工，每个人找几人谈。我现在要出去，找董建军！"

越夜越寒冷。

在地铁里的时候，感觉还好，可一出地铁站，孙秦就觉得来自四面八方的风往他衣服下面钻。他一边搓着双手，一边快步沿着淮海路小跑了接近一公里，总算来到一处高档酒店式公寓楼下。

向保安说明身份之后，保安才将他放进一楼大堂。

穿过大堂的那扇智能玻璃门，在门扇合上的一瞬间，孙秦顿时觉得浑身都温暖了。

大堂里的空调开得很足。他来到一角的沙发区坐下,不自觉地解开了外面裹着的羽绒外套。

此时大堂里一个人都没有,位于斜对角的精品咖啡店并未营业,设备和吧台都用黑色的布罩着。孙秦盯着电梯间,一动不动。

昨天晚上,他留了一个心眼,先跟董建军的秘书小汪联系。得知董建军是今天中午从新加坡回到上海之后,他才联系了董建军。

电话里,董建军正脱口而出:"不好意思呀,孙总,我还在新加坡,估计要过阵子才回国……"

孙秦便礼貌地表示:"董总,我知道,年前您跟我说过的,在新加坡过年,我也是怕打扰您,所以先联系了小汪。她告诉我,您明天中午的航班回上海,然后会在上海待几天,下周才开始出差……"

于是,董建军立刻"啊"了一个很长的音,拍着脑袋回答:"哦哦哦……今天竟然已经大年初五了吗?这日子真是过得飞快!"

"所以,您的确是明天中午回上海对吧?"

"……是的。"

"那好,我明天下午回到上海,明晚我想拜访一下您,一起吃个晚饭或者就见个面就好。"

"哦?有什么急事吗?"董建军装傻。

"董总,十万火急,关系到您这支基金和整个因四维基金的前景。"

"那……好吧。"

孙秦不得不采用这种危言耸听的方式来获得一次见面的机会。他不能说"我是来催款的",这样,肯定会被董建军推诿掉。

不过,他也做好了准备,哪怕如此,他也要堵在董建军的楼下,直到见到他为止。

他还感到一丝侥幸,自己曾在因四维的总部办公室见过董建军的秘书小汪一面,当时只是客气,便加了她的微信,没想到,这个时候派上了用场。

正回忆着昨晚的情形,孙秦感到电梯间有了动静。"叮咚"一声,代表有电梯到达了一楼。

很快,从电梯间区域走出一个中等身材的男人,表情坚毅,眼神明澈。从他脸上的皱纹和微微发白的头发可以看出,他已经人到中年,到了50上下。但是，由于身材管理得很不错，并不显得臃肿和油腻。相反，他整个人都透着清爽和少年感，给人第一印象很是不错。

孙秦一眼就认出来，这便是因四维基金的合伙人、冯婕的老朋友董建军。

"孙总，新年好，拜年拜年，恭喜发财！"董建军看到从沙发上起身的孙秦，远远地便拱手拜年。他的声音很爽朗，瞬间便在大堂空旷的上空回响。

孙秦也笑道："董总，新年好！"

然后，将身子一让："我们就在这里聊一会儿？你们这高级酒店式公寓的大堂就是安静，聊点事情很方便。"

"孙总见多识广，说笑了。"董建军摆了摆手，姿势优雅地顺势坐下。

"董总，电话里我说有急事要找您，现在也还算是晚饭的饭点，如果您没吃过晚饭，我们可以在这里聊一聊，然后一起去找个餐厅晚饭如何？"

"不了，多谢孙总好意，我已经吃过晚饭了……现在年纪大了，晚上吃不了太多东西。"

"那好。"孙秦也不坚持，他原本就没打算请董建军吃饭。"他请我吃饭还差不多……"

"孙总，什么急事？"董建军向孙秦投过去关切的目光，"您说，涉及我们基金的前景？"

孙秦也收住脸上的表情，说道："董总，我说的这件事情，的确会影响到你们基金的信誉。我们驰飞客与因四维完成SPA签订已经两个多月了，工商变更也已经完成，所有的交割前置条件均已具备。前年12月初签订的时候，您信誓旦旦地表示，2020年年内就完成交割，年初我们跟你们的创始合伙人杨总吃饭时，他也口头表态，年前完成交割，可是现在都2021年2月了，一分钱都没看见……"

孙秦很想尽量保持冷静，但说着说着，便激动了起来。他自己也控制不住。

董建军眼里闪过一丝寒光，面无表情地问："这就是您说的急事？这件事会影响我们基金的前景？"

见董建军一副冷淡的模样，孙秦心里"咯噔"一声。他意识到，今晚的谈话不会很愉快了。不过，到了这般田地，他也顾不上这么多。

"我还没有说完,你们的言而无信如果导致我们企业最终因为出现现金流问题而解散,难道不会影响你们的信誉吗?以后谁还敢拿你们的钱?"

董建军"哼"了一声:"孙总,企业因为现金流断裂而死掉,是这个世界上天天都在发生的事情,我看不到跟我们基金有任何关联。您既然出来创业,便要有这个觉悟,愿赌服输。至于我们因四维基金言而无信,您当然可以这样去说,但我年前也跟您说过了,我们公司投决会从去年年底开始就在整体考虑我们的投资战略更新问题,这个讨论因为过年暂时中断,在战略更新之前,我们不会交割。因为,整个经济环境正在发生深刻的变化,我们投资当然要审时度势,我们需要对LP的资金负责,然后才是被投企业。"

"也就是说,如果你们的战略调整之后,认为投资驰飞客不再是战略方向,就会撕毁已经跟我们签订的SPA?同时还可以不付出任何代价?"孙秦克制住自己的情绪,问道。

"不,您理解错了。我们并没有撕毁SPA,我们只是延缓交割时间而已。而在SPA当中,我们并没有刚性的交割时间约定,您所说的,都只是杨总和我的口头承诺罢了。当然,我们肯定会认自己的口头承诺,绝对不会抵赖我们曾经说过这样的话。只不过,情况发生了变化。"

"延缓交割?延缓到什么时候呢?如果延缓到明年,我们公司死掉了呢?"

董建军冷冷地回答:"那是你们的问题。孙总,我再重申一遍,我们只是财务投资人,从不干预被投企业的运营。对于企业的创始人来说,管理好现金流是您的分内之事,跟我们没有关系。"

"可是,你们也投入了很多资源开展对我们的尽调,花了时间与我们针对SPA的条款进行激烈的谈判,如果我们这艘船真的沉掉,你们也是有沉没成本的。所以,我今天来,不是单方面为了指责你们见死不救,也是为了你们自己所付出的资源所考虑。"孙秦有些急了。

经过一整个过年期间的煎熬,又整整奔波了一天,加上还没有吃晚饭,他整个人的精力和体力都到了极限。这个时候,人很难再保持理性和专注。

"孙总,我们投资人不是慈善机构或者医院,所以,'救死扶伤'不是我们的义务,您也没有立场指责我们'见死不救'……另外,沉没成本从来不应该成为决策的依据,这一点,我希望您也能够明白。"

说罢，董建军摊了摊手，站起身来："孙总，不好意思，楼上我家里还有访客，我不能让人家等太久。如果您今天过来，就是为了跟我说这件事情，我的答复很简单……

"第一，杨总和我的口头承诺依然有效，我们也会尽全力遵守SPA的精神，尽快完成交割。只不过，我没法给您一个具体的时间，我们何时可以完成交割……

"第二，我们内部依然在进行投资战略的优先级讨论，每个合伙人都有自己的意见，并非杨总和我两个人就能说了算。直到这个战略调整结束前，我们的交割都不可能发生。而调整结束后，的确存在我们放弃贵公司的可能性，如果这件事情发生，我们也会根据SPA进行后续的处理，会充分遵守SPA条款……

"第三，我个人依然是很看好驰飞客的前景和你们这个赛道，但是，对于贵公司现金流的问题，我们爱莫能助，您作为公司的经营者，应当采取一切必要的手段来维持企业的运转。如果您需要这方面的咨询，我倒是可以给您一些建议，但不是现在，现在您显然处于一种不理智的状态当中，而我也恰好有访客……

"最后，冯婕是我的朋友，她是您的天使轮领投方，如果您需要资金上的建议，我觉得您可以去找找她，但是，我要提醒您，任何做到投资基金合伙人级别的人，在面对投资标的，也就是被投企业的时候，都会保持百分百的理性，您没有必要打感情牌。"董建军一字一句地说完这些话，站定不动，看着孙秦的反应。

他紧盯着孙秦，以应对孙秦可能做出的任何举动。

投资这么多年，各种各样的创始人他都见过。有些时候，他们会鱼死网破，甚至可能会大打出手。

想到这里，董建军又补充了一句："大堂里有好几个监控，完全没有死角。"

听到这句话，孙秦的嘴角不受自己的控制，不自觉地冷笑了一声。

"你这个老东西，把我想成什么人了？难道我还会把你按在沙发上揍一顿不成？"想归这么想，孙秦事实上还真无数次萌生过这样的冲动。

他一言不发，没有心情，也没有气力再与董建军争辩。只是身子往后一闪,示意董建军:请自便。

董建军满意地点点头,大步迈出这个沙发区域,走到大堂中央。

在往电梯间走过去的路上,他再次回过头来,冲着孙秦说道:"孙总,我们今晚的交谈并不算愉快。但是,无论您是否相信,这都不会影响我对您本人和驰飞客的判断。也就是说,如果我们的投资战略最后确定下来,依然将驰飞客作为我们投资组合一部分的话,我依然会确保交割的顺利发生,以及在未来的日子里,尽我所能来支持和帮助公司发展。"说完,他的身影消失在电梯间。那里是孙秦视线的盲区。

他只听见"叮咚"的一声,然后便是电梯门打开和关闭的声音。然后,大堂里又恢复了寂静,仿佛什么都没有发生过。

孙秦目送董建军的身影消失在电梯间的那一刻,整个人瞬间失去了支撑。他觉得自己如同一面坍塌的墙壁,沉沉地往身下的沙发倒下去。然后整个身体迅速散架,每块掉落的砖都深深地陷入其中。

他双目无神地望着天花板上富丽堂皇的吊顶和灯饰,它们就好像养尊处优、身处高位的贵族一般,正用嘲笑的眼光俯瞰着自己。

"你以为你是谁?竟然敢这样跟投资人说话?在资本面前,你算个屁!"

孙秦闭上了双眼。一切都归于黑暗和沉寂。

不知道过了多久,直到腹中的饥饿感再度袭来的时候,他才睁开眼睛。大堂里依然一个人都没有,十分安静。而他则瘫软在沙发上。

孙秦内心深处涌出一股劲头,这股劲头对自己狠狠地扇了几个耳光。

"你在这里干什么?光这样装死能改变现状吗?赶紧想办法呀!天无绝人之路!"

他浑身一激灵,双手撑住沙发,用力坐起来。他用左手使劲搓了搓额头,眉头一皱,心一横。

"没错!天无绝人之路!一定还有办法!"孙秦咬咬牙,双拳紧握,站起身,然后迈着大步,离开这个伤心之地。

刚刚走出酒店式公寓,迎面便是一阵寒风袭来,孙秦忍不住打了好几个哆嗦。

"得先去吃点东西才行……"

他意识到,眼下的主要矛盾是解决晚饭,其他的,吃完再说吧!于是,他四处张望，寻找吃饭的地方。

还是过年期间，很多餐馆，尤其是小餐馆，都大门紧闭，透过门窗往里望去，漆黑一片。

不得已，他只能找到一家连锁快餐店，风卷残云地干掉了一个鸡腿汉堡套餐。

打了一个饱嗝儿，他感到整个人都开始回暖，心情也平稳了许多。店里没几个人，倒是难得的清净。

孙秦决定先靠在椅背上思考思考，消化消化，然后再出去。

他开始冷静地复盘刚才自己在董建军面前的表现，越回忆越懊恼。

"刚才我真是太冲动了……果然，饿着肚子的时候不能去干特别重要的事情……"

不过，董建军最后说的那些话倒是提醒了他。

"要不要找冯总聊一聊呢……毕竟，年前的时候，她也曾经说过，会帮我们想想办法……毕竟，如果我们真死掉，天使轮投资人才是最着急的，这就意味着他们血本无归了。"

孙秦顿时眼前一亮："是的！找她聊聊！她有充分的利益驱动来帮助我们！相比之下，董建军也好，因四维基金也罢，如果不投我们，损失的顶多就是那些沉没成本而已，并不会影响他们的投资款和对LP的交代！"想到这里，他掏出手机，给冯婕发了一条微信。

没过几分钟，冯婕便回复了。

"孙总过年好，我恰好人在国内，还在广州，今晚有空，可以聊聊，您可以随时给我致电。"

孙秦暗自叫好。

他稍微组织了一下思路，起身走到店里一个相对安静的角落，拨通了冯婕的电话。响了两声之后，电话接通了。

"孙总过年好哇。"

"冯总过年好，不好意思呀，晚上打扰您了。"

"不用客气，我们干这一行的，就是要随时待命，因为，资金从来不休假，银行利息也是一年365天都计算的。"

听上去，冯婕的心情还算不错。

孙秦便顺着她的话，又恭维了几句，这才回到正题："给您这个电话，是因为有一件事。我思来想去，恐怕只能请教您了。"

"说吧，没问题。大过年的给我打电话，肯定不仅仅是为了拜年吧。"

孙秦一听这话，心说："真是什么都瞒不过她……"

他压低了声音，尽量让自己的语气放缓，语调放平，显得很轻松的样子："关于年前跟您说过的那件事，我们的现金流有点紧张，而因四维的交割又迟迟没有发生，想听听您的建议。"

"呵呵……"电话那头传来冯婕的笑声，"孙总啊，我觉得我们还是挺有缘分的，为什么这么说呢？你们天使轮融资的时候，似乎也是现金流比较吃紧的时候，我们及时出手，对不对？后来你告诉我，你是在南京西路旁边一个小弄堂里接到我的电话。看起来，这次，你们又遇到了同样的问题。"

"嘿嘿，其实这次还好啦，就是想问问您的建议……"

话还没说完，冯婕便笑着打断了他："孙总，你说实话，是不是现金流快要断了？"

孙秦这时才醒悟过来，对于冯婕、董建军那样资深的投资人，什么样的情况没有碰到过？

自己还想找回点面子，殊不知，他们就如同上学时期站在讲台上的老师一样，早就对教室里每个角落学生的动向看得清清楚楚——

"你们自己上来看看，有什么能瞒得过去吗？"

于是，他老实交代道："冯总，您说得对，我们确实……情况比较紧急，我找了董总，但是他却说，因四维基金在调整投资战略，在这件事情结束前，他们不会打款。"

"哦？你已经找过他了？"

"是的，就在刚才。"

"好吧……孙总啊，听上去你们的情势的确十分危急了。因四维基金的确最近在干这件事，建军他倒没有骗你。不过，你们却有可能因此而死。"

孙秦咬咬牙，也不想再隐瞒什么，说道："是的，冯总，我们真是没有办法了，不知道 SIN 基金作为老投资人，有没有可能给我们垫资，渡过难关？否则，我只能去抵押房产了……"

冯婕在电话那头沉默了几秒钟，说道："孙总，我很理解你们的现状，不过，现在我也没有任何承诺可以给你。给我几天时间，我去帮你想想办法。在我们SIN基金，无论是投资，还是垫资，都是有严格投资纪律的，并非我一人说了算。至于卖房子……恕我直言，如果你们已经穷尽了所有的办法，也只能这样干。这么多年，我接触过抵押房产帮助公司脱险的创始人数量有很多，甚至直接卖掉房子自己住酒店的，也不乏其人。"

听到冯婕用一种很超然的口吻说出最后那句话，孙秦浑身打了一个哆嗦。尽管他此刻身处温暖的室内。

"在她眼中……不，董建军也一样，在他们眼中，创业者就是这样的一种殉道士形象吗？"

似乎感受到了电话那头孙秦的情绪低落，冯婕补充的话语增添了些许柔和："孙总，按理说，天使轮的时候，是我主动找的你们，现在你们遇到了麻烦，我不应该见死不救，对吗？只不过，我们投资人的钱也不是天上刮来的，也都是我们辛辛苦苦募集而来，以及通过中长期的股权投资赚取而来，我们与你们创业者一样，需要面对每天的不确定性，我们的工作并不比你们轻松——当然，我这么说，未必所有人都赞同。刚才我也说了，我会去帮你想想办法，但是，我不能给你任何承诺……"

冯婕停顿了一秒钟，接着说道："我相信你们可以挺过这个难关，也希望你可以吸取这次教训。经营企业，相比于实现一个点子，要复杂很多。作为创业者，你是合格的，但是作为企业家，你还有很长的路要走。最简单的，你明明知道，你们的产品从拿到融资到量产，之间还要经历至少5年的时间，为何没有做好5年的现金流规划呢？你不会不知道，在这5年间，你们的业务收入是微乎其微的，顶多有一些客户的预付款或者研发费，或者能够拿到一些政府的扶持政策，但这些钱与你们对产品的投入相比，简直不值一提……或许，这次如果你们真能劫后重生，你需要找一个更好的财务人员，而不仅仅是一个会计。"

这些话如同一盆炭火，给心灵几乎已经冻僵的孙秦带来一丝暖意。这丝暖意并不足以让他脱离冰窖般的感受，但却给了他此刻最需要的一点希望。

孙秦答道："感谢冯总的好意，我十分受教。无论您这次是否能帮上我们，我都感激不尽。我也会想尽一切办法闯出一条路！"

挂掉与冯婕的电话之后，孙秦环视自己身处的这间快餐店。一切都在有条不紊地运行着。点单,叫号,取餐,收盘。这是他能看见的过程,而看不见的,则是不断流动的现金。以电子的形态。

客人付款给餐厅,餐厅付款给员工当工资,给供应商当货款,给业主方当房租……

本质上,与他的驰飞客有区别吗?没有。

无差别的人类劳动。无差别的商业活动。既然是商业活动,本质上就是现金的流动。

5年前刚创业的时候,他觉得自己懂得这个道理,创业不单单是把一项技术攻克,把一款产品造出来,更是要取得商业成功。

然而,直到这一刻,他才前所未有地深刻体会到这一点。知道做不到,等于不知道。

孙秦一直没有真正地理解现金流的重要性,而当他真正理解的时候,自己的企业已经到了濒临失血而亡的时刻。

如同很多得了肺癌的病人在弥留前或许会真正后悔自己吸烟。在那之前,一边盯着香烟盒上的"吸烟有害健康",或者各种丑陋而骇人的病肺或烂牙的图片,毫不犹豫地又点燃一根烟,然后安慰自己:"从下一根就开始戒……"

孙秦用手托着额头,静静地坐在原地,再次陷入沉思。

节流方面,李翔和李琦玉的表现还是让他挺感动,二话不说就提出3个月暂时不拿薪水,直到融资款到账,有他们两人的支持,估计全公司绝大多数同事都会接受这个临时安排。这样一来,工资支出便可以大幅下降。

除此之外,只能对任何付款的要求都采用"拖"字诀。包括应该给刘动的九控系统支付的项目款。如果因此而坏了关系,也没办法,只能事后再去北京负荆请罪。

可是,再怎么节流,往自己身上扎刀子,都不是长远之计。还是要开源才行。

开源的办法已经实践了很多,各种能借的,借了能起到作用的途径也都尝试过。几个早期客户也都算是仁至义尽,都在去年就完成了早期款的支付,用于支撑驰飞客研发。

但是,这些钱都是小钱,不够驰飞客烧一个月。毕竟,产品还没上市,客户愿意支付一点微薄的研发费就已经很不错了。

而他今晚大过年的跑出来,就是为了在董建军这里实现一些突破,没想到这个人油盐不进,而紧接着的冯婕也只不过是在情感上给了自己一点小小的抚慰而已。

孙秦把撑在额头上的手往头顶移去,使劲地在头皮上反复摩挲着。

难道要去抢银行吗?马路对面就有一家。不行,要忍住,至少得先把婚给离了。他还残存着一点理智。

…………

他此刻尽管无处可去,却也不想回家。他不知道面对罗园园要说些什么。

很多年以前,他曾经看过一个服装品牌的广告,里面那个模特儿冲着镜头浮夸地喊道:"混不好我就不回来啦!"

他此刻的心情也是如此。"钱的问题没解决,我有什么脸回家?"

不知道在这间简陋的快餐店里坐了多久,孙秦觉得肚子又饿了。于是,他又起身去买了一盒鸡块。加顿餐的钱还是有的。

一直坐到餐厅打烊,服务员小哥礼貌地走过来:"先生,我们要下班了。"

小哥很年轻,眼里是不加修饰的怜悯和疑惑。"大过年的,为什么在我们这里坐了整整一晚上?我加个班,好歹也有双倍工资拿……"

孙秦擦了擦嘴,有些狼狈地站起身来:"好的,我这就走。"

走出餐厅,他觉得室外的温度更低了。风虽然不如几个小时之前那么大,但气温明显要下降了好几度。再加上街上已经人烟稀少,更显得无比冷清。

孙秦拖着沉重的脚步,在街边漫无目的地走着。

他已经找不到一间可以让自己继续坐着的餐厅。即便是过年期间正常营业的商场,也都已经关门。只留下外墙的霓虹、广告和灯光,依然闪耀着。又走了不知道多远,孙秦感到自己身上的热度正在一点点丧失,双脚也有些僵硬——那是被冻的。他低头看了看手机,已经接近晚上11点。

"回家吧……至少儿子已经睡了。"孙秦不想让孙乔看到自己的窘迫。他咬咬牙,打了一个车,回到家里。

打开房门的时候,客厅的灯光还亮着。罗园园正半躺在沙发边的贵妃椅上，双眼木木地盯着天花板，整个人如同一尊雕塑一般，一动不动。

孙秦心中一沉，轻轻地将房门关上。他小心翼翼地换了鞋，挂好自己已经冻得梆硬的外套。

正当他打算去卫生间用热水洗个手的时候，罗园园说话了："都还好吗？"一边说着，她仿佛活过来一般，从贵妃椅上慢慢坐起身来，两眼饱含关切地盯着孙秦。

孙秦苦笑："能好到哪儿去呢？不过，我们商量了一些办法，应该可以多撑一个月吧。"

罗园园站起身，朝着孙秦走过来。

"关于前几天你跟我说的那件事，我想通了，就照你说的办吧。"说出这几句话的时候，罗园园的语气十分平静。

孙秦张大了嘴巴，他没有想到，罗园园会真同意去抵押房产贷款。

见孙秦没有反应，罗园园使劲挤出一个笑容："我也没有别的选择，只能相信你到底了。"

孙秦依旧没有说话。他只觉得，自己冰冷的面颊上不知什么时候滑落了两滴滚烫的泪珠。

第19章
展望低空

就在孙秦为钱开始发愁的时候，袁之梁已经被人才问题困扰了将近一整年。

就在他和张顺景构思出安罗泰的首款eVTOL产品——A101的构型之时，创业的元老级人物贺瑾离开了。无论如何挽留，她都丝毫不改变初衷。

而雪上加霜的是，紧跟着贺瑾，叶晨也提出辞职。

这个内向的技术男也是那种一旦做了决定，八头牛都拉不回的人。

两人的先后离职，让袁之梁在行政人事和自动飞行算法专业上痛失顶梁柱还是小事，关键是公司内部传出各种风言风语。

"贺瑾是不是跟叶晨私奔了？"

"叶晨一直都很喜欢贺瑾，不会真的追随她而去吧？"

"…………"

而这些八卦对于团队的凝聚力无疑是有冲击的。

这种冲击与大环境的影响，让安罗泰接连失去了好几位员工。

3个湖北籍的员工干脆就决定留在老家发展，不再南下了。

虽然被贺瑾寄予厚望的沈洁表现得十分努力，但毕竟还是年轻，考虑事情有时候欠周全，在公司为员工采购物品时，因为一些言语上的不耐烦，又造成两人离职。

一直到2020年下半年，伴随着不少企业的大幅裁员，安罗泰才开始迎来新人的加入。

然而，新人的磨合总归是需要时间的。对于创业团队来说，早期加入、与公司经历过最初几年奋斗并且还未掉队的那些人，无论是价值观，还是能力匹配度以及配合意愿，都是最强的。

这群人的战斗效率也是最高。

一旦中间出现换血，还是一定规模的换血，整个效率便会受到很大冲击，很难再重建最初的战力，除非花费相当长的时间。

所以，到了2021年年初，袁之梁和张顺景才感觉，整个公司的凝聚力和氛围，即将回到一年半以前的状态。而A101的研制工作也已经开展了一年多。

这一年多时间里，张顺景觉得自己付出的心血，比过去几年加起来还要多。

一方面自然是因为A101是一架真正意义上的eVTOL，而且采用了复合翼构型，技术难度要高很多，还有适航的要求。

另一方面，自然是因为人员流动的关系。新人从入职到完成学习，再到真正能够发挥出战斗力，往往需要两到三个月的时间。

只不过，该往前推进的事情，张顺景不可能等。

因为，袁之梁已经计划好到2021年上半年开始下一轮融资。

现在的投资人相比前几年，专业水平和眼光也变得更高了。之前只要看到一个概念，或者一架停在地面的缩比验证机，或许就愿意出钱。而现在对安罗泰这样已经融过资，有无人机产品，有一定销售额的企业来说，如果要通过eVTOL这个新业务线融资，eVTOL产品本身就得具备相当的成熟度才行。

袁之梁判断，至少要完成首飞。只有这样，才能以一个相对高的估值去融资。

现在，距离融资的启动节点——哪怕以6月份来计算，也只剩下不到4个月。而A101的首架机还未总装下线。

春节一过，袁之梁便直接来到珠江机场的机库门口放鞭炮，庆祝开业大吉。

在广州，甚至整个珠三角，每年新春开年的庆祝仪式是少不了的。在一些企业，老板还会挨个给单身的员工发红包，鼓励他们早日脱单。

但是，在安罗泰，袁之梁不打算这么做。因为他自己都还没结婚呢。

虽然有了黄馨，可毕竟还没得到法律的保护。

嗯，法律的祝福……这个组合有点怪。

仪式结束后，袁之梁搬了一把凳子，放在机库门口，然后直接站了上去，冲着所有人喊话："各位，恭喜发财的话刚才我已经说过了，我们来点实在的……从现在到6月底，还有4个月左右，如果我们能够在那之前完成A101的首飞，支持我们下一轮融资的顺利开展，今天在场的每个人，见者有份，会有我的大红包！"说罢，他跳回地面。

张顺景也顺着他的话喊道："那我就做个见证者，到时候我们干成了，阿梁可不能说话不算数，是不是?！"

"是的！"

"没错！"

大家的情绪都很高涨。

经过过年期间的休整，虽然有些人没回老家，但也得到了几天难得的放松和休息。

浑身重新充满电，现在，又到了释放的时候。

还在羊城汽车的时候，每年新春开年，领导在动员大会上都会喊出两句口号："起步即冲刺，开局即决战！"

当时，站在乌泱泱人群中的袁之梁总是嗤之以鼻。因为，每年四季度，也往往会有"大干一百天"之类的口号。如果一年四季都在冲刺，那冲刺就是一件不值得强调的事情了。

但是，轮到自己创业，当他站在珠江机场机库前那把凳子上的时候，差点就喊出了那10个字。

"我终于变成了自己讨厌的样子……"

微微的惆怅之后，他很快把所有的精力都投入在A101的总装下线准备工作当中。

开年之后的几天，他全天都待在机库里，连女朋友都顾不上见一面。

黄馨回了江西老家过年，又休了两天假，一回到广州，便兴冲冲地与男友联系见面，却被袁之梁给往后推。

"亲爱的，这几天太忙了，我都在机库里待着，每天很晚才回家，要不过阵子？"

"那你给个时间嘛，过阵子是过多久？"

"我也不好说……"

"好吧……"她的心情一开年便不美丽了。

就这样过了近一周的时间，临近下班时分，她又想着给袁之梁发个微信，问问他到底何时能见个面。

袁之梁的微信却先进来了。

"周六上午有空吗？"

"有有有！"她恨不得立刻回复。

但是，黄馨转了转眼珠，故意把手机放在一边，打算先晾他晾上个把小时。"让你急一急，哼！"

可是，从把手机扔在桌上那个时刻开始，她就觉得时间过得特别慢。

磨蹭了半天，也才过去10分钟。袁之梁的第二条消息又来了。

"陈子任约了我周六上午一起喝个早茶，我想把你也叫上，我跟他两个大男人，实在没什么好聊的。"

陈子任！黄馨整个瞳孔都扩大了。心中那颗八卦的心在不住跳动。

当年，自己这位顶头上司可是与袁之梁不共戴天的，袁之梁的辞职也不能说跟他一点关系都没有。

现在，虽然陈子任不再是自己的领导，他被公司调去新设立的eVTOL事业部负责机载系统和自动驾驶技术，但她时不时能在公司看到他。

现在他竟然主动要找袁之梁？真是太阳从西边出来了！

黄馨当然很想去凑热闹，可是，她又转念一想："哼！原来人家约你，你就有时间，我约你，你就推三阻四……还要搭着他，我才能见到你呀？我才不去！"

她打算再等个十来分钟，就回绝掉袁之梁，然后让他好好求求自己。

她并不打算考虑一个小时，那样挑战太大。

可还不到5分钟，袁之梁又发来一段消息，这次是语音形式。黄馨犹豫了几秒钟，还是拿起手机，放在耳边听起来。

"亲爱的，我要解释一下，本来我就打算周末约你的，不管陈博士有没有找我,不影响啊……我怕你误解,所以赶紧说一声。"语气十分真诚。

黄馨听了,觉得浑身都舒服了。这还差不多!

于是,她连忙快速地敲进去几个字:"好哇好哇,我来!地址发我!具体几点?"

黄馨早就听说过广州的早茶文化,可是到广州工作那么些年,却也一直没顾上去体验。

当然,主要原因还是懒。工作日要上班,周末又起不来。

这次,她特意起了一个大早,比约定时间提前到了袁之梁微信中定位的钟记茶楼。

黄馨站在街上,放眼望去,有不下五家类似的建筑。每家门口都是人头攒动,烟火气十足。店铺串起来,与街景相融,便形成了一幅流动的岭南风情画卷,浓厚的生活气息扑面而来。

在街上走了两圈,黄馨觉得有些嘈杂,干脆提前走进钟记茶楼,找到袁之梁发给他的房间号。

这间可以容纳四人的半开放式包间里,井井有条地摆放着各色茶具,紫砂壶、瓷碗和小碟,每一件都显得精致而典雅。

一个身材矮小但很精神的小伙子走了进来,轻声细语地向她介绍各种茶点:鲜虾烧卖、叉烧包、肠粉、蛋挞……

每一道点心听起来都色香味俱佳,听得黄馨直流口水。她还没有吃早饭,今天又起得特别早。

就在这个时候,袁之梁和陈子任几乎前后脚走了进来。

"黄馨,哈哈哈。"陈子任快速打了个招呼,并没有表现出很大的惊诧。

显然袁之梁已经跟他打过招呼了。

"不知道他知道我跟阿梁之间的关系,会怎么想呢?"黄馨心中暗想,不觉脸上有点发热。

在羊城汽车的时候,公司虽然没有明文规定禁止同事之间谈恋爱,但这样的情况并不多见。

随着社会的发展,像上一辈将工作和生活完全融为一体的情况是越来越少了。

很多人都不希望自己的私人生活和社交圈与工作完全混在一起。而如果跟同事谈恋爱甚至结婚，这将是不可避免的。

因此，尽管现在她和袁之梁以及陈子任分别身在三处，还是会有点不适。毕竟，陈子任曾经是他们两人的直接领导。

有一阵没见，陈子任头顶的阵地在进一步丢失。

看起来，搞eVTOL一点没让他省心。

从昨晚与袁之梁的电话里黄馨得知，陈子任这次主动找他，就是想咨询咨询eVTOL的一些事情。

"能够这样放下身段找我，看来是遇上真正的问题了……他好歹也是名校博士，又曾经是我的领导，愿意主动找我，还请我喝早茶，我肯定不能驳他的面子。"

"那我一起去，没问题吗？"

"你是我女朋友，有什么问题？我跟他都说过了！再说了，你们也不是陌生人。"

"好哇！"

至于袁之梁，过了一个寒假不见，样貌依然没怎么变，还是一副清秀精干的样子。

见到黄馨，袁之梁眼中闪过一丝压抑不住的喜悦和狂热。黄馨也感受到了他炙热的眼光，心脏咚咚直跳。"希望他们早点聊完吧，我想和阿梁二人世界！"

清晨的阳光透过轻纱般的窗帘，洒落进古色古香的包间。

不一会儿，陈子任点的各色早茶就都摆放了上来。

尽管三人都饿着肚子，还是耐心地看着服务员把一切考究地摆放完毕。

各式点心色泽鲜亮，形态各异，冒着热腾腾的香气。金黄的虾饺，外皮晶莹剔透，内馅隐约可见，仿佛能闻到那鲜美的气息；叉烧包则呈现出诱人的红棕色，外皮松软，轻轻一捏，就能感受到那满溢的汤汁和香甜的叉烧馅。还有肠粉、菠萝包、豉汁凤爪、蟹籽烧卖……

茶具则更是精致，白瓷茶壶和瓷碗相互映衬，简洁而不失雅致。

服务员将滚烫的茶水倒入壶中，茶叶在里面翻滚着，一股浓郁的茶香立刻弥漫开来，沁人心脾。

除了点心和茶具，蘸料碟整齐地排列在桌边一角，红油、芥末、花生酱、耗油酱等一应俱全，提供了多种选择。装饰用的花瓶里，插着几枝新鲜的茉莉花，花香与茶香交织在一起，让人心旷神怡。

服务员前脚刚走，黄馨便迫不及待地夹起一个烧卖，塞进嘴里。

"好饿，好饿……哇！好烫！但是好香！"她整个人都在抖动着，同时半张着嘴，用手在嘴边扇来扇去，嘴里还不住地往外哈气。

袁之梁无奈又宠溺地看了一眼，倒也不去管她，而是端起茶杯，冲着陈子任说道："陈博士，很久没见，电话里你说得不太细，今天正好见面了，请问有什么我能帮上忙的吗？"

和黄馨的内心深处一样，他也想早点把陈子任打发走，然后和黄馨约会。

再度面对陈子任，他并没有自己想象当中的感情波动。此刻坐在他面前的，只不过是一个头顶微秃的中年男人罢了，整个人的精气神相比几年前，似乎都颓了不少。如果将今天穿的这身还算有点质感的T恤换成白色背心，再换一双人字拖，那他就跟门口大街上走来走去的本地大叔没任何区别。

当年对自己再严厉，再打压，都已经是过去的事情了。现在，他的安罗泰已经处于上升期，所面对的限制只有天空的高度。

陈子任看着袁之梁，心中感慨不断。

"年轻真好……真好，我要是年轻10岁，还发什么愁哇！"

当初公司派他去新成立的eVTOL事业部负责自动驾驶技术，从级别上来说其实还提了半级，但明眼人，也包括他自己，都知道这属于明升暗降。毕竟，当年袁之梁在他手下时好几次把胡林弄得下不来台。虽然袁之梁后来主动辞职走了，但他陈子任不可能一点影响都不受。

羊城汽车的业务是以汽车为主的，开辟一条新的产品线，主要还是为了占上国家和地方政府日趋关注的赛道罢了，并不可能投入太多资源进去。

更何况，他们连到底想做一款怎样的eVTOL都还没有敲定下来。

内部意见多种多样，吵了大半年都没有结论。陈子任参加过无数次技术方案论证和研讨，但却没有一个清晰的方向指示给他。久而久之，他也迷茫了。

他不甘心，自己拥有名牌大学博士学位，年纪也不算太老，难道就这样耗着？

他想铤而走险，给事业部领导和公司领导出一份完整的eVTOL发展规划，却找遍了参考资料，也不知道从何入手。毕竟，这是一个全新的领域。

他在经历着袁之梁刚开始创业时的那种状态，时而自信爆棚，时而怀疑一切。所以，他想到了袁之梁。

如果不是万不得已，他永远不可能找这个自己曾经的手下。

但是，想通了之后，便觉得拉下脸皮来也不是什么难事。好在袁之梁的态度倒也很积极，并没有与他提及任何往事。

所以，他便决定请袁之梁吃个早茶，顺便好好学习学习。当他得知黄馨与袁之梁在一起之后，也是瞠目结舌。

不过，他还是答应了袁之梁的要求，毕竟，多一双筷子罢了，钱他还是付得起。

而且，既然人家已经是男女朋友，自己的事情当着黄馨说，还是背着她说，也不会有什么区别。反正袁之梁肯定会告诉她的。

思潮翻涌之间，陈子任将酝酿了许久的话说了出来："袁总，知道你现在做得很好，恭喜你。当初你离职的时候，我跟你说过一些气话，你也不要往心里去。"

袁之梁挑了挑眉："气话？什么气话？我都忘了。"

"那就好……"陈子任心中一阵紧张，"你是个有气量的人。"

袁之梁离职那天，陈子任曾经吼道："你如果能搞成，我跟你姓！"

现在，他还真干成了，他的无人机型号已经在珠三角地区销售，可以支持无人操控的自动飞行，或许还无法达到真正的L5级那样，但至少已经走在成功的路上。

而汽车呢？已经2021年了，广泛的L3级都还未投入大规模应用。孰快孰慢，已经一目了然。

难道自己真的要改名叫袁子任吗？

袁之梁笑了笑："陈博士，过去的事情，无论我们之间发生了什么，都不用再提了。我们都往前看，毕竟，未来的可能性还是很多的。今天，我们就专心地聊聊未来的事情，怎么样？"

见袁之梁把话说到这个份儿上，陈子任也放下了心中的石头。如果自己再纠缠着过去的事情不放，哪怕是持续表达歉意，也都显得矫情了。

他抿了一口热茶，然后将茶杯放下，擦了擦嘴，顾不上吃点心，直接说道："行，袁总，你是个敞亮人，我也直入主题了。简单来说，就是羊城汽车为了发展eVTOL，成立了eVTOL事业部，还是由胡林总分管，并且暂时兼任事业部总经理，我也被调过去继续管理自动驾驶技术，看起来似乎是升了半级，但实际上，公司领导包括胡总他自己，其实对eVTOL都不怎么关注，高调地搞了事业部挂牌仪式之后，后续的工作就很杂乱无章，几个副总经理意见都不一致……"

说到这里，袁之梁用筷子夹给他一只烧卖："别急，先吃点东西垫垫肚子，慢慢说。"

陈子任只能停住自己越来越快的语速，低头接过袁之梁的好意。

袁之梁也夹了点肠粉，先扒了两口，然后问道："你们是什么时候开始搞eVTOL的？"

其实，他从黄馨那儿早就知道，是一年多以前，他从上海进博会刚回到广州的时候。

"我想想看……2019年11月的样子吧。"陈子任一边嚼，一边简明地回答。

"那就是说，到现在都差不多15个月了？"

"是的。"

"至少缩比样机出来了吧？快的话，全尺寸样机也许能出来。"袁之梁点评道。

他的A101便是差不多时间启动的，或许时间还稍微晚了一点，又受到人事变动的拖累，到今天还未完成全尺寸样机的下线，所以，他本能地认为，陈子任的进度应该能稍微快一点，尽管他潜意识中认为，以羊城汽车的机制，事实上是做不到那么快的。

听完这句话，陈子任沉默了。他有些置气似的，往嘴里塞了一根凤爪，狠狠地嚼着，然后将嚼得稀碎的骨头吐了出来。

这时候，他才抬起头，凄凉地笑道："你太高看我们了，我们到今天为止，连做什么样的eVTOL都没定呢。"

袁之梁不敢相信自己的耳朵。虽然心理准备，却没想到现实比他想象中的要糟糕数倍。

"做什么样的eVTOL都没定？你是说，构型都没确定？"

"是的。"陈子任苦涩地点了点头。

袁之梁半张嘴巴，已经不知道要说些什么好。

整整15个月呀！

他不知道是应该安慰陈子任呢？还是应该骂羊城汽车，或许，后一种方式能够让陈子任更解气，没准儿他会跟着自己一起骂！

"你们到底在搞什么呀！都是一群什么人？"一个清脆的声音响了起来。

只见黄馨气呼呼地看着陈子任，嘴巴上的油都还未抹去。

显然，她一顿操作后已经吃饱了，所以有心情来管闲事。

被黄馨这么一骂，陈子任倒也不恼，反而笑了："你骂得对，我们就是一群傻瓜，我们没有任何能力和担当去干这件事情。"

"她还真是我的嘴替呀……"袁之梁心中有点甜丝丝的感觉，但很快便被对陈子任的同情占据。

认识他这么长时间，袁之梁清楚陈子任的性格。他是一个自视甚高也颇有主见的人，否则，当初也不会跟自己产生那么激烈的冲突。

这么多年，袁之梁何曾见过这位名校博士如此颓废？

三人都不再说话，各自默默地吃着眼前的点心。

一开始精致的摆盘到了此刻已杯盘狼藉，好在，诱人的香味还充盈着整个包间。

袁之梁打破沉默问道："所以，到现在连构型都没确定的原因是什么呢？没有人懂吗？还是别的原因？"

陈子任喝了口茶，然后才回答："都有吧。但我觉得，最重要的就是所有人意见都不一致，又没人拍板。"

"胡总不应该拍板吗？他既是事业部总经理，又是分管公司领导。"

"关键就是他不拍板哪！每次出现争论，大家把方案一起汇报到他那儿，他总是很忙，从来没有一周之内给过反馈。等我们去催他的时候，他又会花一两个星期才将方案看完，然后会问几个很难回答的问题，让我们继续论证和更新方案。这么一来一回，两三个月就过去了，一年有几个两三个月呢？"

"很难回答的问题？能举例子吗？"

"比如说，A客户和B客户的预计订单量分别是多少，分别的成单周期又有多长，他们对于构型的要求有什么异同，诸如此类。"

"这不就是市场调研和一些早期的业务拓展活动就能拿到的信息吗？以羊城汽车的名号，想去找几家潜在客户聊聊，应该不难吧？"

"关键是，副总经理之间的意见又不一致，有的人认为，应该卖给企业，卖给运营方，有的又认为，应该直接卖给个人。"

"我明白了……其实就是客群的选择问题，B端客户和C端客户对于产品的要求的确是不同的。这个问题我们之前也碰到过，最终我们还是选择先做B端客户。"

"对呀，不管先做什么客户，只要找一个方向就行，但是不能把B端客户和C端客户放在一起比呀，否则不是眉毛胡子一把抓吗？"

"这个方向的确是需要胡林来定。"

"关键就是他不定！有时候你问他，他说要做B端，认为B端业务稳定，护城河高，有时候又觉得C端见效快，能够吸引流量和眼球。"

"我问个问题，你知道他的考核指标当中，有eVTOL吗？"

陈子任听明白了袁之梁的问题，这也是个灵魂拷问。

说白了，如果胡林的考核指标当中没有与eVTOL相关的内容，或者，只是有一些泛泛的定性描述，而缺乏定量要求，他为什么要推进得很快呢？

维持着一个新兴业务在自己手上，保持它的一定活跃度，先占个位，但又不喧宾夺主，这样进可攻，退可守，这才是胡林的最佳选择。

陈子任到这时，已经无比深刻地理解胡林的做法，而且，他也知道，如果把自己放在他那个位置上，估计也会做出相同的事情。

只不过，现在自己怎么办呢？

看着陈子任脸上青一阵白一阵的表情，袁之梁说道："不管你知不知道，我估计，多半是没有的。在这种情况下，你不管做什么，都没有用。至于你提到说希望我帮你参谋参谋，做个基于我的实践得来的整体方案，拿给胡总去批准……我觉得，这样做没有意义，倒不是因为我不想帮你，而是，你要知道，南宋抗金，不是由岳飞决定的，也不是由秦桧决定的，而是由宋高宗决定的。"

黄馨也在旁边帮腔道："胡林是什么人，我们还不知道吗？那就是个官僚哇！他哪是干事的人？陈博士，你还是另找出路吧！"说完，她又往嘴里塞了一个蛋挞。

咸的吃多了，来点甜的，解腻。

然而，陈子任则如同雕塑般坐在那儿。他觉得自己变成了一块任人摆放的点心。而且已经不再新鲜，泛着陈腐的味道。

"……推进交通与装备制造等相关产业融合发展。加强交通运输与现代农业、生产制造、商贸金融等跨行业合作，发展交通运输平台经济、枢纽经济、通道经济、低空经济。支持交通装备制造业延伸服务链条，促进现代装备在交通运输领域应用，带动国产航空装备的产业化、商业化应用，强化交通运输与现代装备制造业的相互支撑。推动交通运输与生产制造、流通环节资源整合，鼓励物流组织模式与业态创新。推进智能交通产业化。"

低空经济！

读到这四个字，孙秦眼前一亮。灰暗的生活当中需要一点亮光。

太精辟了！

这些年，他和身边的同仁们一直在想，怎样去描述自己创业所在的这个赛道。

毕竟，eVTOL这个词过于生僻，甚至一直没有比较简短的中文译名，无人机又不免以偏概全，至于其他的名词，也都是一个大集合当中的一部分，总给人盲人摸象之感。

没想到，2021年的春节刚过，国家就把这四个字写入了规划当中，而且，无比恰如其分。

无论是eVTOL、无人机，还是地面控制台、控制站，整体来看，都属于低空飞行的范围，而整个产业链，包括各种应用领域，可不就形成了一个大的经济循环体吗？

孙秦在手机里将这份由中共中央和国务院印发的《国家综合立体交通网规划纲要》反复读了好几遍，然后顺手就分享到了朋友圈。

"低空经济已来，我们的春天也降临了。"他这样写道，也是鼓励自己。

与几天前相比，他心情已经平复稳定了一些，罗园园毫无保留的支持让他觉得自己如果不把驰飞客干下去，干好，还不如一头撞死。

他决心从那几天的自怨自艾和颓废的情绪当中跳出来，充分往前看，想尽一切办法解决现金流问题。

而整个驰飞客团队也很有凝聚力，在得知需要暂时降薪3个月帮助公司挺过去的时候，竟然没有一个人提出离职。

于是，他每天都给董建军发两条问候微信，上午一条，傍晚一条，有时候摘抄两段双方签订的SPA内容，有时候写篇声情并茂的小作文，字数都控制在500字左右，简直如他所喜欢的网络小说作家更文的节奏。

虽然他从冯婕处得知，董建军是个极端理性的人，根本不会基于你对他如何而做出变形的专业判断，但孙秦仍毫无顾忌地持续表达自己的诚意了。

他不相信有绝对极端理性的人。

更何况，他见过董建军用的是那种高端折叠屏手机，打开折叠屏后，可以实现接近9英寸的屏幕，在上面读个几百字，轻轻松松。

今天看到这个国家级的规划当中首次提及"低空经济"，尽管并未做过多的定义和诠释，从上下文来判断，无疑与他、袁之梁和刘动们所做的事情有关。

没过多久，这条朋友圈下面就有了好几条留言：

李翔："终于等到你，还好我没放弃……"

袁之梁："市场之大，容得下多家eVTOL厂商（笑脸）。"

刘动："去年的项目款什么时候能结给我们（哭脸）？"

…………

点赞和评论的数量还在迅速增加。

孙秦看到罗园园也回复了一句："老公加油！（爱心）"

他忍不住笑了起来，噘起嘴，仿佛要隔空亲吻她。

然后，他又看到了一个点赞。它混杂在一堆赞中，差点就被他忽略。这是来自董建军的点赞。孙秦盯着这个点赞，一动不动地盯了五秒钟。

它并没有被撤销。也就是说，这不是董建军的失误所致。

孙秦产生了一种很强烈的感觉："因四维的钱肯定能够很快到账！他们不会取消SPA！"

果然，才仅仅过了两个小时，冯婕便给他打来了电话："孙总，我要告诉你一个好消息。"

"是国家规划终于提出'低空经济'这个概念了吗？"

"这个当然也算，但是跟你没有那么直接的关系……我给你的好消息是：因四维的投决会已经完成了投资战略的升级，他们不但会履行与你们的SPA，还会尽快完成交割，以支持你们发展。"

孙秦认识冯婕这么几年，知道她从来不说没谱的话。这几句话，可以百分百当真。

于是，他压抑住自己激动的心情，纵有千言万语，最终还是只憋出四个字："谢谢冯总。"

"好好干！记住大年初五那天晚上我跟你说的话，好好规划规划你们的现金流，题材很好，现在又有政策的东风，产品上，我相信你们都是科班出身，肯定也做得不错，关键就在于如何把企业经营好了。"

"明白！"

春天即将结束的时候，因四维的所有交割款全部到账。总额接近一个亿。

孙秦盯着银行账户的余额，呆了老半天。这一瞬间，他觉得自己所生活的，不是现实世界，而是一个以数字为基础的虚拟空间。

当银行账户的数字是0的时候，不，甚至只需要低于7位数，他的企业就危在旦夕。而现在一下子飙到8位数，甚至接近9位数，他感到前所未有的富足。仅仅就是数字发生了一位数的变化而已。

还是李翔晃动着肩膀将他摇醒。

"发什么呆？是不是钱到账了？"李翔迫不及待地问。

早在几天前，孙秦为了稳定军心，就已经在办公室宣布："因四维的钱本周之内到账。"

现在正是周五下午4点30分。

财务赵莹又因为婆婆生病，下午请假去医院了，所以，孙秦自己来开启这个激动人心的时刻。

它的确发生了。

见孙秦不置可否地点头，李翔一蹦老高："太好了！晚上好好庆祝一下！我们一起去吃大餐！周末可以发钱啦！"

欢呼声和掌声响彻整个办公区域。所有人都将心底那埋藏的顾虑彻底抛掉，踩在脚下。

两个月前，出于对孙秦们的信任，他们接受了降薪甚至零薪酬3个月的安排，然而，每个人的心中也都因此而设定了一个倒计时。

只不过，有的长，有的短。

当倒计时走完，公司的财务状况还没有好转，或许，就不得不做出别的选择。

毕竟，每个人都要止损。而很多人也是有家有口的。

现在，所有这些心照不宣，这些隐秘的计划，全部被滔天的现金流冲走。

他们依然留在驰飞客这条船上，在这些现金流的保驾护航下飞速前行，直挂云帆济沧海。

孙秦任凭大家疯狂地庆祝和叫嚷，并没有出言阻止。他深知所有人这几十天都经历了什么。

等到大家平静下来，他才站起身，朗声说道："今晚就按照李翔的建议，我们去吃顿大餐，能参加的都参加，然后再去包个酒吧，大家尽情唱歌喝酒，不醉不归！"

然后，他转眼对杜悦昕说："距离下班只有两个小时了，这个时候订餐厅和酒吧怕是有点挑战吧？"

杜悦昕眨了眨眼："老板放心了啦，我认识很多不错的地方，只要预算够，还怕订不到吗？"

"预算管够！"

"那就好！"

安排完之后，孙秦将李翔拉到小会议室，说道："今晚你就带着大家好好放松放松。"

"啊？你不去？"

李翔很快明白了孙秦的意思。

"嗯，琦玉他们还在白鹤机场呢，这么短的时间也不可能赶回来，你先带办公室这些人庆祝一下。然后我们让悦昕好好筹备筹备，过阵子全体出去搞个真正的团建，那个时候我肯定会在。正好下个月是5月，温度不冷不热，很适合。"

"好吧，我明白了，那你今晚干什么？不庆祝庆祝？"

"我想跟几个投资人联系一下，向他们表达感谢。"

"感谢?这不是按照合同办事吗?签了SPA，就应该打钱，我们不去告他们延迟打款就不错了。"李翔有些愤愤不平。

"话虽这么说，他们也号称只做理性决策，但客观上，还是让我们免于落难，我还是应该表个态。"

"好吧，你别搞得太低三下四就行，我们这样的团队，他们也不是很容易能找到的，更何况现在低空经济被国家规划提出来，以后想投资我们的只多不少，到时候，我们让不让他们投还另说呢！"

"明白，不卑不亢。"

两人聊完几句之后，孙秦让李翔出去组织晚上的庆祝，自己则留在小会议室当中。

他又重新面对自己。

不能免俗地，他再次打开手机里的银行App，确认自己看准了数字。没错，的确是八位数，接近九位数。

他忍不住用手机截了一个屏，这才彻底放松下来，将手机轻轻放在桌面上，整个人倒在椅背。

一切的苦难到这一刻，就都结束了。他要马上开始还钱，还各种钱。

最重要的，他明天就要带着罗园园，去把属于他们的房子拿回来。

所以，今天晚上除了电话向董建军和冯婕表示感谢之外，他的重头戏更是早点回家，带着罗园园好好过一个周末。孙秦并没有把这个环节告诉李翔。

他不想刺激"单身狗"。不过，李翔只不过是没结婚而已，谁知道他是不是单身呢?

等杜悦昕订好地方，李翔带着大家纷纷离去之后，孙秦才从小会议室里走出来。他反复检查了一遍办公室的电源和灯光后，关上了公司大门。

属于驰飞客团队久违的周末开启了。

孙秦早早地回到家中，做了一桌好饭菜，并且取出一瓶红酒，打开，倒入醒酒器，放在桌上，然后摆放好两支高脚杯，静静地等待妻子的归来。

门口传来响动声，罗园园一脸沉重地打开房门，显露出十分疲惫的样子。

孙秦看到她的表情，心中感到无比痛楚。

"这些天她承受了太多……"

于是，他迎上前去，给了她一个拥抱。

罗园园挤出一丝笑容："怎么了？今天晚上这么有闲心？"

孙秦不想再隐藏，摸着她的脸颊说道："我们的融资款到账了！全部到账了！明天我们就把房子赎回来！"

罗园园一愣，眼里先是闪过一丝迟疑，但看到孙秦如此激动的神情，便立刻相信了。她的眼神和脸色明显变得有了光泽。

"真的吗？我不是在做梦吧？前两天我问你的时候，你都还说没有时间表呢。"

孙秦带着歉意回答："事实上，那个时候，投资人就承诺我，会在本周之内完成打款，但是，我担心又被放一次鸽子，也不希望让你再一次失望，所以就忍住了，没跟你说——我忍得好辛苦哇……没想到，今天，果真到账了，他们这次没有食言。"

"好哇……"罗园园举起拳头。

不过，很快她就放了下去，然后也紧紧地抱住孙秦。

"太好了……我们终于闯过来了……"她将脸紧紧地贴在孙秦的肩膀和脖颈相交之处，喃喃自语了几句，然后声音越来越细，很快更是没了声响，只听见抽泣。

孙秦默默地搂着她，一动不动。除了紧紧地抱住她，他也不知道自己此刻还需要做什么。

他知道，她有一肚子压力和委屈需要发泄出来。就如同自己一样。

但是，今天，一切都发生了改变。

往好的方向。

而且，他不会让这样的事情再度发生，绝对不可以。

等罗园园的情绪稳定下来后，孙秦用手轻轻地擦拭着她的泪珠，说道："好了，洗个手，去洗把脸，然后好好享用我为你准备的大餐吧。"

无债一身轻。

孙秦前所未有地体会到这5个字里蕴含的深意。

简直可以与他多年前读到的《基度山伯爵》最后那5个字相媲美——

等待与希望。

无债一身轻。

嗯，连起来读似乎一点都不违和。

知道公司资金充裕之后，每位员工在办公室里说话的底气，无论是彼此之间，还是对外，都更加有底气。

李翔则去北京拜访刘动去了，这次不但将去年的欠款全部付清，还带了一份长期合作的框架协议，可谓诚意十足。

孙秦在白鹤机场待了两天之后，再次回到办公室，感到耳膜有些震得慌。

他正埋头评审着FP100的几份设计过程文档，杜悦昕脚步匆匆地走了过来，小声说道："有两分钟时间吗？"

孙秦将文档存好，起身说道："走，会议室聊。"

两人一前一后走进会议室，杜悦昕说："刚才园区的领导找到我，问我们有没有什么需求或者困难需要解决的。"

孙秦冷笑一声："哦？现在想到我们了？这么多年在这里，我们都在申请政策，可光有些专利和资质根本都没用。现在低空经济上了国家规划，也开始来蹭热点了？"

他清楚地记得，几年前搬到这个园区的时候，李翔就曾经找过园区和当地政府，结果吃了委婉的闭门羹。后来，他们扩大规模的时候，在园区内找了一块更大的办公室，他们又向园区请求过支持，但那个时候，园区领导对于他们的业务方向仍不是很重视，态度倒是比之前好了一些，毕竟驰飞客有了一轮融资，而且也有了意向采购协议，但并没有什么实质性的扶持。

所以，孙秦就暗自下定决心，等时机合适的时候，一定要搬离这个地方。

锦上添花谁都会，但人们只会记得真正给他雪中送炭的人。

杜悦昕因为加入的时间相对较晚一点，对于他们早期遇到的冷遇并没有感同身受，所以问道："那……这次我们接茬儿吗？"

"接茬儿啊，为什么不接？你就问他们，有什么实质性的支持没有，比如减免房租，或者补贴啥的，不要一上来就谈企业所得税减免这种虚无缥缈的饼，我们距离盈利还远着呢。要是没有这些实惠的，就没必要找我们了。"

"好的……"杜悦昕抿嘴偷笑着离开会议室。

"真是有了钱，腰杆都变硬了……"

孙秦虽然对园区此时才主动了解自己的情况感到不满，但心里还是感到很开心的。

虚荣也罢，面子也罢，总归有人搭理了！

这时，他突然从记忆中找到一件重要的事情。

那便是大年初五那个寒冷的夜晚，自己在那家快餐店里与冯婕通话时，她提及的事情。后来，在告知自己因四维即将打款时她也再次嘱咐过。

我要做好财务规划了！

想到这里，他站在会议室的门口，冲着埋头处理票据的赵莹喊道："小赵，过来一下。"

赵莹抬起头，透过眼镜看到孙秦正盯着自己，不敢怠慢，立刻起身，一手抓过手机，另一只手拿起一本笔记本，小步跑到孙秦跟前。

"进来吧。"孙秦冲里面甩了甩头。

等赵莹在会议室里坐下，孙秦关上门，说道："小赵，你对于未来职业发展的规划是什么？"

听到这话，赵莹有些紧张，吞吞吐吐地回答："我……就是想在财务方向上做精做深……"

"财务也是一个很大的范围，里面有不少专业方向，比如会计，比如出纳，比如财务规划与分析，等等，你具体想往哪个方向发展？"

赵莹疑惑地问道："可以问问，你为什么这样问吗？"

孙秦正色说道："小赵，你不要误解。你来公司这么些年，一直干得挺不错。我今天找你聊，是想看看，你对未来的发展是如何规划的，我们可以怎样帮助你。目前公司就你一个专职财务，做的主要是总账会计工作，但是，随着团队的扩张和发展，我们会招新的财务进来，如果你希望往某个方向发展，我们就优先给你这个机会，明白了吗？"

赵莹这才恍然大悟，颇有些感激地说："那……我觉得，从我自身的增值角度，肯定不可能干一辈子会计，我希望可以成长为FP&A的专家，也就是财务规划与分析方向的专家。"

"好！"孙秦一拍大腿，"我也是这么想的！看起来，你自己也有这样的想法，至少，我们在意向上达成一致了。"

赵莹有点不好意思："不知道我是否能对得住你的期待。"

"这就是我马上要说的！我会充分给你信任，让你在FP&A方向上发展，但是，机会也不会是无限的，你也需要用成长和能力向我证明，我们在这个时刻做了一个正确的决定。"说完，孙秦盯着赵莹的眼睛。

赵莹紧闭着嘴唇，坚定地点了点头。

"那好，眼下就有一件事情要做。这次我们死里逃生，多亏因四维的钱虽迟但至，但是，这将近一个亿的资金看起来很多，其实也未必能支撑我们多长时间。从现在开始，我们就要做好规划，假如我们的产品要到2026年前后才能获得适航证，推向市场，带来业务收入，未来这5年时间，我们需要烧多少钱，缺口有多大，什么时候我又要启动下一轮融资……"孙秦一边讲，一边在白板上画着时间轴，并且将一些关键信息写在其上，以帮助赵莹理解。

赵莹瞪大眼睛，认真地听着。

她不确定自己是否完全理解了孙秦的意思，尤其是涉及业务名词的时候，但是，她知道，自己有了新的担子，而她除了义无反顾地将它挑起来，也没有别的选择。

将公司里的几件事情交代好之后，李翔恰好从北京回来。

孙秦和他一起沉浸式工作了两天后，又去白鹤机场与李琦玉充分交流，确保FP100产品的研制进度都在可控状态。

毕竟，适航申请已经获批，他们现在所做的事情，已经不再是随心所欲地做样机，而是在做真实的产品，每一步，每个过程，都需要确保速度的同时，满足适航要求。或者说，在研制过程当中就遵循适航要求，省得等产品都做出来了，还要回头去补各种过程证据，很多时候，根本就补不起来，不得不将研制活动重新走一遍，以生成证据。这样一来，反而费时费力。

走之前，他对李琦玉说："还记得之前我们跟李翔在这里喝酒的时候，提到要买PLM[①]软件的事情吗？"

李琦玉微微一思考，回想起来："是的……当时我们说好，等融资后就考虑的。毕竟，没有工具支持，我们很难确保产品的研制过程受到很好的管理，长远来看，省下一点买软件的钱，却要损失数倍的成本在产品返工和额外的各种工作量上，还有可能因为产品延迟上市而错过整个市场风口。"

---

① 产品生命周期管理。编者注。

"没错,我跟李翔已经商量过了,我们要上这套系统,让大家从一开始就养成良好的习惯,否则,野路子的惯性形成后,以后就难改了,那时再上工具都没有用。"

李琦玉点头表示赞同,同时问道:"可是……选择不多吧,无非是那几家国际大厂的,但是还是很贵,我们虽然有了钱,也还是应该量入为出才是……至于国产的,我反正暂时觉得还差点意思,而且,它们从来没有服务过航空业,对于适航的支持肯定是存在问题的。"

孙秦笑道:"这你就不用担心了,李翔说他已经调研好了,近两年有一款叫 AirEdge 的国产 PLM 软件,异军突起,因为创始团队都来自航空和航天领域,所以对于我们的业务场景非常理解,尤其是对适航的支持。他说九控系统刚选择了 AirEdge,另外还有好些家低空经济产业链的企业也选了他们。"

"那太好了!你们定就行,我反正就等着用了。"

两人又聊了几句,都感慨道:"有了'低空经济'这个名词,沟通成本一下减少很多。"

将家里的事情都打理好之后,孙秦收拾好行李,来到虹桥机场,飞往广州。因为两周之前,有一个人邀请他过去,他无法拒绝。

一路无事,飞机平稳地落地白云机场。

孙秦原本想直接走到目的地去,却在机场出口处一眼看到顶头热辣辣的大太阳。太热了……

犹豫之间,他突然感到自己的肩膀被人重重地拍了一下。原本就有点燥热,孙秦烦躁地回头望去,却愣住了。

他一时间没有反应过来。

看到这张脸,他第一反应是:珠圆玉润,人畜无害。那脸上的眼神无比清澈。

曾几何时,他对这张脸的印象太深了!但是又经年未见。

孙秦下意识地调整好自己的身姿,往后退了半步。他冷冷地盯着这个男人。

江大春。

这个曾经背叛了自己的男人,之后还在投资人那儿背刺自己。

孙秦这辈子都不想再见到他,可没想到,这才过去3年不到,自己竟然在这样一个公开场合与他不期而遇。还是他主动打招呼。

你还有脸了？

孙秦正准备拂袖而去的时候，江大春先开了口："不会吧，都过去这么久了，你还在恨我？"

"我们没什么可说的，大家各自安好吧！"孙秦甩下一句话，便朝着侧面迈出脚步。

"我知道你为何来广州，我也是因为同一个原因。所以，即便你现在不想跟我说话，到时候还是会碰见我的，除非你不去了。"

听到这话，孙秦心里"咯噔"一声。

"什么？为什么他也会被邀请？"他心中充满疑惑。

而这疑惑也让他最终决定停下脚步。

因为，正如江大春所言，现在逃避他，迟早还会遇见。

见孙秦停下脚步，江大春笑道："好了，好了，我知道你心里还有气。我呢，先诚挚地道个歉好吗？其实我们是同一班飞机，只不过你没看见我而已。"

孙秦撇了撇嘴："如果道歉有用，还要警察干吗？你知不知道，你差点害死我，害死我们整个团队！"

"能不能不用这么老的梗？《流星花园》都整整20年了……"江大春咧嘴笑道，"当初我也是没有办法，希望你能理解——当然，如果实在不理解，我也没办法。不过，我想告诉你的是，我顶多是在那个时候对你有一些影响，现在的我，和未来的我，都不是你的敌人。"

孙秦"哼"了一声："我凭什么相信你？"

"就凭这次我们都去参加同一场活动，我们是友商，eVTOL这个市场足够大，容得下很多家企业。"

"用各种下三烂的手段窃取FP100的所有设计，你还好意思！"

"我说了，过去的事情我都认，我也充分表达歉意，只要你别再把我当仇人，需要我做什么来弥补，我都可以去做。我就一个要求，一起往前看。"

孙秦盯着江大春的眼睛，依然是那种熟悉的感觉。如果不是因为自己曾经被背刺过一次，他几乎又信了。

只不过，在这个时候，身处嘈杂的白云机场到达口，他也没有必要去跟江大春闹掰。

"如果你想演戏，我就陪你演好了……"

想到这里，孙秦舒缓了面部表情："行吧，大家都是成年人，曾经为了利益而分道扬镳，未来，只要我们的共同利益足够大，我相信是可以和平共处的。"

江大春频频点头："说得太好了！就是这个意思！不愧是你！"

于是，孙秦继续问道："你刚才说，不管需要做什么，你都愿意去做？"

江大春毫不犹豫地回答："是的。"

说罢，他目不转睛地看着孙秦，心里在飞速盘算着各种可能性。

却只见孙秦浅浅一笑："那好，你来打车吧，然后我们俩一起过去。这距离太近，我怕打车被师傅骂。当然，车费也是你付。"

不出孙秦所料。

江大春叫到的那辆快车，司机从他们俩一上车就开始发牢骚，直到他们下车了，还撇着个嘴，一副"老子一个亿的生意被你们给耽误了"的即视感。

好在这段路程并没有耗费太长时间，汽车在机场附近绕了一个圈，又等了两个红绿灯，便到了。

短短10分钟的时间里，有江大春去应付司机，孙秦则望着窗外，迅速地整理自己的思绪。

猝不及防地遇见江大春，他的确始料未及。尽管他知道，江大春如果继续干eVTOL的话，他们迟早会重逢，但没想到会这么早。

刚才被江大春拍肩的那一瞬间，他的确想离去，给江大春一个厌恶的背影。可是，他也很快想明白，大家都是成年人了，没有永恒的敌人，只有永恒的利益。

江大春对他自己做的那些事，龌龊是够龌龊，但说到底，也就是影响了自己的天使轮融资而已，如果只看结果，并不是自己创业至今所面临的最凶险的挑战。

而且，有了那段历史，自己在面对江大春的时候，将时刻处于一种道德制高点之上，江大春也的确做出了任凭他怎样都认的表态。

没准儿以后还有需要江大春的地方呢，谁说得准？低空经济是个新赛道，还是要把朋友搞得多多的，把敌人搞得少少的。因此，当两人下车的时候，孙秦已经完全恢复了心态。

"你们的产品进展如何？"他甚至有心情主动询问江大春。

"还在做各类飞行试验，有些技术还没突破。"江大春回答。

孙秦不知道这话有没有水分。

上学的时候，虽然他自己算是学霸，但是他很瞧不起有一类学霸，明明复习得很充分，却宣称："完了完了，一点都没准备，明天考试怎么办？"或者明明考得很好，却总要说："哎呀……我算错了几道题，这次怕是及格都有问题。"

不过，他倾向于认为江大春说的是实话。

"毕竟是剽窃我们的FP100设计，知其然不知其所以然，怎么可能在进度上赶上我们？"

似乎读懂了孙秦的内心活动，江大春又说道："还是你们好，都已经提交适航申请还被受理了。"

孙秦倒也不谦虚："是呀，要不然，今天巩代表怎么会邀请我来呢？我倒是有点奇怪，如果你们还没走到这一步，为何会邀请你？"

江大春两手一摊："我也不知道哇，或许是因为她比较开放，希望吸收不同类别、不同阶段的企业加入，而不是由一两家独大吧。"

孙秦听出了他的话中话，没再搭理他，径直走进眼前的建筑群。

这一片是白云机场附近的办公区，由一大片办公楼组成，驰飞客的启动用户之一——南华通航也坐落于此。

所以，孙秦和江大春都不是第一次来。只不过，这次他们过来，却是因为另外一件事。

两周前，巩清丽联系到孙秦："我们在广州会召开一个低空经济适航的研讨会，会上领导也会正式启动华南审定中心的筹建，就放在广州。你能来发个言吗？"

"你亲自邀请，我还能不来吗？"孙秦求之不得，"很荣幸啊。"

"好的，回头我把具体议程发你，那我们广州见。"

通过巩清丽发来的议程和后续与她的交流，孙秦总算了解，随着低空经济进入国家规划，民航体系也开始加速开展相关的配套工作，比如适航条例的更新,又比如,为了更好地实现本地化支持,将在广州组建新的分支机构——华南审定中心,专门面对珠三角的低空经济产业链企业。

而巩清丽便是华南审定中心筹备组的成员。

她甚至有可能被从上海派至广州工作。

对于自己受邀,孙秦是受之无愧的,毕竟被巩清丽作为企业案例研究和跟踪了好几年。

他只是没想到,江大春竟然也被邀请了。凭什么?

尽管自己已经放下过去,决心基于共同利益与江大春相处,这一点,他还是没有想通,如鲠在喉。

研讨会放在华南审定中心筹备组的办公场地进行,位于这片建筑群主楼区域的7楼。

走出电梯,孙秦便一眼看到局方那威武的LOGO挂在走廊的墙上,十分显眼。

下面还排列着几个字:中国民航适航司华南审定中心。无论是LOGO,还是字,看上去都非常新,显然刚挂上去没多久。

可是,走廊上好几扇门,也没有指示牌,孙秦不知道应该走哪一间。

这时,中间的玻璃门自动打开,里面走出来一个端庄美丽的女人。正是巩清丽。

她一见到孙秦和江大春,便热情地打招呼:"你们来啦,这里面请……"

她一边将两人引入房间,一边解释道:"这层楼不只有我们,还有几家航司,所以,看起来很大一片地方,其实属于我们的并不多,跟你们宽敞的办公室可没法比,你们别嫌挤就好。"

孙秦这才注意到,房间里密集地摆放着十来张工位,有的上面还是空的,显示屏都没有放。

工位上完全没有6S[①]可言,横七竖八散落着文件资料、笔记本电脑、抽纸和各种品类的杯子。

不明真相的群众或许会认为这里属于一家即将要跑路的皮包公司。

[①] 即6S管理,包括整理(seiri)、整顿(seiton)、清扫(seiso)、清洁(seiketsu)、素养(shitsuke)、安全(security)。编者注。

孙秦笑着问道："巩代表，你们这办公条件确实有点寒碜，好歹也是局方，这不影响你们的工作心情吗？在这种环境下，审定起来是不是要求更严格呀？"

"没办法，预算有限，也是临时的举措……明年就好了。"巩清丽解释。

她带着两人穿过这片办公区，又拐了一个弯，来到一片相对独立的区域，这里并没有设置任何工位，所以显得十分空旷。

这片区域的尽头，就是一间会议室，里面已经人头攒动，显得十分热闹。

"两位请进去吧，我在这里等几位领导和客人，等他们到了，我们就可以开始。里面应该有不少你们的熟人，可以去打打招呼。"巩清丽停下脚步，指着会议室说道。

江大春点头表示感谢，便率先走了过去。

孙秦则将巩清丽悄悄拉至一边，低声问道："我们都很熟了呀，有件事情，我不是很明白，想问问你。"

"说吧。"

"为什么请他过来？"孙秦用目光看了看江大春的背影，"我记得我跟你说过，他当初可没少让我受苦，你也为我打抱不平的。"

巩清丽抿嘴一笑："这些历史我都知道。说实话，他因为这件事，在业内的名声也不算好。不过呢，我们这个行业才刚刚兴起，泥沙俱下也是正常的，站在局方的角度，我们还是希望百花齐放。而且，他有韦霍公司的背景，也邀请了韦霍公司的中国区高管参加我们这个研讨会，我们也希望听听全世界的声音。所以，你就别往心里去了，吃一堑，长一智嘛。"

孙秦瞬间明白了。

他摊了摊手："还是你的格局大，我没问题了。"

走进研讨会的会议室之后，孙秦总算理解刚才巩清丽那句话是什么意思。这里的确有不少熟人。

除去再次见面的袁之梁，还有至少10张熟面孔，分布在拥挤的会议室当中。

孙秦目测了一下，这间小小的会议室里，差不多坐下了60个人，分别散布在两排U形的座位上，每个座位前都摆放了桌子，桌上放置着名牌。

U形的缺口处则摆放着一个演讲台，上面放置着话筒。

座位之间间距很小，如果庞雷来了，估计一个人得占两个座位。

由于人多，他也没法走到近前去跟人一一打招呼，只能与他们隔空行一行注目礼，然后找到标有自己名牌的座位坐好。

让他感到庆幸的是，江大春没坐在他身边。他左右两边分别坐着袁之梁和一个陌生男人。

陌生男人看上去五十出头了，穿着一件短袖浅蓝色衬衫，衬衫胸口处还有个口袋，看上去是体制内的风格。

"袁总，这么巧哇。"孙秦主动打招呼。

"是呀，孙总，缘分哪。"袁之梁显然对于这样的座位安排也比较满意。

他觉得自己其实本质上是个内敛人，虽然谈不上社恐，但碰到这种会议场合，总归旁边坐个熟人更加自在一点。两人你一言我一语便轻声聊了起来，直到巩清丽再次走进会场，身后跟着几位领导模样的人。

在巩清丽的带动下，大家热烈地鼓起掌来。等几位领导坐定之后，研讨会正式开始。

巩清丽作为主持人，一副游刃有余的样子，先是介绍了到场的人员情况，然后请出几位领导分别发言。再接下来是部分参会嘉宾挨个发言。

有的人还特意准备了制作精美的PPT。

孙秦不自觉地做了几口深呼吸。

袁之梁感觉到了他的紧张，偷偷问道："你要发言？"

"是呀。"

"加油，我给你鼓掌。"袁之梁一副幸灾乐祸的样子。

终于轮到孙秦了。

他并没有准备PPT，觉得这个议题自己驾轻就熟，当然，主要还是懒。

"尊敬的各位领导，各位嘉宾，各位同仁们，大家下午好……"孙秦开始了他的演讲。

他讲的内容相比前不久刚提供给巩清丽的FP100产品状态和后续建议，并没有什么大的差异，只不过，今天的听众很多并没有看过关于FP100产品的第一手资料，所以还是听得津津有味。

在孙秦之前的领导和嘉宾讲话，更多的还是聚焦在理论和顶层规划之上，孙秦作为第一个企业代表，带来的是实践的情况，因此，大部分人都非常关注。

"……我们的FP100目前正处于产品研制的早期，还在进行顶层需求的分解和与核心供应商JDP的阶段。我们深知，不能像做传统航空项目那样，花上10年制造出一架好飞机，我们的目标是5年之内就完成它的取证，并推向市场。但是，这个目标的达成，不能仅靠我们企业自己，还要靠局方的适航指导，以及全产业链协作方的配合。对此，我有几点不成熟的建议，抛砖引玉，供大家参考……"

孙秦接连着抛出自己的一些想法，整体思想无非是：eVTOL需要更快的迭代节奏，必须实现研制成本可控，因此，适航规章需要做优化和调整，以适应新形势的需要。为了实现这一点，局方与企业应当尽早交流，频繁交流，全过程交流。同时，对于低空经济产业链的适航在全世界都是一个新命题，如果说在传统的民用飞机领域，我们局方在不断学习和借鉴欧美的适航经验，那么在这个新的领域，中国完全有机会走出一条自己的路，并且供世界其他国家和地区参考。

发言完毕，会场上响起了热烈的掌声，而且听上去并非是在应付。

孙秦走回座位的路上，好几个人对他竖起大拇指。巩清丽也在后续衔接主持的时候特意夸赞了他几句。

袁之梁满眼羡慕地冲着刚坐稳的孙秦说："孙总，讲得太好了，理论结合实际，而且既有高度，又有深度。"

孙秦笑道："袁总，你要上去没准儿讲得比我还好呢，你好歹还搞过无人机，对于产业链的涉猎比我更丰富。"

"不能这样说，做过一件事，跟把做过的事情很深刻地讲出来，还是不一样的。这一点，有点像适航。"

"你们两个能不能不要这样假惺惺地互相吹捧了？年纪轻轻怎么不学好呢？"

这时，孙秦的另一侧传来一个低低的声音，声音里带着不屑。

孙秦只能闭上嘴巴，不过倒也因此可以继续听后面几位嘉宾的发言。

果然，韦霍公司中国区的副总裁也来了，还准备了PPT，向大家介绍了韦霍公司的AAM产品，并且表示，希望可以跟中国的低空经济主机单位合作，说罢，还特意往孙秦和袁之梁的方向看了看，然后又看向江大春。

"我们倒是想合作呀,但是你的价格是国内产品的好几倍,实在要不起……"孙秦心里嘀咕。

传统的航空产品企业,因为成本结构比较复杂,又需要满足严格的适航要求,因此,产品价格往往居高不下,类似于韦霍公司这样的国际一流航空企业的产品质量和稳定性肯定是没的说。用于支持传统的飞机主机,是适合的。毕竟传统飞机一架都是几千万甚至上亿的价格。

可是,低空经济的这些新兴的飞机类型,无论是eVTOL还是无人机,一架飞机可能才卖几百万甚至几十万人民币,留给产品的价格上限能有多少呢?

因此,整个产业链都到了革新的时候了。

刚才孙秦的发言,对于低空经济的意义,只突出了适航创新,而事实上,他认为还有一点很重要,那便是可以让整个产业链重新洗牌,尤其是成本结构上。

只不过,考虑到研讨会的主题和受众的承受能力,他并没有公然说出这一点。

第20章
垂直起飞

　　与孙秦在广州的研讨会上重逢后，袁之梁趁机向他讨教了不少问题。
　　散会之后，局方并不管晚饭，他更是不由分说，把孙秦从楼里拉了出来，几乎是绑架般地把他推到自己车上。
　　"喂喂喂！我跟他们都还没好好打招呼说再见呢！"
　　"打了招呼就走不了啦。"
　　"万一他们晚上有安排呢？"
　　"晚上我来安排，好好尽尽地主之谊！"
　　孙秦手忙脚乱地抗议："有你这样尽地主之谊的吗？你这属于绑架！"
　　"什么话？我这是专人服务，专车接送的待遇。"
　　"你都不问我是不是今晚的飞机回上海，就直接把我带走？"
　　"如果是的话，就改签！改签要是产生了费用，我给你报销！"
　　事已至此，孙秦也只能客随主便。
　　上车系好安全带之后，他建议两人就近在花都找个地方吃饭算了，可袁之梁非要带他去珠江新城。说是要带他看看珠江夜景。
　　于是，他们毫无悬念地堵在南下的路上。
　　孙秦甚至怀疑，袁之梁是为了从自己口中套情报而故意这么干的。
　　当然，他还是挺喜欢跟袁之梁打交道的。
　　这个广东小伙有点虎，而且敢闯敢拼，孙秦喜欢这种性格。

最重要的，袁之梁不像江大春，后者那副外表和手段，把人坑得被卖了还能给他数钱，数完钱还感激不尽，四处说他的好。

龟速前进中，孙秦问道："下午你问了我这么多全尺寸样机验证的事情，你们计划什么时候首飞呀？"

袁之梁手握方向盘，目视前方："真是问到点子上了……我们计划上半年内首飞，同时启动下一轮融资。"

听到"融资"二字，孙秦不免手心冒汗。上一轮融资交割前的惨烈，他实在不想再经历一遍。

于是，他若有所思地说道："我建议你……能早融就早融吧，如果真的需要融资的话。哪怕签了SPA，只要一天钱不到账，你就睡不着觉。"

"这个道理我自然懂。只不过，自从国家把低空经济提出来之后，这两个月，冒出不少打着低空经济幌子融资的初创企业，很多想凭着PPT就拿钱。我们当然得有个里程碑，有点突破，再去融资，这样才能提高估值，显示出我们的与众不同啊。"

"所以你把首飞作为这个里程碑？"

"是的。"

"倒也是没错……"孙秦点了点头。

的确，对于向外界证明自己的能力来说，让他们看到一架飞起来的飞机，震撼效果远甚于这架飞机只是乖乖地趴在地上。

两人又针对一些技术问题进行了交流。

孙秦惊异地发现，袁之梁对于航空和适航的理解，别说与第一次去上海与自己喝酒那次，就算是与一年多以前在上海进博会那次相比，都加深了很多。

如果说，袁之梁一开始是"汽车人"，现在已经在朝着"霸天虎"的方向发展了。

孙秦从后脊梁骨上冒出一阵危机感。

的确，两人采用的是完全不同的路线。

孙秦本质上还是按照传统航空的思路，先是缩比验证机，然后是全尺寸样机，再提交适航申请，进入真正的产品研发阶段，到今天也还在顶层需求分解阶段。每一步都走得很稳，但动作并不算快，尽管比传统的飞机，比如

A型号和C型号，已经算是快不少了。

相比之下，袁之梁则是典型的汽车思维，快速推向市场，快速试错。先是干出一个不伦不类的"飞行汽车"A1，被庞雷一通臭骂之后，立刻改变策略，并没有直接去做更难的eVTOL，而是从无人机起步，通过A2产品获得了业务收入，占据了一定市场份额，也让他面对融资时，相对从容一些——尽管公司依然在亏损，至少有A2的产品销售进账。在A2的基础上，他才重新冲击eVTOL产品，搞出A101，但是，在这个产品上，他尽可能地复用了原来的设计，所以实现了更快的迭代速度。

如果说，以今天为衡量，孙秦的FP100进度要快于袁之梁的A101。

但是，再过半年呢？一年呢？袁之梁会不会后来居上？还真不好说。

事实上，只要A101实现首飞，并且经过一定数量的飞行试验，就可以向局方递交适航申请了。现在局方又将在广州成立审定中心，无疑会加快申请和获批的过程。

见孙秦一直在专注地思索，袁之梁也没有再去打扰他。好在交通状况开始好转，车速明显变快了，直到进入核心城区之前。

孙秦看了看导航，前方一片猪肝红："待会儿吃饭我要点猪肝。"

好容易到了一个高架的下匝道，袁之梁方向盘猛地一打，偏离了主路，直接下了高架。

"让你看看本地人的走法！"他豪迈地说道。

然而30分钟之后，他们依然距离他预订的餐厅还有3公里的距离。几乎一动不动。

"要不……你就近停个车，我们走过去吧？正好也坐了一个下午，又坐了一路过来，屁股都麻了。"孙秦建议。

"3公里……"袁之梁喃喃地重复着这个距离。

他终于还是咬了咬牙："好吧！"说罢，一边打着右转灯，一边小心翼翼地并线，来到最右侧车道，找到一条不算宽的巷子。

袁之梁往里迅速瞟了一眼，便看到了当中靠着墙根的一个空车位。他一把方向盘打过去，熟练地将车停下。下车后，拍拍皱巴巴的裤子，长叹了一口气。

孙秦从狭小的副驾驶车门门缝中挤出来，顾不上有些变形的脸，安慰道:"没事,要不是本地人,还真发现不了这么个隐蔽的车位呢。"

用一顿珠江边的粤式大餐招待完孙秦,顺便又从他口中套出不少航空圈的八卦之后,袁之梁信心满满。

席间两人又喝到高嗨状态。

面对婀娜多姿的广州塔,冲着五光十色的珠江两岸,两人手拉着手,十指紧扣,一起大喊:"低空经济的时代是属于我们的!"

路过的行人纷纷侧目。还有不少人看见两人身材的对比,一个壮实,一个清瘦,露出秒懂的神情。

几日后回忆起这个画面,还有音效,袁之梁丝毫没觉得羞耻,反而觉得挺豪壮。

欲买桂花同载酒,终不似,少年游。

尽管已经三十出头,袁之梁始终认为自己仍然是少年,而安罗泰更是如同低空经济时代早上八九点钟的太阳。

他从张顺景处得知,A101距离首飞的状态已经越来越近,于是,他跟父母和黄馨打了招呼,决定在珠江机场驻扎几天,直到首飞成功。

"吃好一点,保持充足睡眠。"

"晚上不要出去闲逛,省得被些莺莺燕燕的骚扰。"

父母和女朋友的关注点果然有所不同。

除了这么做,他也没有别的选择。因为包括张顺景在内,一帮核心研发人员都已经在机场奋战了许多天。他作为创始人和一把手,必须要跟团队一起吃苦。

又经历了一整夜的加班之后,第二天一早,袁之梁睁开眼睛时,已经上午10点出头。他懊恼地叹了一口气,重重地趴在枕头上,将脸深深地埋进去,仿佛眼睛看不见床头闹钟上那闪着荧光的数字,时间就停止运转似的。

又挣扎了一小会儿,他还是咬咬牙,爬了起来。

当他洗漱完毕,随便啃了两口昨晚带回来的面包,来到机库门口时,神情依旧有些恍惚。

他发现机库里的人不多,只有平时的一半。

"看来我不是最晚的一个……"

大家见他来了，都有气无力地打着招呼："阿梁早……"

只有杨天，瞪着双眼，精神很亢奋："阿梁！昨晚你们都走了，我可是熬到四点才走，今天早上我又是第一个来的！"

袁之梁回应道："失眠就失眠，说得这么冠冕堂皇干吗？"

与杨天认识多年，袁之梁太了解他了，绝对是一个给点阳光就灿烂的家伙。

所以，不能给他这个机会。

果然，杨天本想讨老板几句表扬，然后自己再发挥发挥，结果自讨没趣，噘着个嘴，去一边整理样机的线缆了。

没过多久，张顺景和剩余的几位也陆陆续续赶到，已经接近中午时分。

袁之梁问道："老张，昨天我们之所以熬了这么久，就是因为按照你的判断，今天是有可能首飞的，对不对？"

"是的，今天必须首飞了。"

"太好了，那还等什么？开干呗。你来分工。"

"行啊！"

张顺景便开始调动起人员来。

袁之梁没有被分配任务，或者说，他被分配的任务是做素材提取。通俗地说，就是把首飞前的各项准备工作，用手机记录下来。拍照，拍视频，拍一切。

未来，这个时刻是可以载入公司史册的。

袁之梁举起手机，在机库里的每一个角落留下照片。

他细致地选取了一些角度，将设备、线缆、工作区和飞机本身放在同一张照片里，又通过构图，让每张照片之间的重点各有不同。

他和张顺景为A101的涂色选择了白色，主要是觉得白色亮堂，他不喜欢那种所谓的传统工业风色调，比如深绿、棕褐、浅灰等，觉得它们都太暗，放在机库里一点都不显眼。

还因为省钱，因为安罗泰的无人机产品也是白色，涂料可以通用。

当然，还有一个原因，只有他自己心里想想，没有说出来。那便是……白色禁脏，不用总是打理。

现在拍起照来，他觉得当初的决定是正确的。

因为除了飞机本身，其他那些部件全部都是深色调，有着十分鲜明的反差。

又经过半天的调试，到了下午3点多的时候，张顺景检查了各项数据，又绕着飞机转了好几圈，这才对袁之梁说："我觉得可以了，现在就飞吗？"

"飞，干吗不飞？"

"你不需要找个良辰吉日？"

我们广东人也没那么迷信好吗！袁之梁道："不需要了，现在就是最好的时刻。"

"行！"

张顺景带着大家一起将样机运送至机库门外的停机坪区域，又环视四周，确保此刻没有其他飞机、车辆或者人员的打扰。

此刻的珠江机场很安静。暂时没有飞机起落，跑道上也没有滑行的活动。旁边机库前倒是停了一架公务机，但是距离他们还有着几十米的距离。

唯一不请自来地见证这个时刻的，就只有天空洒下的阳光和迎面吹来的风。

阳光下，A101的白色涂装格外闪亮。机身上反射的金灿灿的光芒漫入每个人的眼中，与他们发光的眼神彼此辉映。

张顺景手持操控台，深呼吸了一口气。

自从加入安罗泰以来，他已经操控过无数次自己产品的起飞和降落了，但这一次，他还是感到一丝紧张。毕竟，这是他们的第一款全尺寸eVTOL产品哪！

袁之梁问："准备好了吗？"

"准备好了！"

"行，那就开始吧！"

杨天和其他几位工程师一起将A101通上电，开始监测各项运行参数，并且观察着分布在机翼各处的五对旋翼的运转情况。

"起飞！"

张顺景毫不犹豫地操控起来。

只见这架白色的轻巧飞机微微颤动着，缓慢而又坚定地拔地而起。

在电机的嘶鸣声中，它一点一点地垂直向上飞去。

一米，两米，三米……

如同从阳光中走出来的一匹白马，潇洒飘逸。

袁之梁眼睛都看直了，忍不住大声赞叹起来。

除了张顺景，所有人都欢呼雀跃，鼓掌相庆。

而张顺景一边专注地操控着，一边冲着袁之梁喊道："别光顾着傻乐呀！视频拍了没有！"

"糟糕！"袁之梁这时才想从兜里掏出手机。

多亏张顺景的提醒，袁之梁总算将A101首飞这个历史性的时刻记录下来。

为了保险起见，他们很快达成共识：飞起来就行了，不用太久，先放下来，省得夜长梦多。

那几秒的悬停视频已经足以让袁之梁兴奋不已，他激动得现场就发了一条长长的朋友圈，并且配上这段视频："5年前，当我从羊城汽车辞职出来的时候，或许包括我自己在内，都没想到，我们能够活到现在。从无人机到eVTOL，我们应该算是国内甚至是世界上少有的贯穿两条产品线的创业团队，我已经迫不及待地期待低空经济的美好未来。"

在夕阳西下之前，他放了团队一天假，让大家各自去好好休息休息。

但是，他并未响应张顺景的建议，晚上跟大家一起聚餐。

"你们吃吧，我还有点事，下回再吃。"他自然不可能告诉张顺景"有点事"是个什么事。

因为，今晚黄馨的室友不在。

黄馨已经发出邀请，而正好A101全尺寸样机完成首飞，袁之梁不想浪费这个千载难逢的机会。

他当晚没有回家。

…………

第二天，他又毫无悬念地睡了一个懒觉。

接连两天的奋战让他觉得自己身体有点被掏空。

黄馨已经上班去了。

他慵懒地从床上坐起来，看见床头柜上有一张字条，上面是他熟悉的笔迹。黄馨写道："中午之前要离开哦，我室友下午就回来了。"

袁之梁双眼一睁，立刻睡意全无。现在已经快11点了！

他立刻麻利地翻身下床，拾掇好自己，又将房间也稍微收拾收拾，特意把垃圾袋给清理干净。"可不能被她室友发现什么蛛丝马迹……"

轻轻地关上房门之后，他在楼下不远的街边找到一家肠粉店，大快朵颐。

狼吞虎咽了几口之后，他便认真"批阅"起朋友圈来。昨天那条视频已经收获了超过200条点赞和50条留言。

袁之梁颇为满意地放下筷子，左右开弓，双手操作手机，以示对广大留言的尊重。

"加油！早日提交适航申请！"这是孙秦的留言。

"你的成功，才是我的成功。"这是刘动的留言。

在刘动的留言之后，他看见孙秦回复了一句："他好，你也好。"

越往下看，袁之梁越觉得暖意上涌，如同潮水一般，一直涨到双眼。他竟然觉得眼眶有点湿。

这时候，他开始翻阅其他人的朋友圈，只见孙秦恰好发了一个：

"祝贺安罗泰的首款eVTOL产品A101实现全尺寸样机首飞！我有幸与其创始人袁总相识于5年前，这些年来，只有我最懂他的艰难。相比传统的民航客机、通用飞机和直升机，eVTOL一点都不容易做，麻雀虽小，五脏俱全，而且既然要载人，就要考虑适航。这5年间，我们耗费了无尽个日夜，争取设计一款好飞机，我们不但要攻克技术，解决设计难题，还要兼顾运营企业，要管人，管钱，管一切，我们都是技术背景出身，却被生活逼成了多面手。我曾调侃他说，他是'汽车人'，我是'霸天虎'，站在一个霸天虎的立场上来看，无论是他，还是我们驰飞客，走到今天，我们也才成功一半而已。因为，我们的产品还未经受适航的检验，而这，也是下一步我们需要继续一起探索，同时支持局方去创新的方向。"

这条真情流露的朋友圈也吸引了不少点赞。

袁之梁认真地数了数，发现不到200个，比他的要稍微少一点。他嘴角微微上扬，于是也去随了一个赞。

继续往下翻。

没想到刘动也发了一条：

"祝贺安罗泰！我们九控系统是国内唯一一家（至少在我所知的范围之内）专门服务 eVTOL 的下一代飞控系统提供商，目前支持了几乎所有国内 eVTOL 头部企业的产品，九控九控，九九为功！"

袁之梁撇了撇嘴："这广告打的……"

不过，他还是点了个赞。

这时，他发现留言区有一条很长的回复全部留言，竟然是刘动自己写的。

"刚才还在组织语言，却不小心点了发布。还有一些真心话，我想在这里跟家人们诉说诉说。我是一名留美博士，也曾经有一个很狂热的美国梦，我曾经期待自己可以在大洋彼岸施展自己的才华，住大房子，娶美国姑娘，然而，现实狠狠地打了我的脸（没错，就是字面意思），我选择了回国发展。直到这个时候，我才意识到，上帝为你关上一扇门的时候，一定会为你打开一扇窗，用我们自己的说法表达就是：失之东隅，收之桑榆。我很庆幸自己选择了这条路，也坚信在这个低空经济时代，我们的未来在这片土地之上！"

袁之梁对于刘动的过往经历有所了解，所以读着读着不免脑补起来刘动在美国的遭遇。

他同情地摇了摇头："你是真遭罪呀……"

不过，当他看到孙秦在这段肺腑之言下的留言之后，瞬间破防。

"如果不是前段时间把你们的钱给结了，估计这个时候你就已经在朋友圈控诉我了吧。（狗头表情）"

而袁之梁不知道，此刻，同样在广州，CBD 区域的一幢高档写字楼的一间豪华办公室里，一个小个子女人也正在翻阅着这些朋友圈。她的脸上全程都是姨母笑。

A101 全尺寸样机顺利首飞之后，张顺景便把步子迈得大了起来，开始加速开展各项飞行试验。

而袁之梁，也正式开始启动新一轮融资。

融资 BP 的封面上就是醒目的 A101 美照，他亲手拍摄的。

这一轮融资的情况相比之前，要容易很多。没过多久，他就见了不下 5

波投资人。不过,并没有一家走到TS阶段。

主要原因还是袁之梁待价而沽,开出的估值超过了这5家的预期。这是因为征求过何家辉和FA的意见之后,他们都认为可以再等一等。毕竟,安罗泰已经是一个较为稀缺的标的了。

果然,第六家投资人出现了。

与袁之梁接触的第六家投资人就叫六道资本,是一家在全球都有投资的多元风险投资基金。

袁之梁也对他们提前做了背景调研,发现六道资本的实力之后,立刻决定采取一个有新意的路演。

他邀请六道资本直接去珠江机场的机库开展路演,同时,让他们在现场见证A101的飞行试验。

这个主意得到了何家辉的强烈赞同:"阿梁啊,就是要敢搞些新意思!"

当袁之梁将这个想法正式告知六道资本之后,对方也觉得很有创意,欣然同意。

最酷热的夏天已经过去,袁之梁挑选了一个良辰吉日,告知了对方。

他也特意交代张顺景:"这天我们不用安排满负荷工作,你就带着杨天两人在现场就好,我们路演的时候,你们可以在外面做一些试验,或者休息休息,都没问题。路演结束,你给他们演示一下飞行。"

六道资本十分重视这次路演,由合伙人直接带着一名投资经理就过来了。

合伙人名叫张荨,是一个形象气质与冯婕很像的女人,只不过无论是身材,还是身高,都比冯婕要大一号。

她穿着一身精致的套装,手挎一个中等大小的浅黄色皮质包,包身上有一个醒目的"H"字母。

投资经理是一个有着青涩面孔的小伙子。

"就叫我Andy吧。"他低调地介绍自己。

袁之梁早已在机库一角放好了几张椅子,并且连接上一台移动的投影仪,直接将BP投射在机库的墙上。效果虽然不如在会议室里的白色幕布,但并不影响观看。

袁之梁将张荨和Andy领入机库。

进入机库之前，他快速地介绍了停在门口的A101，然后说道："张总，Andy，我先卖个关子，我们先进去交流我们的材料，结束后再出来仔细看这款产品。"

"好哇，期待！"张荨点头。

见袁之梁带人来了，张顺景和杨天与两人打过招呼，便走了出去，将整个机库留给他们三人。

为了避免机场飞机的起降轰鸣声打扰到路演的交流，也为了阻挡一部分光亮进入机库，使得投影看起来更加清晰，他们还在走出去之后，从左右各自将机库门往中间推了推，只留下一条容纳两三人并排通过的缝隙。

"哦哟！袁总，我还是第一次这么近距离地进机库呢！高大上！这趟值了！"张荨有些夸张地喊道。

Andy则有些腼腆地笑着，眼里都是新奇。

袁之梁不动声色地回答："应该的，我们应该给两位展示一下我们的产品实物，不能只靠PPT忽悠哇。"

"哈哈哈，说得我都恨不得现在马上出去看产品了，还看什么投影！"张荨笑道。话虽这么说，身子却丝毫未动。

Andy听老板说完这句话，刚挪了挪脚，却发现张荨纹丝不动，便也停下动作。

袁之梁于是就着早已准备好的投影材料，开始介绍起来。

因为六道资本未出现在此前的融资中，所以他介绍得比较详细，从公司背景、发展历程、团队组成、产品介绍、客户现状、市场分析、财务分析等角度充分展示。

一边介绍，他内心一边感慨："想当年，干这件事情我还很笨拙，没想到现在这么熟练……这到底是好事，还是坏事？"

仔细听完之后，张荨刚才脸上那种轻松的表情消失了，开始专注地提问。不得不说，每个问题都问到点子上。

但是，袁之梁已经不是当年第一次见冯婕时候的袁之梁了。他游刃有余地回答着，同时心中暗想："他们的套路也就这些呀……"

如果将创业者与投资人的交流比拟为攻防战的话，当双方都见过足够多的对方角色时，创始人的适应能力显然是更强的。因为，投资人问的问题，往往具备很强的相似性。他们需要看很多不同的行业，生物医药、医疗设备、汽车零部件、文娱互联网，更不要说这几年兴起的半导体、航空航天、新材料等领域。无论他们多么聪明，学习能力多强，都不可能成为了解所有这些行业的全才，所以，在提问的时候，一定会有很多共性问题，这些问题往往跟财务指标、市场分析、客户关系等相关，创始人经历过几次之后，就大致知道要如何回答。

于是，材料交流的部分算是较为顺利地结束了。

张荨问到后来，显然有些心不在焉。她惦记着外面那架白色的飞机。

袁之梁也看出来了，便起身说道："那我们不如移步到外面，我请团队给两位展示一下我们的产品，尤其是它飞起来的样子，如何？"

"袁总，你不提，我也会提的。这次我们过来，不就是为了开开眼界吗？"

"开完眼界，不投不许走哇。"袁之梁开玩笑。

"没问题！开完眼界，我们再回这里来，好好谈谈。能不能大开眼界之后，再打开钱包，就看你啦，袁总。"

"哦？为什么要看我呢？"

"因为我们对于估值是有心理预期的，看看你的预期与我们的是不是能匹配呢。"

"好哇，只要张总有诚意，我也一样。"

两人互相说些场面话，走出机库。

Andy则一言不发地走在后面，好奇地四处打量着。

机库外的张顺景和杨天正在聊天，一见三人走了出来，连忙去做好演示准备。

"给两位介绍一下，这两位都是我们的核心团队成员……这位是张顺景，老张，我们的CTO，非常资深的飞机设计师，曾担任过我国很多直升机型号的副总师……这一位则是我们的骨干工程师，杨天，他学习能力非常强，以前没有航空背景，是从通信行业出来的。"袁之梁介绍道。

张荨笑着走到张顺景面前，大方地伸出手："幸会，张总，我们是本家，我刚才在袁总的BP上已经提前认识您了。"

张顺景一愣，也笑道："是呀，是呀，我让他下回放个更帅的照片。"

"已经足够帅了！"

张荨又与杨天打过招呼，便来到袁之梁身边，说道："袁总，那我们开始吧，很期待呢！"

"好的！那开始吧！"袁之梁冲张顺景说道。

"明白！"

张顺景和杨天熟练地给A101通上电，并且做好各项起飞前准备工作。

飞机再次从静止状态活动起来，旋翼欢快地转着，各机载系统的信号闪亮着。

张荨目不转睛。

直到她看到飞机稳稳地拔地而起，垂直上升到3米的高度，又继续往上到3层楼高的高度，然后开始在空中悬停，又前后左右地水平移动，如翩翩起舞一般。

她的嘴巴也不自觉地半张着。Andy站在她旁边，也看呆了。

然而，一秒钟之后发生的事，让他们的表情全部凝固，以一种更加夸张的方式体现出来：双目圆睁，嘴巴彻底打开，一句话都说不出来。

这架如同白色精灵一般的飞机突然如同被夺命了一般，在空中失去了平衡，径直从半空中垂直栽向地面。

清脆的撞击声明明白白地传进袁之梁的耳朵里。

即使听不到这飞机坠毁的刺耳声音，也知道事态有多严重。因为他已经近距离目击了这架A101从空中失去平衡而跌落的全部过程。

瞬间，他的脸色变得惨白，整个人都如同被重重一击，仿佛飞机直接砸到他身上一样。

他的视线里，五感范围内，此刻天地间没有其他任何存在，只有已经摔得半散架的A101。

它曾经如同一匹英武的白色天马，又如一位翩然的白色精灵，而此刻，它仅仅就是一堆由复合材料和设备仪器拼接起来的机器罢了。

原形毕露，散落一地。

刚才的那股重击，让他此刻变得十分麻木，他呆立在原地，手脚失去了知觉，只有胸口一股剧痛。

也因为这股剧痛，让他还保持着基本的清醒。于是，他扭过头，往身旁看去。

张荨和Andy两人也一副目瞪口呆的模样，站在原地一动不动，嘴巴张开。

感受到袁之梁的目光，张荨像是被触碰了开关，这才大声喊叫出来："天哪！天哪！发生了什么？为什么会这样！"

突如其来的变故让她也暂时无暇去思考安罗泰估值的事了。

袁之梁被张荨的喊叫声重新拉回了现实，五感也逐渐恢复。他立刻往另一侧看去，只见张顺景和杨天也是同样被夺了魂魄一般的表情。

操控器已经不在张顺景的手中，而是在他脚下。他双手无力地下垂着。

袁之梁不相信是因为他操控的问题导致飞机坠毁，多半是刚才看见飞机坠毁而乱了方寸所致。

于是，他冲着两人吼道："别发呆了！快联系机场！这里需要处理一下！"

张顺景这才如梦初醒，一个激灵，低头一看，才发现操控器竟然不知何时被自己丢在脚下。

既悲伤又懊恼的他只能重重地拍了拍杨天的肩膀，把他也从震惊中唤醒："走！你去联系机场，控制现场！我看看产品本身的情况！"

他几步跨过去，满脸悲伤地查看着已经瘫痪在地的A101，不住地抽搐着身子。

袁之梁这才对着张荨说道："张总，不好意思，如您所见，我们的试验出了一点问题，我们需要与机场一起善后。恐怕……我没法陪两位接着聊了，我现在先送两位离开如何？回头我们再约时间。"

张荨的情绪也稍微稳定了一些，但依然瞪着双眼，回答道："好的，好的。袁总，我也没想到会出现这样的事情，那我们先不打扰了。"说罢，她冲着Andy说，"我们走吧。"

袁之梁陪着两人走到机场入口处，又安慰了张荨两句，一直目送他们上车，才转身往机库走去。

他重重地叹了一口气："看来，六道资本是没戏了……不，短期内融资都没戏了。"

然而，这是半天或者一天之后，他需要操心的事情，眼下，他需要尽快完成现场的清理和证据收集。还要和张顺景和杨天在机库里现场复盘，尽快找到事故原因。

对了，还要封锁消息。他立刻掏出手机，给张荨发了一条微信："张总，我们之间已经签订了保密协议，今天在机库发生的事情，我很感激您能替我们保密，也请跟Andy说一声。"

"放心吧，袁总，我们明白。"张荨很爽快地回复。

天空依然明媚，但袁之梁的心中却布满阴霾。

他一言不发地绕着摔落在地面的A101走了好几圈，只见机身虽然还完好，但左右对称的固定翼左边那一段已经断折了，起落架也已经弯折，螺旋桨和电机掉了三只下来，其他的一些小零件更是散布一地。

之所以要第一时间叫机场的工作人员过来，主要是为了防止可能的火灾，以及散落的零部件进入停机坪的飞机滑行轨迹区域，影响其他飞机安全。

万幸的是，这堆残骸并没有起火的迹象，机场人员在清理了停机坪，将一些零部件归还给袁之梁后，便离去了。

他们虽然嘴上说着一些安慰的话，但从表情和举止来看，似乎已经见怪不怪。对于机场工作人员来说，见过的事故症候和突发状况太多了。

机库门口又恢复了安静，袁之梁三人呆呆地望着A101残骸，都很沮丧。

没有人说话。

这里曾经每天都有白色身影在空中的舞姿和嗞嗞的电机声，充满了活力。

而现在，它死了。

过了许久，袁之梁咬牙切齿地说："我们别发呆了，赶紧分析分析原因吧。不把原因找出来，我们都别走。"

张顺景点了点头："我同意。"

说完，他又补充了一句："前两天叶晨主动联系了我，说他和贺瑾已经在一起了，两人此时已经定居法国，但一直很关注我们的进展，而且打算近期回广州来看我们……如果让他们看到我们因为这样一次挫折就一蹶不振，我实在是没脸见他们。"

袁之梁一愣，眼前浮现出这两人的模样，然后默默地咬了咬牙。

……………

世上没有不透风的墙。

尽管在公开的报道和媒体上，以及非公开的朋友圈里，没有任何关于"安罗泰的A101产品在试飞时坠毁"这样的消息，但几乎所有圈内人都得知了。

也不知道是谁传出去的。大约是那天机场上空拂过的风吧。

孙秦是从李翔口中得知这件事的。

他正在白鹤机场的机库里与李琦玉讨论一件棘手的技术攻关问题。李翔神秘兮兮地把他叫到机库门口，低声告诉了他这个消息。

听罢，孙秦皱了皱眉，半天没说话。

他不知道该怎样描述自己的心情，其中最大的成分是惋惜。

"唉……真是不容易……给我们也提了一个醒，千万不可掉以轻心。这要是摔一架飞机，代价太大了。"李翔也是一副兔死狐悲的表情。他忍不住掏出一根烟，迅速点燃，狠狠地吸了一口。

就在这个时候，孙秦的电话响了。他低头一看，是巩清丽打来的。

孙秦不敢怠慢，重新走回机库，到一个距离团队稍微远一点的角落，接了起来。

"孙总，安罗泰的事情，你听说了吗？"

孙秦一愣，没想到巩清丽是来打听这件事的。

他犹豫了一会儿，还是照实说了："嗯，我也刚听说，很可惜。"

"是呀，他上次还跟我说，近期要提交适航申请呢。"

孙秦思考了一下，回答道："关于这件事，我觉得局方还是需要保持一定的宽容度。如果他们能找到事故根因，并且有针对性地提供了解决方案，还是应该再给他们一次机会。"

"哦？你们不是竞争对手吗？"巩清丽饶有兴致地问道。

"我们本质上都是在做一件创新的事情，eVTOL这种东西，以前没有人做过，而我国目前的发展与世界先进水平又是同步的，不存在传统高端制造业那种始终是我们赶超的状态，这就意味着我们只能靠自己探索，没有作业可抄。在这种情况下，我还是期待一个宽容的环境，不管是来自局方也好，投资方也罢。毕竟，创新是有代价的，历史上哪项科技创新没有经历过中途的挫折呢？蒸汽机、电灯、火车……还有飞机，因为试飞丧命的先驱者们还少吗？至少，eVTOL的试飞暂时不需要坐人……不经历风雨，怎么见彩虹……"

"没有人能随随便便成功……"巩清丽不自觉地接话道。

回顾刚刚过去的2022年，孙秦的感受与2020年非常相似。

把整年拆成一天一天来看，感觉过得很慢，但如果将它们看作一个整体，却又突然间令人难以捉摸地便过去了。

如同羚羊挂角，无迹可寻。

经过赵莹非常细致的财务规划，驰飞客整年的花费都控制在了预算之内，FP100真实产品的各项研制工作也在稳步推进。

自从安罗泰A101摔了之后，孙秦也嘱咐李琦玉，宁愿稍微稳一点，不要太赶进度。

慢即是快。

另一边，安罗泰也绝处逢生。

2021年年末之前，他们就迅速分析出了事故原因——飞控系统在状态切换时出现纰漏。

为此，安罗泰需要重新搭建顶层的安全性策略，并且对刘动的九控系统提出了更高要求。

而六道资本在经过审慎考虑之后，依然决定投资安罗泰，在2022年春节前完成了投资款交割。

在做出这个决定之前，张荨征求了好几个人的意见，其中就包括冯婕和巩清丽。

"我虽然一直没有投安罗泰，但是，他们显然是一支很有韧劲的力量，而且在国内各大创业团队当中属于第一梯队，这样好的机会如果你不抓住，以后肯定就没有了。至于我自己，已经投了驰飞客和九控系统，在整个低空经济产业链上下游都布了局，驰飞客与安罗泰又都是主机，不可能再去投一家。"这是冯婕的回应。

"站在局方的角度，我没法给你们投资决策提供倾向性意见，不过，作为个人，我跟袁总认识很长时间了，他刚刚创业，还什么都不懂的时候，就邀请我去给他们做适航培训，我认为他是一个干实事的人，而且，失败是创新过程当中必然要付出的代价，从挽救成本的角度来看，早出问题，反而比晚出问题要好。"巩清丽回应道。

其他几人也都给了六道资本较积极的建议。

所以，张荨便无所顾忌了。事实上，她内心深处也是这样认为的。

就像赤壁之战前的孙权，内心深处还是偏向于跟曹操干架的，可偏要让主战派把道理和原因给说出来，这样，他才好一剑砍掉桌角，以示决心。

于是，到了年底，孙秦十分欣慰地看到，袁之梁没有掉队。那些打不死创业者的，都会让他们更强大。

2023年年初，他们又在北京一个未来城市交通论坛现场碰面了。

上午的主论坛之后，两人同为下午分论坛的嘉宾，坐在台上相邻的位置。

分论坛的主题是：低空经济时代的企业家精神。

分论坛的主持人是一位衣着光鲜的美女，梳着精致的发型，化着艳丽的妆容，假睫毛长得有点夸张，看上去简直可以改变她面部的比例分布。

孙秦并不认识她，但从介绍来看，她是本地电视台的一位知名主持人。

他就坐在主持人旁边，从侧面看过去，总有些担心她那细长的脖子是否能够支撑住随时可能往前倾倒的脑袋。

美女先对着正对舞台的提词器说了一堆套路的开场白，然后引入正题："现在，我们有请驰飞客创始人孙秦先生跟我们谈谈他的体会。孙秦先生是航空科班出身，出来创业之前，曾在中商飞机上海研究院工作多年，并做到了室主任的职位。孙总，您认为创业搞eVTOL是不是对您此前身份的一种传承呢？"

上台之前，会议主办方其实跟包括他在内的每一位论坛嘉宾沟通过各自的发言主题。

按理说，每一个问题和每一个回答都会进行得非常顺畅。然而，孙秦没有料到主持人会以这样一种方式问出问题。

当时，他所获知的问题内容是：自己的航空背景对于创业做eVTOL有什么优势和劣势。

但被主持人用这种方式说出来之后，性质就变了。她的口吻透露着一种让自己十分不舒服的优越感。

而这种优越感并非源于她本人，而是她认为自己作为曾经的室主任和航空人应该具备的。她只是理所当然地替他将这种优越感表达出来了。

很有可能，她在过去的主持中，经常采用这种方式给嘉宾抬轿子。而嘉宾们也往往甘之如饴。

但是问题的关键在于，孙秦一点都不认为自己的航空背景有什么值得炫耀或者骄傲的。

这些经历和经验顶多可以让他在起步的时候更加平稳一点，但是，对于创业的成功，并非什么决定性因素，甚至越往后，连主要因素都未必算得上。相反，他有时候甚至会羡慕袁之梁更加不受限制的想象力和冲劲。

更别提什么传承了。传承个鬼呀！

这个词是个好词，但是被各种场合使用，都给用滥了。很多时候，透露着一股腐朽的封建气息。

孙秦决定不按剧本说台词了。

"我不知道自己有什么好传承的。我们家往上两辈都是农民，我是从山里长大的孩子，一步步从山里走出来，在千军万马当中侥幸闯过高考这一关，这才有机会来到大城市发展，然后一步一个脚印，有幸参与了A型号的工作，积累了对于飞机设计的基本认识。用最近比较时髦的话，我就是个小镇做题家，不，甚至连小镇都算不上，只能算乡村做题家。是因为这个时代的关系，因为我幸运地出生和成长在这个时代，同时又有家人的坚定支持，我才有机会开始eVTOL的创业。我每天都过得如履薄冰，不知道我们研制过程中会不会有新的技术挑战出现，不清楚未来我们的产品能否满足客户对于安全性和舒适性的要求……

"……面对未知的挑战，我唯一能做的，就是保持创业的初心，始终坚信我们让世界变得更好这个目标能够实现。并非唱高调，而是从心底去相信这一点，并且拼尽全力为之奋斗。我相信，不仅仅我是如此，今天台上的每位嘉宾都是如此。"

观众席爆发出一阵热烈的掌声。

有些人原本昏昏欲睡，突然听到这番发言，也立刻来了兴趣。

台上的剩余几人，包括袁之梁，也都频频点头。

掌声中，主持人睁着美丽的双眼，里面全是诧异。但她毕竟主持经验丰富，很快用微笑化解了尴尬，说道："孙总的发言非常有见地，而且为我们指出了很重要的一点：保持初心，对于创业者至关重要。接下来，我们有请安罗泰的创始人袁之梁先生发言！"说罢，她礼貌地做出一个"请"的手势，示意孙秦将发言的话筒递给下一位发言的袁之梁。

孙秦原本想拿起话筒再辩解几句："你这个总结分明以偏概全嘛！"

但最终还是决定不去驳她面子，将话筒递给袁之梁。

袁之梁接过话筒，笑着说道："孙总说他是乡村做题家，那我就是城中村做题家。我虽然在广州长大，但是很长一段时间都在城中村里生活，直到拆迁……"

台下发出一阵哄笑。

下午的分论坛有惊无险地结束了。

下台的时候，女主持人有些哀怨地盯了孙秦一眼，仿佛在怪他："你怎么不按剧本说台词呀？"

孙秦假装没看见她的眼神。

论坛结束后，他与袁之梁各自推却了主办方的晚宴邀请，两人在会场附近找了一家热气腾腾的涮羊肉馆子。

"还是在这儿吃火锅自在！"孙秦一边在纸质的菜单上勾选羊肉和各类配菜，一边点评。

"是呀，平时总是应付这种场合，总归要稍微放松一回。"袁之梁点头同意，并且直接叫来服务员："来一瓶二锅头。"

孙秦抬起头："你确定吗？直接上白酒？"

"大冬天的，暖暖身子。你要为我们广东人考虑考虑，我们可不像你们北方人那么抗冻。"

"我也是南方人哪！"

"广州以北都是北方人啦。"

酒菜都上来之后，两人各自倒了一满杯酒，轻轻一碰，算是开启了这顿即将大快朵颐的晚餐。

"说真的，下午你那个小镇做题家的发言深得我心哪。"袁之梁夸道。

"得了吧！你们家光靠拆迁就活得不知道多滋润了。"孙秦撇了撇嘴。

袁之梁自己又喝了一口酒，在一股辣劲当中咬了咬牙，说道："你不知道，我爸妈当年从贵州去广东闯生活的时候，有多苦。拆迁都是后来发生的事情，在那之前，他们什么苦都吃过了，或许在你看来，我是大城市出生的人，但是，我敢说，我的成长一点也不比你从山里出来的凶险少。"

孙秦没有跟袁之梁比惨，点了点头说："说实在的，我们这一代人的父辈，谁没吃过苦呢？我们都是改革开放的受益者，但是，好日子不是说国门一打开，就自然而然从天上掉下来的，都是靠我们的父辈们拼出来的。靠着奋斗过好生活的，没什么丢人的，相反，那些讽刺我们是'小镇做题家'的文化人才是真坏。我说句你们这些大城市出来的人未必爱听的话，中国的发展能有今天，很大程度上就是靠了农民工和小镇做题家们！"

袁之梁举起杯："没什么我不爱听的，我在珠三角哇，在改革开放的前沿，对于外乡人的贡献再清楚不过了。再说了，严格来说，我也不算广州人，我父母也是从贵州过去的。"

两人各自喝了一口，都不再说话。创业者充分理解创业者，奋斗者也自然与奋斗者惺惺相惜。

烈酒与热腾腾的羊肉在腹中混合，带来充实而畅快的满足感。

餐厅里很快便坐满了人，每张桌上都摆放着一口铜锅，锅底烧着热腾腾的炭火，食客们不住地往沸腾的水中放入各色食材，羊肉、毛肚、丸子、豆皮……水蒸气聚集起来，充满了整个餐厅，也朦胧了所有人的眼睛。

酒过三巡，袁之梁觉得整个人从里到外都暖透了。

借着一股酒劲，他问孙秦："你对未来的市场格局怎么看？"

孙秦也喝得有点晕乎晕乎的，一时没有理解袁之梁的问题："什么市场？"

"eVTOL的市场，或者说，更广阔一点，低空经济的市场。"

"你是说竞争格局？比如，我们之间？"孙秦似笑非笑地问。

"嘿嘿，也可以这么说。"

"我们在未来5年之内，都不会有什么竞争。"

"你这么有信心？"

"是的，因为我感觉不到2026年，我们的eVTOL都还拿不到适航证呢，还不具备上市条件，谈什么竞争？话虽这么说，但是我感觉，未来5年，会有很多玩家加入我们，比如说，我团队当中曾经的核心合伙人江大春，你应该也听说过，他中途离开我们之后，也创办了一家eVTOL企业，进度虽然比我们慢，但似乎也已经融到了钱，有了钱，就有未来发展的希望。很快，我们就不再孤单。"

再次提及江大春的时候，孙秦的心中已经没有什么特别强烈的情绪。

一切都被时间冲淡了。

"嗯……我听说过他……来吧，来吧，多多益善。"

"我还以为你要唱'相约九八'。"

"……………"

"不管怎样，我都不后悔当年从羊城汽车出来创业，这是一个新兴的市场，有很多想象空间，最重要的是，它还是一个以市场为主体、充分尊重自由竞争规律的领域，充满了活力。"

"我同意你的观点。如果拿东周列国打比方，这个时候还属于春秋早期呢，名义上还要尊奉周天子，郑伯还未克段于鄢……我和你一样，也一点都不后悔当初从中商飞机出来。"

"来，为了'霸天虎'和'汽车人'的未来！"

两人举杯相碰，又各自干了一大口。

抹了抹嘴，孙秦提议道："现在正好是2023年年初，下回我们再见面还不知道是什么时候，也许是半年之后，又或许已经到了2024年。我们各自设个年度目标吧，等2024年年初再聚的时候，一起看看，我们的目标是否实现！"

"没问题呀，谁怕谁！"袁之梁毫不示弱。

"干脆简单点，我们都设同一个目标，看看我们的产品能否在今年完成一次实际业务的演示飞行，如何？敢不敢应战？"

"实际业务？载人还是载物？"

"你要是能载人，那自然更好啦。规则很简单：如果我们一方没有实现这个演示飞行，而另一方实现了，那自然另一方赢；如果双方都实现了，那载人的赢；如果都实现了载人，或者载物，那具体业务场景定输赢，比如，飞行距离更远的算赢。"

"很清楚，就这么办吧！"

酒继续下肚。

夜深了，餐厅依然热闹不减，人们都不急于离去，趁着酒劲和热乎劲，继续吹牛侃大山。

在这间普通的北京涮羊肉馆里，孙秦和袁之梁相信，他们将会是低空经济这个大舞台之上的主角，他们经历了近8年的浮沉和训练，已经到了正式上台表演节目的时刻。

相比两人第一次在上海的那顿大酒，以及在广州珠江边的那顿粤菜，这次在北京的涮羊肉饭馆里，孙秦和袁之梁都克制得多。最终两人并未喝完一整瓶二锅头，只是喝到微醺，便适可而止。

第二天，两人各自飞回上海和广州，带走的是一个相同的目标：年内实现一次真实业务场景的演示飞行。

这份北京的约定或者说打赌，并非演示飞行的真实目的，甚至不是其主要目的。

事实上，这样的演示可以大大地提高他们在公众面前的知名度，并且给更多的潜在客户带去信心。

"选择我们，打飞的，或者快速紧急送货的日子就要来了！"

至于约定，只是他们踌躇满志的一个副产品罢了。

由于用于取证的真实产品的研制还在进行当中，这样的飞行只能用经过初步验证的全尺寸样机来开展。可即便如此，放在真实业务场景当中，和仅仅在机场里飞一飞相比，面临的挑战要大很多。

首先，是具体业务类型的选择，到底是载人还是载货？

其次，选择航线，确定具体的飞行路径。

还有很多准备工作要做，要跟局方、地方政府等提前报备与沟通。

诸如此类。

因此，尽管只是一次飞行演示，却相当于将真实运营场景所面临的问题都过了一遍，无论是对于驰飞客和安罗泰，还是对于局方和相关政府部门，其实都是一个很好的演练。

孙秦一回上海，便与李翔和李琦玉认认真真地讨论了一整天。三人很快达成一致意见。

为了保守起见，这次还是运送货物，将150公斤的负载放在FP100的客舱内，模拟送货的场景。演示飞行距离不能超过100公里，毕竟目前的电池能力还有限。演示路线也选择了三条，其中一条为理想路线，另外两条作为备选方案。

李琦玉负责整个演示产品的准备，技术状态必须到位。李翔负责跑通路线演示相关的所有前置条件。孙秦则专注于邀请已有客户和找寻新客户，让他们作为现场嘉宾来观看这次演示飞行。

各项工作紧锣密鼓地推进了大半年，到了秋天，所有时机终于成熟，如同金秋这个季节本身的寓意一般。

孙秦连续看了好几天天气预报，直到计划的前一天晚上，还让李翔专门找了气象局的朋友再次确认第二天风和日丽，这才完全放下心来。

于是，李翔带着一支团队连夜出发，赶往演示飞行路线的终点处。

第二天一大早，天都没亮，孙秦便带着李琦玉和主要团队成员来到飞行的起点。

他们演示飞行的路线是从上海奉贤的碧海金沙景区飞往宁波杭州湾新区，跨越杭州湾上空，飞行距离约60公里，20分钟之内可达。

这是很典型的eVTOL载货应用场景，如果开车的话，同样的路线需要至少一个半小时，还是在一路畅通的情况下。而且，如果开车，需要走横跨钱塘江的杭州湾跨海大桥，过桥费就要80元，这还只是一类车的价格，二类车往上，价格只会更贵。

这条路线是他们三人当初想出来的最佳路线。

受到地理条件的限制，短距离跨海肯定是eVTOL和无人机这类低空经济交通工具最有优势的场景。而一架颇具未来感的飞机低空飞跃杭州湾上空，这样的画面带来的视觉震撼和宣传效果，也是单纯在陆地上飞行无法比拟的。

不完全是为了跟袁之梁比试，哪怕没有年初涮羊肉之约，他们都应该去做一次这样的演示飞行。

毕竟，真实的产品还要几年才能适航面市，中间这段时间，依然需要融资保持现金流，依然需要做宣传和公关工作，让潜在客户和社会大众都知道自己的进展。

很快，碧海金沙景区里就挤满了人。除去孙秦和他的团队之外，还有地方政府领导、局方代表和受邀的各大媒体，当天的游客和附近的居民看到这种阵仗之后，也免不了凑凑热闹。

当他们发现了FP100的真容之后，便都挪不动步了。

很多人都是第一次看到eVTOL，仿佛是曾经读过的科幻小说，看过的科幻电影里的飞行器真真切切地飞入现实。

看着眼前黑压压的人群，孙秦心中涌现出一股不真实感。这样的场面，他已经很久没有经历了。上次身处这样的场景，还是A型号首飞的时候。那已经几乎是10年以前的事了。

创业7年，经历了各种艰险和惊心动魄的时刻，他终于又重新带着一架飞机归来。

还是一架面向未来的飞机。

经历大半年的升级，李琦玉已经让FP100完全实现了固定航线上的自主无人驾驶，不再需要手动操控。

整个导航系统支持北斗卫星信号，在杭州湾开阔的海面上，卫星信号非常好。

这一点在今天的演示上是非常重要的。先不说FP100在飞行的时候，还需要在地面操控，会显得很像遥控飞机，没有科技感和格调，更重要的，当飞机飞离他的视线时，他要如何操控呢？

毕竟，这是飞机，不是风筝。

经过简短的仪式和领导讲话之后，演示飞行正式开始。

上午9点整，孙秦发出指令："垂直起飞！"

FP100稳稳地从地面往上飞去。

李琦玉有点紧张地盯着它，觉得手里空空荡荡的，还有点不习惯。

好在FP100非常稳地上升至100米的高度，然后切换飞行模式，利用固定翼，往南偏西方向水平飞去。

速度越来越快，几分钟之后，就消失在他们的视野当中。此后短短的十几分钟，孙秦觉得度日如年。

演示飞行之前，李翔曾与他探讨过，要不要租一架直升机全程监控。

"为什么要全程监控？不过就20分钟而已。"孙秦问。

"万一中途出了什么事……"

"能出什么事？"

"比如……我是说万一……一头栽进杭州湾里了，至少能够迅速找到，并且捞起来。"

"不管有没有直升机监控，一旦出现这事，我们的声誉肯定会受损很长一段时间，这跟有没有直升机没关系。另外，从百米高度掉进海里，即便捞起来，也已经散架了，复用价值不大。"

"所以，那就不租了？"

"对，不租了。"

"老实说，你是不是为了省钱？"

的确，为了省钱，孙秦选择了这十几分钟的煎熬和等待。

不过，再漫长的等待也有个头儿。

他终于得到了李翔在终点处传来的实时画面和视频。另一侧的媒体也第一时间与起点处的同事们取得了联系。孙秦觉得心中一块巨石落了地。

人群中一阵欢呼。

孙秦和李琦玉与现场的嘉宾纷纷握手拥抱，彼此祝贺。

不自觉地，他感到自己眼眶里有些不争气地冒出一点湿气。

正在这时，他的手机响了。是庞雷的电话。他顾不上抹眼睛，先接通电话。

"孙总，恭喜恭喜！"

"庞总，您不是没空过来吗？还这么关注我们的进展？"孙秦感到一丝意外。

他原本邀请了庞雷作为启动客户现场见证，但庞雷实在没空，便只是派了手下一个姓刘的副总过来支持。显然，他是从这个下属处获知演示成功消息的。

"刘总给我全程直播，我当然关注啦！对了，孙总，等你这两天忙完，有空的话，来广州一趟，我觉得我们可以把之前签订的那份意向采购合同取消了。"

"什么？"孙秦有些意外。

为什么要取消？如果要取消，为什么又要我去广州？

正当他感到一盆冷水就要从头上泼下之时，只听得庞雷在话筒另一侧爽朗地说道："哈哈哈！没被吓到吧？我的意思是，我们可以签订正式采购合同了，也就是确认订单！我买100架！"

袁之梁低头看了看刚收到的微信。

好几条来自孙秦的消息，先是一段媒体快报，然后是几段文字。

"我已经完成我们的约定了呀，载货，跨杭州湾60公里，18分钟，2023年9月23日……"

"……不管你最后飞得怎么样，至少有一点我已经赢过你了……那就是，我比你快。你们能在年内飞起来吗？"

袁之梁嘴角上扬，回复道："比我快？比我快有什么好夸耀的……关键是要持久……不过，英雄所见略同啊，我们的路线也是跨海，只不过，是深圳湾……"

孙秦回复了一个抠鼻屎的表情。

"而且，有一点你们是比不过我们的，我们这次不是载货，而是载人。"

袁之梁抛出王炸。

初春，飞机降落在成都天府机场。

等候下机的时候，刘动在人群中小幅度地活动着筋骨，生怕动作太大，碰到其他人。

3个小时从上海飞过来，他觉得自己已经坐麻了。

由于值机晚，只有靠中间的座位。好在这架飞机的型号是去年5月刚刚正式运营的C型号国产大飞机，中间座椅的设计宽度比两边要宽近1.5厘米，感受相对好了一些。

这是刘动第一次来天府机场。当他走到到达出口，看着复杂的指示牌和那通往市区长长的18号和19号地铁线时，一瞬间产生了一点疑惑："这个机场的确是在成都吗？"

短暂的迷惑之后，他很快辨明了方向，下了几层扶梯，来到19号线站台上。

崭新的站台和崭新的车厢，让他感到心中很有安全感。

多年以前，他还在美国的时候，曾经去过纽约。纽约地铁那种老态龙钟的样子给了他心灵很大的震撼。

回国这些年,他越来越觉得当初想在美国留下的那种想法挺有意思。不是说当时肯定是错的,但至少他自己所期待的那种生活和对事业的追求,只有回来,才能实现。

坐上地铁之后,刘动将行李放置在置物架,在宽敞舒适的坐椅上坐下。很快,地铁便从地底钻了出来,到了地面,飞驰在高架桥上。

透过窗户,刘动看见了十分魔幻的景象。

地铁站附近,一幢幢建筑都气派地矗立着,看上去很新,都是刚建成没多久,各种用途的都有,学校、产业园区、写字楼、商业综合体……

然而,在它们身后的大片区域,和离开地铁站之后的地铁沿线,全部都是农田。

原始与现代产生了鲜明的对比。

刘动从这种对比之中感受到了一种躁动,一种呼之欲出的活力,如同刚刚从土地里冒出头的笋尖,硬着头皮,不顾一切地往天空垂直生长。

去年年底再次完成一轮融资之后,刘动开始加速了团队建设和业务布局。这次来成都,便是过来设立子公司,一方面,用于与位于成都的民航局西南审定中心建立好合作关系,因为这里专门负责民航设备产品的单独取证,他也正有发展独立飞控产品和设备的计划;另一方面,成都是国内的无人机产业链重镇,有着丰富的客户和合作方资源。

目前,他的客户还是以位于长三角和珠三角的eVTOL主机企业为主,比如驰飞客和安罗泰。

他希望在大型和重型无人机领域也取得突破。

更何况,年初开始,民航局就发布了好几项新的规定,最大起飞重量25公斤以上的无人机新产品要面市的话,也需要走适航流程,这在之前是没有要求的。同时,无人机地面控制站的研制也需要走专为其设置的适航流程审定。

一切都变得越来越规范。

如何实现更好的适航管理,为公众带来更高的安全性,同时又不至于束缚住企业的创造性,不给他们增加太多额外的负担,这个平衡需要局方与企业一起,共同去实现。九控系统也参与其中,成都子公司的设立,无疑也将有助于此。

正憧憬间,他感到手机振了振。低头一看,同事发来一条最新的新闻报道链接。

刘动的瞳孔瞬间放大。

"今天,政府工作报告出炉,其中新提法迅速成为焦点……"

"'新质生产力'在今年政府工作报告中首次被提及,并成为今年头号任务。从2023年9月首次被提出,到2023年12月写进中央经济工作会议,新质生产力热度正不断攀升……"

"……为了发展新质生产力,报告提出要加快前沿新兴氢能、新材料、创新药等产业发展,积极打造生物制造、商业航天、低空经济等新增长引擎。其中,低空经济同样首次被写入政府工作报告……"

新质生产力!

低空经济!

新增长引擎!

刘动知道这三个词意味着什么。

他曾经玩过一款非常古早的格斗游戏,在那个游戏当中,一个角色可以使用连续技,不断地对对手实施打击,直到对手被彻底打败或者失去一大截生命值。

这三个词无疑就是一个经典的三连击连续技。

一瞬间,他甚至幻想着,身下坐着的这趟地铁马上就可以飞起来。

于是,他在微信当中找到一个群,群名叫"垂直起飞"。

4年多以前,在上海进博会期间,他与孙秦和袁之梁一起吃了一顿晚饭。席间,孙秦提议三人建一个群,"互通有无,彼此帮助"。

然而,此后很长一段时间,因为各种变故,比如孙秦拖欠他的项目款,袁之梁的飞机当着投资人的面坠毁,以及他们各自处理各自的问题和烦恼,三人在群里的交流并不多。

上次比较活跃时,还是3年前低空经济被写入国家规划的时候。

正当他打算将这篇报道转到群里的时候,只见孙秦率先在群里发言了。他先甩了一篇报道。

刘动点进去一看,来源不同,但内容大同小异,都是总结报道刚刚发布不久的政府工作报告。于是，他直接将那三个关键词敲了进去。

袁之梁立刻发了一个点赞动图："刘总牛哇，总结得很到位。"

刘动立刻跟进："袁总，请快速用标准的普通话说出'刘总牛哇'这四个字。"

孙秦也活跃起来，发了一个挤眉弄眼的动图。

"你们俩都这么闲的吗？微信秒回呀，哈哈！"刘动回复道。

"这不又出利好了嘛，心情激动！这下我们如果都干不成，真的不能怪谁了！"袁之梁说。

"命苦不能怪政府，点背不能怨社会。"刘动添油加醋。

"那你也得老老实实地干，不能耍滑头……像上次演示飞行那样玩文字游戏可不行。"孙秦说，还特意圈了一下袁之梁。

原来，去年他们的那次演示飞行之约，孙秦率先完成了从上海奉贤飞到宁波杭州湾新区的载货运输演示，而过了一段时间之后，年底之前，袁之梁也在深圳和珠海间完成一次跨深圳湾的演示飞行。

演示之前，他信誓旦旦地告诉孙秦：自己将会载人。这让孙秦将信将疑地翘首以待了很多天。

可等当天一看，袁之梁只是放了几个假人在飞机客舱里，给他们穿上衣服，扮成一家三口。

"这跟我放的货物有什么区别……"他冲着袁之梁抗议。

"假人也是人哪。"袁之梁振振有词。

所以，孙秦直到现在，还耿耿于怀。

"嘿嘿，认认真真做产品，宣传的时候，是可以允许一些灰度的，只要不违反《广告法》。"袁之梁回复道。

三人又在群里聊了几句，便各自忙碌而去。

地铁依然在往成都市区方向疾驰。

刘动深呼吸一口气，放下手机，再度望向窗外。

此刻他仿佛切换到了上帝视角，眼前出现了一条贴地飞行的银龙，这条银龙正在一片肥沃的土地上疾驰，而它的目标是一片高楼林立、生机勃勃、井然有序的现代化高科技城区。

在银龙的脚下和身旁，原本都是黄土地和农田，却伴随着它的经过，在地表处开始产生裂缝和空洞，仿佛有很多东西呼之欲出。

很快，它们争先恐后地钻了出来，垂直往天空上升而去。

它们并非传统的农作物或者经济作物，而是一架架构型各异、颜色多样的 eVTOL 和无人机。

它们漫天飞舞，在阳光照耀下，闪闪发光。